40

改革开放四十年文学丛书

军事文学

下卷

陈晓明　主编

作家出版社

目 录

灵旗

乔良

最先看到的是那根青篾竹扁担。扁担头上系一条二尺半长的孝布。布在夹着水腥气的东南风里瑟瑟摆动。于是，出殡的行列徐徐走进青果老爹的视界。

灵旗飘飘，钱龙飞飞。唢呐无始无终地吹着一支叫人欲笑不敢欲哭无泪的曲调，嘶哑，嘹亮。没有人能哭出那么高的音来，索性不哭。挑在竹竿上的鞭炮爆着，响着，炸出一团团刺鼻的烟花，把所剩无几的点点凄凉呛得无影无踪。唯一的悲哀来自捧着死者遗像的孝子。五十开外，鸠形鹄面。被两个神情木然的大汉架着，双腿腾空，脚尖不时点地。眼泪鼻涕口涎汇成一股水系，像条透明的橡皮筋，在皱巴巴的下颏上长伸短缩，极有弹性。

死者是一老太太，杜九翠，寡妇。守寡整整五十年。丈夫在五十年前的一个秋夜不明不白地死去。是凶死。她是他的第四房。对他的死，她既不高兴，也不难过。奇怪的是她却五十年没改嫁，和其他三房正相反。村里人都说，她丈夫要不是个该砍脑壳的家伙，真该给她立个贞节牌坊。这话等于没说。因她丈夫该死。丈夫一死，一大家人马上分成四家。她带着唯一的儿子，守着分给她的三间破瓦房和九亩半水田，熬到土改，被划为小地主。此后三十年抬不起头。

正是油菜花乱晃人眼的季节。没雾，或者有雾被风撩开，顺越城岭余脉滚滚而来的丘陵谷地上，会涌出大片大片的金黄，比雾后的阳光还鲜亮。

青果老爹捧一支奇特的水烟筒，站在水牯岭顶头的那棵千年樟下。水烟筒是用四零火箭弹的弹体改制的。走出去一百里，你也不会找到第二支同样的物件。自然被老爹视作珍奇。整日捧在手上，哮喘不止时，也决不撒手。现在依然如此。捧着，并不吸。只是用手兜住镶了一圈铜皮的筒底，让烟嘴靠在肩膀头上。像熟睡的婴孩。他挑了一块没生苔藓的石头站上去，朝岭下张望。可以看见整个谷地。谷地偏右些，徐徐走出一支殡葬队列的村子叫洪毛崹。

现在又可以用这法子葬人了。老爹默想着。五十年前是这样，五十年后又是这样。中间却有几十年不许这样。一切把阴间和阳界勾通的企图和愿望都不许。世道就是这么回事，变过来，又变回去。只有人变不回去。人只朝一个方向变。变老。变丑。最后变鬼。

在一片紫云英撩人的绯雾中，他看见一个白白净净、细眉细眼的姑娘从东走来，向西走去。他看着她肩上那两根干巴巴的小羊角辫一下变成两股又粗又长又黑又亮蒜瓣似的大辫子又一下变成盘在头上的发髻。她先是在田埂上一跳一跳地走。接着挎一只竹筐挺起波涛汹涌的胸脯在水塘边轻盈地走。又腆起肚子像母鸭一样在天井边笨重地走。最后她回过脸来，露出一口掉光了齿的牙床，朝青果老爹凄然一笑。

老爹一惊。听到两声脆响。一只二踢脚冲天而起。随后是一片密不透风的响鞭。开始下葬了。老爹怅然回首。

那棵老皂角越长越老。老得人们已经想不起它早年的主人是谁，它还是照样老它的。任凭曲干弯枝上生满绿毛，挂满藤葛，巴满五花十色的寄生物。杜小爪子，这雅号小几辈的人几乎听都没听说过。可他们熟悉老皂角。差不多一落生就围着它长。一代接一代地长。老皂角浓荫所及之处便是洪毛崹人心智的发蒙地。他们搬个树墩或者垫块石头坐在树下，从老辈人嘴里把许许多多真真假假奇里古怪添油加醋的故事听过来，又许许多多真真假假奇里古怪添油加醋地传下去。有些故事很古老，比老皂角还老。像牛郎织女。像孟姜女哭长城。有些故事不太古老，甚至比老皂角还年轻。像太平天国。像红军过广西。

红军当年死得好惨，二拐子搔着光秃秃的头皮，讲得很感伤。

青果老爹喜欢听二拐子讲。他喜欢听二拐子把许许多多奇里古怪的往事讲得添油加醋真真假假。二拐子的声音也挺古怪。话尾巴上常常拖带出曬曬嘶嘶的哨音。又尖亮又刺耳。听来有叫人毛骨悚然的效果。老爹听得蛮专注。二拐子一张口，他就倚在老皂角对面的一棵不太老的皂角树下滋滋地抽水烟。尽管这哨音已经消失好几年了，可他还是每天都要到老皂角对面来倚一会儿。他觉得二拐子的声音总跟着他。他根本不知道也不相信自己有耳鸣的毛病。

他以为又一次听到了二拐子的哨音时，那小伙子便再次出现了。正向他这边走。身后是大片大片油菜花，金黄黄的比阳光还耀人眼。

可那时没有油菜花。那时是初秋。连油菜籽都榨成油了，哪儿还有油菜花？是眼花。老爹自言自语。看来真的眼花了。

到七十岁才发现眼花。先前，谁也弄不清，这老头的眼力怎会那么好，在水牯岭上竟能看清岭下稻田里田鸡跳水。七十岁生日那天，他下山去了一趟。从洪毛崤回来就开始嘟囔，眼花了，眼花了。老看见一个人影在眼皮前晃来晃去，面熟得很，就是看不仔细。有时那人走得很近了，甚至都能闻到迎面扑来的气味：腥乎乎的像狗血。还是看不清。不看也知道，是个小伙子。

这时那汉子正从岭后朝这边走。路被篾竹林遮盖了。人在竹丛间忽隐忽现。竹叶唰啦啦响。看得出是当地人。走路很快也很熟。不大会儿就从老爹眼皮下翻上水牯岭，在一棵光杆桉树边停下喘气。边喘边解腰带，从裆里掏出样东西乱晃。顿时水声四溅，是泡长尿。听着像过了一场小雨。撒完尿，继续赶路。直奔洪毛崤。走到山半腰，忽然踏翻一块石板。哟喥一声，掉进一条丈把深的沟壕。头朝下，正窝住脖子。半天透不过气，发不出声。

青果老爹想上前帮他一把。找来找去，竟找不到通向那沟壕的路。那条篾竹覆盖的毛道不见了，而且连那沟壕也跟着不见了。还有那棵光杆桉树。不是二十年前毁林造田时就被齐根拔去了么？闪进老爹眼里的是一条和黑黢黢的电杆一起盘山而来的黑黢黢的柏油公路。一辆长途公共汽车和另一辆长途公共汽车正在路上对着头爬。觉着有些纳闷。木呆呆地寻思了一会儿，恍然有所醒悟：方才看到的是五十年前的水牯岭。那路，那树，那沟，连同那汉子都是五十年前的模样。

人怎么可能再回头看到五十年前的事呢？就是眼花了也不行呵。老爹自问自答。忽然，他闭紧已经向腮两边瘪下去的嘴。夕阳正热吻着岭头傲立的千年樟。满树叶片辉煌。天亮着呢。老爹眼里的天却黑了，像打翻掉无数砚台。

他看见那汉子从沟壑里走出来。

那汉子是从湘江边过来的。刚才他还是红军。红六军团十七师四九团的号兵。现在不是了。现在是逃兵。八月，红六军团奉命长途转进，杀出苏区去找贺龙。他们不知道此举是一次投石问路：两个月后，中央红军将沿着他们走过的路线开始漫无目标的长征。他只觉得越走路越熟，越走离他家乡越近。他打定主意，近到不能再近的地方，近到能望见湘江的地方，就逃走。机会来了。他们从探朋岭那边追着民团打，追到江边，他瞅个空子就成了平民百姓。

湘江，从海阳山石缝间玎玲而出，经七十里灵渠，水分两派。三分水归漓，七分水属湘。湘水占多，于是志得意满，左顾右盼，望东北方款款流淌。

那汉子在江边收住脚，弯下腰去系草鞋。跑在身后的人都已撺到前头，他才站起身。从背上解下明晃晃的铜号，把在手上反复端看。看够了，将号举起，甩手榴弹似的举过头，停住。西沉的太阳也停住。停在铜号上，把号身镀得金光灿灿。像一桩古老仪式。然后，那金灿灿的物件飞出手去，劈空划开一条耀眼的光弧，又噗地扎进不紧不慢、流速均匀的湘江水。太阳很快西坠。天黑下来。那汉子车转身，朝来时的方向跑。朝水牯岭跑。当时谁都不会想到，在这个有一名红军士兵开小差的日子过去之后两个月零二十三天，此地沿百里湘江会爆发一场五十年诉说不尽的残酷血战。

一仗打下来，从山顶到山脚都红透了，全是血。二拐子连说带比画。全是血，踩上去脚都拔不起。湘江早涨红了，血水往海阳山倒灌。遍地都是红头勇，就是红军。也叫红粮崽。除了死的，活下来的全挂花。好多都是被竹签子锥的。这是李军造的孽。李军就是桂军。桂军就是广西军。他们硬要家家户户都交二十根竹签，一色用青篾竹。要带青皮的。要削得尖又细，每根长一拃，五寸多。还要用人尿马尿泡过。再浇上桐油。这东西毒得很。人一踩，扎伤不说，还会中毒。淌脓水，烂脚板，走不得路。民团就趁机收拾红军。民团杀人好狠噢。认真打仗他们不行。他们全是战后英雄。搜红军，抓红军，杀红军，他们比李军还厉害，手段也狠。岭上，坡头，沟底，石头缝，竹林子，任你躲到哪里，民团也能把你抠出来。身体好的，绑到县城去讨赏。走不动的，就地乱枪乱棍打死。民团打死的红军怕比李军打死的还多。哪个晓得红军委实太多了，硬是杀不完。有的人伤重走不远，有的人饿得受不了，就连死都不怕了，大白天爬到村里来讨水，讨吃。看到他们身上有些能用的东西，枪啦，线毯啦，搪瓷碗啦，村里人就出来抢。不给就打，往死里打。有的给了也往死里打。

青果老爹看着那汉子扔掉铜号，匆匆钻进簆竹丛，摔进沟壑里又爬上来，跌跌撞撞歪歪倒倒地摸进了洪毛嵴。天太黑，雾也起了。进村前他走了好一阵没头没脑的路。本想抄近道，从村北头几座外姓人的坟茔地中间穿过去，绕开那口每年都会淹死个把人的恶水塘，再拐上进村的砂子路。可是不成。他一抬脚就要绕圈子。先围着坟地绕，又围着水塘绕。在坟地和水塘间转了半天，又转回到那片坟地当央。他好像看到一个背影在领着他走。仅仅是个背影，既看不见头，也看不见腿。走得很快，他几乎跟不上。每当跟不上时，他就发现自己又回到了原地。鬼打墙了。青果老爹看见那汉子惊出一脸凉汗。但他知道帮不上忙。人的手伸不了五十年那么远。他能感觉到五十年前的湿雾慢吞吞地渗过布丝，粘在那汉子微颤的肩背、腰腿、臂膀上，裹出一身无形的恐惧来。

两个月后，在那汉子撞上鬼打墙的地方，几个红军被人杀了。红军死得好惨噢。二拐子的故事总是这样开头。总是有哨音。一个赶队的红军路过坟地，就是离现在压面机房不远的地方，呼啦一下冲出十几个人，一起喊：红粮崽！红粮崽！把他从头到脚剥得精光，连卵子都露在外边。后来有人丢了一件裤子给他，是前不久跳塘死的那个女人穿的，都泡朽了。又小。他穿不进，一伸脚就蹬烂了。有人就说，留着他也没用，杀了算了。咔嚓一下，他的脑壳上就劈进一把铁锹，脑浆子溅得树叶上白花花的。二拐子哨音曜曜。还有个红军背了个包裹，走到村边上歇气。才把包裹挂在水塘边的木桩上，就被人用竹竿挑了去。他撵着抢，包裹撕开了，里边有几面红旗，写着红军几团几营几连。这是军旗噢，他当然舍不得给，那些人就用鸟枪撑起他打。把他打倒在地，让他跪在地上，拉起他的手掌心来看，看到没有茧子，就说他是个官儿，扯开他的衣服找钱。找不到，一鸟枪就在他脑门上穿了好多个洞，烂得像土蜂窝。这些都还只是几个黑了心红了眼的村里人干的。民团造的孽可比这还大得多，也恶得多呢。

那汉子除了恐惧，全然不知两个月后将发生什么。出过汗，身子一抖，人也警醒了许多。听听有狗叫声传来，知道方向错了，三两步跨出坟地，绕过水塘，没多久便摸到村路上。远远看着洪家祠堂前那两棵木棉树张牙舞爪，猛地松下口气来，腿也就软了。但他不会先回自己家，老爹想。他家里只有一个堂叔。叔侄俩在一起时的日子过得不咸不淡不冷不热。早见晚见都一样。果然，他转到祠堂后面，在自家门口顿了一下，手摸到门环又缩回去，掉头拐上一条田埂。走到头，有一棵老皂角。再往前，是一眼井。绕过井台，是杜小爪子家。他敲开了杜家的门。

九翠是一朵云。从早到晚都被太阳照得透明透亮、被风吹得飘忽不定的云。有时云色泛白，有时云色泛红。很轻。说话轻。走路轻。吃一段甘蔗也轻轻咂味，轻轻吐渣，看了顶让人心疼。村里心疼她的人可不止一个两个。谁都想伸手去够她，可谁都够不着。踮起脚也不行。她十五岁就明白这一点。心眼鬼得也像云。她在村里没什么事做不成。只要开口。就是不开口，去美女梳头岭拾几捆柴草，也会有人替她往家背。她对谁开口都慢悠悠、甜丝丝的，像这儿的米酒。回甜。有后劲。上头上得厉害。她只对一个人不开口。青果老爹到现在还记得，九翠从不跟那汉子打招呼。不管是在田头还是塘边，一见他，九翠那白云初生的脸儿就会红成一夕黄昏。眉眼压得低低的，一声不响，从壮得能把折断腿的老牛拎出水田的汉子身边飞快冲过去，头也不回。那汉子始而疑惑。以为自己丑。以为吓着了她。继而恼恨，心烦得困不成觉。找茬儿跟那些自吹和她说过几回话的崽子们打架。鼻青脸肿之后，一拍脑门，开始甜滋滋地傻笑。姑娘喜欢你才会躲你。想不起是谁说的。但他觉着说得对。

给那汉子开门的是现今已死去四十多年的杜小爪子。看清来人后，杜小爪子两条被鸦片烟熏得细眯眯的眼缝霎时如猫眼滚圆。你是人还是鬼？自然是人。鬼话哩，都说你上年就让红头勇抓去砍了脑壳。嘻嘻，那才叫鬼话。你看这脑壳不好端端还长在脖颈上？那就进来谈。

进来便知道，九翠已经嫁人。而且是嫁给人家做偏房。而且偏得太远，是第四房。

九翠她娘在帐子里长一声短一声地嚎哭。哭她小女命苦，被她狼心狗肺的爹为几口烟钱卖给人家去糟蹋。哭她自己，嫁给这么个不争气不要脸没出息没起色该人骂该刀杀的鸦片鬼。

她又不是去死，要你哭丧！嫁到那样人家也是造化。要没她，你里外三新的衣服能穿身上？

九翠她娘嚎得更凶。一件件衣裳褂子从帐子里往外飞。杜小爪子觉得脸上挂不住，冲上前去，鸡爪似的小手探进帐里，十分准确又熟练地揪出一把半灰半白的头发，看也不看，抢起烟枪就打。那汉子恨得牙痒，也过去，从后面攥住揪了一把头发的小爪子，轻轻一拧，拧到老烟鬼螳螂似的脊背上，顺势又把另一只小爪子也拧过来，夺下烟枪，抬起膝盖，照准那道瘦骨嶙峋的屁股沟一顶，杜小爪子就抽足了鸦片烟似的飘到只剩三条腿的八仙桌下去翻白眼。

九翠她娘不哭了。光起上身跳出帐子，松塌塌的奶子上下颠动，手指尖点着使她免却一顿皮肉之苦的人鼻头吼叫。你这是做什么孽？哪个要你跑到别人家来耍威风？你打，你打呀，你连老娘一道打！早被小爪子揪凌乱了的一头灰白长发，怒气冲天洋洋洒洒地向那汉子甩过来。那汉子且挡且退，退到门外，被井台使了个绊子，一屁股跌坐到两丈多远的老皂角下，五十年椎骨隐隐作痛。

二拐子说，就在这棵老皂角下，还躺倒过一个红军伤号。十六七岁的样子。脸色就像这皂角树皮。身上凡有伤的地方都爬着蛆，一坨坨的，招苍蝇。见人路过就伸出手。已经说不出话来，光嘴动。不知是讨饭吃还是叫人结果他的性命。他身上没什么好抢的，村里人连看都不看他。民团也不杀他，让他躺在树下活遭罪。晚上有好心人把笋壳包的饭放到他头前，他一口不吃。熬到第三天，身子就硬邦邦的了。可怜。二拐子讲得很急，哨声很响。

界首镇上驰出一骑快马。马蹄在石板路上嘚嘚脆响。青果老爹的一袋水烟还没抽尽，那马已疯跑到岭脚下。看看要上坡了，马上人却一勒嚼子，翻下马背，走到头前去，牵着马上坡。坡不陡，挺好上的。不心疼自己的脚板，反倒心疼那畜生。青果老爹看着好笑。正待要等那人近拢来看个仔细，忽然悟到了什么。干瘪的嘴唇从水烟筒上拔起来，恶狠狠朝岭下送去一口痰水。

不必细看。来者是廖百钧。本乡乡长兼民团大队长。民国二十二年广西民团干校毕业生。先是洪毛崝的村长，后是水牯乡的乡长。这一带只他一个有马骑。也只有他才骑马骑到离家门口五里远的地方就下马，然后牵马回家。

在洪毛崝，廖家和杜家一样，都是外姓人。二拐子说，廖家原籍湖南靖县。曾祖时是那个县数得着的富户。那廖老太爷靠放印子钱起家，手段特毒辣，连左邻右舍来借钱也决不肯宽待一分。只对窑姐们摆阔。手面大得很，大把大把的响洋往青楼里丢，最后买回一身脏病。有天夜里，无星无月，一伙蒙面强人砸开了廖家大门。全家老小膝盖打软，扑簌簌跪了一地。只有廖老太爷生死不顾，爬到阁楼上长呼救命。四邻八方，竟无一人应声。结果黄金白银，尽被强人用船载走，额外还搭上一条老命。廖百钧的祖父眼泪汪汪地牵起全家，翻山渡水地来到水牯岭下的洪毛崝。廖家人精明，敛财有道。不久又发大财。到他父亲这一辈，遇财要狠发，遇人少得罪，已成为祖传家训。廖百钧却对当土财主没兴趣。他想当官，而且当大官。他当村长当得四邻鸡飞狗跳。当乡长更是当得八面威风。每从县里镇上回来，必骑一乘白马。临近村口时，必猛抽几鞭，四蹄生风，一路烟尘，直滚进廖府的深宅大院。惹得满村须眉花白的人摇头叹气：只怕比他老祖宗的下场都不如噢。这话只在背地里说说，却让廖家老爷子听了去，马上把当乡长的儿子唤到眼前，告他今后不许坐马。人家是人，你也是人。人家都能走路，你为哪样偏要坐马？这般要威风，只会招人怨恨。廖百钧不服气。我是乡长。我坐马不是要威风，是为公事赶路。噎得老爷子抢起手杖要打他。终于还是没打。老爷子让了一步：

非骑马也可以。只能在外乡骑。一进水牯岭，就要下马来走。不依这一条，就不许再进廖家门！

廖百钧在这件事上真做了一回孝子。果然以后不在离家门五里内的地方跑马。到他爹死后也没变。可他的下场还是不如他曾祖父。不但被人砍杀，而且是身首异处，凌迟至死。已经死掉整整五十年。比他爹晚七个月，比他丈人早三年。

见鬼了。今天真见鬼了。青果老爹又开始嘟囔。尽见些死人。连廖百钧这无头鬼也撞上了，怪不怪？

九翠就是给廖百钧买去做了第四房。

当天夜里从杜小爪子家出来，那汉子并没回去见他堂叔。拐个弯，直奔廖府，叩动了朱漆大门上的虎头铜环。得到的答复是四姨太不见。九翠成了四姨太，并且不肯见他。这简直让他发疯。他发疯地抠住花墙攀爬上廖府的瓦瓴。居高临下，他看见了挺着肚子，在天井边艰难挪步的九翠。那么大，那么丑，那么臃肿的一个肚子。还是为廖百钧这恶狗怀上的。他觉得羞耻。为她，也为自己的眼睛。九翠。他低低地叫了一声。她没听见。倒从不知什么地方，传来一声深沉的鸟叫。是鹧鸪。眼泪忽地漫过眼堤。离家出走那天晚上，就是用鹧鸪叫把九翠引出来见面的。她全忘了么？不知在瓦瓴上趴了多久。一直到衣裳被湿湿的夜气打个精透，才从花墙上缩下来。他觉得胳膊上一阵奇痒。青果老爹知道，那是头半夜给黑蚊咬的。这种蚊虫很小，却忒凶残。叮人时从不单兵出击。一来一群，一叮一片。用手拂去时，胳膊上，腿上，黏糊糊一抹艳红，全是你自己的血。

是那一大片淡淡的绿茎秆擎着淡淡的小白花的萸菜地么？是那个脸上有淡淡的笑身上有淡淡的月白色衣裳的小姑娘么？是她在草坡上斜躺着看那长了一对大弯犄角的老水牛慢吞吞地嚼萸菜么？青果老爹神思恍惚。九翠！他听见有人喊她。她抬起正在走神的眼睛朝前面望。是个小鼻涕虫。是个人中上挂着两条青鼻涕的小男孩在喊她。快把牛牯吆开，别让它吃这坡上的草。又不是你家的，敢不让我家牛吃？这是萸菜，有毒的，牛吃了会死。偏不！这是我好容易找见的。你看你家牛吃不到，就来诳我。过会儿我走了，你好吆你家牛来吃个饱？我家根本没有牛。这是廖老财家的。我才不管它饱不饱！我是不想看见你家牛死掉。这当真是萸菜？嗯。牛牯吃了当真会死？嗯。你当真不诳人？哪个诳你让蝎子蜇死，让蛇咬死。那你帮我吆。小男孩和小姑娘的身影声音缠在一起滚下斜斜的草坡。

青果老爹再一次看到那汉子，是在界首的街面上。

界首。湘水边一座小镇。镇名的由来，一说是因越城岭山脉缘此而隆起，为山界之首，故名；一说是因其地处湘桂交界线，街分两省，故名。哪个对？迄今无定论。

五十年前。深秋。无名小镇忽而名扬天下。红白两军在此一场恶战，方圆百里，枪声不绝，杀声不断。四日后，红军败北，衔恨望越城岭逶迤而去。白军杀戒大开，狂犬般搜杀流散红军。砍头如砍柴。饮血如饮水。一时间，蒋军杀红军，湘江杀红军，桂军杀红军，狐假虎威的民团杀红军，连一些普通百姓也杀红军。尸曝山野，血涨江流。离开红都瑞金时尚有八万余众的红军，是役后仅存三万。

　　是败仗。红军史上只记下八个字：湘江一战，损失过半。

　　除去电灯，界首镇五十年里没多大变化。关帝庙还是关帝庙，只是更加残破。三官堂还是三官堂，只是另起了个名称叫红军堂。石板街还是石板街，只是街两边不再有输得光腚的赌棍和转得人倾家荡产的赌盘。

　　界首的赌棍天下第一。赌赢了就狂喝滥嫖，赌输了就上吊。没上吊的人都爱把吊过人的绳子当宝贝，千方百计从孤儿寡母们手里讨来缠在腰上，指望有吊死鬼给自己当替身去下地狱跳油锅，而自己却留在尘世上大把大把地捞钱。他们把赌局设在石板街。石板街是天界。街的左边是广西，街的右边是湖南。一步跨过街去，等于从阴间到了阳界。这边的警察就是拿着勾魂簿，也奈何你不得，哪怕你无法无天。穿黄狗皮的警察过来，赌棍们抬抬屁股，把赌盘挪到街右边。穿黑狗皮的警察过来，赌棍们再抬抬屁股，把赌盘挪到街左边。从来不曾有两边警察同时过来的场面。要那样，两边警察的荷包就会同时瘪下去。相信谁都不会干这等蠢事。

　　那汉子被廖家四姨太拒之门外后，界首的石板街上便多了一名赌棍。

　　他昏天黑地没日没夜地赌了两个月。开始他老赢。赢得不可思议。接着他老输。输得目瞪口呆。他不信自己的运道样样不好。越输，越想把所有失掉的运气都在这反掌之间捞回来。最后他输光了。眼看着赌盘在一片声带充血的呼卢喝雉声里疯转，把他那几块夹在粪桶里贩盐赚到的响洋和仅有的一身红军服全转走了，转光了，转进那个脖子上生着老鼠疮的家伙的口袋。

　　浑身上下只剩一条裤子。里面没穿裤衩。不甘心。还赌。烂脖子那家伙斜眼瞧着他下注。

　　青果老爹摇头。丢人。他想不通那汉子如何会痴迷到这般田地。全是为了九翠? 不全是。那又为哪样? 想不通。他琢磨着人这辈子干哪样不干哪样，都好像事先就跟谁签过字，画过押，立了文书。这文书就埋在你身上哪处地方。你自己找不见，却要被它牵着鼻子走。像牵一头老水牛。牵你上哪儿就上哪儿。哪怕被人家砍脑壳或者砍人家的脑壳都不会失约。到时候就会准准地在那个地方等。跪在地上求情告饶的有。心慈手软下不去刀的也有。可到头还是那文书说了算。不该死的，屁滚尿流，逃之夭夭。该死的，咔嚓一下，脑壳点地。血柱子能溅到屋梁上。

那小子犯赌瘾，是不是也早就写在了这文书上呢？鬼晓得。但青果老爹觉得他想通了一点儿。

现在，那汉子的裤子也归烂脖子了。烂脖子站在石板街当央看着他脱。一双双赢疯了输疯了的眼睛红红的，也在看他脱。青筋突突的手在裤腰带上羞答答地磨蹭。

算了吧，烂脖子拍拍那汉子肩膀，一脸豪气。别丢你娘的人了。我娘早死了！她死不死关我屁事！哪个稀罕你这臭烘烘的遮羞布？还是留着护你裆里的宝贝吧，别叫骚娘儿们把童子鸡叼了去！

红眼睛们爆发出一阵狂风暴雨的大笑。

我输得起！你不要，我当牛当马还你！那汉子也红了眼。哟嗬，鹦哥死了嘴巴硬。那好，我要一样东西，只怕你拿不出。哪样？胆量。你讲吧，杀人还是放火？呸，杀个人放把火那算鸡巴本事？

烂脖子从后腰上抽出一段细竹管，凑到那汉子眼皮底下。竹管顶端的堵头上有小圆孔。从孔里不时探出一样东西，尖尖细细，簌簌溜溜，才探出来，又缩回去。极迅速。他看清了，是蛇信子。顿时觉着牙缝里戗进一口寒气。

拿住。这里有一条鬼咬子。你敢把它活吞下去，欠我的钱一笔勾销！

那汉子接过竹管，一股凉凉的腥味直冲鼻窦。离嘴唇还差半寸。蛇信子簌簌地已快舔到鼻尖。他举不动了，手一软，竹管垂了下来。

烂脖子笑，红眼睛们也笑。

鬼咬子就是竹叶青。青果老爹对这种尺把长浑身青绿尾巴褐红肚皮上有黄白道道的家伙熟得很。树枝上，竹竿上，哪都有。你看不见它。它能看见你。嗖地荡下来，盘住你就是一口。并不怎样疼，你也就不在意。攥上去打死它，照样赶路。攥不上你也照样赶路。结果，没出三袋水烟的工夫，你扑通倒下来，等着挺尸。

那汉子也晓得这一点。

不敢吧？烂脖子的手又搭在他肩膀上。不敢就莫充好汉。换个耍法也行。

他瞟一眼烂脖子。那脖子上的烂疤竟像铜号一般灿灿反光。他看见烂脖子肥厚的两块嘴唇变得见棱见角，吐出来的每个字都成了生铁坨子，砸得人肉疼。

不敢就跪下来。跪四方。

烂脖子是镇上头号泼皮。没哪个惹得起他。这家伙样样世面都见过，样样恶事都做过。连老爹老娘他也常用皮带抽。还跑到桂林去睡过城里女人。镇上人怕他，乡里人也怕他。他哪样都敢跟你赌。赌钱。赌物。赌老婆。赌宅基。赌命。谁都赌他不起。他总是大赢家。有时也小输。输完了，准要大赢。那根青竹管子更是他降人服众的看家本事。多少过路好汉都闯不过这一关，只好在街当间跪得膝盖发酥，东南西北四个头磕得山响。不响再重来。磕完爬起就走。有尿只能往裆里撒，有屁也不敢朝响处放。烂脖子愈加雄气赳赳，威风凛凛。认定眼前这小子又是稀屎软蛋一个，正要看他膝盖打弯跪下来，却听他问：有酒么？

烂脖子手向身后一举：来酒！一只蜂腰葫芦递了过去。那汉子接过就灌，看都不看。顷刻间红潮翻滚。脸上、胸上、背上，通体花纹毕现。竟像文过了身。烂脖子眼珠有点儿转不大动，强撑着，不让嘴角那丝残笑退走。

那汉子再次举起竹管，朝烂脖子打个酒嗝，含含糊糊地说声你我清了，猛地拔掉竹管堵头，呼一下就把一样细溜溜滑叽叽的东西吸进嘴里。只见一小截褐红色在嘴边上扭摆了几下，倏地消失了。快得像打了个绿闪。烂脖子的脸色也随之泛绿。那些红眼睛们的脸上却一律只有两种面色，非黄即白。那汉子干呕着，眼珠凸起，脖颈粗大，喉结蹿动，样子异常恐怖。烂脖子低下头，从铜扣板带上解下一只钱包，往那汉子手心一塞，抱抱拳，转身离去。

好恼火噢。这可是烂脖子头一回当着镇上的人丢脸面。一气好些天没再到石板街上露头。直到红军在湘江边吃过败仗，退走了，他才从地底下冒出来。二拐子说，镇上成立了清乡队，烂脖子当上了清乡小队长。见天带人牵狗，到乡下去抓红军。只要不会说当地话就抓。到后来连哑巴也抓。抓住就拖到粪池边，用火筷子撬开嘴巴，往肚子里灌粪水。不说话就灌。再不说就再灌。光被他灌死的哑巴就有好几个，更不消说那些不肯开口的红军了。天大的造孽哟，要遭报应的。连清乡队里的人都讲这家伙不会得好死。他不信，只管歪着脖子笑。那块巴掌大的耗子疤，亮得吓人。

那汉子硬要等到烂脖子拐过街角，看不见影了，才瘫软在地。马上觉得腹内翻江倒海，想吐。人群哗地散开。他以为是被他吓的，怕秽物吐到身上。还怕那条蛇。他把脸扭开去，想朝别处吐。却看见三个穿粉黄色军服戴钢盔的桂军士兵，端着上好刺刀的模范枪对准了他。

跟爷爷吃军粮去！

他成了兴安县民团的团丁。

这些也都写在那文书上了么？青果老爹自问。

枪声密匝匝地沿着湘江响了过来。那汉子抱一支模范枪蹲在新挖的堑壕里。枪是刚发的。只有正式团丁才发枪。先是让领三发子弹，去打装石灰的洋铁桶。他不知道打不中的人只当候补团丁。好久没摸枪了，他想过下枪瘾。砰砰砰三发子弹打出去，洋铁桶冒起三股白烟。原地没动他就成了正式团丁。后悔都来不及。被编进县民团二大队。大队长由乡长兼任。乡长是廖百钧。廖百钧说，这份军粮要由自家出。大米、红薯、笋干、芋头，你家有哪样，哪样就是你的军粮。廖百钧还说，这次的任务不是站岗放哨，是跟红粮崽们真刀真枪地杀。红粮崽又从江西那边跑出来了，和两个多月前跑过去的是一股。全是土匪。杀人放火，还要奸你们的老婆、妹子。连老太太也不放过。你们要瞄准些打。打心口，打脑壳。像打洋铁桶那样，枪枪都冒白烟。打死一个官奖一两鸦片。打死两个兵赏一块响洋。

鬼话。他咬着二拐子的耳朵说。红军不像这龟儿子讲的。红军也杀人，有时候连自家人也杀，杀得蛮凶。可他们不放火，也不奸女人。

不放火？不奸女人？那他们杀完人还有么子事情做？二拐子问。

他们唱歌。

唱么子歌？

炮火连天响，战号频吹……呀，学不来。反正交起火，我就把枪朝天放。

我也朝天放。二拐子说。二拐子也是正式团丁。二拐子跟那汉子去外省贩过鸦片。二拐子并不拐，只是走路脚一点一点，怪有趣。二拐子上年春上也死了。青果老爹心里有点儿凉。他听见那汉子和二拐子的声音从堑壕里往岭头高高低低地飘过来。现在那条堑壕早已经平了，全都种上了黄菜。一片一片的，开白花。专做绿肥用。牛吃了会中毒。

我是不是醉得蛮死？蛮死。醉了几天？三天。吐没吐？吐。有没有吐出一条蛇来？呀，那是蛇么？我以为是黄鳝。就是了，那就是蛇。蛇作死会跑到你肚里？哼！那个生耗子疮烂脖颈的龟儿子，有朝一日落到我手心里，非叫他吞十八条蛇！你赌输他了？我以为死定了的。死就死吧。活着遭罪吃，不如死了便宜。哪个晓得竟不死。那汉子眼里发出异样的明亮。二拐子不知他在对谁讲话。对风？对云？对壕壁上的红土？枪声却响得更密更近了。二拐子腿肚打起晃来。你在打摆子？没打呀。没打哪里往下落土？是风吹的。鬼风！树叶子都不摆一下哪来的风？你不是说你见过红军么？是见过。红军可都是红脑壳？哪个讲的？脑壳不红还会叫红头勇？你看我脑壳红不红？你又不是红军，脑壳红哪样？没听见那汉子回答。

那汉子挑一担粪桶出了赣州地界，直奔匪区。匪区是中央军叫法。当地人自称苏区，也叫红区。太阳从身背后溜下去，又从眼前方爬出来。路渐渐变得难走。到处是山。到处是走不出的林子。到处是黑乎乎滚抱成团追吃人血的蚊蚋。总是没风。只有雨，或者只有太阳。除了阴湿就是炎热。他带着一身痱子和几分恐惧闯进了那个神秘的国中之国。

洪毛崤的日子太苦。这苦，青果老爹年轻的时候就吃够了。见天只知道下死力气在水田里吆牛。两条腿被粪水泡得煞白，上上下下巴满蚂蟥，用烟钎子烫都烫不下来。又是脓又是血。肿得像芭蕉杆。到头来还是啃红薯，吃芋头。有点儿换钱的家当就拿出去抽，去赌，去灌黄汤。这日子不是人过的。那汉子对二拐子说。二拐子直点头。两人便跑到雷口关外去寻活路。先去道县。又去零陵。又去郴州。又去汝城。末了去赣州。贩鸦片。贩水烟。贩电池。什么买卖都做。做到赣江边，从一条乌篷船上探听来一条财路：去那边贩盐。那边是朱毛天下，红天红地，不归这边朝廷管。那边盐价高，一斤盐值一个银圆。一块明晃晃的花边洋呐，比赣州的官价高出十三倍。足够让本来就活不下去的穷汉们冒掉脑壳的风险。他那时还没想过当红军，也就更没想过当逃兵。他只想也去冒冒险。但他不想掉脑壳。脑壳掉了，赚到钱也只能买棺材。他没那么憨。二拐子却动摇了。不说不敢去，只说想家。没这个胆子就滚你娘的蛋！骂跑二拐子，他买来一对大粪桶，又在桶里加了层隔板。隔板下放盐，隔板上装粪。一路臭气熏天，大摇大摆，通行无阻。没看见红天红地，也没闻到妖气鬼气，不知不觉就走到那个扛着梭镖立在老榕树下站岗的细伢子跟前。梭镖一横，要路条。没有。没路条就是奸细。不是奸细，是贩盐的。听到盐字，细伢子把梭镖收了回去。盐成了路条。盐是红军的路条，粪是白军的路条。他觉得有趣。更有趣的是这边的人都爱唱歌。不是水牯岭上常听的那样的山歌，哥呀妹的。是几百几千个喉咙一起吼。吼得人血流得咚咚的，肉绷得紧紧的。听来蛮新鲜。跟着哼几句，老走调，便不敢哼出声。这边的人比别处还穷，但好像并不苦。见不到伸手向你讨吃的花子。财主不多。有几个也不神气。听说神气的全都被拉出去砍了脑壳。狗不恶，有生人都不敢出来咬，只在门背后吠几声了事。他想不出这究竟是个什么世道，只觉得有趣。才卖了一回盐，赚到五块响洋，他就不想再干这随时被人砍脑壳的活计了。留着脑壳还要过好日子呢。他碰见一个穿灰粗布衣，头上顶一颗红帽花的笑眯眯的老哥。那人说自己是扩红的。他不懂。那人又问他想不想干红军？他想都没想就点了头。当晚也领到一身和那笑眯眯的老哥一样的衣服。只是没领到枪。枪不够。红军的枪总是不够。这叫他有些扫兴。吃军粮了，还扛一杆梭镖，只比那个查路条的细伢子多一把铜号。说是当顶半个连长的号兵，走在扛枪人的队列里，他总觉着臊。笑眯眯的老哥看出了这一点。晚上睡觉时，走到他草铺前，伸出胳膊给他看。小臂上有三条马刀砍下的疤。三条刀疤换回一条汉阳造。那人笑眯眯地告诉他。睡吧。到这时他才晓得，那人是党代表。他背过身去，闻着土腥气扑鼻的稻草秸，暗地里发狠：非缴它一条同样的家伙给党代表看。但没用。赌咒起誓全没用。他简直怀疑自己就是颗扫帚星。打他参加红军那天起，他们就再没打过一回胜仗。从密丛丛的碉堡群里射出的子弹打得他抬不起头，当然也别指望缴到一条枪。吹冲锋号！眼睛冒血的连长一次次冲着他吼叫。每吹一次，眼前就会躺倒一片红军弟兄。后来连长自己也在冲锋号声里倒下了。只有撤退。眼看着白军的碉堡越围越拢，红军的地盘越缩越小，连队里熟悉的面孔越数越少，他觉得脑壳发胀。怎么回事？不明白。连号都吹不准了，总有颤音。问党代表，党代表也不明白。只是还在努力做出笑眯眯的样子宽大家的心。他的心果然稍稍宽了点儿。不管怎么说，他信任这笑。可不久这笑已离开了他。党代表死了。不是被敌人杀死的。是被自己人当作敌人活活打死的。他亲眼看见了他的死。很惨。说他是 AB 团，还说他是社会民主党。然后那几个神情庄重的人把颜色暗红不知是锈还是血的铁丝，缓慢无情地刺进绑在祠堂廊柱上的党代表的睾丸。任凭他脑袋上仰下俯，长呼短叫，那些人全然不动声色，慢悠悠地从两端把铁丝拉来扯去，直到受刑人停止了鼻息。他们很风趣地把这叫做咬卵弹琴。那一阵子很多人都尝过这滋味。活下来的不多。后来连折磨死党代表的那几个人也死了，罪名和党代表一样。这更叫人不明白。那样一个笑眯眯的、手臂上被敌人马刀砍下三处刀疤的人，怎么会一下子成了敌人？而那些把他活活折腾死的人，怎么又成了他的同伙？不明白。外边被敌人杀。里边被自己杀。这样的队伍能成多大气候？他心冷了。

牛！牛！

二拐子像只栽歪着膀子的瘦公鸡，一路惊叫着向那汉子斜斜地扑来。只听到一片扑扑跶跶的闷响。不知出了什么事。那汉子抄起枪，才想看个仔细，一头断角雄牛已经两眼血红、口喷怒沫地冲到他跟前。赶忙仄身。只觉得有股硬风贴裤管扇了过去。再看，那牛已奔出二十步开外，正刹紧四蹄往回掉头。是毛老倌子家的黑牛牯。前天夜里牛棚失火，燎尽了它一身黑毛。冲出火阵就疯了。哞哞呼吼，满山遍野的狂跑。见人追人。见狗扑狗。见猪撵猪。太阳下山时，二拐子也下山，取饭。回来路上被疯牛盯住了，狂追不舍。追得他扔掉了两笋壳糯饭和一罐子咸笋干，才没被那庞然大物踩成肉泥。那汉子一把将二拐子揉进堑壕，双手托枪，稳稳地瞄准了疯牛牯角根部那片光滑的峭壁。那里长着一个十分漂亮的毛旋儿。然后，枪响了。那疯牛低了下脑袋，步子却没停，依然保持着前冲的架势和速度向那汉子冲来。一股更硬的风扫到脸上。那汉子再次闪身。疯牛四蹄腾空地栽进堑壕。咔嚓一声脆响。另一只牯角也折断了。牛血从弹洞和断角处猛烈喷涂向壕壁。夕阳在水牯岭上扯开一条长长的霞带。

那晚上到处都听得到牛叫。四十多年后，二拐子坐在那棵老皂角下，依然惊魂未定。那晚上家家的牛都跪着流泪。一律面朝东南，吼一阵，流一阵泪，吼得人心颤。怪就怪在除了牛，哪样畜生都安安生生的。狗不咬，鸡不叫，猪也不拱圈。二天天还没亮，仗就打到了水牯岭角角上。

青果老爹发现，枪声是从三个方向传来的。东北方是脚山铺。东南方是新圩。西南方是光华铺。光华铺离水牯岭最近，那个方向的枪声听来也最密，最响，最叫人揪心。枪声响了四天四夜。这四天四夜的枪声会在你耳边响一辈子。还有那一阵阵远远近近沉沉隐隐的喊杀声，吼叫声。已经不是人声了。是兽。是无数头狮吼虎啸狼嗥犬吠马嘶牛叫。吼得你肝碎胆裂心惊肉跳，吼得你下一辈子也会听到。吼得有人在的地方就能听到。吼得有记性的地方就能听到。

界首镇却很平静。静悄悄的，没有枪声，也没有人声。桂军的江防师在头天夜里就被卡车偷偷撤走了。天亮时，三官堂前的湘江水面上，顺着江水流向，三条斜行的绳索，把舟船门板竹排绑扎在一起，变成三座浮桥。

红军的中央纵队出现了。灰乎乎黑压压只见头不见尾的长队。疲惫。迟缓。笨重。除了已成一堆废铁的重武器，还有制造枪弹的车床、钻床。还有印刷货币、邮票和传单的印刷机。还有演文明戏的服装和道具。像搬家。一个国家在搬家。一样东西也舍不得扔掉。因为他们全是农民。为这些东西他们扔掉了好多条命。开小差当逃兵的不算。这一点，要等这一仗打完，清点人数时发现一半以上的士兵已经倒下和散失时，他们才会懂。在此之前，他们宁肯这样吃力、这样艰难地走。似乎不知道前前后后有四十万大军已经张开虎口，要把他们吞噬在湘江东岸！或者他们知道这一点也没有办法，只能这样一寸寸挪动？他们每挪动一步，脚山铺、光华铺、新圩那边，就会又倒下一批红军士兵。就会从更多个胸口上、脑袋上、胳膊上、腿上，喷出更多的血。

太阳升上雾茫茫的皇帝岭时，看到的是血。太阳落进青沉沉的湘江时，看到的还是血。四天四夜的血。比四天四夜还多的血。

他们在走。只是走。他们并不知道这是长征。这个史诗般的命名是后来的事。他们不知道往哪里去。他们不知道前面还有金沙江，还有大渡河，还有雪山，还有草地，还有两万多里漫漫长途在等他们。他们不知道这支只剩下一半人的队伍中还将有一半以上的人走不到头。他们也不知道到头那个地方叫延安。他们神情麻木又从容不迫。他们目光阴郁又乐观自信。他们人心浮动又意志顽强。他们溃不成军又坚不可摧。他们仓皇失措又井然有序地涉过并不宽也不深看上去也不急迫的湘江。他们把这叫作突破第四道封锁线。他们不知道，就是靠着这股近似神迹的狂热和坚定，十五年后，他们将登上紫禁城外那第三座崔巍的城门。而那座城门因此将成为一个民族的图腾。

他们不知道这些。他们只是走，往前走。他们在这种时候也没有忘了开群众大会。他们把十几家土豪养的猪杀掉，分给界首的百姓吃。他们自己也吃。他们还把四个从灌阳抓来的身份不明的人，拖到三官堂后面的水田里枪毙。他们在关帝庙里演戏给百姓看。文明戏。只说不唱。他们自己也看。边看边笑边鼓掌，一点不像在打仗。后来，号响了，他们打起火把连夜翻过了海拔两千公尺的老山界。老山界是越城岭山脉的第二主峰，也是他们翻过的第一座真正的大山。夕阳将坠时，有个身材高大、面孔清癯的人背对湘江，面朝老山界，连呼三声阿弥陀佛！据说，这个人的名字叫毛泽东。

他们走过去了。隐进夜色苍茫的越城岭群峰。他们在脚山铺留下两千条好汉的尸首。在光华铺留下五百。在新圩，留下整整三千！横的。竖的。站的。躺的。跪着的。趴着的。睁眼的。张嘴的。没有脑袋的。没有身子的。与敌人抱成一团的。刺刀和刺刀同时插进对方胸膛的。嘴里衔着一只耳朵的。手里握着涂满白惨惨脑浆的枪托的。肠子像一条条绷带挂在马尾松枝上的。这就是湘江战役。

这还不是全部。

还有不知多少被飞机成片炸倒又被江水成堆卷走的人。他们人真憨。他们心真诚。飞机贴江面扑过来时，他们根本不晓得疏散也不知道隐蔽。他们十几人几十人抱成一团，为的是让拥在中间的人活下来。一颗炸弹开花了，一群人中顶多有两三个还有气。有时一个都不剩。只有血染的湘江知道他们的数字。但它不肯说。它只是默默地流。五十年默默地流。直到一江血水流出碧色。

还有三十四师。中央纵队渡过湘江，走进越城岭后，他们还在百里之外打阻击。等他们接到撤退命令，赶到湘江边时，已是黄昏。七十里江岸上站满粉黄色、褐黄色、屎黄色军服的敌兵。十三个师的敌兵面对着他们。他们无路可走。他们左冲右突。越冲自己人越少。越突敌人越多。他们对着电台嘶喊。得到的答复是继续突围。他们又对着电台嘶喊。得到的答复是沿原路杀回去打游击。他们绝望了。但他们不肯低头。连肠子都被打出来的师长被民团俘去后也不肯低头。他知道抬担架的人要把他送到县城去邀功领赏。赏格五百响洋。他觉得自己的头比这值钱，便活生生把自己弄死在担架上。三十四师的士兵活到一九四九年的不超过一个班。

还有那些拄着枪管，撑着竹棍，一步一拐，喝多了重阳酒似的红军伤兵。他们被穿粉黄色军服的桂军士兵赶着走。像赶羊。像放鸭子。他们目光黯然地走进了一部纪录影片。影片在南京城那座灰色的总统府里上演。有个脑壳秃秃的人看得频频颔首。片名叫作《七千俘虏》。

这就是湘江战役。这还不是全部。

枪声稀了下来。团丁们乱纷纷地从水牯岭后边的岩缝石洞里探出头。轮到他们下手了。一群饿昏的狗，东闻闻西嗅嗅，从青果老爹的身前身后、眼皮底下往过走。拖网一样撒开。搜山。一块石头、一个树洞、一丛刺蓬地搜。老爹认得他们当中好多人。他清楚他们的根底。界首镇上吃喝嫖抽赌的好手，差不多全在这里头。都是些个地头蛇。人熟路熟地形熟，连天上飞的鸟也能一打眼就辨出是不是当地的。他们打仗是稻草人，见点风就抖。打完仗才凶，有威风才抖。湘江战役的枪声停了，他们的湘江战役才开始。

莫去造孽哟，青果老爹想喊住那汉子。他马上发现自己多余。那汉子从地上抓起一把红土，扬在脸上，扬进眼睛里，然后把枪一扔，倒在地上打滚。然后二拐子挽起他，两人一道往岭下走。你也知道愧了？你想起这些人都是你的弟兄了？青果老爹想对那汉子说。两个月前，你还和他们一样。现在你撇下他们，躲在岭上看他们被人抓，被人杀。你以为往眼睛里扬把土就没事了？可以不去杀他们也可以不去看他们被人杀了？你还有耳朵。你还能听见他们哭，他们喊，他们惨叫。你一辈子都能听见。往眼里扬土也没用。看着自家兄弟一个二个被人打死，砍死，你能安心涎着脸皮活下来？青果老爹叹口气。五十年啦，他听不见。他俩快走到岭脚时，见一条冲壕里躺着个红军伤兵，想救，一群团丁扑上来，拎起伤兵的脖领子搜了遍身。没找到什么，便用枪管抵在他太阳穴上，扑地一响，很闷。那伤兵头上喷出一束嫣红。像朵爆开的夹竹桃。青果老爹俯身看了看，发现那死去的伤兵生了一张好看的脸。眉心偏左处，有颗朱砂痣。现在那伤兵脑壳开花的地方真长出一棵夹竹桃，并且正在爆开一树新花苞。香气不浓。是二拐子种的。他半夜上山把那红军埋了，又在上面插了一枝夹竹桃。他想不起当时为哪样要这么做。大概只想做个记号。这棵树眼下被人叫作红军树。成了一方小小的圣地。二拐子为这事被当成杀害红军伤员的凶手关过，审查过。后来又成了不畏白色恐怖，掩埋红军遗体的英雄。有些地方还请他去做报告。他不会做，只管讲他那些讲了不知多少遍的红军勾魂鬼的故事，照样话尾拖着哨音，听得人毛骨悚然。于是又有人说他宣扬迷信，诬蔑红军，从此也就不再有哪个地方请他去讲。他依旧回到老皂角下来找他的听众。

都说这世上好人比坏人多。哪个信？那年月坏人简直好像要比好人多得多。其实也不是好人少，只是好人都胆小。坏人倒是一个个贼大胆。杀起人来手不抖，眼不眨。红军太冤了。哪个都来杀他们，哪个都敢杀他们。杀得连阎王老子都看不下去了，就派牛头马面大鬼小鬼出来平冤还魂。洪毛崎就从那年深秋闹起了鬼。这边一闹，远远近近的村子都开始闹。龙母洞、梯子岭那边也闹。闹得人心惶惶。见庙就磕头，见佛就烧香，连土地堂的香火也旺了起来。

头一个遭报应的，是那个用锹头劈红军脑壳的人。叫毛义清。他倒也是个穷汉。就是穷怕了，穷疯了，鬼迷心窍，没了人味。那天他在田头上走，还哼着戏文呢，当头一个霍闪，从天上落下一把明光光的钢锹，嚓一下，不偏不歪，正掉在他脑壳上，把他半边脸砍在地上，脑浆子飞到田边的桉树叶上，跟那个红军的死法没有两样。二一个遭报应的是那个用鸟枪打死红军的，也没得好结果。他老婆明明看见他坐在堂屋里擦枪，尿憋了，就去蹲茅厕。裤子还没提起来，就听见嗵的一声枪响。那女人提起裤子就往堂屋跑。一看，当家的下巴颏顶在枪口上，一颗双弹头灌进了咽喉。血像从唧筒里射出来一样，溅得哪儿都是。人嘛，早断了气。

龙母洞有四个民团团丁，打完仗，抓住个红军大官儿。听说是个师长。那人蛮勇得很，肠肚子都打得流出来，硬不肯投降，又咬又踢，非要跳崖去死。后来昏死过去了，才被弄到担架上。那四条恶棍抬起他就往县城跑，想趁他还有气，抬到县上去讨重赏。没料想红军师长半路上又醒转过来，知道逃不脱了，就把已经塞回肚里的肠子一嘟噜一嘟噜往外揪。揪了半天，见自己还有命，就又用牙齿咬，生把自己肠子咬断了才死去。那几个团丁眼看白花花就要到手的响洋又飞了，气得抽风。拳打脚踢枪托砸，硬是没把红军师长的牙齿和肠子分开。只好眼睁睁看着他死。人死了，他们才醒过神来，讨不到重赏讨轻赏。拔出刺刀，割耳朵的，割鼻子的，割舌头的。最后一个没得割了，想剜眼睛。看见红军师长虎眼圆睁，他不敢下手，就掉转头去，把卵子割了下来。因为没抓到活的，就是大官也没用。几十块赏洋四下分，一个人没分得几块。丧气得很。几天以后，他四个人全遭了报应。一个挨一个地死。先是割耳朵那个。他的尸首上找不见耳朵。后来是割鼻子那个，他的鼻子也不见了。再后来是割舌头那个，他的尸首最齐整，最好看，舌头在嘴里，被割掉了也看不见。村里人都说这家伙机灵，活着时候就数他鬼点子多，死了，他给自己找得死法也是最体面的。顶惨的要数那个割卵子的。不但自己的卵子被割了去，还搭上了半边屁股。有人听见他在自家屋里跟勾魂鬼厮打，打得好凶。没人敢去看。后来好久听不到动静了，才战战兢兢摸过去叫门。门从里面反锁着。没人应。把门砸开，哪里还有勾魂鬼？早钻地缝走脱了。只剩那个没了卵子的家伙。身子还是温的。

　　死法最难受的是廖百钧。红军来时，他吓得乡长不当了，民团大队长也不干了，跑到全州县城去躲风。红军走后，他又神气活现地跑回来。骑在马上，吆三喝四。民团里的人都笑他胆小，他气得脸青紫。带起几个团丁和他兄弟，跑到盘胖坳上去守。一见到红军的散兵和伤员就拦住。没伤的留下。有伤的拖到冲壕里去干掉。一连守了几天，果真给他拦到十多个。有五六个红军伤兵身体虚的连站都站不稳，别的人见了下不去手，他反过来骂别人是怕死鬼。骂完，一手揪起一个，拖到冲壕里就用刀宰了。来回拖了几趟，他累得浑身褂子都汗湿透了，还不肯罢手。眼红红的，想一口气把剩下的全宰掉。还是他兄弟提醒他，身体好的可以押到县上去讨赏，他才坐到坡头去抽洋烟。那几天他一人就得六七条枪，全归他自家了。当时他小老婆正怀着身子，拽住他的手，求他别再去干这种伤天害命的事，免得遭报，生下个怪胎来。他不听，一巴掌打过去，差点打得那女人小产。

莫看这龟孙凶，其实也是充大胆，到晚上连觉都睡不安生，非叫民团在他家门前院后多加了几道岗。这岗是防人的，哪能防住鬼？夜黑了风吹得紧，雨下得急，霍闪一个接一个，雷声一阵连一阵，勾魂鬼就来了。廖府的门关得严严实实，连蚊子都飞不进。鬼呢，一闪就进去。廖家的人都躺下了，独独廖百钧一个没睡。那天他说心里憋闷，就没上他老婆们的床。过去他是转圈和四个老婆睡觉，一晚上一个。今晚上没有。今晚上真反常。事后有人讲他那是人没死，魂已被鬼勾住了。一个人跑到后院一间厢房里去读《西厢记》。还有一个老家人也没睡。他走到后院来想问问大少爷用不用茶。没等走近，厢房的灯灭了，窗子上好像照出两个人影。他以为大少爷在这里偷偷安顿了一个新相好，不敢冲人家好事，悄悄退了出来。他后来说当时听到了两个人的声音。一个说，开开恩，给我留个全身子。另一个说，把头伸出来，就给你留全的。他以为那是男女调情时的趣话。觉得开心，笑一笑，走回自己房间。二天早起，廖府上哭天嚎地，说杀了人。原来廖百钧死了。是被快刀一下下剐死的。浑身上下一片片肉皮往外翻，像片来油炸的草鱼。尸首并不全，没有脑壳。脑壳好几天后才从恶水塘里浮上来，棺材却已经落了土。里面只有一顶黑呢礼帽捂在脖子上。有人讲那鬼本来和廖百钧讲好了的，只要他肯把脖子伸长些，就留他个全尸。廖百钧起先答应得好好的，临到刀要落下时，又变了卦，把脖子缩了回去。惹得勾魂鬼大怒，挥起刀来，一股风，把那颗狗头吹落在地上。又一股风，就把它卷进了水塘。随后不留一星痕迹，遁地而去。

从红军树往坡下走一百多步，就是九翠的新坟。她没和丈夫合墓。廖百钧的四个老婆在五十年里先后死去，九翠最后。没一个女人肯和那无头鬼合葬。九翠更不肯。她让把自己葬得离娘近一些，离爹远一些。她说她到阴间去也不要见爹。她怕他在那里再卖她一回。那我的苦日子就永远熬不出头了。她临死前说。

好大一片红土。青果老爹望见寡妇九翠黑漆油亮的棺木慢慢沉进红土，又慢慢和红土融成一片。她的后人们正在往棺盖上埋土。眼看着一座坟丘凸了起来。青果老爹觉着今天风很凉。他突然发现那支送葬的行列里少了谁。那汉子呢？那个这些天里一直在眼前晃来晃去的汉子呢？老爹找不见他。

那汉子并不敲门，吱呀一推，闪身进了屋。手从身后把门闩死，用背抵住。九翠并不回头。她知道来人是谁。她只朝被木窗格切成好多块的天上望。天上有好多星。她已经成了寡妇。男人活着时，她是他的四分之一老婆。男人死了，她又是他的四分之一寡妇。但她没分到他的四分之一家财和田产。另外三房老婆太恶，比她们的死鬼男人还要恶。她只分到三间瓦棱上长草的瓦房和九亩半瘦水田。房子也不在廖家宅院里，离村口还有半里路远。水田更远，在水牯乡的边边角角上。现在这房子已经扒掉了。就是不扒，也早该和村子连成片了。现在的洪毛崤比五十年前整大了一倍。洪毛崤这个村名也早变得名不符实，外姓人比洪姓毛姓的加起来还多出好多。那汉子从身后抱住九翠就亲。亲她的头发。亲她的脖子。九翠像石头，动也不动。他又从她衣摆下面伸进手去，往上，摸她的奶。她动了一下，把他的手搜出来。

你还没想好？想好了，我不嫁你。为哪样？我有身子。那个狗崽！你不能生他。要生你生我的！他不是狗崽。他是在我肚里坐的胎。每天他隔着肚皮跟我讲话。他用小脚板踢我，蹬我。我要生他下来。你不能生！他就是狗崽！生下来我也把他溺死、掐死！你好狠好毒。你叫我害怕。一见就怕。你怕我哪样？怕你身上的气味。我身上哪样气味？汗臭还是脚臭？九翠你才做了几天富家婆，就闻不惯你爹你娘你兄弟身上也有的味了？不是那种味。不是那种是哪种？是血味。腥狠了的血味。疯话，我身上哪来的血？你别近拢来，你一近拢我就会闻到。腥得叫人打抖。

二拐子的声音又嘤嘤地送了过来。梯子岭有家财佬姓黑。叫黑景常。这家伙人长得黑，心黑手也黑。春上你租他一分地，秋后他能脱你两层皮。村里人都讲他爹娘起错了名字。该叫他黑心肠才对。他生有一子一女。女儿倒一点不黑，蛮白净，蛮秀气，是黑家的掌上明珠。儿子不受宠。因他一落生就从娘胎里带下两颗歪歪扭扭的门牙，镇上的周瞎子说他是克爹娘的命，所以还在娘怀里吃奶就常挨打。黑家闺女长到一十八岁，要出嫁了，她爹又去镇上找来周瞎子问卦。一问卦不打紧，又问出个白虎星来。说他女子生得白额吊睛，有克夫相。只有等到把头一个丈夫克死了，她这辈子才会太太平平，日后还有大福临门。这黑财佬虽怕他女儿当寡妇，更怕她嫁不出去。再说日后必有大福，哪样福？瞎子没说。反正是好事。要是嫁都嫁不出去，还有个屁的福享？两口子为这事愁得连鸦片瘾都没了。这时候来了红军。一仗下来，留下好多伤兵。黑财佬一看来了神，连烧了好几个烟泡。他把长工头叫到跟前，要他到外边去找个红粮崽来。要白净些的，俊眉俊眼的。问他找红粮崽为哪样？他说莫问，去找就是了。长工头就去找。当真找来一个，白白净净，文文静静的，听说是卫生兵，难怪。黑财佬笑嘻嘻地把那个红军迎进堂屋。屋里早摆好一桌席。没说话，先敬酒。三杯酒落肚，辣得那红军流眼泪，黑财佬才说要招他做女婿，叫女儿出来相见。当下，不管那红军再三摇头摆手，两个长工按住他，就在先已摆好的香案前拜了天地。拜完天地，并不进洞房，继续劝酒。那红军大概好多天没有饭吃，也不客气。让喝就喝，让吃就吃。不大工夫就喝得烂醉，缩到八仙桌底下去吐。黑财佬一看时机到了，丢个眼色过去，几个长工就上前架起红军，拖到后院去，挖个方坑，把他活埋掉了。那红军直到死，酒都没醒过来。而黑财佬他们直到把土埋过红军的头顶，也没发现这是个身穿男装的女红军。这是和她同行的一个红军伤兵后来讲的。黑财佬高兴得要死。他想他既帮女儿克死了头一个丈夫，又保全了她的黄花身，一举两得。千嘱咐万嘱咐，不许长工们把这事透出去。可这种事瞒得住人，还能瞒住鬼？三天过后黑财佬就找不到了。他家人一起出去找，加上长工，满村子喊。村前喊到村后，村东喊到村西。最后好容易才在他家的老坟地里找见了他的脑壳。长工头上去一提，提不动，下面连着身子呢。原来他早被活埋在这儿了，只留个脑壳在外面。脸憋得又灰又紫，肿得像个簸箕。有他过去两个脑壳那么大，把本来准备超度他的师公都吓跑了。这事怪不怪？

青果老爹见那汉子跳进塘里，拼命地用一块漂石搓自己的身子。一遍遍地搓。搓得浑身起血道。又用手捧起水往身上淋。从头淋到脚。再从脚淋到头。搓完了，淋完了，就低下头去，抽动着鼻子在身上嗅。上上下下狠命地嗅。五十年他都这样。每天往塘里跳。用漂石搓。用水淋。用鼻子嗅。冬天也不变。

还有味不？有。你闻都不闻就说有？不用闻。一见你就想起血。哪个的血？那死鬼的。他的血关我屁事？他的血溅了你一身一脸。胡扯！哪个讲的？还用哪个讲？我都亲眼见了。你咋个会见？下雨，打闪，我就醒了。听见有人唤，九翠，九翠，我就起来。声音在后院，我就去后院。没看见人，我觉得怪。以为是那死鬼唤我，就想去敲那间厢房的门。又打了一个闪，就全看见了。你好狠。真下得去手。他才狠！他杀那些瞎眼瘸腿的红军才真下得去手。我知道。他罪孽深，该杀。杀了他，我不怨，也不恨。可为哪样偏要你去杀？为哪样又偏要我撞见？不撞见，我厚着这张寡妇脸皮也再嫁你做老婆！现在还做不做？现在你还叫我做个鬼呀，我一闭起眼睛就看见你提着把牛耳尖刀，比鱼气还腥的血顺着刀子往下滴答，你说，我还能给你做老婆么？你不知道那一个霍闪里，照见你的样子多怕人。我知道。怕是到死也忘不掉。我想了几多个晚上，想得心都抽了，还是不能嫁给你。他是坏种，也是我的头一个男人。我不能和身上有他的血腥气的另一个男人睡在一张床上。杀了我我也不能。那我真杀了你！杀吧，连我们母子两个一道杀。

九翠不再说话。眼神幽幽的，望窗外。前些天天一黑，西南方向就会出现一颗金星。真正的黄金色。和它比，其他星星全是银子。但不几天，那星星暗了，小了，也远了。不久那方向又出现了一颗，就离变暗了的那颗不远。这些日子总是有流星掉下来。那汉子耷拉着头走了出去。顺着条弯弯的田埂往回走。一走五十年。他没有婚娶，她也没有再嫁。两个人哑声厮守。脸对脸，一句话没有。背朝背，才盯着对方影子看。人这东西你说不清。青果老爹叹息。你下辈子也说不清。你可以说她一女不事二夫，守节到死。你也可以说她和另一个男人明来暗往，不清不白。其实全错。什么事一到人嘴里就假。就和真的不一样。青果老爹叹息。

惊蛰这天居然没有响雷。只有狂风怒雨。连天的雨脚被水牯岭上刮下的长风吹成斜挂的雨帐，白茫茫地笼住整个谷地，也笼住了洪毛崤。银色的箭镞把山野射得浑身淌血。红泥浆怒沫翻卷，东一股西一股地朝湘江狂奔。江水又开始变红。和四个月前一般颜色。本来它早变清了。清得好像从不曾红过。江两岸也已经再没有红军可杀。那支仅有不到一半幸存者的队伍走出遵义时又开始显得信心十足也劲头十足。甚至第三次渡过赤水河后，他们还把得过万国博览会金奖的茅台酒拿来搓洗走肿了的脚板。雨下得最大那一阵，千里外一座新起的小洋楼里，那颗看《七千俘虏》时还光芒四射的秃脑壳，这时却在一个叫端纳的澳大利亚男人和另一个叫美龄的中国女人眼里，发出茫然的微光。听说红军天不亮就会打进城来，而他们连坐飞机逃走都来不及。后来才知道是虚惊一场。这个有一座小洋楼的城市叫贵阳。这天夜里水牯岭有雨。还不到雨季。篾竹疯摇，松枝狂舞。细枝碎桠乱纷纷弃落在泥里。谷地一片漆黑。只有天声，没有人声。九翠那三间破瓦房兀立在村外。屋后的芭蕉叶咔嚓嚓一根根折断。每断一根，就扑打一次麻纸濡湿的窗棂。

二更时，一声凄长的嘶喊压低了天声。是人叫。女人的叫。一头忍痛舔伤的母兽在望天长嗥。

那汉子猛睁开眼睛。他听到了。青果老爹松口气。他听到就会起来。整个村子都被这场豪雨吓得缩在烂棉絮下打抖。不知又有哪样报应落在谁头上。只有他才能听出雨阵喧嚣中那一声惨叫。他起身时用力过猛，竹床发出几声被踩折骨骼的呻吟后，嘎巴一下断成两截。他朝着听到叫声的那个方向跑。雨不是从头顶泻下来，而是从对面横着向他扫来。白花花的水流在他脚下像群蟒夺路而逃。他一次次被它们挤歪撞倒，又一次次把它们踩得血汁四溅。他停了一下，再次听到了那个声音。这一次不那么凄厉，像是一声战栗中的叹息。他确信自己知道那声音来自哪里。还在他记不了多少事儿时，他就熟悉了这声音。

这当真是莨菜？牛吃了当真会死？你当真不骗人？

这就是那声音。现在那声音和声音之间的间隔变短了。嚎叫和呻吟越来越密地混杂在一起。这声音是由长风豪雨从几万几十万几百万年前带过来的。一个女人不可能有这么足的底气。这声音与水牯岭奔蹿而下的山洪汇成一股，被无数根亮晶晶的雨柱捶击着直泻谷地。谷地因积水的反光而不再一片黝黑。他远远看见孤立于谷地之上的三间破瓦房。接着，他看到一团雪白的东西在迷蒙中滚动。他飞了过去，降落在那一团白色的旁边。是一个女人仰躺在泥泞里打滚。她的肚皮像水牯岭一样凸起。两条腿像湘漓分派似的叉得很开。一双痉挛不止的手在水牯岭上抚摸，揉搓，拍打，撕扯。她侧身而卧。她仰面朝天。她弓起背来让肚皮浸在泥水里。她浑身抽缩着团成一只受了惊吓的刺猬。但都没用。任何一种姿势也改变不了她口中发出的尖厉长叫。这长叫从第一声起就响彻所有人的岁月。是九翠。他喊。她不应。他跪下去，把手伸到她身子底下。他以为不费力气就能把她托起来，抱进屋里。结果不可能。九翠非常沉。他把牙根都咬松了，才勉强使她离开泥泞的地面。他觉得自己托起了整个水牯岭。他感到托住她臀部的手正在那片丰腴的山岗下抖嗦。他能清楚地感到她身上的某个部位在剧烈地蠕动。那一阵阵蠕动像浪涛一样拍击他的手掌，手臂，一直拍到他的心岸上，激溅起排空的水柱和回声。血流像山洪暴发般在脑顶的河汉里狂奔突泻。他觉着气短，总喘不上来。不得不停下，半蹲着，让九翠整个横亘在自己粗大的膝盖上。伸手扯开衣扣，冰凉的雨水迅速淹没了胸膛。他觉着好受些了，就又把九翠托起来跑。他先是向破瓦房跑。九翠越来越瘆人的吼叫提醒了他：那狗崽要出世了。她要做那狗崽的母亲了。但她一个人做不到。她需要有个人来帮她。他帮不了。除了这么托着她跑，他什么也帮不了。她需要接生婆。他想起界首镇上有好几个这样的婆子。他本人就是不知经她们哪个的手接到这个世界上来的。他托起她朝界首镇跑。

我给你们讲过界首镇上那个烂脖子。他作恶太多，终究不得好死。那棵老皂角正淋在雨里。二拐子的哨音听来像山风呼啸。有几天清乡队里不见了烂脖子，就派人四下去找。找到他常去嫖的一个相好家，见那女人赤条条的，连亵衣都不穿。缩在墙角，两眼睁得像电灯泡，嘴张得能一口吞下一只木瓜。早吓死了。再一看，烂脖子躺在床上，全身也是一丝布条都没得。腿蜷起，臂也蜷起，好像要去天上抓东西。肚皮上盘了一条桌腿粗细的鬼咬子。鬼咬子一般都筷子粗，哪个见过这般粗壮的鬼咬子？不是蛇精才怪。吓得找他的人捂起屁股就跑。听说这东西见眼就钻。再没得人敢到这间房子去。几天后，尸臭就飘满了一条街。家家都宁肯把门窗关死，也不肯去替这恶棍收尸。后来还是每晚上有野狗跑起来，才把这臭味打扫干净。

那汉子刚跑过嘉庆时修的小石桥，桥就被雨水涨塌了。他又跑上廖百钧常常牵马步行的村路，路面已成了一条河床。风在头上吼。雨在身上抽。桉树枝子叭叭炸响着断到地上。他抹了把雨水看路，却打出一个长长的寒战。他看见路两旁有无数黑影在和他并肩跑动。他跑多快，它们就跑多快，一步都不落。他认出那黑影里有廖百钧，有烂脖子，有毛义清，有黑景常。没鼻子的，没耳朵的，没舌头的，没卵子的，只剩半边脑壳的，身上缠着青蛇的，浑身的肉一片片向外翻起又提着脑袋的，全都在追撵他。所有的影子都和这雨夜一起发出怪声怪气在追撵他。他的腿沉起来，接着又软下去。可他还是不停脚地跑。到后来，他发现那在身子下奔跑的已不再是自己的腿。自己的腿跑不了这么快。它们驮着他也驮着她飞快地跑，但他对它们竟毫无知觉。他就这样一口气跑了五十年。那些黑影也追了他五十年。不管他跑得多快，他都躲不开。他发现躲不开的那就是命。不是冤家不碰头。不是冤家，为什么一些人他今生来世也碰不到，另一些人却春风秋雨天晴天阴过去现时早晚晨昏都躲不开？

他和九翠是冤家么？九翠说是。九翠躲不开他。九翠日子过不下去，想把瓦房水田卖掉后远走他乡，硬是被他拦住。人没了房没了地还能活么？他问九翠。九翠不讲话，光哭。他扛长工那样在她水田里吆牛，插秧，收割，一次工钱都不领。九亩半水田一分没少，到头来却叫九翠吃尽苦头。土改时为九翠挣到一顶小地主帽子。剥削者。吸血虫。三十年低眉下眼地过日子。

他和黑廷贵也是冤家。黑廷贵是黑景常的小儿子。都说他一出娘胎就带着牙，是真是假，搞不清。只记得他从小打架就喜欢咬人，牙利得出奇，一咬就破，一破就出血，一出血就落疤。但他并不属狗。他爹一死，他家就碎了。他娘由惊而疯，哭哭笑笑地跑到黄泉路上去追他爹。还剩他姐两个。姐姐又被一个白面皮桂军连长拐了走。那年他十三岁。光凭两颗牙齿哪能守住一大家？虎牙也不行。眼睁睁看着千贯家财百亩肥田被堂叔堂伯表兄表弟姑姊姨娘左邻右舍们明争暗抢去，最后连他自己也让一个长着兔子嘴的舅爷用鸡毛掸子扫出了家门。起先还要脸面，不肯讨吃。到后来连狗食都抢着吃。再后来有把子力气了，就到远不如他家有钱的人家去打短工，扛长工。他有钱留不住，总是身无分文。他恨所有比他有钱的人。恨狠了，就拿这些人家的鸡鸭鹅狗出气。不是狗上吊，就是鸡淹死。十五年后闹土改，他的成分定得最叫人羡慕：雇农。穿制服的人夸奖他，说他有觉悟。还没解放，就敢于用种种巧妙的方法跟有钱人斗。于是在斗争会上他斗得更狠。特别是对那些靠他家发了财的远亲近邻，他一个都不手软。全斗得他们一个二个在地上爬不起来。他入了党。当了贫协主席。又当互助组长。又当合作社长。又当梯子岭大队支书。又当水牯岭公社书记。当家做主了他也对那些在四九年以前过过好日子的人恨得咬牙切齿。对九翠也不例外。九翠没过过什么好日子。但她成分不好。不但剥削而且勾引一个老贫农。罪大恶极。他给九翠的脖子上挂了两只破草鞋。给那汉子的脖子上坠了一块十多斤重的铁牌，上写：地主婆的奸夫淫棍。然后拖去游乡。从洪毛崝游到梯子岭，再从梯子岭游到龙母洞。遭够了冷嘲热骂拳打脚踢鼻涕口水。最后死在冷嘲热骂拳打脚踢鼻涕口水下的却是黑廷贵自己。他是戴一顶纸糊的高帽死去的。时间是一九六八年深秋。比他爹整整多活了三十四年。享年四十七岁。

他的冤家还有那没完没了无休无止年复一年日复一日的审查。因为他是红军的逃兵。还因为他是民团的团丁。闹鬼的事已是一桩历史旧案。又被二拐子们添油加醋地发酵成了神话。不可信。也没人去查。就是真查起来，恐怕结论也只会是：事出有因，查无实据。二拐子倒走运。没当过红军，也就没当过逃兵。唯一受到怀疑的是他掩埋过一个被杀的红军。这事在后来又给他带来很大一堆荣耀。那汉子没这份荣耀。他的事总是纠缠不清。无论是跟红军，还是跟民团，还是跟九翠，都纠缠在一起，说不清。越说不清就越审查。越审查就越说不清。好多人就是被这冤家杀死的。这样杀法不见血。湘江水也不会被染红。那汉子没被杀死。他以为自己命硬。

那汉子还在拼命地跑，托着九翠越来越沉的身子拼命跑。跑近界首时，雨小了，风也弱了，还不到四更。有鸡开始打鸣。是一只母鸡。近来它突然不肯再下蛋。脸上滚起血晕，非要学踩在它背上的那些大冠子们的样，伸长脖子打鸣。只是它老打不在点上，总报错更。况且叫声嘶哑，不洪亮。可它坚持要打，已经连打了十多天。它的主人认定今天是最后一回。只要再听到它嗓眼里冒出雄性声音来，就把它宰掉。过后卖给哪家去吃肉。他们自己当然不会去啃这晦气东西。尽管它满肥。足有五六斤。就在它最后的叫声里，那汉子敲开了麻子幺姑的门。

起初那婆子不肯接，说天还黑，说身体不舒服，说她从不在自己家里接生。他知道她是看他拿不出钱，他便拿出把刀来，甩在烛火摇晃的桌案上。九翠昏了过去。那婆子哆哆嗦嗦地把手在九翠身上乱摸。手也不洗！那汉子骂道，鬼婆子，你先前接生都这么不干不净么？那婆子只好舀来一铜盆清水，洗净手，又往九翠身子里伸。你咋个不骂？你要真痛你就骂。骂那个在你身上图痛快找安逸的东西！她这话说给那汉子听。九翠闭起眼说，他早死了。说着，露水似的汗珠子就从枯叶似的脸上往下滚。死了？死了更该骂。一死就哪样都撒手不管了？男人都是黑心肝！你骂，你骂呀，骂那个死鬼！她以为九翠说丈夫死了就是一种骂。她鼓励九翠骂。一边鼓励一边用眼瞟那带刀来的汉子。她猜他就是那个死了的丈夫。九翠依旧不骂，依旧叫。那婆子挺失望，回身对那汉子吼：哪个让你在那里戳死木头？这儿都是娘儿们的事，你站到外边骑楼下躲雨去！

当然，村里人的心肠也不是个个都黑了。二拐子还在说。有个铁匠叫李福亮。天亮时爬起来解手，听邻居讲他家的灰房里有人，就跑去看。看到用尿浇过的草木灰上，躺着七个半死不活的红军。他觉得做人应该修阴功，就回到铁匠炉上烧好一锅饭送给红军吃。吃完，又把他们一个一个背到后山的洞里，每天送饭不说，还熬草药和兽骨汤给他们喝。可惜，等他们全会下地走路时，被人告了密。民团来了，把铁匠和他老婆还有一个半岁孩子，与那七个红军一道，统统处死在山洞里。是用鸟枪装上双弹头铅弹打死的。这种弹才凶，一枪就要夺人命。

那汉子站在骑楼下。他听见麻子幺姑在恶声恶气地摆布九翠。不肯骂你就莫像叫春猫儿那样吼！你就憋气，憋呀！没生过孩子咋个？用劲，再用劲！像屙屎那样用劲！你连咋个屙屎也忘掉了么？呸！他真想冲进去抹了那婆子。他把头抵在骑楼柱子上。闭起眼睛。凭着那婆子的大声呵斥和九翠的尖声喊叫，来判断事情的进程。那狗崽会是什么样？这是他想知道的。九翠讲，听人说怀孩子时，当娘的想哪个想得最多，孩子生下来就像哪个。他问，你想哪个想得多？不告诉你，生下来你看。九翠说这话脸上很羞，像十五岁时的样子。他就扑上去解她的腰带。她不肯。咬了他的手。一切又平静了，又和从前一样，直到今天。

还有罗传汉父子两个也是大好人。二拐子的故事怕是永辈子也讲不完。打起火来时，他父子正在后山上砍竹子。看见红军队伍上抬担架的把伤兵往路边一丢就跑了，他两个就跑过去救。那伤兵更小，才十五岁。一见他两个就哭了，讨水喝。罗传汉当时才十二岁。他爹喊，汉崽，去拿些茶来。汉崽就去拿。父子两个把红军抬到家门对面的土地堂，在里面铺上稻草、杉皮。防潮。他们不敢把他抬进家里。他受的是枪伤。受枪伤的都是打靶鬼，不吉利。他们又想救他，又不想沾上晦气。传汉他爹把土陶碗翻过来，将三七和土农家酒在碗底里磨碎。用野鸡翎挑上药为红军洗伤，又把茶叶嚼碎堵在伤口上。一天三四次，父子两个轮流去给他洗伤换药。他的伤好得很快。没多久，他给罗家父子留下三样东西：枪、拐杖、挎包。又拜传汉他爹为继爷。就是拜干爹。一连叩了十多个响头，才起来大步流星地去赶队伍。现在那三样东西只有枪还在。传汉六一年因私藏枪支进山偷猎，被抓去关了半年。过后查清确实是红军留下的枪才放他出来。枪却没还他，不知让哪家博物馆收去展览给人看。

天亮起来时雨也停了。随后来了雾。从很近的地方传来杀鸡的声音。长一声，短一声，高一声，低一声，惨极了。刀子好像很钝，半天杀不死。然后太阳从雾幔中渐渐洇出血来。这时他才真闻到一股腥气。九翠说过的那种血腥气。这腥气是从门缝里溢出来的。是从九翠的身子里淌出来的。他忽然感到自己的手很烫。像烙铁。他忽然有了一种冲动，想亲眼看看别的人还有他自己都是怎样来到这世界上的。他还想看看九翠的身子。这个他抱了一晚上也没真正看过一眼的身子。他敲了敲门，得到的是麻子么姑的一声臭骂。于是恶向胆边生。他猛地推门闯了进去，吓得那婆子把铜盆撞翻在地上。她弯腰去心疼她的宝贝铜盆时，他看清了九翠和她又得很开的双腿。在那两条战栗不止的山脉汇拢处，生命之门正膨然胀开。一坨血乎乎黑糊糊的东西无力又顽强地要从那里挤出来，向这个充满清新空气也充满污泥秽水的世界冲锋。像颗黑太阳，一步步走出愁云惨雾。它的四周有无数红霞涌溅。这就是生命。这时那颗真正的太阳也在从雾后仪表堂堂地往出走。一边走，一边俯视着九翠冷汗浸透的头发和顺着冷汗流尽了血色的脸孔。那婆子早等得不耐烦，不顾九翠突如其来的一阵猛嚎，下死力把那刚刚露头的小东西揪了出来。从此那小脑壳上有了终生不去的印记：五个深深的指坑。天庭上一个，脑勺上四个。长大后也没人叫他的名字，都叫他五爪。那汉子从麻子么姑手里抢过婴儿就看。是男孩。小鸡子红扑扑的。他急于知道这孩子像哪个，结果很失望。孩子还太小。眼都睁不开。额头上全是皱子，像小老头。还像耗子。除此之外，谁都不像。

后来他把九翠母子两个背了回去。后来他为她挑水，砍柴，烧饭。后来，那孩子有了模样。他一看，却是活脱脱一个廖百钧。他差些背过气去。这狗崽咋个生得这一副嘴脸？他说着就要去掐死他。要不是九翠忽地扑上来把孩子抢回去，他肯定一下就会把那根细筋筋的脖子卡断。你滚！这是我的肉！不许你碰他一指头！九翠像条母狗冲着他狂吠。他头一回发现自己很胆小。你讲过，他嗫嚅道，你讲过他不会长得像那死鬼。九翠一脸凄婉。我讲过。可他硬要生成这样，你叫我咋个办法？

她没办法。你又有啥办法？他问自己。他唯一的办法就是讨厌，不喜欢。他从来不去抱那孩子。从小到大。到那孩子过了五十岁生日，他们两个也从没朝对方笑过。他倒是喜欢九翠的孙子。也就是五爪的儿子。他长得不像他爹，更不像他爷爷。他像九翠。像九翠多好。这当真是莨菜么？牛吃了当真会死么？他也这样问那汉子。他叫那汉子阿爷。

岁月像水。一片一片，一股一股，从水牿岭，也从别的什么地方流过去，漫开去，把无数让母亲吃尽苦头的人淹没了，重新送回到那个永无天光的混沌所在。

罗传汉的老爹高寿，活到九十岁，亲眼看着那茫茫大水淹没过无数头顶，逢人就说，人修好阴功才能长寿。有一天那水终于没到了他的门下。他并不慌。要儿媳给他烧一锅八宝粥吃。他吃得一口不剩。连锅底都刮了几遍。吃完粥就走进里屋，摸起曾孙子的脑壳说了些谁也听不懂的话，接着头往后一仰，死了。

二拐子也死了。老皂角下那拖着嚯嚯哨音的故事也就讲完了。其实，他还没死时这故事就听不到了，他得了喉癌。嗓子疼得说不成话，连水都咽不下。只能还发出点嘶嘶的哨音。后来那哨音也消失了，只有嘴还在动。还想讲点什么给人听。

眼下他们全躺在水牿岭下的红土里了。无论是红军还是白军，是善人还是恶棍，全躺在这里。静静地躺着。一躺就是几十年。还将成百年上千年地躺下去。化成灰，变成粉也不会消失。还会重新渗进土里，流进根茎，穿过枝蔓，重新回到哪个女人山样隆起的肚腹中。九翠是最后一个躺下去的。她的坟挨着她娘。她娘的坟挨着她爹。她爹的坟挨着排灌站的泵房。泵房门上吊着一把打不开的锈锁。从分田到户后这锁就没开过。怕开了后近水楼台，先肥了靠近泵房的人。于是干脆谁也别开，让那把铁将军锈下去，永远也下不了马。

青果老爹还活着。他看着九翠生，看着九翠死，又看着她落葬。她能见到她娘而不见她的爹么？她会不会在半路碰到那个无头鬼？老爹怅然。这世道的变化好像就是人生人死。没别的名堂。该死的都死了，不该死的也死了。你弄不清该哪样的人活着。连九翠的小孙子也先她一步，埋进了边境上不知哪一片红土。家里刚摘掉戴了三十年的地主帽子，他就兴冲冲穿上军装，去爬边境上一座长满竹子的大山。结果他踩响了地雷。到死他都是个夹带兵，一种需要特别关顾的不受信任的士兵。他死得很突然，而且根本不壮烈。他是爬山爬到一半时想歇口气，往路边的一根毛竹竿上一靠就碰响了地雷。他的死给这个三十年无光的人家挣到一块黄底红字的铁牌：烈属光荣。民政局的人来的那晚上，他家里破天荒点起一只四十瓦的灯泡。过去从来不敢超过十五瓦。九翠被这闪电似的荣光击倒了，一病不起，喊着她孙儿的名字向西走去。

那小子硬是会死。村上人都这么说。一个地主崽子，轰隆一下翻了个身，就成了烈士。抚恤金有了，政府照顾也有了。要在早几年，他想这样死怕都死不成。是啦，青果老爹想，就是太细嫩了点儿。和五十年前在新圩，在光华铺，在脚山铺死的那些小伙子一般细嫩。可他比他们强。他起码有一张烈士证。清明时会有人给坟上培土，会有人送花圈，烧纸。过年过节还会有人到家里慰问，贴几张年画在墙上。他们呢？好多人的骨头到今天还撒在皇帝岭、美女梳头岭上晒太阳。没人问也没人收。想都没几个人想。让风刮，让雨浇，让雷劈电砍，让牧童们用鞭杆挑起两眼望穿成一对黑洞的骷髅头，在马尾松林里你追我跑，装神弄鬼。

青果老爹理不清这沧桑人事中的善恶忠邪，是非曲直，前因后果。他有时相信这一切都是命，有时又怀疑。一些人把那么多脑壳造出来，就是为了有一天让另一些人去砍？他也是这另一些人中的一个。他不知道自己究竟干了好事还是坏事。为九翠保住了九亩半水田，却叫她在日后吃尽苦头。让黑廷贵前半辈子倒霉，后半辈子却在水牯岭名副其实地当家做主。要不是他把事情做过了头，本不会戴上纸帽子死掉的。顶多靠边站站，几年后又东山再起，比先前还抖。这真叫他想不明白。一个人改变不了自己的命，好像倒能改变人家的命。他觉得那汉子就改变了好些个人的命。不过，再认真一想，人家或许本来也就是这样的命呢。那不等于说，还是谁也改变不了谁的命么？

想不明白也就不再去想。这些年人老了，心也渐渐苍凉。不愿总挤在人堆里勾怀往事，便独自一个跑到水牯岭上，承包下一片篾竹林，干起编制篾器的活计来。轻易不下一趟山。

那根吊着孝布的篾竹扁担被洪毛崝的一片青砖灰瓦遮断后，那汉子便又向水牯岭，向岭头的千年樟，向青果老爹走来了。九翠坟上的灵旗在他身后上下飞飘，带着响。他的背已经有些驼。头发也快掉尽了，只剩些残发像风里芦花在塘边摆动。他手里也捧着一支水烟筒。也是一枚四〇火箭弹改做的。和老爹手里的这支一模一样。老爹这支是作为烈士遗物送回来的。上面刻着字：敬赠青果阿爷。那汉子呢？他那支上面可也刻着字？

青果老爹眼看着那汉子越走越近。已经能听到他沉甸甸的喘息和一步一顿的足音。老爹闭起眼，有几分倨傲地迎着那汉子。他能感觉到那汉子已走到了跟前，连那不大有热度的鼻息都喷到了他的脸上。他睁开眼，却谁也没看到。眼前空落落的。身后只有那棵华盖擎天的千年樟，依然满树叶片辉煌。那汉子呢？那个刚才还身矫体健转眼又风吹芦花的汉子呢？

他猛地闻到一股腥气。味儿冲得像狗血。这才想起好些天没洗澡了。从九翠死后就没洗过。今天他该去洗一次。跳进塘里去洗。还要用漂石在身上搓。搓出血道来。浑身都是血道。再用手捧起水来淋。从头淋到脚，从脚淋到头。然后用鼻子在身上嗅，上上下下地嗅。

他知道那股味永远也洗不掉。

国 殇

周梅森

第一章

山头上那片摇曳着枯叶的丛林被炮火摧毁了，一派萧瑟的暗黄伴着枯叶灰烬，伴着丝丝缕缕青烟，升上天空，化作了激战后的宁静和安谧。残存的树干、树枝在醒目的焦黑中胡乱倒着，丛林中的暗堡、工事变成了一片片凄然的废墟，废墟上横七竖八铺满了阵亡者的尸体。太阳旗在山头上飘，占领了山头的日本兵像蚂蚁一样四处蠕动着。深秋的夕阳在遥远的天边悬着，小山罩上了一层斑驳的金黄。

杨梦征军长站在九丈崖城防工事的暗堡里，手持望远镜，对着小山看。从瞭望孔射进的阳光，斜洒在他肩头和脊背上，灿然一片。他没注意，背负着阳光换了个角度，把望远镜的焦距调了调，目光转向了正对着九丈崖工事的山腰上。

一些头戴钢盔的日本兵在挖掘掩体，天已经挺凉了，许多日本兵却赤裸着上身。小钢炮支了起来，一个个炮口指着九丈崖正面，炮位上几乎没有什么遮饰物。日军的骄横是显而易见的，他们似乎料定据守九丈崖的中国军队已无发动反攻的能力。一个赤身裸体，只包着块兜裆布的家伙居然站在一块凸起的石头上，对着杨梦征军长望远镜的镜头撒尿。

他脚下，一片干枯的灌木丛正在燃烧，时浓时淡的白烟袅袅腾起。火不知是占领了山头的日军放的，还是炮火打着的，不大，且因着夕阳光线的照射，看得不太真切。火焰舔过的地方是看得清的，一块块焦黑，恍如受伤躯体上刚结出的血痂。

杨梦征军长脚蹬着弹药箱，默默地瞭望，高大的身躯微微向前倾，脑袋几乎触到了瞭望孔布满尘土的石台上。

暗堡挺大，像个宽敞的客厅，原是石炮台改造的。堡顶，一根挨一根横着许多粗大的圆木，圆木和圆木之间，扒着大扒钉。这是新二十二军三一二师的前沿指挥所。眼下，聚在这个指挥所里的，除了军长杨梦征，还有三一二师师长白云森和东线战斗部队的几个旅、团长官。军长巡视时带来的军部参谋处、副官处的七八个校级随从军官也拥在军长身边，暗堡变得拥挤不堪。

白云森师长和三一二师的几个旅、团长在默默抽烟，参谋处的军官们有的用望远镜观察对面失守的山头，有的在摊开的作战地图上作记号，画圈圈。

外面响着冷枪，闹不清是什么人打的。枪声离暗堡不远，大概是从这边阵地上发出的。零星的枪声，加剧了暗堡中令人心悸的沉郁。

过了好长时间，杨梦征把穿着黑布鞋的脚抬离了弹药箱放到地上，转过了身子。军长的脸色很难看，像刚刚挨了一枪，两只卧在长眉毛下的浑眼珠阴沉沉的，发黑的牙齿咬着嘴唇。铺在军长肩头和脊背上的阳光移到了胸前，阳光中，许多尘埃无声地乱飞乱撞。

杨梦征笑了笑，把手中的望远镜递给了身边的一位高个子参谋：

"怎么啦？像他娘做了俘虏似的！我们脚下的城防工事还没丢嘛！都哭丧着脸干啥！"

四八八旅旅长郭士文大胆地向杨梦征面前迈了一步。声音沙哑地道：

"军长，兄弟该死！兄弟丢了馒头丘！"

杨梦征几乎是很和蔼地看了郭士文旅长一眼，手插到了腰间的皮带上：

"唔，是你把这个焦馒头给我捧丢了？"

"只怕这个焦馒头要噎死我们了！"

军长身边的那位高个子参谋接了句。

郭士文听出了那参谋的话外之音，布满烟尘污垢的狭长脸孔变了些颜色，怯怯地看了杨梦征一眼，慌忙垂下脑袋。郭士文扣在脑袋上的军帽揭开了一个口子，不知是被弹片划开的，还是被什么东西刮破的，一缕短而硬的黑发露了出来。

"军长，兄弟的四八八旅没孬种！守馒头丘的一○九七团全打光了，接防馒头丘时，一○九七团只有四百多人，并……并没有……"

站在瞭望孔前抽烟的白云森师长掐灭烟头，迎着阳光和尘埃走到郭士文面前：

"少说废话！各团还不都一样？四八七旅一○九五团连三百人都不到，也没丢掉阵地！"

杨梦征挥了挥手，示意白云森不要再说了。

白云森没理会，声调反而提高了：

"郭士文，你丢了馒头丘，这里就要正面受敌，如此简单的常识都不知道吗？你怎么敢擅自下令让一○九八团撤下来？你不知道咱们军长的脾气吗？"

军长的脾气，暗堡中的这些下属军官们都知道，军长为了保存实力，可以抗命他的上峰，而军长属下的官兵们，是绝对不能违抗军长的命令的。在新二十二军，杨梦征军长的命令高于一切。从军长一走进这个暗堡，东线的旅、团长们，都认定四八八旅的郭士文完了。早年军长还是旅长时，和张大帅的人争一个小火车站，守车站的营长擅自撤退，被杨梦征当着全旅官兵的面毙了。民国十九年，旅长升了师长，跟冯焕章打蒋委员长，一个旅长小腿肚子钻了个窟窿，就借口撒丫子，也被杨梦征处决了。

郭士文这一回怕也难逃噩运。

军长盯着郭士文看了好一会儿，慢慢向他跟前走了几步，摆脱了贴在胸前的阳光和尘埃，拖着浓重的鼻音问：

"白师长讲的后果你想过没有？"

"想……想过。"

"那为啥还下这种命令？你是准备提着脑袋来见我喽？"

"是……是的！"

杨梦征一怔，似乎有点不相信自己的耳朵。

"你再说一遍?"

"卑职有罪,任军长处裁。"

暗堡里的空气怪紧张的。

杨梦征举起手,猛劈下去。

"押起来!"

两个军部手枪营的卫兵冲上来,扭住了郭士文。郭士文脸对着军长,想说什么,又没说。

白云森师长却说话了:

"军长,郭旅长擅自下令弃守馒头丘,罪不容赦。不过,据我所知,郭旅长的一○九七团确是打光了,撤下来的只是个空番号。军长,看在一○九七团四百多号殉国弟兄的分上,就饶了郭旅长这一回,让他戴罪立功吧!"

杨梦征捏着宽下巴,默不作声,好像根本没听到白云森的恳求。

白云森看了郭士文一眼:

"咋还不向军长报告清楚!"

郭士文挟在两个卫兵当中,脖子一扭:

"我……我都说清了!"

"说清个屁!明知馒头丘要失守了,为啥不派兵增援!"

郭士文眼里滚出了泪,掩在蓬乱胡须下的面部肌肉颤动着:

"师长,你不知道我手头有多少兵么?!一○九七团打光了,我再把一○九八团填进去,这九丈崖谁守?!再说,一○九八团填进去,馒头丘还是要丢!为了给四八八旅留个种,我郭士文准备好了挨枪毙!我不能把四八八旅最后三百多号人再赶到馒头丘上去送死!要死,死我一个好了。"

白云森别过脸去,不说话了。

杨梦征被震动了,愣愣地盯着郭士文看了半天,来回踱了几步,挥挥手,示意手枪营的卫兵把郭士文放开。他像什么事也没发生过似的,走到郭士文面前,手搭到郭士文的肩头上:

"馒头丘弃守时,伤员撤下来了吗?"

"全……全撤下来了!兄弟亲自带人上去抢下来的,连重伤员也……也没落下,共计四十八个,眼……眼下都转进城……城了。"

军长点点头：

"好！咱们新二十二军没有不顾伤兵自己逃命的孬种习惯。这么难，你还把四十多个伤兵抢下来了，我这个做军长的谢你了！"

杨梦征后退两步，脱下帽子，举着花白的脑袋，向郭士文鞠了个躬。

郭士文先是一怔，继而，扑通跪下了：

"军长——杨大哥，你毙了我吧！"

军长戴上帽子，伸手将郭士文拉了起来：

"先记在账上吧！若是这九丈崖还打不好，我再和你——总算账！就依着你们师长话，给你个戴罪立功的机会！"

"谢军长！"

杨梦征苦苦一笑：

"好了，别说废话了，那只焦馒头让他妈的日本人搂着吧，咱们现在要按牢实脚下的九丈崖，甭让它再滑跑了！"

暗堡里的人们这才松了口气。

军长看着铺在大桌上的军用地图：

"白师长，谈谈你们东线的情况。"

白云森走到军长身边，身子探到了地图上，手在地图上指点着：

"军长，以九丈崖为中心，我东线阵地连绵十七里，石角头、小季山几个制高点还在我们手里，喏，这里！这里！我三一二师现有作战兵员一千八百余，实则不到一个整编旅。而东线攻城之敌三倍于我。他们炮火猛烈，且有飞机助战，如东线之敌全面进攻，除石角头、小季山可据险扼守外，防线可能出现缺口。石角头左翼是四八八旅，喏，就是咱们脚下的九丈崖，这里兵力薄弱，极有可能被日军突破。而日军只要突破此地，即可长驱直入，拿下我们身后的陵城。"

杨梦征用铅笔敲打着地图：

"能不能从别的地方抽点兵力加强九丈崖的防御？"

白云森摇摇头：

"抽不出来！小季山右翼也危险，一〇九四团只有五百多人。"

杨梦征默然了，眉头皱成了结，半晌，才咬着青紫的嘴唇，离开了地图。

"郭旅长！"

"到!"

杨梦征用穿着布鞋的脚板顿了顿地:

"这里能守五天么?"

郭士文咽了口吐沫,喉结动了一下,没言语。

"问你话呢!九丈崖能不能守五天?"

"我……我不敢保证。"

"四天呢?"

郭士文还是摇头。

"我……我只有三百多号人。"

"三天呢?"

郭士文几乎要哭了。

"军……军长,杨……杨大哥,你我兄弟一场,我……我又违抗了军令,你……你还是毙了我吧!"

杨梦征火了,抬手对着郭士文就是一记耳光,"啪!"颤响灌满了暗堡,几乎压住了外面零零星星的枪声。

众人又一次被军长的狂怒惊住了。

军长今天显然是急红眼了,在近三十年的军旅生涯中,他大概从未像此时此刻在这个暗堡里这么焦虑,这么绝望。从徐州、武汉到豫南,几场会战打下来,一万五千多人的一个军,只剩下不到六千人。刚奉命开到这里,又被两万三千多日伪军包围了。情况是十分严重的,新二十二军危在旦夕,只要九丈崖一被突破,一切便全完了,暗堡里的军官们都清楚地知道这一点。

然而,他们却也同情郭士文旅长,御守九丈崖的重任放在他们任何一个人身上,他们也同样担不了,谁不清楚?九丈崖和馒头丘一样,势在必失。

杨梦征不管这些,手指戳着郭士文的额头骂:

"混蛋!孬种!白跟老子十几年,老子叫你守,守三天!守不住,我肏你祖宗!新二十二军荣辱存亡,系此一战!你他妈的不明白么?"

郭士文慢慢抬起了头:

"是!军长!我明白!四八八旅誓与九丈崖共存亡!"

杨梦征的怒火平息了一些,长长叹了口气,拍了拍郭士文的肩头:

"好！这才像我六兄弟说的话！"

郭士文却哭了：

"杨大哥，为了你，为了咱新二十二军，我打！打到底！可……可我不能保证守三天！我只保证四八八旅三百多号弟兄打光算数。"

杨梦征摇摇头，凄然一笑：

"不行哇。老弟！我要你守住！不要你打光……"

偏在这时，桌上的电话铃响了。一个随从参谋拿起电话，问了句什么，马上向杨梦征军长报告：

"军长，你的电话！"

"哪儿来的?"

"军部，是毕副军长。"

杨梦征军长走到桌前，接过话筒。

"对！是我……"

军长对着话筒讲了半天。

谁也不知道电话里讲的是什么。不过，军长放下电话时，脸色更难看了，想来那电话不是报喜报捷。大家都想知道电话内容，可又都不敢问，都呆呆地盯着军长看。

杨梦征正了正军帽，整了整衣襟，望着众人平静地说：

"弟兄们，眼下的情势，大家都清楚，你们说咋办?"

众军官你看看我，我看看你，没人说话，最后，眼光集中到了白云森脸上。

白云森道：

"没有军长，哪有新二十二军?！我们听军长的！"

杨梦征对着众军官点了点头：

"好！听我的就好！你们听我的，现刻儿，我可要听中央的，听战区长官部的。我再次请诸位记住，我们新二十二军今儿不是和张大帅、段合肥打，而是和日本人打。全国同胞们在看着我们，咱陵城二十二万父老乡亲们在看着我们，咱不能充孬种！"

"是！"

军官们纷纷立正。

杨梦征想了想，又说：

"我和众位都是多年的袍泽弟兄了，我不瞒众位，刚才毕副军长在电话里讲：赶来救援我们的新八十一军在醉河口被日军拦住了，眼下正在激战。暂七十九军联系不上，重庆和战区长官部电令我军固守待援，或伺机突破西线，向暂七十九军靠拢。情况就是这样。只要我们能拼出吃奶的劲，守上三天，情势也许会出现转机，即便新八十一军过不来，暂七十九军是必能赶到的！我恳请众位一定要不惜一切代价，守住东线！凡未经军部许可，擅自弃守防线者，一律就地正法！"

"是！"

又是纷纷地立正。

杨梦征挥挥手，在一群随从和卫兵的簇拥下，向暗堡麻包掩体外面走，走到拱形麻包的缺口，又站住了：

"郭旅长！"

"有！"

"军部手枪营拨两个连给你，还是那句话，守三天！"

"军长……"

"别说了，我不听！"

杨梦征手一甩，头也不回地走了。

郭士文下意识地追着军长背影跑了几步，又站下了。他看着军长和随从们上了马，看着军长一行的马队冲上了回城的下坡山道。山道上蔚蓝的空中已现出一轮满月，白白的、淡淡的，像张失血的脸。西方天际烧着一片昏黄发红的火，那片火把遥远的群山和高渺的天空衔接在一起了。

他怅然若失地转身往暗堡中的指挥所走，刚走进指挥所，对面馒头丘山腰上的日军炮兵开火了，九丈崖弥漫在一片浓烈的硝烟中……

第二章

从九丈崖城防工事到陵城东大门不过五六里，全是宽阔的大道。道路两旁立着挺拔高耸的钻天杨，夏日里，整个大道都掩映在幽幽的绿荫里。现在却不是夏日，萧瑟的秋风吹落了满树青绿，稀疏枝头上残留的片片黄叶也飘飘欲飞，空旷的路面上铺满了枯朽的落叶。风起处，落叶飞腾，尘土飞扬，如黄龙乱舞，马蹄踏在铺着枯叶的路面上，也听不到那令人心醉的"嘚嘚"脆响了。

杨梦征军长心头一阵阵酸楚。

看光景，他的新二十二军要完了。

这是他的军队呵！这新二十二军是他一手缔造的庞大家族，是他用枪炮和手腕炮制出的奇迹。就像新二十二军不能没有他一样，他也不能没有新二十二军。现今，落花流水春去也，惨烈的战争，把他和他的新二十二军推到了陵城墓地。下一步他能做的只能是和属下的残兵部属，把墓坑掘好一些，使后人能在茶余饭后记起：历史上曾有过一个显赫一时的新二十二军，曾有过一个叫杨梦征的中将军长。

那个叫杨梦征的军长二十九年前就是从陵城，从脚下这块黄土地上起家的。那时，从九丈崖古炮台到城东门的道路还没这么宽，路面也没有这么平整。他依稀记得，那窄窄的路面上终年嵌着两道深深的车辙沟，路边长满刺槐棵子和扒根草，钻天杨连一棵也没有。窄道上，阴天满道泥水，晴日尘土蔽日。那会儿，他也不叫杨梦征，他是九丈崖东北杨家墟子人，大号杨富贵，可墟里墟外的人都管他叫杨老六。他上面有五个叔伯哥，下面有七个叔伯兄弟。他们杨家是个大家族，陵城皮市街上许多绸布店、大酒楼，都是杨家人开的。老族长满世界吹嘘，说他们杨家是当年杨家将的后人，谁知道呢?！族谱上没这个记载，据老族长说，是满人入关时，把有记载的老族谱毁于兵火了。族人们便信以为真，便认定杨家墟子的杨氏家族是应该出个将军、元帅什么的。

可是，直到宣统幼主登基，杨氏家族都没有出将军、元帅的迹象。那时的他虽说喜好枪棒，将军梦确凿是不敢做的。整日勾着腰，托着水烟袋的老族长也没料到他有一个愣头愣脑的重孙儿日后会做上中将军长。

宣统登基的第三个年头，陵城周围闹匪了，最出名的一个叫赵歪鼻，手下的喽啰有百十号，还有几十匹好马，十几杆毛瑟快枪，五响的。赵歪鼻胆大包天，那年春上，绑了杨家的一个绸布店老板的票，接下，又摸黑突进陵城，抢了城里最繁华的举人街。城里巡防营的官兵屁用没有，莫说进山剿匪，连抓住的两个喽啰都不敢杀。赵歪鼻发了话，官府敢杀他手下的人，他就拿巡防营开刀。据说，巡防营管带暗地里放了那两个喽啰，又咋咋呼呼说是那两个喽啰逃了，要抓，后来也没了音。

官府靠不住，百姓们只得自己保护自己。那年夏天，先是杨家墟子，后是周围的村寨和城里纷纷成立了民团、商团，整日价喝符水念咒，舞枪弄棒。老族长知道他自幼喜好枪棒，功夫不浅，就让他做了二团总，团总自然是老族长。后来，老族长吃参吃多了，竟死了。老族长直到死，都不知道外面的世界已闹得沸反盈天，都不知道革命党人已在广州、香港、上海、武昌四处发动了起义。临死时，还拉着重孙儿的手交代：咱拉民团是护乡保民，就如同当年曾相国一样，是护着大清天下的，咱可不能因着有枪有棒，势力坐大，就不听官府的招呼。

那功夫，他只有三支五响毛瑟快枪，还是老族长通过巡防营管带，私下用一百多两白银买来的，人倒不少，杨家墟子、白土堡加城里，四个民团，合计有近一千多号人，使的都是红缨子枪头和大刀片。就这些枪头子和大刀片，便把赵歪鼻吓住了，整整一个冬季，赵歪鼻和他的喽啰们都没敢在杨家族人身上下手。

过了大年。省城的信息传来了，说是宣统小圣上的龙座保不住了，四处都起义独立了。城里已有了革命党，革命党和赵歪鼻联络，要他带人来打陵城。杨家一个在南京水师学堂念书的秀才也跑了回来，也成了革命党。秀才是他的堂哥。秀才堂哥很严重地告诉他：武昌成立了军政府，各省都督府代表云集上海，通电宣布，承认武昌军政府为统领全中国的中央军政府。秀才堂哥以革命党的名义，劝他带领民团、商团，抢在赵歪鼻一伙的前面，干掉巡防营，接管陵城。

他直到这时才明白，建立武装并不仅仅能保护自己，保护家族的财产势力，而且能够干预政治，改变人们的生活秩序和历史的进程。他的第一个老师，应该说是那位两年后因病谢世的秀才堂哥，他日后渐渐辉煌起来的梦想，也是那位秀才堂哥最先挑起的。

不过，那当儿，他却很犹豫。老族长的谆谆教诲还在耳边响着，巡防营和他们杨家和民团、商团的关系又一直不错，向巡防营下手他狠不下心。

秀才哥说，你不下手，赵歪鼻就要下手，他要是一宣布起义独立，接管了陵城，不但咱们杨家，连全城都要遭殃。到那时你再打他，革命党人就会帮着他来打你了。量小非君子，无毒不丈夫，要想成大事，就不能讲情面，不能手软心善。

在秀才哥的怂恿下，他干了，当夜扑进了陵城，缴了巡防营的械。占领县道衙门，宣布起义。三天后，赵歪鼻率着喽啰们赶来"造反"时，陵城古都已咸与革命了。

赵歪鼻恼透了，扬言要踏平陵城，血洗杨家墟子。秀才哥和革命党人便从中斡旋，说是大家都是反清志士，要一致对付清廷，不能同室操戈。于是便谈判。赵歪鼻不做山大王了，改邪归正，投身"革命"了——据他声称，他内心早就倾向革命了，当年抢掠陵城举人街便是革命的确证。他的喽啰并到了城防队里，杨梦征做队总。他做队副。后来，城防队正式编为民军独立团，杨梦征做中校团长；赵歪鼻做少校团副——这家伙好运不长，做了少校没几天，就因着争风吃醋被手下的人打死了。原陵城商团的白云森也做了中尉旗官。

他由此而迈入了军界，开始了漫长而艰险的戎马生活。先是在陵城，后是在皖北、河南、京津，二十多年来马蹄嘚嘚，东征西战，走遍了大半个中国，参加了制造中国近代历史的几乎每一场战争。民国二十三年，在名正言顺做了中将军长以后，他还幻想以他的这支杨姓军队为资本，在日后的某一天，决定性地改变民国政治。当年的吴佩孚吴大帅不就是仗着一个第三师改变了北洋政府的政治格局，操纵了一个泱泱大国的命运吗?!

没想到，民国二十六年七月七日，卢沟桥一声炮响，他隐匿在心中的伟大梦想被炸断了。日军全面侵华，两个国家、两个民族的大厮杀、大拼搏开始了。他和他的新二十二军身不由己地卷进了战争的旋涡，在短短三年中，打得只剩下了一个零头。他是有心计，懂韬略的，十分清楚新二十二军的衰败对他意味着什么。可是，在这场关乎民族存亡的战争中，他既不能不打，也不能像在往昔的军阀混战中那样耍滑头、搞投机。他若是还像往昔那样耍滑头，不说对不起自己作为一个中国军人的良心，也对不起真心拥戴他的陵城地区二十二万父老兄弟。

在关乎民族存亡的战争中，是没有妥协选择的余地的。

往昔的战争却不是这样。

民国九年，他率着独立团开出陵城。扯着老段的旗号打吴佩孚的镇守使时，一看情况不妙，马上倒戈，枪口一掉，对着自己的友军开了火。民国十一年四月，直奉战争爆发，他先是跟着同情奉系的督军拥张倒吴，后来一看吴佩孚得势，马上丢下阵地，和直系的一个旅长握手言和。再后来，冯焕章占领京师，赶走了废帝宣统，他又率着家族部下投身国民军行列，且因着兵力雄厚，升了旅长。冯焕章没多久服膺三民主义，他便也信奉了孙总理，贴上了蒋委员长——那时蒋委员长还没当委员长哩！再后来，张宗昌十万大兵压境，他的独立旅支撑不住，摇身一变，又把蒋委员长和孙总理的三民主义踏在脚下，向张宗昌讨价还价，要了一个师的名分，和张宗昌一起打北伐军。狗肉将军张宗昌十足草包，和北伐军没战上几个回合，一下子完了。他当机立断，没让蒋总司令招呼，又冲着张宗昌的一个旅开了火，竟把那个旅收编了，正正经经有了一个整师。如今的副军长毕元奇就是当时那个旅的旅长，守九丈崖的郭士文是那个旅的团长。民国十九年，冯焕章伙着阎老西打蒋委员长，他二次反叛，在出师训话时，把蒋委员长骂了一通，而后气派非凡地率部上了前线。打了没多久，冯焕章、阎老西和蒋委员长谈判修好了，他又名正言顺地变成了国民革命军的少将师长。

从宣统年间拉民团起家，到民国十九年参加蒋、冯、阎大战，十六年间，他真不知道究竟打了多少乱仗，信奉过多少主张和主义，耍过多少次滑头。为了保存实力，为了不让自己的袍泽弟兄送死，在漫长喧闹的十六年中，他几乎没正正经经打过一次硬仗、恶仗。他不断地倒戈，抗命，成了军界人所共知的常败将军，倒戈将军，滑头将军。可奇怪的是，那么多血气方刚的常胜将军都倒下了，这个叫杨梦征的将军却永远不倒。而且，谁也不敢忽略他的存在。更令那些同行们惊讶的是：他的队伍像块无缝的铁板，永远散不了。有时候被打乱了，他的部下和士兵们临时进了别人的部队，可只要一知道杨梦征在哪里，马上又投奔过去，根本不用任何人招呼。仅此一点，那些同样耍枪杆子的将领们就不能不佩服。汤恩伯司令曾私下说过：杨梦征带的是一支家族军。李宗仁司令长官也说：新二十二军是支扛着枪吃遍中国的武装部落。

李长官的话带着轻蔑的意思。这话传到他耳朵里后，他心里挺不是滋味。那时，他还没见过这位桂系的首脑人物。

民国二十六年四月，台儿庄眼见着要打响了，最高统帅部调新二十二军开赴徐州，参加会战。他去了，也真想好好教训一下日本人，给家乡的父老兄弟脸面上争点光。不曾想，整个五战区的集团军司令们却都不愿接收他，都怕他再像往昔那样，枪一响就倒戈逃跑。因左右逢源的成功而积蓄了十六年的得意，在四月八号的那个早晨，在徐州北郊的一片树林里，骤然消失了……

第二天，李宗仁长官召见他，把新二十二军直接划归战区长官部指挥，让他对此事不要计较。李长官恳切地告诉他：过去，咱们打的是内战，你打过，我也打过，打输了，打赢了，都没意思。你耍滑头，也能理解。旧事，咱们都别提了。今日是打日本人，作为中国军人，如果再怯敌避乱，那就无颜以对四万万五千万国人了！他知道。他频频点头。最后，拍着胸脯向李长官表示：新二十二军绝对服从李长官调遣，一定打好。

民国二十六年四五月间的徐州，像个被炮火驱动的大碾盘。短短四十天中，日军先后投进了十几个师团，总兵力达四十万之巨；而中国军队也相继调集了六十万人参战，分属两个东方民族的庞大武装集团，疯狂地推动着战争的碾磙，轰隆隆碾灭了一片片生命的群星。先是日军在台儿庄一线惨败，两万余人化作灰烬，继而是国军的大崩溃，几十万人被围困在古城徐州。

日军推过来的碾磙也压到了他的新二十二军身上，三千多弟兄因此丧生碾下。而他硬是用那三千具血肉之躯阻住了碾磙向运河一线的滚动，确保了孙连仲第二集团军的台儿庄大捷。

他和他的新二十二军第一次为国家，为民族打了一次硬仗。

后来，当台儿庄大捷的消息传到陵城，全城绅商工学各界张灯结彩为之庆贺，还不远千里组团前往徐州慰劳……

五月中旬撤出徐州之后，他率部随鲁南兵团退过了淮河，继而又奉命开赴武汉，参加了武汉保卫战。武汉失守，他辗转北撤，到了豫南，在极艰难、极险恶的情况下，和日军周旋了近十个月。

民国三十年初，豫南、鄂北会战开始，新二十二军歼灭日军一个联队，受到了最高统帅部通电嘉勉。杨梦征的名字，从此和常败将军、倒戈将军的耻辱称号脱钩了。陵城的父老兄弟们因此而认定，从陵城大地走出去的杨梦征和新二十二军天生就是保家卫国的英雄军队，杨梦征军长和新二十二军的光荣，就是他们的光荣。

豫鄂会战结束后，战区长官部顺乎情理地把新二十二军调防陵城了。其时，陵城周围四个县，已丢了三个，战区长官部为了向最高统帅部交账，以陵城地区为新二十二军的故乡，地理条件熟，且受本地各界拥戴为由，令他率六千残部就地休整，准备进行游击战。不料，刚刚开进陵城不到一周，从沦陷区拥出的日军便开始了铁壁合围，硬将他和他的子弟兵困死在这座孤城里……

骑在马上，望着不断闪过的枯疏的树干和铺满路面的败枝凋叶，他真想哭。

如今，在反抗异族侵略者的战争中，他成名了——万多袍泽弟兄用性命鲜血，为他洗刷掉了常败将军、倒戈将军的耻辱，然而，事情却并不美妙。他有力量的时候，得不到尊敬；得到尊敬的时候，力量却作为换取尊敬的代价，付给了无情的战争。

他感到深深的愧疚，对脚下生他养他的土地，对倒卧在鲁南山头、徐州城下、武汉郊外，豫南村落的弟兄们。他不知道现在幸存的这几千忠诚无畏的部下们是否也要和他一起永远沉睡在这座家乡的古城？还有二十二万敬他、爱他的和平居民。

战争的碾磙又压过来了，当他看到东城门高大城堡上"抗日必胜"四个赤红耀眼的大字的时候，不禁摇了摇头，心想：抗日会胜的，只是眼下这座孤城怕又要被战争的碾磙碾碎了。这里将变为一片废墟，一片焦土，而他和他的新二十二军也将像流星一样，以最后的亮光划破长空，而后，永远消失在漫长而黑暗的历史夜空中，变为虚无缥缈的永恒。

他叹了口气，在城门卫兵们向他敬礼的时候，翻身下了马。在自己的士兵面前，他是不能满面阴云的，他一扫满面沮丧之色，重又把一个中将军长兼家长的威严写到了皮肉松垮的脸上。

军部副官长许洪宝在城门里拦住了他，笔直地立在他面前，向他报告：陵城市府和工商学各界联合组织的抗敌大会，要请他去讲演，会场在光明大戏院，市长、商会会长已在军部小白楼恭候。

这是三天前就答应了的，他要去的。日军大兵压境，陵城父老还如此拥戴他，就冲着这一点，他也得去。他可以对不起任何上峰长官，却不能对不起陵城的父老兄弟。

他点了点头，对许副长官交代了一下：

"打个电话给军部，就说我直接到会场去了，请市长和商会的人不要等了。告诉毕副军长，如有紧急军情，如新八十一军，暂七十九军有新消息，立即把电话打到会场来。噢，还有，令手枪营一、三连立即到九丈崖向四八八旅郭士文报到，二连和营长周浩留下！"

第三章

杨梦征在一片近乎疯狂的掌声中走下了戏台子。台下的人们纷纷立起。靠后的人干脆离开座位，顺着两边的走道向前挤，有的青年学生站到了椅子上。会场秩序大乱。只能容纳三百多人的戏院竟闹哄哄像个大兵营。副官长许洪宝害怕了，低声对军部手枪营营长周浩说了句什么，周浩点点头，拔出了驳壳枪，率着许多卫兵在军长和与会者之间组成了一道人墙。

杨梦征见状挺恼火，令周浩撤掉人墙，把枪收起来。他在尚未平息的掌声中，指着楼上包厢上悬着的条幅，对周浩道：

"这是陵城，新二十二军的枪口咋能对着自己的父老乡亲呢？看看横幅上写的什么吗?!"

横幅上的两行大字是：

"胜利属于新二十二军！

光荣属于新二十二军！"

周浩讷讷道：

"我……我是怕万一……"

"陵城没有这样的万一！假使真是陵城的父老乡亲要我死，那必是我杨梦征该死！"

副官长许洪宝走了过来：

"会已经散了，这里乱哄哄的，只怕……军长还是从太平门出去回军部吧！"

杨梦征没理自己的副官长，抬腿跨到了第一排座位的椅子上，双手举起，向下压了压，待掌声平息下来，向众人抱拳道：

"本军长再次向各界父老同胞致谢！本军长代表新二十二军全体弟兄向各界父老同胞致谢！"

话刚落音，第四排座位上，一个剪着短发的姑娘站了起来，大声问：

"杨军长，我是本城《新新日报》记者，我能向您提几个问题么？"

他不知道陵城何时有了一张《新新日报》，不过，看那年轻女记者身边站着自己的外甥女李兰，他觉着得允许女记者问点什么。

女记者细眉大眼，挺漂亮。

他点了点头。

"市面纷传，说是本城已被日军包围，沦陷在即，还说，东郊馒头丘已失守，九丈崖危在旦夕，不知属实否？"

杨梦征挥了挥手：

"纯系汉奸捏造！馒头丘系我军主动弃守，从总体战略角度考虑，此丘无固守之必要！九丈崖有古炮台，有加固了的国防工事，有一个旅防守，固若金汤！"

女记者追问：

"东郊炮声震天，其战斗之惨烈可想而知，九丈崖能像军长讲的'固若金汤'么？"

杨梦征有些火，脸面上却没露出来：

"你是相信本军长，还是相信那些汉奸的谣言？"停顿了一下，又说，"若是本城真的危在旦夕，本军长还能在这里和父老乡亲们谈天说地么？！"

会场上响起一片啧啧赞叹，继而，不知谁先鼓起了掌，掌声瞬时间又响成了一片。

掌声平息下来之后，女记者头发一甩，又问：

"我新二十二军还有多少守城抗敌的兵力？"

杨梦征微微一笑：

"抱歉，这是军事机密，陵城保卫战结束之前，不能奉告。"

"请军长谈谈本城保卫战的前途。"

杨梦征指了指包厢上悬着的横幅：

"胜利属于新二十二军！"

这时，过道上的人丛中，不知是谁说话了，音调尖而细：

"军长不会再弃城而逃，做常败将军吧？"

全场哗然。

众人都向发出那声音的过道上看。

手枪营长周浩第二次拔出了驳壳枪。

杨梦征一笑置之，侃侃谈道：

"民国二十六年以前，自家内战，同室操戈，你打我，我打你，全无道理，正应了一句话：'春秋无义战'。本军长知道它是不义之战，为何非要打？为何非要胜？为何非要我陵城子弟去流血送死？本军长认为，二十六年前之国内混战，败，不足耻；胜，不足武。民国二十六年'七七事变'以后，本军长和本军长率属的新二十二军为民族，为国家拼命流血，是我同胞有目共睹的，本军长不想在此夸耀！提这个问题的先生嘛，我不把你看作动摇军心的汉奸，可我说，至少你没有良心！我壮烈殉国的新二十二军弟兄的在天之灵饶不了你！"

女记者被感动了：

"军长！陵城民众都知道，咱新二十二军抗日英勇，军长是咱陵城光荣的旗帜！"

"谢谢小姐！"

"请军长谈谈，陵城之围，何时可解？听说中央和长官部已指令友军驰援，可有此事？"

杨梦征气派非凡地把手一挥：

"确有其事。我国军三个军已星夜兼程，赶来增援，援兵到，则城围解。"

"如若这三个军不能及时赶到呢？"

"我守城官兵将坚决抵抗！有我杨梦征，就有陵城……"

刚说到这里，副官长许洪宝跳上椅子，俯到杨梦征耳边低语了几句。

杨梦征再次向众人抱了抱拳：

"对不起！本军长今晚还要宴请几位重要客人，客人已到，不能奉陪了！抱歉！抱歉！"

杨梦征跳下了椅子，在众多副官、卫兵的簇拥和市政各界要员的陪同下，通过南太平门向戏院外面走。刚出太平门，女记者追了上来，不顾周浩的阻拦，拦住杨梦征问：

"军长，我能到九丈崖前沿阵地上探访吗？"

杨梦征面孔上毫无表情：

"不行，本城战况，军部副官处每日向各界通报！你要探访，就找许副官长！"

外甥女李兰冲过去，站到了女记者身边：

"舅舅，你就……"

杨梦征对外甥女也瞪起了眼睛：

"不要跟着起哄，快回去！"

杨梦征迈着军人的步子，头都不回，昂昂地向停在举人街路边的雪铁龙汽车走去。走到离汽车还有几步的时候，从戏院正门出来了几个商人模样的老人，冲破警戒线，要往他跟前扑。手枪营的卫兵们拼命阻拦。可怕军长责怪，不敢过分粗暴。几个老人气喘吁吁，大呼小叫，口口声声说要向军长进言。

杨梦征喝住卫兵们，让几个老人来到面前：

"诸位先生有何见教？"

一个戴瓜皮帽的老人上前拉住他的手：

"老六！富贵！做了军长就不认识我这老朽本家了！我是富仁呀！宣统年闹匪时被绑过，后来，咱杨家拉民团……"

杨梦征认出来了：

"唔，是三哥，我正说着等军务忙完了，到皮市街去看看咱杨家老少爷们，可你看，初来乍到，连营寨还没扎牢实，就和日本人干上了！"

"是喽！是喽！做将军了，忙哩！我到你们军部去了三次都没寻到你……"

"三哥，说吧，有啥事？还有你们诸位老先生。"

戴瓜皮帽的本家道：

"还不是为眼下打仗么！老哥我求你了，你这仗可能搬到别处去打！咱陵城百姓子民盼星盼月似的盼你们，可你们一来，鬼子就来了，老六，这是咋搞的？"

另一个挂满银须的老头也道：

"将军，你是咱陵城人，可不能在咱陵城城里开仗哇！这城里可有二十几万生灵哇！我等几个老朽行将就木，虽死亦不足惜，这一城里的青壮妇孺，走不脱，出不去，可咋办呀？将军，你积积德，行行好吧！可甭把咱陵城变成一片焦土死地哇！"

杨梦征听着，频频点头：

"二位所言挺好，挺好！我考虑，我要考虑！本军长不会让鬼子进城的，也不会把陵城变成焦土的！放心！你们放心？实在抱歉，我还有要务，失陪！失陪！"

说着，他钻进了雪铁龙，未待刚钻进来的许洪宝关闭车门。马上命令司机开车。

车一离开欢送的人群。他便问许洪宝：

"毕副军长刚才在电话里讲的什么？"

许洪宝叹了口气，忧郁地道：

"孙真如的暂七十九军昨日在距陵城八十二里的章河镇一带附逆投敌了！姓孙的通电我军，劝我们向围城日军投降，电文上讲：只要我军投降，日本军方将在点编之后，允许我军继续驻守陵城！如果同意投降，可在今、明两夜的零点至五点之间打三颗红色信号弹。围城日伪军见到信号弹，即停止进攻。据毕副军长讲，电文挺长，机要译电员收译了一个半小时，主要内容就是我报告的这些。"

"新八十一军现在情况如何？"

"依然在醉河一线和日军激战，五时二十分电称：将尽快突破重围，向我靠拢！"

"孙真如的暂七十九军投敌，新八十一军知道么？"

"知道。重庆也知道了。六时二十八分，重庆电告我军，宣布暂七十九军为叛军，取消番号，令我继续固守，在和新八十一军汇合之后，西渡黄河，开赴中原后方休整待命。长官部七时零五分，也就是刚才，电令我军伺机向黄泛区方向突围，友军将在黄泛区我军指定地点予以接应。"

"混账话！我们突得出么去？"

"毕副军长请您马上回军部！"

杨梦征仿佛没听见似的，呆呆望着窗外。

汽车驰到贝路路大东酒楼门前时，他突然命令司机停车。

雪铁龙停下，手枪营长周浩的两辆摩托车和一部军用卡车也停了下来。

周浩跳下车斗，跑到雪铁龙车门前：

"军长。不是回军部么，为什么停车？"

杨梦征淡淡道：

"请客！今天你做一次军长，找一些弟兄把大东酒楼雅座全给我包下来，好好吃一顿，门口戒严，不准任何人出入。把牌子挂出来，扯上彩灯，写上：中将军长杨梦征大宴嘉宾！十一时前不准散伙。"

"是！"

"要搞得像真的一样！"

"明白。这带出的两个排，我留一个排护卫军长吧！"

"不必！再说一遍，这是陵城！"

杨梦征连雪铁龙也甩下了，自己跳上了一辆摩托车，许洪宝跳上了另一辆，一路呼啸，向位于陵城风景区的军部小白楼疾驰……

第四章

情况越来越坏，一顿丰盛的晚餐都被糟蹋了。从在餐桌前坐下来，到晚餐结束，离开餐桌，杨梦征几乎被电话和报告声吵昏过去。一顿饭吃得极糊涂。东线九丈崖告急，西线在日军强大炮火的攻击下军心浮动，三一一师副师长，杨梦征的侄子杨皖育，请求退守城垣。城中机动团（实际不到三百人）十三个士兵化装潜逃，被执法处抓获，请示处置。半个小时前，在光明大戏院还慷慨激昂的总商会会长，现在却低三下四地打电话来，恳请新二十二军以二十二万和平居民为重，以城池为重，设法和日伪军讲和。总商会答应为此支付八十万元法币的开拔费。城北矿业学院的大学生则要新二十二军打下去，并宣称要组织学生军敢死队前往东线助战，恳请军长应允。

他几乎未经考虑，便接二连三发出了命令：从机动团抽调百余人再次填入九丈崖。把侄子杨皖育臭骂了一通，令其三一一师固守西线。十三个逃兵由执法处押赴前沿戴罪立功。对商会会长则严词训斥云：本军军务，本城防务，任何人不得干预，蓄意扰乱军心者！以通敌罪论处。

对矿院大学生代表，他好言相劝，要他们协助军政当局，维持市内秩序，救护伤员。为他们的安全计，他不允许他们组织敢死队，擅自进入前沿阵地。

晚饭吃完。命令发布完，已是九点多钟了，毕元奇副军长，许洪宝副官长才满面阴郁地在他面前坐下。

毕元奇把暂七十九军孙真如的劝降电报递给了他，同时，似乎很随便地问了句：

"看军长的意思，我们是准备与陵城共存亡喽？"

他接过电报，反问了一句：

"你说呢？"

"我？"

毕元奇摇摇头，苦苦一笑，什么也没说。

许洪宝也将几张红红绿绿的纸片递了上来：

"军长，这是刚才手枪营的弟兄在街上捡来的，不知是日军飞机扔的，还是城内汉奸散发的，您看看，上面的意思和孙真如的电报内容相同。鬼子说：如果我新二十二军不走暂七十九军孙真如的路，他们明日就要用飞机轰炸陵城市区了。"

"逼我们投降？"

"是的，您看看。"

杨梦征翻过来掉过去将电报和传单看了几遍，突然，从牛皮蒙面的软椅上站起来，将电报和传单揉成一团，扔进了身边的废纸堆里。

"孙真如真他妈的混蛋！"

"是呵，早知如此。长官部不派他增援我们反好，眼下，他可要掉转枪口打我们了！"

毕元奇的话中有话。

杨梦征似乎没听出来。站起来在红漆地板上踱着步：

"情况确实严重，可突围的希望么，我看还是有的！新八十一军不就在醉河附近么？若是他们突破日军阻隔，兼程驰援，不用三天，定能赶到本城。新八十一军的赵锡恒，我是知道的，这家伙是条恶狼，急起来又撕又咬，谁也阻不住的！还记得二十七年底在武汉么？这家伙被日本人围了大半个月，最后还不是率部突出来了么？！"

毕元奇摇了摇头：

"问题是，陵城是否还能守上三天以上？今日下午六时以后，日军一反常态，在东、西两线同时发动夜战，八架飞机对东线进行轮番轰炸，我怀疑这其中必有用意。"

"用意很明显，就是迫降么！他们想在我部投降之后，集中兵力回师醉河，吃掉新八十一军！新八十一军不像我们这样七零八落的，赵锡恒有两个整师，一个独立旅，总计怕有两万五六千狼羔子哩！"

"军长，难道除了等待新八十一军，咱们就没有别的路子可走了么？咱们就不该做点其他准备么？"

杨梦征浑黄的眼珠一转：

"做投降的准备么？"

投降这两个字，只有军长敢说。毕元奇见杨梦征说出了这两个字，便大胆地道：

"是的！事关全军六千多号弟兄的生死存亡，我们不能不做这样的准备！况且，这也不算投降，不过是改编。我们是不得已而为之，一俟形势变化，我们还可弃暗投明么，就像民国二十六年前那样。"

杨梦征摇摇头："我不能这样做！这是陵城，许副官长、白师长，还有三分之二的弟兄，都是陵城人，咱们和日本人拼了整三年，才拼出了新二十二军的抗日英名，作为新二十二军的军长，我不能在自己父老兄弟面前做汉奸！"

毕元奇不好说话了，他不是陵城人，他已从杨梦征的话语中听出了责怪的意思。

副官长许洪宝却道：

"军长！我们迫不得已这样做，正是为了我陵城二十二万父老乡亲！在光明大戏院门口，还有方才的电话里，乡亲们讲得还不明白么？他们不愿陵城变为一片焦土哇！他们也不愿打呀！打输了，城池遭殃，百姓遭殃，就是幸免于战火的乡亲，在日本人治下，日子也不好过。而若不打，我军接受改编，不说陵城二十二万百姓今日可免血火之灾，日后，有我们的保护，日子也要好过得多。"

杨梦征叉腰站着，不说话，天花板上悬下来的明亮吊灯，将他的脸孔映得通亮。

毕元奇叹了口气，接着许洪宝的话题又说：

"梦征大哥，我知道，作为抗日军人，这样做是耻辱的。您、我、许副官长和我们新二十二军六千弟兄可以不走这条路，我们可以全体玉碎。尽忠国家。可如今城里的二十二万百姓撤不出去哇，我们没有权利让这二十二万百姓陪我们玉碎呀！梦征大哥，尽管我毕元奇不是陵城人，可我也和大哥您一样，把陵城看作自己的家乡，您如果觉着我说这样的话是怯战怕死，那兄弟现在就脱下这身少将军装，扛根汉阳造到九丈崖前沿去……"

杨梦征红着眼圈拍了拍毕元奇圆圆的肩头：

"老三，别说了！大哥什么时候说过你怕死?！这事，咱们还是先搁一搁吧！至少，今夜鬼子不会破城！他们飞机呀，大炮呀！是吓唬人的！还是等等新八十一军的信儿再说！现在，咱们是不是先喝点什么?"

许洪宝知道军长的习惯，每到这种抉择关头，军长是离不开酒的。军长酒量和每一个豪饮的陵城人一样，大得惊人，部属们从未怀疑过军长酒后的选择。军长酒后的选择绝不会带上酒味的。

几个简单的拼盘和一瓶五粮液摆到了桌上，三人围桌而坐，喝了起来。气氛压抑而沉闷，毕元奇一支接一支地抽烟，往天从不抽烟的许洪宝也抽了起来。只有杨梦征一杯接一杯地喝酒。末日感和危亡感夹杂在烟酒的雾气中，充斥着这间明亮的洋房。军参谋长杨西岭已在豫鄂会战中殉国了，杨梦征却一再提到他，后来，眼圈都红了。毕元奇和许洪宝都安慰杨梦征说：就是杨参谋长活着，对目前新二十二军的危难也拿不出更高明的主意。二人一致认为，除了接受改编，已没有第二条路可走了。看杨梦征不作声，毕元奇甚至提出：今夜就该把三颗意味着背叛和耻辱的红色信号弹打出去。杨梦征不同意。

一瓶酒喝到三分之一的时候。门口响起了急促的脚步声，一个机要译电员赶来报告了：

"杨军长、毕副军长，刚刚收到新八十一军赵锡恒军长急电，渡过醉河向我迂回的新八十一军三〇九师、独立旅和军部被日军压回了醉河边上，伤亡惨重，无法向我部靠拢，发报时已沿醉河西撤。尚未渡过醉河的该军三〇一师，在暂七十九军孙真如劝诱下叛变附逆。电文尚未全部译完。"

"什么?"

杨梦征被惊呆了。塑像般地立着,高大的身躯不禁微微摇晃起来,仿佛脚下的大地都不牢实了。

完了,最后一线希望也化为乌有了。

过了好半天,杨梦征才无力地挥了挥手,让译电员出去,重又在桌前坐下,傻了似的,低着花白的脑袋,眼光直直地看着桌上的酒瓶发呆。

"梦征大哥!"

"军长!"

毕元奇和许洪宝怯怯地叫。

杨梦征似乎被叫醒了,仰起头,两只手颤巍巍地按着桌沿,慢慢站了起来,口中讷讷道:

"让我想想!你……你们都让我想想……"

他摇摇晃晃离开了桌子,走出了大门,拖着沉重的脚步上了楼。许洪宝望着杨梦征的背影,想出门去追,毕元奇默默将他拦住了。

"我……我再去劝劝军长!"

毕元奇难过地别过脸:

"不用了,去准备信号弹吧!"

电话铃偏又响了,东线再次告急。毕元奇自作主张,把城内机动团最后二百余人全部派了上去。放下电话,毕元奇看了看腕子上的手表,见手表的指针已指到了十字,心中一阵悲凉:也许两小时或三小时之后,陵城保卫战就要以新二十二军耻辱的投降而告结束了。他走到窗前,望着夜空下炮声隆隆的东郊,两行浑浊的泪水滴到了窗台上……

第五章

十点四十五分,李兰闯进了军长的卧室,发现这个做军长的舅舅阴沉着脸,趴在大办公桌上写着什么。她一进门,舅舅就把手中的派克笔放下了,把铺在桌上的几张写满了字的纸草草叠了叠,塞进了抽屉里。她以为舅舅在起草作战命令、安民告示之类的文稿。便没疑心,只随便说了句:

"舅，都这么晚了，还写个啥？赶明儿让姜师爷写不行?!"

往日，新二十二军的重要文告大都出自姜师爷之手。姜师爷是晚清的秀才。从杨梦征做旅长时，就跟杨梦征做幕僚了。

杨梦征笑笑说：

"师爷老了，身子骨一天不如一天，眼下的事又这么多，这么急，光指望他哪成呢?!"

李兰拍手叫道：

"那，我给舅舅荐个女秀才，准保比姜师爷高强百倍！舅，就是今晚你见过的那个《新新日报》的记者，叫傅薇。她呀，在上海上过大学堂。"

杨梦征挥挥手，打断了李兰的话头：

"好了，兰子，别提那个女秀才了，舅舅现在没心思招兵买马！来，坐下，我和你谈点正经事！"

"你不听我的话，我也不听你的正经事！人家傅薇对你敬着哩！甭看她说话尖辣，心里可是向着咱新二十二军！会一散，她就写文章了，明日《新新日报》要登的！"

"我也没说她不好嘛！"

"那，你为啥不准她到东郊前线探访?!舅，你就让她去吧，再给她派两个手枪营的卫兵！昨儿个，我都和周浩说过了，他说，只要你一吐口，莫说两个。十个他也派！"

杨梦征叹了口气：

"好吧，别搅了，这事明天——咱们明天再谈，好不好？"

"明天你准保让她去？"

杨梦征点了点头，又指了指办公桌对面的椅子，要李兰坐下。

李兰坐下了。直到这时，她都没发现舅舅在这夜的表现有什么异样。自从随陵城慰劳团到了徐州之后，三年中，她一直跟在舅舅身边，亲眼见着舅舅在一场场恶战中摆脱厄运，渡过难关。舅舅简直像个神，好像无所不能，军中的官兵敬着舅舅，她也敬着舅舅。她从未想过把死亡和无所不能的舅舅连在一起。

她大意了。

舅舅显得很疲惫：

"兰子，自打民国二十七年五月到徐州，你跟着舅舅南南北北跑了快三年了，劝也劝不走你，甩也甩不掉你，真叫我没办法。如今，你也二十大几了，也该成个家了。我知道你这三年也不都是冲着我这舅舅来的，你对白云森师长的意思我明白，往日我阻拦你，是因为……"

她垂着头，摆弄着衣襟，怪难堪的。

"过去的事都甭提了，眼下看来，白师长还是挺好的，四十七岁，妻儿老小又都死于国难，若是你没意见，我替你过世的母亲做主。答应你和白师长的这段姻缘，也不枉你跟我跑了一场！"

她过了好半天，才抬起头：

"白……白师长也……也许还不知道我……我有这意思！"

杨梦征摇摇头：

"白师长是新二十二军最明白的人，你的意思，他会不知道？笑话了！"

过后，杨梦征又唠唠叨叨向外甥女讲了白云森一大堆好话，说白云森如何有头脑，有主见，如何靠得住，说是嫁给白云森，他这个做舅舅的就是死也能放心瞑目了。

舅舅明白地提到死，她也没注意。她根本没想到舅舅在安排她婚事时，也安排了自己和新二十二军的丧事。

她告退的时候，大约是十一点多钟，出门正撞上手枪营营长周浩赶来向杨梦征报告。

周浩清楚地记得，他跨进军长卧室大门的时候，是十一点二十分，这是不会错的。从位于贝通路口的大东酒楼到军部小白楼，雪铁龙开了十五分钟。他是严格按照军长的命令，十一点整撤除警戒返回军部的。下了车，他在军部大院里见到了许副官长，打个招呼，说了几句话，而后便进了小白楼门厅，上了三楼。他知道，在这激战之夜，军长是不会在零点以前睡觉的。

果然，军长正在落地窗前站着，他一声报告，军长缓缓转过了身子：

"回来了？"

"哎！"

他走进屋子，笑嘻嘻地道：

"军长，替你吃饱喝足了。"

军长点点头：

"好！回去睡吧！"

他转身要出门时，军长又叫住了他：

"回来！"

"军长，还有事？"

军长走到办公桌前拉开抽屉，取出一把勃朗宁手枪：

"浩子，你往日尽偷老子的手枪玩，今天用不着偷偷摸摸的了，老子送你一把！"

他有点不相信自己的眼睛和耳朵，望着军长甩在桌上的枪不敢拿，眨着小眼睛笑道：

"军长，您又逗我了？！我啥……啥时偷过您的枪玩？您可甭听许副官长瞎说！这家伙说话靠不住哩！那一次……"

军长苦苦一笑：

"不想要是不是？不要，我可收起来了，以后，别后悔！"

"哎，军长！别……别！军……军长不是开玩笑吧？"

"不是开玩笑，冲着你小子今天替我吃得好，本军长奖你的！"

他也没料到军长会自杀，一点也没想到爱玩手枪的军长把心爱的勃朗宁送给他，是在默默和他诀别。他十六岁投奔军长，先是跟军长当勤务兵，后来进手枪营，由卫兵、班长、排长、连长，一直到今天，当了营长。他曾三次豁出性命保护过军长。两次是对付刺客，一次是对付日军飞机投下的炸弹，为此，他膀子上吃过一枪，大腿上的肉被炸弹掀去了一块。

他以为军长又发了洋财：

"军长，八成你又弄到新玩意了吧？"

军长骂儿子似的骂他：

"是的！你他妈的什么时候再来偷？小心老子敲断你的爪子！"

他把玩着到手的勃朗宁，心满意足地道："军长，哪能呢？咱可不敢贪心不足！有这勃朗宁，也够玩一阵子的了，咱哪能再去偷军长的新家伙！军长，过去我也没偷过！你什么时候发现枪少过？"

"好了！甭说了，回去玩你的吧！小心他妈的走火！"

"是！"

他一个立正，向军长敬了个礼，动作利索，姿势也挺漂亮。

姜师爷在快十二点的时候，听到了走廊上的脚步声。脚步声沉重而凝缓，在寒意渐进的秋夜里显得很响。姜师爷那刻儿也没歇下，正坐在太师椅上看书，听得脚步声响到门前，摘下老花眼镜，向门口走，刚走到门口，杨梦征便进来了。

"老师爷还没歇觉？"

"没歇，揣摩着你得来，候着你呢！"

杨梦征在姜师爷对面坐下了，指着书案上一本发黄的线装书，不经意地问：

"又是哪个朝代的古董？"

姜师爷拿起书，递到杨梦征手上。

"算不得古董，前朝王秀楚的《扬州十日记》，不知军长可曾看过？"

杨梦征看了看书面，随手翻了翻，把书还给了老师爷。

"扬州我没去过，倒是听说过的。有一首诗讲过扬州的，'烟花三月下扬州'，是不是？说是那里美色如云哩！"

姜师爷拍打着手上的书：

"王秀楚的这本《扬州十日记》，却不是谈烟花，谈美色的，军长莫搞错了！"

"哦？那是谈什么？"

"清朝顺治年间，大明倾覆，清兵一路南下，攻至扬州。明臣史可法，不负前朝圣恩，亲率扬州全城军民人等，与异族满人浴血苦战。后满人在顺治二年四月破扬州，纵火烧城，屠戮十日，致一城军民血流成河，冤魂飘飞，是为史称之'扬州十日'也！"

杨梦征一惊：

"噢，这事早年似乎是听说过的！"

姜师爷拉动着枯黄的面皮，苦苦一笑：

"同在顺治二年，离'扬州十日'，不过三月余，清兵越江而下，抵嘉定。嘉定侯峒曾，亦乃忠勇之士也，率义兵义民拼死抵挡。殊不料，天命难违，兵败城破，两万生灵涂炭城中。十数日后，城外葛隆、外冈二镇又起义兵，欲报前仇，旋败，复遭清兵杀戮，此谓二屠，第三次乃朱瑛率属的义兵又败，嘉定城再破，清兵血洗城池。"

杨梦征呆呆地看着姜师爷，默不作声。

"后人叹云：史可法、侯峒曾、朱瑛实乃大明之魂，然三位其志可嘉，其法则不可效也。大势去时，风扫残叶，大丈夫岂能为一人荣辱，而置一城生灵于不顾呢？自然，话说回来，当时的南明小朝廷也实是昏得可以。史可法拒清兵于扬州城下之际。他们未予策应，徒使可法孤臣抗敌，最终落得兵败身亡，百姓遭殃。后人便道：可法等臣将若不抵死抗拒，那'扬州十日''嘉定三屠'或许都不会有的！"

杨梦征听罢，慢慢站了起来：

"老师爷，时辰不早了，您……您老歇着吧，我……我告辞了。"

姜师爷抚须叹道：

"唉！老朽胡言乱语，老弟切不可太认真的！哦，先不忙走吧。杀上一盘如何？"

杨梦征摇摇头：

"大敌当前，城池危在旦夕，没那个心思了！我马上要和毕副军长商讨一下军情！"

第六章

其实，已没什么可以商讨的了，为了二十二万和平居民，为了这座古老的城池，新二十二军除了向日军投降，别无出路。他明白，毕元奇也明白，因此，他完全没必要再多费口舌向毕元奇解释什么了——这位副军长比他明白得还早些。

他把拟好的投降命令从办公桌的抽屉里取出来，递给了毕元奇：

"看看吧，同意就签字！"

毕元奇看罢，愣愣地盯着他：

"决定了？"

"决定了。"

"是不是把团以上的军官召来开个会再定呢？这事毕竟关系重大呵！"

"不必了！正因为关系重大，才不能开会，才不能让他们沾边。在这个命令上签字的只能是你我，日后重庆方面追究下来，我们承担责任好啦！"

毕元奇明白了杨梦征的良苦用心，长长叹了口气：

"梦征大哥，这责任可不小哇，闹不好要掉脑袋的！六十九军军长石友三去年十二月就被重庆方面处了死刑……"

杨梦征阴阴地道：

"那我们只好做石友三第二、第三喽！"

"我的意思是说，是不是再和三一二师的白云森和三一一师的杨皖育商量一下呢？这么大的事，我们总得听听他们的意见才是。皖育是你的侄儿，咱们不说了，至少白师长那里……"

杨梦征火了：

"我已经说过了，不能和他们商量！这不是他妈的升官发财，是卖国当汉奸呵！你我身为一军之长，陷进去是没有办法，我们怎能再把别人往里拖呢？投降是你和许副官长最先提出来的，你若不敢担肩胛，那咱们就打下去吧，我杨梦征已打定主意把这副老骨头葬在陵城了！"

毕元奇无奈，思虑了好半天，才摸过杨梦征的派克笔，在投降命令上签了字。

毕元奇总归还是条汉子，杨梦征接过毕元奇递过的派克笔时，紧紧握住了毕元奇的手：

"元奇兄，新二十二军交给你了，一切由你来安排吧！改编之后，不愿留下的弟兄，一律发足路费让他们走，千万不要难为他们。"

"我明白。"

"去吧，我要歇歇，我太累了，太……太累了……"

他未待毕元奇离开房间，就颓然倒在办公桌前的椅子上了……

杨梦征无论如何也忘不了民国二十七年四月八日的那个黎明。

那个黎明是从槐树林的枝叶梢头漏下来的，稀稀拉拉，飘忽不定，带着露珠的清凉，也带着丝丝缕缕的惆怅。那夜，他一直没睡，就像今夜一直未睡一样。他当时就有一种预感，觉着在自己生命的旅途中要发生点什么事。新二十二军开到徐州北郊整整三十六小时了，五战区长官部在三十六小时中，至少下达了四道命令，一忽儿把他划归汤恩伯军团，一忽儿又调给孙连仲的第二集团军……最终，哪儿也没让他去，而是要他和他的新二十二军原地待命。他当时并不知道那些集团军司令们不愿要他，还以为战局发生了变化，李司令长官要把新二十二军派到刀口上用哩！

他焦虑不安地等待着，有几个小时干脆就守在电台和电话机边上。等到后来，他觉着有点不对头了，走出帐篷，到槐树林里去散步。直到天朦胧发亮的时候，毕元奇从徐州五战区长官部赶来，才沮丧地向他们讲明了真情。

他一下失了态，狂暴地大骂李宗仁，大骂汤恩伯，大骂那些集团军司令们……

那是他和新二十二军耻辱的日子。

他永远也忘不了。

今天，同样的命运又落到了新二十二军头上。他刚刚签署了一个耻辱的命令，新二十二军万余弟兄的血因此而白流了，他杨梦征也在签署这个命令的同时，又回到了民国二十七年四月八日悲哀的原地。新二十二军从此之后，将被重庆中央宣布为叛军，取消番号，他这个中将军长又成了倒戈将军。

他知道，重庆方面绝不会宽恕他和他的新二十二军的。新二十二军在往昔的内战中两次反叛，委员长都是耿耿于怀的。日后抗战胜利，委员长绝不可能因为他曾使一座古城免于毁灭，曾使二十二万和平居民得以生存，而认可他的投降。由此想到：暂七十九军的孙真如率全军投敌，依附汪伪，也不是没有道理的。孙真如也和他杨梦征一样，靠民间武装起家，也和蒋委员长干过。不同的只是，他杨梦征投降是被迫的，而孙真如怕是谈不上被迫；此人早年就和周佛海、任援道有联系，如今，南京伪政府成立，和平建国军竖旗，他早晚总要投过去的。

新二十二军走到如今这一步，都是他一手造成的，新二十二军的弟兄们对得起他，他却对不起他们。他知道，弟兄们大都是不愿当汉奸的，他不但背叛了中央，也背叛了他们。尽管他为了弟兄们的将来留了一手，可内心的愧疚却还像乌云一样驱赶不散。万余弟兄用鲜血和性命洗刷着他的耻辱，而他却在最后关头下令投敌附逆，就冲着这一点，他也没脸活在这个世界上了。

木然地拉开抽屉，从抽屉里摸出手枪，他吃力地站了起来，推开椅子，走到窗前。

窗外，古老的陵城在枪炮声中倒卧着，黑乎乎一片，昔日那壮观的万家灯火看不见了，战争改变了这夜城市的面孔。

哦！战争，战争……

战争原本是男子汉的事业，是男子汉用枪炮改变世界、创造历史的事业。这事业是那么令人着迷，使人们一投身其间就兴奋不已，跃跃欲动。

他就这么兴奋过，跃动过。他把近三十年光阴投入了战争的血光炮火。他穿过一片片硝烟，踏过一具具尸体，由中校、上校、少将而做了中将军长。然而，直到今天的这一刻，直到用手枪抵着自己太阳穴的时候，他才悲哀地发现，三十年来，他并没有改变什么、创造什么，而是被世界和历史改变了。他的双鬓斑白了。面孔上布满皱纹。他老了，早已不是原先那个虎虎有生气的男子汉了，举起手枪的那一瞬间，他甚至觉着自己的心脏已停止了跳动，周身的热血在脉管中凝固了。

世界还是那个世界。

历史依然在如雾如嶂的硝烟中流淌着。

他站在窗前默默流泪了，泪眼中的世界变得一片恍惚。身体摇晃起来，两条麻木的腿仿佛支撑不住沉重的躯体了。他怕自己会瘫倒。

在生命的最后时刻，他想到了已做了副师长的侄子杨皖育，想到了他留给陵城父老乡亲的最后的礼物——和平。他承担了投降的耻辱，而杨皖育们和二十二万陵城民众可以免于战火了。

他还给新二十二军留下了种。

是夜零时四十五分，中国国民革命军陆军新编第二十二军中将军长杨梦征饮弹自毙。零时四十七分，三颗红色信号弹升上了天空。一时十五分，陵城东西线日军停止了炮击，全城一片死寂。

耻辱的和平开始了。

第七章

随着车轮的疯狂滚动，小白楼跌跌撞撞扑入了白云森眼帘。那白生生的一团在黑暗中肃然立着，整座楼房和院落一片死寂。街上的交通已经断绝，军部手枪营的卫兵们三步一岗，五步一哨，从大街上一直排到小白楼门厅前。卫兵们头上的钢盔在星光和灯光下闪亮。雪铁龙驰入院落大门，还没停稳，黑暗中便响起了洪亮的传呼声。

"三一二师白师长到！"

白云森钻出轿车，一眼看到了站在门厅台阶上的手枪营长周浩，疾走几步，上了台阶：

"出什么事了？深更半夜的接我来？"

周浩眼里汪着泪，哽咽着道：

"军……军长……"

"军长怎么啦？"

"军长殉国了！"

"什么？怎么回事？快说！"

门厅里响起了脚步声，一个沉沉的黑影骤然推到了白云森和周浩面前。周浩不敢再说，急忙抹掉了眼窝里的泪，笔直立好了。

"白师长，请，请到楼上谈！"

来人是副官长许洪宝。

"老许，究竟出了什么事？"

许洪宝脸色很难看，讷讷道：

"军长……军长殉难了。哦，上楼再说吧，毕副军长在等你呢！"

白云森一时很茫然，恍若在梦中。好端端一个军长怎么会突然死了？七八个小时前，他还在九丈崖前沿指挥所神气活现地发布命令呢，怎么说死就死了？这么一头狡诈而凶猛的狮王也会死么？他不敢相信这会是事实。他认定，在整个新二十二军，没有谁敢对这个叫杨梦征的中将军长下手的。可眼前的阵势又明明白白摆在这里，他深更半夜被军部的雪铁龙从东线前沿接到了小白楼，周浩和许洪宝也确凿无误地证明了军长的死亡，他还能再怀疑什么呢？那个叫杨梦征的中将军长死了，甭管是怎么死的，反正是死了。这头狮王统治新二十二军的时代结束了，尽管结束得很不是时候。他说不出是欣慰还是悲哀，只觉着胸中郁郁发闷，喉咙口像堵着什么东西似的。

楼梯口的壁灯亮着，红漆剥落的扶手上跃动着缕缕光斑。他扶着扶手，一步步机械地向三楼走，落满尘土的皮靴在楼梯木板上踩出了一连串单调的"咔咔"声。

"想不到军长会……唉!"

声音恍惚很远,那声叹息凄婉而悠长,像一缕随风飘飞的轻烟。

"凶手抓到了吗?"

他本能地问,声音却不像自己的。

"什么凶手哇?军长是自杀!"

"自杀?军长会自杀?"

"是的,毕副军长也没想到。"

他摇摇头:"唉!军长咋也有活腻的时候?!"

这一切实际上都无关紧要了。不管是自杀还是被杀,反正军长不会再活过来了。从他跨进军部小白楼的时候开始,新二十二军将不再姓杨了,这才是最重要的。他当即在心中命令自己记住:军长死了!死了、死了、死了……

然而,楼梯上,走道上,乃至整个小白楼都还残留着军长生前的气息,仿佛军长的灵魂已浸渗在楼内的每一缕空气中,现在正紧紧包裹着走进楼里的每一个人,使每一个人都不敢违拗军长的意志而轻举妄动。

军长一定把自己的意志留下来了,他被接到这里,大约就是要接受军长的什么意志的。军长自毙前不会不留下遗言。这头狮王要把新二十二军交给谁?他不会交给毕元奇的,毕元奇统领不了这帮陵城子弟,能统领这支军队的,只能是他白云森。

新二十二军要易手了。

他摸了摸腰间的枪套,悄悄抠开了枪套上的锁扣。

可能要流点血……或者是他和他的三一二师,或者是杨皖育和杨皖育的三一一师,也或者是毕元奇和他的亲信们。

自然,在这种时候,最好是不要发生内乱,最好是一滴血都不流。大敌当前,新二十二军的每一个官兵都必须一致对外,即便要流血也该在突围之后,到看不见日本人的地方去流,免得叫日本人笑话。

他决不打第一枪。他只准备应付任何人打出的第一枪。

胡乱想着,走到了三楼军长卧室门口。门半开着,一个着军装的背影肃然立着,他对着那肃然的背影,习惯地把靴跟响亮地一碰,笔直一个立正:

"报告军长……"

话一出口，他马上觉出了自己的荒唐，军长已经死了，那个肃立者绝不会是军长。

肃立者是副军长毕元奇。

毕元奇转过身子，向门口迎了两步。

"哦，云森兄，请，里面请。"

他走进房间，搭眼看到了军长的遗体，遗体安放在卧室一端的大床上，齐胸罩着白布单，头上扣着军帽，枕头上糊着一摊黑血。

他扑到床前，半跪着，俯在军长的遗体上，不知咋的，心头一阵战栗和酸楚，眼圈竟红了。

"军长，军长！"

他叫着，两行清泪落到了白布单上……

一切都过去了，一切都消逝了，他和倒下的这头狮王在二十几年中结下的诸多恩恩怨怨，全被狮王自己一枪了结了。他不该再恨他、怨他。而且，只要这头狮王把新二十二军交给他。他还应该在新二十二军的军旗上永远写下这头狮王辉煌的名字。

他慢慢站了起来，摘下军帽，垂下头，默默向狮王告别。

"云森兄，别难过了，军长走了，我们不能走！我们还要生存下去！新二十二军还要生存下去！我请你来，就是要商量一下……"

他转过身，直直地盯住毕元奇：

"毕副军长，军长真是自杀么？"

"是的，谁也没有想到。听到枪声后，我跑到这里，就见他倒在这扇窗下了，手里还攥着枪，喏，就是这把，当时的情形，姜师爷、周浩和他外甥女李兰都看到的。"

他点燃了一支烟，缓缓抽着。

"军长为什么在这时候自杀？"

"很简单，仗打不下去了。"

"什么？"

"哦，你还不知道，暂七十九军叛变附逆，新八十一军沿醉河西撤，我们没指望了。"

他手一抖，刚凑到嘴唇边的香烟掉到了地板上。他没去捡，木然地将烟踩灭了。

"这么晚请你来，就是想商量一下这事。梦征大哥眼一闭，撒手了，这烂摊子咱们要收拾，是不是？"

他默默点了点头，心中却发出了一阵冷笑：好一头狮王，好一个爱兵的军长！大难当头，知道自己滑不掉了，竟他妈的这么不负责任！竟能不顾数千部属官兵，不顾一城二十几万百姓父老，自己对自己的脑门搂一枪！混账！

"军长临终前留下什么话没有？"

"留下了一道命令，是自杀前亲手草拟，和我一起签署的。"

"什么内容？"

毕元奇迟疑了一下：

"投降。接受日军改编。"

他又是一惊，脱口叫道：

"不可能！今日傍晚，他还在九丈崖口口声声要三一二师打到底哩，怎么转眼又……"

毕元奇没争辩，掏出命令递给了白云森。

白云森匆忙看着，看罢，眼前一片昏黑，踉踉跄跄走了几步，在大桌前的椅子上坐下了。他万没想到，这头狡诈而凶猛的狮王在踏上黄泉之路的时候，还会给新二十二军留下这么一道荒唐无耻的命令：他在命令中只字未提新二十二军的指挥权问题，只让他们投降。他自己死了，不能统治新二十二军了，就把它作为礼物送给了日本人。直到死，这位中将军长的眼里都没有他白云森，也没有新二十二军的袍泽弟兄，更甭说有什么国家利益、民族气节了。而面前这位姓毕的也不会是什么好人，至少他是同意叛变附逆的——也说不准是他力主投降的。事情很清楚，只要由毕元奇出头接洽投降，伪军长一职便非他莫属，看来，军部今夜戒备森严的阵势，决不仅仅因为那个叫杨梦征的中将军长的毙命，也许是面前的这位副军长要用武力和阴谋解决新二十二军的归属问题。

他发现，自己掉进了毕元奇设下的陷阱。

毕元奇逼了过来：

"云森兄意下如何？"

他想了想，问：

"新八十一军和暂七十九军的消息属实么?"

毕元奇努了努嘴，默立在一旁的副官长许洪宝将七八份电文递到了白云森面前。他一份份看着，看毕，长长叹了口气，垂下了脑袋。

"妈的，这帮混蛋!"

许洪宝说：

"不是逼到了这份儿上，军长不会自杀，也不会取此下策，实在是没有办法呀! 白师长，你是明白人，想必能理解军长一片苦心!"

白云森这才想起：他从前沿指挥所离开时，日军停止了轰炸和炮击，随口问道：

"这么说，信号弹已经打出去了? 日军已知道我们投降的消息了?"

毕元奇点了点头。

"为什么不和我们商量一下?"

"我提出了要和你们商量，军长不同意。现在，我还是和你商量了嘛! 说说你的主张吧!"

愣了半天，他抬起头：

"既然走到了这一步，又有你们军长、副军长的命令，我……我还有什么话说?! 只是，三——师杨皖育那里，还有两个师的旅团长那里怕不好办吧?"

毕元奇笑了笑：

"三——师杨副师长马上就来，只要你们二位无异议，旅、团长们可召集紧急会议解决! 我们必须在拂晓前稳住内部，出城和日军谈判洽商!"

一个卑鄙的阴谋。

他强压住心中的厌恶：

"挺好! 这样安排挺好! 稳住内部最要紧，估计三——师问题不大。三——师有杨皖育，头疼的还是我手下的旅、团长们，我同意接受改编，可我不能看着我手下的人流血。"

"你说咋办?"

"是不是容我回去和他们商量一下，陈明利害!"

毕元奇摇着头道：

"不必了吧？我想，他们总不会这么不识时务吧？军长都走投无路了，他们还能有什么高招？再说，时间也来不及呀，我已通知东西线旅、团长们来开会了。云森兄，你是不是就在这儿找个房间歇歇，等着开会？"

他当即明白了，起身走到毕元奇面前，拍了拍腰间的枪套：

"要不要我把枪存在你这儿？"

毕元奇尴尬地笑着：

"云森兄多虑了！我这不是和你商量么？又不是搞兵变！"

"那好，兄弟告辞！"

走到门口，他又回过了头：

"元奇兄，我可再说一遍：人各有志，不可相强，谁若敢对我手下的人下手，可甭怪我不客气！"

许洪宝在前面引路，将他带到了二楼一个房间门口。这时，楼下传来了雪铁龙汽车的刹车声，一个洪亮的声音响了起来：

"三——师杨副师长到！"

许洪宝交代了一句：

"白师长。你先歇着，我去接杨副师长！"

说罢，匆匆走了。

他独自一人进了屋，反手插上门，沉重的身体紧紧倚在门上，两只手摸索着，在黑暗中急速地抽出了枪，打开了保险……

——看来是得流点血了。

第八章

屋子很黑，开初几乎什么都看不见，连自己是否存在都值得怀疑，他像挨了一枪似的，身子软软的。身体的某个部位似乎在流血，他觉着那瀑涌的鲜血正一点点淹没他的生命和呼吸。他汗津津的手紧握着枪，眼前老是闪出毕元奇阴冷的面孔。他认定毕元奇打了他一枪，就是在这晞不透的黑暗中打的。他受伤了，心被击穿了。他得还击，得瞄准毕元奇的脑袋实实在在来他几梭子。厮杀的渴望一时间像毒炽的火焰一样，腾腾地燃了起来。

他和新二十二军都处在危亡关头，他们被死鬼杨梦征和毕元奇出卖了，如果不进行一场奋力格杀，新二十二军的一切光荣都将在这个阴冷的秋夜黯然死去。他白云森也将成为丑恶的汉奸而被国人永远诅咒。天一亮，毕元奇和日本人一接上头，事情就无法挽回了。

最后的机会在天亮之前。

他必须在天亮之前干掉毕元奇、许洪宝和那些主张投降的叛将们，否则，他宁愿被他们干掉，或者自己对自己的脑门来一枪，就像杨梦征干过的那样。杨梦征这老东西，看来也知道当汉奸不是好事，可既然知道，他为什么还要逼他们做汉奸呢？这混账的无赖！他把新二十二军当作自己的私产了，好像想送给什么人就能送给什么人似的。

够了，这一切他早就受够了，姓杨的已经归西，新二十二军的弟兄们该自由了，他相信，浴血抗战三年多的弟兄们是决不愿在自己的父老乡亲眼皮底下竖白旗的，他只要能抓住最后的时机，拼命扳一扳，说不准就能赢下这决定性的一局。

响起了敲门声。微微颤响传导到他宽厚的脊背上，他敏捷地闪开了，握枪的手缩到了身后。

"谁？"

"白师长，许副官长让我给你送夜宵。"

他摸索着，拉亮了电灯，开了门。

门外站着一个端着茶盘的矮小卫兵，脸很熟，名字想不起来了。他冲他笑笑，叫他把茶点放在桌上。

"白师长还有什么吩咐？"

"没啦，出去吧！"

那矮小卫兵却不走。

"许副官长吩咐我留在这里照应你！"

"哦？"他不经意地问，"许副官长还给你交代了什么？"

卫兵掩上门悄悄说：

"副官长说，马上要开一个重要会议，要我守着您，不让您出去。白师长，究竟出什么事了？军长是自杀么？莫不是被谁算计了？"

他莫测高深地点了点头。

看来毕元奇的布置并不周密，军部手枪营的卫兵们对这一切还蒙在鼓里。他确有扳一下的机会。

脑子里闪出一个大胆的念头。

"你们营长周浩呢?"

"在楼下大厅里。"

"叫他到我这来一下!"

"可……可是许副官长说……"

他火了，把藏在身后的手枪摔到桌上:

"姓许的总没让你看押我吧?"

卫兵讷讷地道:

"白师……师长开……开玩笑了! 好! 我……我去，我去!"

他交代了一句:

"注意避着那个姓许的。"

"噢!"

片刻，卫兵带着周浩进来了。

"白师长，您找我?"

他用眼睛瞥了瞥那个卫兵。

周浩明白了:

"出去，到门口守着!"

卫兵顺从地退出了房门。

"白师长，究竟有什么事?"

他清楚周浩和军长的关系。

"知道军长是怎么死的么?"

"自杀! 枪响之后，我第一个上的楼!"

他怔了一下。

"真是自杀?"

"不错。"

"知道军长为什么自杀么?"

周浩摇了摇头。

"知道马上要开什么会么?"

"不知道!"

他向前走了两步，站到周浩面前，双手搭在周浩肩头上，将周浩按在椅子上坐下来。

"我来告诉你！如果你能证实军长是自杀的话，那么军长是被人逼上绝路的。副军长毕元奇一伙人暗中勾结日本人，准备投降。军长不同意，可又无法阻止他们。不过，我还怀疑军长不是自杀，可能是被人暗杀。现在，军长去了，他们动手了，想在马上召开的军事会议上干掉那些跟随军长多年的旅、团长们，发动兵变，宣布投降，他们说这是军长的意思！"

周浩呆了：

"军长怎么会下令投降?！胡说！肯定是他们胡说！下午在光明大戏院演讲时，军长还……"

他打断了周浩的话：

"他们这一手很毒！军长死了，他们还不放过他，还让他背着个汉奸的臭名！还想以此要挟我们，要我们在自己的父老兄弟面前做汉奸，周浩，你干么?"

周浩反问：

"白师长，你干?"

"我干还找你么?"

"那您说，咋办?"

他压低声音道：

"我走不脱了，你立刻把九丈崖手枪营的两个连调到这里来，相机行事。"

"是!"

"设法搞支手枪给我送来，万不得已的时候，我得亲自动手!"

"行!"

周浩突然想起，自己的口袋里就装着军长的勃朗宁，当即抽了出来：

"给，这里现成的一把。"

他接过勃朗宁，掖进怀里。

"事不宜迟，快去吧!"

周浩走了。

送周浩出门的时候，白云森发现，守在门口的那个卫兵不见了，心里不由一阵紧缩。

好在周浩争取了过来，而且已开始了行动，对扳赢这一局，他有了一半的把握。毕元奇、许洪宝就是现在发现了他的意图，也没有多少办法了，前线的弟兄不明真相，一时半会又调不过来，军部的一个手枪连就是都站在毕元奇一边，毕元奇也未必能稳操胜券。

他头脑清醒多了，自知靠自己的声望不足以号令新二十二军，不管他怎么仇恨杨梦征，怎么鄙视杨梦征，在这关键的时刻，还得借重这头狮王的恩威才行。莫说手枪营，杨皖育的三一一师，就是他的三一二师，杨梦征的影响怕也不在他白云森之下，他得最后一次充分利用这个老无赖生前的影响，决定性的改变自己的也是新二十二军的命运。

这颇有些阴谋的意味，可这阴谋却是正义的，他不应该为此而感到不安。有时，正义的事业也得凭借阴谋的手段来完成，这是没办法的事，他既不是第一个这样干的，也不是最后一个这样干的。

一切还要怪杨梦征。

杨梦征充其量只是个圆滑的将军，却决不是一个聪明的政治家，而他是。他的眼光要比杨梦征远大得多，深邃得多。他有信仰，有骨气，能够凭借敏锐的嗅觉，捕捉到一个个重要信号，认准历史发展的大趋势。如若他处在杨梦征的位置上，是决不会取此下策的。

二十九年前陵城起义建立民军时，他和杨梦征处在同一起跑线上。尽管那时候杨梦征是中校团长，他是中尉旗官，可他们身上带有同等浓烈的土腥味。而后来，他身上的土腥味在连年战乱中一点点脱去了，杨梦征则带着土腥味一直混到了今天。这是他们的不同之处，这不同，造成了民国十五年底他们之间的第一场公开的冲突。

那时，吴佩孚委任张宗昌为讨贼联军司令，大举进攻国民军，从军事上看，冯焕章的国民军处于劣势，依附于国民军的陵城独立旅压力挺重。当时还是旅长的杨梦征昏了头，贴上了张宗昌，讨价还价要做师长。而他却清楚地看到，真理并不在张宗昌手里，却在冯焕章手里。冯焕章五原誓师，率部集体参加国民党，信奉了三民主义。而三民主义的小册子，他看过许多，真诚地认为它是救国救民之道，必能行之于天下。他劝杨梦征不要跟张宗昌跑，还劝杨梦征读读国民党人散发的这些小册子。杨梦征不干，逼着他们团向友军开火，他第一次耍了滑头，在向友军进攻前，派人送了信。杨梦征事后得知，拔出枪要毙他。他抓住了杨梦征的投机心理，侃侃而谈，纵论天下大势，预言：国民革命军将夺得天下，他们应该为避免了一场和真理的血战而庆幸。

果然，此话被他言中，转眼间，张宗昌大败，杨梦征为了生存，不得不再次打起三民主义的旗帜。

民国十九年，蒋、冯、阎开战，土腥味十足的杨梦征又按捺不住了，第二次反叛。他力劝无效，当即告假还乡，一去就是十个月，直到杨梦征再次意识到了选择上的错误，他才被接回军中。

打那以后，杨梦征对他是高看一等了，可心中的猜忌和不信任却也是明摆着的。二十四年改编为新二十二军的时候，杨梦征提出两个职务让他挑：做副军长，或做三一二师师长，杨梦征自己却做了军长兼三一一师师长，他非但没让他做副军长兼师长，还在他选择了三一二师师长一职时，要把自己的侄子杨皖育派来当副师长。他一气之下，提出自己来做副师长，这才逼着杨梦征让了步，没派杨皖育到三一二师来。

今夜，这鸡肚心肠的杨梦征总算完蛋了，他又一次背叛了自己的人格和良心，又一次看错了天下大势，稀里糊涂给自己描画了一副叛将、汉奸的脸孔，这是他自找的。他今夜打出他的旗号，决不是为了给他刷清脸上的油彩，而是为了新二十二军往昔的光荣和未来的光荣。

吃夜宵的时候，他已不再想那个叫杨梦征的中将混蛋了，他要谋划的是如何完成马上就要开场的这幕流血的反正。

杨皖育的态度不明。也许他会跟毕元奇走的，如果他和他手下的旅、团长们真死心塌地跟毕元奇一起投敌，他就把他们也一起干掉！这是没办法的事。他相信每一个有良心的爱国将领处在他今夜这个位置上，都会这样做的。

门又敲响了，他开门一看，是那个矮小的卫兵。卫兵进门后，紧张地告诉他，毕元奇发现周浩不见了，正四处寻找。他不禁一怔，不祥的预感瞬间潮水般漫上了心头。

鹿死谁手，现在还很难说，也许——也许他会为这场反正付出身家性命。

第九章

　　天蒙蒙发亮的时候,东西两线的旅、团长们大都到齐了。副军长毕元奇赶到他房间,陪同他到楼下会议厅去。一下楼,他便看到:会议厅门口和走廊上站着十余个手枪营的卫兵,对过的休息室门口放着一张大桌子,桌上摆满了各种型号的手枪,走到桌前,毕元奇率先掏出手枪交给了守在桌边的卫兵,还对他解释说:这是听从了他的劝告,为了避免流血被迫采取的措施。他心下明白,没让毕元奇再说什么,也掏出了腰间的佩枪摔到了桌上。恰在这时,副官长许洪宝陪着三一一师副师长杨皖育走过来了,他们也逐一将手枪交给了卫兵。

　　他想和杨皖育说点什么,摸摸他的底,可手刚搭到杨皖育肩头,只说了句"节哀",毕元奇便跨进了会议厅的大门。会议厅里一片骚动之声,旅、团长们,军部的校极参谋、副官们纷纷起立立正。他只好放弃这无望的努力,也和许洪宝、杨皖育一起,鱼贯进入会议厅。

　　手下三一二师的旅、团长们大都用困惑的眼光看着他,四八八旅旅长郭士文还向他捏了捏拳头。他只当没看见,径自从他们身边走过去,在紧挨着毕元奇和许洪宝的座位上坐下了。毕元奇打了个手势,屋里的人也坐下了。

　　六张条案拼起来的大长桌前是两个师二十余个旅团军官,他们身后靠墙的两排椅子上安置着军部的参谋、副官,门口有握枪的卫兵,阵势对他十分不利。不说门口的卫兵,就是那些参谋、副官们怀里怕也揣着枪,只要桌前的旅、团长们敢反抗,他们正可以冲着反抗者的脑袋开火。还有一个不利的是,毕元奇手里攥着一份杨梦征亲自起草并签署的投降命令,只要这命令在与会者手中传阅一遍,他就无法假杨梦征之名而行事了,而杨皖育究竟作何打算,他又一点底也没有。

　　很明显,这一切都是精心安排好的。

　　毕元奇揭下军帽放在桌上。

　　"诸位,在战局如此险恶之际,把你们从前沿召来,实在是迫不得已。你们大概都知道了,军长已于四小时前在这座楼的三楼上自杀殉国……"

"毕副军长，是不是把军长自杀详情给诸位弟兄讲清楚点，免得大伙儿起疑。"

他正经作色地提醒了一下。

毕元奇向他笑了笑。

"好！先向大家讲一讲军长自杀的情况。军长取此下策，莫说你们没想到，我这个副军长也没想到。今日，——唔，应该是昨日了，昨日晚，暂七十九军孙真如率全军部属在章河镇通电附逆，其后，新八十一军急电我军，声称被敌重创，无法驰援……"

无论如何，他还是得干！他决不相信这一屋子的抗日军人都愿意做汉奸。三年，整整三年，他们新二十二军南北转进，浴血奋战，和日本人打红了眼，打出了深仇血恨，今日，让他们把这深仇血恨咽进肚里，他们一定不会答应的。他们当中必然有人要反抗，既然如此，他就应该带着他们拼一拼。

毕元奇还在那里讲。

"军长和我谈了许久，军长说，'为了本城二十二万和平居民，为了给咱新二十二军留点种，仗不能再打下去了。后来，他回到卧房起草了和日军讲和，接受改编的命令，自己签了字，也要我签字……"

毕元奇终于摊牌了。

"这就是军长的命令，白师长和杨副师长都看过了，他们也同意的。"

毕元奇举着命令展示着，仿佛皇帝的御旨。

命令一传到众人手里就啰唆了！他不能等周浩了，如果命令被旅、团长们认可，周浩带人赶来，怕也无法挽回局面了，他把右手伸进口袋里，攥住了那把小号勃朗宁：

"毕副军长，是不是把命令念一下？"

毕元奇没上当，淡淡地道：

"还是让众位传着看看吧！"

毕元奇将命令递给了许洪宝，许洪宝越过他传给了他旁边三——师的杨参谋长。杨参谋长刚接过命令，还未看上一眼，他一把把命令夺了过来，顺势用胳膊肘打倒了许洪宝，口袋里的勃朗宁掏出来，对准了毕元奇的脑门：

"别动!"

一屋子的人全呆了。

门口的卫兵和靠墙坐着的参谋、副官们纷纷摸枪。他们摸枪的时候，白云森急速跳到了毕元奇身后，枪口抵到了毕元奇的后脑勺上。

"命令他们放下武器! 退出会议厅!"

毕元奇也傻了，待他从惊恐中醒转过来后，无可奈何地挥了挥手：

"退……退出去吧!"

拔出了枪的卫兵和参谋、副官们慢吞吞往外退。七八个手里无枪的参谋、副官们坐着没动。

他又是一声命令：

"非三一二师、三一一师作战部队的军官，通通给我滚出去!"

毕元奇再次挥了挥手。

余下的参谋、副官们也退出去了。

他这才松了口气，大声对不知所措的旅、团长们道：

"弟兄们，命令是伪造的! 姓毕的暗中勾结日本人，阴谋叛变附逆，杀死了军长，缴了我们的械，要逼我们去当汉奸，你们干么?"

"不干!"

四八八旅旅长郭士文第一个跳起来，往白云森身边冲，刚冲了没几步，窗外飞进一颗流弹，击中了他的肩头，他一个踉跄歪倒了。另一个赶来搀扶郭士文的副旅长也被击倒在地。

手无寸铁的旅、团长们都缩起了头。

毕元奇冷笑了：

"白师长，不要这样么! 我这不是在和大家商量么? 不愿干的，可以回家，我并不勉强，再说，命令是军长下的，我也是执行军长的命令!"

"胡说!"

毕元奇想扭过头，他又用枪在他脑袋上点了一下，毕元奇不敢动了，嘴上却还在说：

"白师长，我可不想流血，今日新二十二军自家火并，可是你造成的! 这会议厅外的窗口、门口都是卫兵，你要是蛮干，这一屋子人可走不出去!"

三一一师的一个老军官慌了神：

"白师长，别这样，有话好商量！"

坐在距他和毕元奇没多远的杨皖育却冷冷一笑：

"你别管！我倒要看看这出戏如何收场！"

他额上渗出了汗：

"皖育，你也相信你那当军长的叔叔会下令让我们附逆么？"

杨皖育脸色铁青：

"我不知道！"

完了。

他不知咋的，食指一动，手中的勃朗宁就扣响了，面前的毕元奇一声惨叫，"扑通"栽倒在地。他顾不上去看毕元奇一眼，枪口一掉，对着歪倚在墙根的许洪宝又是两枪，而后，将枪口瞄向了自己的脑门：

"既然你们他妈的都想认个日本爹，这场戏只好这么收场……"

不料，就在他要扣响这一枪的时候，杨皖育扑了过来，一头撞到他胸口上，将他手中的枪撞离了脑袋，继而，夺下了他的枪。

门外的卫兵们拥了进来，扭住了他。

会议厅里一片混乱。

杨皖育跳到桌上，冲着天花板放了一枪，厉声道：

"军部手枪营什么时候姓毕了？住手！都给我住手！毕元奇、许洪宝谋害军长，伪造命令，图谋附逆，罪不容赦！谁敢动白师长一下，老子毙了他！"

杨皖育话音刚落，一声爆响，窗外又飞进一粒子弹，击中了他的胳膊，他跳下桌子，捂着伤口，继续对卫兵们喊：

"给我把参谋处、副官处的家伙们全抓起来！"

拥入会议厅的卫兵们这才悟出了什么，放开了白云森，纷纷往门外冲。而这时周浩也带着两个连的卫兵扑进了楼。卫兵们在周浩的指挥下，当即全楼搜捕，将十八九个参谋、副官一一抓获。

毕元奇、许洪宝的尸体被抬走了，医官给杨皖育、郭士文几人包扎好伤口，两个师的旅、团长们才各自取了佩枪，重在桌前坐下。混乱结束了，弥漫着血腥味的会议厅庄重肃穆。直到这时，白云森才悟到：他成功了。

他和杨皖育在毕元奇、许洪宝坐过的位子上坐下，他让杨皖育说说下一步的打算。杨皖育不说，暗暗在桌下握了握他的手，要他说。他说了，声称，新八十一军西撤和暂七十九军附逆都是毕元奇和围城日伪军造出的谣言。目前，这两个军正在西部迂回，伺机向陵城靠拢，新二十二军应利用毕元奇擅自叛变造成的短暂和平，突破西线，挺进醉河，和新八十一军汇合，而后西渡黄河。他命令东线三一二师守军渐次后撤，一路抵抗，在三一一师打开西线缺口之后，随之突围。杨皖育也重金悬赏，令三一一师组织敢死队，在上午十时前打响突围之战。

会议开了不到半小时，七时二十分，白云森宣布散会，两个师的旅团长们各返前沿。他和杨皖育留在军部，代行军长、副军长职。七时三十五分，散发着油墨气味的《新新日报》送到了，头版通栏标题醒目扎眼：

"本城各界昨晚举行抗敌大会，杨将军梦征称云：陵城古都固若金汤，新二十二军誓与日寇殊死决战。"

第十章

把报纸拍放在桌上，白云森的眉头皱成了结，脸孔上的得意被忧郁的阴云遮掩了。他烦躁地端起桌上的茶杯喝了一通水，手扶桌沿站立起来，对正吊着受伤的胳膊在面前踱步的杨皖育喊：

"看看这混账报纸吧！瞧军长说了些什么？到啥辰光了，还'固若金汤'哩！"

杨皖育摇头叹气：

"唉！他玩这一套也不是一次了，谁想到他会栽在陵城呢?！这老爷子谁不嗮？不到最后关头，他跟我这个亲侄子也不说实话的！"

白云森抓着报纸挥着：

"眼下你我咋向陵城父老交代呢？"

"哎呀！嘴是两片皮么，咋翻不行？谁还会来找咱对证不成？我看还是甭在这上面烦心啦！"

白云森把报纸揉成一团，摔到地下：

"事到如今，想烦也烦不了了。军部必须马上撤到西关去，随主力部队突围，啥东西丢了都行，电台得带上，以便突围之后和长官部联系，你看呢？"

杨皖育点点头：

"我都听你的！"

这回答是真诚的，就像他刚才在会议厅里对他的支持一样真诚。他受了些感动。心头油然升起了神圣的责任感和使命感。他既然敢把新二十二军从附逆投敌的道路上拉回来，也就该对全军弟兄负责到底，领着他们突出去。这是一着险棋，可他必须走。他不能像杨梦征那样不负责任，一忽儿"固若金汤"，一忽儿又在"金汤"上来一枪。他做什么事情都义无反顾，认准了，就一头扎到底。

他揣摩，至少在眼下杨皖育是不会和他一争高下的，不说他比他大了十二三岁，名分上比他长一辈，就是单凭气魄，凭能力，凭胆量，这场即将开始的恶仗他也打不下来。

他会听他的。

他相信杨皖育的真诚。

他和杨皖育商量了一下，叫来了周浩和两个师的参谋长，发布了几道命令，派三——师杨参谋长到西池口落实突围战的最后准备。派三一二师刘参谋长火速与总商会联系，疏散医院中的伤病员。叫周浩派人把关在三楼上的那帮原军部的参谋、副官们押到西线的三——师敢死队去，并明确下达了军部在九时前撤退的命令。

两个师参谋长匆匆走了，周浩也随即上了楼，安排撤退事宜。不一会儿，楼上楼下便乱作一团，"咚咚"的脚步声在天花板上擂鼓般地响，悬在半空中的吊灯也晃了起来。

那帮倒霉的参谋、副官们被武装卫兵押到了院子里，有几个家伙冲着他所在房间的窗户大叫冤枉。他也知道这其中必有受了冤枉的，但时间紧迫，来不及一一审问甄别了。这不能怪他，只能怪战争的无情。

他和杨皖育也忙活起来，收拾焚烧军部文件。

这时，周浩又赶来报告：

"白师长，姜师爷咋办？是不是还派四个弟兄用担架抬走？往日军长……"

"抬吧！按往日办！"

说话时，他头都没抬。

"慢！"杨皖育把一沓燃着了的文件摔到地下，对白云森道，"这老僵尸留着何用？他和姓毕的是一个道上的！姓毕的向我劝降时，他也在一旁帮腔，尽讲什么'扬州十日''嘉定屠城'，硬说那命令是军长的意思！我看——"

白云森点点头：

"好！甭管他！日本人破城后，能活下来，算他的造化！"

"这太便宜他了吧？他知道的可是太多了，只怕……"

白云森一怔，想了想，走到杨皖育面前，从杨皖育的枪套里拔出手枪，取出多余的子弹，只留下一颗压进了枪膛。

"杨副师长说的也是。把这个给姜师爷送去吧，就说是杨副师长赏他的。"

"这……这……"

周浩似乎要哭。

"这是为了军长，执行命令！"

周浩看看白云森，怯怯地垂下了脑袋：

"是！"

杨皖育拍了拍周浩的肩头：

"好！军长没白栽培你！记着，好生教教老僵尸咋着使枪，别他妈的浪费子弹，眼下子弹可金贵着哩！"

周浩点点头，拿着杨皖育的手枪走了。

一个卫兵又进来报告，说是李兰带着一个《新新日报》的女记者求见。

白云森一听李兰，脸孔上的阴云一下子消失了许多，顺手把几份机要文件装进军用皮包里，转身对卫兵道：

"让她们进来！"

李兰和《新新日报》记者傅薇一前一后进来了。李兰的眼泡红肿着，头发有些凌乱，步履沉重而迟钝。白云森想，她大概已经知晓了这座小白楼里发生的噩梦，也许还没从噩梦中醒来。

李兰进门就扑到杨皖育面前：

"二哥，受伤了?"

杨皖育笑了笑：

"我受伤不要紧，白师长没伤着就行！"

李兰瞥了白云森一眼：

"你们都在，我就放心了！方才楼下枪声乱响，我吓坏了，我要下去看，卫兵们不许。"

傅薇随即问道：

"听说毕副军长、许副官长暗杀了杨将军，施行兵变，是吗?"

白云森反问道：

"怎么，为这事来的? 要把消息印到《新新日报》上吗?"

李兰忙道：

"不！不是！这事是我刚告诉她的。她原说好要到九丈崖前沿探访，昨晚，我也和舅舅说过的，可现在舅舅……"

白云森点了点头：

"这消息无论如何不能泄露出去！大敌当前，我们不能动摇军心，傅小姐你说呢?"

"是的！"

"为了不使陵城毁于战火，我军决定今日突围，九丈崖守军已奉命后撤，小姐无探访之必要了！"

傅薇一惊，这才注意到了房间里的凌乱。

"昨日在光明大戏院，军长不是还说：陵城古都固若金汤么，今天怎么又……"

杨皖育不耐烦地打断了她的话：

"军情瞬息万变！姓毕的一伙又勾结日军，战况恶化了……好了！好了！不说了，军事上的事，说了你们也不懂！"

白云森尽量和气地道：

"杨副师长说得不错，情况恶化了，我们要马上突围，军部现在也要撤退，小姐还是回家安置一下吧！我军一走，鬼子就要进城了。"

傅薇抿着嘴呆了一会儿，突然道：

"白师长、杨副师长，我也随你们一起突围！"

李兰兴奋得脸色绯红：

"太好了，二哥！白师长！就带上她吧！这样，我又多了个伴！"

杨皖育未置可否，只用眼睛盯着白云森看。

白云森皱着眉头来回踱了几步，在傅薇面前站住了：

"小姐，这很危险呵！如果……"

"我不怕！"

白云森终于点了头。

"好吧，你就和李兰一起，随那几个女译电员一起走，几个女同胞在一起，也好有个照应！"

"谢谢白师长！"

"李兰，带她到三楼电台室去吧！记住，不管发生什么情况，都不要离队！还有，不要穿军装，你们是随军撤离的难民，不是军人！"

李兰点点头，看了白云森一眼，说了句保重，随后带着傅薇出了门。

两个女人刚走，桌上的电话响了，城北矿业学院的学生又打电话来，声言已组织了四百人的学生军，即刻要到小白楼请愿参战。白云森告诉他们军部已从小白楼撤出，要他们立即解散。他们还在电话里争辩，白云森不愿再听，"啪"地挂上了电话。

刚挂上电话，周浩一声"报告"，又进来了：

"白师长、杨副师长，姜师爷死了！"

"哦?!"白云森怔了一下，"咋没听枪响？"

杨皖育脸一黑：

"莫不是你放跑了他？"

周浩眼圈红红的：

"不！不是！我……我走到他的房间，见……见他已睡死过去了，好像刚咽气。"

周浩递上杨皖育的手枪，又把几张折叠得整整齐齐的纸捧到了白云森面前：

"这是老师爷留下的。"

"哦?!"

白云森展开纸要看，杨皖育却说：

"甭看了，这老僵尸不会留下什么好话的，咱们快收拾一下，准备走吧！"

周浩眼中汪上了泪：

"二位长官还是看看吧！这是……是为咱新二十二军留下的文告。"

杨皖育不相信，挤到白云森身边看。

果然，那是份《泣告全城各界民众书》。老师爷似乎拿出了一生考科举的看家本领，临终还做出了一篇绝好的文章，文章用笔不凡，一开头就气势磅礴地纵论天下大势，历数新二十二军抗日的光荣，而后，笔锋一转，谈到了艰难的陵城之役，谈到了新二十二军和陵城父老兄弟的骨肉之情，随之泣曰："身为华夏民族正义之师，降则大辱，虽生犹死；战则古城遭殃，生灵涂炭。新二十二军为求两全只得泣别父老，易地而战。"文告最后一页的空白处，写了几行蝇头小楷，那才是他简短的遗言，遗言说，他跟随军长半生，得其知遇之恩，未能报答，如今，也随军长去了。他既然不能救陵城二十二万生灵于水火倒悬，只得留下这一纸文告，对新二十二军的后继者或许有用。

白云森和杨皖育都默然了。

半晌，白云森才感叹道：

"一个尽职尽忠的幕僚！"

杨皖育刚点了下头，旋即又摇起了脑袋：

"幕僚的时代毕竟他妈的结束了！"

白云森把文告重新叠起来：

"也是。军长糊涂，姜师爷也糊涂。"

周浩脸上挂着泪，大胆地争辩道：

"师爷不糊涂！他许是算准了我……我们要杀他，才……"

白云森没作声，心头却恍惚骤然掠过一阵阴风，直觉着浑身发冷。不错，老师爷是明白人，也算是个正派的好人，死也死得干净，不拖累别人。这不是每一个人都能做到的，也许他就做不到。

拍了拍手里的文告，他转脸对杨皖育道：

"我看，这文告还有用，咱们不能拍拍屁股就走，至少得和'金汤'里的父老兄弟打个招呼嘛！"

"是该这样！"

白云森将文告上老师爷的简短遗言用刀子裁下来，把文告还给了周浩：

"去，派人送到《新新日报》馆，让他们在报上登一下！"

周浩抹掉脸上的泪，应了一声，拿着文告跑步出去了。

八点多钟，在手枪营的护卫下，军部撤离了小白楼，矿业学院的学生们赶到小白楼时，小白楼已空无一人了，只有二楼和三楼的几个大房间里飘飞着文件的灰烬和丝丝缕缕青烟。没多久，城东城西同时响起了枪炮声，突围战打响了。

第十一章

情况比白云森预料的要糟，从上午九点多到下午四点，城西的三一一师两个旅近两千号人在机枪重炮的配合下，发起了三次集团冲锋，均未能突破日军防线，东线的三一二师边打边退，至下午三时左右陆续放弃了九丈崖、石角头，小季山几个险要的城防工事，缩入了城中，被迫据守城门、城墙与敌苦战。四时之后，白云森在作为临时军部的西关小学校里和杨皖育并两个师参谋长商量了一下，决定暂时停止西线的出击，扼守现有阵地，待夜幕落下来后再做新的努力。

日军却并不善罢甘休，继续在东西两线发动攻击，七八架飞机和几十门大口径火炮毫无目标地对城里狂轰滥炸。繁华的皮市街和举人街化作了一片火海，巍巍耸立了八百七十余年的钟鼓楼被炸塌了半边；清朝同治年间建成的县道衙门被几颗重磅炸弹崩得七零八落，只剩下一个摇摇欲倒的门楼；那座曾作为军部的小白楼也中弹变成了废墟。有些街区变得无法辨认了，坑洼不平的青石大道上四处都是瓦砾、砖石，残墙断垣。负责东、西两线联络的传令兵几次跑迷了路。

日本人简直发了疯，他们似乎打定主意要把陵城从民国地图上抹掉，把城中的军民捅成肉泥。各处报来的消息都令人心惊肉跳：位于城市中央的博爱医院挨了十几发炮弹，未及疏散的重伤员大部死难，据目击者说，摊在着弹点上的伤病员们被炸得血肉横飞。残缺不全的胳膊、腿伴着弹片抛到了大街上。医院铁栅门的空当上嵌着血肉模糊的人头。一颗挂着黏膜的眼珠硬挤进了断垣的墙缝里。举人街上到处倒卧着尸体，向四处漫延扩张的大火已无人扑灭。许多人往光明大戏院方向拥，而光明大戏院已着了火，先进去的人正往外挤，戏院门口的大街上充斥着绝望的哀号。日军飞机一颗炸弹扔下来，便有几十上百人死亡。有些被吓昏了的人往死人堆里钻，往排水沟的臭水里钻。奉命引导疏散的百余个新二十二军士兵已无法控制这绝望导致的混乱了。

古老的陵城在炮火硝烟中痛苦地挣扎着，呻吟着……

白云森的心也在呻吟。几个小时前，他还没料到战争会进行到眼下这种地步，他原指望借和平的假象、借日军等待投降接洽时的松懈，一举突破日军防线，冲出城去。这样，不论是对新二十二军，还是对脚下这座古城，对城里的百姓，都是最好的出路，不料，竟失算了，日军早已想到了他前头，而且，因为上当进行了疯狂的报复。他无可奈何地把这座生他养他的古城，和二十二万民众推进了血火爆涌的地狱。

听着那些报告，他真想哭，后来，他按捺不住了，睁着血红的眼珠对他们吼：

"滚开，都滚开！既然走到这一步了，老子就要打到底！"

站在西关小学一幢校舍的房顶上用望远镜向烟火起处瞭望时，他力图说服自己。无论如何，他还是正确的，他的选择并没错。即便整个陵城都被战争的铁拳打碎了，也没什么可怕，城池毁了，可以重建，而一个民族的精神崩溃了，一切便全完了。他做出这样痛苦的选择，决不仅仅是为了一个人的或一个军的荣辱，而是为了整个中华民族的尊严。老师爷不是和杨皖育谈起过史可法么？史可法就是他的榜样。当年的扬州，十日血雨飘过，只留下了清军的残暴恶名，扬州没从大地上滑走，史可法人亡魂存，光昭日月，为后世传诵。他没错，根本没错，就是蒋委员长也讲过焦土抗战的。无此决心，也就不会有抗战的最后胜利。

自然，他并不希望陵城真的变成昔日的扬州，变成一片焦土。他得尽快突出去，让战火尽早在陵城熄灭。为了陵城，为了二十二万父老乡亲，夜间的突围必须不惜一切代价取得成功。

谋事在人，成事在天，能否成功他却说不准。天已朦胧黑了，日军攻击的炮火依然十分猛烈。安放在学校校长室的电话不停地响。几乎每一个电话都是告急报丧，东城墙北段危急，四八七旅一〇九五团团长、团副相继阵亡，南段一〇九四团已使上了大刀，团长重伤。三一二师副师长老赵捂着被打出的肚肠，嘶哑着嗓门向他哭诉，要求派兵增援。西边的三一一师情况也不妙，旅、团干部伤亡过半，从前沿阵地上抬下来的伤兵已排满了三大间校舍。

他对着电话不断地吼叫，骂人，一味命令各部坚持，直到入夜以后，日军攻击的炮火渐渐平息下来，他才抓住时机，把城东三一二师的四八七旅悄悄调了过来，和三一一师合为一处，准备星夜出击。整个城东防线只留下了郭士文四八八旅残部三百多人掩护撤退。

日军没再发动猛烈攻击，他揣摩，日军或许是认为此夜无法破城，才不那么迫不及待了。

十一点四十分，四八七旅一千余人跑步赶到了西关小学，向他报到。与此同时，三一一师又一支五百人的敢死队组成了。一个个背负大刀，全副武装的敢死队员也云集到小学校的操场上。

在几支火把的照耀下，他和杨皖育登上了操场前的砖石台，对分属于两个师的官兵们训话。

白云森率先挥着胳膊喊：

"弟兄们，同志们，我新二十二军生死存亡在此一战，这不是我白某人说的，是我们殉国的军长说的。军长为了不让我们做汉奸，被毕元奇一伙谋害了！我们为了军长，也得打好这一仗！弟兄们，对不对？"

"对！"

台下齐呼，气氛悲壮。

"我们新二十二军是军长一手创建的，你们每个人身上都寄托着军长的希望，你们只有拼着性命，不怕流血，冲出重围，才是对军长最好的报答！你们活着，把新二十二军的军旗打下去，军长九泉之下也可以瞑目了，我白云森就是死了，也有脸去见军长了！"

他走下砖台，从一个敢死队员手里取过了一把大刀片，旋又走到台上，把大刀举过了头顶：

"弟兄们，新二十二军就是靠它起家的！辛亥首义后，军长和我，就是用它铲了陵城巡防营，攻占了县道衙门！今儿个，我们还要用它去砍鬼子的脑袋！谁敢怯阵不前，本师长也用大刀剁他的头！记住，鱼死网破就在今夜，从本师长到你们诸位都得下定决心，不成功则成仁！举起枪来，跟我发誓：'不成功，则成仁！'"

"不成功，则成仁！"

台下的士兵们举枪齐吼，其声如雷。

"好！下面请杨副师长训话。"

杨皖育愣了一下，嘴唇嗫动了半天，才缓缓开口道：

"我没有多少话说了！该说的白师长大都说了。我们都是凡夫俗子，都不愿死，可是，鬼子逼着咱拼命的时候，咱也得拼！若是怕了，就多想想倒在徐州郊外、武昌城下的弟兄们吧，不说为了军长了，就是为了那些殉国的弟兄，咱们也不能充孬种！"

"为殉难弟兄报仇！"

有人跳出队列高喊。

"为殉难弟兄报仇！"

"一切为了军长！"

"一切为了军长！"

台下呼声又响成一片。

待呼声平息下来之后，杨皖育又道：

"我和白师长就率着军部跟在你们后面突围，你们都倒下了，我和白师长顶上去，哪怕我新二十二军全部打光，也不能……"

响起了轰隆隆的爆炸声。两发炮弹落在东墙角，把小学校的围墙炸塌了一截。离爆炸点很近的一些弟兄及时卧下了。没人伤亡。

杨皖育不说了，手一挥，命四八七旅和三一一师敢死队士兵们跑步出发，到西池口集结。

整齐而沉重的脚步声轰轰然响了起来，震得砖石台都瑟瑟发抖。没有月。惨淡的星光下，操场上那由一千五百多号官兵构成的巨蟒渐渐伸直了盘蜷的躯体，一段段跃出了校门，消融在凄惨的黑暗中。

是夜零时二十分，三一一师四八五旅开始向西南杨村方向佯攻。零时二十五分，白云森令三一一师敢死队、三一二师四八七旅汇合四八六旅由西池口向西北赵墟子一线强行突围。零时四十五分，在军部已准备撤离西关小学时，四八六旅旅长郭士文挂来了最后一个电话说：东城墙已被日军炮火炸塌多处，日军在轻重机枪的掩护下，从炸开的缺口突进城内，整个城东只有城门楼还在我军手中。最后，郭士文大喊了一声："师长保重！"电话里便没了声音。

白云森抓着话筒呆站了半天，眼中的泪水不知怎么就流了下来。

他知道，郭士文这最后一声"师长保重"，实际上是临终遗言了，他苦心经营了许多年的四八八旅终于不存在了。他在新二十二军的一个可以托之以性命的忠实部下和他永别了。

他疯狂地扯断了电话线，把话筒狠狠地摔在洋灰地上。

杨皖育惶惑地问：

"你……你是咋啦？"

他这才察觉了自己的失态，脸上滚着泪，艰难地道：

"四八八旅完了……"

"这么说，鬼子进城了？"

他点了点头。

"快！上马，我们得快走！"

新二十二军终于向苦难的陵城告别了。

走出西关小学校门的时候，他骑在马上勒着缰绳，对着东方火光冲天的城池，对着那一片片残墙断垣，举起了沉重的手，敬了一个庄严的军礼。

第十二章

马背上的世界恍恍惚惚，飘移不定。掩映在夜色中的残败城墙方才还在火光中闪现着，转眼间便不见了。宽阔的城门洞子在他策马穿过时还巍巍然立着，仿佛能立上一千年似的，出了城，跃上一个土丘回头再看时，门楼子已塌下了半截。炮火震撼着大地，急剧改变着眼前的一切，使他对自己置身的世界产生了深刻的怀疑，生死有命，今夜，他和手下弟兄的一切都得由上天安排了。

枪声、炮声不绝于耳。一团团炽白的火光在他身后的黑暗中爆闪。夜幕被火光撕成了无数碎片，在喧闹滚沸的天地间飘浮。他有了一种飘起来的感觉，似乎鞍下骑着的不是一匹马，而是一股被炮火造出的强大气浪。

根本听不到马蹄声。激烈的枪声、炮声把马蹄声盖住了。他只凭手上的缰绳和身体的剧烈颠簸、摇晃，才判定出自己还在马上，自己的马还在跑着。道路两边和身边不远处的旷野上，突围出来的士兵们也在跑，黑压压一片。有的一边跑，一边回头放枪。各部建制被突围时的炮火打乱了，在旷野上流淌的人群溃不成军。

他勒住缰绳，马嘶鸣起来，在道路上打旋：

"杨副师长！杨副师长！"

他吼着，四下望着，却找不到杨皖育的影子，身边除了手枪营押运电台的周浩和十几个卫兵，几乎看不到军部的人了。

周浩勒住马说：

"杨副师长可能带着军部的一些人，在前面！"

"去追他，叫他命令各部到赵墟子集结，另外，马上组织收容队沿途收容掉队弟兄！告诉他，我到后面看看，敦促后面的人跟上来！"

"白师长，这太危险，我也随你去！"

周浩说罢，命令身边的一个卫兵去追杨皖育，自己掉过马头，策马奔到了白云森面前，和白云森一起，又往回走。

一路上到处倒卧着尸体和伤兵，离城越近，尸体和伤兵越多，黄泥路面被炸得四处是坑，路两边的许多刺槐被连根掀倒了。炮火还没停息，从城边的一个小山坡上飞出的炸弹呼啸着，不时地落在道路两旁，把许多簇拥在一起拼命奔突的士兵们炸得血肉横飞。一阵阵硝烟掠过，弥漫的硝烟中充斥着飞扬的尘土和浓烈的血腥味。

他心中一阵悲戚，这才进一步明白了什么叫焦土抗战。陵城已变成焦土了，眼下事情更简单，只要他被一颗炸弹炸飞，那么，他也就成了这马蹄下的一片焦土，也就抗战到底了。

他顾不得沿途的伤兵和死难者，一路往回赶，他知道这很险，却又不能不这样做。今夜这惨烈的一幕是他一手制造的，他又代行军长之职，如果他只顾自己逃命，定会被弟兄们耻笑的，日后怕也难以统领全军。不知咋的，在西关小学操场上对着弟兄们训话时，他觉着新二十二军已完全掌握在他手里了。他讲杨梦征时，就不由得扯到了自己。其实，这也不错，当年攻占县道衙门时，他确是一马当先冲在最头里的，当时他才十六岁。

新二十二军是他和杨梦征共同缔造的，现在，杨梦征归天了，他做军长是理所当然的。

到了方才越过的那个小土坡时，周浩先勒住了马，不让他再往前走了。他揣摩着日本人大概已进了城，再往前去也无意义了，这才翻身下马，拦住一群正走过来的溃兵：

"哪部分的?"

一个脸上嵌着大疤的士兵道：

"三一一师四八五旅的!"

他惊喜地问：

"打杨村的佯攻部队?"

"是的! 一〇九一团!"

"知道你们旅冲出多少人么?"

"冲出不少，快两点的时候，传令兵送信来，要我们随四八六旅向这方向打，我们就打出来了。"

"好! 好! 快跟上队伍，到赵墟子集合!"

"是! 长官!"

溃兵们的身影刚消失，土坡下又涌来了一帮人。他近前一看，见是李兰、傅薇和军部的几个译电员。她们身前身后拥着手枪营的七八个卫兵，几个卫兵抬着担架。

他扑过去，拉住了李兰的手：

"怎么样? 没伤着吧?"

"没……没! 就是……就是傅薇的脚脖子崴了，喏，他们架着哩!"

"哦! 我安排! 你上我的马! 快! 早就叫你跟我走，你不听!"

李兰抽抽搭搭哭了。

他扶着李兰上了马，回转身，用马鞭指着担架问：

"抬的什么人?"

一个抬担架的卫兵道：

"军长!"

"什么军长?"

"就……就是杨军长哇! 是周营长让我们抬的!"

周浩三脚两步走到他面前：

"哦，是我让抬的!"

他猛然举起手上的马鞭，想狠狠给周浩一鞭子，可鞭子举到半空中又落下了：

"都什么时候了，还抬着个死人！"

"可……可军长……"

他不理睬周浩，马鞭指着身边一个担架兵的鼻子命令道：

"把尸体放下，把傅小姐抬上去！"

抬担架的卫兵们顺从地放下了担架，一人抱头，一人提脚，要把杨梦征的尸体往路边的一个炮弹坑抬。

周浩愣了一下，突然"扑通"一声在他面前跪下了：

"白师长，我求求你！你可不能这么狠心扔下咱军长！"

刚刚在马背上坐定的李兰也喊：

"云森，你……你不能……"

白云森根本不听。

"活人重要，还是死人重要？这简单的道理都不明白么！军长爱兵，你们是知道的，就是军长活着，他也会同意我这样做！"

周浩仰起脸，睁着血红的眼睛：

"傅小姐不是兵！"

傅薇挣开搀扶她的卫兵扑过来：

"白师长，我能走！你……你就叫他们抬……抬军长吧！"

白云森对傅薇道：

"你在我这里，我就要对你负责！这事与你无关，你不要管！"

说这话时，他真恨，恨杨梦征，也恨周浩，恨面前这一切人。他们不知道，这个叫杨梦征的老家伙差一点就把新二十二军毁了！而他又不好告诉他们，至少在完全摆脱日军的威胁之前，不能告诉他们。更可恨的是，死了的杨梦征竟还有这么大的感召力和影响力！难道他这一辈子都得生存在杨梦征的阴影下不成？就冲着这一点，他也不能再把这块可怕而又可恶的臭肉抬到赵墟子去。

"不要再啰唆了，把傅小姐抬上担架，跑步前进！"

他推开周浩，翻身上了马，搂住了马上的李兰。

李兰在哭。

几个卫兵硬把傅薇抬上了担架。

杨梦征的尸体被放进了弹坑，一个卫兵把他身上滑落的布单重新拉好了，准备爬上来。

他默默望着这一切，狠下心，又一次命令自己记住，杨梦征死了！死了死了死了！从此，新二十二军将不再姓杨了。

不料，就在他掉转马头，准备上路的时候，周浩从地上爬起来，冲到弹坑边，跳下弹坑，抱起了杨梦征的尸体。

"周浩，你干什么？"

周浩把杨梦征的尸体搭到了马背上：

"我……我把军长驮回去！"

他无话可说了，恨恨地看了周浩一眼，在马屁股上狠抽了一鞭，策马跃上了路面。

这或许是命——他命中注定甩不脱那个叫杨梦征的老家伙。老家伙虽然死了，阴魂却久久不散，他为了民族正气，又不得不借用他可恶的名字，又不得不把一个个辉煌的光圈套在他脖子上。这样做，虽促成了他今夜的成功，却也埋下了他日后的危机，脱险之后如不尽早把一切公之于众，并上报长官部，只怕日后的新二十二军还会姓杨的。身为三一一师副师长的杨皖育势必要借这老家伙的阴魂和影响，把新二十二军玩之于股掌。

事情没有完结，他得赶在杨皖育前面和自己信得过的部下们密商，尽快披露事情真相，让新二十二军的幸存者们都知道杨梦征是个什么东西。他不怕他们不信，他手里掌握着这个中将军长叛变投敌的确证。

也许还得流点血。也许同样知道事情真相的杨皖育会阻止他把这一切讲出来。也许他的三一二师和杨皖育的三一一师会火并一场。

他不禁打了个冷战，迫使自己停止了这充斥着血腥味的思索。

在这悲壮的突围中，倒下的弟兄难道还不够多么，自己在小白楼的会议厅里大难不死，活到了现在，难道还不够么？他还有什么理由再挑起一场自家弟兄的内部火并呢！不管怎么说，杨皖育是无可指责的，他在决定新二十二军命运的关键时刻站到了他这边，拼命帮他定下了大局。

他不能把他作为假设的对手。

天蒙蒙亮的时候，他在紧靠着界山的季庄子追上了杨皖育和四八七旅的主力部队，杨皖育高兴地告诉他，新二十二军三个旅至少有两千余人突出了重围。

他却很难过，跳下马时，淡淡地说了句：

"那就是说还有两千号弟兄完了？"

"是这样，可突围成功了！"

"代价太大了！"

东方那片青烟缭绕的焦土上，一轮滴血的太阳正在升起。那火红的一团变了形，像刚被刺刀挑开的胸膛，血腥的阳光迸溅得他们一脸一身。

"代价太大了！"

他又咕噜了一句，不知是对自己，还是对杨皖育，也不知是愧疚，还是哀怨。

太阳升起的地方依然响着零零星星的枪声。

第十三章

这村落名字很怪，叫蛤蟆尿。

村落不大，统共百十户人家，坐落在界山深处一个叫簸箕峪的山包包上。簸箕峪的山名地图上是有的，蛤蟆尿的村名却没有。杨皖育找到村中一个白须长者询问，也没问出个所以然。那白须长者说，打从老祖宗那阵子就叫蛤蟆尿了，如今还这么叫，地图上为啥偏没这泡尿，那得问画图的人。长者为偌大的一泡尿没能尿上官家的地图而愤愤不平，又是打躬又是作揖，恳求杨皖育出山后，申报官家，在地图上给他们添上。杨皖育哭笑不得，好不容易才甩开了长者。不料，没屁大的工夫，那长者又在几个长袍瓜皮帽的簇拥下，气喘不歇地赶到军部驻扎的山神庙，口口声声要找方才那个白脸长官说话。杨皖育躲不掉，只得接见。长者和那帮长袍瓜皮帽们说是新二十二军的士兵们抢他们的粮食，要求白脸长官做主。长者引经据典，大讲正义之师爱民保民的古训，杨皖育便和他们讲抗日救国要有力出力、有粮出粮的道理。双方争执不下，后来，杨皖育火了，拉过几个受伤的士兵，又指着自己吊起的胳膊对他们吼："我们抗日保民，身上钻了这么多窟窿，眼下没办法，才借你们一点粮食，再啰唆，枪毙！"直到杨皖育拔出了手枪，长者和瓜皮帽们才认可了抗日救国的道理，乖乖退走了。他们走后，杨皖育想想觉着不妥，又交代手下的一个军需副官付点钱给村民们。

这是吃晚饭前的事。

吃过晚饭，杨皖育的心绪便烦躁不安了，他总觉着这地方不吉利，偌好的一个村落，为甚偏叫蛤蟆尿？难道好不容易才从陵城突出来的弟兄们又要泡到这摊尿里不成？昨天上午九点多赶到赵墟子时，他原想按计划在赵墟子住下来，休整一天。白云森不同意，说是占领了陵城的日军随时有可能追上来。白云森不容他多说，命令陆续到齐的部队疾速往这里撤，赵墟子只留下了一个收容队。到了这里，白云森的影子便寻不着了，连吃晚饭时都没见着他。白云森先说去敦促修复电台——电台在突围途中摔坏了，这他是知道的，后来，电台没修好，白云森人也不见了。他真怀疑白云森是不是掉在这摊尿里溺死了。

做军长的叔叔死了，一棵大树倒了，未来的新二十二军何去何从委实是个问题。昔日叔叔和白云森的不和，他是清楚的，现在，对白云森的一举一动，他不能不多个心眼。白云森确实值得怀疑：他急于修复电台，想向长官部和中央禀报什么？如果仅仅是急于表功，那倒无所谓，如果……他真不敢想下去。

看来，叔叔的死，并没有消除他们之间的怨恨。突围途中的事情，他已听周浩说了。白云森要遗弃的决不仅仅是叔叔的尸体。恐怕还有叔叔的一世英名。如斯，一场新的混乱就在所难免，而新二十二军的两千多号幸存者们再也经不起新的混乱了。

他得向白云森说明这一点。

山神庙里燃着几盏明亮的粗芯油灯，烟蛾子在扑闪的火光中乱飞，他的脸膛被映得彤亮，心里却阴阴的。那不祥的预感像庙门外沉沉的夜幕，总也撩拨不开。快九点的时候，他想起了表妹李兰，叫李兰到村落里去找白云森。

李兰刚走，手枪营营长周浩便匆匆跑来了，他当即从周浩脸上看出了那不祥的征兆。

果然，周浩进门便报丧：

"杨副师长，怕要出事！"

"哦?!"

他心里"咯噔"跳了一下。

"白云森已和三一二师的几个旅、团长密商，说是军长……"

周浩的声音压得很低。

他明白了，挥挥手，让庙堂里的卫兵和闲杂人员退下。

"好！说吧！别躲躲闪闪的了！"

他在香案前的椅子上坐下来，也叫周浩坐下。

周浩不坐：

"杨副师长，白云森说咱军长确是下过一道投降命令，他要把命令公之于众。"

"听谁说的？"

"方才三一二师刘团长说的，您知道的，刘团长和我是一拜的兄弟。刘团长嘱我小心，说是要出乱子。"

他怔了一下，苦苦一笑：

"说军长下令投降你信么？"

周浩摇摇头：

"我不信，咱军长不是那号人！"

"如果人家拿出什么凭据呢，比如说，真的弄出了一纸投降命令？"

"那也不信！我只信咱军长！命令能假造，咱军长不能假造！我周浩鞍前马后跟了军长这么多年，能不知道他么？"

他真感动，站起来，握住周浩的手：

"好兄弟，若是两个师的旅、团长们都像你这样了解军长，这乱子就出不了了！新二十二军的军旗就能打下去！"

周浩也动了感情，按着腰间的枪盒说：

"我看姓白的没安好心！这狗贪的想踩着军长往上爬，他对刘团长说过：从今开始新二十二军不姓杨了！不姓杨姓啥？姓白么？就冲着他这忘恩负义的德性，也配做军长么？婊子养的，我……"

他打了个手势，截断了周浩的话头：

"别瞎说，情况还没弄明白哩！"

"还有啥不明白的？刘团长是我一拜的二哥，从不说假话，我看，为军长，咱得敲掉这个姓白的！杨大哥，只要你点一下头，我今夜就动手！"

他怔了一下，突然变了脸，拍案喝道：

"都瞎扯些什么！白师长即便真的想当军长，也不犯死罪！没有他，咱能突得出来么？"

"可……可是，他说军长……"

周浩脸上的肌肉抽颤着，脸色很难看。

他重又握住周浩的手，长长叹了口气：

"好兄弟！你对军长的情义，我杨皖育知道！可军长毕竟殉国了，新二十二军的军旗还要打下去！在这种情势下，咱们不能再挑起一场流血内讧呀！"

周浩眼里汪上了泪：

"杨大哥，你……你心肠太软了，内讧不是咱要挑的，是人家要挑的，你不动手，人家就要动手，日后只怕你这个副师长也要栽在人家手里！人家连军长的尸身都不要，还会要你么？！杨大哥，你三思！"

他扶着周浩的肩头：

"我想过了，新二十二军能留下这点种，多亏了白师长，新二十二军可以没有我，却不能没有白云森！"

周浩睁着血红的眼睛瞪着他：

"你……你再说一遍？！你……你还姓杨么？！还是杨梦征的亲侄子么？"

"周营长，不要放肆！"

"你说！"

他不说。

周浩怔了半天，突然阴阴地笑了起来：

"或许军长真的下过投降命令吧？"

这神态、这诘问把他激怒了，他抬手打了周浩一个耳光：

"混账！军长愿意投降当汉奸还会自杀么？他是被逼死的！是为了你我，为了新二十二军，被人家逼死的！"

周浩凝目低吼：

"军长为咱们而死，咱们又他妈的为军长做了些啥？军长死了，还要被人骂为汉奸，这他娘的有天理么？！"

他摇了摇头，木然地张合着嘴唇：

"白师长不会这样做！不会的！我去和他说，他会听的。这样做对他，对大家都没有好处，他是明白人。"

"如果他狗日的不听呢？"

"那，我也做到仁至义尽了，真出了什么事，我就管不了了。"

周浩脸一绷：

"好！有你杨大哥这句话就行了！日后，谁做军长我管不了，可谁他妈的敢败坏杨梦征军长的名声，老子用盒子枪和他说话！"

周浩说毕，靴跟响亮地一碰，向他敬了个礼，转过身子，"咔嚓、咔嚓"，有声有色地走了。

他目送着周浩的背影，直到他走出了大门，走下了庙前的台阶，才缓缓转过脸，去看香案上的油灯。

灯蛾子依然在火光中扑闪着，香案上布满星星点点的焦黑，像趴着许多苍蝇。跃动的灯火把他的身影压到了地上，长长的一条，显得柔弱无力。

他不禁对自己的孤影产生了深深的爱恋和凄怜。

"蛤蟆尿，该死的蛤蟆尿！"

他自语着，眼圈潮湿起来。

发现自己的柔弱是桩痛苦的事情，而这发现偏又来得太晚了，这更加剧了发现者的痛苦。叔叔活着的时候，他从没感到自己无能。他的能力太大了，路子太顺了，二十二岁做团副，二十四岁做团长，二十八岁行一旅之令，三十四岁就穿上了少将军装，以副师长的名义，使着师长的权柄。新二十二军上上下下，一片奉承之声，好像他杨皖育天生就是个将才，是天上的什么星宿下凡似的。他被大树底下的那帮猴猁们捧昏了头，便真以为自己很了不得，少将副师长当得毫不羞惭。如今，大树倒了，他得靠自身的力量在风雨中搏击了，这才发现，自己是那么不堪一击；这才知道，自己生命的一部分是依附在叔叔这棵大树上的。大树倒下的时候，他的那部分生命也无可奈何地消失了。

细细回想一下，他还感到后怕：从陵城的军部小白楼到现在置身的蛤蟆尿，他真不知道是怎么走过来的。

那夜，雪铁龙突然把他接到军部，他看到了躺在血泊中的叔叔，看到了叔叔留下的投降命令。他惊呆了，本能地抗拒着这严酷的事实，既不相信叔叔会死，更不相信叔叔会下投降命令。有一瞬间，他怀疑是毕元奇和许洪宝害死了叔叔。后来，毕元奇拿出了一份份令人沮丧的电报，说明了叔叔自毙的原委，他才不得不相信，一切都是可能的。叔叔在孤立无援的情况下，为了城池和百姓，为了新二十二军的五千残部，完全可能下令投降。这样做合乎他爱兵的本性，他与生俱存的一切原都是为了新二十二军。自毙也是合乎情理的，他签署了投降命令，自己又不愿当汉奸，除了一死，别无出路。他的死实则透着一种献身国难的悲壮，非但无可指责，而且令人肃然起敬。

然而，肃然的敬意刚刚升起，旋又在心头消失了。他想到了自己，想到了新二十二军的未来——难道他真的得按叔叔的意愿，投降当汉奸么？他不能。三一一师的官兵们也不会答应。毕元奇和许洪宝的答案却恰恰相反，他们手持叔叔的投降命令，软硬兼施，逼他就范。他的柔弱在那一刻便显现出来。他几乎不敢做任何反抗的设想，只无力地申辩了几句，便认可了毕元奇耻辱的安排。当时，他最大胆的奢望只是，在接受改编之后，辞去伪职，躲到乡下。

不曾想，毕元奇一伙的周密计划竟被白云森打乱了，白云森竟然在决定新二十二军命运的最后一瞬拔出了勃朗宁，果决地扣响了枪机，改变了新二十二军的前途。

当白云森用枪威逼着毕元奇时，他还不相信这场反正会成功。他内心里紧张得要死，脸面上却不敢露出点滴声色。这既透出了他的柔弱，也印证了他的聪明。后来，白云森手中的勃朗宁一响，毕元奇、许洪宝一死，他马上明白自己该站在什么位置上了。他毫不迟疑地扑了上去，在胜利的一方压上了决定性的砝码。

这简直是一场生命的豪赌。他冲着白云森的一跃，是大胆而惊人的。倘或无此一跃，白云森或许活不到今天，他和新二十二军的幸存者们肯定要去当汉奸的。

然而，这一跃，也留下了今日的隐患。

他显然不是白云森的对手。白云森的对手是叔叔，是毕元奇，而不是他。和白云森相比，他的毛还嫩；如果马上和白云森摊牌，失败的注定是他。聪明的选择只能是忍让，在忍让中稳住阵脚，图谋变化。他得忍辱负重，用真诚和情义打动白云森铁硬的心，使得他永远忘掉叔叔的那张投降命令，维护住叔叔的一世英名。只要能做到这一点，他就获得了大半的成功，未来的新二十二军说不准还得姓杨。叔叔的名字意味着一种权威、一种力量，只要叔叔的招牌不被砸掉，一切就都可能产生变化。从陵城到这里的一切已经证明了这一点，未来的历史还将证明这一点。

他打定主意，马上和白云森谈谈，把新二十二军交给他，让他在满足之中忘却过去。

一扫脸上的沮丧和惶惑，他扶着落满灯蛾子的香案站了起来，唤来了三——师的两个参谋，要他们再去找找白云森。

第十四章

白云森显得很疲惫，眼窝发青，且陷下去许多；嘴唇干裂泛白，像抹了层白灰。他在破椅上一坐下，就把军帽脱下来，放到了香案上。杨皖育注意到，他脑袋上的头发被军帽箍出了一道沟，额头上湿漉漉的。他一口气喝了半茶缸水，喝罢，又抓起军帽不停地扇风。杨皖育想，这几小时，他一定忙得不轻，或许连水也没顾得上喝。

"电台修好了吗?"

他关切地问。

"没有，这帮窝囊废，一个个该枪毙!"

白云森很恼火。

"李兰呢? 见到了么? 我让她找你的。"

"见到了，在东坡上，我安排了她和那个女记者歇下了。"

"那么，咱们下一步咋办?"

白云森对着油灯的灯火，点燃了一支烟，美美地吸了一口:

"我看，得在这儿休整一两天，等电台修好，和长官部取得联系后，再确定下一步的行动，你看呢?"

他笑了笑:

"我听你的!"

白云森心满意足地喷了口烟，又问:

"赵墟子的收容队赶到了么?"

他摇摇头。

白云森拍了下膝头：

"该死，若是今夜他们还赶不到，咱们就得派人找一找了！说不准他们是迷了路。"

"也许吧！"

过了片刻，白云森站了起来，在香案前踱着步：

"皖育，明天，我想在这里召集营以上的弟兄开个会，我想来想去，觉着这会得开一开。"

他本能地警觉起来，眼睛紧盯着白云森掩在烟雾中的脸庞，似乎很随便地道：

"商量下一步的行动计划么？"

"是的，得商量一下！不管电台修好修不好，能不能和长官部取得联系，我们都要设法走出界山，向黄河西岸转进。自然，陵城突围的真相，也得和弟兄们讲一下的。"

他的心吊紧了：

"你的意思我不太明白，真相？什么真相？两千余号弟兄冲出来了，新二十二军的军旗还在咱手中飘，这不就是真相么？"

"不，不对呀，老弟！"白云森踱到香案的一头，慢慢转过身子，"这不是全部真相。新二十二军的军旗至今未倒，是因为有你我的反正，没有你我，新二十二军就不存在了。这一点你清楚。你叔叔杨梦征的命令，你看过，命令现在还在我手上，你我都不能再把这个骗局遮掩下去了！"

白云森踱到他面前，手搭在他肩上，拍了拍他的肩头。

他将那只手移开了，淡淡地道：

"有这个必要吗？事情已经过去了，我叔叔又死了，再翻旧账，能给你我和新二十二军带来什么好处呢？"

白云森仰面长叹道：

"正义和良心比任何好处都宝贵哇！"

他心中却道：好一个正义和良心！其实，谁不明白？这个满口正义、良心的人，实则是很不讲正义和良心的。他先是利用叔叔的死制造骗局，在达到目的之后，又在叔叔身上踏一脚。

他忘却了自己给自己定下的忍让原则，从椅子上立起来，反问道：

"可当初你为啥要讲假话呢?"

"这是突围的需要! 也是政治的需要! 大局的需要! 不客气地讲,你要学着点!"

他软软地在椅子上坐下了:

"明白了,今天我算明白了!"

白云森怔了片刻,似乎意识到了什么,调门降了下来,手再次搭到他肩头上:

"皖育,我言重了,你别介意! 我这绝不是冲着你来的! 没有你,就不会有咱们今儿个突围的成功,也没有我白某人的这条性命! 这些,我都记着哩,永生永世也不会忘! 可我眼里容不得沙子,我不能不道出真相!"

他挺难受,为叔叔,也为白云森。

"白师长,你再想想,我求你再想想! 这样做对你我,对新二十二军究竟有多少好处? 宣布军长是叛将,长官部和中央会怎么看? 幸存的弟兄们会怎么看?"

"杨梦征叛变,与你我弟兄们无涉,况且,我们又施行了反正,没有背叛中央,重庆和长官部都不能加罪我们,至于军中的弟兄……"

"军中的弟兄们会相信吗? 假话是你说的,现在,你又来戳穿它,这,会不会造成混乱? 酿发流血内讧? 你也知道的,叔叔在军中的威望是很高的,我们反正突围,也不得不借重他的影响和名声!"

白云森激动地挥起了拳头:

"正因为如此,真相才必须公布! 一个叛将的阴魂不能老罩在新二十二军队伍中!"

他这才明白了白云森的险恶用心:他急于公布真相,并不是为了什么正义和良心,而是为了搞臭叔叔,打碎关于叔叔的神话,建立自己的权威。怪不得叔叔生前对此人高看三分,也防范三分,此人确是不凡,确是个有点头脑的政治家。他想到的,白云森全想到了,他没想到的,只怕白云森也想到了。他真后悔:当初,他为啥不设法乘着混乱把叔叔签署的命令毁了?! 现在,事情无法挽回了。

然而,这事关乎叔叔一生的荣辱,也关乎他日后的前程,他还是得竭尽全力争一争。

"白师长，你和叔叔的恩恩怨怨，我多少知道一些，你这样做，也不能说没有道理。可如今，他毕竟死了，新二十二军眼下是掌握在你手里的，新二十二军现在不是我叔叔杨梦征的了，今儿个是你白云森的了，你总不希望弟兄们在你手里发生一场火并吧?!"

他这话中隐含着忍让的许诺，也夹杂着真实的威胁。

"我杨皖育是抗日军人，为国家，为民族，我不能当汉奸，这你看到了。可我还是杨梦征的亲侄子呀，我也得维护一个长辈的名声哇！我求你了，把那个命令忘掉吧！过去，我一切听你的，往后，我……我还听你的！"

他的声音有些哽咽。

白云森呆呆在他面前立着，半晌没作声。

"咱新二十二军没有一万五六千号兵马了，再也经不起一场折腾了！白师长，你三思！"

白云森嘴唇动了动，想说什么，又没说出来，铁青的脸膛被灯火映得亮亮的，额头上的汗珠缓缓向下流。

显然，这事对白云森也并不轻松。

沉默了好半天，白云森才开口了：

"皖育，没有你，我在小白楼的会议厅就取义成仁了，新二十二军的一切你来指挥！但是，事情真相必须披露！我不能看着一个背叛国家、背叛民族的罪人被打扮成英雄而受人敬仰！我，还有你，我们都不能欺骗历史，欺骗后人啊！"

白云森棋高一着，他杨皖育施之以情义，白云森便毫不吝啬地还之以情义，而且，还抬出了历史。历史是什么东西！历史不他妈的就是阴谋和暴力的私生子么？

敢这样想，却不敢这么说，他怕激怒面前这位顽强的对手。这个对手曾经使无所不能的叔叔惧怕三分，曾经一枪击碎毕元奇的周密阴谋，他得识点趣。

"这么说，你非这么做不可了？"

白云森点点头：

"不是我，而是我们！我们要一起这样做！杨梦征下令投降，是杨梦征的事，与你有什么关系！你参加了反正，还在反正中流了血，理应得到应有的荣耀！"

好恶毒！

他进一步看出了白云森的狡诈，这家伙扯着他，绝不是要他去分享什么荣耀，而是要借他来稳住三一一师，稳住那些忠于叔叔的军官，遏制住可能发生的混乱。看来，周浩的报告是准确的，为这场摊牌的会议，白云森进行了周密的布置。

他被耍了——被昨日的盟友，今日的对手轻而易举地耍了。

他羞怒难当，憋了好半天，才闷闷地道：

"既然你铁下心了，那你就独自干吧！我再说一遍：我是抗日军人，也还是杨梦征的亲侄子，让我出来骂我叔叔是汉奸，我不干！"

白云森阴阴地一笑，讥问道：

"你就不怕在会上发生火并？"

他无力地申辩道：

"真……真要发生火并，我也没办法！该……该说的，我都向你说了……"

白云森手一挥：

"好！就这样吧！明天的会我负责！谁敢开枪，叫他冲我来！可你老弟必须到会，话由我白某人来说！"

他无可奈何地被白云森按入了精心布置好的陷阱，就像几天前被毕元奇按进另一个陷阱一样。这一回只怕没有什么人能帮他挽回颓局了。

他再一次觉察到了自己的柔弱无能。

接下来，白云森又和他谈起了下一步的西撤计划和电台修好后，须向中央和长官部禀报的情况，快一点的时候，他才和白云森一起在大庙临时架起的木板床上和衣歇下。白云森剥夺了他最后的一点机会，他连和手下的部属见见面商量一下的可能都没有了。

昏头昏脑快睡着的时候，他想起了周浩。明晨要开的是营以上军官会议，周浩是手枪营营长，他要到会的。如果周浩在会上拔出了枪，只怕这局面就无法收拾了，闹不好，自己的性命也要搭上去。尽管他并没有指使周浩如此行事，可周浩和他们杨家的关系，新二十二军是人所共知的，只要周浩一拔枪，他就逃不脱干系了。

忧上加惊，这一夜他根本没睡着。

第十五章

　　渐渐白亮起来的天光夹杂着湿漉漉的雾气，从没掩严的门缝里，从屋檐的破洞下渗进了大庙，庙里残油将尽的灯火显得黯然无色了。光和雾根本无法分辨，白森森，一片片，在污浊的空气中鼓荡，残留在庙内的夜的阴影，一点点悄然遁去。拉开庙门一看，东方的日头也被大雾吞噬了，四周白茫茫的，仿佛一夜之间连那莽莽群山也化作雾气升腾在天地间了。

　　好一场大雾！杨皖育站在被露水打湿的石台上，悲哀地想，看来天意就是如此了，老天爷也在帮助白云森。白云森决定今天休整，山里山外便起了一场大雾，日本人的飞机要想发现隐匿在雾中的新二十二军是万难了。决定未来的会议将在一片迷雾之中举行，他自己也化作了这雾中的一团。他不开口讲话，三一一师的部属们就不会行动，而他若是奋起抗争，就会响起厮杀的枪声。白云森是做了准备的，他只能沉默，只能用沉默的白雾遮掩住一个个狰狞的面孔。然而，只要活下去，机会总还有。这一次是白云森，下一次必定会是他杨皖育。一场格杀的胜负，决定不了一块天地的归属，既然天意决定白云森属于今天，那么，他就选择明天吧！

　　为了明天，他不能不提防周浩可能采取的行动。吃过早饭，他和白云森商量了一下，派周浩带手枪营二连的弟兄沿通往赵墟子的山路去寻找收容队。

　　白云森对这安排很满意。

　　九点多钟，营以上的军官大部到齐了，大庙里滚动着一片人头。《新新日报》的女记者傅薇也被换来了，手里还拿着小本本和笔，似乎要记点什么。他起先很惊诧，继而便明了：这是白云森又一精心安排。白云森显然不仅仅想在军界搞臭叔叔，也要在父老乡亲面前搞臭他。在陵城，白云森一口答应带上这个女记者，只怕就包藏着祸心。

　　大多数与会的军官并不知道马上要开的是什么会。他们一个个轻松自在，大大咧咧，彼此开着玩笑，骂着粗话。不少人抽着烟，庙堂里像着了火。

大门外是十几个手枪营的卫兵，防备并不严密，与会者的佩枪也没缴，这是和陵城的小白楼军事会议不同的。由此也可以看出，白云森对会议的成功胸有成竹。

快九点半的时候，白云森宣布开会，他把两只手举起来，笑呵呵向下压了压，叫与会者们都找个地方坐下来。庙堂里没有几把椅子，大伙儿便三个一伙，五个一堆，席地而坐。那女记者，白云森倒是特别的照顾，他自己不坐，倒把一把椅子给了她。

他坐在白云森旁边，身体正对着大门，白云森的面孔看不到，白云森的话语却字字句句听得真切。

"弟兄们，凭着你们的勇气，凭着你们不怕死的精神头儿，咱新二十二军从陵城坟坑里突出来了！为此，我和杨副师长向你们致敬！"

白云森两腿一并，把手举到了额前。

他也只好站起来，向弟兄们行礼。

"有你们，就有了咱新二十二军。不要看咱今儿个只有两千多号人，咱们的军旗还在嘛，咱们的番号还在嘛，咱们还可以招兵买马，完全建制，还会有一万五、两万五的兵员！"

响起了一片掌声。

"胜败乃兵家常事，胜，不能骄；败，不能馁，更不能降！今日，本师长要向众位揭穿一个事实：在陵城，在我新二十二军生死存亡的紧要关头，在民族需要我们握枪战斗的时候，有一个身居高位的将军，竟下令让我们投降！"

白云森果真不凡，竟如此诚恳自然地把紧闭的天窗一下子捅亮了。

庙堂里静了一阵子，继而，嗡嗡吟吟的议论声响了起来。白云森叉腰立着，并不去制止。

四八四旅的一个副旅长跳起来喊：

"这个将军是谁，是不是长官部的混蛋？咱们过了黄河，就宰了这个龟孙！"

"对，宰了这个王八蛋！"

"宰了他！"

"宰了他！"

可怕的仇恨情绪被煽惑起来了。他仰起头，冷眼瞥了瞥白云森，一下子捕捉到了白云森脸上那掩饰不住的得意，尽管这得意一现即逝。

白云森又举起了手，向下压了压：

"诸位，这个将军不在长官部，就在咱们新二十二军！知道这件事的人并不多，我是一个，杨副师长是一个。我们昨晚商量了一下，觉着真相必须公布。我说出来，诸位不要吃惊。这个下令投降的将军就是我们的军长杨梦征。"

简直像一锅沸油里浇了瓢水，会场乱了套。交头接耳的议论变成了肆无忌惮的喧叫，三一一师的杨参谋长和几个军官从东墙角的一团中站了出来，怒目责问：

"白师长，你说清楚，军长会下这混账命令么？"

"你不说命令是毕元奇、许洪宝伪造的么？"

"你他妈的安的什么心？"

"说！不说清楚，老子和你没完！"

杨参谋长已拔出了枪。

那些聚在杨参谋长身边的反叛者们也纷纷拔枪。

情况不妙，白云森的亲信，三一二师的刘参谋长率领着十几个效忠白云森的军官们，冲到香案前，把他和白云森团团围住了。

情势一下子很难判断，闹不清究竟有多少人相信白云森的话，有多少人怀疑白云森的话；更闹不清究竟是过世的军长叔叔的影响大，还是白云森的魔力大。但有一点是清楚的：新二十二军确有相当一批军官和周浩一样，是容不得任何人污辱他们的军长的。

他既惊喜，又害怕。

白云森大约也怕了，他故作镇静地站在那里，搭在腰间枪套上的手微微抖颤，似乎还没拿定拔不拔枪的主意。他紧绷的嘴角抽颤得厉害，他从白云森腋下斜望过去，能看到他泛白的嘴唇灰蛾似的动。

心中骤然掠过一线希望：或许今天并不属于白云森，而属于他？或许他过高地估计了白云森的力量和影响？

会议已经开炸了，那就只好让它炸掉了！反正应该承担罪责的不是他杨皖育。直到现刻儿，他还没说一句话呢！白云森无可选择了，他却有从容的选择余地。如若白云森控制了局势，他可以选择白云森；倘或另外的力量压垮了白云森，他自然是那股力量的领袖。

真后悔，会场上少了周浩……

没料到，偏在这剑拔弩张的时候，那个女记者清亮的嗓音响了起来。他看到那贱女人站到椅子上，挥起了白皙而纤弱的手臂：

"弟兄们，住手！放下枪！都放下枪！你们都是抗日军人，都是咱陵城子弟，你们的枪口怎么能对着自家弟兄呢？你们有什么话不可以坐下来好好商量?！我……我代表陵城父老姐妹们求你们了，你们都放下枪吧！放下枪吧！我求你们了，求你们了……"

没想到，一个女人的话语竟有这么大的影响力，只只握枪的手在粗鲁的咒骂声中缩回去了。他真失望，真想把那个臭女人从椅子上揪下来揍一顿，妈的，这婊子，一口一个陵城，一口一个父老乡亲，硬把弟兄们的心叫软了。

白云森抓住了这有利的时机，率先取出枪摔到香案上：

"傅小姐说得对，和自家兄弟讲话是不能用枪的！今日这个会，不是小白楼的会，用不着枪，弟兄们若是还愿意听我白云森把话讲完，就把枪都交了吧！不交，这会就甭开了！三一二师的弟兄们先来交！"

三一二师的军官们把枪交了，杨参谋长和三一一师的人们也一个个把枪交了，卫兵们把枪全提到了庙堂外面。

那女记者站在椅子上哭了，一连声地说：

"谢谢！谢谢你们！陵城的父老乡亲谢谢你们！"

他恶狠狠地盯了她一眼，别过了脸。

会议继续进行。

白云森重新恢复了信心，手扶着香案，接着说：

"我说杨梦征下令投降，不是没有根据的，我刚才说了，杨副师长知道内情，你们当中参加过小白楼会议的旅、团长们也清楚，没有杨副师长和我，新二十二军今日就是汪逆的和平建国军了！诸位不明内情，我不怪罪，可若是知道了杨梦征通敌，还要和他站在一道，那就该与通敌者同罪了！诸位请看，这就是杨梦征通敌的确证！这是他亲手拟就的投降命令！"

白云森从口袋里掏出了命令，摊开抚平，冷酷无情地展示着。几十双眼睛盯到纸片上。

"诸位可以传着看看，我们可以拥戴一个抗日的军长，却不能为一个叛变的将军火并流血！"

话刚落音，三一一师的一个麻脸团长冲了上来：

"我看看！"

白云森把命令给了他，不料，那麻脸团长根本没看，三下两把把命令撕了，边撕边骂：

"姓白的，你狗日的真不是玩意！说军长殉国的是你，说他通敌的还是你！你狗日的想蒙咱爷们，没门！爷们……"

白云森气疯了，本能地去摸枪，手插到腰间才发现，枪已交了出去。他把摸枪的手抬了起来，对门外的卫兵喝道：

"来人，给我把这个混蛋抓起来！"

冲进来几个卫兵，把麻脸团长扭住了。

麻脸团长大骂：

"婊子养的白云森！弟兄们不会信你的话的！你狗日的去当汉奸，军长也不会去当汉奸！你……你今日不杀了老子，老子就得和你算清这个账！"

卫兵硬将麻脸团长拖出了庙堂。

白云森又下了一道命令：

"手枪营守住门口，不许任何人随便进出，谁敢扰乱会议，通通抓起来！"

白云森奇迹般地控制了局面。

三一二师的刘参谋长把被撕坏的命令捡了起来，放到了香案上，拼成一块，白云森又指着它说：

"谁不相信我的话，就到前面来看看证据！我再说一遍，杨梦征叛变是确凿的，我们不能为这事火并流血！"

随后，白云森转过身子，低声对他交代了一句：

"皖育，你和刘参谋长先掌握一下会场，我去去就来！"

他很惊诧，闹不清白云森又要玩什么花招。他站起来，想拉住白云森问个明白，不料，白云森却三脚两步走出了大门。这时候，一些军官们拥到香案前看命令，他撇开他们，警觉地盯着白云森向门口走了两步，眼见着白云森的背影急速消失在台阶下。

怕要出事。

四八五旅副旅长赵傻子向他发问：

"杨副师长，白师长说，你是知晓内情的，我们想听你说说！"

"噢！可以！可以！"

肯定要出事！

他又向前走了两步，焦灼的目光再次捕捉到了白云森浮动在薄雾中的脑袋，那只脑袋摇摇晃晃沿着台阶向山下滚。

"军长的命令会不会是毕元奇伪造的？"

"这个……唔……这个么，我想，你们心里应该清楚！"

那个摇晃的脑袋不动了。

他走到门口，扶着门框看见白云森在撒尿，这才放了心。

恰在这时，不知从哪里冒出了一个提驳壳枪的人，从台阶一侧靠近了白云森。

他突然觉着那身影很熟悉。

是周浩！他差点儿叫出来。

几乎没容他做出任何反应，周浩手中的枪便响了，那只悬在半空中的骄傲的脑袋跌落了。在那脑袋跌落的同时，周浩的声音飘了过来：

"姓白的，这是你教我的：一切为了军长！"

声音隐隐约约，十分恍惚。

他不知喊了句什么，率先冲出了庙门，庙堂里的军官们也随即冲了出来。

杨参谋长下了一道什么命令，卫兵们冲着周浩开了枪，子弹在石头上打出了一缕缕白烟。

却没击中周浩。周浩跳到一棵大树后面，驳壳枪对着他和他身后的军官们：

"别过来！"

他挥挥手，让身后的军官们停下，独自一人向台阶下走。他看见白云森歪在一棵酸枣树下，胸口已中了一枪。

"周浩，你……你怎么能……"

"站住，你要过来，老子也敲了你！"

"你……你敢！你敢开……开枪！"

他边走边讪讪地说，内心却希望周浩把枪口掉过去。

周浩真善解人意，真是好样的！他把枪口对准了白云森。

他看见白云森挣扎着想爬起来，耳里飞进了白云森绝望的喊声：

"周浩，你……你错了！我……我白云森内心无……无愧！历……历史将证明！"

周浩手里的枪又连续炸响了，伴着子弹射出的，还有他恶毒的咒骂：

"去你妈的历史吧！历史是他妈的能当饭吃，还是能当尿操?!"

白云森身中数弹，烂泥似的瘫倒了，倒在一片铺着败草腐叶的山地上。地上很湿，那是他临死前撒的尿。尿骚味、血腥味和硝烟味混杂在一起，烘托出了一个铁血英雄的真切死亡。

死亡的制造者疯狂大笑着，仰天长啸：

"军长！姓白的王八蛋死了！死了！我替你把这事说清了！军长……军长……我的军长……"

周浩将枪一扔，跪下了……

谁也没料到，会议竟以这样的结局而告终，谁也没想到周浩会在执行任务的途中溜回山神庙，闹出这一幕。连杨皖育也没想到。而没死在陵城的白云森因为一泡尿在这里了却了悲壮的一生，更属荒唐。

时也。命也。

其时其命，使白云森精心布置的一切破产了。下令押走周浩之后，杨皖育把那张已拼接起来的命令再次撕碎。纸片在空中飘舞的时候，他对身后那群不知所措的军官们说：

"谁也没看到军长下过这个命令，我想，军长不会下这种命令的，白师长猜错了！可我们不能怪他，谁也不能怪他！没有他，我们突不出陵城！好……好了！散了吧！"

他弯下腰，亲自将白云森的尸体抬到了台阶上，慢慢放下，又用抖颤的手抹下了他尚未合拢的眼皮。

第十六章

周浩被关押在簸箕峪南山腰上的一个小石屋里，这是手枪营二连郑连长告诉他的。郑连长跪在他面前哭，求他看在周浩对军长一片忠心的情分上，救周浩一命。他想了半天，一句话没说，挥挥手，叫郑连长退下。

中午，他叫伙夫杀了鸡，炒了几样菜，送给周浩，自己也提着一瓶酒过去了。

他在石屋里一坐下，周浩就哭了，泪水直往酒碗里滴：

"杨大哥，让你作难了！可……可我他妈的没办法！军长对我周浩恩重如山，我不能对不起军长哇！"

"知道！我都知道！来，喝一碗，我替叔叔谢你了！"

周浩顺从地喝了一大口。

"杨大哥，你们要杀我是不是？"

他摇摇头：

"没，没那事！"

周浩脸上挂着泪珠笑了：

"我知道你要保我的！我知道！白云森死了，新二十二军你当家，你要保我还保不下么？"

"保得下！自然是保得下的！"

他似乎挺有信心。

"啥时放我？"

"得等等，得和刘参谋长和三一二师的几个人商量定，要不，反坏事！"

周浩把筷子往桌上一放：

"咱们不能把他们全收拾了么？！这帮人都他妈的只认白云森，不认军长，咱们迟早总得下手的！"

他叹了口气：

"老弟，不能这么说呀！咱新二十二军是抗日的武装，要打鬼子，不能这么内讧哇！来，喝酒，说点别的！"

自然而然谈起了军长。

"杨大哥，我和军长的缘分，军长和你说过么？"

"啥缘分？"

"民国八年春里，咱军长在陵城独立团当团长的时候，每天早晨练过功，就到我家开的饭铺喝辣汤。那时我、我才十岁，我给军长盛汤、端汤……"

"噢，这我知道的，你家那饭铺在皮市街西头，正对着盛记洋油店，对么？"

"对，我也见过你，有时军长喝汤也带你来，那年你也不过十五六岁吧？正上洋学堂，也喜好练武，穿着灯笼裤，扎着绸板带，胸脯儿一挺一挺的，眼珠子尽往天上翻。"

他酸楚地笑了：

"是么？我记不起了！"

周浩蹲到了凳子上：

"我可都记着哩！军长喝完汤，就用胶黏的手拍我的脑瓜，夸我机灵，说是要带我去当兵！我娘说：好儿不当兵。军长也不恼，军长说：好儿得当兵，无兵不能护国。"

"我倒忘了，你是哪年跟上我叔叔的？"

"嘿！军长当真没和你说过我的事么？你想想，独立团是民国九年秋里开拔到安徽去的，当时，我就要跟军长走的，军长打量了我半天，说：'来，掏出鸡巴给我看看'。"

"你掏了？"

"掏了。军长一看，说：'哟！还没扎毛么，啥时扎了毛再来找我！'我又哭又闹，军长就给我买了串糖葫芦。军长走后，有一年春上，我瞒着爹娘，揣着两块袁大头颠了，找了十个月，才在山东地界找到了军长。"

"那是哪一年？"

"民国十五年嘛！那当儿咱军长扯着冯玉祥国民军的旗号，已升旅长喽！"

"那年，我还没到叔叔的旗下吃粮哩！我是民国十六年来的。"

"噢，那你就不知道了。我找到了旅部，把门的不让我进，把我疑成叫花子了。我硬要进，一个卫兵就用枪托子砸我。我急了，大叫：你们狗日的不让我进，就替我禀报杨旅长，就说陵城周记饭铺有人奔他来了！扎毛了，要当兵！"

"有趣！我叔叔还记得扎毛不扎毛的事么？"

"记得，当然记得！军长正喝酒，当下唤我进来，上下看了看，拍了拍我的脑瓜：'好小子，有骨气，我要了！'打那以后，我就跟了军长，一直到今天。军长对我仁义，我对军长也得仁义，要不，还算个人么？！"

"那……那是！那是！来，喝，把……把这碗干了！"

"干！干！"

"好！再……再满上！"

他不忍再和周浩谈下去，只一味劝酒，待周浩喝得在凳子上蹲不住了，才说：

"打死了白师长，新二十二军你……你不能待了，你得走！"

周浩眼睛充血，舌头有点发直：

"走？上……上哪儿去？"

"随便！回陵城老家也行，到重庆、北平也罢，反正不能留在军中！"

"行！我……我听你的！你杨……杨大哥有难处，我……我知道，我不……不拖累你，啥……啥时走？"

他起身走到门口，对门外的卫兵使个眼色，卫兵会意地退避了。

他回到桌前，掏出一沓现钞放在桌上：

"现在就走，这些钱带上，一脱身就买套便衣换上，明白么？"

"明……明白！"

"快！别磨蹭了，被刘参谋长他们知道，你就走不脱了！"

"噢！噢！"

周浩手忙脚乱地把钱装好，又往怀里揣了两个干馍。

"那……那我走了！"

"废话，不走在这儿等死？！一直向前跑，别回头！"

周浩冲出门，跑了两步，又在院中站住，转身跪下了：

"杨大哥，保……保重！"

他冲到周浩面前，拖起了他："快走！"

周浩跌跌撞撞出了院门，沿着满是枯叶的坡道往山下跑，跑了不过十七八步样子，他拔出手枪，瞄准了周浩宽厚的背脊。

枪在手中爆响了，一阵淡蓝的烟雾在他面前升腾起来，烟雾前方一个有情有义的汉子倒下了。

手枪落在了地上，两滴浑浊的泪珠从他的眼眶里滚了出来……

他没有办法。刘参谋长和三一二师的众多官兵坚持要处决周浩，就连三一一师的一些忠于杨梦征的旅、团长们，也认为周浩身为军部手枪营营长向代军长开枪，罪不容赦。他们这些当官的日后还要带兵，他们担心周浩不杀，保不准某一天他们也会吃哪个部下一枪。他要那些军官部属，要新二十二军，就得这么做，这是无可奈何的事。

第十七章

两个墓坑掘好了，躺在棺木中的杨梦征和白云森被同时下葬了，簸箕峪平缓的山坡上耸起了两座新坟。无数支型号口径不同的枪举过了头顶，火红的空中骤然爆响了一片悲凉而庄严的枪声。山风呜咽，黄叶纷飞，肃立在秋日山野上的新二十二军的幸存者们，隆重埋葬了他们的长官，也埋葬了一段他们并不知晓的历史。杨皖育站在坟前想：历史真是个说不清的东西，历史的进程是在黑暗的密室中被大人物们决定的，芸芸众生们无法改变它，他们只担当实践它、推进它或埋葬它的责任，过去是这样，现在是这样，未来也许还是这样。然而，做为大人物们却注定要被他们埋葬，就像眼下刚刚完成的埋葬一样。这真悲哀。

夕阳在远方一座叫不出名的山头上悬着，炽黄一团，热烈火爆，把平缓的山坡映衬得壮阔辉煌，使葬礼蒙上了奢侈的色彩。两千多名士兵像黑压压一片树桩，参差不齐地肃立着，覆盖了半个山坡。士兵们头发蓬乱，满脸污垢，衣衫拖拖挂挂，已不像训练有素的军人。他们一个个脸膛疲惫不堪，一双双眼睛迷惘而固执，他们的伤口还在流血，记忆似乎还停留在激战的陵城。他们埋葬了新二十二军的两个缔造者，却无法埋葬心中的疑团和血火纷飞的记忆。

他却要使他们忘记。陵城的投降令不应该再被任何人提起，它根本不存在。那个叫杨梦征的中将军长，过去是抗日英雄，未来还将是抗日英雄。而白云森在经过今日的显赫之后，将永远销声匿迹。他死于毫无意义又毫无道理的成见报复。真正拯救了新二十二军的是他杨皖育，而不是白云森，怀疑这一点的人将被清除。既然周浩为他夺得了这个权力，他就得充分利用它。

想起周浩他就难过。周浩不但是为叔叔，也是为他而死的。他那忠义而英勇的枪声不仅维护了叔叔的一世英名，也唤起了他的自信，改变了他对自身力量的估价。周浩驳壳枪里射出的子弹打倒了他的对手，也打掉了他身上致命的柔弱，使得他此刻能够如此有力地挺立在两个死者和众多生者面前。

他今生今世也不能忘记他。

然而，他却不能为他举行这么隆重的葬礼，不能把他的名字刻在石碑上，还得违心地骂他，宣布他的忠义为叛逆。

是他亲手打死了他。

是他，不是别人。

昏黄的阳光在眼前晃，像燃着一片火，凋零的枯叶在脚下滚，山风一阵紧似一阵，他军装的衣襟被风鼓了起来，呼啦啦地飘。

缓缓转过身子，他抬起头，把脸孔正对着他的士兵们，是的，现在这些士兵们是他的！他的！新二十二军依然姓杨。他觉着，他得对他们讲几句什么。

他四下望了望，把托在手中的军帽戴到头上，扶正，抬腿踏到了一块隆起的山石上。旁边的卫兵扶了他一把，他爬上了山石。

对着火红的夕阳，对着夕阳下那由没戴军帽的黑压压的脑袋构成的不规则的队伍，对着那些握着大刀片、老套筒、汉阳造、中正式的一个个冷峻的面孔，他举起了手。

"弟兄们，我感谢你们，我替为国捐躯的叔叔杨梦征军长，替白云森师长感谢你们！如今，他们不能言语了，不能带你们冲锋陷阵打鬼子了，他们和这座青山，和这片荒野……"

他说不下去了，眼睛有些发湿。

山风的喧嚣填补了哀伤造出的音响空白。

他镇定了一下情绪，换了个话题：

"我……我总觉着咱军长没死！就是在一锨锨往墓坑里填土的时候，我还觉着他没死，他活着！还活着！看看你们手中的家伙吧！喏，大刀片、老套筒、汉阳造……不要看它们老掉了牙，它是军长一生的心血呀！过去，大伙儿都说：没有军长就没有新二十二军，这话不错。可现今，军长不在了，咱新二十二军还得干下去！因为军长的心血还在！他就在咱每个弟兄的怀里，在咱每个弟兄的肩头，在咱永远不落的军旗上！"

他的嗓音嘶哑了。

"今天，我们在这里埋葬了军长，明天，我们还要从这里开拔，向河西转进。或许还有一些恶仗要打，可军长和咱同在，军长在天之灵护佑着咱，咱一定能胜利！一定能胜利！"

"胜利……胜利……胜利……"

山谷旷野回荡着他自豪而骄傲的声音。

他的话说完了，浑身的力气似乎也用完了，两条腿绵软不堪。他离开山石时，三一二师刘参谋长又跳了上去，向士兵们发布轻装整顿，安置伤员，向河西转进的命令。刘参谋长是个极明白的人，白云森一死，他便意识到了什么，几小时后，便放弃了对白云森的信仰。

对此，他很满意，况且又在用人之际，他只能对这位参谋长的合作态度表示信任。他很清楚，凭他杨皖育是无法把这两千余残部带过黄河的。

清洗是日后的事，现在不行。

不知什么时候，《新新日报》的女记者傅薇和表妹李兰站到了他身边。傅薇面色阴冷，眼珠乱转，闹不清在想什么。李兰披散着一头乱发，满脸泪痕，精神恍惚。他知道这两个女人都为白云森悲恸欲绝。他只装没看见，也没多费口舌去安慰她们，她们是自找的。

这两个女人也得尽快打发掉，尤其是那个女记者，她参加了上午的会议，小本本上不知瞎写了些什么，更不知道白云森背地里向她说了些什么……

正胡乱地想着，傅薇说话了，声音不大，却很阴：

"杨副师长，把杨将军和白师长葬在这同一座山上合适么？"

他扭过头：

"这是什么意思？"

"你不怕他们在地下拼起来?"

他压住心中的恼怒,冷冷反问:

"他们为什么要拼?"

"为生前的宿怨呀!"

"他们生前没有宿怨!他们一起举义,一起抗日,又一起为国捐躯了!"

"那么,如何解释上午的会议呢?如何解释那众说纷纭的命令呢?白师长临终前说了一句,历史将证明……历史将证明什么?"

他转过脸,盯着那可恶的女人:

"什么也证明不了,你应该忘掉那场会议!忘掉那个命令!这一切都不存在!不是么?!历史只记着结局。"

"那么,过程呢?产生某种结局总有一个过程。"

"过程,什么过程?谁会去追究?过程会被忘记。"

"那么,请问,真理、正义和良心何在?"

他的心被触痛了,手一挥:

"你还有完没完?!你真认为新二十二军有投降一说?告诉你:没有!没有!"

"我只是随便问问,别发火。"

这口吻带着讥讽,他更火了,粗暴地扭过傅薇的肩头,手指着那默立在山坡上的衣衫褴褛的士兵:

"小姐,看看他们,好好给我看看他们!他们哪个人身上没有真理、正义和良心?他们为国家而战,为民族而战,身上带着伤,军装上渗着血,谁敢说他们没有良心?!他们就是真理、正义和良心的实证!"

刘参谋长的话声给盖住了,许多士兵向他们看。

他瞪了傅薇一眼,闭上了嘴。

刘参谋长继续讲了几句什么,跳下山石,询问了一下他的意见,宣布解散。

山坡上的人头开始涌动。

他也准备下山回去了。

然而,那可恶的女人还不放过他,恶毒的声音又阴风似的刺了过来,直往他耳里钻:

"杨副师长，我是不是可以这样理解：无论杨梦征军长、白云森师长和你们这些将领们干了些什么，新二十二军的士兵们都是无愧于民族和国家的，对么？对此，我并无疑意。我想搞清楚的正是：你们这些将领们究竟干了些什么?!"

他再也忍不住了，猛然拔出手枪：

"混账，我毙了你！"

傅薇一怔，轻蔑地笑了：

"噢，可以结束了。我明白了，你的枪决定历史，也决定真理。"

枪在他手中抖，抖得厉害。

"杀……杀人了！又……又要杀人了！怎……怎么会这……这样?! 快……快来人呀！杀……杀人喽！"

站在傅薇一侧的李兰望着他手上的枪尖叫起来，摇摇晃晃几乎站不住了。

直到这时，他才发现表妹的神色不对头，她的眼光发直，嘴角挂着长长的口水，脚下的一只鞋子掉了，裤腿也湿了半截。

他心中一沉，把枪收回去，走到李兰面前：

"别怕，兰妹！别怕，谁也没杀人！"

"是……是你杀人！你杀了白云森，我知道！都……都知道！"

李兰向他身上扑，湿漉漉的手在他脖子上抓了一下。

他耐着性子，尽量和气地解释：

"我没杀人。白师长不是我杀的，是周浩杀的。周浩被处决了。来，走吧！跟我回去！别闹，别闹了！"

李兰完全丧失了理智，又伸手在他脸上抓了一把，他被激怒了，抬手打了她一个耳光，对身边的卫兵道：

"混蛋！把她捆起来，抬到山下去！那个臭女人也给我弄走！"

卫兵们扭住李兰和傅薇，硬将她们拖走了。

这时，电台台长老田一头大汗赶来报告，说是电台修好了。他想了一下。没和刘参谋长商量就口述了一份电文：

"向中央和长官部发报，电文如下：历经七日惨烈血战，我新二十二军成功突破敌军重围，日前，全军两师四旅六千七百人已转进界山，休整待命。此役毙敌逾两千，不，三千，击落敌机三架。我中将军长杨梦征、少将副军长毕元奇、三一二师少将师长白云森，壮烈殉国。"

台长不解，吞吞吐吐地问：

"毕元奇也……壮烈殉国?"

他点了点头：

"壮烈殉国。"

台长敬了个礼走了。

他转身问刘参谋长：

"这样讲行么?"

刘参谋长咧了咧嘴：

"只能这样讲。"

他满意地笑了。一时间几乎忘记了自己刚刚主持了一个隆重悲哀的葬礼，忘记了自己是置身在两个死者的墓地上。他伸手从背后拍了拍刘参谋长的肩头，抬腿往山下走。

山下，参加葬礼的士兵们在四处散开。满山遍野响着杂沓的脚步声。山风的叫嚣被淹没了。夕阳跌落在远山背后。夜的巨帏正慢慢落下。陵城壮剧的最后一幕在千古永存的野山上宣告终场。

明天一切将会重新开始。

他将拥有属于明天的那轮辉煌的太阳。

这就是历史将要证明的。

凯旋在子夜

韩静霆

一

别时容易见时难。久别重逢常带着偶然性。其实呢，偶然里又藏着必然。人们为了那些有重要意义的重逢，彼此期待着，寻找着，靠拢着——山不转水转，可不就重见了么？"去来固无迹，动息如有情"，说的正是这层意思。且说，一九八四年五月六日晨四时许，童川检查了防御阵地回到隐蔽部，就将通信员小黄摇醒了。小黄迷迷瞪瞪坐起来，睡眼被电筒的光照得发花，移目向隐蔽部外面望去，黑漆漆、混沌沌的夜色凝重得很。副营长不耐烦再等，高大的身躯已经塞出隐蔽部，沿蛇形交通壕先行了。小黄只好不乐意地跑步跟上。哎，急什么呢？抢镜头？赴约会？夜袭？都不是。自从部队用血的代价占领1075高地，转入防御之后，阵地简直成了"旅游"胜地了。不知从哪儿冒出了成群打伙的记者、作家，电视台的、电影厂的……缕缕行行上阵地。这些人生性喜欢乱跑，营里必得有人接送，既做"警卫"，又做"看守"。和平时期的局部战争，就这样儿。后方的文艺、新闻界人士巴不得都来凑热闹。昨儿傍晚，童川撂了电话，对小黄说："明早五点出发，下山接人。"

"什么人？"

"诗人，女的。注意着装。"

"女的?"小黄的眼睛打了个闪。

"是个女神。是军长批准她上来的，没事儿找事儿！不过，此人敢到阵地上闻闻血腥味儿，也算是女中的人杰了。"

听不出副营长对这件"新闻"的褒贬，肯定与否定兼而有之。小黄的眼睛闪闪烁烁，鄙夷地说俏皮话："副营长，把阵地前边那敌人的死尸扒出来，让她瞧瞧，不吓死就给她请功！哈哈，管保脑袋里的诗也吓跑了。"

"废什么话？记住，早晨五点。"

五点就五点。

可是才四点多钟就把小黄给轰起来了。

猜不透他要做什么。这位体魄健壮的副营长，少言寡语却常有惊人之举。他是本团唯一的一位坐过一年半监牢的干部。也许是监禁生活把他的脸拉长了，使那张长而粗糙的脸极少表情。他有时会长时间地沉默，那也是远离尘世生活过的人才有的沉默。因此乍看上去有点儿让人害怕。他"玩瘾"极大，据说一小在北京少年体校待过，在北大荒"兵团"的时候恐怕也不是省油的灯。可是斗蛐蛐、打鸟儿、逮黄鼠狼这些嗜好都在监狱里改造掉了。唯有拳击（他自备两副拳击手套）、足球、健美、举杠铃和单杠这些爱好如影随形，他今生今世怕丢不开了。他订的杂志五花八门，《武林》《足球世界》《北京体育》，还有几种"文摘"。没事儿喜欢抄录些格言、警句之类的。他训练部队从不心软，长长的铁面无笑。就说两年前国庆节团里搞小阅兵吧，他当时还是个连长。瞧他的连队一过来，就十分显眼。齐刷刷一个方阵，练成不可拆散的整体。横排纵队全如有尺卡着。一列列战士好像电钮操纵似的，将一排脚尖唰地放出去，又收回来。一排排戴白手套的手机械地上上下下，如织布机在运动。手脚生风，发出节奏鲜明的"唰唰"的响声。最精彩的是，没人歪头斜眸去瞟着右侧排头兵，间隔距离也不差分毫。只是战士们身体显得僵硬，军衣后面虽汗已湿透，却有个"T"形的干爽处，阅兵一毕，少壮派团长杨勇侠——当时的参谋长，把童川留下了。

"童连长，请把腰带解下来。"

是，解腰带。

"脱军衣。"

是，脱军衣。

"向后转！"

噢，秘密在后背——他自己和每个兵一样儿，裤带后面全插着个"T"形木尺！木尺已将衬衣两肩磨破。如果让童川脱个赤条条，可见他腰的凹处被木尺顶出一块青紫。

"阁下治军倒有些歪点子！"

他眉毛动动，算是笑了。

他不无得意。

转眼间，童川已经在足球场上了。他作为前锋、队长、满场飞。像个孩子似的斤斤计较"一城"得失。板着脸争强赌胜，竟然为一次判罚点球同客队争吵起来。

成熟？孩子气？似乎兼而有之。

有一回，童川大出"风头"。新年联欢会上，他原报节目是体育表演，等到出场却令人一震——他，率领赤膊赤腿七条汉子，浑身涂满了凡士林油，在灯光球场表演了"健美比赛"。左侧、右侧，腿腱、臂肌，油光光的"块儿"蓄满了力，照亮了全团官兵的眼。

杨勇侠乐呵呵对老政委道："真有时代感！不错。"

有时候童川也不能说不"老成"。他对自己的经历讳莫如深。他的独身生活似水泼不透，针插不进。杨勇侠几次为童川张罗婚姻大事，均遭失败。

童川从来避讳谈女人，可是谁能禁止在枯燥的制式生活里谈谈老婆、恋爱史呢？别人兴高采烈聊起这些，插科打诨，他就毫无表情地躲到角落去了。

清高？

抑或是心里有隐痛？

他这人是个"谜"。

在德高望重的老团首长退下去，杨勇侠升任团长，成了"主官儿"之后，才把连长童川调到三营任副营长。这时，部队已进入临战状态了。

小黄问过："副营长，你写遗书了吗？"

"我只有一句遗言——埋我的时候，挖个大点儿的坑——拜托你了，小黄。"

"你怎么不写?"

"没处可寄。"

对了，他是个孤儿。有个后娘，早断绝关系了。

从来不必请假探家，部队就是家。

为什么不结婚呢?

小黄猜不出，也不敢问。

可是，一副领章虽然紧紧地锁住了童川感情的闸门，使那张并不英俊的、显得过长的脸上少有生动的表情，但他的情感却在大幅度的行动中得到传导。进攻战的时候，他只说了两句话："穿插到位立即跟着自己的炮弹向上冲，别等!""伤亡不到三分之二，不向团里报伤亡。"他自己一直跟着突击连，开进，穿插，身先士卒。他那张长脸被硝烟熏得黑如假面，白多黑少的两目是那么严峻、坚忍、威武。攻占阵地之后，他从一个越军中尉的尸体上搜到一个硬皮儿的笔记本，扉页画着一个长头发女人和一个小孩。那中尉是战斗到最后，自己把子弹射入胸膛的。浸血的画中，女人和孩子成"∧"字形靠着，仿佛一离开就会摔倒。旁边还写着诗，是参差不齐的长短句。童川将那笔记本慢慢地合拢，竟然重新装入死者的衣袋里，冷静地对战士们说，"埋了。"他反常的动作使一位刚上来的宣传干事吃惊，这硬皮儿笔记本，这画，这诗，是难得的战利品。既可在展览会上用，也可留做战争纪念哪! 可是……"埋了。"童川重复着不可抗拒的命令。

他的脸上毫无表情。

他的内心世界却是异常复杂、丰富，他的感情也跌宕起伏——可是你看不出来，甚至猜不出来。

好大的雾啊!

这是个黑色的时辰。亚热带丛林黑沉沉，连雾也像扯不开、解不脱的又黑又湿的棉花套子。大山仿佛依旧在吐丝作茧。雾一层一层叠起来，变得沉重，就向阵地上飘坠，落在衣上脸上成了黏黏渍渍的雨点儿。在山雾里行走，人的脸不觉会套在蜘蛛网里，手只好乱抓一气。交通壕以外，到处是弹坑，到处布着雷，雾里是否有越军的特工队潜伏在咫尺?

神秘，深邃，危机四伏。

童川钢盔上的荧光在雾里难辨，时隐时现，转瞬即逝。

"谁?!"随着问话，枪哗地发出金属声。

"要问口令!"

"啊——口令?"

"北京。回令?"

"你是——童副营长?"

"回令!"

"云南。"

"谁带班?"

"我。"

猫耳洞里影影绰绰是个罩着手电在看书的人。手电灭了，那人侧身而出。这是步校毕业不久的"学生官"——代理排长林小林。这位小白脸儿，是烈士的弟弟，聪慧敏锐，大大咧咧，似乎生来便只会当官儿不会当兵。他操一口京腔，一听便知是童川的"老乡"。也许正因为如此，才一点也不怕副营长凶煞的吼叫。

童川："你懂得什么叫战场纪律吗?"

林小林："您指的是哪一款儿?"

"懂不懂?"

"懂。"

"你干什么去了?"

"看看书——我困了，看看书。"

"什么书?"

"《拿破仑一世传》。"

"您真了不起! 带着'拿破仑'上了阵地。可你连个代理排长也不称职，带岗都不会。我看你应该挂职下放当战士了。"

小林低了头。

童川一转脸："小黄，走。"

小林似想挽回点面子，缓解一下气氛："童副营长，下山哪? 带两包云烟来过过瘾，抽一根赚一根儿。"

童川没再理会。这位和"拿破仑"一块儿上了阵地的林小林，他的哥哥曾是童川的战友，一九七九年牺牲在战场的。所以小林他总有点儿感情上的特殊化。没办法。

小林站到位置上去了。

跳出交通壕之后，山坡朝我们背后方向溜下来了。进攻时踏出的小路虽显明得多，可凭遮掩着的电筒光只能照出方寸之地，小黄跑得绊绊磕磕，气喘吁吁，满腹怨气。被炮火摧折的针叶树，阔叶树，横七竖八地躺着，脚下弹坑深浅不同，心和脚板一起浮上坠下，真不踏实。

急什么呀？赶什么呀？

雾渐渐变成乳白色了，山峦影影绰绰现出轮廓。

走在"S"形公路上了，披着伪装网的军车疾驰而下，缓缓而上，搅着漫天的尘阵。

听到山凹处瀑布跌落的哗哗声了。

童川回头望了通信员小黄一眼，不急赶路了。他迅速卸了武器，脱衣，只剩个三角裤衩遮羞，钻到了瀑布底下。他任那凉意袭人的瀑布从头淋下来，仰首大口地吞咽着清凉的水。真棒啊，妈的！他叫着，浑身的毛孔紧缩了一下，立即又在他大手的搓动下发热，张开了，他恣意享受，嗥嗥嚯嚯喊叫，在瀑布底下跳来跳去。小黄也脱了衣服一头扎到水下来。虽然进攻战之后在阵地上才一周，可人在猫耳洞里快捂发霉了，冷水浴能不让人振奋？可是，叱咤声忽然停下了，童川缓慢地搓动着发达的胸肌，若有所思。

他在想什么？

他透过透明的水雾向外定定地望着，瀑布跌落之后顺公路边儿拐去，公路下面是一条深沟，那芭蕉叶掩映的深沟里，若隐若现的是一顶顶野战救护所草绿色的军帐。

他在期待什么？

偏偏那长脸上一点儿表情也没有。

二

五时整，护士长江曼拎着一塑料桶带血的绷带和敷料，从山沟里爬上来，向哗哗作响的瀑布处走去。连日来，她的洁癖和精神都受到了挑战。她自以为是经历过坎坷，也见惯了脓血的，不想战场上的情景使她心灵颤抖，几乎撑持不住了。进攻战那日，整个曼坪大山都过了火，浴了血。敌人尸体横陈。可我们也送下了成百成百的伤员。抬担架的民工、战地救护组的人，没有一个人的裤脚不是血红的；野战救护所军帐前摆满了伤员，没有一副担架是绿的，没有任何伤员的绷带是白的。野战救护所的任务是前接后送，可是为了避免伤员失血过多，为了救生，急茬儿的手术出人意料地多。她站在野战手术灯下，什么也来不及想，只机械地执行执刀医生简短的医嘱和命令——止血钳、镊子、弯嘴钳、手术刀……从手术医生们白大褂的缝隙中，她看到的是伤员胸口涌着气泡的血在咕嘟咕嘟冒；看到的是血肉模糊的半截腿里伸出的断骨和沾满了战场上的硝烟、泥土的外溢的肠子。她足足在手术灯下站了十三四个小时，换下来，走进伤员的帐篷，还没做事，一向老练稳重的所长就带点绝望意味地嚷道："要输血！血！血！血没有了。"

老所长空空的两手张开，扬起来，沉下去。

担架上是个腹部贯通伤的伤员，子弹从他的肋部斜穿出来，浑身缠满了渗血的绷带。

所长："他们应该给我们输血车，给冰箱！我需要血……江护士长，赶紧想办法抽血，输给他——还有救。我没想到要展开这么多手术啊！"

是呵是呵，谁估计到这战争的残酷性和野战救护所的任务改变了呢？担架队民工的胳膊伸过来了，伤员也从床上伸出胳膊来了。一条条尚存的、无力的胳膊、一张张脸上失血的嘴唇都在颤动。

"抽我的……"

"等什么？护士！"

"你他妈是吃白饭的?！快点过来，抽！"

江曼异常地冷静。

她叫了四个民工，加上她自己，五个人，都是B型血，抽五百毫升。经过快速地交叉配血，不凝聚，不溶血，五个人的血注入了一个生命垂危的伤员的体内。

她躺倒了。

军帐外面还在传来隐隐的炮声，担架队还在往下送伤员，手术与病房兼用的帐篷里依然是简短的医嘱——止血钳、止血钳、止血钳！江曼应该睡一会儿，可是闭了眼便是血、血、血！她好像是随着那炮声，飘起来，坠落下去，坠落下去……她醒了，心扑通跳，出了一身冷汗。闭一闭眼——怎么，又在坠落，坠落。这回是坠落到无边无沿的深渊里了，黑沉沉的，她觉得自己不存在了，同那黑沉沉的深渊融成了一体，整个人都化了……

怎么了？是身体受不住？还是精神撑不住？

起来。

她爬起来，摇摇晃晃，可是终于撑住了。

所长："江曼，你还行吗？"

"您这是说什么？"

"你马上去后边取血，行不行？"

"车呢？"

"派好了。你可以在车上瞌睡一会儿。我知道你刚抽了血……可是人手不够。你是护士长。"

"您真啰唆。"

她说着，向帐篷外走去。

所长追上来，交给她一张"报告"："记住，要冰箱。"

"是。"

这会儿用得着她的锋芒了。她乘车闯过炮火封锁的公路，取了两瓶血，一千毫升，用湿手巾包着。又把这一千毫升血带到了军区后勤"前指"首长办公室。她要冰箱，要首长瞧瞧：血取多了过期作废。少了不能挽救伤员生命，这鲜红的血怎么能在隐蔽部保存在四到八度之间？她送上"报告"，嘴就没停。她甚至不客气地请刚从前边回来的首长再到野战救护所体验一下。首长说："我要是能变个冰箱，我就去。我说了——一定给。""什么时候？""听我的电话。"她大获全胜。一种奇异的力量支撑着她，同时也有一些难以启齿的担忧困惑着她。三十岁的女护士长很自尊，别人很难捕捉到她内心隐蔽的信息。她在野战救护所奔忙，换药、打针、缠绷带，还要配合手术、麻醉、交叉配血，给伤员喂水喂饭，洗脸，洗脚……进攻战之后，伤员减少，她偶尔得睡，却又有成群打伙的"小人儿"闯入梦境，重复以往，演绎未来，只是不为人知。一俟有了床铺，她那三十岁独身女人的洁癖就又占了上风，铺上一尘不染的白罩单，叠得方方整整的被子旁边放一个塑料袋，备有梳子、镜子、珍珠霜之类。酒精味的军帐里会混合着化妆品的味道；这不足为奇。只是没有机会洗澡，也无法提这个非分的要求。

她的睡眠突然少起来了，心里总像揣着事儿，是担心什么人？她从未说过。可是，尽管忙到半夜，每日早晨还是很早就醒了。听得年轻护士们细声细气地打呼噜，别提有多嫉妒了。

睡不成，起来吧，起吧。

找点事儿做，洗洗绷带、敷料……

每个早晨，天一放亮她就从山沟里爬上来，到瀑布边洗洗涮涮。

又听到砰然作响的水声了，又看到瀑布了。

隐隐约约，水帘里有两个赤膊赤腿的男人在洗浴。上了三十岁的护士长大姐无须忌讳，甚至可以用母亲似的慈爱目光瞅着年轻的兵，笑骂、呵斥他们躲开。她没有那样做，只是默默地背了身，回避，耐心地等着男同胞"自觉"。

"童副营长——你大点声，我听不见！"

童副营长？童川！

哗哗。哗哗。哗哗。

水声激荡，她听不到那童川说什么，猜也猜不透。她的眼睛亮亮地打了一个闪，瞬间就忧郁了。仿佛童川这个名字烨然照亮了她的心，又迅速在她的胸膛里塞满了苦甜相杂的、不堪回首的记忆。她微微仄了一下头，在琢磨是否转回身去。可是她终于还是走了，走得很慢，很慢，又要走，又希望被发现。她半仰着头，做作地表现出女性的自尊，耳郭却专注地偏向了瀑布。

她想，她盼望——他会叫她别走。

"老兵！"

果然，遵命于营指挥员的耳语，通信员披上军衣，用长裤遮着下体，急不择词地用南方部队里习惯的尊称叫着。

"老兵，副营长请你等一等。可是——别回头。"

真像是吆喝"俘虏"。

很快，随着一声"江护士长"的召唤，她触电似的转回身来。

童川和江曼的目光相碰了，似乎迸发出了金属的撞击声，有火花一闪。

副营长的目光直射江曼，在搜寻久违的什么——哦，还那么清秀，可终于是三十岁的女人了，不如以前轻灵。脸呢？褪尽了红润，有点苍白，圆下颏变尖了。仿佛被心事坠下的眼角略略下垂，眼圈儿是一圈青色的晕。他注意到那眼角在轻轻地打战。

她也望着他——不是，不是从前那个人了。肩宽了，脸也长了，上唇的茸毛已经变成参差的硬胡茬。一号军衣，对的，是一号。她的目光绕着钢盔下童川的脸绕了一圈，看不出特殊的表情，便把目光停在他刚锁紧的领钩上，又向下滑了一点儿。

该找个由头说话了。

"护士长，你好。"

"你好。"

"我听刚回去的伤员说，你每天早晨都到这里洗绷带。"

"每天。是。"

"我差点认不出你了。"

"人是有忘性的，这不奇怪。"

"不是忘了，是因为好久不见。咱们见面，好像是上辈子的事了。"

"这么说——您轮回转世了？"

"如果能转世轮回——一切都不一样了，得用上一辈子的全部经验教训，安排下辈子生活，好好活一回。"

"这辈子也没完哪！您前途无限。"

"别挖苦人。谁知道我还有没有时间？马克思的'请帖'也许早成批印好了。"

童川说得很轻松，完全是一句预言似的玩笑。江曼想——他同从前有什么不同呢？对，军人的无畏。还有，即便开了句玩笑，他自己也不笑，仅仅是微微扯动了一下嘴角。这人磨炼得更内向了。一副领章紧紧地锁住了他感情的闸门。

"你下阵地做什么？"

"接一个来采访的人。我想没准儿能碰到你。"

"真巧。"

"是很巧。"

"偶然并不是必然。"

"对，护士长，不是必然。"

"童副营长，没什么事儿吧？"

童川摇摇头。

是的，没事儿。童川似乎只是想从护士长这儿找到八年前那个江曼。那个总是爱眼泪汪汪的江曼，那个被他称为"泪做的骨肉"的江曼，那个任性、使起小性儿不计后果的江曼，那个喜欢《简·爱》，喜欢《复活》，也喜欢把诗偷偷念出声儿来的江曼到哪里去了？那时候，哦，是了——她不知从哪儿弄来顶旧军帽扣在头上，上面缀着直径两寸的红像章。高高扬起的圆下颏老是在等待什么，还有一双时阴时晴的眼睛，两腮边洒脱地甩动的两个小刷子啊……

江曼却在寻求解脱，移开目光望瀑布。流水哗哗地从高处跌下来，飞溅在石头上。浪花迸放，消逝；消逝，迸放，……她苦笑了一下：她和他的缘分似乎是和水分不开了，水呵，水！

三

森林小火车的押运员刚把皮管子接在水龙头上，又被水冲开，水滋在他臃肿的棉袄、棉裤和脸上，他骂了声"妈拉个巴子"，在自来水龙头下面的冰上又重重地滑了一跤。

江曼险些笑出声来。

"干吗？忍着点儿。"

童川忙按低了江曼的头。这两个北大荒建设兵团的北京知青，匍匐在森林小火车满载的原木凹处，心惊胆战地瞧那押运员从冰上爬起来，摆弄水管子，不知那人在想什么"幺蛾子"。正是一九七六年的冬天。白桦树最后几片干黄的叶子，也像累乏了的小鸟挣扎着，飘落下来。漫天皆白。林海里虽偶尔能寻到一片片针叶林的绿色，那颜色是那么阴沉、忧郁、深邃、孤独和古老，像墓群周围的点缀。几只觅食的乌鸦，绕着童川和江曼头顶"哇哇"地叫着，叫得惊心而凄凉。连一百米之外的破木屋和两辆破拖拉机也都陷在雪里，仿佛正在下葬，唯有森林小火车站几间黄白相间的房子提醒人们——这个冰天雪窖的世界还有一些生气，仅此而已。

心气儿不同了，瞧什么都晦气。

童川用肩膀把她举到了森林小火车的原木堆上。从决策到扒车，一日之内两人谁也没讲话，仿佛心里在暗暗较着劲。

"要不，我不走了。咱们下去吧？"

"废什么话？"

江曼瘪瘪嘴，又松了抽动的唇。

"童川，我有点害怕……"

童川没吭气，他也有点紧张。

谁知道那森林小火车押运员要干什么？

押运员吃力地拖动胶皮水管，像是拖动一条冻僵了的蛇。他把水管拖到距小火车四五米远的地方，放下。回去重新打开水龙头，又踅回来提起了水管子，搞得很慢，很拖沓，仿佛故意折磨人的神经。

原木堆里两双恐慌的眼睛，盯紧着一点点抬高的皮管子。

江曼的手痉挛着，暗暗去找童川的手，又怯生生缩了回去。

天哪！押运员真是损透了！他竟要往原木上浇水。只要原木被冻住，任小火车像摇煤球一样在森林铁路上颠簸，也不会颠落，更不必担心有人会扒车或偷木头，水龙头滋出水来，顷刻间瞄准了原木直射。水花迸溅，原木马上就要变成一座冰山了。童川和江曼被击蒙了，抱头收缩着，浑身打抖。再忍一会儿？也许——不，不，那"高压水枪"的射击竟成了押车人的发泄和玩闹，丝毫没有停止和间歇的意思。刺骨的冰水射击到两个兵团战士的背上，流进脖子里，一点点浸湿着棉衣棉裤。要不了多久，森林小火车就要成为他们的"棺木"了！

江曼绝望地自语："好了，这回可好了……"

"再忍一会儿……"

童川用手死死地按住江曼的肩膀，他的主意是不易改变的。他一定要送江曼走，回北京。他觉得只有这样才像真正的男子汉。兵团战士们都在动摇，都在开掘回城的路。有人舍脸，有人破财，也有人舍了身……前天，他们最要好的战友齐小燕走了。她来北大荒的时候一把鼻涕一把泪，离北大荒时还是一把泪一把鼻涕。她向来为一种热情的驱使不计后果，不择手段。她身无分文却走遍了天津、石家庄、武汉、九江、井冈山……数千里行程；她曾经毅然同"走资派"的父亲决裂，离家流浪；曾经甘心冒着同"走资派"老子划不清界限的罪名，步行一百八十里到干校去看"走资派"父亲。七年前她写血书，宣誓，拼死拼活来到祖国的"北极"，屯垦戍边，认定这里是人生的归宿，宁愿在此"雪葬"。现在呢，她在北京用了半年时间闯过一道道关卡，使尽外交手段往回奔。她来取行李了，还准备了高粱酒、香肠、几个小菜举行告别"宴会"。她凄凉地请求江曼："曼姐，你别骂我，我先走一步了……"她真挚地要求童川："童川，你们别憋着了，把你们之间的窗户纸儿捅破了吧！两个人在一块儿，变蝴蝶儿也甘心。我可把曼姐交给你了。你答应我，别欺侮她……"小燕哭了，哭得那么可怜见儿，她需要理解。她生就一副招惹是非的脸盘儿和身条儿，她的脸盆儿是变幻无穷的动人的系列剧。她的凤眼被长而弯的睫毛遮着，每一眨动，都似一个童话。这位娇小玲珑的姑娘，幼稚像八岁孩子，成熟像八十岁老人……她喝醉了，狂热而来，狂醉而去，将在熟悉而又陌生的故乡北京醒来，重新开始……童川和江曼把小燕扶上拖拉机，看那战友在漠漠雪烟中无影无踪，两人默默立了好久。

江曼问："我们怎么办？"

童川："什么'我们'？你可以走，我没处可去。"

"我也可以留下。"

"别开'国际玩笑'。你总是一任性就不计后果，跟我留下？你的眼泪会淹了北大荒，我担待不起。"

江曼真差一点儿就哭呐！她是泪做的骨肉，往往在流眼泪的时候就决定了一些人生关键时刻的关键选择。她等的不是这话。她只要童川一个有情有意的眼神儿，她便情愿留在北大荒，一辈子，直至两个人一块儿"雪葬"。可是，童川这人就这么别扭！

爱情是个怪物，偏偏在别扭、不理解之中显示魅力。江曼尽可能去理解童川——是的，童川两岁时没娘，四岁时有了后妈，可"会飞"的父亲才过了"蜜月"就同歼击机一起坠落在山上了。童川随后妈又走了一家儿，虽然他凭飞行员的抚恤金，在部队寄宿学校长大，可也吃够了后妈的白眼儿。他十六岁同后娘决裂，来到北大荒自食其力，成为真正的"扎根树"。江曼知道提到返城，童川就会引起一连串不愉快的联想。他无处可投奔，至少目前，江曼的家里也不可不明不白地容他待业。

那天，他们看到路上的雪被车和人践踏过，榨出水又冻成了冰……

任性的江曼嘴硬，两个小刷子倔倔地轮转了半圈，道："那好，我回北京。"

"你回去吧，江曼，回去！我带你扒上森林小火车，又快，又能省点钱，给你爸看病抓药。"

"这就用不着您操心了。"

童川再也没言语。两个人再也没说什么。童川怎么能忍心强扭着把江曼留在北大荒？一场为期十载的空前的大"浩劫"之后，一切在重新开始。想尽一切办法回去，拼死拼活回去，寻找学习机会，寻找生活的位置，重圆破碎的家，侍奉那经历了劫难已经年老力衰、浑身创痕的父母，没错儿！他们好像过早断奶的孩子，也需要寻找母爱。更何况江曼的父亲病得不省人事，母亲也是土埋脖颈了呢！童川不能让江曼为自己做出"牺牲"。

他们在冰水的猛烈射击中，忍耐着。江曼的脸上冰水与泪水横流。她颤抖着，心想，准是要死了，死在一块倒也干净！可是就这么不明不白地死么！童川这个"木头"，好像什么也不明白。

忍耐到了极限，童川说："起来吧！"

江曼没动。

"起来呀！"这人总是这么粗暴！

他们迎着冰水的射击，摇摇晃晃从原木堆上站起来了。你搀着我，我扶着你。尽管他们高高地立在森林小火车的原木堆上，背景是乱云飞渡的天空，他们一点儿也显不出英雄气概，只是抖成一团。

押车人"啊呀"一声扔了水管，惊呆了。

"哎呀呀呀，妈拉个巴子，找死啊！"粗鲁的押车人满嘴不干净，边骂边跳脚，"荒草甸子哪儿不能谈恋爱？偏钻到木头堆里，找死啊，找死！嗯？"

小站上，一站长、扳道工、等车的、送人的，全被他嚷出来，瞧热闹。

童川一手提着旅行包，一手拖着江曼，从押运员搭上的跳板上颤巍巍下来。

押运员来扶一把江曼，被童川无声地搡了个趔趄。他那双眼睛恶狠狠的，像要拼命。

人们吃了一惊——这些知青，"蝗祸"，什么都干得出来。看热闹的人哑然了，乖乖地让出一条路，瞧着这一对浑身结成冰甲的青年咔咔啦啦走过。人们发现江曼的手里还提着个小木笼子，里面有一只被淋得湿漉漉的小松鼠在蹿跳，好奇地瞪着眼睛，打抖。有人试探着说声"烤烤火吧"，童川眼珠也没转一下。与其说他是搀扶，不如说是拖俘虏似的拖着江曼，从小车站月台上昂首而过。这段路对他来说，漫长极了。他像是赴刑场英勇就义，挺直了腰板。江曼整个儿萎了，垮了，听凭童川拖"死狗"，羞得抬不起头来。

男的把女的拖到了小火车站一百米外的一座废板房里。

雪地上留下深深浅浅的脚印……

板房中央有一堆灰烬，几块燃剩下的劈柴和松明子。

童川燃着了火，眼里跳动着火苗。

"烤烤棉衣吧。"

江曼反而胆怯地向屋角缩了缩。

"烤烤棉衣，听着没有？烤烤吧。"

童川望了望蜷缩成一团的江曼，转身要走掉，回避。

江曼颤抖着："你可别走……"

童川理也没理，一身冰甲哗啦响着，拉开了破板门。老北风呼地卷入一团冰屑残雪。门哗的一声闸住，童川把那风雪带走了。江曼瞅瞅火苗，瞅瞅闸严了的门，心里既空落又害怕，忙叫了声："童川！"

外面北风的呼啸声中，有树杈被撅断的声音。

江曼跑了出去，扑面的冷风使她缩紧了脖子。这冻死牛、冻死马、冻死人的鬼天气里，童川好像一头发疯的狮子，他既是在攀折松枝做柴烧，又是在怄气。他向那碗口粗的松树狠踹一脚，又踹一脚，喉咙里发出嗡嗡声。踢够了，直勾勾站在那儿，任树上的雪挂簌簌落在他的皮帽子上、脸上、肩上、脖子里。忽然他看到江曼已在身边，忙掩饰地呵呵手，去撅折松枝。

他想撅断的——到底是什么？

江曼心一颤，眼圈红红的："你进来。"

童川无动于衷。

"你进来你进来你进来！"

江曼用力往板房里拉那一动不动的"冰坨"。童川看到了她可怜巴巴的眼睛，心里一阵负疚："等等，江曼，你得烤烤棉衣。这样子半路会冻死的。下一趟小火车，咱们和押车人好好讲讲，一定能捎上你，让你走。进去，快进去烤烤。"

"干脆把我们都冻死吧。别别扭扭活着，有什么意思？"

童川无可奈何摇摇头，只好抱些松枝，拉开了板房的门："江曼，快烤烤吧。待会儿，好送你颠儿车。"

江曼忽地转了身："木头。"

什么木头？

"木头，白痴，笨蛋！你还不明白，你还不明白？不走了不走了不走了！"

江曼发疯似的叫着，不走了——把旅行包哗地扯开，搜出准备带回北京的黄豆口袋；不走了——黄豆一下子跳入火里乱蹦乱跳。她那柔弱之躯，她那任性的小孩子脾气，一旦神经被拨动，就会爆发出巨大的反弹力。只有二十岁的姑娘才会这样儿，为了殉情，甭说旅行包里的木耳、蘑菇、金针菜，连那可爱的小松鼠，连她心爱的"简·爱""玛丝洛娃"，连她自己也敢投入火里，化成灰烬。

"干什么江曼？你疯了？"

童川抱住姑娘双肩，姑娘扭头不看他，忍着泪。

"别这样，你别这样。放心，你能走。回去了——你慢慢想主意，找路子。办回北京有希望的。这儿的事甭管，有我呢。你在北京待着，用不着回来了。"

江曼终于哭了，用头去狠狠撞击童川的胸口，仿佛要撞开紧闭的"门"。撞一阵，不知是谁主动，两人自然而然地，顺理成章地贴紧了。江曼的眼泪诉说了一切。两颗心碰撞到一起，眼泪便是少男少女结合的"黏合剂"。他们为这一刹那的无声的"倾诉"，彼此长时期接近过，帮助过，试探过，也别扭过。这是他们在人生道路上互相寻找的结果。童川热血奔涌，太阳穴突突跳，他管不住自己，热烈、坚决、近似粗暴地吻了江曼。至于日后将要为这爱，为这吻付出怎样的代价，全然不顾了，全忘了。

两人的脚下，是一摊化冰的水。

他们好久才平静下来，坐在火堆旁边，身上冒着热气。

火苗儿用橙红的色彩勾勒出板房的温暖气氛，松脂的香味弥漫开来，火里不时发出噼噼啪啪的欢快的声音。

松鼠睁圆眼睛东瞧瞧，西看看。

童川手里拈着一枚小小的松针，突然感到内疚，感到自己欺负了身边的姑娘，默默不语。

江曼："喂，你想什么呢？"

童川摇摇头。

江曼："说呀，咱们准想的是一回事儿——我让你说，说呀。说。"

那人还是摇头。

"人家说两个人好，用心说话就成了。你想的就是这个松针，是吧？我记得，你对我说——您教导我说——很久很久以前，几亿年以前松树一定是阔叶树，它是在造山运动和地壳变迁中把嫩根磨炼成盘根，把嫩皮变成苍劲的皱巴巴的皮……你想的就是这个。"

"……"

"你说，你想的就是这个。松针。"

"这些傻话——你忘了吧。"

"我没忘，还告诉小燕来着。你说——针叶是阔叶变的。"

"忘了吧！——还是，忘了好。"

不不，怎么能忘呢？爱情所凭借的信物，青年人生活所凭借的支撑，有时候是纯情的，是非理性的。而且，这是永远要珍藏在心里的。江曼就记得这么牢，这么久。可是，不知为什么，童川把手中那束小小的油嫩的针叶扔到火里了。这人就是别扭！江曼在这会儿话特别多，像开闸的水，女性的感情高潮点要持续下去。而这位男子汉却好像是后悔了，一言不发，脸上一点表情也没有。

江曼永远也忘不了那森林小火车站，忘不了存在于冰雪肆虐的天地间的——热烘烘的、安静的小板房。她喜欢在回忆里生活。这个傍晚，以及回到连队后的一夜，她都在回味——回味童川的吻觉得甜津津，有滋味。她原谅童川没有更早地爆发出热情，谁叫他从小就失去了父母，在后娘的白眼里长大呢？她要体贴他，为他做出惊人的牺牲：留在北大荒。她觉得自己这便是殉情，够浪漫，也够伟大。当然，有时想到小燕，想到北京，嘴里也有苦味。苦味转瞬即逝——逝去的将变为可爱，她信奉这句诗。

童川为什么在归途一言不发呢？

童川为什么回到兵团之后又变了，不理她了呢？

——童川套了车，准备去团部拉东西。江曼举着棉手套跑来，童川瞧她一眼，忙吆喝骡子跑起来，扬起一阵阵雪烟；——晚上，江曼去敲童川宿舍的门，可是那灯，忽地灭了；——童川正同老兵团战士一起破冰取鱼，江曼走来，他撂了网，胶皮靴子从冰水里拔出来，背朝着江曼，走远了；——童川背着借来的猎枪，在白雪皑皑的山坳里兀立，江曼踩着他的脚窝追上来，童川又要躲避。

"你站住！"

站住了，两人拉开了距离。

白毛风在他们之间回旋，谁也看不清谁的脸，

"你别走。你把话挑明了，别揣着明白装糊涂！我到底欠你什么？"

"是我……欠下你的了。你别理我了，你应该——回北京。"

"回就回！回就回！"毕竟是小孩儿性，江曼嚷着，跌跌撞撞下了山……

江曼并没想一个人回北京，这回没由着性儿闹。可是，童川却不见了。两天之后，童川给她打来了电话："江曼！你猜我在哪儿？"

"爱在哪儿就在哪儿，你甭理我呀！"

"那好——我放电话了？"

"放吧！喂，快说你在哪儿？"

"我听说征兵的来了，追到了县里。人家要收摊儿了，我死乞白赖地要求——成了。这回好了，北京军区！解放军万岁！你要是愿意……也许还得等几年。我的行李你给带回北京去吧，我在这儿盯着，死活不能让别人顶了。这两天就要到地区集中。咱们到北京见面儿。"

江曼差点高兴得晕过去，声音有点打战，哎哎哎地答应："等着等着，我去送你！在北京见面儿——当然！哎！你随便到哪儿，可要来信

哪！我家搬了——光说搬了，搬哪儿我也不知道。信寄到胡同口小副食店转——对，对。我要你一星期来一封信——你说：一星期一封。我给你信封和邮票，省得你忘了……喂喂，这电话怎么了？呜呜响……等着，我一定去送你，非送不可！"

童川入伍那天，她紧赶慢赶，顺着天桥阶梯跑上去。可是，载着子弟兵的火车启动了。

江曼呆呆地立在天桥上，倚栏而望。火车头吐出了团团的白烟。烟雾弥漫开来，遮住了天桥，遮住了她的泪眼和扬起的手臂。

她绝望地把十个信封和十张邮票，向天桥下面抛了去。

信封和邮票被白烟吞噬了。列车驶出月台，白烟渐稀，渐散。江曼孤零零地被弃在天桥上，那信封和邮票，像是奄奄一息的小蝴蝶，在冬日的寒风和烟尘里旋转，飘落；飘落，旋转……

四

江曼送童川当兵的时候晚了一步；童川现在见到江曼，整整又过了八年。

两个人在阵地下面站着。人可以瞬间回忆起往事，却无法在往事里重新生活一次。时过境迁，物是人非，变了，全变了。

童川："早听说你在医院了。"

江曼："是吗?"

"我没病没灾儿，也就没去医院。"

"没来倒好。"

"听说——你干得挺不错。"

"不过是前接后送伤员，没什么。"

"身体还好吧。"

"凑合。"她又去望那瀑布，"水凉吧?"

"凉点儿醒脑。"

"护士们都说这是忘忧河。"

"希腊神话里的列达河？喝了能忘忧？我不信会有忘忧的河……你

们挺爱瞎说。"

"瞎说的话——有时也记忆很深。"

"是。"

"是吗?"

"啊……不过记忆总要选择它感兴趣的。"

江曼好像被往事的记忆触动了一下,又平静了。

"听说你——胃不大好,胃溃疡?"

"不碍事。"

"又抽烟了?"

"打完仗再忌吧。"

"我还以为你受伤了呢。"

"腿上擦破点皮,留个纪念。"

奇怪,江曼好像什么都知道。可这并没有什么特殊意味。她有嘴,可以打听,有心无心地打听一下何妨?阵地下边的野战救护所就这样,医生、护士都要向下来的伤员打听自己熟识的人,问问死生,问问是伤?还是四肢健全?也许她还知道童川他们的穿插路线,到位时间,冲上"1075"主峰的时刻;知道他们营打得艰苦、勇猛、聪明——可惜到了阵地之后,立刻转入防御,缴获不多,很多战利品被别的营缴了。

江曼:"有空儿,什么时候再下来,把你们攻占 1075 高地的经过给护士们讲讲。"

"我可以写信给你们。白天在战壕里窝着,睡不着,写信倒可以排除寂寞。"

他很率直。

话说得多淡哪!写信——也不过是为了解闷儿,有一搭无一搭。

"好。"她说。

"好。"他说。

"好吧。"她说。

"好,就这样。"他说。

就这样?——淡而无味。

两人交臂而过。他去执行接人的任务,她去洗绷带。这不过是偶然的一遇。双方都像从来没有过什么事儿,没有任何情感的流露,也没有什么"火力侦察"。见了就见了，别了就别了，谁都保持着阵地上的严峻和军人的矜持。不同的是，江曼的眼里流露出淡淡的哀婉，童川毫无表情地表现出率直，无所谓，他们都抑制自己不回头。江曼在水边佝偻着，默默地搓、洗……等到她回一下头的时候，只见蜿蜒的公路上，远处落下了几发敌人的炮弹，尘土冲天而起，已经看不见那一号军衣了。

<h1 style="text-align:center">五</h1>

童川和小黄向山下疾走，一路上军车不断驶来驰去，尘灰里总有硝烟味儿，炮弹不时会拖着尖厉刺耳的啸音飞过，不碍，只要那炮弹不落在眼皮底下，他们早已习惯了。安静下来，反而让人心焦。童川的脚下很有弹力，很轻快——小黄因此可以判断出副营长的心绪很佳，但并不指望他能泄露点什么秘密。童川没有再说一句话。平日，团队驻地离江曼所在的野战医院百里之遥。战争给了童川与江曼重逢的机会，可又禁止他在自己生活的圈子里稍事留恋，不许他回忆以往，预测未来，争取现在。他已经很满足了，终于又同江曼见了一面。这是他战前和战中属于个人的独一无二的愿望。他不知道这个愿望为什么会使他烧膛，也不知道为什么会拗不过自己——也许，他得承认，他还有一根十分脆弱的神经。但是，这次见面，完全是他预想的那样子——很自然，很随便，淡淡地——连手都没有一握。他不能在江曼面前表示更多的情感。倘若牺牲了，他想，这样，也就不会给江曼留下更多的痛苦、惋惜和遗憾了。

他为自己能压抑了感情高兴。

他也为能见到了江曼高兴。

他的高兴是显而易见的——感情不是在脸上，也不只在轻灵的脚上。他的手痛痛快快地从衣兜里摸出了两根几乎揉烂了的云烟，递给了小黄一支。

小黄狡黠地叼着烟笑。

童川吸烟的样子也很陶醉。

然而，战地上没有一个早晨是完整的，人也很难有一个笑容是完整的。越军的炮击起初似乎是为了麻痹人，散漫地向山上擂了一通。突然那隆隆声就近了。在他们走过曼温河桥约四十米远的时候，一发炮弹落在童川和小黄旁边的曼温河岸上。童川甚至来不及判断炮弹飞来的方向，就感到气浪的推动，脸皮一阵干燥、灼热，机灵的小黄推倒了他。幸亏炮弹是落在河边的陡坡上。只有一些沙石土块落到了他们身上，砸在钢盔上。

　　敌人的轰炸目标是连接"Z"形公路的曼温河索桥，但不知差了几个密位，炮弹全射在距索桥三四十米处。圆柱形的烟尘中，锯齿状的弹片成扇状四射。硝烟把公路切断了。有一辆披着伪装网的卡车，满载修工事用的工字钢，却从烟雾中像扭秧歌似的冲过来，在弹坑累累的公路上跳跃着，颠动着。驾驶台前的玻璃已经粉碎，驾驶室的铁皮上凿出了几个洞，门缝里渗出了紫红的、黏糊糊的血浆，滴滴答答洒在黑褐色的地上，又被烟尘遮去。

　　童川从沙土硝烟中抬起头，看见了这几乎失控的军车，惊叫了一声。更使他震惊和担心的是：这辆"扭秧歌"的军车后面还有一长串军车跟着，穿过硝烟，奔向曼温桥。

　　炮弹继续向公路倾泻。

　　前面那辆军车，驶近曼温河桥的时候，撞在了河边的一棵桉树上，保险杠撞弯了，车头变了形，车灯粉碎。司机楼里却无声无息。

　　后面的军车全刹住了。

　　有一辆北京吉普滑溜溜从后面钻过来，顶在撞毁的卡车后面。

　　童川和小黄掉头向出事地点跑去。

　　一长串军车的车门依次打开，人们跑向撞毁的车前。有人从弹痕累累的驾驶楼里抱出了一个血肉模糊的汽车兵。那人是头部中了弹片，满脸是血，军衣染得一片紫红。他的战友失声地叫着"班长！"呜咽着，掏出急救包，止血、包扎。童川过去摸摸伤员的手，已经凉了，硬了。

　　"没用了……把烈士放下，快回车里去。"

　　没有人动作，只有人木然地继续包扎。

　　童川拉了那抱着烈士的战士一把，那战士粗鲁地把他的手臂打开："你滚！……"

童川板了脸吼道："抬走！"

人声嘈杂，危险显而易见。"赶紧抬吧！""快点！""没听见打炮吗？""让开让开……"

烈士被抬走了。

刚才抱住烈士哭泣的司机追上去，被童川拉住了，那人满脸是泪，眼睛血红："干什么？你干什么啊你？"

"废什么话？开车！疏散！"

不知是什么意思，脸上毫无表情的副营长把手枪往胸前一带，弄出了惊心的一响。

司机这才醒悟了，回首向硝烟弥漫的公路后边望了望，流着泪，跑回自己的车前，钻入驾驶楼，把车门狠狠地一摔，闸住了悲痛。

童川站在摇摇晃晃的索桥前头，俨然是一个调整哨。由于撞毁的卡车翻躺着，桥面又窄，感情冲动的司机很可能出事。童川指挥着载工字钢的军车小心地避开障碍，擦着桥栏上路。正在这个时候，一辆救护车从上面冲下来了，驶上了索桥。

童川成一个"大"字拦住了救护车。

司机从窗子里探出了头。

童川："退回去！倒车！"

司机回头望望那摇摇晃晃的索桥，面有难色。

救护车的侧门开了，一个穿白大褂的女军人探出头来。

江曼？！是江曼。所长让她去领血，因为急需，顶着炮击出来了。

都说是别时容易见时难，可在这一个早晨，童川和江曼竟是两度相逢。但是他只扫了一眼那白大褂，目光便直视救护车司机："磨蹭什么？倒车！"

江曼："你干什么？我是去取血的！"

"倒车！"

"你有什么权力命令我？"

"倒。"

童川的轻蔑，很令江曼恼火。

炮弹飞翔的啸音又从天上划过。江曼跳下车来，这回她看清了，也听到了——越军正在轰炸公路，面前阻滞了一列长长的车队。

司机往回倒车了。

江曼想回车上去。

童川一把拖住了她，很粗暴。

小黄跑到桥上，引导救护车退了回去，退到了河对岸凹处。

童川指挥载着钢材的卡车尽量慢些稳些驶过桥去。

一辆，二辆，三辆……

江曼等得心焦："我是取血的！误了事儿——请你上军事法庭！"

"军事法庭？我早去过了——这你知道。"

江曼身心一颤，她失言了。为什么要戳痛人家心上的疤呢？好像是成心哪壶不开提哪壶。可是，她发现童川似乎并不介意，连头也没回，指挥桥东的车队疏散开，驰过桥去，又招手让桥西的救护车以及刚刚憋住的几辆大车小车开过来。

越军的炮击停歇了。

童川："走吧。快点。"

江曼："您简直像个不可一世的'将军'。"

"可以这么理解——快走吧，不然，我可要先到军事法庭等你了，那儿——对我不陌生。"

三十岁独身女人的情感简直不可思议，何况又是个女军人？即使是难得与久已钟情的人重逢，即使这在战地上的重逢很可能成为最后一晤，她也小心谨慎地支付自己的情感。她可能用最冷的话语表达最炽烈的情绪；可能用带刺的蒺藜代替美丽的玫瑰；也可能以漫不经心来掩盖自己久受煎熬的爱恋。平时尚且难猜大龄独身女人的心境，战场上更不用说了，因为有比个人悲欢更为重要的东西，有比个人命运更为重要的东西，灌注于军人的灵魂之中。然而人到底是个活物，心灵对外界信息的处理不尽相同。江曼虽然夹枪带棒地讽刺了童川一下，对童川的"傲"与"冷"颇有些不满，可是，共同的冒险，共"享"硝烟，毕竟是伟大的感受。今日两度相逢，一次是淡淡地谈了几句没意思的话；一次是像陌路人，说两句话还都带着刺儿。尽管如此，她并不怪童川，特别是童川临了可着嗓子喊了一句："小心哪！"她的心立刻软化了。她把脸贴着救护车后窗，向烟尘里的童川扬了扬手。

救护车在尚未散尽的硝烟中冲过去了。

六

　　救护车从曼坪县穿街而过。电冰箱已经争取到了，血放在里面。江曼手扶着冰箱的边角，扭脸儿向县城小街望去——仅仅距离战场几十公里，县城竟然如此繁荣。这真是一场特殊的战争啊！后方好像并不大在意，人们想的全是另一回事儿，想的是经济、开放、改革和生活。满街是个体商贩，卖成衣的，卖小锅米线和多味瓜子的，卖蜡染工艺品的……喊声此起彼伏。真不巧，电影院又涌出了人的潮水。司机急得骂娘也不顶事，救护车的喇叭声淹没在嘈杂的人声里……满街是人，人的海，人的潮，人的粥，一双双脚搅动着，杂沓，纷乱……

　　纷乱，杂沓……

　　七年前。对，是七年前，春节前三天。江曼随着旅客们杂沓的脚步，走出北京站口，再也没回北大荒。她把童川的行李也托运回来了，拖着一个行李，背着一个行李，用根绳斜在肩上背着松鼠笼子，一盆火似的奔家，迎接她的是什么呀！她家住的洋火杆胡同一个小院儿，已经付之一炬了！两间房烧掉了一间半，只剩一堆瓦砾。满院子横斜着烧焦的破门窗、旧房檩。遍地死灰焦土。露了天儿的屋里残壁乌黑。苍老的母亲正佝偻着腰捡拾破劈柴、半头砖。一边收拾破烂儿，嘴一边翕动着，不停地自说自听。老人仿佛被大火烤干了心血，脸起皱干涩，鬓边多了一绺刺眼的白发。江曼叫声"妈"，老人扬起混沌的眼，半天才琢磨过味儿来。

　　"噢，是小曼哪！"

　　"妈吔——这是怎么了？"

　　老人摇摇头，痴呆呆地立着。

　　"您倒是言语呀，这是怎么了？"

　　"怎么了？完了，一把火全完了。毁了他自个儿，也毁了这个家。……我就说——没事儿，江青他们那四个'玩意儿'倒了，解放了，没事儿。不成，他不听，他就是不信。他两天明白三天糊涂，犯了疯病儿，东捡点废报纸，西捡点旧书本，沤火呀，你不让他往炉子里沤，他就划洋火也要烧那破纸。我就说，你烧吧烧吧，把黑材料烧了就没事儿了，就不挨抓不挨打了，别搁在心里是块病……不能强拗着那老头子呀，拦他他就敢捂着通红的炉盖，手烧得滋滋冒油也不撒开……我就说早晚有一天把房子沤着了完事。整天提心吊胆看着老头子，可老虎也有打盹的时候啊！可不嘛，完了，烧了，一把火，房子没了就没了，人也烧了……没了。"

母亲定定地瞧着地上烧得只剩个碎片，只剩一双眼睛的老伴的遗像，不知是说给老伴儿？是说给自己？还是说给江曼听。江曼从玻璃碴儿中拾起那一角焦煳的照片，心都要碎了。老父亲只剩得慈眉善目了！她记得，小时晚儿她睡下了，父亲常常两手撑着炕沿儿瞧上她半小时，只要睁眼就能看到那慈眉善目；她记得，小时晚儿父亲让她骑在脖子上，带她逛厂甸儿，逛西单，到曲艺厅去听京韵大鼓；听相声，回来，老人絮絮叨叨重复那三国赤壁、黛玉葬花、林冲踏雪，嘶哑地唱给她听。她也记着，父亲宠她、爱她，开了支总把新角票儿塞给她——窸窣响的新票儿只准她买书。她也忘不了，父亲能写一手好字，能打一手好算盘，能背几十首古诗、曲子词，可胆子小得怕棚上落灰……父亲是银行的小职员，从不高声说话，只知勤谨做事，好生抚育儿女。巴望儿女都能念大学，将来比自己强。"文革"初期他仅仅因为慌慌张张喊反了一句口号，被揪斗，吓出了精神病。江曼到北大荒兵团去的时候，父亲略见好转，不料又被清理阶级队伍的风潮吓得犯了病。这老人！这位宠惯得江曼爱哭、任性，在不自觉中用中国民间传统说唱为江曼启蒙，由着性儿让江曼买书、看书，要星星不给月亮儿的慈善的父亲哪，晚景竟是这样惨！竟是至死也没烧完自己的"黑材料"，竟是一把火自焚而亡！江曼怎能不伤心动情呢？火灾发生在新年前夕，母亲在信里没告诉她，只说是搬家了，信寄到胡同口小副食店转交。江曼告诉童川的也就是这个地址。她哪儿知道家里一场大火，家破人亡？！

母女俩坐在废墟上，形影相吊。

江曼："妈，您怎么写信不告诉我？"

母亲："告诉你有什么用？什么人什么命，我就说我活该命不好，活该我活受。甭让你出门在外揪着心了……"

是的，疼爱儿女的老母亲一切都让自己活受了。她现在住的哪是什么房？防震棚！低洼的空场儿里，邻居帮忙用油毡、旧木料和苇箔搭了一间棚子。从火里捡出来的锅碗瓢勺凑合着用。凶信儿，不但瞒着江曼，连在太原钢厂的儿子儿媳也没告诉。

江曼就回到这么个破家来了。

每日她在低矮的油毡苇箔小棚子里"沤"。忙早饭，忙午饭，忙晚饭，蒸大馅团子，熬萝卜汤，合面，扒葱拍蒜……一身的葱花爆锅味儿。十年浩劫是七六年十月结束的，在她家却远远没煞尾。一场大火，家破人亡，留在母女心上的是隐痛。北京没有事儿给江曼做，兵团和插队的青年还在向北京倒灌。江曼只好在家待着，在小防震棚里每日和老母亲碰头撞脸的。老母亲疼她、爱她，一篓一篓的废话全塞给她一个人。老母亲自来是家庭妇女，能动能做，可现在，才是五十多岁的人，经这场火，佝腰驼背像七老八十，整日凭唠叨活着。老人既可怜，又可气。她琢磨着江曼和童川"准有事儿"，想那童川从北大荒当兵，日后复员还得回到北大荒去。她害怕闺女将来还得回那儿去受苦。她越疼女儿，越瞧着童川那行李碍眼。每逢扫地她把行李从防震棚墙角塞到床底下去，任性的江曼又把行李从床底下掏出来，搬上床。母女俩就这么暗里犟着劲。江曼始终没接到童川的信。她得空就往胡同口小副食店跑，问有没有信来，有时还截着邮递员的自行车打听。她发现，老娘跑副食店儿的腿儿也勤了，似乎是在同她撬着劲，争着什么，可一问信的事儿，老太太就没好脸儿："我吃饱了撑的？秘起你的信干什么？我瞧你是着魔了！我可是跟你说，你要是打算日后和姓童的回北大荒，趁早儿甭要这个家，立马儿你就给我走人。"吼一阵，忽然哑然抽泣，抽泣一阵，又自说自语："没有狠心的妈，可有狠心的女儿！我这是怎么了？说话也不顺人家的耳，怎么那一把火不把我也烧死呢？省得碍眼哪！唉唉……"

江曼没法儿和老娘拌嘴——瞧老人那样儿就够心酸的了。她只有躲出去，散梦游魂地在街头踟蹰。老母亲渐渐地反守为攻了，给她张罗对象儿了。转瞬几个月过去，九月里，母亲又好言相劝："小曼哪，后半晌，前院刘大妈领个人来串门儿，你别鼻子不是鼻子脸不是脸，成不成？"

"成。我给你们腾地方儿。"

"敢?！人往高处走，甭坐坡溜。"

"什么叫坐坡溜?"

"瞧你那死羊眼!……"

好事的大妈领了个男的来，江曼真就一走了之。为这事儿，娘儿俩一个礼拜谁也没理谁。江曼在家里闲得心上长草，憋得口舌生疮。母亲在火卷房檩的时候也没忘给江曼拾出那些书来，她从前是能整日整日在中外著名小说里同主人公一块儿生活的。可现在书也瞧不进去，铅字在眼里乱跳，捧着书会想到童川——她相信会有信来，等着，盼着，熬着。有一天，母亲从副食店回来，放了酱油瓶、醋瓶，痛痛快快地把一封信扔给江曼，信已经撕了口儿。

"瞧瞧吧，来了。有'喜事'儿!"

"你干吗拆我的信哪?！妈!"

江曼很生气。可她的愤怒都在捏到信的一霎间雪释冰消了。此刻，仿佛世界上一切烦恼都消退了，低矮的防震棚也一下子明亮起来。她的心被那信封上的字迹烨然照亮。她觉得捻动信封，抽开信纸的手感分外激动愉快，可又很不安。她的心抖得好厉害呀，差一点儿就当着母亲的面儿落泪了。她瞥了一眼信皮儿，上面却只有收信人的地址："西城区洋火杆胡同副食店，江老太太转——江曼收。"寄信人的地址呢? 童川在何处? 没有写。天老爷! 千万别出什么事儿! 江曼闭了眼祷祝着，赶紧又睁开眼读信。

江曼:

　　我已经给你寄过三封信了。从前我一直等着你回音，现在不必了，不需要了。我什么也不需要了。我托看管我的人把信寄给你，这将是最后一封信。

　　我现在是罪人了，十恶不赦的罪人!

　　我打死了一个人，打伤了两个。我将被判刑，将被送去劳改，然后将戴罪被处理回北大荒……我原以为当了兵，就是找到了归宿。不对，生命没完，就谈不到归宿。我的归宿将在哪儿? 刑满释放犯的北大荒劳改农场? 大概是吧。

　　还记得我寄给你的信里说的话吧? 我设想过咱们的重逢——

在圆明园静悄悄的小树林里，那儿应该有荷塘，有鸟儿，有月亮，我们野餐……这全是梦话了。我也告诉过你，我在新兵连大出风头，玩单杠，玩双杠，组织足球队……我在训练中也露尽了脸。我在北大荒就偷偷地用兵团警卫排的冲锋枪打过猎，打靶轻易就混了个优秀。我在欢乐中已经开始酿自己的苦酒了。我从小就是野性，上学时正赶上动乱年月，没收没管，跟着高年级同学"造反"，野跑。在北大荒我偷马骑，扒火车……全干过。江山易改，禀性难移呀！新兵下连之后，瞧见冲锋枪我手就痒了。我在连队新结识个炊事班姓姚的老乡，他藏着冲锋枪子弹。我们俩说好了，钻个空子上山打鸟儿，我想干的事，没人拦得住。这天，连队助民劳动，我就说肚子疼。等人一走，我把冲锋枪偷上了山。三月，塞外的山上到处是残雪，林子里阔叶树光秃秃的，针叶林显得分外肃穆。太阳也懒得往林子里探头。山上没有别的人，连人的脚印也没有。只有麻雀、乌鸦乱飞，真是打猎的好环境啊！这个"世界"上就我和小姚，还有一支冲锋枪。没有连长，没有班长，没有任何纪律约束。我喜欢这样儿，我甚至忘了自己是个兵，好像自个儿还是"红卫兵"，还是兵团战士什么的。我大显身手，随着"砰、砰"的点射，看到麻雀像树叶儿一样从树上落下来，瞧着乌鸦在天上翻几个跟头，笔直坠落，别提我有多狂了。我哈哈狂笑，震得树上的雪挂也簌簌往下落，落进我的脖颈里。

我们"战果辉煌"。把麻雀、乌鸦，还有一只鸽子带回去，收拾了，放在炊事班锅里用油一炸，吃得满嘴流油——我哪儿想到是在嚼苦果啊！冲锋枪的枪膛里还有一发子弹没退出来，我忘了。

晚上，在灯光球场看电影儿。

电影儿开映之前等得让人焦心。电影放映机不知出了什么毛病，放映员急得一头汗。电影场三面阶梯似的看台上全是人，全是老百姓，人声嘈杂极了。小孩子用手电在银幕上乱照乱晃，增添了混乱。我们遵命坐在小凳上，扎了腰带。抱着枪，好像成心给老百姓表演、示范。小凳的行距排距也像用尺子量过，人直挺挺戳在凳子上，正襟危坐，戴着值星红袖章的参谋长四处监视着执行纪律的情况。肃静和喧闹形成鲜明对比。可是肃静里也有不肃静，我抱着枪，回味着白天的猎鸟，回味着油炸鸟儿的嗞嗞声，手指快活地在瓦蓝的冲锋枪管和枪机上划动，发出只有我自己听得见的金属的声音。

一束光照亮了长方形的银幕，这是要开演的预兆。人们的注意力被吸引到银幕上去。吵嚷的人在这会儿闭了嘴巴，盯着银幕，等待着……

"砰！"

一声枪响，连我自己也不知道出了什么乱子。我只感到枪身猛烈地震动了一下，我的手指还留在冰凉的扳机上。打鸟剩下的那发罪恶的子弹飞出去了，没听到子弹划走的哨音，不知它钻到了何处。全场震惊，一时间死寂死寂的，一点声音也没有，我的心也仿佛停止跳动，血也凝固了，我傻了。

"血！"

有人失声高喊。完了！有一个人倒在血泊里，有两个人受了轻伤。电影场里大乱，人们那手电的光，全都向我射过来，我的眼睛被晃得发花，脑子里一片空白……

死伤的人被抬出去抢救，我被架出了电影场。

我被宣布行政看管，扯下了领章帽徽，蹲在小房子里。窗外听得见队列行走的唰唰声，听得见"一二三——四"的口号声。可我……我干了什么事啊！我把头嗵嗵地撞墙，泪如雨下。我谁也不怨，什么"无政府主义思想"，什么"无组织无纪律"，都太轻了。我是罪人，我当时就想死，死了干净，以命偿命……两个战士轮流看管我，连长指导员来看过我，我三天不吃不喝，也不睡。我终于明白了，如果自杀，只能给部队再添污垢，只能是错上加错，可是这样儿活着有什么意思？

一声枪响好像才使我从延续了十几年的精神状态里醒过来。醒来也晚了。我已经戴上手铐，四月二日宣布逮捕。你接到信的时候——九月初就要判刑了。我研究了刑法——过失杀人罪，我要给判五年。五年哪！出狱之后这个污点还要背一辈子。我不能毁了你，分手吧！我到哪儿去服刑、坐牢，出狱后的去向，我都不准备告诉你。

忘掉我这个罪人吧！忘掉，永远忘掉！

我希望有个赎罪的机会，如果打仗，我愿意请求去堵枪眼、蹚地雷，我唯一的愿望是战死！

也许，我会有一个赎罪的合适的死的机遇的！不知你回到北京后找到自己的位置没有？战死，烈士的坟墓，就是我要寻找的归宿。

永远再见，再见了⋯⋯

江曼读着信，无声地哭。哭得头晕。她没想到，盼信，盼信，盼来的竟是这么个凶信。她想，童川这会儿没准儿已经戴着手铐，被推入监狱的铁门了。可是他原来的部队在哪儿？他被关着的监狱在哪儿？这封信上说先来过三封信，那信在哪儿？

"妈，童川的地址在哪儿？还有三封信呢？"

老太太木然，没有表情，没有回答。

"您就想自己合适！您毁了两个人哪！"

江曼发狂似的吼叫，老太太依旧不为所动。她在想自个儿的事，她在想，老头子一把火就给烧了，活着总是个伴儿，现在人没了，没了。女儿呢，又着了魔似的恋着那个"杀人犯"，这可怎么好？她毕竟心疼女儿，怕江曼窝囊出病来。

"小曼哪，往宽里想。千万别窝屈出病来。想哭就撒开了哭吧⋯⋯甭想不开，童川这孩子倒也懂事，是个知情知理的好孩子啊。人可不就得自罪自受哇？人，能拿得起，放得下才成，别窝屈着，啊？"

"您要是还让我活着，就别说了。"

"你可别一条道跑到黑！"

"我等着他，等着，等着！"

老人愣怔怔立着。她想自己是把闺女惯坏了，任性，认死理儿。她呜噜呜噜自说自听："我前辈子造了什么孽？造了什么孽啊？⋯⋯我们家祖坟上长了什么蒿子？老头子疯疯癫癫放火，死丫头又死活跟上个'杀人犯'⋯⋯"

老泪从她那呆滞的，满是皱皮的脸颊上流了下来。

江曼不愿再听，冲出了地震棚。

"小曼，哪儿去？你回来，哪儿去？"

江曼跑回大火焚毁的小院，找着个无人处，呆呆地坐在废墟上，像失魂落魄的"空心菜"。母亲颤巍巍追过来。

"家去。小曼，惯得你！怎么这么任性？"

"您把童川先来的三封信给我成不成？"

"没有了，烧了！"

老太太风似的一卷，倔倔地走了。她的确是"沕"着童川的信，可她必得"沕"到底，必得绝了江曼的念兴。她不能把女儿往火坑里推。犯人家属，她当过，她知道那要受什么罪过。

一会儿，江曼回来了，无泪也无声。她把火中幸存的樟木箱子打开，翻找童川的信。她一点好气儿也没有，发疯似的往箱子外面摔破东烂西。樟脑味儿的旧衣旧裤，还有老太太为自己死后入殓准备的"装裹"，扔满了防震棚，惊得笼中的松鼠也瑟瑟打抖。可是，信，无影无踪。难道信果然是烧了，真让狠心的母亲给烧了？！

七

落叶了。

江曼在都市西郊的香山小树林里呆坐着。

黄的叶，红里透褐的叶，在深秋的风里挣扎着，悄没声地落在她的头上，肩上，又滑下来。她把两脚插在落叶里，已默默拾些叶子，盖住脚，埋住腿腕，一味地向上堆。

这是干什么？给自己造"黄叶冢"？

她喜欢念诗，不会作。要是能作诗，她一定写写她和这黄叶。她觉得现在自己就是一片黄叶，不知飘到哪儿去。童川也是一片黄叶，不知落在了哪儿。真是黄叶飘零似的迷茫啊！可是秋天的黄叶毕竟绿过。她默默把黄叶儿放在嘴里一嚼，叶脉里还保留一点点儿甜的汁液。你呢？她自问，你绿过吗？甜过吗？

成团成堆的叶子从她的头上落下来了。

抬头看看，是小燕走过来了。小燕仿佛知道她想埋了自己，郁郁地来帮忙了……瞧瞧齐小燕，江曼更想大哭一场。人家身手不凡，已经作为第一批凭考试录取的大学生，迈入北京大学中文系殿堂了。她找小燕想主意，齐小燕也想不出办法，只好拉她到这里来——说是找个地方使劲儿哭一场，痛快痛快。小燕多幸运哪！风采翩翩。她柔软的秀发如瀑布垂肩，头上斜扣雪青毛线帽，仿法兰西帽子的样式。身上穿着黑亮而柔软的羊皮短大衣，大翻领儿处飘逸出一角火红的乔其纱围巾。脚底下是紫红的半高跟皮靴。在满山黄叶的映衬下，显得那张惹人注目的脸蛋，那么白净，那么透明，那么青春焕发。一双精灵灵的丹凤眼在扇形长睫下活脱脱地转动。身挑儿曲线迷人，简直是出色的时装模特儿！她的情绪时阴时晴，易感染别人也易受别人感染。现在她那副晦气相和江曼差不了多少。

她把一片片叶子往江曼头上扔：

"我先帮着埋葬你，你再帮着埋葬我。"

"该埋的就我一个，倒霉的就我一个。"

齐小燕眼角一红，没说什么，无言地挨着江曼坐下，两人靠在一起。

两个人的脚全伸到黄叶堆里。

黄叶转了向似的，在凄凄厉厉的秋风里打旋儿。

"我该怎么办啊……"说着，问着，在这寂寥无人的黄叶林里，江曼毫无顾忌地哭开了，哭得呜呜的，双肩直抖。小燕先是眼圈一红，无声垂泪，随之也呜呜地哭起来。

好像黄叶堆里展开了哭鼻子比赛。

她们各人哭各人的，谁也顾不了谁。

哭了一阵，江曼说："得了，我不拐带你了……我不哭了。"

"我想哭！没哭够！哭哭痛快。呜呜……"小燕的哭声像吹哨似的，惨极了。

"得了——全怨我。"

"谁都以为自己是最不幸的。不知道世界上不幸的人有的是。"

你还有什么不幸呢？报社副总编的女儿，父亲落实政策了，家是家，人像人，又考中了北京大学。难道她想起了在北大荒累死累活的情景？那毕竟是过去的事了！那么，她想起了在告别北大荒的时候，喝着酒，有个伙伴问她："你办回北京用了什么秘密武器?"小燕她啪地摔了酒碗:"你他妈再胡诌,姐们儿不客气!"——她毕竟现世现报,出了气呀!

哭什么?哭什么?

"我为了回北京付出了什么代价啊……呜呜……"

小燕在痛苦中透露的这一句话,使江曼的心猛地一沉。是呵。也许她……那太可怕了。小燕和她全这样儿,为了一种狂热,为了追求一种朦胧的东西,甚至不顾一切。

"到底怎么了!"

"别问……曼姐你别问。你别问你就别问……"小燕旋即就忍了泪,好像是怕在感情冲动时露了底。她心里的伤疤不愿被人看见,擦了泪:"不哭了,够了,今天挺痛快。"

"从今往后咱们谁也别哭了。你更不应该——你是这一代人里最幸运的了。"

"幸运?呵呵,幸运!只有幸运的人才知道自己的不幸,不幸的人却不知道自己幸运……"

"行了?"

"行了。"

"我不该拉你上这儿来,惹得你……"

"是我自己周期性感情低潮,没事儿……现在完事。"

"完事了?"

"嗯,完事了。"

沉默。

落叶,叶落;叶落,落叶……

"小曼姐,我太自私了……不过,说真的,经过九九八十一难,你们会更好的。我还记着童川说过'阔叶能变针叶'那句话。尽管可能是非理性的,可我相信。你能找到他,找到了,探监,送饭,送寒衣……你想着他,他准也想着你。这就是幸运啊!这一点就比我强——我是注定要当个现代'尼姑'了。"

"我上哪儿找他呢?"

"反正找得着。"

"找不着!"

"找得着。"

两个兵团战友，刚才一块儿哭鼻子，现在又在争论。江曼奇怪，齐小燕哪儿来的自信呢？她觉得齐小燕比自己强，自己已经完全陷入迷惘、失望和痛苦中不能自拔了。从前的江曼丢了，现在好像换了个人儿。从前那个一往无前的小燕却藏了痛苦，依然如故。小燕忽然又想了个点子："走吧，我想了个主意，上军区司令部去问问，撞撞运气。世界上的大门全是撞开的。"

说走就走，雪青色的毛线帽，大红乔其纱围巾在黄叶之间穿行。这小燕！唱起歌儿来了。唱的是风行世界的意大利拿波里歌曲《我的太阳》："啊，多么辉煌，灿烂的阳光。暴风雨过去后，天空多晴朗！清新的空气，令人精神爽朗……"她的歌声非哭非笑，纯粹是一种发泄，一种掩饰。她大声地、毫无音乐感地吼着，跟跟跄跄向山下跑，搅动得黄叶飘转。她的神态和她的歌声极不协调。怎么能说是"暴风雨过去后""天空"就"晴朗"了呢？阴云，在她和她的脸上并未散尽！

两小时后，她们来到军区大院门口。那军事指挥机关高墙深院，岗哨荷枪实弹，令人望而生畏。传达室围着男男女女。人们要进院门，必经此关卡，必得往里通了电话，准进，才能开出入证。小燕在人群中只一立，便吸引了传达的目光，他忙一阵，用眼皮把别人夹到一边去，挑出了小燕："你找谁？""我们打听一个人。""他在哪个部？住几号楼？"她们答不上来了。江曼忙道："是这么回事儿。他是去年年底当兵的，叫童川。我们知道他在北京军区的部队。想找这个人。""北京军区可大了，他在哪个军？哪个师？哪个团？没法儿找，我这里只管大院。"话赶话儿，逼到这份儿上，江曼才挤出不愿公布的实情："他是犯人……"这话没落，传达的目光刷地雪亮，从上到下打量江曼和小燕，仿佛要找出她们和犯人的联系、共同点。那冷漠的不信任的目光使江曼打了个冷战。听见传达说："我没法找。"

"妈能把你往火坑里推呀？"

"您都是好心——别唠叨了，让我看会儿书成不成？"

"好心你当驴肝肺？小曼哪，我能跟你一辈子？早晚不是一把火烧了，走'烟囱胡同'？就是他没出事儿，我也瞧着他没爹没娘的没收没管儿，瞧瞧，让我说中了不是？我过的桥比你走的路还多，甭横竖不入耳。"

"烦死了!"

"烦死也得说。说,说!哪有不出嫁的姑娘?七老八十了,也得老家儿养活你?"

"得了得了,我的妈妈吧!您上大街拽个男的来,把我给出去完事。"

"没人跟你闲打牙,闹着玩儿。赶明儿刘大妈给带个人来,姑奶奶,等你个话儿。"

"带来,带,带!给我找个吃饭的地方,您就甭养活我了……"

"把你养活大了!养活二十好几了!现如今说这话亏不亏心哪?亏不亏心哪?甭跟我治气。看看,行便行,不行就算,也没牛不喝水强按头,你自由哇。我说你看不看?"

"不用看——我没意见!"

老母亲在防震棚外用蒲扇把炉子打得啪啪响,一团一团的煤烟仿佛就是从她那气鼓鼓的腮里腾卷而出的。江曼本来在小棚子里复习早已荒疏的功课,既是在书本里寻找寄托,也是想有机会考个中专技校什么的,找个事儿做。可她一刻也得不到安静,母亲心里整日整夜只绕着这一件事,吵得她神不守舍。她仰天撂倒在床上。用课本盖了脸,眼泪从书脊下边淌了出来。她刚才的话是认真的,是任性的,是向母亲"挑战",也是无可奈何的抉择。秋去春来,从童川来信算起七个月过去了,已经又是春天了,童川依旧音信杳然。她无路可走,也无法可想。她给军区司令部写过信打听童川下落,信如石沉大海;她找兵团的伙伴打听过,无人得到过童川的信儿。小燕也是一筹莫展,而且功课很紧,不好麻烦人家。江曼她至今没有得到工作,整日在小棚子里窝屈着,吃着爸爸的抚恤金和哥哥寄来的赡养费,实在是难以张嘴,没脸下咽。最难以忍受的是老母亲唠唠叨叨的车轱辘话,天天逼她就范。她顶不住了,再不想主意换个环境,就要憋疯了。江曼一小任性,脾性上来不计后果。她现在,跟童川赌气,跟母亲赌气,也跟自己赌气。既然重见童川无望,横竖找个对象,免得看母亲的脸子,免得在痛苦的等待中熬煎。她并没往远里想想——想想这种抉择之后漫长的精神痛苦。她还是个阅世不深的姑娘,她受不住心窝内外的重重压力了。邻居大妈无可指摘,人家饭没吃你一口,茶没喝你一盏,只是看着江家困难来帮一把。

应该抱怨的是命运。

第二日后半晌，邻居大妈带了个人来。

是个军人，挺拘谨的。进门紧张得险些把矮棚子撞翻了。江曼并没像一般男女青年"相看"那样儿，用挑剔的眼光去看那军人。只淡淡地一瞥，便垂了头。那人的身量与童川相仿，也是高大结实。下巴刮得乌青，眼睛挺小挺亮。按常规——介绍人"搭桥"简介："这位是林连长，林大林。她就是江曼。"说罢拉了一把江母。江母正盯着林大林，恨不能用眼皮把人家五脏六腑撕开看看："让他们自己谈谈吧……"两个老太太便准备回避。

江曼却叫道："妈，伯母，你们都别走。"

小棚子里几乎挤得身挨身的三个人全愣了，不知什么意思。

江曼："我的情况，想必伯母已经向林同志讲了——我就这一堆一块儿，林同志也看了，表个态吧。"

邻居大妈"哎呀"一声道："哪有这样儿的?"

"我就这样儿。"

"姑娘，这可不是买苹果梨。挑到手了，还可以换，扔了也不可惜。总得掂量掂量合得来合不来。江曼你也该思忖思忖才是。"

"我没意见。"江曼几乎无声地说。

赌气?!

跟谁赌气?

江母已经气得发抖了，可是骂不得，打不得，发作不得。

军人不但不再拘束了，反而望着江曼，忍不住一笑。他对江曼惊人而又反常的爽直，觉得有趣、好笑。

邻居大妈生怕军人给江曼下不来台，又怕江曼是在治气，不知如何是好，瞅见林大林笑了，也就"顺坡溜"，半开玩笑道："那好，大林——你摇头不算点头算吧。"

江母忙打圆场："喝碗茶吧。我们江曼是直性子，袖子里藏通条——不打弯儿。知道的是她爽快，不知道的，还以为她是'二百五'呢。您别在意——林同志。"

林大林摇摇头："小江，我是军人，也喜欢直来直去。可婚姻大事非同小可，总不能太轻率了。"

轻率？是，轻率！江曼想，既然不能爱己所爱，既然不是童川，还有什么好挑拣的呢？她对生活完全失望了，不由眼圈一红。大林是个敏感的人，他看到了江曼的情绪变化，道："我知道你现在生活很困难，可也不必要自暴自弃。你去过兵团，我插过队，虽然才几个月，可也算是都从那时候过来的。"

噢，是个通情理的人。

江曼："是人都比我强，我是无业游民。"

"这不是你愿意的，是社会造成的。"

唔，他善于理解人。

大林："你要是愿意，我们处一处，彼此了解了解。"

"你要没意见，就定下来。我等您赏碗饭呢。"

大林忽然警惕地盯着江曼："干吗这么急？要是我的性情不好——合不来呢？"

"我对生活毫无奢望。"

"小江，你别这样。别管我们的事成不成，我都要尽心帮助你，咱们一起想想办法嘛……"

江母先自感动得连连点头，邻居大妈悄悄把她拉出了小棚子，喊喊喳喳说私房话儿。剩下两个年轻人，气氛不那么严肃了。大林："晚上咱们看场电影好吗？"

"随你。"

"要不，去看球？"

"随你。"

大林苦笑着摇头，一种带着胆汁苦味的同情，泛上他的心头。

无言。

林大林一眼看见小棚子上挂着松鼠笼子，小松鼠跳来跳去，便用手去托笼子逗弄小生灵。

江曼："别动。"

"……？！"

"你别动！"

"你别动，我自己来。"二十天之后，江曼又一次重复这段话，接过大林手中的松鼠笼子，像是怕惊扰了她的小东西。大林瞅着松鼠，解不开这个谜。老母亲正在归弄锅碗瓢勺，嘴里不停地叨咕："阿弥陀佛！大林，可亏了你们爷儿仨了！二十来天就把房子翻修得了。我就像说这居家过日子，孤儿寡母的可真不成！亏了你们爷儿仨了。阿弥陀佛！"

搬家了！阿弥陀佛。

林大林是个好人，林家都是好人。

瞧瞧那大林，从防震棚里背出樟木箱子，人几乎弓成了"O"形，一路洒着汗。全凭他们父子三人不辞辛苦，使大火烧过的废墟上，重新矗立起两间房。大林的父亲林海孟和小儿子小林正在那"新房"做煞尾工作，油漆门窗。林海孟是解放战争时期入伍的老兵，抗美援朝归来，穿上了钢背心。他文化低，职务也不高，正营职转业，当了个区土产经理部的书记。为人古板、本分。"文革"中，靠边站，上干校，也受了不少的磨难。大林很像父亲，既孝也顺。小林却完全不同，高中毕业，在科学院数学所学操纵计算机。这小白脸儿，喇叭裤，全身的新鲜味儿。一边舞弄油漆刷子一边吹口哨，惹得林海孟直瞪他。父子三人，披星戴月二十天，将房撑持起来。江曼满怀感激。江母更是念"阿弥陀佛"，一边收拾破东烂西，一边对林海孟说："您瞧，我可怎么谢谢你们爷仨的大恩大德呀？"

小林嚷嚷说："您请我们到'老莫'去撮一顿吧？"

林海孟憨厚地笑，悄言道："您别听小子胡说，您这话见外了——我们是亲家了。"

正在往屋檐上挂松鼠笼子的江曼，手一抖，险些失落了小松鼠。

紧忙的两辈人都是热汗淋漓。

江曼却感到背脊发冷。

林家很喜欢江曼，喜欢她的沉默、文静、勤快。她到林家去过几回，抓到什么活干什么活，洗洗涮涮，切菜和面，不惜力。至于江曼的升学或工作问题，林海孟正在筹划。房子已经盖起来了，这自然是江曼和大林关系史上矗起的"里程碑"。林大林支付了艰辛的劳动和满腔热情，渴望得到的是江曼的爱。江曼究竟给了他多少爱呢？她试图全心去爱大林，自从她和他见了面儿，母亲便把童川的行李藏了起来，藏到了"阴山"背后。可北大荒带来的小松鼠似乎作为见证还活着，瞧着她的所作所为。睹物思人哪，是的。她究竟为什么忘不掉那正在服刑的犯人，说不清楚。爱情不是语言，也不是文字，是一种感情的密码儿，是心灵信息在无言中的沟通，不见时的传递。她尽量给大林以柔顺，尽量随和。可是在与大林独处的时候，她会觉得眼前这位严谨的军人那脸模糊起来，而另一个人——童川却清晰地出现了。她在梦里和童川在一块儿，有一个早起，大林早早儿来看她，她缩在被窝里正朦朦胧胧做梦，大林对老人说："江曼没起，我先走了。"这话竟然掺入梦里了！江曼喊了一声"童川你别走！"幸好大林没有听见。大林这个人哪，人是人才，德有德行，走是走相，立有立姿。完全合乎军事教范，也是许多姑娘心目中所谓理想的爱人。他不粗鲁，可也会感情冲动。有一日，大林翻修房子累了一整日。为江曼付出劳动，是他的幸福，使他激动，也使他联想。他相信每垒一层砖，他和她的感情也会夯实、增厚。在漆黑的门洞儿，江曼感激地递上毛巾把儿，大林突然拉住了她的手，不容抗拒地把江曼扯到怀里。江曼感到那热烘烘的胸脯贴过来了，那汗淋淋的嘴巴也张着，慢慢地逼近了。她的潜意识使她扭了头，在这一霎间，她透过大林的肩膀望到的是挂在正在翻修房子上的灯晕，那灯晕在她眼里奇异地变得成了木板房的篝火，随之，北大荒、森林小火车站……闯入她的心间，她又看到童川了！森林小火车站的冰水浇头，也没有这一霎心寒。她发抖地推开大林："别，别这样，现在不……"

大林撒手了，呼吸声很粗。

她呆呆地站着。

"江曼，你在想什么？说呀！你对我怎么看？"

不不，童川从来不这样说。不这样问。童川说过："干吗把话说得那么白？没说出口的话，你是它的主人；说出口的话，你是仆人……"

"你到底对我怎么看？"

"干吗非得那样儿……你生气了？"

"……"

"大林，答应我——管你叫'哥哥'吧。"

"什么意思？保持距离？好吧。"

大林的小眼睛放出气愤的光来，定定地看了江曼一眼，转身而去，又上房干活去了。他气度是有点小。再有气度的人也受不了如此尴尬的境地。

好人哪！大林为这个话题惆怅了很久。他宁愿把这看作是江曼生活态度严肃，女性的羞涩。真是这样，还有什么可埋怨的呢？林大林这人为人正直、严谨，吃穿都有节制。他在家里也绝对按部队时间起床，生物钟从未错乱。他要依自己的原则训练和培养军人的妻子，因为是军人，结了婚每年也只能唱一次"天河配"。短暂时间的接触他就尽力支付，也乞望收获。可是，他有能力带好一个排，一个连，甚至一个营，他却无法猜透江曼这个"谜"。这在他也是爱的魅力所在。他要求更多的是感情上的东西，希望自己能完全了解江曼，要求忠贞不渝，同时也有点爱"吃醋"。那一回看电影，林大林发现江曼邻座是个英俊的小伙子，就一定要同江曼换位置。面对这个有点"醋"味儿的男人，江曼几次想坦白，又咽回了舌尖的话。

越这样儿，江曼就越发感到负疚，既负疚于眼前这个人，又负疚于杳无音信那个人。她觉得自己是个罪人，无论对大林，还是对童川，她都是不贞的人。她陷入了极度痛苦与矛盾之中。大林在江曼搬家后的第二天，探亲假就到了期，准备回昆明部队去了。江曼去送他。两人来在都市繁华的西四，一〇二无轨车站。在电车停靠，江曼将被上车的人拥上去的当儿，听到有人喊她的名字。随即她看到了身穿大红连衣裙的小燕在招手。她犹豫了一下，浑身像被火烤了一样难受，霎时，她踩上车门挡板的腿又收回来了，不由得缩到人后去。

大林也只得退后："你怎么了？"

她什么也没说。她默默地等着下一班汽车，心里暗道——你这个倒霉蛋，你这个悲剧人物！你这不是活受罪吗？你既然怕人询问，干吗要……你变成见不得阳光的蝙蝠了！

"你到底怎么了？"

"没怎么。"

"你不说我就不走了。"

"干吗逼我？"

"什么叫逼你？"

"大林——我可以做你的妻子，做你的奴隶，做你的老妈子，还不成吗？可你总不能不允许我有自己的过去……"

"什么过去？"

"好吧，你不走就别走，审吧，我向你坦白。"

"不不……算了。你动这么大的气，真是莫名其妙。"

林大林想问个究竟，突然又害怕问了。他似乎感觉到他将问出最不愿听到的事。他的气度会受不住。

悲剧？是。悲剧。

当然，生活也不尽是痛苦。林大林走后不久小林来告诉江曼，几所医院联合办士训练班，父亲已给她报上了名。考试是两个月之后的事，迫在眉睫。江曼咬了咬牙，起早贪晚，足不出户，熬得双目充血，衣带皆宽，复习荒疏的功课。当她看到榜上自己的名字时，似乎霎时又返回了童年，噢地叫起来，鸟儿似的飞回家。

"妈，妈！'范进'中举了！中喽——！"

"什么范进？你跟谁'犯劲'？"

"我考上了！"

"阿弥陀佛！我的妈呔！"老娘喜得惊叫。

"有一个落榜的，问我——你爸爸是哪个部门的？准是个带纱帽翅儿的。"

老太太道："你就说——掏茅房的。"

"我说——'地下工作者'，给天堂看大门儿。人家不信。以为我是走了什么'后门'，哪儿的事呀！"

老母亲正色道："咱可别揣着明白装糊涂。不是大林的爸爸给报了名，你能上榜？咱们得记着人家，别对不起人家。"

是，又欠下了林家的情。

甭管怎么说，江曼凭自己的努力，总算找到了着落。只是感情仍在纷纷扰扰之中痛苦。她将去护训班学习一年半，这是主要的。别的呢？随遇而安吧——她想。

八

军人的恋爱，序幕拉得再长，动人的"戏"也很短。服役期间他们在制式生活中无暇他顾，短暂的休假也常常被部队电报催回。他们的婚姻往往得经人搭桥，男女双方介绍相识了，军人还没来得及显示自己感情的深沉、细腻，便进入结婚的实施阶段了。林大林算是受到特殊照顾的，春四月探家，秋八月回京为转业干部联系工作（因为他举家在京，人熟地熟），两度相见，他觉得江曼是称心的伴侣。起初他只是充满了对江曼的同情。同情与爱情是"姊妹"，感情不觉就在发生变化。特别是八月归来，江曼有了事做，不再那样儿忧郁了，回家来足不出户，啃书本。大林喜欢她"本分"，这样"本分"使他服役也踏实。还有，江曼里里外外操持家务，显然是贤妻良母型。她不是张狂的人，却是要强的好姑娘。她是很任性的———一见面就要定下同大林的事儿，正说明了这一点。可她久而久之似乎感情上"木"了，显不出那任性来了。大林说看戏，说散步，说在家聊聊，她全回答"随你""随你""随你"。其实，这"随和"之中恰恰藏着股倔劲儿，说明她无可奈何。就连大林提出领结婚证，江曼也没驳回，可也没表示热情。倒是江母乐癫癫地接茬道："办吧，办吧，我从烟囱里走出去以前，就差这点儿心病了。"领结婚证那日，江曼郁郁不乐，大林却喜气洋洋，换了一身新军装。

江曼说："这回，什么事儿都了啦……"

林大林："你不高兴吗？"

"说实话，我没不高兴，好像是去办一件非办不可的什么事儿。"

"你要是反悔，还来得及。我不勉强你。"

"你真敏感。"

"是过敏？"

"大林，我们——太早了……"

"我都二十八了。我是哥哥，我结了婚，小林才好考虑——我这么想，有点儿封建意识吧？我以后就为弟弟张罗了。不过，你要是嫌早——"

"早点完事也好。完了，就完了。"

"干吗老说完了？你到底对我怎么看？"

"你是好人，你像个哥哥。真的，像个知道疼人的哥哥。"

哥哥？

好在印象还不坏。不过这称呼里隐伏着危机，感情危机。

结婚证领了。领证的时候，江曼不痛快，大林因为她不痛快，也高兴不起来。

订婚照也拍了——拍得挺别扭，大林不知在想什么，严肃得像在部队晚点名；江曼在笑，那算什么笑？嘴角生硬地翘起，脸颊紧绷绷的，一副苦相。

准备结婚了。

新房布置好了，江家尽其能，林家尽其力。新房按江曼喜欢的颜色，灯罩、床罩、窗帘，全是普蓝、靛青、孔雀蓝，弄得像冷饮店。总得有点喜气呀，老娘拗着将枕套、缎子被一色要红的，粉红的、桃红的。红蓝相间，很不协调。新房有点儿发潮，有股霉味，再加上窗帘总是遮着，使江曼觉得那里有股阴气儿，平时上锁，她不愿进去。只等一九七九年的元旦大喜完姻。

小松鼠也被江曼送给邻居的小孩子了。

童川的行李被老母亲压了箱底儿。

吉日渐近，江曼的心里也渐沉重。

可她决心要做贤妻良母，决不能负了大林，除了管不住梦里魂魄，白日尽量多找事儿做，不让自己闲着，不让思想长草。

一年的日历，只剩最后两张了。

几场好雪，北京裹了银。老北京盼望这么个平和的好年，好图个吉利儿。有的人家新年就贴起了大红对子，人们不嫌年节多。漫街是售卖食品的大棚。小孩子爱的鞭炮到处都有。年轻人多穿的是朱红、印度红、湖蓝、墨绿的滑雪衫、腈纶衫，拥向东，拥向西。就连小孩子嘴边的糖葫芦也显得那么红那么亮。真个是红装素裹呢。飕飕飏飏的风儿，也透着脆快。彼时，赶年赶节举行婚礼的人家极多。也许是十年"文革"的紧缩干巴日子把人挤对腻歪了，婚礼莫不铺张，借此机会赛赛喜气儿！就是两家住在一条胡同，住隔壁儿，也要弄几辆披红挂彩的"上海""丰田"小轿车兜兜风。省俭的人呐，哪怕是被称为"土八路"的干部家庭，也总得做个"脸儿"，摆几桌席，宴请亲朋好友，所谓"夸喜"。大林与江曼的婚礼已由两边老家儿周密研究决定：不奢侈，不寒酸，不大手大脚，可也不能栽了面儿。糖果、瓜子儿、过滤嘴儿香烟早已在新房等待宾客；鸡、鱼、肘子、小肚儿在厨房撂着，也只待上桌面儿。不准备几桌酒席，江母不应允：临了临了，就独生女儿这一桩婚事了，不能让婆家、娘家人嘴上没油！只有小轿车一项，死说活说才免去。婚礼说定了由老太太操持，林父拿出三百元，结婚典礼就在江家举行，这意味着江老太太得个"倒插门儿女婿"，白捡个当兵的"儿子"。老人忙得欢天喜地，脚底下也显得轻快。看看离元旦还有两日，林大林尚未返京，估摸连队有事情脱不开身。但既然没来信通知婚礼推迟，想必就该来了。老人一上午就在里屋外屋转圈儿，生怕有什么疏忽闪失，该准备的没准备。一过晌午，心静下来，戴上花镜，赶早剪大红"喜"字儿。

江曼却没吃午饭，打中午便缩在被窝里不愿起来。仰面躺着，两眼直勾勾望着棚上轻飘飘的灰挂。

……

"江曼——！"

一声唤，送进门来个喜盈盈的妙人儿。齐小燕来了。她的打扮儿总是出奇制胜——西洋红的滑雪衫、牛仔裤、紫红皮靴。她人和声音一块儿推进了门，闪闪烁烁的明眸使蓬荜生辉："曼姐！快起来，好消息！"

江曼躺在那儿像"挺尸"。

"怎么了？病了？我带来的消息准能治病。快快，掀你的'老营'了。快起来，你瞧瞧我的手指头，为你拨电话都拨出黑圈儿了！想让你过个快快乐乐的新年，然后一切重新开始。我钻到总参打长途电话——给你找到了那个'失踪的人'。"

失踪的人？

江曼一震，腾地坐起来，又直勾勾撂倒了。

怎么了？

小燕看看江曼，抬头看看老太太。老太太手中的双红纸，在剪子的利刃下渐渐有了模样儿——是个红"喜"字？

老太太："什么人哪？燕呀，你别瞎张罗了，跟个没头苍蝇似的乱撞。听大妈的，也该找个人啦。男大当婚，女大当嫁，哪有不出阁的？"

"大妈，您说什么？"

"你曼姐后天结婚。"

小燕惊呆了。

江曼一下子用被子蒙上脸。

小燕连连摇头。她一直惦挂着江曼的事，费事劳神，耽误功课，托了同学的父亲，同学的父亲又托自己的战友，终于打听到了童川的下落。小燕迫不及待地找到总参一个熟人，与童川通了电话。她告诉童川：江曼还在爱他，等他！她让童川快来信，一定要在新年前返京，让江曼大惊大喜，把过去留在旧年，让一切在新年开始，今天她接到了童川的信，说同时也给江曼寄了信，明日便到北京来。天哪！她设想着那重逢的场面该如何动人。她自己先激动得想跳，想唱，想笑，想哭了。可是，她怀里揣着的一盆火，兜头被泼上了冷水。

她可不饶人：

"江曼，你起来，我在外面等你！"

剪刀咔嚓咔嚓在响，好像剪的不是大红纸，而是小燕和江曼两个姑娘的心，要把她们的心剪碎，剪成老太太想求的样子。

江曼激动了，激动得手伸不进袖子里去。

小燕一阵风似的刮入院子里。

江曼爬起来，出来，推开新房的门。新房没生火，阴冷阴冷的，窗上全是神秘的霜花。小燕气呼呼地跟进，巡视四周，从床头柜上拿起大林与江曼的订婚照，鄙夷地看了看，又放回去："此人大概是收入可观，前途无量，也许还有个原子反应堆似的老爹吧？我说那天我在电车上喊你，你怎么不理睬呢？是这样——您另择佳偶，有了理想的丈夫了！您怎么不给个信儿，让我瞻仰一下您爱人的丰采呢？我好借借您的光儿——噢。用不着老同学了，把老同学全扔一边了。"

齐小燕的话像马蜂似的蜇人心。她夹枪带棒，连讽刺带挖苦，话里掺着一阵阵冷笑，一阵阵苦笑。江曼的脸是木然的，眼睛定定地瞅着墙角，像是临刑的犯人，硬着头皮任"宰割"。她的内心异常痛苦，小燕的斥责虽是意料之中，可江曼有些受不住了，眼圈红着。

"我恭喜您了！"小燕转身欲走。

"小燕！……"

"怎么？"

"你骂我我也不怪你，谁让我是个凡夫俗子呢；我受不住了啊！……"

"……"

江曼这一声叹息里藏有多少痛苦，小燕听得出。她的心略有所动，凭窗立了一会儿，自言自语道："人哪，人！……其实我也没权利说人。我还不是看破红尘却又坠入红尘?！我完全是自作多情！江曼，我不是来和你吵架的，也不是成心恶心你。完全怨我自作多情！看错了人！我托人打听到童川出了监牢，和他通了电话。我以为人总能变得更好，不会忘记爱过的人。我错了，错了！今天我收到童川的信，知道他给你也写了信，您早把那信扔到火里烧了吧?"

江曼完全被一个"信"字儿击中了，她的眼前一阵雪亮，又一阵昏暗："信? 没有，没有哇!"

"您真会演戏。不管怎么说，您必须回个信，他明天——十二月三十一日晚上来北京，您自己去把人家打发了吧! 我没脸见他，我不忍心让他感情再进监狱! 童川也是，干吗那么痴心? 干吗那么认真? 自作自受!"

这会儿，任凭骂，任凭打，江曼都不会感到疼。她的心里只萦回着一个愿望：立即看到童川的信，哪怕是小燕把她钉到"耻辱"柱上。

江曼跑出了新房，直奔小副食店。

小燕一惊，怕她是受不住自己一番话的刺激，追出来。

江母在门口懵懵懂懂拦阻女儿，没拦住，拉住小燕："你们这是怎么了? ……小燕，叫她回来。说话就是出嫁的人了，疯疯癫癫像什么? 小燕啊，去，咳? 赶明儿来吃喜酒。"

"大妈，我真不明白，您干吗老是成心毁自己的亲生女儿?！"

林大林自昆明返京，在家打个站儿，就准备到江曼家来。弟弟小林陪着，他对哥哥拍了胸脯："哥，结婚宴会我给你露一手，川菜师傅我请，我还要给你们上一个红烩牛肉。中西合璧，瞧好吧。你跟我去瞧瞧准备得怎么样。"两人来到洋火杆胡同口，大林想，总不可空着手儿见岳母娘，便去装个点心匣子。江家是胡同的老住户，特别是出了疯老头与一场火灾的事，人们都关心江家的命运。林大林的出现无疑为人们注目，一条胡同几乎没人不同这可敬的军人打招呼。胡同口副食店里的老售货员更是热情非常，装毕点心匣子，问长问短，忽想到有封信寄到店里托转交江曼，自然便请大林带回家去。大林是个细心人，出门后边走边端详这信。这信可厚实得蹊跷——捏鼓捏鼓——里面夹带着东西。瞧瞧又是给江曼的，便不由得往别处去想了，心里不是滋味。他已经是法律承认的江曼的丈夫了，江曼的一切他都应该也有权了解。他忍不住要拆开看个究竟，但又怕伤了江曼的自尊心。掂量再三，还是要拆，但须拆得不露痕迹。好在这信粘得不很严紧，开了封口，抽出信，大林且走且瞧，不瞧则已，一瞧他的脸勃然变色。

> 曼：
>
> 　　齐小燕在电话里说了一番我梦到过的话。她把一切都告诉我了。她说你对我一如既往，你找过我，为我用泪洗面，这在我人生的欠债单上又欠了一笔无法偿还的感情债！你知道我没有亲人。只有你一个人是至亲至爱的人。当我入狱的时候，我想我将失去你，我曾经自私地后悔从前为什么要折磨自己，不能大胆去爱呢？一年半的监狱生活，使我再也不会流泪了。泪腺在进监狱的刹那间，被铁门切断了。可是小燕说到你，我流泪了。我走出了监狱，你会发现我已经变了——我的语言退化了。说话少了，心里的蕴藏会更丰富。心还是那颗心！请放心，我再也不会放弃我所爱的，我要见到你——立刻！述说我对你的思念和爱情，我绝不能再失掉你，绝不！不！我向连队请假了，将在十二月三十一日乘快车自张家口返京。这是我当兵后的第三个新年。我们就以全新的姿态见面了！
>
> 　　曼……

曼！曼！他称呼得多甜腻?！妈的！还是个劳改释放犯。还要在新年回来。信里还掉出一个小小的松针，这是信物！是那个不贞的未婚妻与劳改犯定情的信物！大林再也读不下去了。他折了信，怒冲冲向胡同里走，忽然觉得不对，不想再去江家，又返回了身。他把刚刚买的点心匣子狠狠地摔进了路边的垃圾箱。弄得小林摸不到头脑，忙抢过信，只看几行便气得骂咧子，问哥怎么办？林大林哪里答得出？刹那间往事涌上心头，江曼对他的态度，说过的话，这才琢磨出味儿来。他恨自己以"君子之心度了小人之腹"，傻笨呆茶，竟迷迷瞪瞪领了结婚证。现在部队里也是满城风雨了，谁不知道林大林回京结婚？丢人现眼，这才是最可怕的。他军人的自尊受到了极大的嘲弄——而且那人还是个劳改释放犯！

后天就是他和她举行婚礼的日子。

他当然不能同江曼结婚。可是他也不愿意大闹，那只会使他的形象受到更大的损害，使他从此不好再走这条胡同。依着小林，抽江曼一顿再说，既解气，也能挽回男子汉的声誉，他不能那么鲁莽，他想，抽了江曼再说，那巴掌同时也等于抽在自己脸上。他心里乱极了，吼叫着不许小林说话。

年根儿底下，满街筒子是人。仿佛满街的人都同他碰碰撞撞，他急不得，恼不得，骂不得。他似乎感到人们都察觉了什么，都在注视着他——他想自己一定很失态，很狼狈，很晦气。他努力使自己镇静下来，在十字街口立住了。

"小林，你告诉江家……就说我没回来，新年结不成婚了。推迟一个礼拜，稳住她们。"

"以后怎么办？"

"你让我想想！"

"那——信你可得收好。"

"带给她。"

"什么什么？对这号人咬住可不能撒嘴！哥，心慈面软受祸害。你拿好了信，至少找几个朋友去她家里好好寒碜寒碜她。"

"把信带给她。"

"我不管。"

"别让人家说咱们没气度！"

气度？气度小的人往往更注意"气度"二字。

气度值几个钱一斤？

精明的小林心里忽生一计，接过了信，与哥哥分道扬镳了。他钻入路旁邮局，把那信重新粘好。可是，大林在盛怒之下，却忘记将信里的那个松针交还了。

小林向江曼的家走去，在大门口，差点与跑出来的江曼撞了头。往日他不叫"姐姐"不开口，今日冷冷地从头到脚扫了江曼一眼，说声"喂，你的信，"就再也不屑一顾。他瞅着江母却翘起了嘴角，那样子显然在憋坏："大妈，您老准备得怎么样了？"

"全齐。"

"您可别抠门儿，这可是大事儿。我哥哥来电报了，十二月三十一日准到，误不了后天的婚礼。您最好再买几斤大对虾，别拿毛菜填和人，让人家笑话。您要是没钱可说一声儿。"

"有钱，有钱。这会儿不花钱什么时候花？"

"我给您请仁一级厨师，北京饭店水平，您可得给人家红纸包。按规矩，别少于十块钱。"

"十块，十块。你大妈是明白人。"

"得嘞！结婚这天咱们好好凑份子热闹热闹。准备掏钱吧——老太太。"

老太太?！

这个称呼从小林嘴里出来，真扎耳朵。大概年轻人又把"礼貌"扔在酒壶里了。江母瘪瘪嘴，没吭气。

新房传来了哭声。

胡同里是小孩子在放二踢脚，乒——乓！一惊一乍。

童川的信掘开了江曼感情的闸门，她压抑着的感情像火山熔浆一般喷射出来，到眼角冷却成泪。童川的信好长啊，长得使江曼感到是随着他艰难地生活了一回。他犯了"过失杀人"罪，认罪态度好，从轻判处一年半徒刑。军籍还保留着。他一直在寻找个能够赎罪的"死"的机会。劳改犯在大同挖煤，他打眼儿、放炮，选最险的活干。有一回井下冒顶，巷道的支撑木咔嚓咔嚓响，顷刻间便会是山崩地裂，巷道便成了死巷。人们全逃之夭夭，他却慢吞吞地把电溜子上的煤清入煤圈。他终于被释放了。服过刑的犯人忐忑不安地回到连队，正是老兵退役工作开始的时候。他想留在连队，可不能不准备被复员处理回到北大荒去。师保卫科来电话命令连队处理他走。连长曾经因为他犯罪受连累，受到了严重警告处分，他想，连长不会留他这个"祸事精"，他是必走无疑了。人们担心他再出乱子，再给部队的声誉带来影响。那日，老兵集合了，团保卫干事也专程赶到。连长宣布复员老兵名单，童川等待着第二次"宣判"。可复员名单里没有他！也许是遗漏了？他不敢往好处想。团保卫干事问连长："怎么没有童川？""我们研究了，他不走。""那天给你们打来的电话，听明白没有？""明白。""为什么不让他走？""连队党支部的决定。""再出了事谁负责？谁担保？"连长拍着胸脯："我担保！"指导员拍着胸脯："我担保！"多好的部队啊！童川称他的连队是"再生之地"。他又戴上领章帽徽了，冷透的心在战友的怀中暖热了。江曼读着信，仿佛看到童川在烈日下列队，马蜂在他眼前打转，在他衣领子上爬，他一动不动，江曼也仿佛看到正泻肚的童川，隐瞒着自己的病痛，背负三十公斤重的装备在夜行军，摔倒，爬起，再摔倒，再爬起，摇摇晃晃像风里的小草。他的头碰在前边战士的背包上，脸撞在山路的岩石上，昂起来，爬起来，走，走，走……只有至爱的人才会有这种息息相通的感受。江曼满嘴苦涩，读到秋雨行军那段时，脊背阵阵发冷，直打寒战。童川受了多少苦啊，他称自己是七十年代的"苦行僧"。而小燕传达给他的江曼的"爱"，对他来讲又是怎样的"福音"！以为他那是一种全新的——精神生活的开始。他似乎早已不会哭，却哭了。他战栗地说出"我再也不会放弃我所爱的"这样的话，他满怀热望地要"立刻"见到江曼——童川啊童川，他第一次这样毫不掩饰、毫无忌讳地表达自己的爱情，却是在这样的时候！他的信，是一个在牢里关过，在生活的监狱里炼过，在失去恋人音信之后的人，对生活迫不及待地渴望，才发出这炙热的呼号。还有那个"松针"，信里说寄了一枚松针，松针在哪儿？也许是童川在颤抖的激动之中忘记装入信封了……可是，晚了，一切都晚了！她，江曼已经在法律上属于林大林了。她泪如雨下，悔之莫及，她绝望地喃喃自语，错，错，错，莫，莫，莫……

天色昏黑了，新房里没有开灯，蓝灯罩，蓝窗帘，蓝床单，发出蓝幽幽的死冷的光，红的缎子被又是那样刺眼。江曼的抽泣，使阴冷的房间更增添了不吉的阴晦。老太太急得要来啰唆，小燕倒插了门，老人只好在外面跺脚。痛苦的表情是最真实的。江曼痛不欲生，深深地触动了女大学生的心。她劝，找不到合适的词儿，一时心软，也陪着垂泪。

"别哭了，曼姐。你有你的难处，我能想象。咱们这些人，为狂热付出代价，为痛苦也付出代价！唉，好像咱们是早熟的啊，可有时候成熟像活了八十岁的老人，有时候又幼稚得像不懂事的孩子……别哭了。咱们往后不幼稚了，啊?! 曼姐！咱们想想怎么办吧!"

"没办法怎么办……"

"童川明天下午就来，后天你就结婚，唉，想想眼前吧。"

不是不想，是实在想不出辙来。

沉默许久，江曼说："你回去吧，天晚了。"

"我不走了。没事儿，陪你。"

一九七八年的最后一日，天干冷干冷的。路边的洋槐怪样地伸着丫杈，发出咔啦咔啦的声音。小燕与江曼乘车驶过长安街，来在北京站口。

熙熙攘攘的人从站口拥出来。

人海里，一眼就可以看出这"大兵"是从北边山沟里来的。在首都，军人多戴单帽，他头上却正正当当扣着个卷毛皮帽，脚上一双笨重的大头鞋落地有声。一号军衣？是，是一号，绷在他发达的胸肌上，一丝不苟。他在寻找，但并不东张西望，而是撂下东西，先让着性急的旅伴们从他肩旁挤过去，自己直挺挺立着，等着别人发现。他那张略长的脸皮肤粗糙，毛孔显明，似用锉打过，用火炙过。一双眉习惯拧着，低低地压下来，压着一双深沉、情感不露的眼睛。一看便是经历过磨劫的汉子。

童川！

江曼看到他了，眼圈一热，心突突跳起来，脚下却似生了根，没有动。

小燕机灵地冲撞开人潮，迎上去，接过东西。

"童川！你没变样儿——就是有点显老。"

"小燕你可变了。"

童川嘴里说着小燕，眼睛却在人缝里找到了江曼。他内心的激动可想而知，但脸上却没写着，只是松弛了唇，嘴略略一张——算是笑了，来到近前，童川道："江曼你好。"

"你好。"

两手一握，江曼的手冰冷、打战，童川的手烫人。

童川仔仔细细地看着江曼，看着那双水汪汪、红红的眼睛。

小燕忙建议："别傻站着——找个地方先吃点东西吧。"

三个人默默地走出北京站广场。车声、人声嘈杂，乱耳乱心。江曼躲避着童川的身体，也躲避着他的视线。童川扬着脸似在沉思。回味着什么。小燕看看这个，看看那个，担心这场重逢没好结果。他们谁也没注意——在北京站口聚集着小林和三个小青年。他们像"福尔摩斯"一样侦伺着，尾随着，商议着。一青年从江曼旁边挤过，还故意用肩撞了撞童川，转眼回到人群，嚷嚷道："信上说是姓童？对了，是他。"

小林："是他。原来是两个兜的'大兵'——哼。"

一青年："马上找这不仁不义的小子练练？教育教育他。"

小林："轻易别动武。寒碜寒碜狗男女，出出气，让他们在大庭广众之下现眼，就达到目的了。走，跟上。"

四辆自行车追踪着三个步行的人，拐入长安街，又插入小胡同，来在颇为僻静的和平餐厅。晚饭时间不到，客人不多。童川他们三人坐定。小林四人也拣江曼背后一桌坐下。小林大大方方地"顺"出三十块钱，拍在餐桌上。这边，却为付款产生了争执：服务员刚送过菜单，江曼忙掏钱包，童川顺手就拿出二十元人民币，另一手握住江曼的手："我来。"

江曼的手触电似的抽回："不不！"

"别拉拉扯扯，我是军人。"

"今儿一定要我来！收我的，服务员！"

整个餐厅的人全为之一惊，目光聚焦到江曼那张清秀苍白的脸上：她的表情反常，争着付款，为什么要像"敢死队"？为什么差点哭出声来？服务员拣了江曼的钱，好生奇怪：风尘仆仆的军人刚下火车，看这位付款的同志那脸色，这酒是接风呢，还是诀别？

点菜要数小燕内行，童川与江曼也无心吃什么。小燕随便要了几样儿荤素，她预感不妙，生怕喝白酒出事儿，说："不要白的，来瓶长白山如意葡萄酒吧。"

江曼："给童川要点白酒。要好的——茅台、五粮液全行。要是没有，要杜康。还是杜康好，来半斤。"

童川觉得江曼情绪反常，沉吟道："何以解忧，唯有杜康？"

小燕先沉不住气了，忙说："干吗？谁也别胡扯，有话待会儿说。"

菜上了，酒斟了，三只高脚玻璃杯的如意红葡萄一字儿排开，还有一杯杜康白酒，但谁也没动。江曼背后那一桌，青年们却在大嚼，一边嚼一边听这桌的动静，等待着小林下命令动作。

小燕嘟囔道："我说还是撤了白的。"

江曼摇摇头，说："喝点儿没关系，只要量力，连我也练出来了。"

说着，趁这个话茬儿，迫不及待却又从从容容地将那杯白酒一饮而尽。餐桌上的气氛随之而沉重起来，童川已觉出"酒味"不对，恐怕自己是不该来了，担心偌大北京寻不到他所寻找的爱了。他见江曼又斟白酒，忙把杯挪开，默默推过盛着长白山如意葡萄酒的杯子，江曼只好也去拿红酒杯子："小燕，说点什么，祝福祝福咱们三个北大荒回来的倒霉蛋儿吧。"

小燕的精神在受折磨，觉得简直是一把钝锯子在锯自己的心，她的伶牙俐齿全退化了，喉头哽咽，说不出话。思忖一阵，举杯道："就借这个酒的名字，祝咱们自己往后'如意'吧！十年大乱结束了，一切总该'如意'了吧？咱们这些人，都是打那阵儿熬过来的。人熬过来了，精神上可也许还在熬……甭管怎么说，万一咱们患难过来的人中间有不尽如人意的地方，咱们为彼此的理解和谅解——干了这杯吧。"

童川："小燕，你到底是上了大学，这话像谜语。"

"人生本来就是谜语，破译需要整个生命过程。"

江曼："干杯吧——为了以后如意。"

小燕："如意。"

童川主动用杯去碰两个女同胞的杯：当啷，当啷。他的杯与江曼的杯相碰时，饶有深意地重复两个字"如意"。

江曼的杯一倾，酒洒了。忽然她笑起来，笑着重复着"如意，如意"……那笑不知怎的就转化为哭了，泪刷地流出来，又随着大声的一句"如意"，泪也咽了。人也木了。小燕与童川呆呆地看着她的感情变化，看着她将剩下的杯中物饮尽，并借着因由说"洒了不算，补上点儿，"又饮了一杯。辣酒与甜酒混合到江曼的口中，酒精的度数出现了乘法。这并不至于使她醉，要紧的是她胸口正燃着烈火，泼上酒精，去烧膛啊！她嗓子干渴得要命，哽得难受，肠胃也似在扭曲、抽搐。她的心火再不喷出来，自己就要被烧成灰烬了。

"童川，你这两年又受了不少苦哇……"

"苦够了，什么也不在乎了。"

"你那时候，为什么从森林小火车站回来就不理人？"

"早说过了，你该回北京。"

"可回北京有什么意思？真没意思。你们部队在张家口？"

"还要往北。坝上。温度和北大荒差不多。"

"我以前不知道你在哪儿。再喝一杯吧。"

"听小燕说你母亲知道，别喝了，噢——咱们别折磨自己了，我只问你一句话：重新开始，还是就此结束？"

这询问整整在童川心里压抑了两年。江曼的精神上承受不住了，她低了头，拧眉瞧那红酒，她想，那酒真像她呕出的血！她没醉，可也不清醒，头晕目眩，弱力再也不胜那酒了。她用近似无声的声音说道："晚了……"

这微弱的声音不亚于陨石的坠落。在这之后，江曼用更弱的声音，浸着泪说出"明天我就结婚"这句话。在杯盏叮当的餐厅里，童川清晰地听到了这句话，不，也许仅仅是从江曼的表情和口型上"听"出来的。小燕不知道童川何时为自己斟了白酒，现在目不转睛地盯着童川的手。

童川的手里拈动着那杯白酒，酒在杯里无声地震荡着。小燕心想，也许他喝了白的，麻醉了自己，能好受些，小燕看到的那只大手，是右手。大指曲着，四指根部是四个突起的骨棱，像四座怪石峥嵘的山。那手宽厚，皮肤粗糙，看不到血管，只看到皮下的有弹性的筋骨支撑着粗糙的表皮。手指像粗硬的铁棒，食指与中指熏得黑黄。这手蕴藏着怎样的死劲儿啊？它不得不小心地摆动玻璃杯，以防捏得粉碎。他将那杯子顺时针转一圈，又逆时针反转一圈，无可奈何的样子。手都发酸了，撒了杯子，五指扇似的张开，重又收拢，无声却令人感受到像钢筋扭结在一起。倏地，那大手产生了一种爆发力，旋起一阵风暴一般，将高脚酒杯迅速举起来，不知怎么，那手又在半空悬住了，一动不动。这时候他那脸上依旧是没露什么声色，只是眼睛在举杯的刹那有火焰一跳，马上又暗淡了。他好像是经历了一个艰苦、漫长的思索过程，好像内心有一种强大的力量使他由开放重归于抑制状态，又好像不胜杜康烈酒的沉重，那酒杯慢慢地放下来，放下来，滴酒未洒。

小燕说："老大哥，全怨我……你可别受不住。"

"不至于。"

小燕又道："现在总归是向好处发展了呀，我上了学，曼姐也上了护士训练班，你也出来了……是呀，精神上的创伤不能立马儿随着时间就没了，不能说没了——其实，我自己的精神上也戴着枷锁……不提这些了，总归是一天比一天好。往宽里想吧……"

童川："吃散伙饭吧，饭凉了。"

童川端起碗，看两位女同胞没动筷子，道："你们不吃，我怎么吃？"小燕和江曼只好端碗。他们哪儿是吃饭呢？是借着米饭压下心头的痛苦，是掩饰，是徒劳无益的缓和气氛。童川的头几乎埋在碗里，拿饭煞气，大口往下咽。江曼嚼饭如嚼蜡，泪扑嗒扑嗒往碗里落。

童川只好撂了碗："江曼，别这样。咱们还是好朋友，好同志。我想——我一生中也就只能和一个人这样好过。我在牢里就常常想陆游的《钗头凤》，说的就是……"

啊！红酥手，黄滕酒，满城春色——宫墙柳，宫墙柳，宫墙柳，宫墙……！还有，错，错，错！莫，莫，莫！这六个叠音字，像钉子一样钉进了童川与江曼的心。远在南宋时代的婚姻悲剧，竟会临到了这一对七十年代青年头上，当然，这悲剧又打上了十年浩劫的因果关系，打上了时代的烙印。江曼实在受不了，起身道："我头有点晕，先走一步了……"

江曼深深地望了童川一眼，心想，这也许是最后一瞥了，也许就此再也不会见面了，相见时难别亦难，哪里料到会这样别离呢？她立了起来。就在这个时候，隔桌上的小林也腾地站了起来："没玩够呢，怎么走哇？"

小林满脸挂着嘲弄、蔑视，走了过来。

江曼傻呆呆地站着。

小林抻个凳子坐在童川旁边，三个小青年也刹那间顺过了挑战的目光。

"喂，你就姓童吧。"

"是。"

"听说阁下从大牢里出来没几天儿？"

"……"

"介绍一下：江曼是我嫂子。你知道不知道她明天就要结婚？"小林站起来，可着嗓子喊，似要嚷给全世界听。

餐厅立刻肃静下来。随小林而来的青年们补充了热量，迅速过来"参战"。好事的吃客也围了过来。小林故意要寒碜江曼，用力嚷嚷。不料童川却慢吞吞离座而立，很平静地回答："知道一些。"

小林冷笑说："既然知道，你和她干什么'好事'？嗯？干什么'好事'？我怕脏了嘴，你自己说给大伙听听。"

"说呀！"小青年帮腔。

"嘿，哑巴了？"一青年挑衅。

另一位愣头愣脑的青年："你他妈光天化日之下干的什么好事？说——！"

一拳搋入童川肩窝。

像搋在橡皮墙上。

又一拳搋过来："说呀！"

童川的胸略略一动。

江曼疯了似的冲过来，俨然像敢死队、保护神："你们干什么？打我吧，打我吧！"

那青年啐了一口："你倒挺有感情的，破——货！"

江曼呜的一声哭了，冲出人群。跑出餐厅，小燕连叫"江曼"追了出去。

人堆儿中间，使拳的小青年虽在叫嚷"教育教育这个'大兵'"，却已是虚张声势了。面前这位戴着领章帽徽的军人，长脸上毫无表情——这才是一种威慑。他打不还手，骂不还口，这种忍耐力乃是在坎坷中练就，在狱里铸成的。小青年搋了两拳，如搋在有弹性的、宽厚的犍牛脊梁上，暗暗感到这人有非同寻常的力气，恐不是对手。和小林同来的另两个青年也仅仅是动口不动手的"君子"，这会儿小林说道："算了算了，饶你这一回。听着，我要是再碰见你和她勾搭，可要小心点儿。"

童川："别走。"

小林："怎么？较劲是怎么着？"

童川："不。我要是还手，怕玷污了这身国防绿。我是请你转告你哥哥——我希望能见见他，一是祝贺新婚，二是做必要的解释。"

小林："你小子只要敢来，我们全奉陪！"

青年们以胜利者的姿态离了餐厅。

童川也默默地提着东西走上街头。

婚礼如期举行。

红双喜字儿，在这吉日良辰贴上门楣，照亮了一条洋火杆胡同。江家的婚礼为新年添彩儿，街坊四邻全凑了份子钱以示祝贺。连日几场风波，扰乱了江曼的心。她奇怪林小林怎就跟踪到和平餐厅，怎就认识童川呢？好在据林小林讲，大林在婚礼前的半夜才能返京，想必他并非主使。江曼此时人全木了，只盼着别出岔儿，早点儿，平平安安挨过这一关。有话日后再做解释。她的感情拗不过法律，也没有勇气以挑战者的姿态蔑视结婚证书。她只能做大林的妻子。大林是个好人，她决不能负了人家。就这样儿，硬着头皮挨到元旦天亮，等待那折磨人的结婚仪式的举行。小燕早早地过来了，说："曼姐，你就这么忍了？想来想去——你干吗要做生活的奴隶呢？瞧你们那个难受劲儿，陪着你真是受罪。反正也和林家的人闹翻了，索性天翻地覆……"江曼只道："大林昨儿半夜才回来，我不忍得和他闹，走到这一步了，认命吧。"小燕没再言语，可她料定这婚礼会变成战场。老母亲也胆战心惊，一大早起就发现小林并没送厨子来，只一个人来照个面儿，喊一句哥哥立马儿就来，返身便溜之乎也。江母怕晾了台，只好张罗着请几个邻居老太太切削过油。八时左右，宾客便缕缕行行来了，自行车把胡同挤了个满，来人无不喜气洋洋。江曼只好咽泪装欢，点烟斟茶，好生应酬。

九点，林家的人还是不照面儿。

宾客中已有人屡屡看表，问新郎官的去向了。

江母急得眼睛发蓝，踩着满院子的瓜子皮儿、糖果纸，一把抓住"介绍人"，对那老大妈说："我的老姐姐，麻烦你去请请吧。那个'活祖宗'怎么还不到哇？急死人啦！"

那老大妈急茬去了。

林家毫无动静。大林对父母撒了个谎，说江家等着儿子回来（其实，江曼的哥哥正忙于调回北京，寄了钱来，留话说不参加妹妹婚礼了），婚礼推迟一周。林家老两口便在元旦去看望老战友去了。大林并不知小林憋坏，成心晾江家的台，让江曼娘儿俩出丑。也不知昨日小林代他讨伐童川的事。他只道是江家得信已将婚礼推迟。只是烦恼地想着过了年如何开导父母，风平浪静地推掉这桩婚事。不料，介绍人老大妈闯入了门。

"哎呀，大林，你怎么还稳坐钓鱼台呀！火烧眉毛了！你怎么连结婚典礼都忘到阴山背后了？"

"结婚？不是推后了吗！"

"你给谁递话儿了？人家江家马步全服，来宾全到了，就等您了——快走，走，走！"

"小林，怎么回事儿？"

小林正优哉游哉听立体声收录机，取下耳机，玩世不恭地笑说："让江家自个儿好好热闹热闹吧，甭管。"

老大妈："哎哟哟！别把人当猴儿耍了，哪能平地生事儿？瞅我这么大年纪，腿儿也跑细了，为什么？快点儿，我给您作揖了，走走走，快走。"

老大妈推大林，大林像座山，推不动。

"小林，"大林皱眉道，"你去说！"

"好啦，瞧我的。"

"慢着！"

瞧弟弟那股冲劲儿！大林生怕闹出大乱子，想想，道："还是我自己去。大妈，先跟您打个招呼，我去可是了结这桩婚事。这不怨我们。江曼另有所爱。"

"你可别耍小孩子脾气，小曼是我眼瞅着长大的……"

"走吧。您对这些事一点不懂。"

一老一少出了门。那老太太像风摆柳，颤巍巍地，老是从马路沿上掉下来。她瞅见一些人在排队，也甭管买什么，便借故留下，溜掉了。

"月老"预感到要有一场风波。

江家老太太忐忑不安，望眼欲穿。

江曼见林大林迟迟不到，知是一场暴风雨的前兆，只盼着是死是活，大限快到。横了心，反而有些泰然。

来宾急不可耐，已在喊喊喳喳。有人急着回去有事儿，有人想看看新鲜罕儿。厨房里油烟腾卷，门外小孩子放"炮"连声，空气变得很紧张，带点儿火药味儿。

"新郎官"在门口出现了，脸拉得老长。踩着吱吱响的瓜子皮儿进院门，凡人不理，直奔新房。新房里满座女客，正陪着江曼说闲篇儿。林大林塔似的立在门口，像煞星，半点儿喜气也没有。屋里顿时面面相觑，鸦雀无声。

大林："请大伙儿出去一下，我有话和江曼说。"

女人们像避猫鼠似的瞅着大林，惊讶而惶惑地从新房鱼贯而出，又一双双疑惑的眼睛堵严了窗子，新房一下子阴暗下来。

小燕"嘎贝儿嘎贝儿"嗑瓜子儿，瞅着林大林没动。

"这位同志，您也请出去。"

"对不起，我是江曼请来的娘家人。娘家人，懂吗？或者说是女傧相。当然，法律上有回避一说——可这儿不是在法庭。"

盛气凌人？

不，充满了敌意。

江曼却坐在那里，表情平静，是临战之前横竖不在乎的平静，是任性、倔强、经过大起大落的兵团战士的平静。

林大林一时不知从何开口。

江曼："昨天半夜回来的？"

大林："不。早到了。"

江曼："就你一个人来了。"

大林："一个人。"

江曼："爸爸妈妈怎么不来？"

大林："谁的爸爸妈妈？——他们不来了。"

江曼："啊——是这样。"

大林："你不应该感到意外。"

林大林冷冷地说着，慢腾腾燃着了烟，坐在沙发上。

"嘎贝儿嘎贝儿"，小燕不停地嗑瓜子儿。

江曼毫无表情地看看林大林。

窗外的人头攒动，在拥挤，在瞧，在等待……

林大林慢慢地从上衣兜里抽出个信口袋，像是抽出了一个"谜"。他尽量保持军人的仪态，显得从容，早有准备，可是他的手在打战。他从信封里掏出个东西来。

松针！

呵！松针哪……

"新郎"和"新娘"仿佛同时被那尖尖角角的一束针叶刺破了娇嫩

的心口，眼睛也仿佛同时被灼痛了。此时无声胜有声，大林嘴巴上的香烟在打战，江曼的脸颊在抽搐。

大林说："用不着我废话了吧？"

江曼说："你真下了不少功夫。也许你全都清楚了。"

"全清楚。"

"我原来是想向你解释解释的。"

"不必。"

僵持。

小燕噗地吐了瓜子皮："林大林同志，如果你什么都清楚，再这样成心晾人家，要人家好瞧，可有点儿小肚鸡肠，不像个男子汉了。你知道吗，昨天童川来到北京，江曼姐已经告诉他今天结婚，他们之间的事已经结束了。你是想不让江曼姐活了！"

大林："绝对不是这样。到底我还是个当兵的。我只是请江曼你听好了，我们这一代人精神上失掉的太多了，精神上的追求甚于物质上的追求。结婚所耗费的钱和物，我全都不要了，算打了水漂儿，可让我委曲求全，闭上眼睛过日子不成。你听好了吧，不成！我既不强人所难，也不能当下三烂！我不会装糊涂，让别人践踏感情。我尊重你的感情，成全你们，咱们好说好散……"

江曼："散不散，我不勉强你——可你得把话说明白，不能云山雾罩地败坏我的名誉。你不能这么就走。"

大林："还嫌我不客气吗？得了，您觉得这还不够吗？"说着，林大林眼里有亮晶晶的东西一闪，旋即又消失了。他把长长的叹息分作两半儿无声地吐出来，把茶几上那枚小小的、尖尖的松针推前一点，抬起头来的时候，完全似换了一个人，完全无所谓，仿佛推开了烦恼，得到了解脱："好了，您自由了！"

大林摔门而去。

江母死命拦住"女婿"："大林，瞧大妈的面子，甭走！你甭走，她打今儿就是你的人了……"

大林有力但又不失礼地将江母那皱巴巴的手推开。

大林刚走出江家院子，冤家路窄，迎面遇上了童川。

两人全站住了。

童川："您就姓林吧？"

大林："是。"

童川："我姓童。"

噢！——大林打量着童川：是个战士，那张长脸看上去有点残酷无情。莫名其妙！他哪点儿吸引了江曼呢？深沉？强健？无表情？

童川望了望大林——是个干部，仪表堂堂，脸面略嫌苍白。也许，他会给江曼带来幸福的。他比自己强。昨晚上听小燕介绍了他的情况，他比自己优越。

刹那的目光遭遇之后，大林转脸便走。

童川："等等，我想和你谈谈。"

大林头也不回，疾步走出胡同。

小燕隔门望见了童川，跑过来："童川，让他走，也许这样更合理。你来，进来！结婚的宴席咱们吃，咱们喝！分裂是组合的开始。"

"你说了些什么呀！"

"童川，你们重新开始吧！别折磨自己了，大胆去追求你应该追求的。人不是天生来就是注定倒霉的，你们倒的霉够多了。走哇，进去！"

童川摇摇头。

小燕："嗨！"

童川："告诉江曼，我走了。"

小燕："别走！童川，你……"

"小燕，谢谢你的好意。你想想，在别人的痛苦上能建筑起我的欢乐吗？再说——我是军人！"

军人怎么了？

军人难道是"受难的基督"？

九

越军炮击过的公路上硝烟散尽了。同志们扛来了担架。童川与通信员小黄已用水壶里的水，给牺牲了的驾驶员的脸擦拭干净。童川用白罩单轻轻给烈士盖上。像是怕碰醒了那永远闭上了眼睛的同志。

童川："往哪儿送？"

"直接送烈士墓。"

"小黄，我们送送烈士……"

"噢——行。兴许越军打炮隔住了，咱们接的人不会来了。"小黄说话很机灵。

"她不该来。战场上没有女性。"

对，这是一位作家说的。江曼算不算女性？小黄没敢问。可是，"副营长，首长要问怎么办？"

"废什么话？咱们不是下了山，一直在等吗？走吧，走，送送烈士……"

他们把烈士抬上军绿色的面包车，谁也不再说话。车驶向县城附近的烈士墓。

烈士墓所在的短松岗，毗邻着小小的县城。花岗岩筑成了威严的大门，石阶从门口一直修上山顶。石阶两旁安息着的一九七九年作战牺牲的同志，都立了大理石墓碑，镌刻着他们的籍贯、部队番号和名字。他们永远是十八岁、十九岁、二十岁了。从半坡向上是新坟，一抔黄土把前不久还活着的战友同生者隔开，烈士新坟前临时竖着木牌，墨迹犹新。再往上，是掘好了的墓坑，空着，它使每个来到此处的军人都清醒地认识"死"这个字是实实在在的。几乎每个墓前都有花圈，有的还有燃过的香烟、纸灰、糖果、倾尽了酒的瓶子，这是人们祭奠亡灵的痕迹。短松在风里发出呜呜咽咽的声音。烈士墓前有几个青年学生默默地数着墓碑。

五年前牺牲的一个烈士的墓前肃立着童川。

墓前有一束塑料花。这束花放在这里有些时日了。可见雨蚀过的痕迹。白的缎带上写着前来祭奠烈士的人的名字——江曼、林小林，字迹有些模糊。

墓碑上刻着七个字：林大林烈士之墓。

大理石碑上方，镶嵌着大林的遗像。

大林哪，大林！……童川默默地叫着亡友的名字，他的眼前又是那张严肃而生机勃勃的脸，又是那明亮的小眼睛在眨动，又是大林的声音在咆哮了啊……

五年了，五年前对越自卫还击战开始的那个拂晓，还像是昨儿发生的事……

　　"还有谁会游泳？"

　　这是副连长林大林第三次问他的连队了。

　　童川已经自报了两次会游泳，这次略略踟蹰了一下。

　　山坳里是拂晓前的安宁，安宁得使人感到要出什么事儿。

　　再有四十分钟，炮击就要开始，总攻就要开始了。

　　战争给了童川用鲜血洗刷耻辱的机会。他所在的北京军区要补一部分战士到前线来，童川写了血书要求参战。他终于如愿以偿，终于坐上了运兵的闷罐子车，终于踏上了滇越边境这片土地了。在这儿，童川甚至没来得及品味一下亚热带丛林地带空气的滋味，立刻就作为数字存在被分拨到连队。站在他们面前的九个连级干部，每个人分到的是"七"，或者是"八"。补来的战士队列，切割成若干小段，由陌生的连长接收。正是混沌沌的夕阳将沉未沉的时刻，晚雾悄悄从山谷里飘出来。童川的新首长，那连长正做自我介绍，旁边来领取"战斗力"的林大林认出了他。

　　童川躲避着那汉子挑衅的目光，可那目光却长驱直入他的心底，毫无收藏的意思。

　　林大林竟然走过来了！

　　听听他说什么？

　　"没想到吧，刚刚过了两个月，我们就在战场相逢了。"

　　什么意思？——冤家路窄？

　　童川没回答。

　　林大林对那连长说："喂，老伙计，把这个兵给我吧，我给你换一个。"

　　"你们认识？"

　　"认——识！"

　　这话像是咬着牙根迸出来的。

　　"我们还是北京老乡呢！"

　　白白的脸一晃，大林回到自己的战士眼前了。有一个兵听令跑到这边来，童川也跑步到大林那儿去。

大林带着自己的人先自走了。

这是干什么？把嫉妒竟然召唤到战场上来了？这回可有你好瞧啦，他要给你个"玻璃小鞋儿"穿穿——在这生死场上。童川的心显然很沉重，那心脏好似被一只大手攥了一下，收缩起来，立刻，血奔涌得快起来。反正是横了心，上了战场就没想到回去。连长大人会给个立功赎罪的机会的。会的，童川想。

补来的七个战士有六个报了姓名，林大林同六个人全握了握手。

轮到童川了。

大林轻蔑地瞥了他一眼，一扭脸儿，说："赶紧认一认连排干部吧。"

现在，天将破晓。整个连队集结在出发地点，等待渡河。副连长林大林要选择一名"水兵"，和他一起率先泅渡，然后牵引橡皮舟，将全连渡到对岸，向对岸山上的敌阵地冲击。

"谁能泅渡？"大林第三次问。

"报告副连长，我能！我在北京业余体校训练过。"童川第三次回答，并增加了理由。

林大林的目光斜射在童川脸上了，既轻蔑，又不满，咆哮道："问什么答什么。你叫唤什么？这不是自由市场。北京有什么了不起？业余体校有什么了不起？少啰唆，问什么答什么，听见没有？"

"是。听见了。"

全连战士都感到吃惊，副连长这是怎么了？无缘无故怎么咆哮如雷？也许是战前的焦躁？不，童川知道，这咆哮之中还夹杂着复杂的成分，痛苦的感情。找茬儿是因为本来就有矛盾。他没有同副连长争执，他能忍耐，忍耐是他的长处。连长过来了，同林大林嘀咕几句，林大林又咆哮道："童川，出列！"

出列。

林大林再没吭一声，扭头便脱了个赤条条。

童川也赶紧脱了军衣。

偏偏是战争把他跟他拴到一块儿了！

就在他们脱了军衣，也脱去一切牵挂和羁绊，准备向河边跑去的时候，团宣传股干事喊了一声，"大林！"林副连长回了一下头，照相机闪了一下，留下了历史性的一瞥。

童川没这个兴致，头也不回向河滩跑去。

到了河边，还是谁也不言语。童川刚要向河里跳，大林一把掐住他胳膊，把他抢回来。

"撒泡尿，擦擦身子，防止感冒。"大概他意识到刚才的狭隘。

"用不着。"

"少啰唆。"

童川只得遵命。两个人各自用尿擦了擦身体，跳入二月寒凛凛的河里。他们似乎有意地保持了横向的距离，拉开了空档儿，水深约有一丈，水凉刺骨，最令人不安的是双臂划水的声音显得那么响，真是惊心动魄。他们终于游过去了，默不作声地拉动随身带来的橡皮舟牵引绳，默不作声地将连队牵引过了河。

最后一批战士即将登岸的时候，炮击开始了！半面天宇像烧红了的炉膛，炮声震耳欲聋。曼温河的涛声被淹没了，河水也似滚沸了，闪动着红的光波。硝烟味儿顷刻间就达到了饱和的程度。天地仿佛要翻了个儿，脚下的河滩，鹅卵石也在跳动。一种从未体验过的激动，使童川忘记了生与死的界限。往日生活中的任何艰辛和痛苦，都在这一刹那间变得微不足道，并被彻底斩断。剩下的只有冲锋陷阵的渴念。

开始的时候，战士们还用匕首插入河滩，试探敌人是否埋了地雷。炮击开始后，连队像潮水一般漫上岸去，向河边的高地发起了出其不意的冲击。

战斗，冲击。

冲击，战斗……

战场检验着，也在改变着人们之间的关系。在"死神"面前，战友们会紧紧拉起手来，若干生命结成一个生命去抵抗。同时，每一个战士对于"死亡"的蔑视，又是并肩战斗的伙伴们的支持力。往日生活中的矛盾、摩擦，甚至角逐，都在激战中遗忘和退避了。谁要想在这种时候去解释往昔的误会，会显得渺小和不合时宜。童川清楚地记得，在冲击曼温河对岸高地的时候，他们被越军暗堡里喷射出的火力压在半山坡，抬不起头来。林副连长组织了火力掩护，命令他们三个人在机枪子弹的缝隙中占领有利地形，用火箭筒摧毁敌人火力点。老兵都戏谑地说过：连首长手里有一本"生死簿"，首先给谁"光荣"的机会，让谁第一个去死，心里都有数儿。童川上去了。他这个犯过"过失杀人罪"的人，早横了心选择战死的结局来弥补过失了。他像"拼命三郎"，鲁莽地冲到一个地势略高之处，正待瞄准，却被林大林从上面扯下坡坎，连人带火箭筒都跌了下来，大林把他接住了。

林大林："找死啊！"

童川："我没想活着回去！"

就在这一刹那，大林把他又硬按下去，那态度好像是在发狠地教训他，粗鲁、蛮横。随即一发炮弹落在两人近处，弹片扫得丛林唰唰落叶折枝，土石砸了他们一身……在烟焰中抬起头的时候，童川才看到——他刚刚选择的射击位置完全暴露在敌火力之下，左边光秃秃没遮没拦，右边是坡坎，后面是铁丝网。他没有选择退路。

他没有立功。火力点是童川那个班的班长敲掉的——用生命作为代价。

战友的血使童川疯了。在夺取高地，冲到越军曾经盘踞的一座民房跟前的时候，和童川一块补来的战友在炮弹爆炸声中倒下了，童川冲过去，抱住那血人，战友没说一句话就死在他的怀里。他红眼了，拿起冲锋枪，毫无目的地向空无一人的民房射击，射击那门，那窗，那墙，那瓦。

林大林从侧翼上来攥住他发烫的、震荡着的枪。

枪声戛然而止。

整个部队在向纵深发展。

童川坐在一块石头上，林大林也坐在一块石头上。

"童川，你觉得你很勇敢是吧？没准儿还自认为是个'人物'呢。依我看，充其量不过是'二百五'。想送死还不容易？有的是枪子儿——可这有什么意思？"

"我没想活着回去。"

"你的父亲母亲是送你来当兵，不是送终！"

"你错了，我从小就没爹没妈！"

"啊……"大林的目光柔和些了。

沉默。

大林扔过一根烟来。

抽烟。

大林："你被判过刑？为什么？"

"枪走火。"

"噢……"

林大林第一次不怀怨愤与恶感地打量着童川，打量那张粗糙的长脸。然后又扭了头，低沉地说："为这个，她一直关照你？"

"不。坐牢以后，我切断了和她的来往。"

林大林再也不往下问了。他似有些愧疚，愧疚是因为在这个时候拉扯这些不该拉扯的事。他使劲往肺腑里吸烟，然后立了起来。

童川说："副连长，我——希望赎罪，挣个烈士称号——你给我个机会吧。"

林大林："我不愿意看到连队里任何人死。当然，该去死的时候，你我都不会犹豫——比方需要去滚雷，去堵枪眼，比方在可能被俘的时候，宁死也不当俘虏，给自己留一颗子弹还是办得到的——可是，童川，能活着，还是要活下去。咱们都有不少遗憾，本来可以保存自己，却带着遗憾死了，岂不更遗憾？活着至少可以让后方少一个来当兵打仗的人，多一个穿插、冲击的战士……别管死活，就是三个字——要值得。"

可是，他带着生活的遗憾，永远地长眠了……

童川在烈士墓前立了很久。

往事在脑海里闪回，又消逝。他明明知道这是烈士的"营地"，明明知道林大林已经牺牲，却清清晰晰地记得，那是泅渡曼温河后的第四天。连队在向纵深穿插途中打散了。在亚热带山岳丛林中作战，真像是陷入了"天门阵"。明堡暗道凡暴露了火力的已敲掉，可是密密的丛林和怪石峻嶒的山崖间，还有数不清的岩洞、土洞。大都藏着轻重武器和充足的弹药，敌人时出时没。"掏洞"的战斗艰巨、危险而又折磨人。战斗是零散的，也是异常残酷的，使人的精神总处于一种极度紧张——有点儿神经质的状态中。几番小的战斗之后，连队集中起来战斗力还不到三分之一。大家只知副连长林大林腿被地雷炸伤，包扎之后等待后送，可是人不见了。

童川去寻找林副连长。

老天阴沉着拧得出水来，辨不明方位，童川自己也迷路了。他看看自己就想象得出大林的情况有多么不妙。他已饿了两日，那张烟熏火燎、子弹擦伤的长脸已没模样儿，颧骨饿得显形了。铃铛似的眼睛倒是显明，可眼白处也全是血网。最难以忍受的是没有水喝。山岳丛林地的水潭全被越军撒了毒药。他虽然尚可在跟跟跄跄的奔走中吃芭蕉芯，砸碎了竹子吸竹肚里的湿气，可嘴唇还是裂开了一道道血口。嘴里火燥燥地张不开，喉咙已起了血泡。他倒挂着冲锋枪，溅血的军衣不整，是个不折不扣"累兵"。童川这样犍牛似的体魄尚且不支，腿部负了重伤的林大林的状况，就不好想象了。

他在山里迷迷瞪瞪转了半日。

终于，在他从一座山上滚一阵，溜一阵，爬一阵，到山脚的时候，看到了大林染了血的军帽和两个没嚼完的芭蕉芯。顺着压倒了的草，拖平的焦土和血迹向前望去，童川惊骇了。

大林在干什么？

一百米以外的漫坡上，横着一辆苏制坦克，是越军的！那坦克已经被炸得焦黑，失去了战斗能力。林大林显然是饿得耐不住了，一路流着血爬近了坦克。老兵都知道，一般在坦克里总会藏有食品和水。不管被炸毁的坦克是敌我双方谁的，也不管敌我双方谁遇到这东西，宁肯冒险也要劫掠一番，总不会空手。林大林的手摸到那冰凉的履带铁齿了，他吃力地抓住履带把自己拖过去，拖到坦克侧后方，试图一点一点地使自己靠了履带的帮助立起来，爬上去。

就在这一刹那，从坦克下面伸出了一双毛茸茸的手和一顶盔式帽！

坦克下面竟然藏着越军！

显然，越军是在林大林转向坦克后侧时发现了他，等待着他。越军先看到的也一定是那条不管用的，缠着染血绷带的腿。越军的手一下子就拉住了林大林负伤的腿，打算把大林拖到坦克下面去。

童川看到的就是这惊人的情景。

他听到越军在哇哇叫唤，看到又一顶盔式帽从坦克下面钻了出来。林大林的身体摞在履带上，两手抓住铁齿，撑持着，撑持着，死也不放手，他那条受伤的腿被拖着，仅连着的皮肉和断骨被撕扯着，他痛苦万分，而更痛苦的是，他，林大林，就要可能成为俘虏了！越军拖他的目的也在于此。童川在这一刹那间张皇失措了——他如果暴露自己跑过这一百多米远去营救，越军会一面拖着大林跑，一面抵抗。他如果开枪，那么，越军藏在坦克底下，击毙的就可能是林大林！

"副连长！"

他失声地喊出了口！

林大林在这一刹那间转回了缠满绷带的头，可他的手仍抓住铁齿不放——这是他仅有的"抵抗"能力了。

"开枪——啊——！"

什么？他在喊叫什么？开枪？向谁开枪？

"向我——开——枪啊——！"

这咆哮声从大林的肺腑迸发出来，在山峦峡谷震荡。他不能当俘虏，这个意念是足以支持他勇敢地要求童川把枪弹射入自己胸腔的。除此之外，他失去了任何能力。在这一刹那，民族的传统的气节，全凝聚在一吼之中。当然，在他完全丧失抵抗能力的情况下，即或被俘，又没有辱国的行为，谁会怨恨他呢？可他不愿意被俘，他不能被敌人用绳子牵着，不能穿这身国防绿成为敌营里的阶下囚。不能！这一吼里也包孕着大林这一代人的性格和气质。他心甘情愿地、迫不及待地请求战友把自己杀死，这个结局比做俘虏要好得多。

可是，可是，童川怎么能把枪口对准副连长？他颤抖了。根本不需要回忆，他和他的副连长相对而站互相就明白彼此的关系——他是他的副连长，他曾视他为感情的"敌人"。他，童川，曾经给林大林带来遗憾与痛苦，他们之间的疙瘩还没有解开。童川又曾经因为枪走火打死过一个自己人，他还能第二次，在神志完全清醒、手中的枪完全是有意识的情况下，向副连长开枪吗？可是，这又毕竟是副连长给他的最后的命令啊！他更不能眼睁睁看着副连长成为俘虏！他清清楚楚看到了林大林半侧过来的脸，那脸的上部被绷带裹着，满是血糊，那双小眼睛迸发出命令和央求的光芒。副连长轮廓在童川的眼里划起了圆弧，摇晃不定。童川的眼睛模糊了，他的手在打战，平端着的冲锋枪口向下倾斜了，善于忍耐的战士忍耐到了极限，他的神经受不住这强烈的刺激，几乎晕了过去。

他的神经又在刹那间被震撼了。

"开——枪！"

这声音由强而弱，由全力迸发变为从牙缝间挤出，林大林支持不住了，他的手正从履带上滑下去，滑下去。

童川"啊——"的一声长长的嘶叫，满脸是泪，手中的冲锋枪鸣响了，不是朝着大林，而是向着天空射击。

"哒哒哒哒……"

两名越军被震慑住了。如果他们听懂了林大林的咆哮，是震慑于中国军队的气节；如果他们没听懂，则是突然感到自己在坦克底下是处于不利的地位，吓坏了。越军撒开了大林，大林瘫倒在坦克旁边。敌人从坦克底下遁出去，凭借坦克做掩体，向鸣枪的中国战士射击。他们本来是溃兵，现在不清楚对方又来了多少奇兵，且战且退，临了也没忘记向林大林补一枪。

枪声召唤了另外两个寻找大林的战士。

童川发疯似的向坦克近前冲击，冲锋枪不断地点射。可是，大都射击在坦克的钢甲上和天空、大地上了。

越军逃掉了。

林大林躺在血泊里，他的臂又中了一弹。

……

童川记得，他给副连长林大林包扎之后，从坦克里仅仅搜出了一筒酸辣菜罐头和两根咸鱼的刺。而压缩饼干和红烧肉罐头全被那两个越军在坦克底下餐了。大林在包扎之后还很清醒的，但因臂、腿、头部三处受伤，失血过多，连爬也不能爬了。童川把两根鱼刺均分三份，三人分了嚼，同时打开酸辣菜罐头，喂大林吃。鱼刺扎在干燥得起了燎泡的嘴里固然不好受，可是给负了重伤的副连长仅仅吃酸黄瓜，心里的滋味更难过！

大林摇头不吃："你们吃吧！"

"我们吃了，你看——"童川拼力将鱼刺嚼碎，刺扎在腮上、牙床上，扎出血来，他嘎嘣嘎嘣咽下去。

"你们也吃一点罐头——完了，把我背回去。"

"是。副连长。"

"我真侥幸……可是你刚才不向我开枪是不对的。我活着，完全是侥幸。"

难道是不承认童川救了他？不，不是。

"吃点……快走吧。我想到咱们那边去。回去了，我就好了……"

童川懂得这话的意思——他想活着！童川听得见大林的喉咙咕噜响，他把酸黄瓜整吞了，他闭一会儿眼，再睁开的时候，已经上路了。大林趴在童川肩膀上，童川感到他呼出的气息微弱而灼热。大林在他耳边说："童川，打完了仗，我给你假。回去看看，你可要对她好哇……！"

她，当然指的是江曼。

这是大林对他说的最后的话。

从那以后，大林一直昏迷不醒。

"副连长！副连长！童川，副连长他……"

大林死了。死前就吞了一根酸黄瓜。

背着，他还是背着大林。无言地背着，向回走……

童川记得，他一直把大林背过了国境线，一直背到泅渡时走过的鹅卵石河滩。他去拉橡皮舟的时候，一阵晕眩，跌在水里了……

是，现在又走到曼温河边了。

他总算把大林背回来了。

他，童川，又向前边走去了……

十

江曼把从分部争取来的冰箱安顿在隐蔽部，就到伤员的帐篷里去了。在门口，听见轻伤号小李在喊"护士"。一个男护士忙走过去，不料那小李皱眉道："没叫你，叫那个姑娘护士。"

哧——有人笑了。

被称为姑娘护士的小唐因这位伤员的"点将"，很不好意思，噘嘴不动："有什么事呀？"

"你凭什么不管我？"

这位小李是前天从后方医院做了盲肠手术出院后上去的，没参加进攻战，也没坐热猫耳洞。他满脸是青春粉刺，一双眼机灵得很，活脱脱像玻璃球儿。听说参军前是"万元户"，小裁缝。想必平日吊儿郎当惯了，从来受不了领钩紧紧锁住喉结的约束。他背着吉他上了阵地，大大咧咧坐在战壕沿弹吉他，一发炮弹送了他个轻度脑震荡，臂上还嵌入一块弹片，吉他摔得粉碎。野战救护所里属他伤轻，护士们也就不大照顾他，想必是受不了冷落，满腹怨气才故意找事儿吧？

"姑娘护士——你过来。"

"李大亨你小子安静一会好不好？"一位连鬓胡子重伤号浑身是绷带，像上了刑，叫道："这不是你在自由市场卖衣服那时候了，嚷嚷什么？"

"别叫'外号'少管闲事。"

"闭嘴吧！你还好意思叫护士？听见一声炮响就滚下来了——哼。"

"你胡说！"

李'大亨'腾地要起来，晕眩，欲呕，又躺下了……

江曼权威性地发布命令："都不许吵！——小李，喝水吗？（小李摇头），要不要便盆？（小李又摇头），头疼吗？"

小李眼角的泪唰地流了下来。

沉默。

江曼打了水，像对待别的伤员那样，给小李擦脸。小李抓了毛巾，掷回水盆，水的波纹在荡，似乎要荡出盆沿，向无边的空间延伸。

越军又打炮了。

从帐篷门口可以看到硝烟尘土在山上盘旋，上升……

那位连鬓胡子重伤员，在进攻战中立了功，后来被地雷炸伤，从下来就不讲话，也不愿意听到别人讲话，开口就焦躁，开口就伤人。现在，他在用仅有的健全的拳头在咚咚捶床发泄！

输液架在摇荡；

输液管在摇荡；

灯，也似乎在摇荡；

摇荡着的情绪，摇荡着的心，摇荡着的阵地……

静下来了。

静得令人感到憋闷，透不过气来。

仿佛那硝烟塞住了帐篷里所有的人的嗓子眼儿……

江曼在用毛巾角儿给一个伤员擦耳朵里的土。那伤员忽然扭脸央求道："护士长，唱个歌吧。"

气氛似乎有所缓解。她看到伤员的脸似乎有了生气，一双双眼睛亮些了，灵动些了。伤员们对于自己的无可奈何，对于未来的担忧，由于离开战场而引起的烦恼、焦躁好像都减退了，就像她是什么歌星似的。

"我从小就不会唱歌，破锣嗓子。"

整个帐篷都好像暗了下来。

又沉寂了。

连鬓胡子又在敲床了，那声音是缓缓的、沉重的，伴着粗粗的呼吸声。

有人忽地用被蒙了头。

江曼叹口气："你们别这样儿，唱就唱，可都是些老掉牙的歌……"

甭管顺耳逆耳，她用嘶哑的嗓音轻轻唱起来了。如果歌声能抚平战友的伤痛，能安慰那些焦躁的心，她愿意唱十天，唱到嗓子说不出话。歌声这东西可真是奇妙呢，它那流动的节奏就仿佛是从一个心灵里飞出的小鸟儿，去寻找另一个心灵。人生的道路虽然漫长，筛选下来的记忆却只有几页。每个记忆都能奇妙地附着在一支歌儿上。由歌儿载着记忆，或是由歌儿衔出记忆。有时候，顶陌生的人也会从对方的歌声里看到他生命的高潮，看到他逝去的岁月。当年的灵魂又附体了！——嗯，是的。她，只会唱那些过时的歌——可那些歌儿里藏着她整个儿童年，也有少年，也有青年。她也不知道牙牙学语时学唱的《二小放牛郎》怎么记得这样清楚？"牛儿还在山坡吃草，放牛的孩子却不知上哪儿去了……"歌声里她恍惚又是个奶声奶气的小姑娘了。爱哭，是，眼睛老是水汪汪的——可她也爱笑呀！戴红领巾时唱着"让我们荡起双桨……"嗯，无忧无虑，天真烂漫，那时候可有多好！她唱得很轻，嘴张不大，她唱歌的时候目光低低地盯在帐篷角落，就好像在找什么。是呵，为什么她要唱这支《三套车》呢？她在这支伏尔加河上的歌里能找到什么呢？到北大荒又是去找什么呢？那漫天的风雪呀，没边没沿的荒甸子呀，飞龙、山鸡、鹌鹑——扑噜噜又飞来撞她的心口了。她，童川，还有小燕，坐在雪爬犁上进军北大荒，是顺风。风驰电掣！天老爷，快得睁不开眼！大伙儿全部发了狂！谁的心上不带着创伤呢？家破人亡的，父母身陷牛棚的，本人无权戴红袖章的……谁也不怀疑自己从娘胎里带了一身的错儿，需要再教育，谁也不怀疑自己将屯垦戍边一辈子！人和思想全部任意在雪原驰骋、驰骋。放肆地喊哪，叫哇，赞叹哪，后来，是谁唱起了一支苏联歌曲，所有的心灵一下子抱住了这支歌。雪爬犁的铃声、风雪的啸音和破锣嗓子搅和在一块儿了——"冰雪覆盖着伏尔加河，冰河上跑着三套车……"嗓子不会拐弯儿，冰爬犁却拐弯儿了，头和头撞在一起，撞得睫毛上的冰霜咔啦咔啦响，好疼，疼得欢天喜地。揉揉脑壳，呵呵地笑，拳头上裹着"大刀"的棉手套，伸出去，搔向那撞她头的伙伴——他是谁？呵，童川！

呵，童川！……

森林小火车站的冰水袭击；木板房……

篝火。

天桥，火车头喷出的白烟里，旋转着失望的信封和邮票……

和平餐厅，白酒，红酒，那只捏转酒杯的大手……

空荡荡的新房，床头柜上一枚松针……

大林和她的别别扭扭的照片。

大林从新房走出去了，永远地走了……

烈士墓前一束塑料花，白缎带上写着她的名字……

别人也能在这支歌里找到自己吗？《三套车》已成为合唱，在深厚的男声合唱里，江曼收不回思绪，悄悄走出了帐篷。

炮声隐隐在远处滚动。

她记得，那是个又是霹雷又是闪电的傍晚。是的，打雷的傍晚，她得到了林大林阵亡的消息，到林家去。她想安慰安慰二位老人，也想看看大林的遗书。她不仅是在形式上，而更重要的是从感情上都要尽尽亡人妻子的心。只有这样才会使她负疚的心得到一些儿安抚。自从大林走后，母亲到林家来同林父林母做过一次谈话。她没登这个门儿。她在门口踟蹰了好久，才乍着胆子愧疚地轻叩了两下门。

门开了，满屋子是人。有民政局的，也有大林所在部队的同志。也许是心理电波，她一下子就看到了墙壁上挂着的披了黑纱的大林的遗像。霎时一切似乎都不复存在，那黑框紧紧地箍住了她的心，她的两眼模糊了，耳郭也嗡嗡响，乃至开门的小林问她两声，才醒过来。

"你找谁？——你找谁？"

小林故作陌生的问话里含着愤怒。

"啊……我来看看……"

"看什么？人都不在了！还来看什么？您请回吧！"

"逐客令"很强硬，江曼却动也没动。林海孟瞧见了，过来生硬地拨开了小儿子，对江曼道："孩子，进来，孩子，进来吧。"

"我来看看你们二老……"

"啊，好，好。我们想倒出空儿去看看你呢，你来了我们都高兴。"说着他向林母一望，那位老妇产科医生无法高兴，眼圈又红了。老人的宽厚、慈爱、理解，使江曼心酸。可是别哭，她想，你别去引人家的眼泪。她看了看林海孟，老人硬撑着，手扶着桌角，去倒茶。他人瘦了一圈儿，红肿的眼睛显得更小了——林大林要能活到这年纪，也一定是这样的。他脸上的皱纹在紧缩、搐动，仿佛一松下来，人就会垮掉。他在解脱自己，接着刚才的话茬儿，对部队的人说："打四平那一仗，我们一个连下来，就剩了七个人哪！"

江曼在和大林相处的日子里，不知怎么，就是叫不出"爸爸妈妈"来。现在想发自内心地叫一声。这一声叫出了口，就意味着要在肩上加一副担子，意味着她将永远为这个家庭去牺牲，意味着她对亡人的敬爱和悼念。可是，她的目光与小林那仇视的目光相碰了，她的目光折断了，垂下了头。

林父把大林的遗书递给了她。

她一下子就找到了自己的名字：

　　……请爸爸妈妈转告江曼，我是个凡夫俗子，我摆脱不了自己的狭隘，我追求不应该追求的，忘不了应该忘记的，留恋不应该留恋的——现在我的痛苦都将随着肉体的消灭而不存在了，我想到我给她一定带来了不少的痛苦，心里很难过。误会，这真是一场误会啊！我长在动乱，将死于疆场，我们这一代人幸运地经历了一切！同时也经历了不堪回首的痛苦。江曼她受的苦够多了，苦难虽然是人生的学校，可在我临离开人世的时候，多么希望她再也不必受苦，勇敢点儿快快活活地生活啊！我牺牲之后，第一，为筹办结婚用的一切费用都不要提，但一定要让她忘了我。第二，希望她去爱其所爱，我牺牲不就是为的这些吗？第三，她要是不知道我已死去，不必告诉她，离婚证明随信寄去，给她就行了……永别了！……

信纸在江曼手里抖动。她心说忍着泪，忍着泪，可马上就忍不住了。大林是带着生活的遗憾去打仗、去死的。他的心有多好！人没了，才清晰地看到他的桩桩好处。他的严谨，他的宽容，他的忍让——甚至他那些犯小心眼的地方，也会使江曼理解到都是因为爱，因为爱得深，爱得真。她应该给他一切，可她想自己也是忘不了应该忘的，留恋不该留恋的，她没有办法乞求原谅了。

外面下雨了，雨哗哗地响。

想必民政局和部队的同志都清楚她和大林的关系，不劝，不言，只呆坐着。

小林却摔门而去，风雨顺着门缝扑进来，怪冷的，她打了个寒噤……

当江曼走出林家的时候。天已很晚了。那雨越发下得猛，阴沉的天仿佛要塌了。林海孟把雨衣给江曼披在肩上，二老送她出了门。

江曼裹紧了雨衣，斜着身子在雨幕中穿行。她不得不站住了，公共汽车站的雨棚下面，小林浑身透湿，等着她。

"有句话，我非问问你不可。"

"请问吧。"

"我想问问阁下，迈进我家门槛的时候，愧不愧得慌？"

"你是等在这儿讨伐我的？"

"不。我就是看不透。"

"看你用什么眼睛看了。"

"什么意思？"

"小林，够了，你别不让人活了！"

"什么什么？你活得还嫌不滋润？我问问你——我哥哥背着六七十斤武器装备开进的时候，你在干什么？他在那儿流血牺牲的时候，你和你那个'针叶'在干什么？是不是在喝酒？阁下，你们没从酒里喝出血腥味儿吧？我哥哥活着的时候，你对他……现在你又人模狗样儿地到我家来了，哼，你到底要什么？"

这番话连损带骂，深深地刺伤了江曼的心，她在一阵阵发抖，道："难道我到你家来是要捞什么？"

"你要是有良心，可以问问良心。"

"你?！小林，我不必对你解释！我来看看两位老人有什么错？"

"得了得了。"小林越说脸越白，越白话越冲，"用不着你怜悯！好像你对我哥哥挺不错的。你懂得烈士这两个字儿是怎么回事吗？我准备到哥哥的部队去当兵了，走以前也想问问你，你不是对烈士挺敬仰、挺怀念吗？南线还有战争，烈士的妹妹可以当兵，你当然也可以以特殊身份儿要求上前线，可你——您，敢吗？"

"你把人瞧扁了。"

"不是，是看不透！"

"只要能去！"

"你要敢去，我林小林用身体替你在前边蹚地雷！"

"好啊，我先谢谢你。"

"不谢。"

"我等着了。——听着，我到你家不是来捞稻草的！我沾了你家什么光？只有眼泪，眼泪！……给你，这是你爸爸借给我的雨衣！"

江曼实在忍不住这番斥问、侮辱、蔑视了。她激动万分，把雨衣从身上扯下来。掷到林小林身上，转身投入风雨之中。

林海孟和林母看到了小林与江曼的对峙，跑过来时，江曼已跟跟跄跄在风雨里疾走了。林海孟扯过小林怀里的雨衣，唤道："江曼！江……曼——！"

江曼听到林海孟的呼唤，心一颤，滑倒了。

林海孟叹道："小林你说了些什么呀，你逼人去死啊！"他要去搀起江曼，刚一动，左胳膊被林小林死死地扯住了："爸爸，甭管！我说得没错儿！让这些要人的小姐，也尝尝牺牲和战争的滋味儿！"

林海孟被扯得脱不开身，他连日几乎压抑不住的悲痛，他的烦闷、悲哀，对小林这行为的气愤，全在一刹那发泄了——他抢起右掌，狠狠地抽了小林一个耳光："你这人事不懂的混蛋！我们够受得了，够受得了……"

小林撒了手，两眼流了泪。

江曼摔倒在泥水窝子里，被这一幕惊呆了，忽而爬起来，疯了似的跑过来，抱住林父的两臂，摇撼着："您别这样儿，您别这样儿！……您要打，打我吧！打我吧！"

林海孟把雨衣给江曼披上，颤抖着说："哪能啊？！孩子，我能打你吗？……你受的罪够多了。你母亲把你的事都告诉我们了，你没什么对不起大林的地方……我和大林的妈都知道，知道你也很难受。节哀吧。我们知道你是个知情达理的好孩子。"

面对这宽容、厚道、藏起自己的痛苦，只想安慰别人的老人，江曼还能说出什么呢？她早就要叫出的那个至亲至敬的称呼，此刻全化成感情的熔浆，从她的喉咙口喷出来："爸……"这一声很弱，她一躬到底。

"妈妈！——"这一声强烈极了，她随之抱住了失掉儿子的老母亲。

林海孟在得知儿子噩耗之后，第一次唰地流下了两行泪。

江曼俯在老母亲的肩头，啜泣道："妈妈……让我这么称呼您吧！往后我侍候您二老，我一辈子不再结婚了。妈……"

在场的人的心灵无不战栗，感动。就是那久做抚恤工作，看惯了烈士亲属眼泪的民政局干部，这时也为之动容、垂泪。

失掉了儿子，得到了女儿，两位老人的心被感化得热腾腾的，眼泪也是热的。可是，江曼说出"一辈子不再结婚"这话，却使二位老人没法痛痛快快回答了。老母亲说："你是个好孩子，我知道，我知道。别难过了，你瞧我都不流眼泪了……"哪儿的话呀？她的泪和江曼的泪掺和着流呢。她又道："有什么难处，有什么要求，对我们说……"

"我想给大林去扫墓。"

部队的同志忙答应。民政局的同志招呼大伙儿回屋去。江曼要一个人待着，摇摇头，两位老人让她走了。人们离开了公共汽车站，小林却在雨棚里的长椅上坐下来，雨，下得似乎小些了，淅淅沥沥的，织成网，织成帘。雨中车来了，车去了，碾得水花四溅。雨中那交通岗的红灯、绿灯、黄灯，灯晕模糊，色调与光谱交替闪现。这个世界是多么纷繁复杂啊，东去的，西往的，人走的路不能只是单行线……

大林的牺牲使江曼陷入生与死的思考，也落入了荣与辱的漩涡。一周后，大林的事迹见报了，童川的名字也赫然印在报端。江曼当时在护训班学习临近结业，正在友谊医院实习。护训班师生与友谊医院很快便知道了江曼是烈士的妻子。于是，黑板报出了专刊。医院号召向烈士学习，请江曼做烈士生平事迹的报告，她所处的位置使她拒绝了。拒绝了也罢，她正在哀痛中——领导和同志们这样理解。人们尽其可能安抚，照顾和体贴烈士的未亡人，实习医院不再排她的班，但决定在两个月后的结业分配时，将江曼留在友谊医院——这令人瞩目、羡慕的良好的工作环境中。她害怕这样，这样一来她会一辈子心里都不安。这日，江曼从医院黑板报专刊前走过，垂了头，像是怕林大林三个字灼痛了心。她更怕人们对她与大林的感情纠纷一知半解带来非议。她回家去，走入洋火杆胡同时心更是不安。医院在宠她，胡同里在贬她。街坊邻居对于几个月前江家未成婚的婚礼记忆犹新。特别在大林牺牲之后，老街坊们靠着门板儿、扒着窗户向她射来冷眼，投来闲言碎语。江曼走入小胡同碰了熟人打招呼，人家也是低了头擦肩而过。忽然她看到了护训班的老师同学在前面走，提着苹果、麦乳精一类慰问品。那些人在胡同里与江曼的"媒人"刘大妈问路："江曼的家在哪儿？""前边第三个门洞儿。你们是——""慰问烈士家属。""噢——"那老大妈一听烈士二字眼圈就红了，欲说未说转了身，瞅见江曼，恨不能用眼皮将江曼夹起来，再掼到地上。老大妈往地下啐了一口……唉，江曼呆呆地立住了，她觉得那老大妈是在"啐"她的人格、灵魂，心如蜂蜇。她不想回家去接受慰问，那光荣和抚恤不应该属于自己。她到胡同口小副食店去停停，想等着慰问的人走后才进家。小副食店一位售货的"漂亮妞儿"，见她过来，用布掸子啪啪地抽柜台，抽得灰尘四起……她在懊恼中突然产生了为自己争辩、洗刷的想法，从哪儿开口呢？挺直了胸脯，怒冲冲直视那"漂亮妞儿"，直到对方转回身去抠指甲，才罢休。

她只好到街里茫然地乱走一气，西单、长安戏院门口、电报大楼……她的思绪纷乱，在过去和现在之间跳跃。是呵，她曾经为生产建设兵团的一个"兵"字儿诱惑，豁了命奔向了北大荒。想想，真像是在沙漠里行走，以为自己是在直线行进，却偏离了方向，最后陷入了环形的迷茫，从北京走，又回到北京了。北京对于她究竟又有什么特殊意味呢？家成了废墟，母亲终日唠叨，待业，婚姻的苦恼……难道友谊医院便是她的归宿么？当这优越良好的工作环境向她招手的时候，她突然觉得那不应该属于自己。凭什么要接受大林用生命换取的馈赠？她想她在那儿，将会一辈子不得安生。她一向认为自己是有报效祖国的起码觉悟的。可是，小林胡说了些什么？林大林在流血、牺牲的时候，她怎么了？干了什么见不得人的事？为什么街坊四邻也用白眼夹她、啐她，背地里数落她？她难道对烈士毫无感情？林大林能去牺牲，童川能去打仗，就连林小林也似乎热血满腔，她江曼难道就萎了？缩了？对，离开北京，当兵去，上前线去，就这么决定了。

她想着，拐入西单六部口的邮局，迅速地给小林写了几个字："小林：谢谢你的提醒，希望你实践自己的诺言，请多帮忙！——咱们到云南部队见！"

她把这封信投入信筒，心里轻松多了。

那日下午，她回到家，默默地到冷水管子底下冲了冲脸，还没喘过气儿来，老娘的"经"已经开始念了。老太太好像在第一张"网"破了之后，重新"吐丝""作茧"，力图"捕俘"她："又来慰问的了。大林这孩子死得值呀，让人念叨，让人提起来就淌眼泪。唉！……一说到他。就恍惚他还在眼目前儿晃……慰问的留话儿了，日后把你留在友谊医院，照顾你。还叫你节哀，这节哀我解不透，是什么意思呢？"

江曼无言。

老太太在给女儿烧鸡汤，用蒲扇扇火：

"我就说——死生有命，谁不是一抔黄土？得往开里想不是？甭管怎么说，你还是黄花闺女呀！"

越说越俗了，说了一晌才发现女儿已进了房，闩了门。

"我说你听见没有？和你一块堆儿下兵团的童川，也到南边去了？"

江曼忽地打开门："妈，您能不能让人安静一会儿？"

"不能！六十了！生就的骨头长就的肉，我就这样儿了！我害你咧，不能。"

老母亲赌气，江曼心里的话也给挤对出来了，母亲的"捕俘"坚定了她的选择和决心："成，您就说吧。还有什么，说吧。我哥哥也快调回北京了，我等您今儿说完，说够，明儿就离开这儿。"

"哪儿去？"

"当兵。"

"美得你!"

"您又错了,妈——吔,我不是在北京,在大城市当兵。我要上前边打仗去!"

"什么什么?"

天王爷爷地奶奶!老人混浊的羊眼瞪大了,毫无神气儿。她那蒲扇吓得落地拾不起来,又气,又怕,又不敢争竞,怕由于母女的生分促使这话真变成现实。江曼一小任性,她在刹那间被挤对出的"绝话",转眼真就会做"绝"了——毕竟是母亲,她了解自己看大了的女儿。

江曼砰地又关了门。

煨在火上的鸡汤咕嘟嘟冒泡儿。

齐小燕不知什么时候来的,听着,瞧着,"噗"地一笑,说声:"伯母您少说几句吧。我要是江曼,早让您挤对跳河去了。"

"谁挤对谁呢?谁挤对谁呢?"

一阵香水味儿从江母身边掠过,小燕"刮"到了江曼身旁:"曼姐,报纸我看了。真怕你的精神下了地狱……走吧,跟我找开心去。"

哪儿有开心的钥匙?小燕死说活说把江曼带了出来,顺文津街向东走。北京,正是五月。北海里舟艇系岸,从大桥上望去,水里的云,水边的船,岸边不远处正在兴建的楼群,叠印出动静相间的画面。白塔被绿的柳色托着,春已经很深了。江曼对这一切都没感觉,一味地沉默。小燕憋坏了,边走边道:"曼姐,你可把老太君吓得差点背了气。你是气话呢?还是真要当兵?"

"真的。"

小燕痴愣愣地,想从江曼脸上看出个"假"字儿来。

"不认识了?"

"我看你不像江曼,倒像英雄赵一曼。"

"我小时候为赵一曼流过泪……"

"还写过作文呢!你以为自己还小哇?"

"我真恨自己长不大。"

"我不信你要走,不信!谁不是削尖了脑袋要留北京呢?在北大,有人刚入学就采取基辛格似的穿梭外交,为的就是占住这块风水宝地啊!当初咱们不也说——回北京捡破烂儿也认可吗?而且,你很快就留在友谊医院了，别人瞅着就得红眼病，您可好，要走？当兵？别开国际玩笑了。"

"小燕，我早不会开玩笑了。我考虑很久了。人家不是还得承认我和大林的关系吗？当兵是可以的。"

"殉情？看得出你对大林也是有感情的。"

"看这个情字儿怎么讲了。"

"要不——是去找童川。"

江曼摇摇头，又摇摇头，自言自语："我这辈子绝不再结婚了，我谁也不找。"

两人无言，在北海长桥上走过。

江曼发现对面桥栏边走着一个人，那人穿着极朴素，甚至邋遢。冬天的对襟袄罩，罩着春天的毛衣，袖口有毛线脱落。他推一辆破自行车，头发乱蓬蓬，眼镜儿闪闪熠熠，老是向她们这儿瞧。她们走快，那人便快，她们慢行，那人便磨蹭。

江曼忙扯扯小燕衣袖，朝那人努努嘴。

那人却笑笑，点点头。

小燕也笑了，悄言道："是给我'跟包'的——喂，"她高声喝叫，"你过来。"

破自行车赶紧当嘟当嘟斜过来。

"这就是受难的'基督'，江曼，叫大姐。"

那人笑笑，伸出手来："你好。"

小燕："江曼，介绍一下，这位也曾在兵团待过的，是我们的'大师哥'——立志于小说创作，没长胡子也被称之曰'托翁'。"

"还有呢，""托翁"道，"我自己补充介绍一下，市井细民，家境贫寒，母亲年迈，兄弟成行。北大学生，狂妄分子……"

"得了得了。臭贫！"小燕说，"曼姐要当兵走了，说说你的意见。能理解吗？"

"理解？怎么说呢？法国考古学家德日进破译五千年前巴比伦的楔形文字密码，才用了八年；清代罗振玉考释三千年前甲骨文，用了十四年。人生不是甲骨文，也不是楔形密码，破译它却需要整个生命过程。"

"又臭贫。请你正面回答。"

"我能理解。"

小燕"噢"了一长声，自己也在思索了。她挥了一下手："'托翁'——赶紧回去准备吧。"那人像得了"令箭"，飞车而去。

"准备什么?"

"不告诉你，让你吓一跳。"

"他到底是——"

"他卷到'天安门事件'里去过，蹲过几个月班房。人不错……可我们也就是一块玩玩。全是逢场作戏……"小燕忧郁了，刹那间又把隐衷全收起来，佯作快活道："通向'坟墓'的婚姻不属于我——曼姐，做个'自由'人才他妈的好呢，好哇……好!"

小燕在苦笑。

江曼也在苦笑。

两人靠在故宫旁边的护城河围墙立着。

江曼："小燕，我走之后，哥哥说话就调来了，他会接妈去住。逢年过节你替我看看老人。"

"瞧你——说得人心里不好受! 好像你是去当敢死队，去了就回不来似的。当兵的事没准儿还成不了呢!"

"准成。"

小燕瞧着曼姐——她那湿润的眸子里，是金碧辉煌的故宫角楼，是依依的柳丝，那金黄、朱红、浅灰和新柳嫩绿的色彩在她眼里互相浸润着，使她的眸子显得深不可测，色彩丰富而又气象森然。江曼的眸子慢慢动了，移向沙滩街头。那里耸立着美容珍珠霜的广告墙，上面绘的肌肤细嫩的时代娇女与古老的紫禁城面面相觑。历史与现实的时空缩短了距离，古老与崭新的一切都是那么诱人。

就这么别了么，可爱的北京?

街上行人匆匆的。几辆天蓝杂乳白色的一〇三路、一一一路无轨电车驶来驶去。嗯，可真有意思，它们高高地抛起两条"长辫子"，仿佛正当青春年少! 江曼瞧着，心里漾起一种行前的依恋和惆怅。这种情绪她不止一次体验过——当初奔赴北大荒，后来从森林小火车站返回北京，都有过这种情绪。可这次——似乎又和任何一次告别与归来都不同。

是因为心里忧郁?

是因为人总归是慢慢长大了？

是因为看到了未来的严峻？

……？

小燕拖着江曼来到南池子她家的楼前，仰首向楼窗看了又看。这位北京一家报纸副总编的千金小姐，今儿把爸爸妈妈全"轰"走了。楼里家家锁着门，人们全上班、上学了，一点声音也没有。江曼和小燕的脚步声橐橐的，显得空旷、沉闷、寂寥，而又响得过分。

踏上三层的楼梯，一级，二级，三级……

门把手拧动了，门打开了，一点声音也没有。

突然，从屋里发出"一——二！"的命令声，旋风似的，从厨房、从卧室、从客厅，甚至从厕所冲出了十来个青年人，他们随着人的冲撞，声音也在冲撞。他们从不同音阶上一块儿起了调，开始了混声的、浑浊而响亮的吼叫："冰雪——覆盖着伏尔加河，冰河上跑着三套车……"

江曼惊叫："哎呀！北大荒人！"

她的声音淹没在那没腔没调、有情有致的混声合唱里了。青年人们用歌声簇拥着她，推着她，回答着她，问候着她。这些一起在北大荒活过来的伙伴，有的已经是孩子妈，有的已经是父亲了，似乎只有凑到一块儿才接续着他们的青春。他们之间，有的是壮工，有的是美术编辑，有的是卖菜的，有教师，也有至今没事可做的。同在北京，平时各人忙各人的事儿，难得相聚。小燕在电话里传递了江曼的消息，你串联我，我串联他，全来安慰他们的"兵团战友"来了。可是，一切安慰之词，一切问候，全不如这事先安排好的节目——歌声来得有力，使人回忆，使人振奋。夹杂在歌声里的话儿，时时被淹没，但又是在点明这次聚首的主题——"瞧整个北大荒都来了！""哥们儿姐们儿全怕你跳护城河呐。""江曼，我就说你死不了。""你瘦了……"随着粗犷的歌声，伸过一双手；随着忘乎所以的吼叫，又伸出一双手，整个楼房都在震动、共鸣。江曼不知先握哪双手好，先应谁为是，只是一遍遍地重复着"谢谢""谢谢""谢谢……"

江曼被拥入客厅。有人拼命吼了两声"看吧看吧——！"歌声戛然而止。江曼大吃一惊——伙伴们准备了一桌特殊的盛筵！每人准备一样菜，每样菜都必带着北大荒风味：凉拌木耳、炒黄花菜、土豆色拉、油炸黄豆，还有猪肉炖粉条。酒呢，是山葡萄酒。

"托翁"率先举起酒杯："举起来吧。江曼给咱们带来个可以和唐山地震相比的新闻。刚才我没充分表达自己的意思——对于她要去当兵的意念，我说——能够理解。咱们这些人哪，让'文革'愚弄得够苦了，我骂过，骂自己狂热，疯了，是不折不扣的混蛋！我说过，当'炮灰'当'闯将'当够了，再过问政治是狗——可是，后来我还是卷到'天安门事件'里去了，差点搭上小命。所以我说，咱们这些人就这个德行，说一声为报效祖国，再组织'敢死队'，还是咱们这些'倒霉蛋'先上去！为'敢死队'干杯！"

有人"唉"了一声，无可奈何地摇摇头。

有人说："我总觉得自己是介乎上一代和下一代之间的两栖人。没有老的那种对政治宗教般的虔诚，也没有小的那样敢于接受一切文化的勇气。上边侍候着老的，下边背着小的，还得自学……我问过自己——你他妈为什么呀？不知道。"

"托翁"："就这样，咱们比老的开化，比小的成熟。瞧着吧，咱们中间会出现国家总理，将军，诺贝尔奖获得者……"

有人听了这话却不满了，啪地放下杯："我连个喝粥的工作还没有呢……"

"咱们是负重的一代……"

"是牛。"

"是骆驼。"

"是马——是奶马！吃的是草挤的是奶，跑得又快……"

小燕说："喝酒吧——干杯吧，别胡论胡侃了。我说咱们什么也不是，是'四不像'！不，是人，是浑身带伤的有脊梁的人！为了人——干杯！"

干杯！

当啷，当啷，当啷！

薄如纸、脆如酥的高脚玻璃杯相撞时，发出悦耳的声音，同时那声音也实在令人担忧，担忧玻璃会在顷刻间破碎。

生命破碎是不会有这种声音的，可江曼却想到了一个生命在顷刻间的破碎。杯中的葡萄酒是红的，哦，的确是红而稠得像血。记得小林问过"你从酒里喝出血腥味儿了"没有。永远也喝不出血腥。可是，看那紫红的酒浆在杯中荡动，江曼真的想到了血。她无心喝这酒，她怕扫了同伴的兴，可她提不起兴致。她的情感，她的思绪，在无法摆脱的哀痛和悼念中轮转。酒，在眼里模糊了，殷红的颜色却在眼里化开了……

她放了杯，盯着杯中物……

小燕也放了杯："江曼，说说真实情况，大林是怎么牺牲的……"

十一

就是这条曼温河？

是，就是这儿。林海孟打开借来的军用地图，香烟熏成褐黄色的手指头颤抖着顺红色箭头伸展开去，又抬头望着那鹅卵石遍布的荒河滩和滚滚翻腾的河水。是了，林海孟和老伴想象中的河滩就是这样子，很荒凉的。河水在这里机灵地打了个弯儿，河对岸是山，山上亚热带丛林中影影绰绰有几间房子遥遥相对，对岸有一棵是桉树。还有一棵也是桉树。是了，是这儿。

大林就是从这儿洇渡的，就是从这儿出去，再也没活着回来……

林海孟和老伴、小林、江曼，一行四人，四天前到了大林生前所在部队。战后连队事情太多，烈士家属纷纷拥来，扶老携幼的，年迈孤身的，新婚的，未婚的……比起来，林家来人太多。林海孟怕给部队添麻烦，他知道战后连队要评功、评残，还有大量的抚恤工作要做。他们来队第一天看了看英雄事迹展览，算是同牺牲了的大林在冥冥中见了一面；第二天坐在屋子里，林海孟和小儿子一根接一根抽烟，江曼与林母捡点大林遗物，谁也不言语，闷了一日。第三天早上，林海孟带着老伴和孩子就悄悄出了营门，乘长途公共汽车到了边境县城，找个旅店睁眼躺了一夜。次日天明，老转业军人凭借这张军用地图领着家里老小徒步走了四十余里路，一路走，一路歇，一路问，终于顺着河沿儿找到了大林洇渡作战的渡口。

"是这儿了。"林海孟重复说。

老母亲两腿一软，险些瘫倒在山坡上。小林赶紧架住了妈妈。

河滩很空旷的，除了鹅卵石，还是鹅卵石。山坡上星星点点，却开满了野花，红的，紫的，白的……江曼默默摘了几朵，大林的声音老是在她耳边绕："小江，你别这样。无论我们的事成不成，我都要尽心帮助你……"

那是她和他第一次见面啊！

小林搀扶着老母亲，仿佛哥哥又在眼目前儿了。他记得，哥哥当兵后第一次探家，他偷了哥哥的军衣军帽在楼前照相，哥哥从阳台上伸出头来，大发雷霆："军装不是给你照相的……"

林海孟手里那张军用地图窸窸窣窣地动，怎么也叠不起。就是这条河了——在他的记忆里也有一条河，那是北方，是运河。他背着四四方方的行李，走过芦花飘飘的运河滩。十四岁的大林深一脚浅一脚地跟着他。他回头生气地跟儿子较劲："我又不是去死，你跟着我干什么？"

他上了渡船，从渡船上回首一看，儿子两脚插在水里，身后沙滩上是一行歪歪斜斜的脚印。

"我上干校，大林！你跟着我干什么？"

儿子是送行，也是保护他这个"走资派"。他懂，他为儿子的孝心感动得湿了眼角。可是你为什么要那么凶啊？为什么？是因为心烦？心烦就有权对儿子咆哮？拿他当出气筒？当渡船驶到河中央的时候，他看见儿子还站在水里。当他到了对岸的时候，大林还在望着他。夕阳的光影里，儿子的身影模模糊糊的。

忽然，儿子转身走了，走过那河滩，不见了。

不见了，不见了。耳边空余下曼温河的涛声。

林母的思绪乱纷纷的。她更多的是悔，后悔给儿子的母爱太少了。还来不及爱呢，人就没了。她抖抖颤颤掏出大林用过的日记本，那里面夹着大林仅有的几张照片。老母亲闭上眼也能想象出拍照的情形，印在照片上的儿子也会对她动眉眼。一九五五年，大林生在军营里。军人家庭就像无根无蒂的浮萍，今儿在南，明儿在北。大林满百日的时候，还在父母膝上照相呢，到了两岁就送到乡下和外婆在一起了。等到他七岁，接回北京的时候，父母亲都转业了。后来呢，"文革"；十五岁插队；十六岁当兵；才二十四岁就……林母记得，把大林送到乡下时他才五岁。那时候她是个能跑能颠儿的妇产科医生。半夜里也会有人敲门要她出诊。

她去乡下看望儿子，半夜，一个汉子来叩门，急茬地请她去接生，一个难产的妇女濒临死亡。她跟人出去了，儿子追她，喊她，摔倒了。

"妈妈！——我摔倒了……"

好儿子，他需要的仅仅是母亲的扶持。他是趴在地上撒娇呢？还是真摔疼了？不知道。

"妈妈！——我摔倒了……"

干吗不扶起儿子？干吗那么狠心抛了他就走了？仅仅用你几秒的时间，仅仅用你一个含嗔的笑，儿子就会满足地破涕为笑。干吗要让他在地上哭叫了那么久啊?!

母亲大半辈子曾为多少婴儿接生啊？挽救了多少生命啊？可面临自己的儿子大林的牺牲呢？她却无能为力了。

在这刹那之间，大林同时闯入四个亲人的记忆。那生活的片段是零碎的，无法连贯的。他们四个人也无法交流。看他们的表情，却仿佛互相都看见了彼此正在回忆的场景，仿佛大林在这儿，同他们一起又生活了一回。

"小江……无论我们的事成不成，我都要尽心帮助你……"

"军装不是给你照相的……"

"我上干校，大林，你跟着我干什么？"

"妈妈！——我摔倒了……"

记忆是被剪碎了的，不一定包含着理性，不一定会概括一个人的一生。林母从日记本里找出的这最后一张照片却可以概括一切。概括大林的孝顺、情爱、依恋和抉择。这是团宣传干事在炮击开始之后，大林泅渡之前抢拍的。照片上晨雾迷蒙和背景是山凹，依稀可见山口那儿露出了河水转弯的地方，布满卵石的河滩。大林在下水之前，回了一下头，照相机留下了他生命的最后一瞥。他好像是回头望着北方啊！母亲的目光不敢在照片上多流连了——儿子，儿子！他就这么赤条条地去了啊……不管大林的战友们怎么说，不管报纸上怎么说，母亲执拗地认为大林"临走"的时候就是这样儿，在坦克前边呼叫"向我开枪"时赤条条！在战友背上合眼的时候赤条条……赤条条！什么也没带走！她在英模事迹展览大厅第一次看到这张放大照的时候，就这么想。这个念头是根深蒂固了。她在展览大厅的时候就忍不住泪了，在儿子照片前面蹲下，走不动了。江曼把她搀到宣传板的后面，她放出了悲声。

老伴无言地立了好久，才道："别引得旁人也伤心。走吧，再看看。看看就走吧。大林不喜欢你这样……"

是，再看看。再看看这片河滩，河滩，除了鹅卵石，还是鹅卵石……

忽然母亲跌跌撞撞从山坡冲向河滩了。她完全不像五十七岁的女人，跑得那么猛，那么快，白发在下午的阳光下飘散。她一下子跌扑在满是鹅卵石的河滩上，又慢慢地跪着直起腰，泪流满面，两手抓着石头。只有在近处，才看得清老人手里的鹅卵石虽然粗糙，却是锰红铜绿，色彩斑斓。

江曼和小林把老人搀了起来。

林海孟说："走啊？"

林母重复道："走啊。"

只有烈士的父母才会有这样的默契，他们说"走"，是沿着大林跑过的河滩再走一遍，仿佛要寻找什么。他们向着滚滚翻腾的曼温河走去，此时此刻，太阳正在西沉，天边的火烧云浸入水里，宽宽的江水一片火红！那江水烧沸啦！这威严孔武的战场，还保留着炽热！四个人走到江边，老母亲还没有停下的意思，她踩入那水中的霞云里，她的膝浸在初夏的波涛里，江曼和小林拦也拦不住。

她听到儿子的呼唤了吗？

她是那么执着，脸上写满了梦幻和严峻。可是她终于站住了——这时候，有几个穿筒裙的姑娘从河对岸的山上，从界碑旁边走了下来……

两位老人登上了北去的列车。

列车开走了。

月台上只剩下小林和江曼。

连日来，小林已经了解了一切，他不仅谅解了江曼，而且能够理解她了。可是小林道歉的话是说不出口的，只用近似无声的话叫道："曼姐，走吧……咱们找军区首长去说说，参军。"

一九七九年六月十七日，报纸上刊出了《烈士林大林的未婚妻与弟弟光荣入伍》的新闻报道。这是江曼死活不离部队的结果，是军区首长受到感动的结果，也是北京护训班支持江曼的结果。江曼到了野战医院。

这时，童川已被提为副连长，到师教导队去了，他们没有见面。

可是，埋下的种子总是要发芽的。

一年，

两年，三年。

花开花落，是公元一千九百八十四年的暮春了。

十二

直升飞机来接运伤员了。

飞机像只巨大的蜻蜓，轻巧而准确地停在一个小山岗的"T"字布旁边。旋翼一静下来，野战医院的医护人员就忙起来了。

两个人抬着重伤号连鬓胡子登机，江曼用身体做"输液架"，擎着输液瓶跟进。

她在机内安顿好六个伤员，安顿好那些"零件儿"，输液架，氧气袋，又向随机护士交代了伤情……

退出来，她问所长："那个小李，李大亨呢？还没找到？"

"万元户？"

"是。"

所长说："真不像话，住旅馆也不能这么随便。给他们部队告一状。他是几营的？"

江曼："三营。"

所长："噢——营长就是坐过牢的那个人？"

江曼狠狠地瞪了所长一眼，扭了头，向飞腾起的直升机招手。

回到野战救护所帐篷里，江曼听到护士小唐在笑着嚷嚷。过去一看，小唐的床上扔着两斤多酒心巧克力和十几包多味瓜子儿。还有一个纸条儿：

> 姑娘护士：请原谅我用这个"尊称"称呼您。我受不了啦，躺在这儿像受刑。凭什么说我是怕死呢？好啦，我摸摸"死神"的鼻子给"胡子"看看！我要上去了。上去之前搭车溜到县城一趟，一是给自己补充点必要的营养，二是买点慰问

品，慰问慰问您们。感谢您们入微的照顾（我不敢用"体贴"二字）。我绝不是因为您们服务不好才走的。您要是因为我挨批，我可就得上吊了。这点小意思，请笑纳（说实在的，我从前在贸易市场上手插在兜里溜一趟，得到的比这还多，这可不是吹牛）。再见了。上面时常在打——不过是"挖耳勺炒芝麻，小鼓捣油儿"。可谁知道枪子儿会不会"爱"我呢？如果能再见，我一定能给您做一套西服，问江大姐好。

致以阵地的敬礼！

李长年（外号李大亨）

小唐护士上气不接下气儿地捂着肚子笑，连叫"哎哟逗死我了"，整个帐篷里都在笑，笑得灯也摇，篷布也颤。笑一阵，小唐分配道："酒心巧克力慰劳伤员。多味瓜子儿开联欢会用。不过，我可得先犒劳犒劳自个儿。"

没等别人表态，"嘎贝儿"一声，她已把一包瓜子儿扯开并嗑响了一枚。

没办法——这些护士小姐全是幸福嘴儿。

所长也笑模笑样的，擦擦眼镜问江曼："护士长，刚才说到那个营长，你好像很不高兴——怎么了？"

"什么怎么了？您是怎么了？——没事儿。"

说没事儿，她的脸上却闪过一丝凄然，随之又掩饰地出了帐篷。

三十岁的独身女人，性格越来越古怪，越来越让人捉摸不透了。要说这位江护士长，也真算得"女强人"了。她工作上没挑儿，泼辣洒利，经验丰富，十大技术令人叹为观止，以至于刚下到手术室的实习医生不能不在手术时接受她眼色的点拨。她对于护士姑娘们来说，既是一种权威，又是一种神秘。她变成了一个"闭锁型"的女人，有些试图为她的婚姻问题操心的同志，都挨了"撅"。她"独"惯了，病房——宿舍——饭堂，从不串门儿同人联络感情。她默默地把病房宿舍经营得有条不紊。护理、给护士们排班、发各种票证，读书，为病号做这做那……除此之外似乎别无他念。她的宿舍一尘不染，每日洒来苏水，她自己也仿佛消过毒，绝对"无菌"，她喜欢安静，喜欢独自沉思默想，不苟言笑。人们曾好奇地想从老医护那儿刺探她回肠荡气的恋爱史，全是白费。医院里只知她是烈士的领了结婚证的未婚妻。七九年作战之后遗下的烈士的遗孀，几乎没有什么人不曾重新选择生活，建立家庭了。可这位江曼，心灵仍然护着铁甲，丘比特的箭休想穿透。她恪守着矢志不嫁的诺言。漫长的五年过去了。时光的雕刀删削着人性格的枝叶——江曼再也不是当年那个北大荒扎着小刷子的兵团战士了，再也不是水汪汪的眼睛，用泪做成的骨肉了。那些天真、幼稚、任性、做事不计后果的"小孩儿性"不复存在，留下的是深刻、沉郁和浓缩了的情感。人到了三十岁，意味着登上了人生成熟的阶梯。五年！如果按流行的说法——青年的边界可以延长到四十岁，还有多少时日呢？在这五年里，林小林考中了南京步兵学校，并且回部队做代理排长了。他模样儿越来越像林大林，简直一个模子托的，气质却截然木同。他可不那么严谨。头上的帽子经常像盘子扣在西瓜上，假日甚至敢穿隐格"花衬衫"在营房里吹口哨！部队在亚热带丛林里夜行军的联络、跟踪办法——钢盔上点荧光，是他的首创。他对于外军了解得很多，从滑铁卢到马尔维纳斯群岛之战可以说得如数家珍。可这学生官儿，在爱情上采取了一系列进攻型战术均告失败。他对生活、感情、恋爱都有了新的理解。想想过去对江曼大姐的态度就自疚。在营房的时候，小林就常来看江曼姐姐。每次都在曼姐这里撑个肚儿圆。临战之后，出发之前，他试图同江曼又谈过一次，可实在没办法叩开这位老姐姐的心扉。

江曼："你的女朋友对你去打仗这事儿，没什么想法吧？"

"吹了。"

"又吹了？"

"不是战术问题，是战略原则上的分歧。曼姐，我一直想问你，你到底原谅五年前我那个小破孩儿说的破话没有？"

"我的记忆是大眼儿筛子。"

"曼姐——你还等什么？童……"

"别动，别说话！"江曼堵了小林的嘴，为他缝肩上的三角口子，在弟弟背后藏起了忧郁的眼睛，"再提这些，我可不让你来了。小孩子懂什么？"

她心里对自己说：一辈子不再结婚，不，不结不结不结……

时光的雕刀不但深刻地雕塑人，也不断地修改人的意识。偏偏在这个时候，在阵地上，江曼又与童川相逢了！虽然她尽可能地保持了清高、自尊、凛然，虽然她自以为是挂着一副拒人于千里之外的神气，心里却蛮不是那么一回事儿。谁能变着法儿钻到她心里瞧瞧那个痛苦的病灶呢？她忙起来，不觉怎么，可防御阶段伤员少，闲了，沉睡了五年多的那根心弦就在震颤。往事会像个无言的影子，悄悄在她眼目前儿徘徊。特别是夜里，不思量，自难忘，剪不断，理还乱。回味往往会延伴到十几年以前，她满嘴都感到了苦味儿，好像是自己的苦胆破了？不，不，更像是嚼苦瓜，苦中毕竟还藏着诱人的东西。那究竟是什么？说不清楚。她会兀自无声地苦笑，摇头，然后披衣起身到月华如水的帐篷前站一站，到伤员病床边走一走。看看值班的护士尽不尽心，瞧瞧输液管儿顺畅不顺畅，听听伤员的呼吸均匀不均匀。把心留在伤员这儿，一切就好些了。她在心里骂自己没出息，无聊，须知这是在战场哩！但另一个声音又在争辩，正是在战场啊，应该告诉童川……告诉什么？她并不知道童川是怎么想的。五年了，已经是五年了啊！她想起自己说过的矢志不嫁的诺言，泼出的水，说过的话，不能改变！翻回去又一想，她问自己，世间有什么不可以改变的呢？

　　三十岁的护士长了，她想她有能力压抑自己的感情。

　　她逢到从上面下来的伤员，要问几营的？如果是三营的，她总感到亲切一点儿；还有，地方给野战救护所送慰问品的时候，她拣了两盒红山茶香烟。惹得年轻护士们瞧她的脸，瞧她手上的烟，满脸都是问号……

　　你在干什么？

　　人哪，你要自助，你要自制，你要自爱，你要自强！

　　江曼似乎真像从苦恼的思索中摆脱出来了，每日找事儿做，多尽心，忙得一塌糊涂，忙得欢天喜地，忙得神清气朗。这日，为了长期防御的需要，野战救护所增修一个隐蔽部。隐蔽部依坡构筑，拱形水泥预制板上，铺两层圆木，又垒三层塞满泥土的麻袋包。表层被覆着一米厚的红土。够坚固了，够隐蔽了。可江曼还是背出了一捆松枝，在红土被覆层上插呀，埋呀，装饰呀，仿佛要迎接什么"国家元首"似的。

　　那儿有什么"元首"？那么，给谁看的呢？

　　谁?！

你的潜意识里藏着谁？

江曼摆弄着一枚松针发起呆来……

天已黄昏，晚雾升腾起来了。真就有人来了——"江护士长，有人找！"她竟从隐蔽部顶上跟头骨碌跑下来。

跑什么？真见鬼！

"曼姐！"

"噢——是小林？"

"不认识了？山中方一日，世上已千年。我真想带这副尊容到王府井走一趟，吓死几个穿超高跟鞋的小姐。"

"下来干什么？"

"背水。明儿李大亨过生日，童副营长说不喝那臭水了，改善改善——噢，我得走了，这是他给你带来的东西。"

是两个苹果。"谁带来的？"

"他。他说你不要就扔到山洞去。"

一个"他"字似乎包容一切。这小林，在阵地上一个来月，好像蜕了层皮，换了个人儿。长头发，连鬓胡子欺得那英俊的脸剩了一窄条，条条脸上全是泥，混沌沌难辨鼻子嘴，衣服被稀泥浆、血、水渍汗碱糊成板状，一动嚓嚓响。他放了苹果，匆匆背着水桶，顺着山沟爬上去了。

她给童川准备的红山茶香烟却忘记捎去了。她有点后悔——心想：投桃报李，应该捎去的。是呵，战友的情谊么，你甭存非分之想。可什么叫"非分之想"呢？她为自己莫名其妙的"自责"吃惊。

七月的一个晚上，曼温县城孔雀公园里，正举行盛大的青年联谊会，欢迎大学生边疆考察团。彼时，四十余里外的南部边陲还在炮声中震撼，这里却是灯彩缤纷，人群熙攘。时代的权威导演了人生纷繁的戏剧，故意将生与死、悲壮与欢乐纠集到一块儿，让人们去品尝、鉴别和回味。团长杨勇侠一是受地方政府之邀，二是受命于军首长，不得不前来助兴。他讲了四个战士的死：一个是在电子时代却不得不滚雷开路而死；一个是因步话机失灵，连队与大部队失掉联络，战士在孤军作战中牺牲；还有两个烈士，浑身是伤，战斗到最后，立在战壕里牺牲的。他的报告使青年们无不噙泪，很受感动，改革与发展关系着国家与民族的存亡，这个主题使青年们深思。杨勇侠的报告完了，许多大学生、青年请他签名。随之联欢会开始跳舞了。爵士鼓、电吉他与萨克斯管狂热的竞奏，催促人们尽快地转换情绪。杨勇侠虽然知道这乃是必要的"节目"，可心里却说不出有多别扭！他感到燥热难耐，想自己已经完成了使命，便起身悄悄地离开了摩肩接踵、舞步杂沓的人群。

有几个兵正在聚会之外饮菠萝汽酒，看到少壮派指挥官走来，赶忙一手藏酒瓶子，另一手去摸领钩，检查军容风纪。

他没有像往日那样凶神恶煞地斥责他的兵。让他们高兴高兴，喝吧。也许，明天……他只深沉地望了那几个战士一眼，走了过去。有人怕他，他也"怕"人，当他看到那位神通广大的女记者、诗人时，脚下拐了弯儿，像是要躲"灾星"。

"杨团长，别走哇。——您的报告十分精彩，很感动人。"

"我可不会编造新闻，是士兵的牺牲精神动人。"

"据说——有一种方法，没有指挥员，进攻战也可以打胜？"

"'士兵万岁'的口号我欣赏，但我不想否认指挥员的作用。"

"所以你的兵骄傲，官儿也不可一世。您那位'童大将军'让我白白在公路上等了半天，我是从军长那里讨的令箭呐！您的'童大将军'根本不予理睬，……真了不起。"

每个字儿里都有"芒刺儿"。杨勇侠急不得恼不得，只想摆脱。在他面前的这位新华社记者、诗人，正是齐小燕。杨勇侠无法想象大学时代的小燕何等地衣着时髦、光艳照人。他只见面前这位记者，体态姣好动人，令他不敢正视。小燕不知从哪儿弄了一套女兵的裙服穿上了，还背着个邋邋遢遢的军用挎包。小燕的披肩长发已齐耳剪去，毫无修饰，反而呈露出一种天生丽质和现代职业妇女的风度。她总带着匆匆忙忙、咄咄逼人的意味儿。她是出名的有"神通"。据云，出入军区首长办公室如履平地，前线指挥所也被她叩开了大门，她想找谁采访，百发百中，而且缠住不放，非截获了应得的素材不可。可是，她却在童川这儿吃了瘪子，难怪她满腹怨气了。杨勇侠发现，她竟在挎包里摸出一根过滤嘴儿中华牌香烟来，她还抽烟！而且是"独抽"，不让人。那烟燃着了，贪婪地吸一口，便垂手将烟半藏半露。看样子实在是犯了烟瘾了，在大庭广众下抽烟出于不得已。

"好了，不谈晦气了。干吗走？如果我邀请您跳个舞，您不会摆臭架子拒绝吧?"

"非常感谢。不过——我穿这身'烈士服'和你跳舞,你会毛骨悚然的。"

烈士服? 小燕果然打了个寒噤。

"啊——从上边下来的烈士都要换一身新军装。我为参加这个会也借了一套……以后再接受您的邀请吧。齐诗人,我要连夜上阵地。我可以送你上去骂一顿童川,绝不护短。"

"不成,日程排得满满的。明天早起开始跟定采访大学生考察团。等等,我还想向您打听一个人——有个叫江曼的……"

"啊,那个护士长? 古怪的修女? 就在野战救护所。我可以送你去看看她。"

小燕正巴不得有这个机会。她急于看到江曼。

车子风驰电掣,驶出县城,直奔战区。

小燕:"你知道我为什么一定要'童大将军'接我? 为什么要找江曼吗? 我们是患难朋友! 你应该为'古怪的修女'那句话公开道歉。"

"会朋友? 在战场? 小心我可要请您下车了。"

"不只是会朋友。国外保安机关保存人从出生到死掉的指纹;还有一种摄影叫跟踪摄影——为一个人拍下不同年龄的照片,探索人生的轨迹。我这就叫跟踪采访。我想知道当年这些倒霉蛋儿,现在怎么样。喂,童川和江曼有一段催人泪下的罗曼史,你知道吗?"

车子在坦克履带轧过的"搓板"路上猛烈颠簸起来,杨勇侠把紧方向盘,耳朵却恨不得竖起来……

齐小燕在公路上下了车,凭借手电的微光,跌跌撞撞向野战救护所跑。

江曼刚刚配合医生做罢手术,体力有些不支,被所长命令去休息。她刚脱了鞋,和衣躺在床上,帐篷帘儿一掀,小燕叫了声"曼姐,江曼!"虽然齐小燕已经换了一个人,全变样儿了,她还是在稍打一个愣之后认出了兵团的患难朋友。

她光着脚丫子跑下床,一把抱住了小燕。

小燕哑地亲了江曼一口:"哈罗! 你还活着!"

"你怎么满嘴的烟味儿? 抽上了?"

"抽上了!"

两人离得那么近,定睛地互相瞧着。叫着,嚷着,一下子又回到了她们的青春时光。

江曼:"小燕你欠我一条命!"

小燕:"什么时候欠的?"

江曼:"想死了,想死了!你这该死的!"她用拳头擂打着伙伴儿,用怨来表达爱,用恨来传导情。两个三十岁的女人的久别重逢,是富于包蕴的戏剧。她们忘乎所以,什么职业,年龄、身份,全然抛掉,只剩下百感交集的灵魂赤裸裸地拥抱和问候。她们两个坐在床上,小燕从书包里倒出了慰劳品——话梅、巧克力糖及一包中华香烟。两人都迫切地想知道对方这五年活得滋润不滋润,有什么可以同情,可以欢笑,可以慰藉心灵的?

江曼:"上这儿来干什么?"

"采访——鄙人是记者。毕业分到了新华社。记者,也就是'行者',到处乱跑,腿儿都跑细了。谁叫爹妈给我这么个名字——小燕呢?飞到东,飞到西。"

"总不至于还是孤燕儿吧?"

"可我还没为自己筑窠。"

"'托翁'呢?"

"我们的'戏'散了。这个地球上,找到一个既理解你的现在,又理解你的过去的人,难于上青天。这样儿倒成全我的事业了。快节奏地生活。纯粹的职业妇女。采访,写作,业余时间,为小龄青年们张罗,牵线儿——积德。"

小燕的话频率很快,不容江曼插嘴和思索。她惯用这个方法先声夺人。可江曼知道小燕有隐痛。什么叫"理解你的过去"呢?"过去"怎么了?也许小燕在调回北京的过程中被逼迫失过身,她早就猜到了这一点,可是不能问,不能去戳人心上的疤。她默默地瞧着小燕燃着了一支烟,两腮嗫凹了,吸进烟去,似要麻醉自己。

"不谈我的破事儿了,"小燕接茬道:"我从前指、军、师那儿早打听到童川的下落了。可没想到你也在这儿!怎么样,你们?"

"什么'你们'?"

"怎么？在这儿没见面？"

"见了。"

"见了？谈什么？"

"物是人非了……"

"别胡扯！曼姐，如果你们还在自己折腾自己，该结束了！现在就对他说，说！为什么不说？你是不是怕他在战争中受伤，成了残废，拖累你一辈子？"

小燕的眼光灼灼的。

江曼的目光忧郁的。

"你只要不怕——我找他去，把话替你挑明了。"

"不不！……"

"怎么了啊你?！我的曼姐！"记者生涯使小燕很快练就了一针见血的语言功夫，她步步紧逼，"是因为三从四德?"

"这是战场！"

"这才有味儿。"

"你不懂。小燕，你不懂。"

"好了好了，我不懂。真没想到你们还这么熬着……这样吧，将来，或者我到新华社云南分社来，或者你转业回北京，咱们俩过吧！"小燕说着，苦笑起来，"外人可不要说我们是……得了，管他呢！我们收养一个孩子，要女孩。等咱们老了，老掉牙了，两个老太太回忆起当年在兵团的事儿，哭一气儿，笑一气儿……该是什么滋味儿？怎么样？你准不乐意！别人也许以为咱们是'女强人'，我们要的，都经过奋斗得到了。他们知道我们精神上受到的各种各样的创伤吗？社会上剩下的大男大女尽咱们这一代人！"小燕不知在问谁，眼圈湿润了。

江曼的眼圈也一红。

小燕："我这是怎么了?"

"小燕，别这样——一个人，不是挺好的吗?"

"好，好极了。世上没有净土。部队也许好一点儿。我在居民区住着，今儿说你清高，明儿传你的作风不好。后天也许说瞧你和哪个男的如何如何。大后天又许是个离了婚的老头子托人来说……现在，三四十岁以上的人离婚的怎么这样多？离婚匠们——男的找小的，女的找老的，总年龄相加除四，年龄正好匹配……我倒真想找个慈善长老，长眉罗汉哪，——曼姐，你干吗呢？你是幸运的，他是爱你的！我敢保证，他在战场上更想对你说这句话。他不说——是因为怕伤残或牺牲后给你带来痛苦！"

小燕不再说了。

军帐静得很。

今夜没有冷枪冷炮，阵地的山下是令人不安的安宁。

军帐外面，风拂蕉叶沙沙响。天上，乌云吞吐着残月。

两人走出军帐，小燕把一颗话梅塞入江曼嘴里。

"话梅？真酸。"

"酸吗？"

在阵地上防御了三个来月的部队，要换下来了。

阵地交接工作已经开始准备。即将换下去的部队为没有再打一次大仗遗憾，也为换下来派生出许多美妙的愿望，最美好的愿望乃是——洗个澡，伸直了腿儿睡一觉。很快要接管阵地的团营指挥员们雄心勃勃，跃跃欲试。

野战救护所也将由另一个野战医院来接替。

江曼与童川的阵地重逢，即将成为没有丝毫结果的历史了。今后的见面将有重重困难：军营与医院相去百里，童川没病没灾的很难有缘分一见。江曼的年龄、脾气又决定了她绝不会主动找上门去。

这日下午，江曼吃罢饭，与小张护士到瀑布下洗了些衣服、床单之类。她俩顺山坡下沟的路上，听见公路上有人说话。

"咱们没有'失街亭'，他们也不能'走麦城'。下午把防御情况给他们讲讲，看看阵地，现在先洗洗脸，抓紧时间，我领你们找个地方进餐……喂，童副营长，你愣着干什么？"

江曼在沟坡上站住了，回头望了望——几乎直上直下的山坡障眼，好像一堵厚厚的"墙"。她听出说话的人乃是不可一世的团长杨勇侠。既然童川也在，回头去见见吗？不，她在这伙人面前有点怯场，再说，总得找个因由才行啊。哪有什么因由呢？自尊，使人勇猛，也使人怯阵。她想，要是小张叫一声她的名字，童川能听见——来找她，她一定要热情相待，也许就对他问问"那句话"。可小张明明看见她立着发愣，并不叫她名字："嗬，走哇！"

走吧，只好走了。

回到军帐，将那衣服、床单晾晒在芭蕉叶上，连日阴天，没有太阳，只好等着阴干，隔蕉叶听得小张在问："杨团长，你们找谁？"

"哦——江护士长在吗？"

江曼从芭蕉叶后面探出头儿来。

"就找你。护士长，向您报告一下：上午检查防务，下午带老大哥部队看阵地。中午，想请您赏一顿饭。军事共产主义嘛，没问题吧？"

这位相貌奇伟，有点像几何形体组接起来的大块头团长，在女性面前一向文思泉涌，爱说俏皮话。另外三个人，一营长项雷和二营副却颇有点拘谨。童川呢，毫无表情。

江曼："请吧，请进帐。没有别的，芭蕉芯还是可以找到的。"

杨勇侠："噢?!请我们吃芭蕉芯？这不大友好吧？"

他说着，为什么要去瞧童川？

江曼无心玩笑，心里颇有点乱。她打开军帐的门帘，将四位军事指挥员让进帐中。通信员背个大书包跑来了，满头是汗。几个人围个弹药箱坐定，通信掏出了几个罐头和压缩干粮。既然带来"粮草"，何必钻到野战救护所来呢？

杨勇侠用刀子割罐头："给点水喝，江护士长。一块儿吃点吧？——喂，你听说了没有？我们这个团有个不成文的规定——营以上干部的个人生活问题大家互为参谋。而且，经常是倾巢出动，大败而归。"

江曼的古怪劲儿又来了，她心里一动，反而掩饰地沉脸打岔："团长大人，罐头带得够不够？别噎着。给——水。"

她把水壶放在弹药箱上，到帐篷门口站着去了。

杨勇侠挨了一"软棍"，向战友挤挤眼。

一营长项雷忙圆场："麻烦你了，护士长。"

二营副忙缓解气氛："一块吃点吧。"

江曼："谢谢。"

童川："快吃吧。"

"项庄舞剑，意在沛公。"这算什么"鸿门宴"？江曼暗道。她恨那团长话说得太直太露，让她在众人面前脸上挂不住。这些二十几岁到三十来岁的"少壮派"们使团队指挥系统的知识结构变了，有锐气，有朝气，有傲气，也有时会出些歪点子。他们的"佳话"远近皆知，他们经常倾巢出动为干部去相对象，经常因不得要领，揣不透姑娘的心思而事倍功半，落花流水大败而归。

团长杨勇侠从小燕那里知道了童川和江曼的事之后，就想见缝插针，促一下。但他知正面进攻不行了，便迂回包抄。嘴里嚼东西，呜噜呜噜道："十五分钟必须吃完饭。喂，童川，回头我要把你弄回团部来，接着搞改革——你写的那个'战士心理学'很不错嘛，很有才华嘛。个人生活问题别着急——回去让我老婆从地方医院召一个连来挑选。唔，不要挑花眼了吗?!呵?!哈……快吃快吃。"

杨勇侠斜了江曼一眼。

一营长项雷："团长，用不着你瞎操心，到昆明组织一场健美表演就行了。"

二营副："对对。不过——像童川副营长这样标致的男子汉，还是先尽着部队的女同胞！"

"哈……"他们笑了。

"噗，"压缩干粮渣子喷得到处都是。

这些"官儿"，没正经，胡咄些什么啊！

江曼有点受不住，脸上直发烧，赶紧想逃出军帐。

杨勇侠急了："别走别走！护士长，再来点水！——阵地客来水当酒！来点来点。"

没办法，没办法，江曼只好留下。

童川却要把"主题"从自己身上引开："红烧肉罐头味道不错。团长，打个报告把罐头列入装备吧，回去可见不到了——不是我馋。听说没有？法国人阿珀特为了给拿破仑运送营养，怕食物转运国外会烂了，发明了玻璃瓶和食物一块儿煮，然后蜡封——怎么样？罐头是军人的专利！"

他噎了。

他忙用水往嗓子眼儿里顺。

江曼捕捉着这一切声响，从这些"大尉（胃）"们的咀嚼声里辨出哪个是童川的。谢天谢地！他们为了争取时间，甩开腮帮子大干，十分钟便风卷残云，结束了"战斗"。江曼免得"受罪"了。

杨勇侠："好了。留两个罐头给江曼诺夫！"

什么"江曼诺夫"？

江曼倏地回过头来，"少壮派"们哈哈大笑。显然这是他们事先拟定的代号、密语。

"你们什么时候能正经点儿？"

军人们忙正色伪装。童川的脸可憋得通红。二营副忙向江曼道了谢，就这样儿，要走了。一营长项雷是个心细的人，看看帐篷里的闹钟："吃饭时间提前了五分钟么，团长，童川不是有事要和护士长谈吗？谈谈吧？"

杨勇侠也扫一眼闹钟："好，我们到外面透透气。你们——五分钟。"

闹钟指针从中午十三点二十分起步，秒钟转五圈之内，是属于童川与江曼的。阵地上一刻千金，时间是减法，倘若是在战斗中，战士的生命也要倒过来计算时间的——五、四、三、二……五分钟，团长何其慷慨啊！

童川的眼睛好亮呵，江曼觉得心儿也给照亮了。有一种东西在她血液里涌动，是感情的苏醒？不，从来没有沉睡。经小燕那日一番煽动，她想她不该再折磨自己了。

她想说……

她期待……

可她仍然被自尊护着。其实，自尊仅仅是一层保护面子的薄纸，一碰即破。

"江护士长，我们调整防御部署了，要下去了。"

"我们也要下去了。"

"这几天阵地上太安静，恐怕要有事。"

"轮不到你们了吧？"

"没准儿。每次见面都可能是最后一面。"

他笑了，似乎无所谓。

她心酸了，眼睛去望帐篷角落。军帐里没别人。一道厚实的门帘暂时把这里同战争、同死亡、同世界隔开。这没有硝烟和血腥气的小小的"王国"，弥漫着女兵化妆品的气息，使这里充满了人情味和生活的温馨。江曼感觉到了童川粗粗的呼吸和苦涩的烟味。她的思绪忽而向若干年前——森林小火车站的板房里跳跃了一下。她期待着。倘若童川给她粗暴些的爱情，她也不会拒绝，她只会把憋了八年的，包含一切的一个"爱"字儿化成泪，向他倾倒，全给他。

可是童川什么表示也没有。

木头，还是那个木头、木头、木头！

时间过得真快，秒针仿佛在"跳远儿"，还有一百五十秒。

一百四十九；一百四十七；一百四十……

童川连望也不再望她，只是低头翻挎包，找出一叠纸，递过来："我答应给你写信的。原谅我吧，我这人没家，至少有五年没写信了。当兵九年，除进一次北京，没离过部队。在部队过了九个春节，九个中秋节。信也不会写了。这些——是我们营一些烈士的遗书。通信员抄的，给你看看。"

"有你的吗？"

"我?!遗书写给谁呢？没有。"

不不，有的有的有的！这个世界上有个一直惦念着你的人，她就站在你面前！江曼心里想的是这话。这句话出得唇来，却经过了三十岁的独身女人理解的过滤："你太冷漠了，才把别人想得都那么冷漠。"

这是最明确不过的暗示了。

童川眼里有火花一跳："等我下来，咱们好好谈谈。"

江曼应该回答，也应该就此约会一下。

可她在错失良机。

给他们的时间仅仅还有一分钟了。实际上护士帐篷里的闹钟慢了一分钟，团长手腕上的"欧米加"已经到了"探视"时间，这位一丝不苟的指挥员在外面吼道："童川！到时间了，出来！"

真像是狱卒在吆喝到监狱探视的人。

对于这一对儿积攒了八年的感情没能倾吐的人，五分钟够做什么的？而且还被抹掉了一分。两人应声而出，团长观察到他们的脸都有些潮红。他以军人的直率和痛快来揣度这二位——想必是已经谈成了！

他神秘地笑了。

他的话也就上升到了新的高度，说离"谱儿"了："走走。江护士长送一送吧。说实话，我反对当兵的在战争环境和异性接触。这似乎不合乎军人的道德规范。我今天可是破例了——哈哈，谈得不错吧?"

这位团长没注意到江曼的脸被说得一红一白，立在那儿发愣。他只图自己痛快，开步走着，越说越得意："人也是个怪物——可我又希望把那些曾经爱过军人，又把军人一脚踹开的小姐们用几辆敞篷大卡车全拉来，我们团的干部有二十七个老光棍，将近一打被女的蹬过……真想让她们看看我的战士真正的男子汉气度……哎，怎么啦？不送送？"

江曼哭笑不得，说出话像满嘴吐刺："团长，您可以进神经科了——联想丰富，不贴主题！"

啊？！

"快走快走！"

团长有点懊恼，怎么？又吃了败仗不成？他走出一截，悄声骂童川道："没冲上去？你这个笨蛋！"童川嘴一咧，算是笑了，随之从口袋里掏出两包"红山茶"香烟，给每人分了一根儿。江曼远远地偷看着——这些男人！他们互相点火儿，燃了烟，把袅袅的烟雾吸入肺腑时的表情妙不可言。江曼看到团长杨勇侠侧脸瞧瞧她，问："童川，她的犒赏？"

"抽烟吧。你今儿话说得太多。"

"坦白——到底是不是她给的？也许还有门儿？乖乖！哈……"

他搐着童川的宽肩，高兴得像捡了金元宝。

一营长项雷美美地吸一口烟："这烟味有点儿那个……有点儿迷人哪！哈，一定是'江曼诺夫'给的。"

江曼诺夫？

"哈哈，不错，江曼诺夫！不错。"

童川皱眉道："你们干什么？我给了她两个苹果，她给了我两包烟。换的。"

江曼听这话，忙转身走了。童川怎么可以这样理解？她的眼睛又忧郁了。

十三

天，阴沉了五天五夜。

这日，趁着早雾，江曼由团里派来的人引导着上阵地。这个机缘是很难得的。最近一段时间伤员减少，野战救护所每日都派人巡诊，可"点将"点的都是男同志。为此江曼同所长争论了几次，都没有结果。也活该江曼走运；新华社记者齐小燕不知从哪儿刺探到上面的部队要换下来的消息。她想争取在阵地上采访一下童川（当然也兼做江曼的说客），增加点实感。写一篇关于这一代人成长、生活的长篇通讯。"跟踪采访"跟到了阵地上。她神通广大，从所里弄到辆车子和向导就上去了。她这人顽强按自己意愿行事，至今仍是为某种热情驱使便不管不顾，只求自己合适。昨日上去就没下来！天老爷！这事非同小可，引起团指挥所恼怒和恐慌。一个女人，而且是个漂亮的女人在充满了野味儿的阵地上？还有，这位记者兼诗人生性喜欢乱窜，一个班的兵力也未必看得住她，要是给她吃了个枪子儿——那影响可就大了。杨勇侠考虑再三，必得上去个女性才能将齐记者拖下来。别人可是打不得，骂不得，也碰不得。团里没女兵，清一色全是"和尚"，这才想到了江曼，同所长一商量，就给了江曼这么个好机会。

爬上山顶才知道这里是山外有山，山套山，山连山的，是山的营垒，山的海。童川的阵地还在山那边，在前沿。一路上的艰辛无法描述。峡谷沟壑全弥漫着茫茫的早雾，雾浓得化不开。大山却从雾里高高地昂起了头，浮在迷迷蒙蒙的雾海之上。行在雾里，如陷入层层湿漉漉的网中，脚下时而陷入弹坑，时而被藤蔓缠住，不知此身何在？一片乳白色的阴霾之中，每片松叶都隐伏着杀机。冲出雾的包围，一字长蛇形的交通壕又尽在暴露中。向导嘱她跟定，快跑。江曼戴着钢盔，背着个红十字药箱。有一段低洼的沼泽地，号称"三百米死亡线"，仅仅有盛泥的草袋子垒出的一条鲇鱼背似的"路"，左右沼泽可陷没人畜；八百米外便是敌人高射机枪阵地。江曼有点心慌，汗毛孛起，出了冷汗，她觉得空气里到处是枪口，自己似乎已经能摸到死神那冰凉的鼻子了。横了心，跟着向导向前跑。心里不由得对童川升起一种崇敬，他经常来往其间，多大的勇气！小燕能到阵地上来也了不起！终于跃入童川这个营的堑壕，心才觉得踏实些了。

雾已散尽。亚热带丛林山地的湿热逼将上来了。天气，也是诸"兵种"合成，轮番向人挑战，风雨雷电无所不有。这个阵地是整个防御阵地最远的支撑点。童川的阵地生活几乎全在这里度过的。这里最艰苦，也最危险。驻守的战士只有不满员的一个排零一个班。堑壕和猫耳洞里到处蹲着模样难辨的兵，酷热和湿气，逼迫得他们只穿着小裤头，使这里呈现了一种野性！江曼不敢抬头，不敢旁顾，只低头向前快走。

她的面前站着童川。

她立住了。

她瞧了童川一眼：这人！想必五天洗过一把脸，再就没接触过净水。那张长脸和地皮的颜色没什么两样，再加上他面部肌肉板结，少有表情，脸更像结了硬壳，戴了假面，他也没有穿长衣服，只穿粗布裤衩，健壮的身躯肌肉浑圆，像是一片不同走向的丘陵山地。胸肌上滑着汗。江曼未敢多看，她只觉得嗅到了童川身上发出的一股呛人的怪味儿——那是霉味、汗馊味和烟草味糅合在一起的怪味儿。她心里有一种热烘烘又毛茸茸的感觉。感到童川是一堵很热很热的"墙"，热得炙人。感到这人到了阵地上，什么严谨的军容风纪，什么健美，什么礼仪，全部抛到爪哇国了，剩下的只是两个字：粗野。而唯有这"粗野"二字才能显示出强劲的力度。

童川的话带着棱角，冷冷地问：

"你干吗来了？"

"来玩，"她的古怪劲儿又上来了。

"开什么玩笑？"

"奉团长的命令，来接女记者下去。"

"她已经下去了嘛！我们今早派人送下去了嘛！怎么你又来了？！"

"我又不是来找你的，发什么威？"

"进隐蔽部。"

"下命令了？"

"对。"

"你也许可以命令我马上下去，可是你能命令你的兵不守阵地，不牺牲吗？"

当然，这是不能的。牺牲是军人使命的终极。

江曼动也不动。

"进隐蔽部！小黄，你来招待！"

什么"招待"？简直是"看守"！

小黄从隐蔽部钻出头来："老兵，到隐蔽部来吧。"说着，赶紧抽出条长裤往腿上蹬。

江曼："小同志，带我去找营长，教导员吧！"

童川堵在堑壕不动。

小黄也不动。

童川无可奈何"咳"了一声，改变命令："小黄，通知着装。穿军衣。"他自己先进隐蔽部去，扯了军衣军裤穿上，边扣扣子边打开门帘，声调缓了些："进来吧，你！"

江曼只好进去。

隐蔽部里的湿热之气呼地扑了她一脸一身。这也许是最宽敞的"宫殿"了，头对头可睡六人。六个地铺中央是一条窄窄的通道。铺上扔着手榴弹盖儿做的"象棋"和几本翻烂了的、油腻腻的、没头没尾的小人书。

水泥预制板和棚顶却挂着个笼子，里面有一只小松鼠。

松鼠?！

江曼抑制自己不去回忆，不去回味，也不往旁处想。她只想表白一下——她是因军务而来。

"童副营长，昨天没睡上好觉吧？干吗这么凶？"

"江曼，"童川从水壶里往毛巾上浇水，"不是我凶。送下去的伤员怎么样你知道，现在又看见了——四十多度高温哪！蹲在猫耳洞里，心肝儿肺都要捂得长毛发霉了！除了指甲和牙齿，哪儿都起了一层一层红疙瘩，我也没什么好忌讳的。护士长同志！你知道阵地上的战士为什么又着两腿像鸭子似的走路吗？裆全烂了！烂了！……"

江曼的心在打战。

童川并不是无表情的人哪，他的脸在抽搐。

"我不客气地把齐小燕轰下去了，你又来了。你们来到这儿，当兵的就不能赤身露体，就得穿上盔甲，捂上这身不透气的衣服！这不残酷吗?！"

可是，江曼想分辩：谁逼着你们衣冠整齐了呢？我是护士长，又不是国家元首！

童川递过了沾湿了的馊毛巾。

不知是被童川挤对的，还是天热，她满头满身是黏汗。她宁愿热得昏死，也不愿碰一碰那臭水沟味儿的馊毛巾，她有洁癖。

童川准是看出了她厌恶这味道，缩回了手。

江曼终于屏住气，夺过毛巾，发狠似的在头儿脸儿上搓了一顿。

这就叫无声胜有声！

童川的脸不抽搐了："我知道你什么都不怕，你不是来旅游的……可你不该来！你听听——这种安静不对头，敌人是麻痹你，要反扑了。"

江曼什么也没听见。她是护士长，职业习惯和感情因素掺和到一块儿，她非常想知道童川的身上是否也起了红疙瘩。

"你过来。"

"干吗?"

"解开衣裳扣我看看。"

"算了吧。你歇会儿，我给你找点吃的。"

童川向外走。

江曼扯住了童川的后衣襟，执拗地掀开了，她不由得"啊"了一声。这位犍牛般的汉子后背，像被成群的蚊子叮过，野蜂蜇过，一片片红斑，红斑上套水泡。凡两手指够得着的部位，有痂，有水泡，有的都溃烂了。江曼的心一激灵，浑身起了一阵鸡皮疙瘩。她鼻子酸了，什么话也说不出来。

那童川却粗暴地拨开她的手。

江曼的手被拨得生疼，可她不觉得，因为更疼的是心。

她拉住那衣襟不放。

童川微侧了头："让战士们看见——我们干什么?"

干什么? 又没什么见不得人的!

江曼吼着，央求着："别捂着了! 该怎么样还怎么样! 别捂着了。"

童川："这不——行!"

江曼撒了手，背起药箱："好吧，我——走!"

"站住!"

两人对峙。

他们的感情在默默中交流。

"别胡闹。江曼，到处是敌人，到处是地雷。你能不能听我一回——

别胡闹！在隐蔽部待着，别乱走。等天黑了，只要有雾就送你走。我让小黄来陪你——这儿是阵地，我们在一起待久了影响不好。"

说罢，他走了。

这个不懂人情世故的木头啊！护士长看看你的病有什么不好的影响呢?！可看了又如何？她倒是带了一点儿松焦油软膏和复方安息酸软膏，杯水车薪，不顶用。要不是在阵地上，她准会大哭一场。

江曼思索了一会，终于没听童川的命令，还是背上药箱，到堑壕里给战士们看病去了。

天黑的时候，童川让小黄给江曼传话："今晚可能有情况，等下了雾就送你走。"

月亮仿佛是被她带到阵地上来的。

童副营长不能让她趁着大月亮地儿下山，怕她被敌人的狙击步枪打中。月亮也好像通情理似的，帮着留住她了。

她走出了隐蔽部。

她惊讶今夜的月亮好。可真是，仿佛从来没见过这么圆这么亮的月儿！也从来没觉得像今儿似的，月亮是那么遥远，那么清冷，那么高不可攀。她记得，小时候唱过儿歌，"月亮走，我也走，月亮落进我的小花篓"，是呵是呵，月亮光对一个孩子也不吝啬。月光属于每一个人，属于你、我、他，也属于这个危机四伏的阵地。

在这儿，在阵地，几乎没有任何东西可以与后方一块儿分享。就是安宁，就是随便地思索，就是放心地走走，就是放肆地笑笑，就是一盅净水……都不属于战士。只有这月光，从圆月上扯下来就是谁都可以享受的。

哦，和后方的亲人一块儿分享分享这月光吧，小小地"奢侈"一下。

毕竟阵地上是洒满了月光啊！

毕竟天上是六天五夜的阴湿憋闷天气之后才出来的大月亮啊！

你瞧它姗姗的，婷婷的，亮亮的……

你瞧它又要把圆圆的脸儿藏起来了……

江曼听到战壕里一阵轻微的响动，有三个兵爬上战壕沿儿去坐了。他们的怀里抱满了月亮光，他们紧靠着，突兀在阵地壕堑沿儿上，那身影在苍蓝色的天宇映衬下，轮廓显得比实体雄伟得多，高大得多。他们的衣纹线条清晰，那糊满了泥浆、血痂、汗渍的军衣，使江曼一下子想到了读过的诗句："月光如水照缁衣"。缁衣是什么呢？今儿可眼见了——就是在泥浆里滚过，在血水里漂过，在汗碱里熬过的战士的军装！不是么？那衣纹一动，发出金属般的声音，那国防绿色早已变得缁黑了。

那三个战士仰着头，和月亮脸儿对着脸儿，默默地交流着内心的情感和信息。

他们是在望月？是在沉思？这些早已写过遗书的人哪，抑或是看到了家乡窗前挂着的月亮，看到了母亲、爱人和弟妹？

冷枪一惊一乍地鸣响了。不知枪声起自何处，子弹飞向何方。

月亮还是好好儿的，颤巍巍挂在天上。

用宝贵的生命换取片刻赏月的"奢侈"，值得么？不，不值得。可他们为什么还是一动不动呢？江曼依稀辨出这三个人之中，一个是学生官儿小林，一个是"万元户"李大亨，还有一个不知姓名。那"万元户"参军之前富甲一方，什么都有。现在，他剩下的财富似乎只有怀里的月光了……

江曼听到堑壕下传来压低了的声音。

童川在叫，"下来！找死啊？！下来。"

多严厉啊，棱角太硬了。

你没看见战士眼里的月亮吗？

江曼觉得心里立刻是一片阴霾了。还好，副营长并没有斥责他的战士。四个人贴着堑壕在矮洞里蹲下了，隐在阴影里。童川笼着火燃了烟。

"别抽干青苔卷的东西了！我这里还有两支云烟。要是明天打仗，今儿就算过八月十五，不遗憾了，又过了一回团圆节。"

团圆节？八月十五？

农历才是六月啊！

军人的节日是随意挪动的。他们既赏了月，李大亨又摸出仅有的两支云烟，撅成四段，分付四人享用，这，当然就该算是丰盛的八月十五了！

他们沉默着。

深深地吸，轻轻地吐，四个军人在吸烟，你却嗅不到什么烟味儿，他们把烟和火全吞到肚子里了。

一个战士拾起探雷针，用那尖尖的铁器在堑壕壁上刻画着什么。尽管是月亮照不见那黑色的堑壕壁，仅仅看着战士手臂的动态就可以默念出那字来：

> 床前明月光，
> 疑是地上霜。
> 举头望明月，
> 低头思故乡。

副营长等战士刻罢，他凑近了堑壕壁。他这回是用刺刀在那首望月思乡的古诗旁刻画，刺刀入土很深。发出了铿锵声音，偶尔碰到石头上，迸溅出几星火花。每个字有半尺见方，他不得不拉开了距离，一直刻画出十米多远，也是一首古诗：

> 秦时明月汉时关，
> 万里长征人未还。
> 但使龙城飞将在，
> 不教胡马度阴山。

副营长刻罢，又挤回战士中间，互相望了望，钢盔下眼睛闪闪烁烁的，似乎储存了全部月光。他们什么也没说，什么也用不着说。沉默一阵，那李大亨扔了指甲大的烟蒂，无声地立起来，无声地碰了碰监视哨，无声地上岗了。

月亮，一会儿藏入云朵，一会儿又露了出来……

十四

阴云四合，终于把西斜的月亮全遮住了。

雾悄没声地潜入了残夜。

夜与拂晓没有显明的边界，不知怎么，天就放亮了，可以看到那纱幕般的雾是灰白的。

这是人最困乏的时辰，也是昼夜之间最安静的时候。

阵地像枪膛里的子弹在静默。

江曼后半夜在隐蔽部里歪着眯了一觉儿，根据童川的命令，一会儿她就得走了。向导还没来，她到隐蔽部外去凉快一下，走走，醒醒神。

她立着，静默……

没有风，可是竹林里传来了嚓啦嚓啦的声音。

她一惊，心突突跳起来，随之，早晨的敏锐，女性的精细，阵地上的神经质，全用在捕捉那声音上了。

好像是——什么人的脚踩在横折着的树上？

有什么隐形的东西似的，在接近阵地。这完全是凭一种莫名其妙的感觉来判断的。江曼感到有个重物在向心上压来，毛茸茸的要触到她的心口了。

突然，又有枪托磕碰的声音短促地一响。

江曼差点惊叫"有人"，慌得没叫出来。

哨兵先自慌了，哒哒哒地扫射了一梭子。

这不对，应该报告敌情，赶紧准备，以逸待劳。

哒哒哒哒！雾里回击了一梭子弹。

也不对，应该藏起一切声音，继续隐蔽接近阵地。

顷刻间，战壕里的战士们各就各位了。对方暴露了偷袭企图，索性果断地向阵地猛烈冲击，向阵地扑来。这是越军的一个特工排。他们想打个猝不及防。当他们冲出雾障，看见阵地的时候，阵地上轻重火器一起鸣响了！

敌人被压制在阵地前面约三十几米的坡坎下。

简直是枪口对着枪口射击。

江曼觉得血直往头上涌，心一阵紧缩又迅速在激跳中膨胀起来。战争，战争，这就是战争了！漫长而艰苦的防御，没想到一梭子惊慌的子弹就引爆了敌我双方的火器。她刹那间想到了阵地上会有牺牲，需要救护，返身向隐蔽部跑去，慌乱得脚下没跟，一跤扑倒了，脸磕在一个正在射击的战士腿上。

"混蛋，别慌！"

那人只一瞥，只骂了一句，便全神贯注向敌射击了。

她没权利也没时间分辨。她知道要镇定，不要慌慌张张，可是她慌了，但不是害怕。她爬起来，一边顺战壕跌跌撞撞地跑，一边看到童川正在用步话机喊叫，看到天越发亮了。敌人偷袭不成，后面的兵拥上来了。五倍于我的越军开始了强攻。我方的炮火几分钟后支援阵地。越军的炮弹也随之向我纵深处射击，江曼辨不出什么口径的火器在轰鸣，辨不出远弹的啸声与近弹的轰炸声的区别，只看到高射机枪射出的曳光弹，竟如流星礼花一样织网，曳光弹射击的地方，少顷便有炮弹落炸，升腾起扇形的土石，锯齿状的弹片就落在不远处。

她跑回了隐蔽部，抓起药箱倒扣，多种小瓶子、小棉签、小药膏滚了一地，什么去痛片，什么脚气灵、眼药水……没用，没用。你这个笨蛋，傻瓜，急救包在哪儿？急救包只有两个！其实，营里医生有急救包，卫生员有急救包，每个战士身上都带着急救包，可她就是想不起来。此时此刻，炮弹把人的记忆炸得粉碎。生命是否会在霎时间结束，阵地上是否存在着她的童川和林小林？她似乎都不记得了。她有点慌乱，也感到从来没有过的振奋和狂热。她从墙上扯下一个军用挎包，塞入些绷带和两个急救包，转瞬便跑到战壕里，扑入硝烟里。红色，在空气中可见波最长，她一眼就可以看到哪儿有鲜红的血，战士流血的地方，就是她的位置。

越军被压下去，又漫上来。

闷雷似的轰鸣；尖得刺耳的啸音；连成一片的自动步枪射击声，几乎削尽了枝叶的野竹，在弹雨中颤抖；岩石崩裂、土石弥天，这里的亚热带雨林没有一片叶子是干净的了，没有一片叶子是绿的了，到处是创伤和血迹。血迹和创伤。

江曼在阵地上往来奔忙，她在"生死场"上的存在已经成为绝对必要。止血、包扎；包扎、止血，她军衣糊了厚厚的一层血渍。由于向下背伤员，匍匐，爬走，衣襟和肘部都已磨破，军帽早不知丢在了何处。战争是残酷的，残酷得让人没有感叹的空隙。她有时会被不肯下去的伤员推个趔趄。有时会被背上背着的彩号捶得两肩疼痛，可她还是执拗地实行着救护与运送。有两个重伤员让她为难了。给这个包扎，这个推她："先尽他……"

给那个包扎，那个推她：

"先尽他……"

"快点吧！别动！"

"你先给他包扎！……"

有什么办法？谁能分辨出轻重缓急？总得有个先后。江曼只好先给头部重伤的战士包扎，眼睛却看着旁边胸部受伤的战士那双无力支撑着眼皮和失血的嘴唇。她心说要快，手却快不起来。

胸部受伤的战士想冲她笑笑，笑不出来，在断断续续说话："别慌，护士长……血得止住。你不认识……我了？"

啊?！"李大亨"？真是认不出了。

"认得认得。别说话……"

那"万元户"闭上了眼睛嘴还是不停："又要上你们医院了……我没立功，不想去，也……想去。"

等到她为李大亨包扎好的时候，他已经完全昏迷了。她噙泪把绷带五花大绑似的给小李包扎上。卫生员跑过来背走了一个，她背上了小李。

小李整个压在她的身上。

她弓着腰，手脚并用向后爬。她不断回头，感受不到小李嘴里的热气，看到的，只是垂下的一只手。她怕那只手总是垂着，她不敢再看，忍不住还要看……

她把小李拖到后面，放在一个坡坎下，试试口里还有一点微温的气息。

那小李眼睛欠开了个缝儿，嘴动了动，一只手弯上来，摸着上衣的兜盖……

他的手永远那么摸着衣兜了……

他的眼睛没有合上……

江曼的心在颤抖——小李昨晚还在看月亮呢，那双直勾勾大瞪着的两眼，是遗憾没有看够月亮吧？江曼把小李的眼睛合上，想把他抬到衣兜上的手放下来，可怎么也放不下来。那里面有什么不放心的东西？江曼从小李衣兜里掏出了一块巧克力糖和一张纸。纸上写了两行字："姑娘护士您好，向您致以阵地上的敬礼……"这是个心里揣着话的战士啊！江曼用手绢给小李擦净了脸，拖来树枝，盖在了没有建立功勋的烈士身上……

她默默地肃立着，心要碎了。

是呵，军人总是可能带着遗憾，在一瞬间睁着眼睛离开人世的，他们可能来不及爱，来不及求得别人的谅解和谅解别人。来不及等到一个真正的有月亮的八月十五，就……结束了一切。

战场突然一片寂静。

我方在寂静中重新组织防御的火力；越军在寂静中加紧搜罗残部准备进攻。

战场热极了。

红褐色的山地仿佛是烧红了的铁砧，山上的石头一片白，似烧过的煤矸石，枪管炙手，硝烟累累团团在盘旋。

空气里是饱和的硫磺味、血腥味。

满山的树木全部都成了焦煳的丫杈。

烟幕中，童川重新调整了防御的火力，将剩下的人三人一组，分成四组，用传统的"添油"战术对付即将进攻的敌人。他回身对江曼道："会打枪吗？"

"打过靶。"

"你下去。"

"凭什么？你干吗总找我的事？"

童川理也不理，只叫来了左臂轻伤的小林："小林，三个重伤员必须送下去。我们只有十二个人能打了。不能多给你人。你，江曼，还有四个救护组的民工，赶紧往下送。路上要小心。"

说到这儿，才看了江曼一眼。

童川的五官被烟熏火燎得十分模糊，那双眼睛显得多亮啊！褐色的瞳仁儿，像秋日阳光里的一块透明的琥珀，沉在深陷的眼窝里。那瞳仁儿里印出她的时候，是那么晴朗，明快，富于感染力，不容人不按他的命令行事。

敌人在打零炮。经历了白热化的战斗，零炮轰隆隆的声音显得单调而缺乏震撼力。

童川说了声"等等"，便跃上战壕沿，去捡拾烈士留下的一条冲锋枪与子弹带。就在这一刹那间，在他正前方不远处，一声短促、迅雷不及掩耳的炮声炸响了，土石、残枝败叶、炮弹自身的弹片和阵地上的弹壳、碎铁全都迸溅起来。童川正弯腰向地，忽感到两眼随之一热，左手下意识地一摸，摸到了黏糊糊的晶体，他的心一震——眼球！他迅速地、徒劳无益地将眼球塞回了空落的眼窝里。

啊，眼睛，眼睛！我的眼睛啊！

他立在烟焰腾卷的背景下，右手依旧提着刚拾起的枪与弹袋，左手还在托着眼球。此刻，他不仅什么也看不到了，而且什么也听不到了。炮声、枪声，全都无所谓了。使他疼痛的不仅仅是眼睛，还有被扯断了的神经！疼痛的是有形的神经与无形的意识！完了，从这一刹那开始，人世上的赤橙黄绿青蓝紫，全部黯然无色了；太阳和月亮，白日和黑夜，全部失去意义了！

江曼完全惊呆了，忘记了躲炮。

忽然，她发疯地一跃而起，跳上了一人高的堑壕沿！这是她三十年的生命中，唯一一次跳上这么个高度！她迎着炮火，抱住了她的童川。这也是她唯一一次果决地、不顾一切地拥抱，她失声地叫着"童川！童川！"泪水模糊了她的两眼。

童川推开了江曼。

他不要人扶，不肯承认自己已经变成了瞎子。他用脚点点地摸索着，跳下了堑壕。这一跳，引起了怎样的震动啊！他感到好像有一个锐角的弹片从眼睛里探进去，宰割、旋转和剜动，整个大脑像牙科医生的涡轮钻在钻凿，发出刺耳的咯吱咯吱的声音。

他"啊"地叫了一声。

他昏倒了，什么也不知道了。

江曼立即给童川包扎。护士长的精神几乎崩溃，她的手像风里的小草，颤摇着。她曾经娴熟地为任何战伤做过包扎，却在为童川包扎的时候，失去了一切能力，几乎连绷带都拿不起来了。少顷，童川的头动了一下，他感到自己脸上流着热辣辣的东西，是泪？是泪！是江曼在流泪。

"不碍事，——我还活着。"

"别动，叫你别动你就别动！"

这声音就在童川的耳边，可似乎是很遥远，很遥远。遥远得像是在北方，北方的森林小火车站……哦，在冰水的"射击"下，他的棉衣湿透了，脊背在结冰，结冰。不要紧，转眼间，又是木板房里的火在烤，一阵寒噤，一阵灼热，白色与红色互相交融，互相吞噬……

他又昏迷了。

醒来的时候，童川已经躺在担架上了。小林与江曼把担架抬入了堑壕，轻轻把他弄了上去，正要抬起来，他却从担架上滚了下来，扶着堑壕站起来。

江曼："干什么呀你！"

小林："副营长，下去吧。"

两人又来搀扶他，他粗暴地推开了他们："你们快走……我知道，只有三副担架。"

小林噙泪道："再要一个人，背也把你背下去。"

"不。十二个人，不能再减员了。抬我下去，我也会在路上把绷带扯开！"

他说得很平静。他就是个内涵的人。他是说到做到的。

"快点，别啰唆了。'过三百死亡线，'要绕着走。记住，绕着走。"

他去摸索用双眼换来的冲锋枪和子弹袋，又摸索江曼的肩。他把子弹袋的带子张开，说了句"江曼，带上，"江曼伸过了臂和头，头发拂着了童川的脸。小林帮助姐姐将子弹袋弄好。童川又把自动步枪给江曼背上——这些，他全要亲自做，才放心。他的手触到了江曼的肩，那是溜肩，很美，可惜挎上冲锋枪易滑脱。

对了，还要数一数弹夹，一个，两个……怎么有一个是空的?

"弹夹要全带上，别怕重。"

"给我一颗手榴弹。"

好。补上一个弹夹，还有手榴弹袋，还有钢盔，什么也别忘了。他尽量去想象江曼全副武装时的样子，那样子一定是很飒爽的。

他听到江曼还在摸索什么。

他听到小林哽咽着叫了声"姐姐……"

"别磨蹭了，过'三百米死亡线'的时候要快跑。"嘱咐着，他又不放心地伸手划动一下江曼的弹夹。他的手指隔着帆布划出金属的声音，这声音使他踏实。可是左边，左边怎么少了一个弹夹，圆圆的铁器："不是弹夹，是什么?"

小林声音哽咽地说："是手榴弹！姐姐把手榴弹拧开了。"

他感到江曼的手冰凉，听见她似乎笑了一下：

"留着给我自己的……"

童川的心猛地一沉！江曼，江曼，你怎么可以往那儿想？可又怎么能不让她往那儿想？可能的，一切出乎意料的遭遇都是可能的。山岳丛林地带的敌我态势复杂，被俘的可能是存在的。到那时候，江曼只消扯动一下贴着心脏的手榴弹弦儿，一声巨响就完了，很简单。是啊，军人有时候不能选择生还。一刹那英勇牺牲的壮举，必须是很久以前的意志的准备和最坏的估计。可童川还没来得及想到江曼会死，这是比他自己的牺牲更可怕的事。童川虽然看不见江曼了，但他可以去感觉她的存在。八年了啊，当他们之间的障碍全部消除，只待下阵地之后接续他们的爱情，怎么能想象一抔黄土会把江曼掩埋呢？

他抓住了江曼的肩摇动着："你得活着，你不会！"

这是天真的孩子话，不该出自一位营指挥员之口。

江曼："是，不会的——你放心。不会。"

实际上她已经在自己心前区埋上了"炸药"！

但她在希望，在渴望。她把右手食指与中指叉开，成了个"V"字——哦，Victory！胜利，这从第二次世界大战起流行世界的军人的"旗语"，胜利，胜利。可惜，童川看不到。

她把童川的手掌打开，把自己两个指头"写"成的"V"字放在童川的手心。

Victory！童川嘴唇微微开合，也伸出了两个指头。

"V！"

"V！"

两个"V"字重合在一起，叠印成一个粗犷的，强有力的"V"字。一切信息，一切情感，一切语言，全通过指尖的接触，从一个心口流向另一个心口，循环着，奔涌着。

与此同时，他们相对而"望"。

她真真切切地望着他——满头绷带；

他用心灵看见她了——一身戎装。

"江曼，走吧。"

"我走了。"

走了！她走了。走得毅然，坚决，仿佛在一转身的刹那便扯断了他们之间的感情线。她走得很快，可是，忽然她又在拐入另一段交通壕之后，站住了，向战壕沿上爬。小林忙扯住了她。她尽量挺起了身躯，喊破了嗓子："童川！童川——！"

枪声又响起来了，战火吞噬了她的声音和她的身影……

向后去的山路很难走。

战斗并不只是在童川所在高地展开，越军以师规模进攻，泼了血本，全面反扑。江曼一行八人，抬着三个重伤号，只好绕开战场走。可以想象，当初进攻战时是怎样开出这一米五宽的山路的。那时到处是密不透风的野竹、杂树、葛藤，到处都是雷场。战士们三人横列，凭借一根铁丝状的"探雷器"一点点地扎、探，将雷排除。有位文学家说，走的人多了才有了路，不，不对，这里是：牺牲的战士多了，才有了路，一条血路！

下面低洼处便是"三百米死亡线"了。一条草袋子垒出的泥路纵贯沼泽地。沼泽地没遮没拦，东一处水洼，西一处泥潭，偶尔有硬土地从泥潭里升起，像癞痢头。有几棵半枯的小树，从沼泽里挣扎出来，扬起的枝条吃力地举向天空，像即将没顶的人在呼唤援救。据说敌人的高射机枪阵地已被摧毁，可是，倘若前后左右出现个把敌人，是会带来危险。小林左臂吊在脖子上，右手扔了拄着的拐杖，问："姐姐，你到底会不会打枪啊？"

"会。"

"那好。你开路，我断后，快点跑。"

小林惦记让江曼早些冲出"死亡线"、估计前面不可能出现危险，危险是在后边，在战区。

江曼说："童川说，过死亡线要绕着走。"

"你还嫌不慢哪？我可要急死了。"

江曼瞥了一眼浑身汗土的民工，又看了看担架上三个重伤员渗血的绷带和失血的嘴唇。

小林："沼泽地上没事儿！走……"

"嘘——"江曼把手指竖在唇上，侧了耳朵听她以女性的敏感先看到了稀疏的林中有盔式帽一闪。大约是五顶。如果不是有灌木遮掩，五个越军就看到他们了。看不到只是暂时的侥幸。敌人正朝这里走来，大概是溃散之兵，有点慌慌张张。敌我处在一条"U"形路的两头，两头全伸向沼泽地。

抬着担架穿过沼泽地是不可能了。

与越军对抗也不行，伤员需要保护，他们几乎没有战斗力。

他们进不得，退不得了。

江曼打战地说了声："小林，只好绕着走了！你们快走。"说着，她突然冲击灌木丛，向坡下跑去，跑向无遮无掩的沼泽地。跑了几步，不知是跌倒了还是故意的——她抱着枪，从山路上滚将下去，像一截没有生命的木头。

可她毕竟吸引了越军的注意，敌人向滚动着的江曼开火了。

小林哭了，他知道江曼是用生命吸引敌人的火力。

顷刻间，江曼已跑到"U"形路的尽头，跑到沼泽旁边了。敌人也从"U"形路另一头斜插而下，扑向江曼。

小林哭着叫民工"快走！"有一个民工两腿打战，手也抖着提不起来。小林狠踢了他一脚："妈的，快走哇……！"

江曼先是扔手榴弹，接着就倚着一棵树与敌人对射一气。

她打一阵，似乎在懵懂中醒过来了，跑上了沼泽地上的草袋子垒成的路，尽量把敌人引得远些。

敌人在向天空鸣枪，向江曼脚跟后面射击——看样子，想捉俘虏。江曼是倾尽全力进行这死亡线上的长跑的。她跑出了一百五十米，似不放心，回头来看敌人追上来没有？追上来了！敌人排成一字，踏入了沼泽约五十米。

她继续射击，可是，几声炸响之后，枪哑了！

她稀里糊涂就打完了一个弹夹。

敌人的子弹在她身左身右飞过。她心里感到一阵紧张，想搬掉那弹夹，换上一个新弹夹。糟糕了！不会！越军嚎叫着"诺松空叶"，向她身左身右和脚下点射。她无可奈何提着枪，傻愣了一霎。

她突然跳过了沼泽！

泥泞陷过了她的膝，她的心沉了一下，又浮起来。她单手举着枪，另一手扔了钢盔，头发飘散开来。她趟着泥泞，向沼泽深处跑去。

敌人也打了个愣。

她是要死在沼泽里？是的，她只有等死，她明白敌人的枪口不讲客气。她回头看了看，担架队已无影无踪，她从心底压出颤抖的一句低语："打吧——打死我吧……"一边转身在沼泽里扑腾，样子有点绝望，脸色是死一样的苍白。黏稠里的泥浆被她溅起来，她又倒抢着冲锋枪去打那泥浆。烂泥里草被挑起来，烂泥里的水被榨出来，成为圆弧状包围着她，扩展了她的轮廓，也模糊了她的轮廓。

江曼摔倒在泥浆里了。

爬起来，她完全成了个泥人！

死亡，在死亡线上只是瞬间的事。可江曼迎着死亡向前扑腾。她既是疯狂的，也是冷静的。她估摸小林和担架队已经逃出去了。她并没有拉响胸前拧开了盖儿的手榴弹，她还存着生的希望啊！

她又一次回头看了看——她看那群山，看那丛林。在一刹那之间，她还仰首看了看天空——层层叠叠的云朵之间，有一角湛蓝湛蓝的天……

越军没有跳入沼泽。惊弓之鸟不敢耽误太久，一个年纪很大的越军举起了枪。枪响了。

云朵在旋转，沼泽在旋转，草袋子垒成的路在旋转，湛蓝在旋转，黑褐在旋转，灰白在旋转……就这么完了吗？刚才我做了些什么啊?!她喃喃自语。这刹那间，她看到了森林火车站板房里的火；看到了林大林一家人在铺满鹅卵石的河滩上行走；看到了童川和自己的手指重叠成了个"V"字……她只好抛开了双目失明的童川了，她不能再尽心尽力地侍候残废了的他了。她甚至咧开嘴角笑了笑：质本洁来还洁去，中国传统的最高的死亡的原则。支持她跳入沼泽。她选择了沼泽做坟墓，是的，坟墓。尸体不会落入敌人的手里了，这是多么幸运的事呢？她感到肩胛处在流血……她看到前边有一棵半枯的小树在摇颤，她最后一个愿望是：扑过去抓住那树，心里默念着一句古怪的话，看到一片绿叶子，我能活；绿叶子……我就能！绿……

小黄把童川安顿在隐蔽部里，童川昏迷了一阵，又摸索着爬出来了。他搬着半箱手榴弹，跌跌撞撞。手榴弹箱不停地磕在堑壕壁上，每一次磕动，他的头都会撞在堑壕或手榴弹箱的边角上，每一次震动，都从他失明的眼窝传导到每一根神经，引起难忍的疼痛。他不得不贴着堑壕壁，凭射击声、战友身上的味道、脚在地上触摸的感觉来判断和寻找自己的位置，这是越军的第六次进攻了。"添油战法"也已即将把"油"添尽，只剩下一个班长指挥三个能够作战的同志了。增援的连队还没有来，也许是因为都在支撑着自己的阵地，也许是因为增援受阻。敌人一个加强营半数以上陈尸阵地，伤亡惨重，进攻已是孤注一掷了。不论怎么说，这片土地还在我们脚下，阵地没丢，心里总有几分踏实。童川把手榴弹搬到一个右臂负伤的战士跟前，拧手榴弹盖。他机械地、不停地拧手榴弹盖，他所能做的、应该做的仅此而已。在硝烟弥漫、弹雨横飞的阵地上，两个伤残的军人，拼成了一个并不健全但具有威胁力的战斗力，坚持着，战斗着！他们无法改变投掷位置，定在一个掩体之中，牺牲的可能随时存在。这一点，他们都清楚，早已做好了准备。为了这场战争，实际上他们已经零零碎碎地在付出自己的生命了。

残酷的战场成了一片火海、烟海……

十五

一群鸽子在明净的长天上盘旋。

银灰色的翅膀在湛蓝的天空映衬下，就像轻飘飘的云朵似的。鸽翅得意地鼓动，悠然地平举。鸽哨儿呜呜地掠过天空，一忽儿，远了，一忽儿，近了。鸽子打了几个旋儿终于飞走了，给人留下的是悠远的回味。

多么宁静呵！

是十月了，桂花儿正当时令，小黄米粒似的花藏在叶隙里，悄没声儿地编织着香阵。

桂花树下靠着个身穿蓝白条儿住院服的男人，他的右腿打上了石膏，两个腋窝处撑着拐杖，戴着墨镜。他的头仰着，随着鸽哨的声音转动，鸽哨的声音在天边消失了，他还是仰着头。

桂树后面似有轻微的响动。

他的墨镜平视正前方，在用耳朵"看"：

"谁?"

无声。

他摇摇头，怀疑自己的听力了。

他掏出一支烟来，放到唇间。

桂树后面又是一阵窸窸窣窣响动。伸出一只手，擎过带烟盒的黄铜打火机，咔，火苗凑向了他嘴上的烟卷。

他感到脸颊灼热，取下烟卷："谁?"

听到轻轻地一声笑，他颤抖了一下。

"江……护士长?"

"童川!"

……

江曼托着他拄拐的臂，扶他坐在涂成白色的长条椅上。

江曼一身便装：印度红的风衣，黑尼龙紧身衫，绿军裤，她似乎重新找回了青春，容光焕发。

童川没表情的脸上又架了一副墨镜，显得木然。他直挺挺地坐着。

江曼咔地又打着打火机，在童川脸前举着，是点烟，也似乎要借火亮仔细瞧瞧他。

童川把手里的烟卷捏碎了。

江曼："真忌了?"

童川："忌不了啦。"

江曼"咔吧，咔吧"地玩着打火机，橙黄色的火苗亮了又灭，灭了又亮……

"那就抽吧，我给你买好烟。"

童川无言，拐杖在无意义地点地：嘟嘟，嘟，嘟……

过一会儿，童川说："江曼，你的伤全好了?"

"没事儿，好了，没事儿。"

"听说你那天在'死亡线'表现得很了不起，可我不懂，你跳到沼泽里算什么?"

"与其让敌人打死，还不如自己找归宿，谁想同志们救了我。"

"所以你还得找，活着，就是寻找归宿。"

这话什么意思?

童川的墨镜黑得像深潭，无波的深潭。

江曼："我也算是死过一回了。"

"一个人不能死两次。"

"我就能。"

"不能！"

"好好，你说不能就不能。"

三十岁的女人战胜自己的古怪和倔强不易，可她战胜了自己——顺从了。

童川："啊……天上好像有云彩？"

"没有。"

"我感觉到了——有。"

"那是树荫。"

"树荫是树荫，云彩是云彩。"

江曼诧异地望着那墨镜。

怎么了？他烦躁？是的，是烦躁。江曼想把话岔开，尽量去体贴、熨平、理解那颗烦躁的心。

"腿怎么样？"

"完了。"

"我问了问医生，说保得住。"

"医生随便说说。"

"真担心哪！开始我听说你牺牲了，我一下子人都木了。可我不相信，我就说你不是'倒霉蛋'儿了。"

"你说什么？"

"我说你——不是——'倒霉蛋儿'！"

江曼笑了。

童川墨镜动了动，大概是眉头在颤动。

"对。不是。不是呵——我够幸运的，不但活着，而且，已经有姑娘托人向我表示爱情了！是盲人福利工厂的。我们的视力正好——零比零。我同意和她见面了——啊?！见什么面？怎么见？用不着，很简单。什么都简单了，零比零，呵呵，零比零！"

"你编的。"

"是真的。"

"你编的。"

江曼的声音变了调，定定地看着童川。

童川却不可能看见她了，墨镜发出冷森森的反光，映出江曼欢愉——惊诧——痛苦的变化。

"江曼，我不会编故事——是真的。"

"我老远来看你——就是听你说这些吗？"

江曼的心颤抖着，她本要发脾气使小性儿的，一见童川伤残的样子，一切怒气全部烟消云散了，剩下的只有心酸。

"江曼，护士长，算了。谢谢你的怜悯。当然，不只是怜悯，可也有怜悯。你走吧。咱们不必重复电影里的故事——你照顾残疾人，我被照顾。你心灵美，自我牺牲，'死'第二回……"

江曼的眼圈潮了。她说"死过了一回"，并不是这个意思啊！"你别这么说，童川，别这样。"

童川撑起拐杖："你什么时候走？"

"这回是探亲假，一个月。我们医院知道我来看你，院长说时间长点也行——不，我不走了！"

她是在宣告自己的决心。

童川愣怔了一会儿。

不远处，病房开着窗子，桂树左右，有三五病号在徘徊，草地上还半卧着个抱吉他的战士。

童川毅然挪动了拐杖。

江曼毅然去搀扶童川。

"不用。我一个人惯了。"

"别逞能。"

"你看看——就放心了。放心吧。我的心里是——一片——光明。"

"这我相信。"

"江曼，既然是探亲假，你应该回北京。"

"八年前你也这么说。"

"可是，他，已经不是八年前那个莽撞冒失的孩子了。"

"她也不是八年前那个不知深浅的小姑娘了啊——童川，童川！"

她充满感情地叫着他的名字。

也许这一声呼唤，唤回了童川的记忆？他好像被记忆的潮水冲撞着，身体抖了一下，少顷又平静下来。

"江曼，你应该回北京。"

童川抛下江曼，说走就走了。那一副拐杖戳到地上，发出结实的嘟嘟声。他凭借路边花木和病房的味道，判断此身所在。他的两臂移动拐杖的夹角始终是相等的，步幅保持着一般大的尺寸。他一直朝着正前方，走到住院部的侧门，然后呈直角，僵硬地转了身躯，开门，消失在门内。

他直勾勾躺在病床上。

窗外，有个病友在拨动吉他的琴弦。那人没有唱出声来，可童川分明听到了那首电视剧的插曲，听到了那歌声，他背得出来。

我选择了：风雨泥泞的小路，
虽然没有人能踏上归途！
泥沼埋葬着落叶的翅膀，
风雨在石的脊背上敲鼓……
呵，也许不能回归
我知道。
我也不想哪一天悔悟。
别说我开头就错，请给我
祝福！
我走了：白雾迷漫的小路，
虽然看不见脚印和花树！
我想猜透那远山的谜语，
但愿我是这里第一个音符……
呵，没有带够干粮
我知道。
我想看看忍受能有多大限度。
别说我一错再错，请给我
祝福！

……

一夜无眠。

童川没住进江曼所在的医院，可他打听到了江曼的一切。他一直盼望着能同江曼在一起，现在，他既希望江曼永远离开，又害怕她离开一步。他曾经梦到过和江曼的结合，那曾经是多少诱人哪，在梦里他的心上生出了一双眼睛！那些梦的背景大都是在洁白无瑕的北方雪原展开。梦醒的时候，他仿佛一下子坠入无底的黑洞洞的深渊，感到怅惘，空落，甚至会像小孩子一样害怕起来。是呵，在现实中，他将无尽无休地在黑暗中生活了。正因为童川深深地爱着江曼，才不忍心去拖累她，让她在漫长的岁月里付出牺牲。他想，他必须习惯孤独，顺从于孤独，重新寻找自己人生的方式。即便他给评上功，人们簇拥着、引导着他登上庆功主席台，戴花，戴军功章，时过境迁又如何？庆功会是大家的，生活是自己的，未来的中年、老年岁月是自己的，不应让他爱着的人同自己一起活受罪！他支付出宝贵的双眸是为了祖国，别人支付出半生的劳累仅仅是为他——这让他如何受得住？瞎子！这个字眼儿是多么可怕的缺欠！所以，他在江曼面前违心而又痛苦地编织了一个盲女的故事。他希望江曼相信，他自己甚至也相信了——他以为，他的生活终将是这么个结局。

早晨五点半钟，军人的"生物钟"使他习惯地坐了起来。他第一次在床上呆呆地坐了好久，忽然想给江曼写一封信，尽可能把道理说明白，把不可改变的决心写明白，尽可能别伤人家的心。这封信，只能用他刚学会一点儿的盲文来写了。也好，留给江曼一些"密码"，让她找人去破译去好了。他在腿上垫了木板，盲文纸、铁尺和刺字用的笔。

江曼！——刚刚扎下这两个字，他的心就被刺痛了。

他一遍一遍地抚摸那两个"字"。

他用那尖尖的笔乱戳一气，最后狠狠地刺透了盲文纸，"笔尖"深深地插在了木板上！

然后，一切都停止了，他一动也不动。

一会儿，他听到两个人走进病房，女性化妆品芳香的气息飘了过来，那脚步是轻悄悄地，像云，像微风。

是护士。对，是两个护士。

他听到什么东西放在了床头柜上。随之，一阵北方旷野里常有的松脂的清香强烈地刺激了他。他伸出手去触摸一下，是炮弹壳里插着松枝。他碰到那尖尖的、润润的、挺挺的松针了。

童川问："谁拿来的？"

病房护士答："她。"

"谁？"

病房护士"扑哧"一笑，示意病室内两个伤号，三个人都出去了。

"护士，请把这东西拿走。"

没回答，他只听到门响和人走出去的声音。他伸出手去推动那炮弹壳，想推得远一些，别叫那尖尖的松针刺他的心，勾起往事的回忆。他手刚碰到炮弹壳，炮弹壳自己移动了，接着，他感觉到松脂的清香变得更浓了，离他更近了。

他辨明飘来的方向，凭感觉去触摸——啊！他摸到了一双手，一双捧着插了松枝的炮弹壳的冰冷的手，而且，那纤手把他的手攥住了！

他像触电似的抽回了自己的手。

"我正要给你写信。"

"是吗？我看看。"

"刚开头。江曼，你自己无法破译。"

"一本我读过的'书'，不需要破译。"

江曼放下松针和炮弹壳，拔下那"笔"，拿过童川刚刚开头的"信"，闭上眼，用指尖去感觉："江曼……"她竟然在学盲文！可她接下来触摸到的却不是盲人的文学，是一颗自我刺伤的心，是乱糟糟的伤痕。她的眼圈一红，说："童川，我们别折磨自己了。够了，八年，八年了啊！我们还有几个八年呢？你凭什么乱揣度人，乱委屈人？我难道还不值得你信任吗？难道你非得我上吊，跳井，然后把眼球给你，你才能看到我成了碎片的心吗？"

"江曼！"

倔强内向的军人再也控制不住自己了，他突然凭借第六感觉，准确地、有力地、毫不犹豫地、忘记一切顾忌地抓住了江曼的手。

江曼的感情像决了堤的水，哭了，哭着扑到童川的床边，哭着用拳头捶打着她的人。童川的伤腿挨了小拳头的连击，痛得"啊"了一声，江曼才意识到做了傻事。她停了手，抬起头，憋了泪，忽然又抱住了童川的两肩，痛痛快快地哭起来。她完全放纵自己了。她难得有这样放纵的机会。她心里积郁了八年的感情是太多太多了。她的爱是真挚的、崇高的，她并不认为未来的日子仅仅是自己照顾他，只要和他在一起，他每时每刻也都在给予。

童川怕屋内有人，想推开她。

她叫着："我不我不我不！……我是个三十岁的女人了啊，你还要我怎么样啊?！"

是呵，你还让人家怎么样呢？童川的心被烫化了，他的空落落的眼窝里流出了泪。

慢慢地，江曼平静些了。她在童川的肩头睁开了泪眼，看到了一片油然的绿色，她问："你看——呵不，对不起。你一定知道那炮弹壳里插的是什么吧?"

他当然知道。

知道那冰天雪窖的北大荒……

知道那森林小火车站，木板房……

还清清楚楚地记得他寄出的带着松针的信……

哦，松针，那油脂的清香是多么强烈，多么执拗！它简直就是——"记忆草"。

整团的人全部在河里洗去了汗渍，全把军衣上的血迹漂净，全把钢盔用绿色的油漆漆过，全将自动步枪擦拭得瓦蓝闪亮。摩托车、电台车、吉普车、炮车焕然一新。背囊上插满了滇南绚烂的野花。

呵，凯旋，部队即将返回昆明了！

团长杨勇侠把队伍集合到峡谷里，望着那布满弹洞的猎猎战旗。望着钢盔下浴过血雨腥风的一张张脸，他严峻地要求部队——代表烈士接受人民群众的欢迎和检阅，要走出军威来！他依次念了一遍永远留在滇南大地的烈士的名字，做最后的告别。不，不是告别。他把泪花咽了回去——烈士们永远在连队的名册里了。军人，死是暂时的，生是永恒的。想想他们，有什么可骄傲的呢？我们和群众一起分享凯旋的滋味吧！

呵，凯旋，军人的节日！

想想那人山人海的街衢，震撼人心的锣鼓、鞭炮、缤纷的花雨，成千成万双含泪带笑的眼睛……再想想穿插、进攻、雷场、堑壕，军人们沉浸在严峻的喜悦之中。通讯员小黄还漫山遍野地采了最美的野花，悄悄说，准备抛给人海里最漂亮的姑娘……

谁也没想到，军车在开进昆明之前，路上接到命令——团队必须在午夜入城。

午夜？

午夜……

凯旋之师的军车，缓缓地进入昆明市区。

除掉军车碾动柏油路面的寂寞的轧轧声外，一点儿别的响动也没有。

繁华的省会睡了。月亮远远地偎在中天。宽阔的道路两旁，路灯默默地擎着橙黄色的光。街旁的树无声地把树荫藏在夜幕里。鳞次栉比的高楼，一扇扇楼窗窗帘尽垂，灯大都熄了。偶尔有一两个亮灯的窗口，似乎有人掀动了彩色窗帘向路上张望。有一座顶楼上提花窗纱里透出紫色的灯光，人影幢幢，从那里传来了"迪斯科"舞曲炙热的节奏。

行进着的军车的序列是多么整肃和威严哪！两辆摩托车在前面开道，后面是团首长的北京吉普，一辆辆卡车以等距等速缓缓行进，钢盔、枪炮在灯光下一闪一闪。

没有扎起凯旋门，没有夹道欢迎，没有欢呼与口号，没有姑娘与孩子，没有花雨与锣鼓，没有人知道这里行进着从血与火的战阵中回来的士兵……

睡了，睡了，整个城市都在酣睡……

只有十字街头——距军区总医院不远的灯晕里，立着两个人。一个是护士长江曼，一个是副营长童川。江曼怀里抱着一束系着红绸的苍翠的松枝。

童川今日换了军衣，墨镜显得深不可测，夜对他来说是黑暗和昼的连续，可当他听到军车的轧轧声时，心里就烨然亮了。

团长传了令，军车停了。

团首长下了车，向童川走来。

通信员小黄随之飞奔而来，手里举着那束美丽的野花。

小林也从驾驶楼里跳下了车。

杨勇侠团长拉住童川的手："没惊动别人吧?"

童川："没有。就我们两个。"

杨勇侠："军区安排这时候进城，我直到这会儿才想通。不管怎么说，也得走出军威来。看到了吧，咱们八团很像个样子——呵不，对不起……你的眼睛……"

童川："我看到了，我能看到。"

小林苦笑一声："真扫兴。军区为什么让我们半夜进城？干吗不通知地方？城里的人好像全晕乎了，好像对这场战争一无所知。"

杨勇侠："要是这样就对了。你想想，打仗，流血，目的是把老百姓半夜轰起来，欢迎你这位大功臣吗？你的大脑少一个皱褶!"

童川转了一下头，那墨镜后面似有亮光一闪。

是的，他想，这就对了。战争的目的也许就是让后方的人们永远忘记战争。

军车驶过了街市，就连灯光也收到了最小;

军车驶过了街市，在这静悄悄的午夜……

幸福像花儿一样

石钟山

那一年秋天，文艺兵杜鹃同时收到了两封求爱信，一封来自风流倜傥的公子哥儿白扬，另一封来自少年沉稳的文化部干事林斌。

同时面对两个男人，美丽的杜鹃犹如站在了自己人生的十字路口上，每一条路都引人，每一条路也都莫测。

然而现实没有让人犹豫的机会，杜鹃选择了两条路同时走。

然而人是不能同时走两条路的，错误的开始将导致怎样的结局？等待着她的，将是那一年深秋里的苍凉。

公元一千九百七十六年，那一年的深秋，军区文工团舞蹈演员杜娟发生了一件大事。

那个深秋，某一天的中午，杜娟收到了两封男性来信，这两个男性她都认识，而且说来还相当的熟悉。

第一封是文工团白扬干事来的，他在信里这么写道：

> 杜娟：
>
> 你好！
>
> 不知道晚上有没有时间，我在排练厅等你，有话对你说。
>
> 此致

敬礼！

白扬即日

　　另一封是军区文化部文体干事林斌写来的，他在信里这么写道：

　　杜娟：
　　　我这里有两张文化宫的电影票，是你最爱看的话剧《春雷》，如有时间，在你们东院的西门口等你，时间是六点三十分。
　　　此致
　　　敬礼！

林斌即日

　　杜娟在这天中午一下子就收到了两封男性来信，她觉得自己要发生大事了。这两封信她是拿到厕所里看的，只有厕所里才不被人打搅，没人看到她脸红心跳的样子。看完这两封信，她一时竟不知如何是好，呆呆地蹲在厕所里。在这期间，同宿舍的大梅到隔壁的厕所里去过一次，她知道杜娟就蹲在一旁，大梅完事之后，敲了敲挡板道：杜娟，怎么还拖拖拉拉的，这么长时间了，是不是"老朋友"来了？

　　杜娟含糊其词地应了一声，大梅走了，杜娟仍蹲在那里，她要一个人好好地想一想，这究竟是怎么了？

　　杜娟二十一岁了，她到部队已经九个年头了，她是十二岁那一年被部队特招来的文艺兵。那时，她在老家那座城市里的文化宫里学舞蹈，说是学舞蹈，无非是练一些基本功，弯腰、劈腿、把杆等等。那年，军区文工团到各地去选舞蹈学员，他们一下子就看上了她，还有大梅。那时，能到部队当兵，尤其是女兵，没门没路子的连想都别想。因为部队招的是文艺兵，还是要考虑特长的，于是杜娟便成了一名文艺兵。接下来，杜娟就开始了部队的学员生活，这种生活一直持续了五年，五年不算长，也不算短，杜娟终于合格毕业了，现在成了一名排级职务的舞蹈演员。她感到生活幸福又美好。

　　她现在已经是干部身份的舞蹈演员了，也就是说，不管她以后跳好跳坏，能不能吃跳舞这碗饭，她都将是名部队干部。也就是说，她进了

幸福像花儿一样／石钟山　　257

保险箱，不管以后在部队还是在地方，她都将是名干部。干部和一般的群众比，天上地下，不可同日而语。

二十一岁的杜娟这种优越的心理已经持续了好几年了，许多和她一起成长起来的学员，都有这种优越感。她们当学员时的那种努力、刻苦、勤奋等等，在她们成为干部演员后，都大打折扣。这一点可以从她们的体形上清楚地看到。她们胖了，先是脸圆了，然后是腿，以前细细瘦瘦的腿，变得饱满了，然后就是胸，坚挺瓷实。

这一变化，最突出地体现在她们吸引男性的目光上。她们还是学员时，走到哪里，都会吸引来一片目光，那些目光是新奇的、惊叹的。因为那时她们还小，这么小，这么漂亮的一群小姑娘，穿着军装，肯定是突出的，卓尔不群的。于是缭绕在她们周围的目光是惊奇和羡慕的。现在却不同了，不管她们是集体还是一个人，只要出现在公开场合，她们都会把男性的目光牢牢地吸引到自己身上。那是男人欣赏女人的目光，她们已经明显地感受到了周围这种目光的变化。于是她们挺胸抬头，用灿烂的表情和丰富的身体语言来迎接这种男人的目光。

她们这一茬舞蹈演员，刚二十出头，花季芬芳不能不吸引众多的年轻男性的目光。但是他们也是有自知之明的，这些女孩子他们是得不到的，只能远远地欣赏。在这之前，那些文工团的女孩子大都嫁给了有头有脸的男人。这些男人大都是父母在部队工作，自然都是首长一级的人物，孩子们自然也就有了头脸，先是参军，最后是入党、提干，然后调回军区，在机关里当参谋或干事，他们选择女朋友的目标，首先瞄准了文工团的女孩子们。只有这样，才门当户对，况且又是近水楼台，他们得不到还有谁能得到？

杜娟这拨女孩子，早就被众多首长的儿子们物色上了。有的已经挑明了，大梅的男朋友就是军区后勤部长的公子，这个公子现在在司令部作战处当着连级参谋。现在每个周末，那个王参谋都要到文工团里来接大梅。两人说说笑笑地走了，去后勤部长家。

大梅回来的时候已经是深夜了，杜娟都睡了一觉了，大梅回来之后仍然是兴奋的，她不断地在床上翻来覆去，杜娟蒙眬着眼睛去厕所，借着走廊里的灯光看到倚在床头的大梅仍大睁着眼睛。

杜娟就很不理解地说：都啥时候了，还不睡呀？

大梅就说：睡不着。

杜娟就说：那个王参谋对你好么？

大梅就潮湿地说：好。

杜娟就不说话了，大睁着眼睛望着黑夜，想象着是哪种好法。

大梅又说：王部长在催我和小王结婚呐。王部长自然是小王的父亲。

杜娟的心里就动了一下，然后就说：结婚有房子吗？

见杜娟这么问，大梅就胸有成竹地说：王部长说了，结婚就住在家里，他们家房子多的是。

杜娟这才想起王部长住在西院首长区的一片小楼里，那是一幢二层小楼，独门独院。王参谋是王部长最小的儿子，上面有姐姐和哥哥，哥哥姐姐早就成家另过了。王部长现在只有一个儿子在身边，住房自然不成问题。

杜娟暗自就羡慕大梅，觉得大梅找了一个中意的男朋友。

两个男人的爱意同时击中了杜娟，那个深秋的中午，杜娟捧着两封男人来信，竟一时不知如何是好。

文工团干事白扬长得一点也不白，可以说有点黑，原来在基层部队当排长，后来父亲先是当上了军区文化部的副部长，当副部长时便把白扬调到了文工团当干事，文工团隶属文化部领导。后来白扬父亲又当上了文化部的部长，师级干部。白扬整日里就显得很优越，在文工团工作，每日里和演员们打交道，又是年轻人，正是追女孩子的时候，身上的故事就很多。白扬调到文工团不久，据说先是和话剧团的"小常宝"谈过恋爱，《智取威虎山》被话剧团改编成了话剧，演过"小常宝"的女孩子也姓李，那一年才只有十八岁，梳两条长辫子，走起路来一跳一跳的。自然是白扬先追求"小常宝"的。前一阵子，"小常宝"刚写过入党申请书，白扬干事就三天两头找"小常宝"谈话，两人选在白扬的办公室谈，后来就在文工团的院子里谈，当时的季节是春天，杨树吐绿，到处显得生机勃勃，白扬背着手，带着几分领导做派，"小常宝"把手插在裤兜里，样子天真而又幼稚。白扬喋喋不休地说着什么，样子激动，"小常宝"半低着头，一条辫子在前，一条辫子在后，满脸羞怯的神情，两个人的样子成了那年春天文工团一道最通俗的风景。

后来两人又形只影单起来，"小常宝"在那一段时间人变得痴呆起来，有时站在一个地方好久不说一句话，就那么呆呆地望着，眼前并没有什么，但她仍痴痴呆呆地望着。不久，人们才知道，白扬和"小常宝"散伙了，白扬又和一个唱歌的女孩子谈起了恋爱。人们便明白"小常宝"为什么痴呆了，那一阵子，天真活泼的"小常宝"不见了，只剩下一个恍惚的、脸色苍白的小李。不久，"小常宝"提出了转业，再也没有出现在话剧团，听说转业手续什么的都是她哥哥来办的。人们不知道白扬和"小常宝"之间到底发生了什么。

白扬和唱歌那女孩子，恋爱似乎是有始没终，两个热乎了一阵子又热乎了一阵子，最后也不了了之了。白扬和唱歌那女孩子倒没什么新故事，只是那女孩子调到了南方一个军区，她老家在那。又一个女孩子在文工团消失了，似乎和白扬有关，又似乎无关。

白扬把自己的触角伸向了文工团的每个角落，凡是有女孩子的地方便都有白扬的身影。白扬是最后把触角伸向舞蹈队的，据大梅透露，白扬曾向她发出过求爱的信号，那时王参谋还不认识大梅，大梅也曾赴过白扬两次约会，第一次是谈话，第二次是去看电影，第三次去公园，从公园回来的那天晚上，梳洗过的大梅脸红红地躺倚在床头冲杜娟说：我谈恋爱了。

杜娟就吃惊地说：和谁？

大梅两眼放光地说：白扬。

杜娟就有些吃惊地望着大梅说：我怎么一点也不知道。

杜娟在这方面可以说反应比较迟钝，文工团青年男女一有谈恋爱的迹象，马上会作为头条新闻传遍整个角落，最后一个知道的一定是杜娟。按现在人们的说法是，杜娟的情商有些低。八九岁开始学习跳舞，十二岁入伍，她只对跳舞感兴趣，除此之外，一切她都是很迟钝，每日里笑呵呵的，谁说的话，她都相信，跟她说完了，与自己无关的，不出第二天一定扔在脑后。因此，杜娟和大梅比起来显得单纯，单纯得有点没心没肺。大梅的事从不回避杜娟，包括第一次来月经这样羞于出口的私事。大梅只把杜娟当成一只耳朵，听过也就听过了。

那天晚上大梅便把自己初恋的幸福说给杜娟听。大梅说：白扬摸我这了。

说完用自己的手摸了一下左胸。

真的?! 杜娟此时面色鲜红, 仿佛白扬摸的不是大梅而是自己。

如果王参谋不及时出现, 也许大梅真的会和白扬有什么故事了。这时王参谋及时出现了, 大梅和王参谋是经人介绍认识的, 和王参谋见过一次面, 又去了王参谋家里一趟之后, 大梅当即做出决定, 彻底和白扬断了往来。那一阵子白扬很是失落, 他天天绕着舞蹈队的宿舍楼转来绕去的。王参谋正在和大梅热恋, 只要王参谋一下班, 便急三火四地来到文工团接大梅, 那时他们把业余时间安排得丰富多彩, 轧马路, 逛公园, 看电影, 两人走在一起的身影, 亲密而又幸福, 白扬躲在暗处火烧火燎地看着眼前的幸福一对。

大梅投入到王参谋的幸福怀抱之后, 曾和杜娟有过一次对话。

杜娟说: 白干事人也不错的。

大梅说: 王参谋人更优秀, 他是搞军事的, 以后比白扬有前途。

杜娟又说: 白扬的父亲是文化部长, 管着咱们你不怕?

大梅也说: 杜娟你不知道王参谋的父亲是谁吧, 他是后勤的王部长, 军区常委, 比白部长大好几级呢, 我还怕白部长给我穿小鞋。

杜娟这时似乎才明白大梅为什么会舍近求远, 这么快投入到了王参谋的怀抱。从那以后, 白扬干事果然没再纠缠大梅, 他只能远远嫉妒地看着。大梅的幸福便轻车熟路了。

在这之前, 杜娟做梦也没想到白扬会给自己写信。杜娟没写过入党申请书, 平时她只出入宿舍和练功房, 要么就下部队去演出, 文工团办公楼她很少出入, 偶尔去开会, 也都是和大梅等人结伴而去。以前她只远远地看过白扬, 那是一个长得很结实的小伙子, 要说了解白扬的话, 都是从大梅嘴里得知的, 包括当年和"小常宝"谈恋爱, 又和那个唱歌的女孩子有来往, 一直到最后白扬摸了大梅那个地方。总之, 她对白扬的了解是抽象的。

大梅对白扬的评价是这样的: 白干事很有激情, 就像钻进女人肚子里的蛔虫, 他知道你心里想的是什么。他干的事你觉得都蛮舒服的。

那时杜娟就想, 大梅一定是想让白扬摸了, 白扬才摸的, 要不然大梅不会说这种话。

最近一段时间，白扬经常到舞蹈队的练功房里去转一转，背着手很悠闲的样子。舞蹈队的队长也很尊重白扬，毕竟是文工团机关的，况且又是白部长的公子。队长每次见到白扬都热情地打着招呼说：白干事，有什么指示？

白扬就挥挥手说：什么指示不指示的，随便看看。

刚开始，队长以示对白扬的尊重，总要在白扬的身旁站一站，说些客套话，白扬就说：你忙，我就是看看。

队长就走了。白扬就从这间练功房走到那一间。练功的时候，女队员在一间，男队员在一间，白扬看男队员练功时，神情是马虎的，草草地看了，就来到女队员练功的房间。女队员练功时，穿的都很少，练功衣裤都是紧身的，显得胳膊是胳膊腿是腿的。在白扬这种男性的注视下，这些女队员很不好意思，脸自然是红了。白扬似乎也觉得有什么不妥，看一会儿就走了，第二天仍然来。

杜娟要说和白扬有什么接触的话，就是在不久前的一次食堂里。

杜娟打了饭坐在一个空桌前吃饭，白扬端着碗走过来，坐在杜娟的对面。杜娟因为对白扬不熟，只和他点了点头。

白扬似乎对杜娟了如指掌。白扬坐下就说：杜娟，你怎么一直没写入党申请书呀？

杜娟红了脸，前面说过，杜娟是很单纯的一个女孩子，她只对跳舞精通，别的事她都搞不明白，她更不知道入党和跳舞有什么关系。

杜娟红了脸，说不出话来。

白扬又说：你们舞蹈队的人，差不多人人都写了入党申请书。

杜娟这才说：她们是她们，我是我。

白扬就说：你要提高自己的认识，找个机会我和你谈谈。

说完这话之后，白扬端起饭碗就走了。今天她接到白扬的信，她不知道是不是和她谈入党的事，要是这个事，白扬完全没有必要写这封信，他可以打个电话通知她，几点到他办公室去。

那不是这事又是什么事呢？

如果只收到白扬的一封信，杜娟就不会这么犯难了，她一定会毫不犹豫地去赴约，不管白扬谈什么，她都会感到很高兴，甚至会感到幸福的。

偏偏在这时，林斌也来了封信，他约她去看话剧。《春雷》这场话剧她在不久前曾看过，是文工团组织看的，她很喜欢。《春雷》里那个青年百折不挠追求真理的精神深深地感染了她。她记得看《春雷》的时候，林斌就坐在她旁边，因为自己入戏了，她甚至忘记了周围人的存在，她用手帕不停地去擦眼泪，主人公的命运让她担惊受怕，她双手死死地抓着身体两旁的扶手，直到戏演完了，灯亮了，观众热烈地鼓掌，她才清醒过来，觉得很不好意思，冲林斌吐了一次舌头，然后她慌慌地随人流向外走去。直到走到停车场，他们排着队上车，林斌才在她身后问：喜欢《春雷》吗？

她没敢回头，在灯影里她使劲地点了点头。那天回来的路上，林斌就坐在她的后面，她没回头，但她感受到，林斌的目光一直在注视着自己，她的脸颊也因此热了一路。那天晚上她失眠了。

林斌是军区文化部的文体干事，平时和文工团打交道很多，军区舞蹈队不管排练什么节目，事先一定要报机关审查的，林斌分管文体工作，每一次报告总是最先报到林斌那里，然后林斌就代表组织到文工团来，先找领导了解情况，最后找到这个戏的主角问一些情况，他每次都很认真地将了解到的情况记到小本子上，回到机关后，再把他了解到的情况汇报给领导，最后是白部长在汇报上画圈，不久，一份红头文件就下来了，上面说同意文工团这个节目的排练。

节目排练了一阵子，文化部的领导就亲自审查了，林斌自然也在其中，仍拿着那个小本子，文工团上上下下又认真准备了一通，团长、白扬等人也跑前忙后，一干人等看完了排演的节目，每次都会有些意见，先是领导们说，林斌不停地记录，到最后林斌也会说上几句，话语轻淡淡的，他总是在强调领导曾经说过的话，领导没说过的他从不多说一句，然后合上本子，恭恭敬敬地望着领导，等候领导的最后指示。

林斌在这种场合下，总是显得很文静，脸也长得很白，一点也不像白扬。他和白扬很熟悉，每次到文工团来，他都要和白扬说笑上一阵。

杜娟有一次排练了一个双人舞，节目审查的时候，林斌也来了。刚开始杜娟还能一心一意地跳舞，不经意间，她的目光和林斌的目光对视在了一起，林斌正专注地望着她的眼睛，不知为什么，在余下的动作里，她总是走神，一连出了好几个错。节目完了，她连头都不敢抬，坐在一旁，领导说了什么，她一句也没有听清楚，耳旁轰响成一片。直到领导起身离座了，林斌走过她身边时，轻轻拍了一下她的肩，说了声：你跳得不错。这句话她听清了，不知为什么，那一刻她直想流泪。

她和林斌的接触，差不多就是这些。没想到的是，林斌会在这时，给她写来这样一封信。

杜娟遇到了人生中第一件头等大事，她在厕所里，把两封信左看了一遍右看了一遍，仍没有下定最后的决心，到底该怎么办。她下定决心，向同宿舍的大梅求助了，她相信大梅，天大的事到了大梅眼前都是小事一桩，大事化小，小事化无，她有这种本事。正是午休的时候，大梅已经躺在了床上。大梅有个毛病，每次躺在床上，总是要把自己脱得干干净净，只有这样，她才能睡着，否则，她将寝食难安。大梅说，脱光了衣服睡觉这是一种幸福，穿着衣服那才是活受罪呢。杜娟回到宿舍的时候，大梅似乎睡醒了一觉，她正眯着眼睛看杜娟。然后她就一针见血地说：杜娟你出事了？

大梅这么一说，杜娟就再也承受不住了，一股脑把两封信都塞到了大梅手上，自己坐在床沿上，手足无措的样子，她似乎在等待着大梅的宣判。

大梅看了一眼信，又看了一眼，然后就惊惊咋咋地说：呀，杜娟你了不得了，爱情来了。

杜娟就红着脸说：大梅你小点儿声儿，怕别人不知道咋的。

大梅就平静了一些道：杜娟你真幸福，同时有两个男人喜欢你。

杜娟就无助地说：要是一个人还好办，两个我可咋办呢？

大梅又说：白扬不错，他就是咱们团的人，年轻有为，有多少女孩子喜欢他都喜欢不上呢。

杜娟说：那我今晚就去见白扬。

大梅这时在被窝里又摇摇头说：林斌也不错，他没什么靠山，这么年轻就在大机关工作，在领导身边，以后一定会很有前途。

杜娟因此也改变了主意：那我去见林斌。

大梅沉思了一会，伸出白白的胳膊，抱住自己的头说：别忘了，白扬的父亲是白部长，虽说白扬暂时在咱们文工团这座小庙，谁敢说以后不会调动。

杜娟听大梅这么一说，更没了主意，她眼巴巴地望着大梅说：那我该见谁呀，要不我谁也不见了。

大梅望着天棚说：你都见！

杜娟就傻了似的望着大梅。

大梅把白白的胳膊收到被窝里，伸了个懒腰说：以后，那就骑驴看唱本走着瞧，谁能给你幸福，你就嫁给谁。

杜娟有大梅做后盾，心里果然踏实了下来。

在剩下来的时间里，杜娟倚在床上，双目盯着天花板，她在畅想自己的未来，想象着即将出现在她生活中的两个男人，她要抓住属于自己的幸福。

那个下午对杜娟来说冗长而又焦灼，她在激动又忐忑中终于等到了晚上。她走出宿舍门时，抹得香喷喷的大梅拍着杜娟的肩膀说：好好干。杜娟知道，香喷喷的大梅要在空下来的宿舍里等待王参谋的到来，以前大梅也是这么抽空和王参谋幽会的，可是那时杜娟什么也不懂。有一次，杜娟突然从练功房里回来，撞上了王参谋和大梅两个人正在宿舍里，她只看见大梅凌乱的床，还有面色潮红的两个人，那时她什么也不懂，傻呵呵地冲两个人乐，直到大梅急赤白脸地说：我们两个迟早是要结婚的。她仍没明白两个人躲在宿舍里到底干了些什么。现在她知道大梅为什么把自己搞得香喷喷的原因了，她出门的那一刻，冲大梅很有内容地笑一笑，心里想，迟早有一天，我也会在宿舍里幽会的。

六点三十分，杜娟准时来到了东院的西门口，东院是军区的家属区，但也有一些不怎么重要的单位被安排在了东院，例如文工团这样的单位，西院是办公区，还有一些师职以上的干部宿舍。西院自然要比东院贵族一些，但东院仍有士兵站岗，杜娟出门的时候，哨兵向她敬礼，她一走出东院门，便看见了立在树下的林斌，林斌立在那里像一个士兵一样，不错眼珠地向东院内张望着，他一看到杜娟，笑着冲她说：我还以为你不会来呢。

杜娟说：差一点，晚上我们排练。

杜娟第一次撒谎，脸红了，天暗，林斌看不到这一点。

林斌就很失望的样子。

杜娟说：晚上排练七点半呢，还有一会儿呢。

林斌的脸色就舒缓了许多，他有些尴尬地说，可惜，话剧看不上了。

两个这么说话时，是边走边说的，两人顺着军区大院外的市道往前走去，市道上落满了树叶，两双脚踩在上面哗哗啦啦地响着。两个没再提看话剧的事，有一搭无一搭地说着话。

林斌问：最近在排什么节目？

杜娟说：还是那个双人舞。

林斌就点点头说：这个双人舞，部里领导很重视，还希望你们在全军会演中拿奖呢。

杜娟不说话，只是笑。

接下来，两个就说到多长时间没回家了，由家说到家庭中的成员。直到这时，杜娟才知道，她和林斌的老家是一个市的，他们住的不是一个区，但只隔了两条马路。两人的样子似乎都很愉快。不知不觉就到了七点半，这是杜娟给自己定的时间，白扬没有说具体时间，只说晚上在练功房等她。但她还是给自己规定了时间。杜娟看表的时候，林斌不无惋惜地说：你时间到了，咱们原来还是老乡，那就找个时间再聊吧。

林斌向她伸出了手，她也把手伸了过去，他握住了她的手，她觉得他的手又大又热。

她不知道白扬要和她说什么，她低着头只顾走路，差点和楼上下来的一个人撞了个满怀，她抬起头才看清对方原来就是白扬，白扬自然也看见了她，怔了一下说：我以为你不来了呢。又是这样的开场白，说得她怔了一下，忙说，我在宿舍里有点事。

两人一边说一边向排练厅里走去，进门的时候她伸手要去开灯，他伸出手制止了她，她触到了白扬的手，白扬的手很软，还有些凉，她这才意识到，男人的手原来是不一样的。

白扬很自然地说：别开灯，太刺眼了。

窗口有一片亮光泻进来，那是月光。两人向窗口走去，就站在这片亮光里。

白扬站在她的对面，迎着月光，他就成了一个剪影。

他说：为什么不喜欢入党？他这样开场说。

她低下头笑了一下，半晌才答：什么也不为。

他说：你要写入党申请书，我会为你争取的。

她抬起头望着他，想：也许白扬以前和"小常宝"还有那个唱歌的女孩子约会时，他也是这么开场的吧，想到这，她凌乱的心稳定了下来，平静地望着他。

他说：你舞跳得不错，比大梅强多了，大梅一谈恋爱就不想跳舞了。

这时她想起待在宿舍里的大梅，心想，此时大梅一定又把宿舍的床弄乱了。想到这，她的脸又红了一下。

白扬这时向前挪了一下身子，似乎要抓住她握着把杆的手，最后在一旁停住了，只握住了把杆。

白扬说：舞蹈队的女孩子就你不一样。

她不明白他说的不一样指的是什么，她还没有问，她就听见了他急促的呼吸声，这种呼吸，让她感到有些压迫，她似乎受到传染似的呼吸也急促起来。就在这时，白扬一把抱住了她，她没想到，他会抱她，刚想躲避，不料想，他的整个身子倾斜着压了过来，脸贴在她的脸上，他更加急促地在她耳旁说：杜娟，我喜欢你。

那一刻，她的大脑一片空白。她什么都想到了，就没想到，他会这样。她含混地说：啊，不。

他更紧地抱着她，她一时不知如何是好，浑身僵直，他的手在她身上游移，突然，他摸到了她的胸，她过电似的那么一抖，不动了。她想起大梅和白扬约会后回来对她说：白扬摸我这了。

那时她脸红心热，不知道那被男人摸过是什么滋味。此时，眼前这个男人正得寸进尺地摸她"那"，她是什么感觉呢，她觉得身体僵直得都快断掉了。一次次，她似乎是被电击中了。后来，她逃也似的离开了练功房，离开了那个男人的怀抱。

她回到宿舍，大梅正在整理自己的床铺，大梅的样子很满足，正在哼唱着《北京的金山上》，大梅一抬头看见了她，忙笑着问：怎么样？

她没有理大梅，她不知自己该说什么，一下子躺在床上，拉过被子，蒙上了头。

一个晚上，短短的时间里，单纯的杜娟经历了两个男人对自己表白爱意，林斌含蓄而又冷静，白扬直接热烈。杜娟一时不知如何是好了，她把头蒙在被子里，眼睛却睁得大大的，浑身发热，脑子发空。她想冷静地想一想，可一时半会儿却想不出个头绪，脑子里乱乱的，又空空的，她努力使自己沉静下来。

她没有和男人交往的经历，尤其是这么近距离接触男人，他们舞蹈队分男女两个队，她也有过和男舞蹈队员合作的机会，那时，他们的身体接触是紧密的，他们在一起要做出各种各样的动作。

第一次体会男人身体的时候，那是参军不久，她还是舞蹈队的学员，观摩舞蹈队老队员演出。演的是《白毛女》，"大春"上场的时候，只穿了一个体形裤，下体自然暴露无遗，她坐在前排，清晰地看见了大春的下体，那个晚上，她脑子里呈现的始终是"大春"的那一部分。她一直在心里说，原来男人是这样的呀。

第二天见到那个扮演"大春"的男演员时，她不由自主地脸红了。很长时间，她的这种感觉才消失。

后来就有了和男演员一起排舞的经历，身体接触自然是少不了的，刚开始，她总是害羞，做动作时，有意地和男演员保持着距离。她们的舞蹈队长是过来人，自然对她们这群小姑娘的心理了如指掌。队长就说：舞蹈演员的身体就是语言，没有男女。

队长这么说过了，每次她和男演员在一起排练时，她就默念着队长的话，可还是不行。于是，一个动作就会重复十几遍，有时是上百遍，才终于过关。日复一日地下来，她渐渐就没有了那种感觉，她眼里的男演员，只是一个舞蹈符号，甚至就是一截木头。几年下来，她再看男演员时，便心静如水了。这就是职业素质。后来队长这么评价他们这些演员。

她没想到的是，林斌和白扬一下子让她的身体激活了，他们不是男演员。而是两个活生生的男人。面对男人，杜娟不能不激动，不能不失眠。

冷静下来，杜娟一遍又一遍地问自己：我到底喜欢哪个男人？

杜娟无论如何睡不着了，她没了主张，这时她就想起了大梅。大梅在她眼里简直就是过来人，虽然她们的年龄相差无几，任何事，包括这次和两个男人见面都是大梅的主意，现在又出现了一个新问题，她要讨教大梅了。想到这，她跳下床，一下子把灯拉亮了。

大梅已睡着了，两只白乎乎的胳膊，还有半截肉肉的肩膀露在被子外面，大梅的样子很满足，也很幸福。杜娟突然发现大梅又胖了。大梅被突然而至的灯光刺激得直揉眼睛。

大梅就说：干吗呀，你脑子进水了。

这句话，当时是一句颇流行的口头语，一般年轻人都会说。

杜娟坐回到自己的床上，用被子盖住自己的下半身说：大梅，我睡不着。

这时大梅就睁开了眼睛。大梅说：咋地？是不是让两个男人搞的。

杜娟只能点头了。

大梅说：两个人都对你说啥了？

杜娟就偷工减料地把见两个男人的大致情况和大梅说了。

大梅就说：这才哪到哪呀，早着呢。

杜娟说：那我不能同时交两个男朋友吧，总得选一个吧。

大梅说：你选什么，两个人谁说娶你了？

杜娟摇摇头。

大梅说：杜娟你别傻了，遇到这种事，男人都知道要挑一挑，就不许我们挑。我不是跟你说了么，这两个男人各有特点，各有优长，就看谁最后能给你幸福，谁给你幸福你就嫁给谁。

杜娟仍不明就里地说：那我现在该怎么办？

大梅说：你该干啥还干啥，哪个男人约你，你都去见。

杜娟又说：要是他们同时约我呢？

大梅说：那你就选择一个去见。

杜娟听了大梅的话，仍是一脸的为难，她不知道这样下去的后果是什么。谁会让她幸福？此时的幸福对单纯的杜娟来说，如同水中月，雾中花，看不见摸不到。

大梅的话，还是对杜娟产生了重要的影响。

中午在食堂里，杜娟见到了白扬。那时杜娟正坐在桌前吃饭，白扬端着饭碗在用眼睛寻找着什么，那一刻，杜娟希望白扬走过来，又不希望他过来。她一看见白扬，她就想到了昨晚发生的事，他是那么迅雷不及掩耳，三下两把就把自己抱在了怀里。此时，她的心里也是矛盾的，她一方面希望白扬这么大胆下去，同时，她又希望白扬离自己远一点，像林斌一样和自己说话。

杜娟正想着，白扬走到了她的身边，在一个空座上坐了下来。

他看了她一眼，又看了她一眼，然后就说：晚上，你哪也别去，我去宿舍找你。

他的话似乎就是命令，可她一点也没有听出来，脸红心跳地说：也许晚上排练呢。

白扬说，我问过你们队长了，你们舞蹈队下午政治学习，晚上没有安排。

白扬说完这话，端着碗又到队长那桌去吃了，他们说说笑笑地说了什么，她一句也没有听清，耳畔里回响着白扬的话：晚上你在宿舍里等我……

同宿舍的大梅，晚饭都没有在食堂吃，就被王参谋接到家里改善生活去了，杜娟知道，大梅回来的时候，宿舍里一定又会充满鸡鸭鱼肉的气味。看到大梅现在这个样子，她有些羡慕，觉得自己很冷清。

晚饭后，刚回到宿舍，就听见敲门声。她想，一定是白扬来了。果然，白扬走了进来，白扬没有穿军装，只穿着军裤和白衬衣，显得精神焕发。

宿舍的灯是开着的，整流器发出嗡嗡的声音，隔壁宿舍的女伴在偷偷地听邓丽君的歌曲，渺远地传来邓丽君不断重复的《夜上海》。白扬并没有像杜娟担心的那样，总之，那天晚上白扬一直显得很文明。他坐在椅子上，她坐在自己的床沿。那一晚，几乎都是白扬一个人在说，说自己十六岁被父亲送到部队后，如何想家，偷偷地跑回来，父亲用棍子敲了他的腿，又把他送到了部队上。后来他提干了，当上了排长，部队拉练时，住在老乡家里，南北大炕，老乡住在南炕，男女混住在一起。

又说拉练时，嘴馋，用军用棉鞋和老乡换鸡蛋的事……

白扬说得很有趣，杜娟听着也很新鲜，她不时地用手捂着嘴笑上一会儿。白扬不笑，一本正经，苦大仇深的样子。渐渐地，她的眼前就有了白扬的形象，一个调皮又玩世不恭的军人形象。不知不觉，又快到熄灯时间了，大梅还没有回来。白扬起身告辞了，这时，杜娟不知为什么竟有了几分失落，为什么失落，她自己也说不清楚。白扬走到门口的时候，又回了一次身，他伸出手，在她脸上拍了一下，她没躲，也没有必要躲，只是目光从白扬的脸上移到了地下。

他转回身说：以后我还会找你的。

熄灯号吹响的时候，大梅回来了，然后笑吟吟地说：是白扬来了吧？

杜娟有些吃惊地问：你怎么知道？

大梅说：我会闻呢。

每次王参谋来宿舍，她就闻不出来，她只能透过大梅床上的变化感受王参谋的出没。

躺在床上的时候，她闻到了鸡鸭鱼肉的气味。她的肚子"咕嘎"响了一声，她想有个家也不错。

林斌再一次约杜娟见面，是十几天以后的事了。那天是个星期天，昨天下了今年的第一场雪。

星期天上午，白扬又来宿舍坐了一会儿，王参谋去外地接兵去了，大梅没处可去。白扬来之前，大梅和杜娟正趴着窗子向外看雪景，这时白扬就来了。三个人先是嘻嘻哈哈地说了会儿话。大梅知趣地卷起一堆衣服去洗漱间去了。因为有大梅在，虽然她此时不在屋里，但大梅的身影是随时可以出现的，因此，白扬就很不踏实的样子，这瞅瞅，那看看，背着手不停地在屋里踱步。

走了一会儿白扬说：大梅这个人心眼很多，你们俩住在一起，你要长个心眼。

白扬说大梅心眼儿多这话时，杜娟心想这是白扬在吃醋呢。白扬每次和大梅见面时总显得很不自然。不知是不是没有追求到大梅，心理不平衡的关系。白扬坐在宿舍里，就显得极不自然。一上午，白扬也没有说几句完整的话，后来大梅洗完衣服回来了，白扬就走了，杜娟自然要把他送到门口，白扬这次没有伸出手在她脸上爱抚一下。

中午的时候，大梅和杜娟都睡了一个挺长的觉，睡前两人照例说了一会儿男人。大梅每次开场都是从王参谋说起，王参谋长，王参谋短的，最后又说到王参谋家里，话语间自然少不了那栋小楼，甚至还说到王参谋家里的司机和公务员，大梅的语气里透着无限的幸福和骄傲，每次话停下来时，她都说：我们马上就要结婚了。

大梅说这样的话已经好长时间了，可一直不见大梅结婚，杜娟能感受到，大梅在日盼夜想结婚，结婚之后，她可以名正言顺地搬到王参谋家那栋小楼里去住，也就是说，那时，她将是名正言顺的王部长的儿媳妇。到那时，谁不高看她一眼？每次说到这，大梅总是一脸的幸福和畅想。

大梅说完自己后，突然想起什么似的说：那个林斌有消息了吗？

其实杜娟这几天一直想着林斌，和林斌那次分手后，林斌曾说过，过几天就找她，可都过去十几天了，她都和白扬单独见了几次面了，林斌再也没有约过她，她曾想，也许林斌那次是无意约她，或许是自己多情了。

这么一想，杜娟就沉静下来，不一会儿就睡着了。天都暗了下来，她才和大梅从床上爬起来，这时有人就叫杜娟去接电话，电话是林斌打来的，林斌约她去自己的宿舍。

林斌住在东院的一个集体宿舍里，那里住着机关一大部分的单身汉。

杜娟以前很少到单身楼里来，七扭八绕的总算找到了林斌那间宿舍。杜娟来的时候，林斌正忙活着，林斌同宿舍的一个干事，家是本市的，今天回家了，此时宿舍里就林斌一个人。他买来了菜，还有一条活鱼，杜娟进门的时候，林斌正在给那条鱼开膛破肚，见到杜娟就说：今天晚上咱们自己做饭，改善改善。

杜娟觉得这一切很新鲜，也很温馨，便兴高采烈地和林斌一起干了起来，两人一边干一边说着话，无非是一些日常工作，家里又发生了什么事，从第一次知道两个人的老家是一个市之后，两人说起老家来，话语自然透着亲切和随意。

两人正亲亲热热地干着活时，突然门被推开了，进来的不是别人，正是白扬。白扬没想到在这里会碰见杜娟，他有些吃惊地望着两个人。倒是林斌很随意地说：杜娟是我的老乡，想改善一下伙食，叫她过来帮我做几个菜，你来了刚好，咱们一起喝几杯。

白扬腋下夹着一副象棋，下午没事，他找人下棋，他来到单身楼一连推了几个门，不是睡觉，就是会女朋友的，他才想起推林斌的门。杜娟见到白扬的那一瞬，她也有些吃惊，要是知道会遇见他，她无论如何不会来的。好在林斌的一番话，很快让大家轻松了下来。白扬就大大咧咧地说：那好，晚上就在你这里改善了。

白扬有千万条理由这么随意的，他爸爸是文化部长，林斌就是父亲手下的干事，他有着这样的心理优势。

接下来，两人就坐在床上下棋，做菜的活就落在杜娟一个人的身上，林斌棋下得很不专心，不停地抬起头来，告诉杜娟盐在什么地方，油在何方。两人一问一答的，倒平添了几分热闹。

白扬似乎下棋的兴致也不高，不时地抬起头瞟一眼杜娟。杜娟埋着头，也不能一门心思地做菜，她在想，日后将怎样面对这两个男人呢？

菜总算是做好了，接下来三个人就坐在桌前吃饭，白扬和林斌喝酒。几杯酒下肚之后，白扬的话多了起来，声音自然也很大。

白扬说：林干事，我爸经常在家提起你，说你多才多艺。

林斌就笑，是那种挂在脸上的笑。

白扬又说：林干事，你比我有出息，在大机关，不像我，只在文工团里，小单位，没什么前途。

林斌就开玩笑说：文工团当然好，整天有那么多漂亮女孩子围着。

白扬说：围着有什么用，又不能当饭吃。

两人说到这，都笑。

杜娟不笑，她没法笑，自从白扬一进门，她的心就乱了。

杜娟这时抬起头看着林斌，林斌也还在望她，两人对视了一下，林斌冲白扬摇摇头。

白扬就说：看上谁了跟我说，我们文工团就不缺姑娘，我给你当月下老人。

林斌就低下头，摆着手说：现在还不好说，到时再说吧。

一顿饭下来，杜娟也没说几句话。两个男人刚放下筷子，杜娟就要告辞回文工团，林斌执意要送杜娟出来，这时白扬站起身来说：我替你送吧，反正我也要走了。

林斌就不好说什么了，白扬随杜娟走了出来。

到了楼下，白扬说：这里你来过几次？

杜娟看了一眼白扬说：第一次。接下来两人就没话了，白扬一直陪杜娟走到文工团楼下，才说：我不上去了。杜娟一个人往里走。这时，白扬又把杜娟叫住了问：你和林斌真是老乡？

杜娟说：是呀，怎么了？

白扬摆摆手说：没什么。

杜娟以为这个晚上会很愉快，没想到却过得没滋没味的。杜娟有些失落。

接兵的人回来了，同时带回来一条不好的消息，王参谋光荣负伤了。他的一条腿被运新兵的火车轧断了。往回运新兵时，在一个兵站有两名新兵因上厕所掉队了，王参谋为了让那两个新兵上车，自己的一条腿不小心陷在轮子下，现在王参谋就住在军区总医院里。

大梅得到这个消息时，她正在练功房里练功，她差点摔倒，杜娟扶了她一把，然后大梅白着脸，匆匆忙忙地去了军区总医院。杜娟回到宿舍时，大梅已经从医院回来了，她趴在床上正撕心裂肺地大哭，杜娟站在一旁一副不知如何是好的样子。她想起以前的王参谋，两条腿很结实，走在楼道里"嘡嘡"作响，现在王参谋没了一条腿，不知走路会是个什么样子。

团里领导，还有舞蹈队的人，轮番地来劝慰大梅，走了一拨又来一群，他们七嘴八舌地说着吉利话，他们都在试图避开王参谋的腿，可又没法避开，于是人们就在那里咬文嚼字结结巴巴地说着。

大梅渐渐平息了下来，人们陆陆续续地走了，宿舍里只剩下大梅和杜娟了，大梅不哭了，睁着一双红肿的眼睛望着杜娟，杜娟觉得有一肚子话要对大梅说，可她不知从何说起，只问了一句：你还和王参谋结婚吗？这么问过后，她才知道，这件事才是她最关心的。

大梅半晌说：王参谋的腿断了，可他还是王部长的儿子呀。

杜娟这才明白，大梅看中的不是王参谋，而是王参谋的父亲，王部长。从那以后，大梅似乎就不务正业了。她几乎整日泡在医院里去陪受伤的王参谋。那阵子大梅很忙，她一面去陪王参谋，一面张罗着结婚，她抽空在商场里买回了大红的被面，那上面印着两只恩爱的鸳鸯。

王参谋终于出院了，那条残腿装上了假肢，如果站在那里不走路的话，和以前没什么两样，只是走起路来才发现那是一条假腿。王参谋一出院，就闪电式地和大梅结婚了。

那是一个星期天，王部长的专车到舞蹈队来接大梅，车上扎着红花，大梅穿了一件大红外套，胸前也扎了一朵花。文工团好多人都参加了大梅的婚礼，杜娟自然也去了，这是她第一次走进王部长家，那是一栋很漂亮的俄式风格的小楼，红色的木地板，楼上有四个房间，楼下三个房间，好多人第一次见到这小楼的真实面貌，不停地咂嘴，大梅的新房就安排在一层的一个房间里。床是钢丝床，家具是实木的。好多人都说：呀，真漂亮。

大梅精神焕发，一脸的骄傲。杜娟就想，要是王参谋的腿不断，大梅会更骄傲。喝喜酒的时候，人们不断举杯冲着大梅祝福，人们说：大梅，祝你幸福。

人们还说：祝大梅永远幸福。

人们再说：愿你们白头偕老。

大梅终于住进了那幢二层小楼。但集体宿舍的床并没有拆掉，她在结婚前就和团领导说好了，宿舍里这张床她仍要保留着，原因是她中午还要在这里休息。她现在已经是王部长的儿媳妇了，说话很有分量，团领导自然不好说什么，床位再紧张，不就是一张床么，就当大梅还没有结婚不就完了么，领导在这件事情上看得很开。

大梅一搬出宿舍，白扬到杜娟这里来的次数就勤了。刚开始，他还能有条不紊地和杜娟说些桃红李白的话，后来，他一进门就来搂抱杜娟，杜娟又紧张又兴奋。两人撕撕扯扯的，样子像打架。过一会儿，杜娟就老实了，她半推半就地让白扬吻她，搂她，后面的结果是，白扬想往床上躺，并开始解杜娟的衣服，直到这时，杜娟仍保持着清醒，她一方面不让自己躺在床上，也不让白扬解自己的衣扣，这时她是果决的，也是寸土不让的。

白扬努力一番没能得逞，便气咻咻地说：没见过你这样的人。

杜娟就想，自己不是这样，那么以前和白扬谈过对象的"小常宝"和唱歌的那个女孩一定是那样的人了。往下想，她似乎看见白扬搂抱着那两个姑娘往床上躺的情形，这种情景一旦产生，反倒让杜娟冷静下来了。她想，白扬和那两个姑娘恋爱都没有成功，那两个姑娘的命运都不是很好，要是自己也步入那两个姑娘的后尘该怎么办。这么一想，她更加坚定了自己的信念，也就是说，要誓死保卫自己最后的防线，只要最后的防线不被突破，那她就还是一个姑娘。

每次和白扬在一起时，她总是下意识地想起林斌，林斌从来没像白扬这样急三火四的，他只拉过她的手。后来他们又去看了一次电影，当然是林斌买好票约她的，影院一黑下来，林斌手就伸了过来，大大的，热热潮潮的，她的手很顺从地让他抓住，一直到电影结束，她脑子里只剩下了林斌那只热潮潮的大手，电影演的是什么，她已经不记得了，可是那只大手仍挥之不去。

白扬抱她吻她时，有时她就想，要是林斌抱自己，摸自己，怎么办？她想象不出来那会是个什么样子。白扬对待她的样子，显得很老到，游刃有余的样子，有时她的身体随着白扬的动作热了一阵又热了一阵，有几次，她差一点把持不住自己，让白扬解开了她两个扣子，最后她还是及时地清醒了。

有时白扬也玩腻了这种把戏，不动她，只和她说些话，这时她脑子里是清晰的。

她问：以前和你谈过对象的那两个女孩，是你和她们提出分手的吧？

白扬就说：她们和你不一样。

她说：有什么不一样？

他说：她们不值得我爱她们。

她又说：你都和她们那个了，还说不爱？

他这才说：哪个了？刚开始觉得还行，后来就不喜欢她们了。

她再说：你现在觉得我还行，以后你也觉得我不行了。

这时，他又把她抱过来，让她坐到自己腿上，手就放在她的胸上。

他气喘着说：我和你是认真的，我喜欢你。

她当时没说什么，心里想：也许以前他和别的女孩子也说过这样的话吧。

他又说：答应我吧，我会让你幸福的。

幸福？幸福是什么，大梅那个样子是幸福的吗？大梅自从结婚以后，人整个似乎都变了，晚来早走的，脸上整日里挂着笑，体重与日俱增，队长曾说她这样下去，怕是跳不成舞了。

杜娟也曾私下里问过大梅：你不跳舞，以后想干什么？

大梅就满不在乎地说：军区这么大干什么不行，干什么都比跳舞有出息。杜娟你以后也要做好准备，不然就来不及了。

后来大梅又问到她和林斌、白扬两个人的进展情况。自从大梅结婚之后，不知为什么，杜娟也不想把她和两个男人的事事无巨细地告诉大梅了。大梅规劝杜娟的还是那句话，谁让你幸福，你就嫁给谁。

谁能让自己幸福呢？杜娟看不清楚。

初春的时候，林斌约杜娟去公园里走一走，林斌每次约杜娟总是户外活动，或者是集体方式的活动，一点也不像白扬，白扬总是在房间里，最后的目的是床上，杜娟却一次也没有让白扬得逞，白扬有些急，又不好发火。杜娟也说不清自己的感受，她似乎喜欢林斌这样，也喜欢白扬那样，杜娟矛盾着，困惑着。

那天在公园里，杜娟很高兴，绕着一排柳树疯跑，柳树刚发芽，样子很是可爱。

站在一旁的林斌不错眼珠地望着杜娟，后来他说：杜娟，我太喜欢你的身材了，真好，就像梦。

什么梦？杜娟这么问他。林斌说：梦是说不出来的，你就是我的梦。

在那个初春的公园里，林斌温柔地把杜娟拉到近前，仿佛怕伤害她似的，吻了她。轻轻地，柔柔地，让杜娟回味了许久，这是不同于白扬粗暴式的吻，但这种吻还是让她战栗了。她闭着眼睛，以为林斌还会有什么动作，结果什么也没有。

最后，林斌拉着她的手，顺着柳堤往前走，天是蓝的，空气是清新的，他们在潮湿的土地上向前走去。

后来，林斌冲她说：我要上学。

高考恢复了，部队的干部、战士可以报考地方院校，只是名额有限。林斌冲杜娟说：我要争取。

杜娟不知道林斌报考院校去上学是好事还是坏事。但她意识到，林斌将离她远去，一种忧伤袭上了她的心。不知为什么，林斌上学只是个设想，但还是影响了杜娟的情绪。

林斌似乎看出杜娟的心思了，忙说：上学才四年时间，到时，你才二十六岁，一切都不晚。其实林斌说这句话是一句暗示，杜娟也听懂了这种暗示，也就是说，她要给林斌一个正面的答复。她想起了白扬，她没法给他一个答复。她只能沉默。也就是这种举棋不定的心理，使杜娟的命运发生了不可逆转的变化。

世上没有不透风的墙，这句话果然在杜娟身上应验了。

杜娟又一次赴林斌的约会时，被白扬发现了。

白扬发现时没说话，他狠狠地看了一眼林斌，又狠狠地看了一眼杜娟，气哼哼地转身就走了。杜娟好半晌才回过神来，她想该如何向白扬解释，他会听她解释吗？如果解释不通，那就和他彻底断绝关系。其实林斌也不错，可林斌一直没有说爱自己，也没有什么大胆的举动。后来又想，林斌不是说喜欢自己的身材么，还说她是他的梦什么的，这么想过之后，她的心里就踏实了下来。

林斌说：白干事怎么了？

杜娟说：他脑子一定进水了，毛病。

林斌也说：就是，谁也没招他。

杜娟说：别提他了。

两个人就自然不自然地往偏僻一些地方走去。杜娟横下一条心，身子主动又向林斌靠近了一些，林斌似乎受到了杜娟的鼓励，也大胆地把手伸出去，揽住了杜娟的腰，她的腰第一次被林斌搂着，过电似的那么一抖，身体里有一种东西很不安分地乱蹿起来，那一刻，她的心头洋溢着不尽的幸福感。

这一刻，杜娟又想起了大梅，她想：大梅就是了不起。大梅说和王参谋结婚就是幸福，并让她在两个男人中选择幸福。现在她已经体会到了这种幸福。那个下午，她和林斌在一棵树后做了许多亲热的举动，她的身体被林斌抵在树上，仍然抑制不住一阵又一阵过电般的感觉。她想：生活是多么好哇。

那天晚饭后，杜娟刚回到宿舍，门便被白扬"砰"地推开了。

她很镇静地望着白扬，白扬的一张脸是扭曲的。白扬就变声变调地说：

你们今天下午都干什么去了？

杜娟不说，她已经横下一条心，她认为自己和白扬的关系就此结束了，这是迟早的事，她现在觉得自己找到了幸福。

好哇，你脚踩两只船。白扬这么说。

杜娟仍然什么也不说，冷静地望着白扬。

白扬又说：你们都干什么了？

杜娟说：你管不着。

白扬再说：哼，你道德败坏，你是一个骚货。

杜娟说：恋爱自由，你管不着。

白扬真的生气了，他扬起手，似乎要打杜娟，最后终于没有落下来。但他仍吼：你们都多长时间了？还骗我，说你们是老乡。

白扬似乎终于明白为什么还拿不下杜娟这块高地，原来有另外一个人在捣乱。

他说：好，你在搞三角恋爱，我告诉你，有他没我，有我没他，咱们走着瞧，不把你们搞散了，我就不姓白。说完一摔门就走了。

杜娟对白扬的威胁一点也没有害怕，白扬来后，她还冷笑了两声，心想，只要我和林斌愿意，谁也别想拆散我们。

第二天中午的时候，大梅来宿舍午休，杜娟忍不住把最近发生的事都对大梅说了。

大梅就一副痛心疾首的样子，她所说的幸福，其实是偏向白扬的，林斌只是一个陪衬，那是退而求其次的选择。事情已经这样了，大梅自然就没什么好说的了，只能一遍遍地替杜娟惋惜。又说王参谋准备转业到地方的话题。这事之后没多久，林斌突然告诉杜娟，部里那个考学名额给自己了，现在他要全力以赴复习文化课。

白扬自从和她吵过之后，一次也没有来找过她。平时在路上碰见了，他也像没看见她似的别过脸去，中午在食堂吃饭时，白扬故意不坐在她出现的桌子上，而是坐到别处去，大着声音和其他人说话，仿佛是故意给她听似的。她也就装得没事人似的，该干什么还干什么。如果事情仍然这样往下发展，便注定没有什么新意了，结果事情很快发生了变化，故事又得重新讲起了。

　　林斌先是参加了考试，在等待考试结果的过程中，他又和杜娟见了两次面。第一次在他的宿舍里，他买回了菜，做好之后，他才让杜娟来，这次没人打扰他们，但林斌似乎情绪不是很高，满怀心事似的。两人坐在一起时，气氛有些寡淡。

　　林斌说：白部长最近对我好像有什么看法。杜娟和白扬的事林斌还蒙在鼓里，林斌不挑明，杜娟也不好说什么，心情异样地望着林斌。

　　第二次见面的时候，是一个晚上，在公园里。正式录取通知书还没下来，但林斌已知道自己考取了地方一所师范大学的中文系。那天晚上，林斌情绪高涨，他见到杜娟便把杜娟抱在怀里，这大大出乎了杜娟的意外，她身体抖了一下，又抖了一下。

　　林斌耳语着说：娟，我考上了，我马上就成为一名大学生了。

　　杜娟不知是喜还是忧，她被林斌的情绪感染了，于是，她由被动变为主动，也紧紧地把林斌抱住了。借着夜色两人的胆子比白天大了许多，他们先是接吻，从温柔到凶狠，再从狂风暴雨到小桥流水，两人的情绪似乎都有些失控，后来林斌就把手伸进杜娟的衣服里，只一下，杜娟似乎被一颗流弹击中了。白扬也曾摸过她，但白扬击中她的力度远不如林斌这么厉害。她几乎半躺在林斌的怀里了。接下来，胸前的几颗扣子不知怎么就开了，林斌迷乱着把头埋在她的怀里。

　　他说：娟，我喜欢你。

　　她语无伦次地说：我也是。

　　在那张狭窄的排椅上，他压住了她，她在下面感受到了他的冲动，她没有制止，那时她闭上了眼睛，什么都不想了，精力都集中在对他的感受上。如果他想要的话，她不会有一丝半点的反抗，结果，林斌草草地收兵了。

　　他只是反复地说：娟，我喜欢你，你是我的梦。

　　她不明白，他说的梦指的是什么，难道是他写的那些诗，那么缥缈，又那么委婉，甚至，还有一缕淡淡的忧伤。总之，她有些落寞和失望。

不久，林斌就去外地上学去了。她到火车站去送他。

后来火车就开了，一点点地驶出她的视线。

接下来的时间里，她便开始日思夜盼他的音信。

杜娟没有等来林斌的信，却等来了白扬。那天傍晚，白扬敲开了杜娟的宿舍，白扬敲门前，杜娟正坐在桌前发呆，她收不到林斌的信，心里早就胡思乱想了，她正在乱想时，白扬敲响了她的门。

杜娟看着白扬，她在生林斌的气，如果林斌给她来信了，说爱她，那么她现在一定会把白扬轰出去。

白扬说：娟，我对你是真心的，我知道这事不怪你，怪那个姓林的，是他先勾引你的。

杜娟不同意白扬用勾引这样的字眼，她和林斌往来，是她自愿的，她这么想，但没有说。

白扬又杂七杂八地说了一些什么，后来走了。

这一段时间，杜娟的情绪灰暗到了极点，没有了笑声，没有了欢乐。大梅早就发现了这一点，大梅开导了杜娟好长时间。

大梅说：杜娟，我劝你还是实际一点吧，林斌走了，他一封信都不来，你不必为他上火。

大梅又说：白扬的条件就算不错了，他父亲马上就提拔为副军了，也算是高干了，日后还能让你吃亏？

大梅还说：林斌再好，他那么远，见不到摸不着的，谁知四年以后会什么样子呢，他有可能回机关，说不定还会分去教书呢，他考的可是师范大学。

杜娟听了大梅的话就一点主张也没有了。

白扬又一次出现在她的宿舍里，白扬又恢复到了以前的样子，到屋三两句话之后，便把她抱在怀里。她本能地拒绝着，因为她现在还没有忘掉林斌，林斌的影子不时地从她脑海里冒出来。

她抓咬着白扬，似乎白扬就是林斌。白扬一声不吭，任凭她抓咬。等她折腾得没力气了，他亲她，摸她，她像死了似的挺在那里，一点反应也没有。

白扬就叹口气说：你这是何必呢，就算林斌比我强，可他不理你了呀。

杜娟听了这话，"哇"的一声大哭起来。

白扬似乎很会掌握火候，这段时间，他三天两头来找杜娟，从家里给她带来一些好吃的，杜娟刚开始不吃，别着头，连看也不看。

白扬就说：这是我爸妈让我带给你的，我爸说，他看过你的演出，他也很喜欢你。

白扬还说：我妈说了，让我什么时候把你带回家里去。

在那天晚上，杜娟的防线终于被白扬突破了，在那一瞬，她的脑子里又闪现出林斌，她在心里说：林斌我恨你。

她想把床单洗了，可走廊里到处都是声音，她只好把床单收起来，放到床头柜里。第二天中午，她以为大梅睡着了，便悄悄下床，从床头柜里抓过床单准备出门。

这时，大梅一把抓住了她，大梅板着脸说：杜娟你傻呀，这东西，说不定什么时候还能用上。

大梅显然比杜娟有先见之明，杜娟最后的防线被白扬攻破之后，杜娟便一点招架之功也没有了。那些日子，每天的傍晚，白扬都会来杜娟的宿舍里，杜娟每次都想遏止白扬的作为，但最后还是一次又一次地让他得逞了。白扬显然很有经验，他总是能很好地掌握自己，也能掌握杜娟，让杜娟尝到了肉体带来的快乐。

一天，杜娟把自己的这种感受冲大梅说了，大梅就说：你快点催白扬结婚吧，男人和女人不同，男人的新鲜劲一过，他就不把你当回事了。

杜娟似乎也感受到了白扬这种态度，两个月之后，白扬来杜娟宿舍就不那么勤了，每次来，他也不在这留宿了，态度似乎也没有以前那么温柔体贴，每次都有些恶狠狠的。他抽空还问：你和林斌每次都是怎么亲的？

一次，她和白扬躺在床上，她忍不住问：咱们现在这关系算什么？他说：什么算什么？恋爱呀，谈恋爱嘛。

她说：不想谈了，我想结婚。

他一下子冲她温柔起来，把她抱过去，一边吻她一边说：咱们这么年轻着什么急呀，再玩两年，差不多再结婚。

她一下子看清了白扬的把戏，她不顾白扬的劝阻，很快把门打开了，她冲着楼道大声地说：今天我向大家宣布一个秘密，我和白扬恋爱了。

许多女伴都不知发生了什么，纷纷打开门，向杜娟的宿舍张望。

白扬一边穿衣服一边冲杜娟说：干什么呀你！白扬那天晚上灰溜溜地从杜娟宿舍里走掉了。

白扬走了之后，便开始躲她，一见到她的影子，比老鼠见猫溜得还快。她从大梅的床头柜里找出那条床单，塞到挎包里，然后她就找到了文工团团长的办公室。

几天之后，白扬终于露面了，他像一只老鼠似的见了她说：我同意还不行吗？

显然她的吵闹起到了结果，领导，包括他的父亲一定找了他。

"十一"的时候，杜娟和白扬如约地结婚了。

白扬在第一个月的时间里，总是能在下班的时候，结伴和杜娟回到家里，然后一起做饭，鸡、鸭、鱼、肉的自然少不了。那些日子，杜娟昏头晕脑地沉浸在一种幸福之中。

新婚一个月之后，白扬似乎先发生了变化，下班的时候，有时他不能准点回来，有时回来后，吃过饭，夹着一副象棋就冲杜娟说：我去单身楼了。

日子疙疙瘩瘩地过着，不经意间她怀孕了，白扬和她一直很细心地，他们都不想这么早就要孩子，但孩子还是不约而至地来了。

杜娟只想把孩子生下来，是个女孩。日子一下子就忙碌了起来，孩子昼啼夜唤的，白扬为了孩子似乎也瘦了一圈，他不再早出晚归了，虽然天天唉声叹气，但也知道守着这个家了。杜娟又想，这样也不错。但随着孩子慢慢长大，又有母亲带着，白扬又自由了起来。

白扬又迷上了跳舞，白天上班，他就晚上换上便装去跳，回来自然是晚了。杜娟又开始生气。吵闹了几次，也没能阻止白扬去跳舞。杜娟只能独自在家里带着女儿默默生气。

一次，女儿半夜里发起了高烧，白扬跳舞还没回家，杜娟只好自己抱着孩子去了医院。

从此，两人又开始吵闹上了。杜娟现在真后悔嫁给了白扬这样的人。

有一次为了白扬不回家两人吵了起来，白扬指着杜娟说：你现在看看你这样，简直就是个家庭妇女。

杜娟说：家庭妇女怎么了，我当然不如那些小姑娘了。

话是这么说，杜娟还是为自己的变化而感到吃惊，她自从怀孕以后，便再没跳过舞，身材自然今非昔比了。她现在已经和别的女人没有什么区别了，肚子松弛，乳房下垂。有时，她看到团里那些十八九岁的小姑娘们活蹦乱跳地在自己眼前走过去，她会嫉妒得要死。

白扬现在整个晚上带着这些小姑娘偷偷地去跳舞，部队有规定，军人不能到地方舞厅去跳舞。可白扬他们总是能钻空子，偷偷地出去。白扬的舞伴，自然是那些如花似玉的小姑娘。

白扬半夜回来，杜娟气愤地望着白扬，白扬就说：别那么看着我，我又不是罪犯，不就是跳个舞么，有什么大不了的，如果你不平衡，明天你也去。

杜娟自然没有心思去，一个人的时候，她就想未婚时候的事，那时她青春正茂，她能在男性的目光中感受自己的存在。那时她是骄傲的，心里自然是愉悦的，现在呢？她又想到了大梅。大梅的公公王部长已经退休了，大梅的公公退休不久，团里就研究决定让大梅转业。大梅在团里已经这么闲着好几年了。大梅没什么特长，只会跳舞，现在身体发福，舞也跳不成了，大梅转业只好去了少年文化宫，那也是一个清闲得让人害怕的单位，只有寒、暑假的时候，才有孩子们到文化宫来学习。

转业后的大梅，身体愈发的胖了，据说她爱人王科长分了一套房子，但那套房子远离市区，上下班不方便，一直没去住。杜娟每次见到大梅，大梅一刻不停地在吃零食，以前她们跳舞时，最怕的就是吃零食，大梅似乎要把以前少吃的零食补上。她一边吃一边冲杜娟感叹：啥事业前途的，我现在是看好了，这日子怎么舒服就怎么过。然后像街头妇女似的冲杜娟"咯咯"大笑。杜娟从大梅身上似乎看到了自己的未来，她现在舞是不能跳了，也和大梅以前一样在带学员。也许有一天，团领导会找自己谈话，告诉她该转业了，然后她也去少年宫什么单位去报到。难道这就是她的命？这就是大梅曾经说过的，也是她日思夜想的幸福?

她隐隐地感到有些不安。

四年的时间转眼间就过去了，林斌毕业又回到了机关，他是带着军籍上学的，回到机关是他唯一的出路。

杜娟是在送孩子上幼儿园的途中碰见林斌的。

杜娟看到林斌的一刹那，她张着嘴巴叫了一声：你。林斌看了她一眼，又看了一眼，终于认出了她，也惊怔在那里，他说：是你，杜娟。杜娟想转身带着孩子走开，女儿默涵冲林斌说：叔叔，好！

林斌蹲下身，用手指碰了碰默涵的脸，抬起头问：这孩子是你的?

杜娟点点头，泪水差一点涌出来。她原以为见到林斌不会再有任何感情色彩了，没想到，却来得那么强烈。她掩饰着，拉起女儿的手，匆匆忙忙地走了。

杜娟听到林斌在她身后重重地叹息了一声。他为什么要叹息?

第二次见到林斌的时候，是一天黄昏，林斌在幼儿园门前的小路上徘徊，他似乎知道这时候杜娟会来接孩子。杜娟看到林斌想绕过去，林斌突然说：你等一下。

她只能站住了，他说：为什么不给我回信，哪怕是一封也行。

这回轮到她惊讶了，原来他给她来过信，可是她一封也没有收到。她马上想到了白扬，每次舞蹈队的信都放在团里，下午的时候，由队里的人拿回来，一定是白扬从中做了手脚。原来是这样，她突然什么都明白了，泪水再也忍不住，疯狂地流出来。

杜娟和白扬的架是晚上吵起来的。

杜娟突然说：白扬你是个阴险的小人。

白扬转身冲杜娟说：你说什么? 谁是小人?

杜娟：是你，你为什么把林斌写给我的信扣住?

白扬听到这松了一口气，轻描淡写地说：我当什么事呢，这么多年了，你还想着他呀，要不是我当年来这么一手，你能跟我吗?

杜娟突然挥手打了白扬一个耳光。

白扬这时回过神来，激动地说：好哇，我知道你忘不掉那个姓林的，那你就嫁给他去好了。

杜娟不知道哪里来的力气，突然疯了似的跃起来，扑向白扬，疯了似的和他厮打起来，两人在床上滚做一团。疯打的结果是，惊醒了婆婆和女儿，他们醒了，女儿哭着出现在他们面前，婆婆一脸严峻。

婆婆说：够了，你们不怕丢人我还怕呢，要打你们出去打。

她开始后悔，当初死乞白赖地要嫁给白扬，那时，她想的是不能让白扬的阴谋得逞，她不能让他白玩，她要嫁给他，决不步那两个姑娘的后尘，当时的动机就这么简单。结果，现在她为此付出的代价太沉重了。别人都说她幸福，可幸不幸福只有她自己知道。结婚四年了，女儿都三岁多了，她对白扬已经忍无可忍了，如果不知道白扬扣了她的信，她还能接受白扬，现在她真的是不能再接受他了。她一连想了十几天，终于下定决心，她要和白扬离婚。

第二天，杜娟搬到了集体宿舍。

不久，杜娟离婚的事就多了许多风言风语，人们都知道杜娟离婚是为了林斌。

林斌突然间休假了，回了一趟老家，不多久又回来了，他从老家带回了一个姑娘，是他大学时的同学，现在在一所中学里教语文，他回部队是和这个姑娘结婚的。林斌这种闪电式的回家，又回来结婚，眼花缭乱的举动，把大家弄得不知所措。文工团许多人还是参加了林斌的婚礼，杜娟没有去。别人去参加婚礼时，杜娟把自己关在了宿舍里，她在默默地流泪。

年底的一天，白扬突然出现在杜娟的宿舍里，他说：你真想离婚吗？

她说：我说过一千遍了。

他又说：那孩子怎么办？

她说：孩子我带着。

他没再说什么，转身就走了。

年底的时候，突然又传出一段新闻，林斌自己申请转业了。

在林斌忙着转业的这一过程中，杜娟和白扬办理了离婚手续。

从此，杜娟又过起了单身生活，女儿她自己带着。有关杜娟的一些闲言碎语从此销声匿迹了。

那年的五一节，白扬重新结婚了。嫁给白扬的是一个唱歌的女孩，那个女孩杜娟认识，许多人都很喜欢那个女孩唱歌，那个女孩把一首《牧羊曲》唱得深情动人。那个女孩二十二岁，正是杜娟和白扬结婚时的年龄。女孩欢天喜地，满脸幸福地住进了白扬的家，住进了军职楼。

人们直到这时才真正地意识到，杜娟已经和白家没有任何关系了。

那年年底的时候，部队开始精简整编了，许多人不管自己愿不愿意，都要离开部队了。文工团领导在确定第一批转业人员的名单里就有杜娟。杜娟对这一切早就预料到了，这么多年不跳舞了，不让自己转业，让谁转业呢？

春节一过，杜娟就办理了转业手续，她被安排到老家少年宫当了一名舞蹈老师。她当年就是从这里走进部队的，转了一圈现在又回来了。此时，已是物是人非了。

杜娟回到了老家，开始了一种新的生活，仿佛她是一个旅人，终于又回到了曾经出发的地方，只不过身边多了一个女儿，那年女儿默涵五岁。

林斌早一年回到了这座城市。她回来的时候，是悄悄回来的，正如她悄悄地走。刚开始她住了父母家里，年迈的父母无声地接纳了她。她回到老家后，曾无数次地想过林斌，她不知道林斌现在怎么样了。但她一想到林斌身旁那个戴眼镜的女孩，她想见到林斌的愿望便淡了。

杜娟转业那年的八一节，她突然接到一个战友的电话，他在电话里约她，希望他们这些战友能聚一聚，并说林斌也要参加。她听到林斌的名字，最后还是拒绝了。她怕见到林斌，她不知道如何面对他，不知为什么，她一见到他就想流泪。

那次聚会没几天，那位战友又打电话说起了上次聚会有多少人都参加了，大家如何怀恋部队生活，有人还哭了，他又说：林斌也哭了，他是最先哭的。后来他说：林斌似乎并不幸福。

得到这一消息后，她的心里难受了好长一段时间，从那以后，凡是有关林斌的消息，自然不自然的都会深深地吸引她，仿佛林斌是她什么人似的。

后来，那位战友在打电话跟她聊天时，似乎是无意中告诉她，我这有林斌的电话，你要不要和他通通话。

她当时心里动了一下，但还是拒绝了战友的好意。她没有要林斌的电话，她不知道和林斌讲什么。她相信林斌也能轻而易举地找到她的电话，他不给她打电话，她为什么要给他打呢？

她有几次在电话响过之后，抓起听筒，可对方却没有声音，两三次之后，她警觉起来，她想说不定这个人会是林斌。这么一想，她心里什么地方动了一下，一股温暖又柔弱的东西从她心底里泛起。从那以后，她又接过几次这样的电话，她先喂了一声，见对方没有反应，便也不急于挂断电话，就拿在耳边那么听着。这时，她真希望对方是林斌，她心里焦急地想：林斌你说点什么吧，哪怕是骂我几句也好。对方每次都没有出声，最后还是挂上了电话。那一刻她的心里空了，又有了要哭的欲望。

不久，她先听说林斌辞职了，林斌转业后去了文化局，当一名普通的科员。林斌辞职后，当上了书商。又是一个不久，林斌离婚了，林斌结婚后一直没有孩子。

她前一阵子还听说林斌在深圳，后来再听到林斌的消息时，林斌又去了海南，那一阵子，林斌像只风筝，一会儿从这飘到那，又从那飘到这。

在这一过程中，先是女儿上了小学，后来又上中学了。她一直一个人孤单地过着，在这期间曾有很多同事朋友什么的，给她介绍过男人，她一个也没有见。有了和白扬第一次失败的婚姻之后，她不相信别人会给她带来幸福。

一晃女儿默涵就上大学了，也许女儿自小受到了文工团那种气氛的感染，虽然她没有学舞蹈，但她还是深深受了母亲的影响，她考上了一所舞蹈学院的理论专业。杜娟虽然觉得学习舞蹈路子太窄，将来不会有什么更好的发展，但既然女儿喜欢，她还是欢天喜地把女儿送走了。

很久没有关于林斌的消息了。战友们仍能在一起聚一聚，没有了林斌，她每次都能出现在战友的聚会上。其实，她去聚会还是希望能得到关于林斌的一点点消息，哪怕是蛛丝马迹，她也会感到心满意足。战友聚会的时候，她总是躲在人群的后面，不显山不露水的。

现在战友们很少提及林斌了，似乎林斌也很少和这些人来往了。人们传说林斌的消息大多是道听途说的。一个人就说：几天前我们单位一个人出差去北京，见到林斌了，这小子发了，开着宝马领着一帮人去海鲜楼吃饭了。

另一个人说：林斌在北京开了一家房地产公司，手下员工就有几十号。

后来林斌的消息就越来越少了。再有这样聚会的机会，她也很少去了。渐渐地，关于林斌和一些往事，很少在她脑海里出现了。

女儿默涵一天在电话里喜洋洋地告诉她：自己现在利用课余时间，在一家公司里打工。女儿还说：以后要靠自己养自己。

后来，她隔三岔五地就能接到女儿的汇款。数目也越来越大。以前她有事找女儿总是打学校里的传呼电话，女儿告诉自己一个手机号，女儿在电话里说，以后随时随地都可以找到自己。她责备女儿不该给自己寄来这么多钱，女儿在电话里说：妈妈，我就是愿意让你幸福。

杜娟没有感到幸福，她开始感到不安了。女儿现在刚上大学三年级，利用打工挣钱也不能挣这么多呀。她暗自算了一下，这半年来，女儿寄给她的钱不少于一万。她担心女儿不学好，她在电话里一次次劝慰女儿，提出自己的担心，每次女儿都轻描淡写地说：妈，你放心，我是幸福、快乐的。

她放心不下女儿，没有事先通知女儿，她赶到了女儿的大学。女儿并不在宿舍里，问同学，同学想了想说：可能在公司里吧。

杜娟只好打通了女儿的手机，女儿听到她的声音惊呼一声：妈，你怎么来了？

不一会儿，女儿就出现在了她面前，女儿的打扮让她吃惊不小，女儿已不是学生打扮了，而像一个贵妇人。母女相见感叹一番之后，女儿打了一辆车把她接到一个小区里，这是一套两居室的住房。

她惊讶地打量着这套居室，房间里的一切应有尽有，可就是没有家的感觉，更像一个宾馆。

她说：这房子是谁的？

女儿说：向朋友借的。

女儿为母亲安顿好之后，说下午学校还有两节课，女儿就走了。杜娟人留在这里，心却不踏实，这摸摸，那看看。她在大衣柜里看到了男人衣服，同时也看到了女儿的衣服，女儿有一件毛衣是她去年亲手织的。她一下子惊怔在那里。

傍晚女儿回来了，见她一脸不高兴，忙问：妈，你这是怎么了？

她把大衣柜打开，让女儿看。

女儿说，这有什么，这是一个朋友的房子，他出国了，房子借给了我。

女儿虽然这么说，但她不相信女儿和这个男人的关系这么简单。

女儿晚上要请她去外面吃饭，她不去，她在女儿面前哭了。她威胁女儿说：要是女儿不说实话，她就不吃饭。

女儿还是不肯说出实情，她意识到了问题的严重性，她要当晚去买两张返程的车票，她宁可不让女儿读书，也不希望女儿就这么不明不白地生活着。她历数自己这么多年一个人的生活，为的都是女儿将来幸福。

女儿毕竟是女儿，女儿什么都说了，她说自己现在和一个老板在一起。她还说：这个老板姓王，没有家室，是她自愿的。杜娟明白了，女儿说打工就是在这个老板这儿打工，房子、钱自然都是这个老板的。

杜娟执意要见这个姓王的老板，女儿刚开始不同意，她说这么办事就太俗了。杜娟执意要见，女儿要是不答应，她就要在这里死给女儿看，后来女儿就出去了，答应把王老板叫来。

女儿回来了，她看到了那个王老板，她惊呆了，叫了一声：是你？！接着她就疯了似的扑向那个王老板，一边撕扯一边叫着：姓林的，咱们的恩怨是咱们的，干吗害我的孩子？

林斌也怔住了，他没想到眼前站着的会是杜娟。

女儿在一旁喊：妈，你这是干什么，这都是我愿意的，不关王老板的事。

杜娟这才知道，现在林斌已改称王姓了。她大声冲女儿说：出去，这里不关你的事。

女儿被母亲的样子吓呆了，但还是走了出去。

杜娟说：姓林的，你这是害我。

林斌一时语塞，他喃喃着：怎么会是你的女儿，这不是做梦吧？我以为又找到了多年前的梦，正因为她长得太像你了。你的女儿该姓白呀，怎么姓杜了？

林斌自然不知道，杜娟离婚后她就把女儿改成自己的姓了。

林斌又说：默涵姓杜，和你当年一模一样，那天她到公司应聘，我见到她，我以为自己是在做梦。

杜娟气喘着，无力地望着林斌。

林斌又说：默涵说自己的老家是 H 市，我就没有多想，我以为是上天可怜我，让我圆一个没有实现的梦。我对默涵是真心的。

杜娟什么都明白了，她突然蹲下身痛哭了起来。

林斌颤抖着手伸过来，试图把她扶起来。

林斌说：我以为我又找到了幸福，原来真的是一场梦。

杜娟抬起头，看到眼前的林斌，此时她觉得自己在做一个冗长繁杂的梦，她希望梦早点醒来。梦里的幸福永远是虚幻的。

门外是女儿一阵紧似一阵的敲门声。

生命通道 尤凤伟

第一章

　　战争至一九四二年下半年始见到曙光。日军在中途岛、爪哇岛和所罗门群岛连连失利；中国战场，中国军队继浙赣战役大捷，紧接着又取得第三次长沙会战的胜利，毙敌五万六千余。这次大战是太平洋战争爆发后日军首次大惨败，致使日军自开战起一直保持的海陆空优势宣告消失，从而转入防御。第二年年初，日军又有数个师团在华南战场被歼。日本内阁首相东条英机在国会惊呼："局势严重，需要吾人做最大之努力，本年可谓决战之年。"然而语出不久，日军又在鄂西、常德二战场失败，八万余兵员战死。是年，美军在新几内亚、所罗门群岛等地转入反攻，步步逼近日本本土，日军海上交通被切断，使南洋一带近五十万"南方军"陷入孤立无援之境。为此，日军大本营意识到在中国大陆打开一条与南方军的通道刻不容缓，于是要求中国派遣军抽调五个师团转用于太平洋方面，支援南方军；另以五个师团就地集结，作为日军大本营总预备兵力。然而由于战争形势的不断变化，至年底，日军扼守连接千岛群岛、小笠原、巽地和缅甸这一环形所谓"绝对国防圈"未取得成功，防线出现严重薄弱，于是又下令中国派遣军自一九四四年春从华北、武汉、广东分别开始进攻作战，击破国民党中央军，先行占领黄河以南、京汉铁路南段以及湘桂、粤汉两铁路沿线重要地区。这便是有名的被秘密称为"一号作战"的军事方案。为确保其"一号作战"的有效实施，日军大本营决定，给中国派遣军增加兵力，除可以重新使用预定调出的那五个师团外，又于一月至三月间下令新编十一个独立步兵旅团。其中两个旅团在日本本土编成，八个旅团在中国关内的滋阳、正定、汾阳、济南、宜昌、南京、安庆、阳泉编成；另一个则在关外铁岭编成。日军大本营命令，在日本本土编成的第八、第九旅团以及在铁岭编成的第十一旅团必须于四月底五月初抵达指定地点，并立即投入作战行动。

四月中旬某天，由北野俊太郎率领的第十一旅团先遣队从辽宁半岛横渡渤海。由于船只原因，大部队在海边扎营候渡。按通常的原则，旅团司令应与大部队一起行动，但北野少将行前对彼岸战场形势做了深入研究，认为先遣队登岸后凶吉叵测，便执意随先遣队一起行动，以应付事变。

那是一个晴朗的白天，蔚蓝的天空与蔚蓝的海面在前方连成一片。季节已是春日，海风尚透着寒冷。被临时征用的"九州丸"货船在海面平稳航行，高悬桅端的太阳旗在风中呼啦啦飘扬。这是一个惬意的时刻，兵士们在甲板上各行其是，尽情欢娱，时而响起悠扬的歌调，时而又响起为比赛摔跤助威的呐喊；北野旅团长则与几名军官站在船舷射击绕船飞翔的海鸟，迎着枪响，一只只海鸟坠于波浪之间，然后衣物状向船尾漂浮，直至消失于视线之外，而另一批饥饿的海鸟则不知死活地前仆后继，于是又迎来新一轮枪响。这次军事调动以一种海上旅游的方式进行，无论对于最高长官还是普通士兵俱感到十分振奋，如同进入忘我境界。直到望见前方一抹黑色的地线，方意识到又逼近厮杀不已的战场，心情顿时黯然。

先遣队在一个叫龙口的码头登上陆地。曾考虑"九州丸"是一条非武装货船，在有一个大队日军驻守的烟台上岸比较安全。但北野研究过的情报中特别强调烟台至铁路线间的莱阳、海阳一带有民兵游击队布设的范围辽阔的地雷区，不易通过，于是不得已改在龙口。按照预定计划，先遣队登陆后不在此等候，独自向半岛腹地深入，线路是经招远、平度、昌邑直达潍县，在潍县等候大部队的到来，然后乘上火车西行南下。从总体上说，这条宽阔的走廊属日军控制范围，较为安全。

部队在龙口宿营，稍事休整，第二天一早出发西行。

渤海连接着两块地面，同时又连接着两个季节：那边冬的寒气尚未褪尽，这边田地里的麦子已接近黄熟，热浪阵阵，老百姓光着膀子在地里干活；北野的部下还穿着厚重的棉衣，扑身而来的燥热与潮湿使人人感到不适，得病般头晕、恶心，浑身乏力，步履艰难。如此挨过一日，第二天却又是另一幅光景：阴云密布，不久大雨滂沱，兵士们棉衣湿透，负重如裹铁甲，在雨水中蹒跚行走，状如蒙人之舞蹈。尔后又雷电交加，声色俱厉于天地之间，忽而如当顶降落，忽而又如从一方横扫而过，惊人心魄。又挨过一日。再一天又换个晴日。雨后之日格外红艳，悬在头顶一个劲儿向下烤晒，地面蒸腾起一片黄浊雾气，雾气中散出一股熏人的恶臭，令人窒息，如同置身于一片无边无际的坟场，北野的兵士备受煎熬。偏偏祸不单行，许多人又染上了一种莫名其妙的足疾，如同被哪样毒虫叮咬般红肿，疼痒交加，行军时苦不堪言。军医们加紧诊治，却因不明病因难以下药，一筹莫展。北野本人倒平安无事，但作为肩负使命的最高长官，骑在马上望着如蝼蚁之动的队伍，一腔怒火无从发泄，只将眉头锁紧。

这天天黑，队伍在一座村子宿营。北野的司令部占了村中的一座祠堂。祠堂有一个很大的院落，一株古柏挺立在院子正中，郁郁葱葱。这时晚霞已快褪尽，天空一片灰暗，成群的乌鸦在这灰暗中穿梭飞翔，发出"哇哇"的凄厉鸣叫。

开过晚饭，北野叫人传来军医队长高田中尉，又叫来翻译官卜乃堂。这二人一起站在灯光下，反差甚大。高田军医三十四五模样，身材适中，面皮白净，卜乃堂却生得高高大大，浓眉大眼。一个似书生，一个似武夫。其实卜乃堂也念过大学，虽也是三十几岁，经历却甚为复杂。

北野先问高田军医足疾是否还在继续蔓延。

高田军医答说是。北野面呈怒色，叱斥说："帝国军人自应各尽本分，兵士打仗杀人，军医治病救人，天经地义，可你们对区区小疾却束手无策，成何道理？"

高田军医无言以对。

北野又转向卜乃堂说："卜，你是中国人，难道就没见识过这般害人疾病？"

卜乃堂摇摇头，说："中国有句话叫解铃还须系铃人，在这方水土上患病，怕只有这方水土上的医生才能医治。"

北野似有领悟，说："你的意思是找本地医生给大日本军人诊治？"

卜乃堂点点头说："是。"

北野想了想，说："卜，你去找一个中国良民来。"

卜乃堂应声走出祠堂，不一会儿带着一个五十几岁的村人进来。北野便开始盘问，卜乃堂在中间翻译。

北野问："这村里有医生没有？"

村人说："没有。"

北野又问："四下的村庄里有医生没有？"

村人仍说："没有。"

北野勃然大怒，脸色极难看。站在他身旁的一个少尉军官拔枪抵住村人的脑壳，一阵叽哩哇啦。

卜乃堂翻译说："皇军不相信你的话，没医生难道你们得了病就等死不成？皇军说你不是良民，故意与皇军作对。他说你今天不讲出个医生的下落，就毙了你！"

那村人吓得浑身颤抖，说："离这儿八里的苏家泊有一位老中医，只是年岁大了，早就不出来看病了。"

北野问："这是不是说谎？"

村人说："全是实话。"

少尉这才收起枪，北野转向高田军医和卜翻译官下达命令："立刻让这人带路赶往苏家泊，将老中医找到带回。"

二人不敢怠慢，赶忙从军中挑出一拨儿健壮兵士，匆匆钻进黑沉沉的原野之中……

大约就在北野少将带领部下登上"九州丸"那一时刻，苏家泊老中医苏子熙咽下了最后一口气，归于黄泉。那个被北野审讯的村人并没有说谎，苏老中医确已染恙多年，连本村人都极少见他那身着蓝布长衫的瘦长身影。

大约也就在北野的军队在龙口登上了陆地的那刻，苏老中医的儿子苏原带着年轻的妻子回到苏家泊。他回得迟了一步，探病变成了奔丧。苏原是苏老中医唯一的儿子，在青岛一所医科大学的附属医院做外科主治医生。

在苏原回到家之前，他的几个姐姐姐夫已先他从各处赶来。另外还有一些本家亲朋帮忙张罗，丧事正有条不紊地进行着。苏老中医七十而终，也算是寿终正寝，是喜丧，因此整个殡丧过程没有过浓的悲哀气氛，如同大家齐心合力安排老人做一次离家远行。苏老中医躺在灵床上，十分安详，只等着儿子回来为他入殓。只因未看老父生时一眼，苏原内心很是悲痛。苏原的妻子牟青是城里女子，不谙乡俗，苏原只能一样样教她，比如怎样叩头，怎样啼哭，以及如何与各等辈分的亲朋叙礼。牟青是聪慧女子，凡事一点即明，毋庸赘述。只一天过去，一切均做得恰如其分，赢得婆婆和众多亲朋的满意。按照苏老中医生前的嘱咐：战乱年月，丧事一切从简，不请吹鼓手吹打，不请僧人做功德，灵柩在家不可超过三日。苏老中医在世时，家人未曾违背过他的意愿，临终之言更是遵照不悖。于是便在苏原回家的第二日将老中医安葬于苏家茔地。也就是在这一晚，日军军医高田和翻译官卜乃堂来到苏家泊。

他们将苏原和他的妻子从家里带走。

离开苏家泊大约是晚上十点钟光景，天上悬挂着半轮月亮，照得远远近近的山峦朦朦胧胧。夜风太冷，抑或还有惊吓，苏原的妻子牟青浑身瑟瑟发抖，苏原脱下自己的外衣给妻子披上。在离家之前，苏原曾强烈要求留下他的妻子，让他一人跟他们去，但没被容许。日本兵按惯常战术兵分两队，苏原和牟青被夹在两队中间，还有高田军医和卜翻译官。一路上所有人都缄口不语，默默行走，只有脚步声向四方传递。这条路苏原从小到大走过无数次，可在这样的深夜走还是头一次，他感到心里有一种隐隐的恐惧，为自己，更为妻子。

在远远望见日军宿营的那个村子黑黝黝的轮廓时，忽然听到了枪声，开始很稀疏，转瞬便密集起来，枪声在静夜里显得很尖厉，很刺耳。枪声来自村里，同时又看见爆炸的火光。这突如其来的情况使所有人都惶惶不安，队伍停止了前进，在原地等待事态的明朗。大约过了一个时辰，枪声停息下来，爆炸声也不再有，唯见一两处房屋在燃烧，火舌舔着阴冷的夜空。队伍又开始前进，速度增加了许多，快到村子时，几乎变成了跑步。

进了村，只见街上呈一派战斗过后的景象，被打死的日本兵横七竖八地躺在地上还没来得及收尸，受伤的在呻吟叫骂，医务人员一边包扎一边指挥兵士抬往临时救护所。着火的房子天灯般照耀着街上的情景，没有人救火，也见不到一个老百姓的踪影。

高田军医和卜翻译官没在街上耽搁，带着苏原夫妻急匆匆地赶到北野所在的祠堂。北野正在大发雷霆，斥骂几名站得笔直的军官，军官们一面"哈依哈依"地接受训斥，一面不失时机地推卸着自己的责任。苏原读大学时修过日语，他听出的事体是：刚才的战事是遭受从泽山上下来的一股抗日队伍的夜袭。游击队神不知鬼不觉地靠近了村子，先摸了村西的岗哨，然后冲进村，对正在睡觉的日本兵开火，乱打一通，等日军清醒过来，游击队已经撤走。日军只在村口抓到两名伤了下肢的游击战士。日军伤亡惨重。

北野挥手退下军官，余怒未息。高田军医正要向他报告苏家泊之行，这时从外面急匆匆进来一名少尉军官，向北野报告说抓到的两名游击队员已自杀身亡。北野愣了一下，说捆绑了怎能自杀？少尉说他们互相咬断了手腕上的血管，岗哨在月光下发现从屋里流出一道红亮的溪流，很是诧异，开门查看，这时两人已死。少尉报告完，在场的人都不再说话，包括愤怒不已的北野。苏原尽力保持平静，做出什么也没听懂的模样，而心里却是十分惊骇。作为一个医生，他清楚这种自杀方式是多么惊心动魄而又不可思议，只有充满视死如归勇气的人才能实施并达到目的。苏原嗟叹不已。过了一会儿，高田军医开始报告苏家泊之行，请示北野如何处置。北野目光不善地打量了这对中国夫妻一眼，说先关起来，天亮再说。

天亮后苏原和牟青再次被带到祠堂院里，高田军医、卜翻译官已在。北野的神情仍很严峻，但打量他们的眼光已不像昨夜那么凶狠了。他好像明白过来这一男一女不是他的俘虏，相反倒有求于他们。他问他们可用过早餐，卜乃堂翻译给他们听，苏原回答他们夫妻没有吃早餐的习惯。北野停了停随之说昨晚的事你们都亲眼所见了，游击队不宣而战，向进入睡眠的皇军进行袭击，造成惨重伤亡，中国人不讲战争规则，是有失文明的行为。苏原听着心里愤然不已：真正不讲规则有失文明的是你们这伙侵略军，在中国，在朝鲜，在珍珠港，你们发动战争哪回是有宣而战？看来北野很善谈，还在滔滔不绝，说苏原君你是中国人，中国医生，你必须好好给皇军将士治病，将功补过。苏原这才明白北野大说中国人搞突然袭击不讲战争文明的目的，是要说服作为中国医生的他只有乖乖地给日本军人治疗才是替中国人将功补过之举，才符合他的所谓战争文明，真是滑天下之大稽的强盗逻辑。苏原早已成竹在胸，决不给这伙强盗医治。他说治病救人是医生的职责，问题只在医术是否高明。我虽然读过医科，可在战争年月，兵荒马乱，并没学成什么，所以十分惭愧。希望你们赶紧另请高明，否则耽误了治疗我担待不起。北野听了卜乃堂的翻译，脸色变得阴沉，说苏原君无须客气，你出身医学世家，又读过专科，怎会是庸医之辈？快快随高田少尉去给将士们治疗，要真耽误了治疗，却是罪责匪浅。苏原已觉无话，心想不妨敷衍一下，再相机脱身。

苏原和牟青随高田军医、卜翻译官以及肩负看守职责的少尉走出祠堂，向日军病员宿地走去。行走中牟青陡然察觉侧方有一双眼直勾勾地盯着她，那是卜翻译官。狗汉奸！她在心里骂了一句，低下头去。

村街很静，空荡荡的街面上残存着斑斑血迹，散发着腥气。着火的几幢房屋还在冒烟，风将烟柱歪向一边，如同巨人头上竖起的粗黑发辫。

为便于诊治看护，这些病员被集中起来，分住两处，一处为军官病员，另处为兵士病员。他们先往军官宿地。这是位于村头的小学校，一圈杨树围起的院落，一拉溜七八间平房。这时太阳已往上升起，光芒透过杨树梢头射进院子，暖洋洋的。这伙穿军官制服的病员三三两两坐在屋前台阶上晒太阳，有的躺在教室里用课桌拼成的床铺上，哼哼唧唧，满脸的苦相。高田军医首先让院里的病员脱掉鞋袜，给苏原诊看。苏原做出查看的样子，俯下身，盯着一只只肿得红亮的脚。此时他对病情已明了于心，当他站直身子，高田军医询问是否再去兵士病员宿地诊看，苏原说没有必要，见一知百。于是他们重返祠堂。

这时北野已离开祠堂，据勤务兵说旅团长亲自去通信班接收上面发来的电报。其实是无需他亲自去的，通信班每回收到电报都是跑步送来。看来情况有些异常。过了一会儿，北野回来，脸色十分难看。他与卜乃堂叽哩哇啦讲了一通，苏原听得的意思是上面责怪他的先遣队行进迟缓，鉴于这一带诸多不平安因素，第十一旅团滞留于辽宁海岸的大部队暂按兵不动。这一局面对身任旅团长的北野来说无疑是一个巨大的打击。卜乃堂向他报告了苏原医生去病员宿地诊看的情况，北野问结果如何？卜乃堂说还须旅团长亲自询问才是。北野遂点点头，转向苏原一笑，笑得十分勉强，说苏原君为部下诊治，不胜感激，请问此奇异足疾可用何方何药治疗？待卜乃堂翻译之后，苏原答：日军将士所患足疾甚是蹊跷，以前在书本上和临床医疗上对此种病例闻所未闻，见所未见，因此难断病因，更难下药医治。卜乃堂将这番话翻给北野听，之后又加上一句自己的见解：我看他说的并不可信。苏原听得明白，因此在心里对卜乃堂无限痛恨。北野显然是赞成卜乃堂的，继续对苏原说：苏原君之言难圆其说，难道你们本地老百姓的脚是铁石所铸，从来不生病疾？唯独我们外来的日本人注定倒霉不成？苏原听了心里咯噔一声，心想倒真叫这个不懂医学的北野言中，这种足疾确是一种外乡症，实由水土不服引起，本地百姓自然不是铁石之足，也生足疾，但不是这一种。对比起来，这由水土不服引起的足病倒不难医治，他的父亲便有十分奏效的药方。他说北野先生只知其一不知其二，人生天地间，俱吃五谷杂粮，俱经雨雪寒暑，哪有不生病疾之理。问题是对病疾的态度大相径庭。我们中国人崇尚养生，崇尚自然，注重以自身的精血来抵抗病疾的侵蚀，许多情况都是不治而愈。我以为这并不意味着是不尊重科学，而是更贴近医道本质的一种超然态度。北野听了卜乃堂的翻译后，冷笑一声，说，想不到身为医生的苏原君竟倡导什么不治而愈，滑稽之至。如真是这样，像你苏原君干医道行的人不早就在中国绝迹了吗？话说回来，你们中国人怎么想怎么做是你们自己的事，我不感兴趣，可我不能叫我的部属躺在地上等什么"不治而愈"，我要前进，要完成使命，你懂吗？你必须大大地为皇军效力，你懂吗?！苏原不再说什么，心想这个北野俊太郎可有点不好对付。

当苏原与北野的对峙接近尾声，北野以异乎寻常的方式向苏原摊牌。他让卜乃堂给他好好翻译，他口气平和却杀机显见，他说道，苏原君，从总体上我理解你的心理，岂止是你，世上人人都希望生活于理性与道义之中。在中国，在我们日本，关于教导人如何认识如何行为的金科玉律如出一宗，如同地上的高山河流平原湖泊在太阳底下显现得清清楚楚。可是苏原君你不要忘记一点，太阳不会永远不落，真理也不会永远放光。人告诫自己该做什么不该做什么，虽一切都明明白白，可在理性的法则面前人们又不知所措。苏原君，你知道人实际上是生活于什么中间呢？是选择。人除了亲生父母不能选择之外，其余的都可以选择，如求学、求亲、求职等等无不存在于人的选择之中。就以我为例，高中毕业我选择了武学堂，进入陆军后我选择了安堂知子做了我的妻子，战争之后我选择进入中国派遣军而不是日本大本营……是选择决定了一个人的生活道路，决定了人的命运。人有时候面临两种选择，有时候又面临多种选择，而最困难的选择是生还是死。我现在要指出的是你此时此刻面临的选择，不言而喻，你的选择将是由我强加于你，这种强加事实上也是我自己的选择：我必须让你给我的部下治疗，别无其他。那么我将怎样地强加于你，这就是你此刻最为关注的问题。如果在和平时期，我的强加或许会有所节制，比如让我的士兵抽你一顿鞭子，赶走了事。可现在是战争时期，战争使目的变成唯一，又使选择变得极端。这没有办法。下面我将开诚布公地指出我将强加给你的几种选择，当然前提建立在你仍然拒绝为皇军效力的基础上。我将阶梯式实施如下：一，着人强奸你的妻子，对此我的士兵将乐此不疲。二，完事以后便一点一点肢解她的身体，看她是否如你所说会不治而愈。三，当着你的面将她活埋入土。四，我将命我的十名士兵从不同角度将刺刀刺进你的胸膛。苏原君请你原谅，即使我有耐心也没有时间，如果时间充裕，我会给你提供更多更多的选择，但是不成，我确实没有时间，这你知道。现在请你苏原君听清也请你相信，作为大日本帝国一名将领，我决不食言，我将依照刚才所说的顺序实施，不得到你改变主意的答复，决不终止。

当苏原将自己的治疗方法说给北野，北野瞠目结舌，尔后又勃然大怒，说苏原"恶劣"的药方是故意侮辱大日本皇军。他决不接受。卜乃堂赶紧相劝，说中国诸多民间偏方十分玄妙，有的也确实"恶劣"，但偏方治大病毋庸置疑。苏原只是听着，不加任何解释。他倒希望北野拒绝用他的药方治疗，那样他就不用担为日本人效力的坏名声。细想想，他供给的药方当属北野所认定"恶劣"的那一类。不是别的，是当地男爷们儿的一泡热尿，将尿直接淋在患者的脚上。在民间，尿历来被视为一剂药物，童子尿自不必说，庄稼人在地里收割，一旦有了创伤，便立刻往伤口上撒尿，可止血，也可消炎。北野部下的足疾既然是外乡病，那么当地人的尿自然便算得一味药了。身为日本人的北野对这些孤陋寡闻，自然会怀疑苏原是不良用心。事实上苏原在说出这个药方时心里的确充满报复的意愿。

卜乃堂的话总算起了作用，北野从暴怒中平静下来，他在心里权衡，或者说选择，他万万不曾想到在自己强制苏原做出选择后不久苏原又以另一种方式强制他进行选择，要么拒绝治疗（后果是他的部队继续陷于瘫痪）；要么接受治疗（后果是他和他的部属无论其肉体还是精神都将浸泡在中国人臊臭的尿液中）。这种选择对堂堂大日本帝国的一名将领来说不能不说是十分艰难的。

北野做出接受治疗的决定这一刻，心里升腾起对苏原无以复加的仇恨。"治不好死了死了的！"北野咬牙切齿的话用不着卜乃堂翻译苏原也听得明明白白。

日本人采集"药方"的过程使村子的百姓再度陷入惊慌中。昨夜的战事刚过，尽管村里人确实没有参与对日本人的偷袭，但还是挨家挨户被搜查了一遍，许多男人被打，许多女人被强奸，最终日本人还觉得不解气，又硬是指定了几个"嫌疑犯"，将他们关押起来，凶吉未卜。

日本兵将村里所有男人一齐赶进离河不远的学堂里。

整个治疗过程由高田军医负责，他让所有患足疾的军官和士兵在学堂院子里站成一排，命他们脱下鞋袜，挽起裤角。关于治疗的方法，事先已在他们中间传开。这正应了中国一句俗语：有病乱求医。尽管他们嘴里骂骂咧咧，可还是乖乖地赤脚站着，等中国百姓往上面撒尿。

然而却没有人告诉这些被驱赶来的庄稼汉们究竟要做什么，他们确实只像一味药那样任人摆布。日本兵恶声恶气地吆喝他们，叫他们怎样怎样，动作稍为迟缓，便拳脚交加。阵势总算摆成了，日本赤足兵与村里的男人面对面站成两排，后者被这奇怪的阵势弄糊涂了，再加上头一遭和凶神恶煞的日本鬼子靠得这么近，心里嘭嘭地直敲鼓。

高田大声向村里的男人宣布："大家都照我说的做，脱裤子，往皇军脚上撒尿！"

村里的男人闻声惊呆了，以为是耳朵出了毛病，不约而同地望着那个向他们发话的日本人，却没一个人照他说的做。

"撒尿！往皇军脚上撒尿！"高田又喊。

这遭他们是听清楚了，俱吓得心惊肉跳。狗日的鬼子躲还躲不及呢，还朝他们身上滋尿，这不是自己找死咋地？这没准是狗日的日本人设下的圈套让他们钻。有人开始朝后倒退，许多人又跟着退，队形立时乱了。

一名值日军曹从腰里拔出手枪，嘴里哇哩哇啦吼个不止。

卜乃堂赶紧翻译：大家别动，都照皇军说的做。皇军说哪个敢不往皇军脚上撒尿就毙了他！

听说不尿就毙倒真的有人尿了，不是尿在皇军的脚上，而是尿在自己的裤裆里，尿顺着裤筒往下淌，在脚下地面注了一大汪。

"八格呀噜，死了死了！死了死了！"这没逃过军曹的眼睛，他怒不可遏地将枪口指向那个将尿抛洒光了的中年汉子。

一直默默站在一旁的苏原见状急了，忙向大家喊："乡亲们听我说，日本人脚长了病，在上面淋一泡尿就治了。大伙都知道苏家泊有个苏子熙老中医吧？这是他留下的药方。我是他儿子苏原，大伙只管放心尿，别害怕，尿完了各回各的家。"

苏子熙老中医的名声很大，四邻八瞳哪有不知道的。这当中许多人还让苏老中医看过病。又听这人说是苏老中医的儿子，大伙心里的石头便落了地，想既然不是日本鬼子设的计谋，就尿他个娘的。日本鬼子在中国横行霸道，骑在中国人头上拉屎，今个咱掐着鸡巴往这群王八蛋身上尿一遭，也算替中国人出了口鸟气。

"尿他娘，尿他娘。"像互相鼓励，又像互相壮胆，这群庄稼汉子便迅速行动起来，一人选中一个目标，凑到跟前，然后解开腰带，从裤裆里掏出那玩意儿，精神抖擞地朝日本鬼子猛滋一阵，刹那间，尿声如瀑，臊气冲天，日本兵脚底像开了锅……

这是一个无比壮丽的时刻，以致许许多多年之后村里人提起这事便感到回肠荡气，而那些往日本兵身上滋过尿的男人更是以抗日英雄自居，豪情永存。

北野没到现场看中国老百姓给他的部属治病，可他想象得出那是一幅怎样的画面。不仅如此，他甚至感到那汹涌奔腾的尿水从祠堂上空劈头盖脸向他倾注下来，将他淹没，令他窒息。直到通信兵又有电报送来，他才从这种幻觉中回到现实。电报的内容令他震惊不已：大本营根据瞬息万变的战场形势以及北野所带领的新编十一旅团先遣队行动不利，决定仍滞留于辽宁海岸待渡的十一旅团大部队放弃渡海计划，改由陆路乘火车经山海关进入华北，然后沿津浦线南下。为便于部队行动，大本营重建了第十一旅团的指挥系统，任命古本豪少将为第十一旅团旅团长，率领部队入关。同时大本营命令北野旅团长将先遣队带至莱阳城与当地驻守日军汇合。鉴于驻守日军大队的山谷大队长不久前在一次扫荡中负伤，仍在医院治疗，暂由北野少将代其指挥，负责全部军务。

一纸电文如同雷从天降，炸得北野呆若木鸡。

行伍出身的北野自然清楚这道命令对他意味着什么，这是一种变相的罢黜，是对他指挥不利的惩罚。他深知陆军部那些军阀们的一贯做法，他们对旅团长一级的指挥官向来不当回事儿，只要他们效力卖命，战场上稍微失利，便立即给以颜色。北野曾多次为他的那些失宠同僚不平，今天却轮到了自己。

他愤怒，恨他的上司，也恨给他制造麻烦的中国人。这时，他眼前又显现出一群中国百姓得意洋洋地往他的士兵身上撒尿的情景。这更叫他气恨难平。

不知不觉天色已近黄昏，阴影从祠堂四周的围墙下一点一点向中间收拢。天空又出现了乌鸦的阵列，"哇哇"地鼓噪不止，刺耳扰心。北野再也按捺不住，"嗖"地从腰间拔出手枪，对向天空。他一向有射杀飞鸟的嗜好，见了便情不自禁。此时，在他将要扣下扳机时，却冷丁收住，连他本人都觉得异常。然而只停滞了瞬间，他便豁然醒悟，什么才是他此时此刻最迫切的心愿。

行刑地点在村外河边，开阔而有依托。负责现场实施的尖下巴少尉，嘴里哼着绵软的家乡小调。时间尚早，太阳从河对面的堤坝上刚刚露出，雾气使它显得很大，很红，边缘模糊。

少尉抬头向太阳看看，觉得这异乡的太阳与他家乡的太阳毫无二致，是那样鲜艳。

太阳再升高些，苏原和他妻子牟青被几名日本兵带到河堤前面的一块平地上。起初他们不明白为什么要带他们来，在那块平地上站住后，便发觉这里是日本人设置的刑场，即将被枪决的几个中国人已被带到堤上。苏原不知道他们的身份，也看不见他们的面目，他们被一字捆绑在河堤的杨树下，背对着同样一字排开的持枪日本兵。那时刻的太阳光开始强烈，光线在这些将死的人光亮的头顶闪耀着玉样的亮点。四周无声无息。苏原兀地感到透心的恐惧，他向妻子身边靠靠，发现妻子的身体在暗自颤抖。他想日本鬼子为什么要让他和妻子来到这刑场？北野要一并杀死他们吗？他想不会。昨天下午给北野部下的治疗很快便有了效果，在尿液的浸泡下，日本兵肿胀的脚迅速消肿，不再疼痛，有的症状完全消失，可以像正常人一样行走。当傍晚时分回到北野住的祠堂，高田军医如实向北野报告了治疗情况，北野还假惺惺向他表示感谢。在这种情况下，北野还会下毒手吗？他把握不定。他有生头一次体验到人面对死亡时的感觉。作为医生，他的职业是同生死打交道，他曾无数次目睹生命是怎样一丝一丝进入死亡，这种合乎自然犹如瓜熟蒂落的死亡，早已被他的职业心理所接受。在医院的病室里，面对逝者家人悲痛的号啕，他能够平静以对，而眼前这种将一个活生生的人在顷刻间予以毁灭的现实，却是他万万不能接受的，不论别人还是自己。

苏原感到眼前悬在堤坝上空的太阳失去了颜色，天地间阴森森，冷飕飕。

北野、卜乃堂、高田军医以及另外几名日军军官随后来到行刑现场。

北野的出现给苏原心灵更增添几分压迫。一般说来，像北野这样的高级将领是不必亲赴刑场监杀几个普通中国人的，除非有什么特殊目的。苏原在直觉中将北野的出现与自己联系在一起，与自己也包括妻子的生死联系在一起。北野的出现不啻死神的降临。他感到浑身瘫软无力，不由抓住妻子的胳膊。

走来的北野神情淡淡，他甚至没看苏原一眼，站定后只看着前面的河堤。负责现场的尖下巴少尉，跑步到他面前，敬礼，报告一切就绪。他没说什么，无言在此时此刻便是一种指令。少尉便跑开，直跑到行刑枪手一侧站定。这时苏原的心几乎要跳出胸口，他知道只要少尉将腰间的指挥刀拔出举起再挥下，堤上的几个中国人将于顷刻间血染黄沙。奇怪的是少尉久久不动，行刑枪手也保持原来的状态。苏原正诧异间，又看见高田军医向前走去，绕过枪手，一步一步走上河堤。苏原大张着眼。高田走到一个被缚的中国人身后，盯着他的背后看了一眼，然后伸出手在上面摸摸按按，像在寻找什么。之后，苏原又看见高田从衣袋里掏出一块什么东西，在那人后背左侧描画着，很快描画出一个核桃大小的圆圈。啊！这是心脏的部位。苏原立时感到毛骨悚然，一股寒气穿透全身骨缝：这是高田军医在为枪手指示射击的弹着点。在这之前他曾听说过日本鬼子行刑是射击心脏而不是射击头颅，却完全不知道还须事先描示出心脏的位置。这是日本人万事寻求精确的刻板，还是完全将杀人视为一种游戏？苏原无从判断，他两眼直勾勾盯着那黑色脊背上的惨白的圆圈，似乎清晰地看到在那个死亡白圈的前方有一颗鲜红的心脏在噗噗跳动，尔后这颗心脏便爆裂开来，眼前喷出一片漫漫血幕，血幕将他全部的精神笼罩，使他难以挣脱。直到他妻子的一阵更为剧烈的颤抖，才使他冲出这坚韧的血幕，太阳重新出现在头上的天空。他又看见白杨如屏的河堤以及那一排被捆绑的黑色躯体。高田军医依次在这些躯体上进行自己的工作，无一遗漏地在那个致命的部位画上了白圈。这些白圈连接成一根白色的链条，在阳光下犹如一串亮晶晶的珍珠。

苏原内心油然生出对高田军医的无比愤恨。

事毕的高田已转过身来，向这边望望，然后绕过行刑队列到原先的位置。这时少尉举起了指挥刀，行刑的日本枪手同时举枪向前方瞄准。

这瞬间，卜乃堂一步迈在牟青前面，用自己的身体挡住她的视线，几乎就在同时，一排清脆短促的枪声在她耳畔炸裂开来。

那一刻苏原曾强制自己将双眼闭合，不使自己看见这惨绝人寰的屠杀，可是不行，他无法将眼闭合，如同那不是自己的眼睛。他大睁着眼，连眨都不眨，于枪响的同时他看见堤上中国人像同时接到口令一齐将头歪向一边。他们完了，完了。苏原心中只凝着这单一的意识。

紧接便是高田军医的一声沉哑呼叫，行刑的日本兵闻声向河堤奔去，快捷地将刚刚被他们枪杀的中国人从树上解下，放在准备在一旁的担架上，抬着向驻地村庄飞奔而去。高田军医紧随其后。

苏原惊愕不已。

由于卜乃堂的遮挡，牟青没有看见堤上中国人被杀的情景。她眼前很久都是一片土黄，那是卜乃堂的后背。当这片黄色移开，她眼前的河堤就变得空空荡荡。可她清楚凶残屠杀并没因她没有目睹而不存在。她移开目光，不由看了眼站在侧方的卜乃堂，她觉得卜乃堂那白胖模样很像一个刚从地里拔出来的白萝卜。

该轮到自己了，苏原不由转头向北野望去，正碰上北野投向他的目光。他又立刻低头回避。

北野开始对他说话，声音很高，卜乃堂翻译的声音也很高：苏原君，我让你再做一次选择，是跟我走，还是留在这里？

苏原愕然。

我是说永远留在这里。北野补充说，抬手指指刚刚杀过中国人的河堤。

第二章

在胶东地面，莱阳属一个不算太小的城镇，这里地势平坦，土地肥沃，宽阔的五龙河从城边流过，河岸两旁绿树逶迤，郁郁葱葱。从地图上看，莱阳城位于半岛正中，是东西通道之咽喉，历来是兵家必争之地。然而由于连年的战乱，北野看到的是一座破败不堪的小城。

整个夏季中国战场战事频繁。按"一号作战"计划，日军首先要击溃第一战区的中国军队，占领并确保平汉路南段地区。一九四四年四月十七日夜，日军第三十七师团向中牟一带的中国军队暂编第二十七师阵地猛攻，豫中会战由此展开。日军攻势凶猛，二十二日攻陷郑州，五月一日占领许昌，五月三日占领禹县、襄城，五月二十五日攻陷洛阳。三十八天的豫中会战中河南守军作战消极，一触即溃，丢失城市三十八座，折兵二十余万。具有讽刺意味的场面是，第三十六集团军司令部被日军包围在陕西秦家坡一带的麦田里，总司令李家钰被日军冲锋枪射死在即将成熟的柔软如席的麦棵上……

过了端午节，胶东地面的麦子也黄熟了。自从日本人占领了这块地面，每年麦收都不太平。地里那点可怜的麦子被所有人盯在眼里：日本人、伪军、抗日队伍，还有老百姓自己。刚刚开了镰，一拨拨队伍便从各自的据点出动。日本人将他们的行动称之为"麦季清乡"或"麦季扫荡"。清乡便是清粮，扫荡也是扫粮。他们狮子大张口，恨不得将百姓的麦子"清扫"得一粒不剩。与其他敌占区相比，这一带的抗日力量比较壮大，然而队伍混杂，从属于多种政治势力，国民党、共产党以及无党无派只是打着抗日旗号的游击队。抗日的队伍麦季主要任务是阻止日本人和伪军的抢劫，帮老百姓留下一点粮食糊口，也包括给自己弄到一点军粮，抗日不吃饭也不成。

为便于行动，北野将自己的部队临时分编成八个中队，四个一组，轮换担当抢粮和驻勤任务。每天天还没亮，抢粮队便从驻地出发，分东西南北四路往乡里去，抢到粮食便逼着老百姓替他们运回城里。抢粮的过程实际便是与抗日的队伍接火的过程，枪炮声便在这个半岛小平原上此起彼伏，连续不断，给一年一度的麦收增添了不凡的气氛。

按照北野的命令，苏原以随队医生的身份跟抢粮队下乡。苏原清楚北野的险恶用心是想让他以汉奸身份在四乡百姓面前"亮相"。自那次尿淹日军后，北野便对他耿耿于怀，将他扣留在军中，自然有让他不断为日军诊治疑难疾病的考虑，但主要还是北野的报复心理在作怪。你不想做汉奸，就偏偏叫你做汉奸，赶着鸭子上架，上也得上，不上也得上。妻子牟青被留在城里，她充当了北野的人质，以防苏原趁下乡之机逃遁。北野真是个不掺假的日本"鬼"。

苏原跟的这路抢粮队由一个叫森冈的中佐带领。苏原曾见过森冈，他是个三十七八岁的瘦高个儿，长一脸络腮胡子，不多说话，眼光挺凶。这支抢粮队由四十多鬼子和一百多伪军组成。伪军中队长是一个姓冯的秃子，冯秃子的中队驻守城南一带，苏原也曾在北野的司令部里见过他。据说冯秃子的枪法极好，不用瞄准，抬头就搂枪机，百发百中。冯秃子是土匪出身，本地人，日本人来之前他在泽山上当土匪头，几十号人几十杆枪，不成气候。日本人刚来时他打的是抗日旗号，也和日本人干过几仗，没占便宜。尔后看看日本人的势力愈来愈大，再加上和另一个土匪头不睦，就拉出自己的嫡系投了日本人。日本人起初并不拿他当回事儿，只给他一个碉堡守。不久发现他身怀绝技，觉得有用，便委任他当了中队长，据守城南一拉溜十几个碉堡。

队伍出了城直奔正南。大约走出五里路光景，道路从一个村子经过，森冈命令在村里抓些青壮农民，做运粮的脚夫。日本兵和伪军就挨家挨户地搜寻。一会儿工夫，抓来二十几个青壮农民。苏原突然听见有女人的哭声，忙循声望去，见两个鬼子从一家中拖出一个青年人，后面一个老婆婆紧抓住青年不撒手。"俺儿子病了，他不能去。"老婆婆边哭边嚷着。这时日本兵已将青年拖在当街上，苏原一眼便看出这青年满脸灰黄，确实是个病人。他刚要去找森冈为青年人讲话，却见不远处一日本兵端枪朝老婆婆瞄准，嘴里哇哩哇啦叫，苏原听明白是叫那两个日本兵闪开。日本兵迅速向两边一跳，枪便响了，这一枪打折了老婆婆一只胳臂，几乎就在同时，老婆婆另一只胳臂也被击中，老婆婆倒在地上尖声哭喊，血流了一地。老婆婆的儿子转身扑在老婆婆身上，没等哭出声来便晕了过去。森冈阴沉着脸，说声走吧。于是队伍撂下倒在街中的母子俩，带着刚抓到的二十几个中国人上路了。这一切好像只在一瞬，跟着队伍离去的苏原懵懵懂懂，直到走出很远，他的耳边还响着老婆婆的哭声。

队伍继续沿路向南走了二十里路，就到了抗日队伍活跃的地区，行进速度渐慢。这次"清乡"，北野的战术原则是由远而近，只要在防区外沿取得胜利，防区周围的粮食便是囊中之物了。

"轰"的一声，一颗地雷在前面日本兵的队列中爆炸，当场将几个鬼子炸飞，苏原眼睁睁看见一条大腿从天而降，要不是躲闪得快，这腿就砸到他的身上。这颗雷将鬼子和伪军炸得心惊胆战，有的趴在地上，有的木呆呆地站着，森冈倒有几分镇定，拔出指挥刀嗷嗷吼叫。日本兵先从地上爬起，接着是冯秃子的伪军。队伍停在那儿，踌躇不前，害怕再踏上地雷。

森冈吼叫了一阵子，大概意识到吼叫的目的不明，便住了口。他命令将炸死的日本兵装上运粮车，让几个民夫运回城里，拨几个日本兵押送。粮还没抢到手，倒先运回尸体，森冈无比懊恼，也有些后悔，不该将日军放在队伍前列，结果首先遭殃。他重新部署行军，让抓来的中国民夫走在最前面，充当人肉扫雷器。民夫后面是冯秃子的伪军，日军在最后面。队伍又前进了。民夫不傻不痴，明白日本鬼子是让他们在前面送死，可又不敢违抗，只好硬着头皮往前走，脚步却迈得很慢，气得日本兵在后面叫骂不止。

刚走出不到半里路，民夫踏响了第二颗地雷，死伤各两名。民夫们见状一齐蹲在地上哭泣，不肯再走一步。正在这时，日本人发现侧方小树林里有人影晃动，疑是中了抗日队伍的埋伏。森冈命冯秃子带伪军从左，自己带日军从右，一齐向树林包抄过去。森林里确实是抗日队伍的人，他们见日伪军向树林合围，便举枪射击，边打边撤，一会儿便不见了踪影。森冈的围歼计划落了空，气得他脸色铁青。回到路上又发现民夫逃之夭夭，连刚才炸死炸伤的也不见了。

唯有中国医生苏原孤零零站在那儿。

没有了中国民夫，便轮着冯秃子的伪军在前面踏雷。冯秃子对此不满，脸色很难看，他斜了森冈一眼，终是没出声，咽了口唾沫，便凶狠地朝苏原吼叫，让苏原在他的队伍前面走。苏原没说什么，抬脚向前走去。他知道自己在劫难逃，无法躲避。刚才本可和民夫一起逃走，有一个民夫还向他提醒这是个逃跑的好机会，只要钻进麦地里，日本人就干瞪眼。但他清楚自己无法逃脱，他不可能将妻子一人留给日本人。

苏原走得很快，身后的伪军几乎跟不上趟。此时一种奇异意念在苏原脑中浮沉：他希望第三颗雷在自己脚下炸响，那样他一切的烦恼和负担便得到解脱了。

然而这第三颗雷终是没有响。

这个麦季是苏原有生以来最痛苦的时光，他的整个生活堕入了深渊，难以自拔。在日军军营待得愈久，他心灵上的负罪感便愈深。我是汉奸吗？他经常这样自问。回答不是，是自欺欺人，回答是，他又觉得无比冤枉。

麦季过去了，日本人洋洋自得，这次麦季清乡很成功，抢到够他们吃半年的粮食。然而代价也很高昂，从乡下运回粮食的同时也运回日本兵和汉奸们的累累尸体。

自被劫到莱阳日军军营，苏原和他妻子牟青被安排在一幢房子里独住。这幢房子与北野的司令部斜对，司令部大门外的岗哨的任务之一便是监视苏原夫妻的动向，如果两人中的一个外出，可以不加干预，而一齐出门则要予以制止，不论白天还是夜晚都无例外。这种软禁简便而有效，不给苏原夫妻的逃跑以可乘之机。在生活上，日本人还给予一定的照顾。他们居住的是一个单独的院落，这是一幢被日军征用的民房。三间朝南，院子很大，院里有两棵缀满果实的杏树，还有葡萄，葱绿的青藤覆盖着墙头。屋里的家具也配备得齐全，大多是日军军用品。饮食自便，可到对门司令部大院的食堂打饭，也可从食堂领回粮食菜蔬油盐酱醋自己做。苏原夫妻不愿和日本人掺和，也吃不惯日本伙夫做出来的饭菜，没特殊情况，都是自己做。这就又招致了新的麻烦，翻译官卜乃堂总是借口愿吃牟青烧的饭，隔三岔五来吃一顿。对此，苏原十分反感，尽管不好将他拒之门外，却没好脸子给他看。卜乃堂也不加理会，装着什么也没看出来，他心里自知，他来这里，不是为吃一顿饭，更不是为了和苏原套近乎，而是为了牟青。这一点牟青也看出来了，觉得很别扭，对卜乃堂的反感她和丈夫是相同的，她不愿与这个真本实料的日本汉奸往来，更不想和他拉扯些别样关系。然而她在内心里对那次刑场上卜乃堂对她的好意是领情的，所以她对卜乃堂的态度还是有别于丈夫。

再一个常客是高田军医。高田是军医队队长，苏原的工作是由高田军医布置。这也是高田每次来的借口。对这个日本军医的情况他们知之甚少，他们见过他手术，医术很好，这一点瞒不过内行人的眼。然而那次在刑场上高田的所作所为令他们愤恨不已，他是一个以杀人取乐的杀人狂，一个披着医生外衣的法西斯。每次高田来，他们在心理上都非常拒斥。

苏原和他妻子牟青在日军军营里度日如年，他们全部的精神只集中到一点，逃跑。唯此才能获得新生。

事实上他们的逃跑计划直到夏末秋初时才有了眉目。夏季的战事不多，这主要因为地里的青纱帐有利于抗日队伍的行动，他们在暗处，日本人在明处。北野的部队吃了几次苦头便收敛了。他们在等待秋季的到来，他们期望秋季清乡能像夏季清乡那样大有收获。这方面北野总是刚愎自用。

相对而言，军事行动的减弱倒给苏原夫妻的逃跑带来困难。日本人加强了莱阳城的守备，城四周岗哨林立，每条道路口都有兵士把守。苏原每次走在街上，眼光都在寻觅，可否有供他逃遁的一条路，这种寻觅总是在可能与否定的判断之间游移不定。

　　直到他遇上一位潜入莱阳城活动的抗日队伍的敌工。

　　那是一个星期六的下午，苏原从军医大队往自己的住处走。军医大队在城北，离北野的司令部二里路光景。他走着走着，突然察觉有个男人尾随在后。他心里立刻紧张起来，他加快脚步，后面的人也快步紧追，走到平肩时，那人压低声音说：苏医生，请跟我来。他无法对眼前的事做出判断，但两脚却不由自主地跟着那人走。从后面看，那人的个子很高，很壮实，穿一身黑布衣，光头，看不出年龄和职业，反正单从那挺直的腰板看不像是庄稼人。

　　走到一个十字街口，那陌生男人回头向他望望，然后向左首拐过去。苏原稍稍犹豫一下还是跟过去了。这是一条僻静的小街，泥土地面，街两旁散着稀稀落落的店铺。当走到一家澡堂门口时，那人向四周扫了一眼，然后推门进去。

　　苏原心想要跟索性跟到底了，也进了门。

　　自从来到莱阳城，苏原到澡堂洗过几次澡，可这一家没来过。如果刚才在门口留神一些，就会看见墙上写着"兴清池"三个大字的字号。他很慌张，没有看见。进门后他才晓得是进了一家澡堂，陌生男人与柜上的一个掌柜模样的男人打了招呼，并付了钱。掌柜一声长喝：两位——声还没落，从里面出来一个只穿条裤衩的小伙计，点头哈腰将他们往里请。事到如今，苏原也不再多想，跟着陌生男人进到里面。

　　大概自有了服务行业起，各种服务便分出了档次，澡堂也不例外。走进去先是一个大的通间，摆了几十张床铺，设备简陋，这是为既想洗澡又囊中羞涩的下等人预备的。穿过这个大间，里面便是用屏风挡起来的双人间，再往里则是像旅馆那样考究的房间了。

　　小伙计带他们到这样的房间里。

　　小伙计离去后，陌生男人转身看着苏原。苏原这才看见他的模样长相。他的脸很长，不由使他想到了马。他的眼也像马眼那么大且亮。在所有牲畜中苏原是最钟爱马的，小时候他家养的那匹马基本上是由他喂养的，放学以后便到村外河边割草料，专拣最嫩最青的草割。那马对他也格外亲近，他骑上去的时候它总是小心翼翼地奔跑，像担心他会摔下来那样。

说来有趣，陌生男人的一副马相竟让苏原对他一下子亲近起来，像很早就认识一般。

陌生男人开始脱衣。

"你找我有事吗？老哥？"苏原忍不住说。

"别急，先洗了澡，再慢慢说。"马脸男人说，又补充道："我姓马。"

"你姓马？"苏原惊异地问。

"怎么，我姓马不行吗？"姓马的男人朝他笑笑。

苏原意识到自己的冒昧，便报以歉意的一笑，可心里仍觉得不可思议——一个长得像马的男人竟不差池地姓了马。

当姓马的男人脱得赤条条之后苏原更觉得他是一匹货真价实的马了。

"以后喊我老马吧，我比你大，赚你个'老'字也没啥说不过去的吧？"

老马将浴巾缠在该缠的地方便向池塘方向走去。

进了池塘，幕幔似的蒸气以及清一色赤条条的男人身躯使他们如"走失"一般，难得相见了。

苏原没有心思仔细为自己洗涤，他疑虑重重，翻来覆去在心里推敲这个神秘的马姓男人找他有何居心？以后的事是凶是吉？在这兵荒马乱的年月，什么都潜藏危险。

他草草洗完，便回了房间。让他惊讶的是姓马像马的男人已在房间里，没想到他洗得比自己还快。他躺在铺上一口口抽烟。

苏原要穿衣裳，被老马制止住，说躺下说话吧，真正洗澡哪有上来就穿衣裳的？

苏原又照他说的做了。

老马说："苏医生，你心里肯定有许多疑问，等着我解开。是不是？"

苏原不语，只是看着他。

老马说："你问吧，我保证如实告诉你。"

苏原想想问："你是干什么的呢？"

老马说："我是抗日队伍的敌工。"

苏原一惊："抗日队伍？敌工？"

老马点点头。

苏原问："哪一支抗日队伍？"

老马说："这个问题不好马上回答你。"

苏原问："你找我有什么事呢？"

老马说："我找你是要告诉你，作为一个中国人，是不应该给日本人做事的。别的且不说，早晚有一天日本鬼子会被赶出中国去，他们好赖有个老窝可回，中国人当汉奸的又能回哪儿呢？"

苏原听了有些急，说："老马，我可不是汉奸，这都是日本人逼的。"

老马说："逼也好，不逼也好，反正给日本人效力这是事实。"

苏原说："我只给日本人治病，不治伤。这也能算是汉奸吗？"

老马说："苏医生，不论治病还是治伤，事实上都是在维护敌人的战斗力。治好一个伤鬼子，可以重返战场杀中国人，治好一个病鬼子不同样是这样吗？"

苏原无语，他无法否认老马的逻辑。

老马又说："苏医生，有一点我是相信的，你不是真心为日本人卖力，你是迫于压力。"

苏原点点头说："就是这样。我想逃走，可日本人看得很严。你也能看见，出城的路都是日本兵把守。"

老马说："我们可以帮助你逃出去。"

苏原眼睛一亮，说："老马，你说的可是真的？"

老马说："真的，只要你愿意。"

苏原说："愿意。我求之不得。"

老马说："如果我们要帮你，就一定能帮成。不过有一件事先与你讲明。"

苏原说："老马你说。"

老马："逃出去后，我们希望你能参加抗日队伍，队伍上极需你这样的人。"

苏原问："要我去做军医？"

老马说："是，也包括你的妻子。"

苏原说："老马，我和我妻子都愿意参加抗日队伍，我们都是中国人，都有中国人的良心。"

老马点点头："我知道你会愿意。"

苏原迫不及待地问："有逃走的办法吗？"

老马说："这一切由我来安排。下个星期六的这个时候，我们还在这里碰头。那时候我再仔细和你谈计划。"

苏原点点头，后又问："老马，你住在哪里呢？"

老马说："这不要问。不是不相信你，这是规矩。懂吗？"

苏原似懂非懂地点点头。

老马又说："这件事不要对任何人说，以防泄露出去。"

苏原说："我妻子……"

老马打断他："暂时也不要告诉她。"

苏原点点头。

老马开始穿衣裳。他穿得很快，不等苏原穿上裤子，他已经一切停当，走了。

于是后来的日子苏原便掐着指头等待下次与老马的碰头。他的心情焦躁而兴奋，多少还有些顾虑。不过一天天并没有特别的事情发生。

日本人正积极准备秋季清乡的事，顾不上管他，只要没有病号，他便待在"家"里。只是牟青察觉到他的情绪有些反常，寡言少语，时而发呆。牟青问他出了什么事，他予以否认。

除牟青之外，另有一个人也觉出苏原的异乎寻常，那就是高田军医。在所有日本人当中，高田军医是苏原打交道最多的一个。平常，高田总试图与苏原多接近一些，除时常到苏原家里聊聊天，在工作上也尽量给他以关照。高田中国话说得不懒，有些生活习性也接近中国人。然而不管高田做出怎样的姿态，苏原总是冷漠以待。这种状况一直保持到将与敌工老马碰头的前两天。

那天上午，高田着人招苏原到医疗大队，说有病号要他去诊断。苏原去了。却原来病号是高田本人。高田在自己的房间里等候苏原。他躺在床上，等苏原关上门，他坐起，用日语对苏原说："苏原君，有件事我必须今天与你谈，再迟怕就来不及了。"

苏原惊愕地看着高田。

高田又说："苏原君，请坐吧。"

苏原在一把椅子上坐下，对高田说："请高田队长说中国话吧，我不懂日语。"

高田笑笑："苏原君，我知道你会说日本话，事实上在这之前你自己已证实了这一点。"

苏原疑惑地说："我证实了什么呢？"

高田说："你不懂日语，又如何能听懂我的话并作出反应呢？"

苏原打了一个寒战，他明白自己中了高田的圈套，懊恨异常。他不再说什么。

高田开始说中国话："苏原君，我看得出你是个正派的知识人。当然，你的知识仅限于医学方面，别的，比方说谎、蒙骗、奸诈……这些一方面你品性上不曾具备，另一方面你又没受过专门训练，所以面对战争，你难以应付。"

苏原仍不语，他不晓得这个法西斯军医为什么要对他说这些不着边际的话。高田从床头桌上拿起一支烟点上，吸了一口，轻轻吐出烟雾。阳光从没糊纸的窗棂射进屋里，照得高田吐出的烟气迷迷离离。

苏原这时想到高田要他来的目的，说："高田队长病了吗？"

高田说："我没病。"

苏原又看了高田一眼。

高田说："我开始已经说了，有件事我必须早早与你谈，再迟怕来不及。"

苏原说："高田队长要走吗？"

高田眼盯着苏原："恰恰相反，要走的是你而不是我。"

苏原张张嘴说不出话来。

高田一笑："看，苏原君，你的反应又一次证实了我的判断。"

苏原低下头去，十分的沮丧。心想完了，一切都完了，他和老马的事情败露了，可究竟是怎样被高田察觉了呢？他无从判断，更不知道高田和北野将怎样处置他。

高田不再笑，神情一下子变得严峻，说："苏原君，别担心，不管你要做什么我都不会妨碍你。相反，如果你需要，我还可以帮助你。"

苏原看看高田。

高田："苏原君觉得奇怪吗？"

苏原不语。

高田又说："苏原君一定会觉得是我在对你下圈套，你会想：一个侵略到中国的日本军人，怎会帮一个中国人？这不可能。可是苏原君，我必须告诉你，请你务必相信我对你说的一切，否则我们将失去一个为中国人抗战合作的机会。另外我还希望苏原君能够认识到，不是所有日本人都拥护国内大军阀们发动的侵略战争。我和苏原君有许多共同之处，同是生于医学世家，又同是在大学学习医科。不同的是你生在中国，而我生在日本。而值得庆幸的是，尽管我生于日本，但我最终没成为一个武士，我想这也许与我畸形破碎的家庭有关系。我祖父是个制造商，很富有，可是缺少责任感。他在横滨、东京、大阪有三个家，一妻二妾。在我们日本，传统的婚姻是一夫一妻制，连天皇也不例外。可是我祖父就敢冒天下之大不韪，一人占有三个女人。当然，他也不敢怎么声张，借做生意之名，一年到头穿梭于三地之间。我父亲是祖父的正式妻子生的，所以祖父对父亲还是很抱期望的，他希望父亲能学习制造业，将来继承他的事业。父亲鉴于祖父的所作所为，对祖父一直是有成见的。他不肯按祖父的意旨行事，最终选择了医学。祖父一怒之下将父亲赶出了家门。父亲的人生道路是很曲折的，由一个穷学生到著名眼科医生，这中间经历了数不清的艰难困苦。说来可叹，父亲没有继承祖父的事业却继承了他对女色趋之若鹜的秉性。在他事业有成娶妻生子之后，又姘上了医院的一个药剂师，将母亲与我们兄弟三人置之不顾。家庭的不幸给我的童年和少年时代蒙上一层阴影。后来我学习医学完全不是由于父亲的原因，而是由于我的一个中国朋友的父亲的影响。

"我家住在横滨，横滨有一条华人街。我家就离那儿不远，从小我就和一些中国孩子交朋友，跟他们学中国话，有时也到他们家里去，吃他们父母做的中国菜。和我最要好的一个中国孩子的父亲是个中医，当我的母亲积郁成疾后多亏他的精心治疗才恢复了健康。他高超的医术为很多贫苦的日本人治好了病。他的收费很低，对那些赤贫的病人则不仅不收费还将药物赠送。他常说的一句话是救人一命胜造七级浮屠，起初我不懂他这话的意思。后来才晓得这是一句佛家偈语，是劝人行善救人的。他说假如一个人能给予别人两样东西，金钱和健康，那么给人以健康远胜于给人以金钱。我说我选择医生这一行是缘于这位姓唐的中国医生是毫不为过的……"

苏原忽然想到，他的父亲也曾对他说过关于金钱与健康的话。此时此刻一种思亲的情愫油然袭上心头。苏原崇敬自己的父亲，无论是他的品德还是医术。在乡间医生是真正的名士，而医术高明医德高尚者会流芳百世。苏原的父亲苏老中医便可归于此中。说起来，苏老中医从医的经历颇有一种传奇色彩，在乡间传为美谈。他八岁那年，发了一次高烧，高烧退后耳朵聋了，然而从此以后竟不明不白地懂了医道，天赐一般。初见端倪是救治他的亲爹。那一日他爹在地里干活突然晕倒，抬回家仍然人事不省。他妈哭哭啼啼手足无措，而他倒不慌不忙十分镇定。他找来一根筷子，抵住他爹的人中，再用力往下一按，如同钥匙开锁，他爹大叫一声睁开了双眼。在场的人看得愣了，一个小孩子如何得知此法，且在实施中又如此从容，实叫人惊异不解。后来他爹问他，他说当时他听到有人教他，只闻话音不见人影，叫他如何如何，他就照着去做。他爹听得将信将疑，一个耳聋孩子又怎么听到声音？不信却无别样解释。再一次是村里有一人病了，本家人抬了往镇上去看医生，他在街上看见了，对人说不必送了，赶紧抬回家吧。人家不予理会，急急地赶路，可在半路上病人就断了气。这又一桩奇事再次成为众口新闻。他爹却冷不丁看到摆在这个失聪儿子面前的一条光明大道：从医。儿子将终生抱定这个金饭碗吃饭。那时的乡间缺少医生，尤其缺少正儿八经的医生，巫医倒有不少，鱼目混珠。巫医真正能治病者少，行骗诓财者多，因此名声不好。苏老中医的爹是个有见识的人，他担心乡人一开始便把儿子划入巫医之列，便将儿子送到镇上跟一个老中医学徒，这便算入了正道。学了几年，那老中医病故，已成少年的苏子熙便回村挂牌行医，从此开始了他漫长的行医生涯。他一生中给数不清的乡人治好了病，医术精湛而怪异。尤其对一些疑难病症的医治颇为玄妙，一砂一石俱可入药，一草一虫皆能治病，使人难以区分医、巫两者之界限。至于他这奇特的医术究竟是得之天赐，还是得之镇上老中医的传授，不仅众人不晓，就连他的亲爹也稀里糊涂。总而言之，苏老中医的一生算得上是风光的一生，算得上是功德圆满的一生，死而无憾。况且他也死得甚是时候，倘若再晚些日子，北野这伙日本兵也就找上了他的麻烦。

苏原问:"那位唐医生后来怎样了?"

高田说:"战争爆发以后,举家迁到乡下去了。不久,我也应征入伍,从此不知下落。"

苏原不再问什么。

高田说下去:"苏原君,现在你已经对我的家庭、经历有所了解了。前面我已经说了,咱俩除了出生的国度不同之外,学历、经历大致相似,我为什么要强调这一点呢?可以设想一下,假若现实不是日本入侵中国,而是中国入侵日本,再假若你也被应征入伍,而且不是医生身份,是端枪的步兵,那么我问你,你会不会开枪杀我们日本人呢?"

苏原不知道高田为什么要对他说这个。

高田说:"你会的,一定会的,只要你是个士兵,你就不能拒绝杀人,杀人是士兵的职业。"

苏原说:"高田队长你错了,任何情况下我都不会杀人。"

高田说:"要么杀人,要么被杀,假如二者供你选择呢?"又是选择!

苏原恨恨地想。在他的心中,选择这字眼,像一条蘸水的鞭子,北野用来抽过他,现在又是高田。这可恶的"选择",可恶的日本鬼子!

高田看了苏原一眼,笑笑说:"当然,请苏原君不要误解,我说这些并不是要证明杀人有理,证明杀人不可避免,而是涉及另一个问题:一个平常人怎样站在战争之中。战争犹如从天而降的泱泱大水,将所有的人淹没,卷入漩涡之中,无一逃脱。作为中国医生的苏原君没有例外,作为日本医生的我也没有例外。回到前面的话题,苏原君申明在任何情况下都不会杀人,对此我不想妄加论断,我只说我自己,假如我是手操枪炮的步兵、炮兵,我想我避免不了杀人,因为我拒绝作战,将被指挥官以临阵怯逃者处死。面对生与死的选择,唯有真正的英雄才能将理想置于生命之上。而我们都是凡人,愈是凡人愈珍惜生命,我们清楚这很卑贱,这正注定凡人将永远望英雄之项背,高贵对他们来说高不可攀。这是其一。另外,我们凡人远离理想,因此理想在我们的视野里十分模糊,这便影响我们对理想真伪的判断。比如说日本天皇将这场战争称之为大东亚圣战,目的是拯救东亚人,实现大东亚共荣。于是许多日本军人走出国门在别国作战杀人,心中倒怀有一种拯救人类的神圣感,这是怎样的荒谬与可悲啊!但值得庆幸的是,坐在你对面的高田军医既没有被编入端枪杀人的步兵行列，又不是被天皇鬼话蒙骗住的糊涂虫。说到这里，我必须再次向苏原君申明，不是所有日本人都头脑不清，都支持天皇和大军阀们发动的战争，无论是日本本土还是本土以外战场上的日本人，都有许多反战者在行动。我就是其中的一个……"

苏原一直听高田说下去，高田毕竟是日本人，他有限的中文水平限制了思路的表达，因此苏原听得似是而非，但大体的意思是领会了。高田关于英雄与凡人的说法，细细体味不是那么好驳斥的，想想自己和妻子到现在还苟且在日本人的军营里，这不正说明自己是无法与英雄齐肩的凡人吗？承认自己是凡人而不是英雄，这或多或少会起到宽容自己的作用。只是高田后面的话他尚怀疑，就算日本人中间确有反战者存在，高田会是吗？不久前高田在枪杀中国人刑场上的情景，苏原记忆犹新。

他说："高田队长为什么要和我说这些呢？"

高田说："这一点我在开头便阐明了，为了我们的合作。"

苏原说："合作什么呢？"

高田说："从大的方面说为中国的抗战早日取得胜利，从具体方面说，将中国的抗日英雄从法西斯的枪口下抢救下来。"

苏原不由冷笑，说："我倒是看见过高田军医和刽子手合作残杀中国人的事实。"

高田无语。

苏原又说："请教高田队长，难道这就是你说的日本反战者干的勾当吗？"

高田叹了口气，说："苏原君，我知道要得到你的信任是很困难的，但是我理解你的心情。这样吧，我带你去看一个人。"

"谁？"

"等见了你自己询问吧，反正现在我说什么你都不会相信的。"

小城的夜晚是宁静的，黑暗掩埋了一切，使整个城镇失去了轮廓。如果不是城四周堡垒透出的灯光犹如凶神恶煞的眼光监视着这块地面，简直使人难以相信这是战争岁月。

苏原对小城的街区很不熟悉，何况又是不见星月的夜晚，跟高田三转两拐就迷了路。他渐渐觉得这是高田有意达到的效果。他问高田要把他带到哪里去，高田说你不必多问，知道太多对你对我都没有益处。

高田对北野说了谎，这一点苏原是知道的。天黑之前高田将他带到北野的司令部，北野正在和一个军官下围棋。那军官是苏原在刑场上见到的那个尖下巴少尉。高田和苏原先站在旁边看了一会儿，苏原曾于业余时间钻研过围棋弈法，从技艺上说差不多已经入段。只看了几着，苏原便看出两人棋艺平平。当看到北野明显投错一子时，他不由自主地"哦"了声。这一声便引起北野的注意，他转头看看苏原，说苏原君有高明之着？苏原慌乱中向高田投去一瞥，高田忙将北野这句其实已被苏原听明白了的话翻译出来，苏原连连摇头。北野笑笑，说改日和苏原君对弈一局。高田又翻译出来，苏原仍然摇头。这时高田便向北野报告，说刚听说城里出现痢疾病例，他要和苏原去查看一下，采取措施，否则在城里蔓延起来，殃及部队，后果严重。北野挥挥手算是应允，高田便赶紧带苏原出了司令部。苏原从高田对北野的欺骗似乎觉出他是日军里一个神秘人物。

高田终于在一条短街的一幢瓦屋前停下。他警惕地向四下看看，没发现异常，便踏上台阶敲了几下门。等会儿里面传出脚步声，随之听到一个男人沙哑的本地口音：从集中割肉回来了吗？高田回应：没割肉买了鱼。里面男人的声音：买的什么鱼？高田回应：偏口鱼。苏原觉得这回答很古怪，高田何曾去集上买回什么偏口鱼？

门开后，显出一个矮小身影。暗中看不清面目，但苏原能分辨出是个上岁数的老人。高田和苏原走进院子，门又被关上了。屋门是敞着的，里面有微弱的灯光。高田和苏原走进屋后，那老人便在外面将门关严，自己留在院里。

穿过堂间走进右侧的一间住屋，苏原看见一个青年人斜倚在被窝里。油灯下，他的脸色极其惨白，像糊上一张白纸，由此也显出一副清朗模样。青年人见了高田连忙欠身招呼说："恩人来了？"说完又将目光转向苏原。高田介绍说："他是你的同胞，是医生，今天请他给你看看伤口。你这几天感觉怎样？"青年人说："愈来愈好，伤口已收了疤。"

青年人脱下上衣，苏原见他的胸部缠绕着纱布，纱布很干净，没有血迹。苏原看了高田一眼，便走近炕沿，伸手在青年身上一层一层往下解纱布，当纱布完全脱下来后，他看到青年人的左胸上有一块鸡蛋大小的圆疤，这位置让苏原惊讶不已。他问道："是枪伤吗？"青年人说是。

苏原又问子弹是从前还是从后射进去的？青年人说从背后。苏原又让青年人转身让他看，果然看到一块比胸部那块略小些的疤痕。从前后这两处对应的伤口看，子弹无疑穿过了心脏，而这个青年人竟没有死，真是不可思议。

高田说："他是被日本人枪决的，那时候你我都在现场。"

苏原吃惊地瞪大眼："你说什么？"

高田说："你应该记得的，那个村庄那次夜袭，第二天白天五个中国老百姓作为嫌疑犯被拉到村外河堤上枪决……"

这件事苏原一辈子都不会忘记。

他转向青年人问道："你就是被日本人枪决的人吗？"

青年人说："是。"

他又问："那你怎么又活过来的呢？"

青年人指指高田，说："是恩人救了我。"

苏原质疑地看看高田。

青年人又说："枪响后我什么都不知道了，醒过来看见的头一个人便是为我治伤的恩人。"

苏原问高田："他说的都是真的吗？"

高田说："我已对你说过，我是反战的日本人。"

苏原说："我不是指这个，我是说他真的是从枪口下活过来的？"

高田说："正是这样。"

苏原不语。

高田说："我知道你还不相信我，是啊，一个深晓人体构造的医生怎能相信子弹穿过心脏而未导致死亡？问题是子弹没有穿过心脏，是擦着心脏下端的边缘穿胸而过，就这样。"

苏原紧盯着高田："你是说射手的瞄准出现偏差？"

高田摇头说："日本兵个个枪法很好，又隔那样近，哪会出什么偏差呢？"

苏原说："可你刚才不是说没有击中心脏？"

高田没立即回答，他说："这个问题我们另找时间谈吧，我们不能在这里待得太久。"

高田转向青年人说："你的伤已经不需要再治疗了，今晚是我们的最后一面。尽管你不知道我的名字，我也不问你的名字，可我们俩是有缘分的。你说是吗？"

青年人眼里聚了泪，在灯光下闪亮，他说："我一辈子都不会忘记你的救命之恩。"

高田伸手拍拍青年人的肩，声音低沉地说："不要说这样的话，日本人杀死的中国人无计其数，罪恶深重，我所做的不能弥补其万一啊！"

苏原的心被高田的话触动，可他没说什么，只是向青年人问道："你要回自己的村子吗？"

青年人摇摇头，说，"我已经回不去了，村里人都知道我被日本人枪毙了，我已经'死'了……"

苏原一怔，又问："那你又能到哪里去呢？"

青年人说："我想好了，我要去参加抗日队伍，打日本鬼子。日本人刚打过来的时候，村里许多青年人都投奔了抗日队伍。我没去，我胆子小，心想老百姓万般不如个平安。可想平安日本鬼子不给平安。那天夜里听见枪响我连大门都没敢出，日本鬼子硬是说我给抗日队伍通风报信，拉到村外去枪毙。'死'了一回，我现在倒不怕死了，真的不怕了，你信不信？"

走在街上，苏原耳畔仍回响着那个死而复生的青年人的话：死了一回，我现在倒不怕死了，你信不信？他不知道该信还是不该信，因为他没像他那样"死"过一回。可是在内心，他倒真的希望能像青年人那样死去一次，用死洗涮尽身上的屈辱，然后迎来心中企盼的涅槃。

北野弈棋时卜乃堂翻译官正在隔壁，他听见高田向北野报告要和苏原一起去查看痢疾，顿时暗喜。他喜的并非痢疾而是苏原的妻子牟青，他想趁苏原不在时到她那儿去。

也许唯有汉奸卜乃堂心里明白：当初他坚持将并非是医生的苏原的妻子一起带走完全是出于一种秘不可宣的目的。在苏原家中，他看见了苏原年轻妻子那楚楚动人的容颜，这容颜叫他怦然心动，不能自已。他非常清楚自己：如果说这世上确有某种诱惑可令他行善或作恶，那唯有女色。他对女色趋之若鹜，却带有某种病态，这病态的表现便是挑剔。不仅一般女子不能使他入目，哪怕再娇艳的女子他也能一眼便看出瑕疵，在长期独居日军军营的压抑岁月里，像这般对一个陌生女子动心并生出歧念，实为罕见。每当慰安妇来到军营，日军将士便如同迎来节日般欢呼雀跃，争先恐后进去发泄一通，他却漠然以置。他虽是中国人，北野也给予他与日本人同样的待遇，可对于异国女子，他在心理上难以接纳。那种地方他只去过一回。即使这唯一的一回他也没做成什么事情。他觉得那个清秀的日本女子下巴有些短促，这美中不足便使他如鲠在喉。他没有进一步动作，也没有说话，只是漫不经心地看着那女人一件一件从身上往下脱衣，当脱得干净了，他丢下张票子便走了出来。日本兵可以将任何一个遇见的中国女人的裤子剥下来奸淫，事实上他也有机会这么干，但这种事他确实没有干过。他那干枯的心田似乎在等候一个雨露般女人的浇灌，而当他看见苏原的妻子时，便蓦然意识到这个期待已久的女子终于出现在面前。这是一个天赐良机，不可错过。他清楚，如果这次擦肩而过，怕今生再也不会得到这样可心的女子了。于是他努力说服高田军医将这个女人与她的丈夫一并带走。

在随北野到莱阳驻守的三个多月中，他心里每时每刻都惦着那个让他倾慕的女人，但他并不崇尚纯精神的柏拉图式恋情。他是个性格孤僻的人，这种人对事物总有某种程度的偏执。在学校读书时，学校每周举行一次舞会，教职员工和高年级学生视为节日，而他一次也不参加。他有自己的"理论"，认为男女以跳舞的方式调情是对人精神的亵渎，是卑琐虚伪的情感窃求。男女之间的关系要么无爱无缘陌如路人，要么有爱有缘灵与肉二者完全结合，非此即彼。也许正是这种极端的情爱观点导致他至今孑然一身。

司令部与苏原夫妻住处一街之隔，卜乃堂一摆脚就过去。别看这么方便，可平时单独见牟青一面也很不容易。作为北野的翻译，他必须紧随其左右，只在北野不需要他时才有一点自由。

卜乃堂敲了门。

只要丈夫不在家，牟青总是在里面插上门闩。有人敲门先问明是何人，然后告之丈夫不在家。她不轻易开门，今番听到是卜乃堂的声音，她迟疑了一下，还是将门开了。尽管她对他十分鄙视，可她总不能忘刑场上他为她遮挡的那一幕，她领他一份情，一份既辨不清颜色又说不出味道的情。

进屋后卜乃堂显得有些拘谨，很不自然，坐得很规矩，也不说话。待沉默了一会儿后，他才镇定了些。他先向牟青询问一些日常琐事，表示无论她有什么困难他都会全力相助。之后他又告诉说司令部有人要去青岛，如她有家书或物品可让去人携带，他来负责安排。牟青摇摇头。自从奔丧被日本人劫持，至今还与家人不通音信，她不想将目前的处境告诉家里亲人，怕他们担心，也不愿叫他们背上汉奸家属的名声。她只想能和丈夫早日逃出日本人掌心，为自己和家人争得清白。

想到家，她的心情又一下子变得沉重。

又是沉默。良久，卜乃堂又说："秋季清乡就要开始，又要有许多中国人被杀。"

这话说得有些莫名其妙，牟青一怔，继而愤愤地想：还不是你们这些汉奸和日本人狼狈为奸才使那么多中国人被杀？你姓卜的怎有脸说出这种话?!

大概卜乃堂从牟青的表情也猜出她内心所想，看出她对自己的愤懑，便叹口气说："牟青，我知道你看不起我，把我看成是个没品性的人，可你知道，世上许多事情是说不清楚的……"

牟青反诘道："包括给日本人当汉奸这种事情吗?"

卜乃堂闷闷回答："包括。"

牟青吃惊地抬眼向他一望。

卜乃堂的声音仍然低哑："我们都算有文化的人，文化能使人将事物看得透彻，能使人挣脱主观的束缚。不是吗？只说汉奸，既然被称之为奸，便肯定不为优良，用什么恶语咒骂都不为过。可是话说回来，当汉奸的也不是我卜乃堂一个，既然都知道汉奸不光彩，像臭狗屎，可为什么还有那么多人就当这臭狗屎呢？真的说不清楚。你不妨想一想，自从日本人打到中国，中国迅速形成一个非常庞大的汉奸队伍，而德国人打到欧洲，欧洲人投靠变节的人就很少，这究竟是什么因素在起作用呢？不排除德国人和日本人的区别，德国人傲慢骄纵，刚愎自用，不屑于借助于外力，不鼓励投降变节；而日本人狡猾、圆通，他们惯于招降纳叛。但归根结底，中国能形成这样庞大的汉奸队伍是有着自身的深刻原因。可以追溯历史，也可以通观现实，中国作为一个国家，无论历朝历代的帝王，还是当今的各路军阀，都是极其自私自利的极权者，

'国'只为他们所有，国人只被视为奴仆，任其盘剥，任其宰杀，毫无半点悯惜之情。国民永远处于可怜无助的境地。于是国家、民族的概念早在国民心中扭曲、变质，甚至异化为敌对物而存在。从这个意义上来说，国民已沦为无国之民。无论谁来谁去，姓张姓李，中国人还是日本人，皆无区别。老百姓只是要生活，要饭吃，'民以食为天'，这是中国人最认的一条真理。"卜乃堂将这套"汉奸合理论"说得头头是道，有理有据，使她觉得既新奇又不可思议、不可否认，这当间有她能够认同的地方，如对国民精神状况的概述；也有她不能认同的地方：他作出的结论。她觉得作为一个中国人尽管不幸，处境悲惨，但总是不可以做亡国奴的。日本人在中国的桩桩罪行不足以证实了这一点？卜乃堂的"理论"显然是偏执的，是为自己来辩护。况且，这些话从他这样一个真本实料的汉奸嘴里吐出来，就变了味道。

卜乃堂两眼直直地盯着油灯如豆的光焰，似思索又像在发呆，过了一会儿，他才说："至于我自己，我投日本人的原因很具体，不是为生计而是为报仇。我父亲是叫中国人杀死的，一个军阀旅长。那时我家住在吉林，父亲是个邮差，一次送信，自行车不小心撞在这个旅长的吉普车上，碎玻璃划破旅长的脸。他火冒三丈，硬是给我父亲派个日本奸细罪名，开枪将父亲打死。埋葬了父亲，我就找他报仇。日本人从满洲里开到吉林，那伙军阀逃到了关内，他们口口声声抗日，日本人就在关外，而他们却跑到关里。那时我报仇心切，一怒之下就投了日本人。我断定日本人迟早要打进关内，我就可以借助日本人找那个狗日的旅长报仇。父亲的奸细罪名是强加给他的，我的这顶汉奸帽子是自己扣在头上的……"

牟青觉得从卜乃堂嘴里讲出来的事情总是那么不可捉摸，似是而非。她觉得他是个怪人，神经兮兮。

她说："你为什么要和我说这些呢？只是告诉我你当汉奸当得很合理？"

"不是。"

"那是什么？"

卜乃堂直直地盯着牟青："我只是想让你知道我不是坏人……"

牟青一怔："你这话又奇怪，你要我知道你不是坏人又有什么意义呢?"

"有。"卜乃堂说,"你,你占了我的心……"

牟青惊讶不已。她向卜乃堂望去,忽然觉得他的模样很怪异,他的眼珠几乎瞪出了眼眶,就像手术台上将死的病人努力向世界投最后一瞥。她觉得可怕极了。

"你,你是个不平凡的女子,"卜乃堂说,"在苏家泊头次见到你,我一眼就看出你的……不凡,唉,你看我又用了不凡这字眼,男人对他倾慕的女人总是不知该怎样形容……"

牟青总算明白自己面临着什么了,顿时一股恼恨升上心头,她不能容忍这个真本实料汉奸如此亵渎自己。她愤愤说:"我不要再听你说什么啦,你走吧!"

卜乃堂不动身。

"走吧,以后不要再来。"牟青说。

卜乃堂抬头看看牟青,不无怨恨地说:"你,你嫌弃我给日本人做事,可你丈夫不也同样吗?"

牟青一下子呆了。

"我丈夫和你一样?"她像问卜乃堂,又像自问。

"就是。"卜乃堂又说。

"你胡说!"牟青几乎在吼,"你和我们不一样,你是心甘情愿给日本人干事,我们……是被迫的,这个你清楚的……"

看来卜乃堂执意要将自己和牟青还有她的丈夫苏原绑在一起,这样才能和他们的"地位"摆平。他说:"自愿也好,被迫也好,其实是没区别的,麦季清乡后,抗日队伍已将苏医生列入汉奸的行列了……"

牟青哭了,哭得很厉害。卜乃堂的话戳在她的心窝上,她边哭边嚷:"我们不是汉奸,我们和你不一样,我们要逃的,我们迟早要逃出去的……"

卜乃堂很后悔不该将话说得太重,同时也清楚今晚不会再有进展了,遂起身恋恋不舍走出这"不凡"女人的家。

回到高田军医的住处,高田开始对苏原讲述。他说:"我将这种从刑场上秘密抢救中国人生命的试验定名为'生命通道'计划,顾名思义，就是当前提为胸部枪杀时，为子弹提供一条不会置人于死地的安全通道，然后进行抢救。我不知道当今世界上有没有另外一位医生从事这项研究，而我对这一计划进行研究是纯偶然的。那是到中国战场不久，一次，我所在的通化混成第一宪兵队在临江县抓到十几名抗日游击队员，稍事审讯便执行了枪决。那是一个黄昏时分，宪兵枪手杀了人便撤回了营房，第二天天亮掩埋时却发现少了一具尸体。报告给宪兵队古川队长，这个杀人不眨眼的军佐闻听火冒三丈，立刻命令部下全力搜索这个竟然能从他枪口下逃生的中国人。宪兵找到一行由刑场通向外面的血迹，还有人爬行留下的痕迹，便断定是那个中国人留下来的。宪兵循着清晰可辨的标记向前追踪，大约追出三四里路光景，发现那个逃出的人躺在地上，已经死了，身边流了一大摊血。也许宪兵们出于'交差'的考虑，将这具尸体运了回来，撂在宪兵队院内，我就是这时候看见的这个中国人。他看上去很年轻，脸上还没长出胡须，他身上的衣裳已被血浸透，左胸的枪击口清晰可见，形如一朵紫鸡冠花。大概出于一个医生的本能思维。我头脑中立刻跳出一个疑问：这个年轻中国人为什么遭枪杀却没有立即死去？是他有一颗特别强健的心脏，还是子弹压根儿就没将他的心脏击穿？反正二者必居其一。这一想法使我自己的心脏剧烈跳动起来。尽管那时我还不十分明确以后我将有什么目标，可于直觉中，我感到遇上了一个非常奇妙而重大的研究课题。我决定开始行动。我去请示古川队长，说我要对这个中国人进行医学解剖，找到这个中国人迟死的原因，以防止今后有类似事故的发生。'事故'是一个古怪字眼，医生没能将人救活可称其为事故，而一个刽子手没能将人一下子杀死也同样可称其为事故。后来我想肯定是这个古怪的字眼损害了古川队长的自尊心，所以他才那么痛快地答应了我的要求。我将这个中国人尸体搬到我的手术室里，开始进行解剖。我不许任何人留在我身旁。我先向这个死去的中国战士深鞠三个躬，这是替我罪孽深重的国家向死难的中国人谢罪，也是为我自己又将令他再受创伤而深表歉意。我就是在这样一种复杂的心理下进行完解剖过程的。解剖结果证实了我判断的后者：子弹没有击中心脏，子弹擦着心脏下沿飞出体外，就是说这个中国战士没立即死去是由于枪手射击的偏差。他最终死于失血过多。这个结果十分奇妙地使我产生出另外一种联想：假若当时能立即将他从刑场上撤出并进行抢救，这不就可以挽救他的生命了吗？答案无疑是肯定的。那么由此再进行一种反向思维：如果事先能给出射手一个错误的导向，使其射出的子弹小心翼翼地射过心脏去，那么这种拯救生命的行为不就变被动为主动了吗？这一思维便是我的'生命通道'计划于理论上的开端。这一计划事实上包括两个方面的研究，一是找到这条神奇的安全通道，二是对抢救出来的人进行有效的止血以及止血之后的全部恢复治疗。相比之下，对前者的探寻重要而艰巨，因为即使这条通道事实上存在着，那必定也是十分狭窄，除却要避过心脏还须避过左胸其他重要器官。另外，子弹的入口在前胸或后背这两种情况又会致使这条通道发生相应的'位移'，只要出现一丝一毫的偏差便不会成功。当然只要在理论上能得出一种肯定的指示，那么在实践中经不断的探究，终会取得成果。这次解剖使我的'生命通道'计划诞生于胸。我向古川报告，说我找到了'原因'，我说当子弹射入人体后，并非是沿直线向前穿行，而是一条向上弯曲的弧线，子弹就有可能绕过心脏去。这个逃走的中国人便是出现这种情况。为防止这种'事故'的发生，则须对通常的射击点进行修正，向下压低。无知的古川竟相信了我的话，问我可作怎样的修正。我告诉他可事先在人犯的后背上标出经过修正的入射点位，枪手瞄准此点位射击便可。古川遂表示以后处决人犯先由我做出标记。宪兵队枪杀中国人是家常便饭，抓到人随便给个罪名便拉去枪决。说句残酷的话就是，我便有了许多的实验机会。为此我内心感到十分痛苦，每当我站在被杀者身后为其描画标记时，便在心中默默为他们祈祷，祈求上苍能让我标出一条正确的可让我的中国兄弟免于一死的通道。每次枪响，我的心便是一阵狂乱的战栗，犹如我自己被击中那般。我快步奔向倒于血泊中的中国兄弟身旁，检查他们是死是活。倘有一息尚存，我便以进行解剖为名，将其抢出刑场。在手术室里我精心进行'生命通道'计划的第二步行动，为幸存者包扎止血，倾尽全力将我的中国兄弟从死神手中拯救回来。说到这里，我断定你心里会产生诸多疑惑。作为一个外科医生，你很清楚实施这项计划将面对重重困难，比如怎样掩人耳目，不使人产生怀疑；怎样将救活的人从日本人眼皮底下送走……总之，一切的一切俱难以想象。然而世上的许多事物都相辅相成，只就'生命通道'计划而言，对我是难以想象的，然而对古川还是现在的北野这样的法西斯分子同样也是难以想象的。他们做梦也不会想到一个大日本国皇军军医竟敢背叛天皇，光天化日之下为中国人效力，而且以这种不可思议的方式。这正应了你们中国一句叫作'灯下黑'的话，同样，大日本帝国太阳旗下也是黑着的，我就是在这'太阳'的黑影下实施着我的'生命通道'计划。当然，有这黑影的保护并不等于就有了一切，实际工作中有许多困难需要一样一样地克服。我不能与任何日本人合作，也找不到合适的中国医生，只能单枪匹马。在关外的最后日子里，我侥幸与中国的抗日队伍接上了关系，遇有来不及抢救的伤员便通知他们，让他们接到那边去进行抢救。自从有了他们的配合，我的'生命通道'计划实施得更顺利，更有成效。我做了记录，这三年来我总共救治了五名中国人，有抗日战士，有普通百姓。换防后救活的便是你刚才见到的那个青年人。刑场上的情形你亲眼见到了，自不用我多说，那是'生命通道'计划的首要部分，北野是我的新上司，他不像古川那样愚笨，可他同样也没理由对我怀疑。我一再向他说明所有的一切都是为了救治日本伤员做努力。这才使得我能在他眼皮子底下实施我的抢救计划。当然我还受益于我的'军医队长'的身份。在医疗大队那块天地下，我说了算，这是我进行抢救至关重要的基础。那个青年人在我的手术室里昏迷了两天，没苏醒过来，他的伤势很重，肺受到很重的破坏，腔内大出血，而这时部队又要开拔，无奈，我便将他装扮成一个日军重伤号，混在那次夜袭中受伤的日军伤号中间让人用担架抬着，跟着医疗大队行军。到了莱阳城，他又被送进我的手术室。这时他醒过来了。我从他嘴里知道这城里有他的亲戚，为安全起见，我偷偷将他转移到他亲戚家，我按时去他那里为他医治。今晚你见到开门的那个老头儿就是他的舅舅。说到这里，如果你不再对我所说的事实抱有怀疑的话，那就听我再说下去吧，这也是我要说的重要部分。我希望你能参与这项'生命通道'计划。我必须承认，到目前为止我从事的这项计划并不完善，成功率很低，正如上次你所见的五人中只有一人获救。这是我最大的苦恼，我不知道问题究竟出在哪里。从理论上说，这条安全通道应适合于任何人，事实却远非如此。面对这百思不得其解的困惑，我希望能得到你的帮助。你既是一名出类拔萃的外科医生，又是一名深晓人体经络的中医世家的传人。我相信你是我与之合作的最佳人选。为了中国人的抗日事业，我想你一定会与我合作，希望能尽快得到你的答复……"

苏原感觉到自己的灵与肉一起陷入深深的泥潭之中。牟青和他吵了架，为这个多事之夜又增添了一项新内容。在他们数年的婚姻生活中，总的说来，是美满和睦的。苏原属于那种正统气味浓烈的男人，比较刻板；而牟青则属于女学生气未消的女人，有独立意识，热情，又不乏女性的柔顺。他们虽在同一所医院工作，却从事着不同的专业，苏原是外科大夫，牟青是药剂师。苏原医术的高超与牟青风姿的动人使他们这一对让周围人刮目。他们满足于自己的婚姻。如果说他们之间稍有芥蒂的话，那就是他们一直没有孩子。在苏原看来，在这兵荒马乱的年月里，要孩子不合时宜，是累赘，而牟青则不这么想。她认为无论在什么情况下，一对美满夫妻拒斥自己婴儿出世都没有道理。当然，他们在这方面的歧义并没给他们的感情造成很大损伤。他们毕竟还很年轻，一切俱可从长计议。然而在这个夜晚，他们吵得不可开交。牟青质问苏原为何不设法赶快逃出日本人营地？为何要与日本人高田打得火热？为何不警惕自己的汉奸身份已成为事实？这一连串质问平时牟青也曾向苏原提出过，只是不像这晚这样激烈罢了。这自然与卜乃堂那番鬼话有关，她着实不能接受自己的丈夫沦为汉奸的事实。她忽然觉得丈夫变得陌生变得不可理喻。苏原听着牟青的吵闹，无话可说，虽然是夫妻，他却不能袒露心扉。他不能对她说他滞留于敌营主要是她的缘故；他不能对她说自己已与抗日队伍接上关系，老马很快便能将他们救出；他也不能对她说高田是日本人中间的反战者，他要求与自己合作研究"生命通道"计划。这诸多本可使妻子释然的事实他不可以向她透露，对此无论是老马还是高田都叮嘱再三。他唯有不断向妻子保证，他不会与敌人同流合污，无论在什么情况下他都要保护她爱护她，并早早一起逃离敌营。可这些话以前说过多少次，现在说只不过是再重复一遍。一个整夜牟青都不肯理他。他想对她施以温存，牟青只以脊背对之，这一男人化解女人怨怒最奏效的办法不得实施。由此苏原也体会出妻子内心的痛苦是多么深重。

苏原如约去澡堂见敌工老马，却没有老马的踪影。从澡堂出来，他无比失望。他没有这方面的经验，一点也猜测不出究竟发生了什么以及即将发生什么。在这之前，他对这次与老马的见面抱有很大的希望。老马许诺将他们夫妻援救出去，他也相信老马能说到做到。可现在一切都化为泡影，他心里沉甸甸地，陷入一种茫然失措欲哭无泪的境地。

然而苏原却不知道，敌工老马是在一种迫不得已的情况下失约的。他在前往澡堂途中发现后面有可疑的人尾随，便立刻警惕起来，不动声色地改变了行进路线，径直朝城中心走去。他想找一个人多的场地甩掉后面的"包袱"。到城中心他又意识到事情并不简单。天色向晚，街上行人稀稀落落，他无处隐匿。于是他瞅准一家杂货店踏进门去。那时他还不知他犯了一个致命的错误，他本应该进到那片与杂货店毗邻的中药房，可没有。虽说老马是一个经验丰富的敌工，可是危急时也难能万无一失。

老马在离开杂货店时被日本人的暗探逮捕。

当晚没有审讯，搜身后老马被关进牢里。

第二天早饭后，老马被押到北野的司令部院里。本来北野要亲自审讯，后来由于一件要紧的事要处理，审讯便交给了尖下巴的岛田少尉。

卜乃堂为岛田担任翻译。

司令部本来有一间审讯室，但不常使用，不知出于一种什么心理，日本人更喜欢在光天化日之下拷问中国人。

岛田没让人给老马松绑，也不叫他坐。老马蹲在地上。岛田也没有坐，他站着，十几个日本兵在他身后站成一圈。

老马显得若无其事。一个夜晚，该想的他都想过了，他觉得日本人并没掌握他多少证据，否则他们会连夜审问。另外他也想到，他的被捕与苏原医生无关。如苏原真的出卖了他，日本暗探只需在澡堂守株待兔即可，何必要对他进行跟踪？只是他没想到问题究竟出在哪里。

审讯由岛田的问话开始：

岛田："我问你什么，你必须如实回答。"

老马："……"

岛田："你是九纵的?"

老马："不是。"

岛田："那么是鲁支的?"

老马："不是。"

岛田："那就是独立团的?"

老马："不是，我是老百姓，种田的。"

岛田："胡说，你骗不过皇军。你到城里来有什么任务？"

老马："我老婆病了，我进城抓几服药。"

岛田："你老婆生的什么病？"

老马："心口疼。"

岛田："你有药方吗？"

老马："有。"

岛田："在哪儿？"

老马："昨天被你们搜去了。"

岛田："你买到药了吗？"

老马："还没买。"

岛田："你撒谎，你不是来买药的。"

老马："我就是来买药的。"

岛田："你既然来买药，为什么进了杂货店？"

老马头"嗡"的一声响，这时他才意识到昨天慌乱中出的差错是多么的不应该。其实每次进城，敌工们都为万一叫敌人抓住准备出一种或几种说法。这一次是来买药，而自己却进了杂货店。

老马："我想到杂货店买点东西……"

岛田："买什么东西？"

老马："剪子。"

岛田："剪子买到没有？"

老马："没有。"

岛田："为什么没买？"

老马："我嫌剪子不好。"

岛田："不买剪子为什么也不买药？"

老马："走出杂货店我就想去药店……"

岛田："药店在杂货店南面，而你出了杂货店朝北去。"

老马一时语塞。此刻他又意识到自己犯的第二个错误：出了杂货店应该走进药房里，自己当时只顾甩掉敌人忽略了本来很简单的常识，结果敌人没甩掉自己却陷入绝境。

岛田的尖脸上露出得意："你还有什么可说吗？"

老马："我是种田的，来城里给老婆买药……"

至此，老马的真实身份其实已被日本人掌握，再说什么也是多余的了。于是岛田又从头问起。

岛田："你是九纵的人吗？"

老马："我是种田的。"

岛田生气了，他身边的日本兵朝老马蜂拥而上，一齐抬脚向老马身上踢去。本来蹲着的老马被踢倒在地。他为了躲闪皮靴踢在脸上，不断在地上翻滚。

岛田见老马有点动弹不得了，便叫手下人停止。

岛田："你到底是九纵的、鲁支的，还是独立团的？来城里和什么人接头？"

老马："我是种田的……"

岛田眼里射出凶光。日本兵又开始行动。这次是用杠刑。他们先用绳子将老马的双腿吊在肩膀上，然后用两根杠子夹住老马的脖子，将他抬离地面。老马全身的重量便由一颗头吊挂在杠子上，能听见老马颈关节嘎巴嘎巴响，血一齐涌到脸上，老马的眼珠子突得像要跳出眼眶来。

杠子突然一落，老马蜷曲的身子重重地落在地上。

岛田瞪眼吼叫："快说，九纵的、鲁支的还是独立团的？"

老马声音微弱："老百姓……"

岛田怒不可遏：他嗓子干了，说不出话来了，把他吊进井里润润嗓。

院子里有一口井。正逢雨季，井水盈满。日本兵将一根粗绳捆在老马腰上，拖到井边。老马睁睁眼又合闭了。两个日本兵走到老马近前，蹲下身，用手将老马往前一掀，老马的身体在井台上翻了个个儿，"咚"的一声落进井里。老马的四肢被捆绑在一起，不能挣扎，落进井很快便沉下水去，随之水皮上冒出一串串水泡。

岛田仍阴沉着脸。他掌握着老马在水里的时间，觉得差不多了，便下令将老马从井水里提出来。

岛田很有数，老马没淹死，却已奄奄一息，肚子鼓得像圆球。

岛田向老马俯下身："说！"

老马一张嘴，一股清水流出来，且一流再流，涌泉一般，眼见得肚子一点一点瘪下去。这一奇观令日本兵个个目瞪口呆。

老马睁开眼，说句："日本鬼子，我肏你们祖宗！"

老马的声音嘶哑微弱，可在场的日本人无疑都听见了。

岛田："叫他把井喝干！"

老马再次被掀进井里。

老马的被捕和岛田的刑讯苏原是从高田口中得知的。高田还告诉他老马还活着。如果再行审讯仍没有口供，他就活不成了。

这消息令苏原震惊，他深深为老马的命运担忧。高田说如果老马还不开口就活不成，其实他只说了一半，另一半是老马开了口也不见得一定能活得成。日本鬼子杀害无辜百姓不眨眼，何况对一个抗日队伍的敌工？苏原想得并不错。每个抗日者从落入敌手时便清楚自己是活不出去的。当然也有投敌变节的人，他们或是贪生怕死，或经不住刑讯，更多的情况后者是甚于前者。许多人能经住死亡的考验，却经不住肉体酷烈的折磨。

老马最终会怎样？他能顶过去吗？如果他讲出与自己的关系，日本人会怎样对付自己呢？这一连串的问题在苏原头脑中翻滚。

他并不了解老马，他们只见过一面。他甚至连老马是哪个部队的都不清楚。老马没告诉他，日本人也没审出来，这对苏原来说也许永远是个谜。但通过高田对他讲的老马在刑讯中的表现，他心中升起对老马的崇敬，认定老马是个当当响的抗日者，也相信他一定能经受住敌人的酷刑，保守住抗日队伍的秘密，还有他们之间的秘密。

这时刻，苏原心中萌发出一个意念：挽救老马的生命。他毅然决定与高田军医合作，在老马身上实施"生命通道"计划，一定要把老马救活。

这意念是那样地强烈、执着。

这天下午，在苏原从军医大队回家的路上，一个陌生男人从后面追上他，低声说了句：请苏医生跟我走。说毕便大步走到前面去。那一瞬间，苏原险些朝他喊一声：老马。话未出口，他便又回来了精神，那不是老马，老马怕不会再有机会走在街上了。

他抬眼向前，见这人有一副瘦长的后背，下身穿黑裤子，上身是一件白布夹袄，光头，脖梗儿显得很长，像庄稼人，又像生意人。苏原在心里猜想，这人八成是和老马一伙儿的，是找他来打听老马消息的吧？

他这么想，便消除了紧张心理，甚至暗暗有些高兴起来。

那人走得很快，苏原只得快跟，但相互之间仍隔着十几步距离。穿过街中一座石桥后，那人便拐了弯，沿一条长满蒿草的土路走进城边的一座小树林。苏原也走进林子，这才发现这是一个人迹不到的地方，虽然就在城里，却有点原始森林的寂静，树木高大茂盛，地上铺满了树叶，一股腐臭的味道刺鼻。午后的日光完全被树木的枝头阻挡在外面，林子里显得阴沉沉的。

那人站在一棵树下，目光和蔼地望着走来的苏原。苏原渐渐看清那人的面目。他的年纪似乎比老马要大些，五十岁出头样子，脸也犹如他的后背那样长，给人一种精明强干的感觉。等苏原在他身前站定，他先冲苏原笑笑，说地上潮湿，咱就这样站着说说话吧。苏原点点头。那人又说苏医生你能猜到我是什么人吗？苏原又点点头。那人慢慢收敛了笑容，两眼盯着苏原的脸说我们也知道你苏医生是什么人。这话听起来虽有点模棱两可，但苏原却没有多心，因为老马不会不将他们定好的计划向自己队伍的人讲。然而也就在这一瞬间，苏原的头"嗡"地一响，啊，难道他们把我当成出卖老马的人吗？他为什么要把我带到这里来？他，他要杀我？苏原两腿直了，身体发软。

"老马不……不是我出卖的，不是……"苏原的声音战栗而沙哑。

"老马？老马是谁？"那人微怔地看着苏原。

苏原也有些怔。

"你说的老马他是什么人？"

苏原给弄糊涂了。这人竟然不知道老马是谁。那他究竟是哪路的人呢？他探索似的审视着那人神秘的瘦长脸。

"老马是抗日队伍的敌工。"他说。

"他是哪一部分的？"他问。

"不知道。"

"他没告诉你？"

"没有。"

"也许是九纵的吧。"那人自言自语说。

"老马他……"

"他被捕了？"

苏原点点头。

那人叹了口气，说："抗日就难免有牺牲，日本鬼子欠中国人数不清的血债啊。"

"你们得赶快救他呀，晚了他就活不成了。"

"这不可能。"那人摇摇头。

"为什么？"

"一是搞不清他是哪个部队的，另外城里敌人防守严密，不好下手……"

苏原就不再说话。他清楚这人说的是实情，日本人和伪军里三层外三层围着这座城，抗日者只要落进敌人手里，是无法营救的。

沉默。

"这么说，你是老马联系的人啦？"那人又问。

"嗯。他说要将我和妻子救出去……"

那人抬眼盯着他，盯了很久，说："道理我就不和你多讲了。既然你是那个老马联系的人，也就算是抗日了，自己人。从今以后，就由我做你的联系人吧。"

苏原问："你是……哪个部队的？"

"不要问，老马不是也没告诉你吗？不必知道太多。你只要知道我和老马一样是抗日队伍的人就行了。以后你按我说的做，就是抗日队伍安插在敌人内部的敌工了，做出了成绩就是为抗日做贡献了。对了，我姓胡，以后就叫我老胡吧。"

"老胡？"

"你同意不同意这样呢？"

苏原不知道该怎样回答这位自称为老胡的敌工，并非不信任他，只是老胡让自己做抗日队伍的敌工这事使他感到很突然，也很为难。比比老马，他清楚自己远不是做敌工的料，自己只是个医生，如此而已。自己当然是愿意为抗日做一些工作的，当初老马提出让他出去后在抗日队伍里做医务工作，他当场便答应了。而老胡要他担任的角色就叫他不知如何是好，他甚至连一点做敌工的常识都没有。想想连老马这样有经验的人都出了差错，何况自己这个一窍不通的呢？从内心说，他希望能和妻子早早脱离敌营，妻子为此几乎要和他吵翻，问题是许多事他不能给妻子讲个明白。无论是老马还是高田都曾要求他将他们的计划严守秘密，不得向任何人透露。如果答应老胡的要求，这一项同样是不可避免的。自己的面目便在妻子眼里变得愈来愈可憎，这是他深感痛苦的事……

起风了，风从树林的上空掠过，发出浪涛般的呼啸声，由于树冠在风中的涌动，日光便不失时机地从缝隙中投落到地上，斑斑驳驳，跳动不定，时间久了使人感到晕眩。

林子里也明亮多了。

"苏医生，我只要你一句话，干，还是不干？"

"干。"苏原回答。这回答连他自己都感到惊讶。

第三章

日本人的秋季清乡开始了。其实在这之前战事也十分频繁，这实际上便模糊了清乡与否的界限。如果说夏季清乡日本人的眼睛是盯在粮食上，而秋季清乡的目的便是要消灭抗日的有生力量。北野是个不走运的将军，且不说不明不白丢了旅团长职务，而屈就这一小块地面上的日军总指挥后，仍然一蹶不振，总是打不好仗，本该打好的仗也打不好。一次次的失利，使他在上司面前抬不起头来。在上司眼里他是个无能之辈，是个晦气鬼、小丑。对于一名正统军人，还有什么比这更悲哀的呢？好几次失败之后，他都动过自裁的念头。可想想家中的妻小，又作罢。于是他将所有的赌注都压在这次清乡上了。

日本人忙于清乡战事，暂时将老马的事搁置了。虽然这位抗日队伍的敌工咬紧牙关至死不屈，可日本人还是不甘心叫他带着满脑子的机密一死了之。他们想稍稍留一留，说不定以后会有用处。他们将老马继续关押。高田和苏原十分庆幸会出现这样一个难得的转机。他们有了缓冲时间，能够更详尽地制订出抢救老马的计划。

苏原另一件必做不可的事情是按照老胡的指示，将城里日伪军的行动计划及时向抗日队伍报告。就是说苏原事实上已成为一名潜藏于敌人营垒中的敌工。尽管这只有老胡一人知道，苏原认为这是自己命运的一个转折，他为此而感到高兴和自豪。应该说，做敌工他是有一定方便条件的，他可以进出北野的司令部，在敌人眼皮子底下活动；他懂日语，而敌人并不知道，这样敌人在用日语交谈时只将他当成聋子。老胡对他的要求大致分为两类：一是常规情况一周给出一份情报，送到那片树林里一株老树的树洞里，老胡会定期去取。另外便是在特殊情况下按老胡放在树洞里的指示行事。苏原对执行老胡的指示很认真负责，他将老胡当成自己的上级。

他给出的第一份情报便是敌人清乡的确切时间。

北野亲率主力部分向泽山开进。泽山的抗日力量一直是他的心腹大患，刚踏上这块土地便吃过他们的苦头。几个月来，他曾两次派兵围剿，却均未奏效。这次也是铁了心要拔下这颗钉子。为弥补兵力的不足，他与驻守海阳的三十八联队采取共同行动。联队长山本喜一带领主力与他的部队在宫庄会师，然后攻山。

第二天中午，队伍到达泽山脚下的宫庄，三十八联队稍迟到达。午后突然天降大雨，冒雨攻山对地形不熟的日军不利，于是按兵不动，等候雨停。

老百姓已经跑光，只剩下一座空村。日军在村里宿营，伪军在附近一个村子宿营。为便于战斗打响后的救护，根据北野和山本联队长的命令，高田带领的军医大队与三十八联队的军医大队组建成一个临时野战医院，由三十八联队的军医大队长八木担任院长，高田担任副院长。医院设在村里的一座荒败的天主教堂里，布置了手术室、病房。一切就绪后，军医们便回到各自的住处休息待命。

高田以暗地监视中国医生苏原的行动为由，将苏原安排和自己住在一幢民房里，其真实用意自是为便于和苏原一起讨论"生命通道"计划。由于苏原已将自己视为抗日队伍的敌工，而且与高田的合作同样是为中国人的抗日做贡献，因此这次跟随日军行动，在心理上便较为平静，他听着屋外淅淅沥沥的雨声睡着了。不知睡了多久，他觉得有人推他，醒来，见是高田站在炕前，高田显得神色慌乱。

"起来，听我说，八木那王八蛋要作孽了！"高田说，声音明显有些颤抖。

苏原坐起,望着高田问:"你要干啥?"

"三十八联队在村外捉了一个农民,说是抗日队伍的敌工,可什么也没审出来,便交给八木自行处理。"

"啥叫自行处理?"苏原不解。

"解剖。"

"解剖活人?"苏原瞪大了眼。

"嗯。这样的事日军军医已干过不止一次。三十八联队的军医大多是刚从国内来的新手,没有战地救护的经验,有的还没拿过手术刀,八木想利用战争间隙解剖这个中国人给他手下的军医做示范……"

苏原全身不由抖动起来,几乎不能自禁,他感到一股寒气从骨缝里往外溢出,他简直不敢相信这是事实。

"没……没办法救……救出这个农民吗?"过了许久苏原才说出这句话来。

高田摇摇头:"八木的人已经在手术室做准备了,况且这事得到了山本联队长的支持。"

"他们是一伙畜生啊!"苏原咬牙切齿地说。

"连畜生也不如的。"高田说,"一一七师团野战医院曾做过一次活人解剖,惨不忍睹。将活人开了膛,又锯下了四肢,可人还不死,最后便往静脉里注射空气,将人致死。"

苏原已经无话可说,只是大口大口地喘气。他感到自己血管也让日本人给注射进了空气,身体一点一点变得僵硬,就要死去了……

"如果要救他,只有一种可能……你听见了吗,苏医生?"

"你说什么?"苏原果真什么也没听进耳里。

"如果要救他,只有一个办法,我们参与进去……"

"你说什么?我们也加入他们的罪恶?"苏原狠瞪着高田军医。

"冷静些,苏医生,我们参与的目的是救那个中国百姓的生命,而不是与八木他们狼狈为奸。当然,这用不着我做解释。我们参与了也难说一定能救活他,可不参与他必死无疑。"高田说。

沉默。

高田又说:"苏医生,你听一下我的计划,如果我们决定参与此事,我便立即去找八木队长交涉,就讲我们军医队也想利用这次机会进行现场教学，将手术分作两部分，八木的人解剖之后，由我们做缝合手术……苏医生，你是什么血型呢？"

"O型。"

"这是医生的血型，太好了。也许最后需要输血。因为事先不可能为那人做血型鉴定，只有用O型血。"

"我当然乐于献血，这是我唯一要做的事情吗？"苏原问。"不只如此。"高田说，"我们将此事分为两个部分，或者称其为两个行动，八木进行的'魔鬼行动'和我们进行的'天使行动'，你当然是进行'天使行动'的，而我可不行，我必须参加到他们的'魔鬼行动'之中。你想想，当一群军医进行以活人的死亡为最终结局的解剖时，是不会遵循手术规则的，而任何一点胡为都将使我们的计划失败，因此我必须在现场进行监督。当进行我们的计划时，你可以做我的助手，我也可做你的助手，这由你决定。当然，你还没有最后给我回答，是否参与我上面所说的这个行动……"

魔鬼与天使为何贴得如此近啊！苏原心里充满着悲戚，同时他又想起那个同样带有悲戚意味的字眼。

他再次别无选择了。

具有讽刺意味的是解剖活人这一弥天罪恶竟然在一座天主教堂里进行。八木的人已经进到手术室里，高田让他的人包括苏原候在手术室旁边的"病房"里。苏原心情沉重地默坐着，他觉得有些晕眩，想要呕吐，他记得这种情况在他作为医学院学生头一次看老师做手术时出现过。那是很遥远的事情了。几个年轻日军军医有些压抑不住内心的激动，神色显得异样，让人看不出究竟是兴奋还是恐惧。有的在临阵磨枪，"哗哗"地翻看别林科夫的《局部解剖学》和千叶医大高桥教授的《实地外科手术学》。

此时，高田已进入被八木的军医们挤满的手术室。八木正以一种洋洋得意的权威口吻对他的下属们讲这次解剖要做的项目和要达到的目的。见高田进去，八木很礼貌地问道："高田君有什么要说的吗？"高田立即把握住这个机会。他说："首先感激八木院长将这一难得的机会与我及我的属下们分享。"高田观察到他将"院长"这顶高帽戴在八木头上，八木脸上呈现出的肮脏喜色。他接着说:"我相信我们会进行一次完美的合作。为达到这一目的,我首先向八木院长提出一项要求,由我来充当你的助手,一方面借此向八木院长学习,另外也可帮八木院长关照一些事情,不知八木院长可否同意?"八木连忙回答:"当然同意,只是屈就高田队长了。"高田说:"另外我还要向各位军医提一项要求,我想我的要求八木院长肯定已向大家提过了,就是我们的这次手术对象虽然是一个中国人,但我们要将他当作我们受伤的同胞弟兄来对待,要严格规范,一丝不苟。只有这样,当我们在抢救自己的弟兄时才能够不出差错。"八木附和说:"就是就是。希望大家照高田队长的要求去做。"这时一个叫水谷的三十几岁的军医问:"是不是要进行严格消毒?"八木讪讪地说:"当然,这还用得着说嘛。"于是八木的军医们立刻行动起来。

当一切按真正的手术准备停当后,那个中国农民便被两名军曹押进手术室。他二十七八岁的样子,从侧面看他的额头很宽,眼睛明亮,他的光头上头发刚长出一些,嘴唇紧闭,令人感到有一种顽强的精神。但他的脸色是苍白的,脸上有道道伤痕,黑色衣裳上也留下受到拷打的痕迹。他进来后情绪显得还平静,两眼不住向窗外望去,窗外可见雨雾笼罩的泽山屹立在前方。

他现在还没有察觉到即将被杀。

"开始吧,高田君?"八木说,此时他已经将高田当做他的助手了。

高田点点头。

中国人被两名军曹硬往手术台上推,但他不明白要干什么,军曹推得他没办法,只好坐在手术台上,可他疑惑不解,左右环顾。

这时八木走过去,拍拍他的肩,哇啦哇啦说了几句,中国人听不懂,高田听清楚八木说的是"睡觉吧,睡觉吧"。

军曹见中国人没反应,便冷不防将他扳倒,用胳臂压住他的头,另一个军曹又赶紧上前压住他的身子,中国人大声呼喊起来:"你们要干什么,我没病,我没病……"

这时水谷连忙将蘸足氯乙烷的纱布堵在中国人的嘴和鼻子上。中国人拼命抵抗,想坐起来,这时又一齐拥上前四五名日军军医将他牢牢压住,手术台剧烈地摇晃。一个卫生兵拿来手术用的软绳将中国人的大腿绑在手术台上。中国人仍拼命反抗,用力左右晃头,想把纱布从嘴上甩掉，但是渐渐地停止，呼吸变得平衡，身体瘫软下来。看来麻醉起到了作用。

"真够费劲儿的……水谷君，现在可以换成乙醚了吧！"

水谷点点头，他麻利地将纱布垫到准备好的口罩上，然后向上面吧嗒吧嗒地滴入乙醚。此时中国人已完全进入麻醉状态，呼吸很平稳，像睡熟了。

"好，我们胜利了，他现在想哭想笑都办不到了。"水谷说。

刚才将中国人扳倒的那个军曹似乎感到很新鲜，问道："他现在什么也不知道了吗？"

"他已经睡觉了。"水谷笑笑说，"现在不必担心他会逃跑，就是把他的手割下来，他还会照样睡觉，他已经去了极乐世界了，比起枪杀，这死法要舒服得多，这正是我们医生的功德啊，哈哈哈……"

高田觉得自己的腹部在搅动。

这时，手术器械从外面推进来了。水谷将乙醚瓶递给一个叫森下的卫生兵，让他接下去搞麻醉，然后自己去换手术衣。首先执刀的是一个叫新田的军医中尉，水谷担任他的第一助手。当然整个手术的指挥是八木，但一般情况下他只是动嘴不动手。

"那么，就开始吧。"八木用冷淡的语调说，同时命令停止麻醉。

首先得将中国人的衣裳扒光。两个卫生兵把已经失去知觉的身体翻过来，从后面拉下上衣。高田看到，中国人从脖颈到脊背那皮下充血的痕迹已经变成黑紫色，中国人的裤子也被扒下来了，赤条条地俯卧在手术台上。

又再次用绳子将中国人的大腿捆在手术台上，在高田的监督下，从头到下腹仔细做了消毒，一个卫生兵用钳子从灭菌器里提出一块盖布，从头到脚蒙在中国人身上。

新田军医有些紧张，脸上显得有些呆板。后来高田军医才知道，他在内科方面有相当丰富的临床经验，但在外科手术上却是个半瓶子醋，他要求充当执刀者，是想为自己谋得一次练习机会。但当时高田便强烈意识到这个新田军医会将事情完全弄糟，必须立即将他撤换下来。他觉得最合适的执刀者是八木，他的外科手术纯熟。他转向站在新田军医身后的八木说："八木院长，大家都期望你做示范呢，你可要不吝赐教啊。"

八木开始一怔，随后笑笑，说："我听说高田君的医术了得，要不就请你做给大家看吧。"

高田摇摇头，说："中国派遣军里谁不知道八木院长做外科出类拔萃啊，你说是不是，新田军医？"

新田军医傻笑笑，说："我看高田队长说得对，还是八木院长给大家示范吧。"

八木颇为得意地点点头，说："那就帮我消毒吧。"

消毒毕，八木便十分神气地站在手术台旁，做出让大家看好的架势。

这时高田头脑中突然有一道闪电划过，他意识到，今天抢救这个中国人的性命，不啻是他"生命通道"的另一种形式啊，如果能取得成功的话，以后将会有更多的中国人受益于此，以前为什么没有想到呢？他为自己这一新发现而激动不已。

一下子跃升为八木助手的水谷似有一种身价大增的骄傲。他卖弄地以熟练的动作处理中国人身上的盖布，把中间的裂缝处扩大，然后固定在下腹，接着为八木闪出地方。八木走过去，朝手术台上看看，又举起止血钳子在中国人皮肤上轻轻画了一条线，说："从这个地方到这个地方。切开皮肤要一刀切到皮下组织，来第二刀的话，以后刀口愈合就困难了。"八木说完便用手术刀尖在刚才他划过的地方切开五厘米的口子。

从刀口可见雪白的皮下组织，但渗出的血液很快就溢到刀口处。八木说："刀口还可以再小一点，只是开口小还不能说手术成功了。这次为了大家能看清楚，所以我将刀口多拉开一点。"八木说话时刀口上的血已开始流到皮肤上了。这种情况在平时那一定得赶紧止血，可水谷只顾听八木讲授却没有动。高田向他喝了一句："水谷君，赶紧止血啊！"水谷这才用止血钳子去夹，但没有夹好，站在一旁的新田军医帮他用纱布擦拭出血部位，最后总算夹住。

八木又用手术刀将刀口往下再延伸一些，又将黏糊糊的皮下组织从薄膜中剥离，露出桃红色的肌肉。腹部纵走向的肌肉和斜走向的肌肉交界处薄膜融合形成一条白线。

八木用手术刀尖指指这条白线说："在这个交界部位，不可以切肌肉。肌肉与肌肉之间隔着形成腹膜，这就是直线外缘切开法。用手术刀在这条白线的内侧顺着切膈膜，以这里为基点，上下切。"八木说完操起钳子夹起膈膜，又用钝钩上下拉着，最后到达腹膜。露出的腹膜很薄，呈淡黄色。随之八木又把手术刀向左右扩大，最后用钳子尖小心翼翼地将腹膜提起来。

"喂，左手拿有钩的镊子，右手提手术刀。"八木说，"切开腹膜开腹腔时，哪个部位都是一样的，但手术者和助手首先要用钳子将腹膜提起，就是说，为着与腹膜一起不伤着肠子呀！"

八木终于切开了腹膜，将一团纱布塞入腹腔内，手指在腹腔中一用力，腹腔开大了。

"喂，水谷君，请你动手把阑尾拉出来，让大家看看。"

水谷很得意，用钳子夹住腹膜一端。在手术室死一般的寂静中响起腹膜钳子的撞击声。过了好久，水谷还是没有找到阑尾。

八木说："再往外一点，不是小肠，把那个粗的拉出来吧！"

经指点，水谷终于从腹腔中拉出一个略发青的粗肠子，又在粗肠子下面找到了盲肠。盲肠像蚯蚓一样细，呈白亮的浅桃色。水谷将其切除了。

阑尾切除手术到此结束了。水谷抬头看着八木，问："要缝合吗？"

八木说："缝合腹腔又是训练的一个内容，不过按事先讲定的，最后缝合由高田队长的人来做，我们再往下进行我们的计划：观察活人内脏。这对于任何一个外科医生来说，都是极难得的机会。还是由我做给大家看吧。"

八木伸手将盖布的开口处移到腹部中央，然后迅速拿起手术刀，毫不犹豫地从胸骨下唰地切开了，从腹部正中到肚脐根附近切开十五厘米，然后手术刀在肚脐眼左侧转一圈，再向下切十厘米，再向左右开二厘米，露出洁白的皮下组织。渗出来的血眼看着扩展开，水谷急忙用纱布擦血，接着麻利地操起止血钳子，将血止住了。八木又用手术刀尖剥离白线和皮下组织，把左侧肚皮正中线的膜分开了。

八木忙活了一阵子，又停下手给大家讲授："局部麻醉完全失效时，患者往往很紧张，所以无论如何也要压腹，弄不好腹部开得太大，肠子就会出来。全身麻醉腹部完全没有力量，操作起来比较得手。新田君你看一看，肠子在下方吧？"

正在这时，一直平静呼吸着的中国人突然用微弱的声音说起梦话来，说出一句话，过一会儿又重复一遍。八木和他手下的人俱听不懂中国话，由于受好奇心支配，八木脱口说道："这家伙叽咕什么呢？"但谁也没有答话。新田军医抬头看看高田军医，问："高田队长，你不是懂中国话吗？他说的是什么？"

高田冷冷地说："他说地里的苞米过几天该掰穗子啦。"

"哈哈，掰苞米穗子？心事还挺多呢，只怕永远也掰不成啦！"水谷挺开心地说。

"这么说他真的不是抗日队伍的敌工啊！"新田军医说。

"管那些干啥，对于我们的试验，无论他是敌工还是农民不是相同的吗？"水谷说。说完他开始头一个观察中国人的内脏，看一眼内脏，又看一眼解剖学的书。其他军医又伸长脖子看中国人已完全暴露无遗的内脏。

胃的颜色是桃红色，还带点白色，而且很光滑。

八木带有一种展览胜利果实的微笑冲大家说："诸君，过去像今天这样充分看到健康人体内生理状态的情况是没有过的吧，今天你们要很好地利用这个机会认真观察。"

"胃、十二指肠、肺、肾、肝脏……水谷一个一个地查点着，摆弄着，像在洗衣盆里翻找混在一起的衣物那样，漫不经心。当他翻露出肝脏里的胆囊时，冲身边的新田军医说："怎么，想要活人胆吗？据说比熊胆还有用处呢。"

新田军医说："胆囊可是病原菌的巢窟啊！"

八木纠正说："健康人的胆囊是没问题的。"

这时水谷迅速拉出小肠，新田军医帮着倒肠子，边瞪眼查看着，然后放回原处。在倒肠子的过程中，人内脏那股青草气味儿在周围散发着。

大肠，特别是S形的结肠以及内脏各脏器不仅没有病灶，而且一点异样也没有，完全是个健康人的内脏。

就这样，按计划完成了开腹手术、内脏病理和解剖检查。高田看看表，历时一个小时四十七分钟。他早已心急如焚了。时间愈长，人失血便愈多，后面的抢救便愈困难。他走到八木面前，说："八木院长，下面该轮到我的人干啦。"

八木很爽快地说："没问题，有言在先嘛。不过你得对你的人讲，不要把这事传播出去。再就是完事后要把尸体埋在地里头。”

高田努力压制住自己内心的愤怒，强迫自己听八木说完，然后大步走出手术室。

高田刚踏进病房门口便大声朝苏原和其他手下人叱喝：“快，下面该我们的啦！”

苏原头一个从椅子上弹起身子。这时他从门口望见，八木和他手下的那伙军医有说有笑地从手术室走出来。这群衣冠禽兽啊！苏原的心在诅咒。他盯着这伙“白衣杀手”，浑身战栗不止。他冷丁闻到从那伙人身上飘过来一股强烈的混合味儿。这种气味很类似当地一种叫鸡蛋黄花发出的腥臭味儿，直冲人的脑门，令人呕吐，令人窒息。他每次闻到这种气味，甚至连神志都有些迷乱，正像他此刻所经历的那样。

当北野雄心勃勃于泽山脚下向山上抗日队伍发起进攻时，日本整个海外派遣军已成为强弩之末了。美国在雷伊太的一角登陆，即展开最激烈的海面战斗。那块最大规模的菲律宾海战事实上也是日本联合舰队的末日战争，从此日军不再有“继续现代化战争的可能了”。而战斗于缅北的中国军队则节节反攻，终于打开雷多公路的中印运输线；中国本土战场，日军攻占衡阳、桂林后，未能按预期打通湘桂线。更重要的是日军在整个豫湘桂战役中损兵数十万之巨，兵员严重不足，从此再难以组织起大规模战役，败局甫定。

这些北野并不知道，他只知道他要攻占泽山，攻占了泽山便可以挽回他自己的败局。战斗打了一天一夜，他的部队攻到半山腰便再也无法前进。这时，他下令施放毒气弹，又下令仅有的几辆坦克掩护步兵向山上攻击。后来山上的抗日部队便开始有计划地转移了。

对于龟田少尉来说，他的视野自然比北野更狭窄得多。他看到的战争只是泽山的一角。然后只因为后来他对“这一角”的故事做了较详尽的记述，泽山之战才十分侥幸地作为“历史”的画面而留存下来，使后来人可以真实地“目睹”当时的惨烈情景。

龟田记述道：

“施放毒气的炮声很响，不久，我便看见山顶上被喷起的无数条土柱和黄色毒烟所包围。'毒气弹！''快戴防毒面具！'这是从后面传来的叫喊声，大家都慌慌张张戴上防毒面具。这时坦克起动了，步兵跟在后面向山上冲去。距离炸塌的土碉堡后约五十米，坦克突然停止前进不动了。'啊！是战壕！'正在这时，本来很平静的抗日军队阵地突然冷不防地一齐冲我们扫射，我赶紧趴在地上，耳边不断响起人们摔倒的声音，还有中弹的哭声。过了不久，前面的坦克越过战壕又向前开去，那是一个叫'柘'一个叫'柞'的坦克。当'柘'慌慌张张地向前面一个土碉堡撞去时，五六个抗日战士抱着捆好的手榴弹从土碉堡里跳出来。惊慌失措的'柘'在急转弯的一瞬间，与右边的'柞'相撞，发出一种可怕的声音，'柞'滑下山谷，底朝天栽下去。顷刻间，履带稀里哗啦，坦克冒起白烟。'柘'被手榴弹炸瘫，也冒起了白烟。坦克兵没出来，不知是炸死了还是吓得不敢出来。进攻受挫，于是又开始第二次炮击。激烈的炮声连续不断，山上同时被数百发毒气弹所覆盖。在这种情况下，我看到抗日战士开始撤离。

"我们边射击边向山顶战壕冲去。此时，染成黄色的太阳已经偏西。战壕里有没来得及撤退的抗日战士和老百姓。细田中尉举刀朝一个胸部受伤的抗日战士砍去，他大声喊：'给我杀！全杀光！'战壕里，有用湿毛巾捂在嘴上的人；有两眼红肿紧抱手榴弹口吐鲜血的人，他们都因中了毒气而身亡。毒气的臭味儿还在战壕里弥漫。占领阵地以后，大家都变得威风起来，到处传来枪杀伤兵的声音。真田上尉用手枪点伤兵的头，边走边射击。他将一个叫高桥的曹长叫住，说：'看那边有两个伤兵，快去把他们刺死。'这两个伤兵坐在地上，年纪很轻，可能是腿被打中，血染红了下身。

"高桥提着步枪走过去，刚要举枪刺去，只听'轰'的一声，一股黑烟冲上天。烟散过之后，那两个伤兵已被炸得四分五裂，高桥捂着胸膛惨叫不已。真田上尉喊：'快叫卫生兵来！'他冲高桥说：'你可真幸运啊，再靠近一米，你也就去见上帝了。'刚上来的士兵问高桥：'曹长，怎么回事？'高桥说：

'这两个家伙预感到要死，想引爆和我一块死。'士兵们东奔西跑比赛似的枪杀伤员，直到传来上面'抓俘虏'的命令。不一会儿，三十余名受伤的抗日战士集中在一块山岩下面，其中有两个年轻女战士。一个叫吉满的军曹从山上下来，看见这两个女战士，说：'喂，我要杀那个臭娘儿们，把她给我带过来！'这两个女战士一个肩部受伤，另一个脚被打中。吉满坚持要杀那个伤了脚的女战士。一个士兵说：'她不能走了。'吉满吼道：'混蛋，给我拖过来！'当两个士兵要去拖女战士时，离她很近的一个抗日战士护着说：'你们要干什么？'一个士兵一刺刀刺在他胸膛上，他倒在地上死去了。那个女战士挣扎着站起身，走到吉满面前。吉满挥手便将女战士砍倒在地，随后又连续砍了几刀。周围鸦雀无声，地上到处是血。吉满歪着头，直视着刚被他杀死的那个很漂亮的女战士。这时横山大佐带着副官也来了。因为部队集中在一起，不知道发生了什么事，横山看到吉满提着刀站在那里，又看看地上被杀的女战士，问了一句：'吉满，那女人是你杀的？'吉满什么也没说，故意把头转向一边，说：'联队长，这些俘虏没有什么用了，干掉吧！'横山笑笑，说：'噢，辛苦了，就按照你们的想法干吧！'突然，坦克中队长松村大尉从旁边喊叫起来：'联队长，这事交给我吧！'当他看到横山默许的目光后便迅速跳上最近处的一辆坦克车，那辆车像是指挥车，他从坦克顶盖露出了上半身，大声叫嚷：'喂，我要压死这些俘虏，你们跟上！'履带发出的声音愈来愈大，五辆坦克像猛虎一样朝山岩下开去，'啊……'已经精疲力竭的抗日战士们见状一下子骚动起来，互相保护着，左右滚动，以求躲避坦克。可是他们都是不能自由活动的伤兵，难以躲避成功，坦克就从他们身上碾过去，一个，两个，三个……坦克接连压碎了头，压碎了身体。被卷进履带里的肉块四处飞溅。就在这时，一个孩子模样的年轻伤兵突然从伤兵堆里站起来，他的左手腕被毛巾斜吊着，他怒瞪着坦克车上的松村，举起右手振臂高呼：'打倒日本鬼子！'朝坦克撞去，'咣'，坦克吞食了这个青年，飞溅的鲜血染红了四周的石头。这时剩下的伤兵

也都站起，高举拳头，异口同声地高呼：'打倒日本鬼子！'向
坦克撞去。那喊声比履带声还高，响彻山谷……"

牟青是在靠城边的一片空地上被巡逻日本兵抓住的。天很黑，她看
不清那两个用枪指着她的日本兵，只看见黑暗中有四簇绿光闪烁，这光
亮就像刀子刺进她那冰冷的躯体里。这一刻她头脑中全部文字储存只剩
下两个字：完了，完了。

关于丈夫苏原在泽山参与日本军医解剖活人的行为是今天下午卜乃
堂告诉她的。卜乃堂是因一件公务提前从泽山赶回城里，他急不可耐地
向牟青报告苏原的"劣迹"自不存好的动机。牟青哭了。"他疯了，他
疯了。"这是她对卜乃堂说的唯一的话，也是对丈夫可恶行径的唯一的
解释。从那一刻，她头脑里便生出独自逃跑的念头。以前，她指望丈夫
带她逃走。现在她对"疯了"的丈夫已不抱任何希望，他既然做出这等
不可理喻的事情，那么她和他的关系就注定要结束了。一切只能靠自
己，可事到临头，她又感到茫然，感到不知所措，她不知道怎样才能逃
得出去，一个女人家做这样的惊险事着实力不从心。但她的决心已定，
不可动摇，她想就是死，自己也要爬到这座人间地狱外面去死。

但她终没能爬到地狱外面，也没有死，月黑风高之夜，她落入强盗
之手。

奇怪的是那两个日本兵没"公事公办"将她解去交差，而是将她往
不远处一座树林里带。正诧异之际，她听见两个日本兵压低声音叽哩哇
啦说话，像争论什么，她听懂了，那话的意思是"我先干，我先干"。
她立刻明白这两个诡秘的日本兵是要干什么了，顿时失声呼叫起来。两
个日本兵连忙捂住她的嘴。

也是该当事情有转机，这声呼叫让在不远处巡逻的两名伪军听见，
他们循声跑来，眼前的一切俱明明白白。这是日本兵不断出演的拿手好
"戏"，尽管看不过眼，却也不敢吭声。其中一个伪军急中生智，飞奔而
去，他去搬救兵卜乃堂。他觉这满城的中国人里唯有卜翻译官能解救这
女子。

卜乃堂随那个伪军来时已跑得上气不接下气。那两个日本兵已将牟
青带到树林里，正欲强暴。卜乃堂不知从哪儿冒出股勇气，他从腰里拔

出手枪指向地上的两个日本兵，用日语怒喝道："你们好大的胆子，你们知道这女子是什么人吗？"那两个日本兵是认得卜乃堂的，卜乃堂这没头没脑地吼，一下子把他们给镇住了。两人从地上站起，黑暗中听得见他们呼呼的喘息声。卜乃堂却不想给他们以喘息之机，进一步威吓道："这事要是叫北野司令知道了，你们要倒大霉的。要不要我把这事报告给北野司令？嗯！"

一个日本兵赶紧说："卜翻译官，我们不了解底细，真的不知道她是什么人，我们以为她要逃跑的……"

卜乃堂说："她的丈夫是北野司令的好朋友，现在正跟北野司令在泽山与抗日队伍作战，她怎么会逃跑？照你们这么说，我黑下出来溜达溜达呼吸新鲜空气就是要逃跑？"

日本兵说："卜翻译官是北野司令的红人，怎会逃跑呢？我们真的不了解情况，请卜翻译官多加关照不要报告北野司令，再说我们什么也没干得成……"说着不由转头看看那个在地上抽泣的女子。

卜乃堂觉得事情已经解决，不宜再多与日本兵纠缠，省得节外生枝，便将枪收起，说："行了，你们继续执勤吧，这事，我不向北野司令说就是了。"

日本兵和伪军就分头各走各的路了。

卜乃堂送牟青回家的路上谁都不说话。月亮从东面升起来了，照得脚下的道路像泼了一层水。天并没黑很久，从一幢幢民房的窗户上还透出昏暗的灯光，院里还不时传来牲口和狗的叫声，这是个不闻人语只闻畜声的怪异世界。

"我……还要逃跑的！"牟青似自语又似对卜乃堂说。

卜乃堂无语。

"我……一定要逃出去！"牟青又说。

"牟青，你听我说，你逃不出去的，你真的逃不出去。"卜乃堂说。

"我要逃！"

"你一定要逃，怕也只有一种出路。"

"什么出路？"

"我来做。"卜乃堂说。

牟青没说出话来。

日本人的秋季清乡历时半个月，然后又龟缩到各自的据点中，他们大吹大擂取得"辉煌战果"，事实上只是按计划走了一个过场。抗日队伍采取十分灵活的战术，如同泽山之战，先利用地形优势歼灭敌人的有生兵员，然后相机撤退。在开阔的半岛腹地与敌人周旋，走走打打，打打走走，牵着敌人的鼻子。这样打下来，尽管从表面上看日本人气势汹汹，占领了许多地方，但在军事上并无多少意义。相反他们兵员损失严重，北野的部队在半月之内几乎死伤过半，仅由此看，取得"辉煌战果"不过是日本人在吹牛皮罢了。

回到城里，苏原发现妻子牟青整个像变了一个人，脸色憔悴，眼圈发黑，头发蓬乱没有一丝光泽。她不理苏原，只是哭，什么都不说。苏原知道妻子急于脱离敌营，心灵上备受煎熬。他还没来得及对妻子进行抚慰，高田军医差一名卫生兵将他叫去。高田神色紧张，告诉苏原日本人很快便要处决老马，大约就在这一两天，因此必须立即制定对老马的抢救计划。苏原听了这消息并不感到吃惊，可他的心一阵阵绞痛。他崇敬老马，他们虽只见过一次，可他心目中的老马犹如兄长犹如上级犹如英雄。他愿意倾尽全力保护他的生命。但他担心计划不能成功。他由老马想到在泽山脚下被日本人活活解剖的那个不幸的年轻人，他一直没有醒来，太阳落山的时候他的心脏也陨落了，停止了跳动。他和高田一致归咎于麻醉太深的缘故。那伙杀人军医只图早早把人麻醉倒，无限制地加大药剂量，因失血过多而变得虚弱不堪的年轻人最终无力从麻醉中挣脱出自己的生命……总之，他们没能将他救活，他们能做的仅是将他安葬入土，他再也不能去自家田里掰回苞米穗子啦……经历了这一切，苏原感觉到自己一下子变得苍老。即使自己现在死去，那也算过足一辈子啦。

无论对于敌工老马还是军医苏原、高田，一九四四年阴历九月二十三日都是一个难忘的日子。这是一个生与死搏战的涅槃日。

早晨，老马被一列行刑的日本兵带到城外的一座小丘下。阴历九月底已是深秋。秋是一年中最为晴朗的季节。蔚蓝天幕的洁净背景将一片云丝一只飞鸟都映衬得清晰明丽。如果没有战争，秋还是最为宁静的。太阳出山后你会听见草叶上的露珠被蒸发时的咝咝声；你会听见小鱼在浅浅河水中相互追逐的扑棱声；你会听到从茂密的庄稼地里冒出男人粗犷的歌调和女人幽幽的笑声。然而往日的宁静已不再有，无论是白天还是夜晚，人们听到的是从四面八方传来的淹没一切的枪炮声。

老马被缚在兵前的一棵树上，面向前方。

又是日本人行刑的模式。说起来，这些杀人者的思维和行为俱怪异透顶。他们可以随时随地不分青红皂白地杀人，甚至以杀人取乐，不受任何制约；而有时候却做出一副"公事公办"依法行事的模样，有板有眼儿地将人绑赴刑场处决，喜怒无常，叫人捉摸不定。

高田和苏原比行刑队伍稍迟些来到现场。

在这之前，高田曾向北野请求，希望能将活着的敌工交给他们军医大队做活人解剖教学，如同山本的军医们所做的那样。可北野不知出于哪种考虑没有应允，只让他像以往那样对行刑后的尸体进行解剖。这使高田十分失望。倘若北野能够应允的话，那么他和苏原就有十分把握保证老马的性命，如果再老天有助，使他们能得到一具被击毙的日本兵尸体，他们就可以用来"移花接木"，让老马太太平平不伤一根汗毛。然而好事难成。他们唯有按预定方案对老马实施抢救。

他们有信心，为此已做了详尽周密的研究和准备。他们都是优秀的外科大夫，对人体结构了如指掌。从理论上他们认定"生命通道"计划是站得住脚的。这无疑义。在人的胸腔，尽管器官密布血管交错，但确实存在着一个可供弹丸穿越的安全区域。这个安全区的直径大约为三厘米（也因人的身躯长短而异），而弹丸穿体而过的洞孔也大致如此（同样也因武器的口径与入射的距离而异）。当然，如果从实践的角度来看，"安全区"的概念只能是相对的。由于诸种因素的存在，"安全区"实际上又非常脆弱。例如再精确的射击也会发生些微偏差，使弹丸穿越的途径不能与那条安全通道重合。如此的后果是破坏胸腔内的某一与通道毗邻的器官，如肺、胃、肠等。为克服这种实践上难以避免的偏异，唯有采用一种舍车保帅的方法，使伤害的是某一"顽腱"的伤后不会立刻置人于死的器官，那就是肺。于是便得到了一条经过校正的安全通道。这种弹丸的飞行路线便可以确定下来：从后背射入穿过肺的边侧紧贴心包外缘穿越胸壁出体。由于没有大动静脉被切断，不会造成大出血。如果事实上的情况与设想的情况能吻合一致，如果之后的抢救不出现意外事端，那么抢救计划便成功在望了。经他们将整个实施过程加以条理，几个关键的步骤便呈于眼前了，这就是精确地标绘出入射点；选择枪法高超的杀手；安全而隐蔽的救治场所……另外，苏原还提出一个至关重要的问题：受刑人于受刑那一瞬间的呼吸应控制在吸气状态，吸气时心脏的位置会随之向上提升，这便为弹丸躲过心脏增加了难得的"余地"。高田对苏原的见解是欣喜若狂的，决定采纳。然而这却带来另一个难点：怎样得到受刑人的配合？比如老马，由于严密的看守使他们无法接近。看来唯一可以利用的是行刑前为他标绘弹着点的时机，然而那又是怎样地仓促啊！

北野没到现场，负责指挥的是一个叫内海实的圆脸少尉。此刻，他的由十几名兵士组成的行刑队已布置停当。担当今日枪手的日本兵持枪站在老马身后七八步远处。他面目呆板，没有一丝表情，阳光在他的贴面颊很近的刺刀尖上闪亮。他的身材之短与老马身材之长恰成对照，给人一种他无力将这位抗日英雄杀死的印象。

行刑前的气氛是那么恐怖、压抑，高田和苏原心里都十分紧张难耐。

他们对视一眼又一齐转头向前望去。

长满荒草的小丘如同一座放大了的坟墓。

被绑在树上的老马一动不动，像睡着了。

奇怪，这一刻，这绝不该分神的一刻，苏原却忆起曾做过的一个梦，一个真真实实的梦。那是在"清乡"的过程中，那晚他与高田彻夜讨论他们的抢救计划，天快亮时才迷糊过去，他做了梦，奇怪的是在一开始他便清醒地知道是梦境。他进入一个巨大怪异的空间，这是一个没有天地界限的混沌空间，光线昏暗，什么也无法辨别。后来他听见一阵水声，好像下雨。之后又出现了闪电和雷声。凭借一次次闪电的照耀，他眼前豁然一亮，看清自己是置身于一个宽阔无比的胸腔之中，在他的四周，巨如山岗的心、胃、肺等脏器依照相互方位关系矗立，那么壮观，那么逼真。他突然一阵狂喜，心想，这是一个多么难得的机会啊，我可以仔仔细细地查看清楚，如同勘测人员勘察地形那样，将那条神秘的"生命通道"探索明白啊。然而后来闪电便不再出现，眼前又变成昏黑一团，他这时突然想到自己的妻子，高呼：牟青，快点灯啊……这时他睁眼，眼前很亮，不是灯，是日光向屋里的照射，高田正古里古怪地朝他笑着。这个梦他没有向高田说，也没有和妻子牟青说。真的不可思议，在这样的时刻竟能想到自己做过的一个梦，苏原觉得自己的精神已几近破裂的边缘……

尽管内海实少尉担任现场指挥，但鉴于现场中数高田军医的军衔最高，少尉不敢忽视。他跑步到高田跟前敬礼报告，问是否可以进行。在此之前，高田已假北野之名对他交代了有关事项，为保险起见，他又趁机向少尉做了关照：为确保刑后的"解剖"，必须给苏原军医足够的时间在人犯身上标出弹着点，另外还要再次指令射手不得出现丝毫偏差……内海实连连点头"哈依"，高田说完遂看了苏原一眼。

苏原就一步一步向小丘走去。走得很慢，步履也有些蹒跚，像突然间变成一位年迈的老人。他已心力交瘁，恐慌异常。在这之前，高田对他千叮万嘱，要他切记镇静，不能于紧要关头出现差错。如果不是为了便于与老马的沟通，谋得他的配合，高田就会自己去做这件事情。但这次是不行的，此事非苏原莫属。只是高田和苏原都不曾想到（或许没顾得去想），苏原在刑场上的出现将给他带来洗刷不清的罪责……

苏原跟跟跄跄从日本枪手身边绕过，在老马身后站住。他想唤一声老马，但没有。按"计划"这是不允许的。他不能分心。他须集中精力做好两件事情：在老马身上精确地标出"通道"入口，再就是将一切简洁地告诉老马，让他在那个关键时刻进行配合。

这是一个奇异的时刻，已经发生的与即将发生的都像神话一般。生命的破坏与修复如此惊心动魄地捏合在一起，令人难以置信。整个现场哑然无声，所有人的眼光都盯着小丘前面的两个人：医生苏原与抗日敌工老马。那情景不啻是牧师在为一个临刑人做祈祷。

苏原将一只手轻轻放在老马背上，这瞬间他感到自己的心房不由自主地战栗起来，是战栗，不是跳动。同时两眼变得模糊。他想哭，想抱着老马的身体大哭出声。但他控制住自己，严峻的使命迫使他令自己镇定。他咬紧牙关，如同咬住了自己的心。他知道两件事情必须同时来做，尽管会互相干扰，但又只能如此，他不能在这里磨蹭，那会引起他们的疑心。他屏住呼吸，用手掌在老马左侧后背处摸摸按按，他在寻找老马的心音。心脏如同测绘中的基准，找到基准才能进行以后的测定。啊，他找到了，心脏，老马的心脏，在他的中指和食指的指尖下面。他顿时感到手指已变成一座桥梁，将自己与老马的心身接通。又一阵激动向他袭来，他轻轻唤了一声："老马。"他没听见应声，但老马身体的骤然一颤却通过他的手指传递过来。这就像接到老马回应的信号，令他激动不已。他开始对老马说话："老马，我是苏原医生……"老马仍未应。苏原便不再说话，将手指由那个跳动的"基准"向下侧方移动，他在寻找那个生死攸关的"通道"入口。这是一个神秘莫测的位置，虽有定规，又因人而异。找到它既需要经验，又要仰仗直觉。他的手指一路下来，越过一根根隆起的肋骨，最后停在一个位置。他按住不动，然后开始用目光宏观地注视着老马整个宽阔的后背，如同注视着一张完整的胸透X光图片。他看着，看着，之后骤然将眼光收缩，收缩成一束径如杏核的光圈，这光圈投在老马的后背某处，某位置恰与他手指按着的位置重合。啊！找到了！找到了那神秘的"通道"入口处。他轻吁了口气。但他不敢怠慢，赶紧从口袋里掏出一块石膏在上面描画，画出一朵白花。这时他知道自己可以继续和老马说话了。他猜不透刚才老马为什么不应声。无论怎样他必须将事情对老马说清楚。

"老马，我是苏医生，你听见了吗?"

"……"

"老马，我有话对你说，你听着……"

"你个汉奸!"老马终于开口。

"我不是汉奸，我……"

"你不是汉奸来这儿干吗?"

"我来救你。"

"放屁!"

"老马，我真是来救你……"

"救我，那就赶紧解绳子。"

"那不行。可我有别的办法救你，只要你照我说的做。"

"我不要听。"

"老马，你听清，开枪前你听我咳嗽，听见了就吸气，使劲儿吸!"

"……"

"老马，你听见了吗? 你吸气，使劲将心提起来，你听清楚了吗? 照我说的做。"

"……"

"老马，答应我！事关生死，务必照我说的去做！"

"……"

"老马，算我求你！求你啦！！"

那声枪响传到他耳边声音之微只好像放羊人不经意地甩一下羊鞭儿。在这炮火隆隆枪声四起的战地实在算不了什么。然而这轻柔之音却犹如从林木草丛间飘来的一缕香气，令他陶醉而舒展。他陡然觉得浑身轻松如释不受一点约束。眼前的天地也一下拓展得开阔。他似乎有点眼生，这天地间万物万象俱变得陌生，古里古怪，如同梦境。这时他觉得十分口渴，唇干舌燥，有一种急于吸饮的感觉。为寻找水地，他开始朝前走去，踏着一片如茵的草地。犹如天赐，他抬眼望见一道河堤横在草地与天际之间，他快步奔去，身轻如燕，不知什么时候他已脱掉了鞋子，光脚板踏着草地有一种舒心的滑腻。他觉得已不是在行走，也不是在奔跑，而是脚板在草梢上滑行，就像小时候在家乡的池塘里滑冰那样。他心里顿时感到凄怆，油然生出对家乡的眷恋之情，这种感情对他来说已十分陌生，他怀念自己的亲人，却又记不起自己究竟有哪些具体的亲人，那一切遥远得如同隔世。这时他已穿越过宽阔的草地，登上河堤，然而他的眼直了，大失所望，河里没有水，只有一道干涸的河床，一线白亮的河沙在河堤下无声地流动。他诧异不解，他从未见过像水样奔流的河沙。这河沙将流向哪里？莫非在那遥远之地有一处沙海？望着这条无水的河流他益发觉得干渴难忍，胸腔里像有火在烧灼。他显得有些急躁，这急躁又加剧了他的干渴。他觉得很快将焦渴而死，不能坐以待毙。情势已无选择，只有继续寻找水地。他走下河堤，越过沙流，再登上河堤，但这时展现于面前的已不是先前的景象。草地上平添了一些树木，这些树木形态怪异，高者入云，矮者伏地，且颜色倒置，树叶是红的花朵又是绿的，他被弄糊涂了，愣了一会儿神。千奇百怪，这时他竟记起一个具体的亲人，那是他的爷爷。他记忆中的爷爷手里永远牵着一头驴，一头比狗大不了多少的母驴。爷爷似乎有牵驴的癖好，爷爷对他习惯的亲昵就是将他抱在驴背上，然后牵着缰绳在村外小路上溜达。爷爷活到八十岁无疾而终。临去的那些时日爷爷总对人絮叨说他看见一个甚是古怪的地场，所有的树木都长红叶开绿花，可没人相信他的话，只当他在说呓语。而现在……他相信爷爷确实到过那里。此刻自己便身临其境。他不由想到，如果以后见到其他亲人，他一定要为爷爷澄清事实，洗刷委屈……他在这片奇异的地界大步穿越，周围的景象愈来愈令人眼花缭乱，这简直是一座绚丽的花园，万紫千红，鸟语花香。他感到浑身惬意。他很想停下脚在这里细细观赏，可他的脚已不能够停下，好像这双腿不是自己的，是别人将它当作"奸细"安在自己身上，就像又骑上爷爷牵着的那头驴……他终于走出了这片奇异地，一切又如同先前，映入眼中的是野草如茵的绿地和白杨如屏的河堤。望见河堤，干渴又更猛烈地向他袭来，他已经别无他念，只渴望眼前能立刻出现一条水源。不是啜饮，而是将整个身子投入水中……这欲念使他健步如飞，他已看见河堤渐渐逼近，堤上树木已看得清晰，他甚至听到堤内潺潺的水声，这叫他兴奋喜悦，不由忘情大呼：水啊……

敌工老马越过死地睁开双眼已是受刑后的第三天。苏醒后对外界的反应完全像一个刚出娘胎的婴孩。意识如火焚之后的原野，思维也如同停止不动的钟摆。

这确是一种再生。

"老马，你回来了？"一个声音。但他充耳不闻。

"老马，喝水吗？"

水？这一瞬，他的意识方犹同天籁从遥远而混沌的远方飘逸过来，轻柔若游丝，将他的过去与现在连接。这是地狱两端的连接。他感知到了自身：疼痛、干渴、不适，而这种感知是生命的另样搏动。

他喝了水。是小勺喂进嘴里。水迅速地滋润进他的身体和意识里。

"我怎么啦？这是哪儿？"他的眼在说。

"老马，你看，是我呀？"

"苏……医生……"他的嘴动了动。

这时他的意识仍未完全清醒，以前的许多事都记不起来了。他努力地思索，以求弄清，却又十分艰难。他只想了一会儿便感到一阵发自骨缝里的疲倦和困顿，他合眼沉沉睡去……

当老马再次醒来，站在他面前的已经是苏原和高田两个人。屋子里的光线明亮。高田戴一只大口罩，捂得只露出两只眼，他须隐蔽自己的真实身份，而苏原就没有这个必要了。无论是灵与肉，他早已在老马面前"赤身露体"过。两人看着慢慢睁开两眼的老马，按捺不住内心的喜悦，这是胜利之后的由衷喜悦啊！他们将老马从地狱的大门口接回到人世间。这现实是多么的奇异，多么不可思议，就像一个梦。但这又不是梦，是不容置疑的现实，如同明晃晃的阳光不容置疑地照射在窗纸上那样。老马的复生意味着这个计划已从实验阶段步入实施阶段。这是一次意义深刻的超越。苏原发现高田露在口罩上方那双不大的眼里闪着晶莹的泪光。他自己心里同样汹涌着难以抑制的冲动……

抢救老马的过程现在苏原和高田回想起来便有些后怕。也许当时的心情太紧张，思维高度集中，这件事过之后记忆竟变得模糊起来，只想得起几个重要关节：行刑后的老马心脏还在微弱跳动；检查证实苏原的"标位"与射手的瞄准俱没有太大误差，弹丸偏肺部一点沿生命通道运行过去；苏原给老马输了血；老马从手术室转移到一间事先准备好的瓦房；高田向司令部报告已将解剖后老马的"尸体"处理掉……除此之外，其他的细枝末节都淹没在一片混沌之中了……

"老马，你……睡醒了?"苏原俯身向炕上的老马说。声音很轻很柔，好像害怕再将老马的生命吓回去那样。

老马没吱声，只是久久盯着站在苏原身旁戴大口罩的陌生人。

"他是唐医生。"苏原按高田的要求这么介绍。苏原已听高田讲述过那位唐医生的事情，就领会到他的心迹了。

"伤口痛得厉害吗?"高田问。

"这是在哪儿?"这个问题仍严重地困扰着他。他对过去和现在的一切仍然难以把定。

"你还在城里，这是一间民房，很安全。"苏原说。

老马将眼光转向阳光明亮的窗子上。窗纸上贴有一幅剪纸画，是一个光屁股男孩笑哈哈地抱住一条大鲤鱼。苏原此时也随着老马的目光看见了这幅剪纸画。他不由地记起高田说过日本人崇拜鲤鱼的"战斗精神"，但在中国人眼里，鲤鱼却是一种吉祥物，是富足安逸的象征。在同一事物赋予完全不同的意义不能说不映照出两个民族文化上的深刻差异。

老马盯着窗子的眼光是迷离的。后来他终于转过来再次盯着戴大口罩的"唐医生"。

"你已经度过危险期，伤口也没化脓，一切顺利啊。"高田说，他口罩的上沿已经被泪水打湿。

"我死了吗?"老马自语，"我是在阴间里吗?"

"你活着，老马。"苏原说。

"我看见一个怪地场……一个很怪很怪的地场……"

苏原和高田对望一下。

"那地场河里流白沙……树上长红叶开绿花……蚂蚱和蝎子交配……"

"老马，你胜利啦，我们也胜利啦。"高田说，声音很硬很沙。

"日本人没打死我吗?"老马突然问。这意味着他的意识开始接近现实。

"日本人打不死你，你命大啊老马。"苏原说。

"老马，你很快就会恢复的。"高田说。

老马的眼珠转了转，苏原陡然发现又像马眼了，有了神采。他的马眼珠依然盯在高田身上。

"听你的……口音……"他说。

"我……口音……咋?"高田不解。

"耳生，不像山东地面的……人。"

"嗯，不是。"高田只能应付。

"那你是哪地场的人呢?"

"嗯，远，很远，很远很远……"

"那儿没有鬼子吗?"

"鬼子?嗯，有，好多，好多好多的……"

"你也是……叫鬼子逼着……干事的?"

"这……"高田终于对应不下去了，他求救似的望着苏原。

"等我好了，我……我带你们一块逃……"

"老马，你喝水吗?饿了吧?"苏原问。

"我怎么又活了呢?"兜了一个圈，老问题仍然在困惑着他。他想解开这个谜，很执拗。

"老马，一句两句话是说不清楚的，以后慢慢告诉你好吗?现在我问你一句话，你照我说的做了吗?"

"你，你对我说……说了啥呢?"

"就是，就是使劲吸气啊！"

"吸气？"

"就是……开枪前你听见我的咳嗽声吗？"

"咳嗽？噢，想起来了，我想起来了，你说叫我听见你的咳嗽就吸气……"

"你吸了吗？"

"吸了。"

苏原和高田对视一下眼光。高田看见苏原的眼里也涌出闪亮的泪花。

"我……还想睡，我……困极了……"老马边说边打哈欠，之后便合眼睡去。

多事之秋。当苏原还沉浸在抢救老马成功的喜悦中，一桩大悲伤悄无声息地降落在他的眼前：他的妻子牟青舍他而去。携其出逃的不是别人，正是当初将她掳入敌营的翻译官卜乃堂。

首先发现这件事的是北野。晚饭后他和龟田少尉下了一盘棋，觉得头脑昏沉，便想早睡。勤务兵送来洗脚水，他刚将脚放进盆中，又想到有一件事要询问卜乃堂，便吩咐勤务兵去喊。勤务兵回来说没有找到，卜不在住处。这时北野并未多想，只是让勤务兵再到处找找。等勤务兵又回来报告说四处皆不见卜的踪影，北野便意识到卜出事了。最后的证实是来自城南冯秃子部队据守的哨卡，他们报告说下午三点多钟卜翻译官带一个漂亮女人出城了。他说这女人是他的未婚妻，北野司令已应许他们一起去小龙山寺庙里进香。岗哨没怀疑这个在日本人那里很吃香的翻译官会有什么歧念，便放行了。事情就简单到这种地步。

苏原是从老马那儿回家发现牟青不在家中的，正诧异间，北野派人将他叫过去。当他在门外听到北野"死啦死啦的卜"的愤怒叫骂声，他一下子意识到出了什么事，顿时像木桩子那样钉在地上纹丝不动了。

逃走！逃走！！这是从苏原白如云雾的意识中浮出的唯一意念，这意念强烈而坚定，如同一把在握的利刃，锐不可当。

从北野司令部出来，他径直朝高田住处走去。这时，他觉得自己只是一具干瘪的躯壳，妻子如同他身上的血液已随同她的出走流失殆尽了。这是一种刻骨铭心的失却，难以承受。小城夜晚的街区照旧是黑而无声，城四下阳物状矗立的碉堡照旧瞪着凶狠的眼。季节已至深秋，夜风袭骨，苏原却不觉得冷，不仅不冷，他觉得胸中有火在烧灼。这火是卜乃堂放的。卜乃堂觊觎自己的妻子，他也并非没有察觉，只是未看得严重，更未想到会出现这般严重的后果。这次随北野清乡回城后，他发现牟青对自己的"所作所为"（如参与解剖活人）了如指掌，这显然是卜乃堂告诉她的，目的也显而易见。牟青在对他大加斥责时，抬手打了他一记耳光，随之痛哭不止，边哭边骂："你疯了！你疯了！"那时候他觉出和妻子的关系已处于崩溃的边缘，但又无法向她解释。即使解释也未见得她会相信。这几个月来自己被弄得人不人鬼不鬼，连自己都怀疑自己的真面目，又何况是别人呢？

找到高田，他那副怪异模样吓了高田一跳。高田听完他的诉说，也惊得目瞪口呆，实难相信会有这等离谱的事体出现。

"你，你要怎样呢？"高田关切地问。

"我要你……帮我……"苏原说。

"帮你？"

"你说过的，你可不能食言啊！"苏原死死盯着高田的脸。

"我说过什么？"

"你说过要帮我逃出去的。"

"你要追赶他们吗？"

"是的，追回我的妻子……"

"这怕很困难，战争年月，兵荒马乱的……"

"这我知道，可是我无论如何要找回我的妻子，她上了卜乃堂的当，我要告诉她真情。"

高田想了想说："我可以帮你，可眼下……不行。"

"咋不行？"

"老马他……"

"老马？"他一时竟记不起老马是怎么回事了。

"老马下一步的治疗仍需要我们两人的合作。这，你是知道的。"高田说。

……老马……治疗……苏原的面前终于现出那张长如马面的脸了。

"啊，老马。"他说。

"根据老马目前的情况，估计再有半个月就……请你等半个月行吗?"高田望着苏原痛苦不堪的脸。

苏原无语,他的心在疼,针刺一般。

他无法不管老马。

老胡。由老马他又想到老胡。后天又到了给老胡送情报的时间了。

他手里有一份非常重要的情报需要由老胡转给抗日队伍。

半个月。该是怎样的漫长啊!

第四章

事实上并没等到半个月,苏原便离开了莱阳城。不是逃走,而是跟随北野的部队向昆嵛山区扫荡。北野将与山本在海阳城北一个叫现石的地方会师,然后东犯。这是日军继秋季清乡又一次重大军事行动,同时也是一次强弩之末的军事行动。

时令已入初冬,中国黄河以北大半个版图已开始降雪。寒流渐次南侵,整个中原地区朔风凛冽,枯草瑟瑟。然而战争并未因季节之冷而冷,反而因临近终了而变得如火如荼。中国军队与日军在湘、桂、黔、豫、鄂诸区域的所谓"大陆决战"正激烈地进行。日军为扭转必败之局做殊死的"最后攻击",以进为退,争取主动。十月下旬,几路敌军合围桂林、柳州。十一月初相继攻陷两城。此后,日军继续冒险西进,占取桂林外围龙胜、融县、南宁,又攻陷金城江、河池、南丹、六寨,直取贵州大门。其时,敌轻装部队一直向北追击,再占三合城、八寨、独山。至此中国军队开始反击,汤恩伯兵团从河南一路步行入黔,到达黔南前线,另一有力部队由美国航空队赶运抵黔增援,在八寨与敌军交火。一夜之间战局骤变,敌人迅速向南退却,中国军队尾后追击,先后克复三合、独山、荔波、六寨、南丹。迄月底,黔桂线战局遂稳定。黔桂战事之转折趋向可视为当时整个中日战局之缩影。

出城后苏原不由回首一瞥。那瞬间他有一种预感:今生今世不会再回到这座小城了。他的回首自不是出于对小城的留恋,那里没有值得他留恋的东西。恰恰相反,往日的一切都不堪回首,那是他的牢狱,那里断送了他的一切。那最后的一瞥只是他无言的诅咒。

天空阴晦。寒风扫掠着空旷荒芜的原野。树木的叶子已经落光，站在那里如同一些赤裸的汉子，在冷风里簌簌发抖。途经的河流大都干枯，映入眼帘的是状如丝带的白亮河沙。风吹尘起，逶迤奔腾，流水一般。苏原油然记起老马所说他去的那个河里流淌白沙的"怪地场"，他的心不由一沉，他觉得此刻的自己正在步老马的后尘踏进那个"怪地场"，只是老马已原路折回，自己却怕要一直往前走下去。如果无法脱身，也许会一直走到"死地"。

十天以前，他已将敌人这次行动的情报放在那个秘密树洞里，他相信抗日队伍会接到并已采取了相对措施。北野要他随部队行动，其目的已不同往前，这次是把他当作弈棋的对手，以便在战事的间隙随时对弈一局。自从与苏原对弈过，北野便对原来的对手龟田失去了兴趣。但因北野未占苏原的上风，因此耿耿于怀。

因为老马的缘故，高田借故留在城里。临走前高田关照他可利用这次机会脱离日军，如果逃脱不成也无妨，待回城后再从长计议。尽管高田没有明说，可他看出高田舍不得自己离去，希望能为"生命通道"计划再度合作。苏原心里也很矛盾。

北野的部队疾速东进。中午时分经过一个小村，村人已望风而逃，村里村外空空荡荡。北野下令在这里埋锅造饭。饭后又继续东进。道路渐渐向上倾斜，进入两县交界的丘陵地带。为防备抗日队伍的伏击，队伍的行进速度减缓。当再次途经一个村庄时，天色向晚，部队不敢贸然前进，决定在村子宿营。是夜无战事。如果说有，那便是北野和苏原的方格之战。第二天天亮部队继续行进。这时已踏进海阳地界，地形渐现陡峭。中午，部队经过一个状若蚌壳的谷地，四周是一圈山丘。骑在马上的北野神情惶惶，有一种不祥的预感。果然当他的军队完全进入谷地，四面山头便骤然响起枪声。

这场后来被载入县志的谷地伏击战由此拉开序幕。

几乎与此同时，另一支抗日队伍对山本部队的伏击亦在十里之外的杨庄展开。

战斗打响之后，惊慌失措的日本兵和伪军各自寻找隐蔽物卧倒。苏原却出奇地冷静。他仍然站在原地，像个局外人，眼睛顾视着前面不断闪着亮火的山地，直到有一个上岁数的伪军向他大喝一声："卧倒！"他才下意识地蹲下身子。这时他感到有一股强烈而灼热的气流从头上呼啸而过,紧接身后不远的泥地飞起一串土花。

他仍然没有惊慌,只是向那个吆他的上岁数伪军靠过去,卧倒在他的身旁。前面的隐蔽物只是一块隆起的山岩,不时会听到子弹击中的砰砰声。

这是一块十分狭窄的谷地,长不过二里,宽不过一里,俨然是一个"口袋"。抗日队伍选中的是一块极佳的伏击地,居高临下的射击使未及散开的敌军伤亡惨重。北野的坐骑被枪弹击中毙命,他被龟田少尉和其他几名军曹掩护到谷地中间的一处凹地里,趴在地上用望远镜向周围的高地观察。作为一个征战已久的高级军官,他清楚自己已陷入在劫难逃之境地。

日伪军开始还击,这是条件反射般的盲目射击,造不成任何杀伤力。但无意中却产生出另一种效果,射击的烟尘弥漫,谷地地势低洼,又没有风,烟尘无法消散,便形成一种天然屏障。抗日队伍从山上看不清具体目标,杀伤力大大减弱。而谷地里的日伪军在烟尘的掩护下,很快恢复起建制,各中队长指挥各自所属部队投入战斗,重机枪和掷弹筒猛烈向山上射击。

这里不是恋战之地,必须尽早突围出去。战斗僵持了一段时间,北野已选中了一个突围口,在谷地东南,两座山丘之间有一个百余米宽的豁口,由强大火力掩护从这里突围会有成功的可能。北野作了突围的部署,但没等下令,抗日队伍便发起对谷地的合围进攻,数不清的抗日战士从四面的山头上向下冲锋,枪声和喊声连成一片。

谷地里的日伪军拼命抵抗,各种火力一齐向冲过来的抗日战士扫射。暴露在开阔地上的抗日战士不断有人倒地。日本兵的掷弹筒也发挥了威力,炮弹在抗日战士头上炸开,造成很大伤亡。这时抗日队伍离谷地边沿大约有二百米距离,合围基本完成,为避免过重伤亡,暂时停止冲锋,利用谷地四周的有利地形,对谷地形成了钳制之势。

苏原仍然卧在那个上岁数的伪军身旁。整个战斗过程都收入他的眼底。尽管他不具有军事眼光,但也看出北野的部队已陷入了"死地"。他想这是自己脱离敌营最后的时刻了。当敌人被歼灭之后,他会在抗日队伍中间找到老胡。老胡会将自己带到他的上级面前,向上级报告他就是送出情报的苏原医生。上级会握着他的手再三对他道谢。那时他会如释重负地长嘘一口气。他知道只要找到了老胡，后面的一切都是自然而然的。

随着抗日队伍射向谷地的火力不断加强，谷地上的情势愈来愈混乱严峻，伪军们并不积极参战，只是应付，举枪朝半空胡乱射击，随时做好或逃或降的准备。日本人见状恶语咒骂，甚至以枪口相对。他们也知道关键时刻指望不上伪军，只得靠自己作战。他们一边射击，一边修筑临时掩体。军医队的军医和卫生兵在谷地中央设置了临时救护所，将受伤的日本兵抬过去包扎，敷药。重伤号疼得哭天号地，军医便往他们嘴里塞满纱布。一战地执行军官，阴沉着脸走来走去，对那些奄奄一息的伤兵补枪杀死。忽然一匹中弹的白马在谷地里疯狂奔腾，嘶叫不已，见人便踏便踢便咬，几次冲到北野面前。龟田少尉端冲锋枪向马头一阵猛射，直到那马倒地毙命为止。

为尽早实施突围，北野重新部署了据守谷地的兵力，并变换战术。他命令森日中队长带领一支冲锋队抢占谷地北面的山丘。这座山丘只有一百多米高，树木茂盛，这将给攻击带来便利。如果能抢占成功，陷入谷地的日军便可以此为依托向北突围出去。

森日中队长带领他的冲锋队跃出谷地，猫着腰边射击边穿越谷地与山丘间的开阔地带。这是一个死亡地带，然而却并未遭到抗日队伍的抗击，似乎抗日战士突然从阵地上消失。森日有些意外，脚步下意识地一停，突然迎面飞来一颗子弹射中他的胸膛。森日倒下的瞬间一排手榴弹落在冲锋队中间，爆炸开来，冲锋队顿时死伤过半，抢占计划告吹。剩下的日军赶紧拖起同伴的尸体缩回谷地里。

当北野正欲再次组织冲锋时，一阵激烈枪声从谷地东南方向传来，谷地里的日军顿时慌张起来，一齐向枪响方向张望，终于看清，是一伙被追击的日军仓仓皇皇从豁口处向谷地拥来。枪声是豁口两边山头上抗日队伍的密集射击。谷地里的日军见是"自己人"连忙接应，将火力掉向东南，总算使那伙逃窜过来的日军进入了谷地。

豁口处的空地上留下一具具麦个子似的尸体。

这是山本部队在杨庄被抗日队伍打散的一支残部，不到三十个人。他们没想到费九牛二虎之力突围出去却又钻进新的包围圈，可谓在劫难逃。他们个个垂头丧气，一脸的晦气。

苏原仍卧在原处，听见那边的动静回头不经意地一瞥。他没看清什么，却闻到从那边飘过来的一股腥臭气味儿，就是当地鸡蛋黄花发出的那种恶劣的气味儿。他打了一个寒战，再次转回脸时，看见了八木那张又白又胖的脸，还有八木手下另外几个军医。白衣杀手。苏原只觉得一股血冲上头顶，耳朵嗡嗡叫，尔后，这股腥臭味儿愈来愈浓烈地挟裹着他。他出现了恶心呕吐的症状，神志也变得迷离。这时他的思维十分简单，心中唯一所想便是实现一个誓愿：不能让这伙白衣杀手活着出去。他知道这个誓愿不是出自眼前，他和高田埋葬那个青年农民时这誓愿已萌生于心。善有善报恶有恶报，不是不报时候不到，眼下就到了他们遭受报应的时候。他这么执着而迷离地想着，可对自己当前究竟该做些什么却模糊不清，只隐隐约约觉得手里该有一支枪。

双方的对射没有一刻间歇，烟尘从谷地缓缓向四处弥漫过去。当烟尘淹没了抗日队伍的阵地时，抗日队伍便开始又一轮冲锋。匍匐于谷地边沿的日伪军只能朝烟尘里盲目射击，直到抗日战士冲到离谷地不远显露出身影来，日伪军的射击才恢复了杀伤力。战斗就变得异常激烈，攻与守都同样殊死不息。只是愈接近谷地，地面愈平坦，抗日队伍暴露得愈严重。每前进一步都要付出高昂代价。

苏原在身后捡到一支枪，是一个被打死的伪军丢弃的。那伪军很年轻，仰面躺在地上，他的头部被击中，血染红了他那张娃娃脸。苏原只看了一眼便赶紧将枪捡到手。他这是头一次触摸枪支，第一个感觉是枪的分量很重。

他回到那个上岁数伪军的身旁重新卧下，观察那伪军怎样射击。看了一会儿觉得很简单，他没想到可以将人置于死地的可怕事情做起来竟如此简单。

那上岁数伪军停止射击，侧头向他看看，脸上露出诧异神色。

"小老弟，临秋末晚了还捞家什干啥呢？"上岁数伪军说。

苏原不吭声。

"傻瓜，快把枪扔了！"上岁数伪军说。

苏原仍然不吭声。

上岁数伪军叹息一声，然后又开始射击。

苏原这时才发现他射击时将枪口仰得很高很高。

天渐渐黑下去了，射击的火花划破昏暗的天幕显得怪异而狰狞。

这是北野等候已久的时刻。

谷地里的局势已愈来愈严重，抗日战士已可以将手榴弹投进谷地。

日伪军伤亡惨重，不得不向中间收缩。掷弹筒已失去了效力，几挺重机枪成十字状摆在新挖掘的掩体内，不断向四下吐着火舌。

北野开始布置新的突围。这是一个新的突围计划，利用夜幕的掩护，从东北方向的豁口处向外突。北野将全部伪军和部分日军组成掩护队，他自己和其他军官们由余部日军保卫组成突围队。

北野竟然没有忘记苏原，他找人寻到他，将他叫到跟前。暮色中，苏原眼里的北野像一只苍老的狼。

北野见苏原手中提着一支枪，先怔了一下，却也没说什么。他看了一眼站在身旁替补卜乃堂的黄翻译官，便开始对苏原说话。黄曾担任山古队长的翻译，苏原和他稍有接触，知他的日语水平很一般。

北野说："苏原君，现在不是叙谈的时候，这你知道的，可我得告诉你，又到了该你做出选择的时候了。"

这话由黄翻译官多余地翻译出来。

如果在以前，北野这句话又会吓得苏原心惊胆战了，可这遭他十分平静，只是定定地盯着北野。

"你说吧。"他说。

"跟我突围？还是将你留下来？这由你来决定。"北野说。

苏原的眼前出现了八木女人模样的脸。

"军医队的人一起突围吗？"苏原问。

"留几个卫生兵，其余的一块走。"北野说。

"山本部队的……八木队长？"苏原似不放心，又问。

"他是佐官，当然走。"

"那我也走。"

"这是好主意，留下落到抗日队伍手里可是要倒霉的。"北野说。

苏原在心里骂了北野一句。

"要是能活着出去，我非和你好好弈一局不可，死了，咱们就在阴间里从从容容地，争个高低输赢……"事到这般天地，北野竟还想来点小幽默。

只是苏原没响应。

天已完全黑下来，西天最后一抹晚霞早退尽颜色，铅色的天幕不时被战火耀亮。夜风已起，从山口向谷地刮来，阴森森的。

战斗仍在僵持，这时苏原突然明白：日军所以能支撑下去，主要靠那几挺重机枪的火力。他有些担心，如果再拖下去，北野和八木他们很可能会逃之夭夭。

突围队已集中起来，聚拢在北野身边。虽然看不清这些人的面孔，可苏原凭那股腥臭气味儿知道八木和他的手下军医俱在。由于离得很近，这气味更为浓烈，苏原有一种要被窒息的感觉。他心里一直都疑惑不解，八木身上的气味究竟是真实存在还仅是自己的一种感觉？反正二者必居其一。但此刻他的思维已难于进行更深入的分析，他觉得头很胀疼，有一种昏昏欲睡的感觉，他唯一清晰的一点是，哪怕天再黑，凭嗅觉自己也会像猎犬那般跟紧八木的……

突围队无声无息转移到谷地东南与豁口相对的阵地前。

北野的突围计划简单而狡诈：他要率部像蛇样偷偷摸摸从豁口开阔地上"滑"过去。

这是一个酝酿阴谋的时刻。

突围队开始行动，几十个人匍匐着爬出谷地，那情景确像一条蛇小心翼翼地向前滑行，且很快便脱离了谷地。开阔地生长着茂盛的麦苗，像一条软毡铺向前方，队伍在上面爬行省力而无声。这是一个阴晦之夜，天上无星无月，天地间混沌一团，前面两座山丘的半腰不时有火光闪烁，那是射向谷地的火力，短促的光亮时时将山丘的轮廓显示，同时也威胁着向前运动的突围队，只要稍稍出现意外，后果将不可想象，可谓是千钧一发。苏原亦爬行在这支队伍中间，他警惕地嗅着那股恶劣的气味儿，以便弄清八木他们在队伍中所处的位置，他暗暗地"咬"紧；但那气味给他的头脑带来很大的损伤。他只能进行一种单向思维，那就是跟紧八木，不能让他逃走；而对于自己究竟将有怎样一番作为，仍然模糊一团。这时突围队已离开谷地很远，渐渐靠近抗日队伍占据的两座山丘。苏原两眼向前寻觅，他想看清到山丘还有多少距离。他忽然觉得面前的空间一下子变了模样，十分怪异，作为一个外科医生，他不难认出这是一个宽阔巨大的胸腔，他似乎觉得自己曾到过这里，但又记不清晰。他感到惊异，感到迷离。这瞬间他好像又记起了高田，记起了老马，还有他的妻子牟青，但一切又是那么遥远，如同隔世，就像那些人和自己只有一面之识。胸腔里渐渐明亮起来，又像上次那样出现雷电天气，一道道耀眼的弧光照亮前面的景象，那巨如山峰的心、肺清晰地矗立，他看得见巨心在有节律地搏动，看得见巨肺在不停地收缩扩张。这是一幅生命蓬勃壮阔的景象。他难以抑制心中的激动，慢慢将视线压低，眼前又出现另一种景象，他看见一条宽阔平坦的道路从这些巨心巨肺中间穿越过去，一直通向那迷茫的远方。他冷丁觉悟：这就是他和高田军医寻找到的那条生命通道，人只要从这里走出去便会得以复生。这是一条神奇之路，是一条铺满光明的路。他突发奇想：假若在这条道路设下关卡，在这里将行人盘查，让好人通过，将坏人阻拦，善善恶恶都各得其所。这时他的眼光有些痴迷，他好像看见有一个人站在那座心山下面，向他张望，那人高高瘦瘦，脖子很长，啊，是老胡！他疑惑无比，老胡怎么会在这儿呢？莫非老胡已在这设下了关卡，一定是这样的，谢天谢地，老胡竟与自己不谋而合，他兴奋异常，失声高呼一声：老胡——

应着他的呼叫，是一阵炒豆般的激烈枪声……

第二天天亮，抗日队伍打扫战场。渐升的太阳驱散了弥漫于谷地上空的雾气，显现出这块弹丸之地经历过战事之后的悲凉。尸陈遍野，草木焦枯，几丛烧着的灌木还在冒着余烟，空气中飘散着一股令人窒息的怪异味儿。

抗日战士有条不紊地在清查并掩埋日伪军尸体。一个抗日战士在两座山丘间的开阔地上发现了仍还活着的苏原。他的前胸和后背都有枪伤，全身的血几乎流尽，脸色苍白如纸。于弥留之际，他的神志尚清醒。他央求那个发现他的抗日战士帮他找一个人。抗日战士问找谁，他说找老胡。抗日战士问老胡是谁，他说老胡是抗日队伍的敌工。抗日战士想了半天，最后告诉他这支队伍里没人姓胡，自然就不会有个姓胡的敌工。苏原不信，说老胡是他的联络人，怎会没有？他说他要见见部队上的长官。那个抗日战士尽管心里很不情愿，但还是找来了他们的连长。那位连长听完苏原的要求再次向他证实：这支队伍里确实没有一位姓胡的敌工。他说假如那人真是敌工的话,那他对外使用的便不会是真名真姓,是化名。化名便无定规,今天姓李,明天也可以姓王。苏原听了张嘴说不出话来。不过那个连长还是个很厚道的人,不想撒手不管。他问苏原那位自称姓胡的敌工长一副什么模样,苏原就一五一十地向他做了描述。这时站在连长身旁的一位抗日战士插言道:听他说的这情况倒与情报处的黄科长很相似。连长听了亦表示赞许,遂让那个战士立即去连部打电话与情报处的黄科长联系。那抗日战士飞奔而去。连长又喊来了连里的卫生员为苏原包扎。不久,去打电话的抗日战士又跑步回来,说那位姓黄的科长接了电话。连长问黄科长可有话说?抗日战士说那部从日本人手里缴获的电话噪音很大,耳机里像在刮十级大风。可黄科长最后那句话还是听清了。他说他联系的人中没有一个姓苏的医生……此时苏原已气力不支,张口无声,只对着那位连长久久瞪着眼。

太阳从两座山丘间升高时,苏原死去。

尾声

时光荏苒,一晃就过去了四十年。公元一九八四年春,当年在北野所辖部队担任军医队长的高田先生随日本一个医学考察团来到中国山东。其间他请主人派车将他送到中日战争期间他曾驻扎过的那个县份,他向县里的领导打听苏原医生的下落。县里的领导都是一拨儿很年轻的人,一下子竟没人能说出个根底。后来一位分管文化的副县长建议他翻翻县志,说过去这块地面上发生的大事县志上都会有记载,并十分负责地找到一本县志送给了高田先生。高田先生将这本薄薄的册子带回宾馆,一页一页仔细往下翻阅,在一九四四年大事记中他终于看到了对那场著名的谷地伏击战的记载,记述十分简洁,如同一张电文:

> 十月二十一日,胶东抗日部队痛击"扫荡"我海阳、牟平根据地之敌军,在现石谷地伏击战中全歼日、伪军四百余人,其中日军司令北野少将毙命,军医队长八木中佐毙命,日军尉官十三人毙命,伪军中队长冯永福毙命,汉奸军医苏原毙命。

湘江一夜

周立波

一九四五年七月下旬的一个晚上，吃罢夜饭，八路军一支军队的前卫部队从湘东的山区出发，越过一个大垅，往湘江疾进。月亮出来了。微凉的晚风把南方烈日的余威收尽了。但是由于强行军，指战员们的灰色军衣和缠在身上的子弹带都被汗水浸的精湿。这个大垅离开长沙只有二十里，日寇在那里驻了重兵。近郊到处是碉堡。各村都有小股"忠义军"。战士们随时随刻都准备战斗。歪把子机枪褪去了枪衣，子弹压上了枪膛，一列列刺刀在月光下迅速移动，闪耀着青色的光芒。

根据中央军委新的部署，这支军队要到广东和东江纵队汇合。到达湖南以后，他们发现，敌人在湘东和湘中布置了重兵，堵住了他们南下的去路。在司令部的会议上，大家一致决定，立即横渡湘江，甩开敌人，避实就虚，通过湘江以西空虚的山地，向南挺进。关于渡江的路线，会上有争论，但最后选取了新康和靖港之间的这条路。

前卫部队从司令部接受的任务是尽快赶到湘江边，攻占渡口，找船渡河。到了河西，立即控制三四个渡口，击退任何敢于来犯的敌人，稳稳地守住沿岸阵地，必要时往西向纵深发展。

一千多人马排成一路纵队，沿田间泥路，不停不息地飞速地前进。迷蒙的月色笼罩着村庄、树丛、水田和茅封草长的田塍路；也照出了映在田边的急移的人影。没有人说话，咳嗽的人用手捂着嘴，闷住声音。一路上，只有人的脚步声和马蹄声，夹杂着沿路村庄的狗吠和田里的蛙鸣，打破这夜间的寂静。

前卫的先头连插到靠近河滩的小山边，停了下来。后面的队伍跟着站住了。大队长发令：原地休息。人们把这个命令挨排往下传。

听到这话，两天两夜没有合眼的战士们纷纷躺倒在路上，怀里抱着枪。有些人立即发出了鼾声，尽管蚊子咬得凶，都醒不来。也有个别人，烟瘾战胜了睡魔，坐在路边，抽着喇叭筒烟卷，强烈的叶子烟的辣味飘在夏夜的微风里。

两个小伙子从后面赶来。为首的一位挎着皮制的图囊，腰上佩着布朗宁和手榴弹，还挂着毛巾、手电和搪瓷缸子。他背后的那位，手里提一盏马灯，身上的装具，除了图囊，他全都有。

"好小子们，睡得真香。"为首的青年小心地跨过躺着的人，笑着这样说。

"你也来躺一躺吧，这儿不错，来吧。"一位抽烟的战士热情地发出邀请。

"多谢你，我没这福气。"挎图囊的小伙子回答。他跟他的同伴一起，从睡着人的泥路的空当，一步一步跨过去，艰难地赶到了河边。他们在渡口周围观察一阵，又跟先头连的连长交谈了几句，就往回走。到了山边，他们捶打一家财主大屋的大门。狗叫声中，门打开了。月光里，一个披黑香云纱褂子的中年男子显出满脸不高兴，站在门口问：

"哪一个呵？深更半夜，有什么事？"等到看见来客是军人，连忙换上勉强的恭敬，问道：

"是'皇军'吗？"

"是来消灭'皇军'的。"为首的小张轻快地回答。

中年人好像听到了一声炸雷，吓得慌忙往后退一步，要关门，来不及，也不敢。他手扶门扇，惊惶而又恭敬地询问：

"请，请问诸位是……哪一部分的？从哪里来？"

"我们是天兵天将，从天上来的。"张参谋已经跨进门槛，越过天井，注堂屋走去。"短褂子"跟着。

"这屋子好。对不住，咱们要借用一下。"张参谋把宽敞的堂屋扫了一眼，说。

"寒舍太小。"屋主忙说。

"不小不小，"小张也连忙回说。

"太不雅致了。"主人用谦卑来实行推托。

"管你什么鸭子鸡婆的，"没有听惯南方的口音，又不懂得文雅字眼的小张的助手，赵参谋插嘴说道，"咱们借用一下子，行，还是不行?"

"行，行。不过，顶好请到下屋场看看。那里有个大祠堂，宽敞高大，足供将军们驻马。"

"咱们还不是将军。"小张笑了，"将来可能是。你甭怕，老乡。这屋子合适，我们暂时借用一下子。你的东西，保证不会损坏，放心去睡吧。"

"我放心，放心。"主人退着走出大堂屋，在赵参谋点起的马灯的光亮里，他嘴里连连说放心，却很不放心地向堂屋里的红漆桌椅、壁上字画溜了一眼，于是退到阶基上，小声地自言自语道:

"天兵天将，唉，唉，兵荒马乱的世界。这天兵天将又是从哪里拱出来的呢?"

找不到答案，他不安地回到了他的卧房。只有鬼知道，他睡着没有。

堂屋里，两个参谋已经开始他们的作业，把木板壁上的裱糊精致的字画一一取下来。作战参谋张学千把军帽的前沿推上脑门顶，从图囊里捡出五十万分之一的地图，一张张拼好，用图钉按在板壁上，嘴里唱着歌。歌词是他自己创作的，调子带点陕北民歌风。他咬字清晰，愉快地唱道:

> 我本是小庄稼汉，
>
> 鬼子来了参了军，
>
> 血战八年，为了人民。
>
> 到明天，鬼子打跑了，
>
> 我要回家去种地，
>
> 他们不答应，
>
> 他们要我当司令。

"他们是谁?"小张的助手，小赵笑一笑打听。

"人民，也包括上级。"小张顶有把握，充满自信地回答。

"你离开你那小马倌的光荣的岗位，才有几年? 今年多大了? "赵参谋问。

"二十二，吃二十三的饭了。"小张力求准确地答复他助手。

"二十二，就想当司令？"

"常言说，有志不在年高。"

"司令好当，仗不好打呵。"赵参谋认真地发出警告，好像他朋友小张真正已经当了司令员一样。"打了败仗，不光是司令保不住，你这脑袋在脖子上也待不牢了。"

一阵急剧的马蹄声，从远处传来，起初很朦胧，往后越来越清晰，越响亮了。再往后，是马蹄涉水的哗哗的音响。很明显，来人正在绕过睡满战士的泥巴路，横渡水田，朝这山边赶来了。张参谋连忙撂下手里的地图，提着马灯，迎出大门。门外草坪三匹烈马腾跃而至，发出一阵威武的嘶鸣。在马灯光里，看得出来，为首的骑者是一位满脸络腮胡子的指挥员，三十六七，中等个子。看见小张，他跳下马来，粗声问道：

"这边的情况怎么样？"

"渡口控制了。"张参谋左手提灯，右手把军帽扶正，敬了一个礼，连忙回答。

"船呢？"

"找到四只，都是划子。"

小张末尾一句话，"络腮胡子"没有注意听。他翻身上马，跑出草坪，奔下水田，后边跟着警卫员们和两匹马。平常，司令员董千只有一个警卫员。在情况紧急、行动频繁的时候，保卫部门给他添一个。这时候，三匹马横涉水田，插向河边。

"地图还挂不挂呀，一号？"小张追到田边问。一号是司令员代号。

"不用了，你也来吧。"董千头也不回地答复。

司令员董千原名董谦。他嫌谦字笔画多，书写不便，简写为董千。小张学着司令员起的大名，张学谦，也跟着改为张学千了。这位年轻的参谋，样样都跟司令员学习。董千的不怕苦，不怕死，不信邪，他认为都学得差不多离了。独有一样，老也跟不上。司令员有个脾气，而且一动了性子，人们都怕他。小张也跟着这样子做过，但他发气时，自己老是忍不住要笑，人们也都不怕他，包括他的助手，赵参谋在内。发脾气而又没有人害怕，真是糟糕呵。

"我本是个庄稼汉，"他们从木板壁上把地图一张张取下，小张低声唱着歌，但才哼一句，门外又传来了奔马的蹄声。他以为是司令员打发人回来，有紧急命令，立即撂下手里的图纸，慌忙跑到大门口，忘了提马灯。

"报告，"在门外微暗里，来人滚鞍下了马，立正叫道。

"这下真当了司令，有人报告请示了。"提着马灯赶到门口的小赵笑着说道。

"稍息。"小张一本正经地下令。

"张家里，"在灯光里，穿件铁灰绸长褂子的骑者认出了小张，这样严肃地劝说，"这是什么地方，什么时候，你还开玩笑。"

"你来干啥的？"小张同样严肃地询问。

"你是新兵，不认识我吗？"来人不耐烦地问。

"谁不知道你是陕甘宁的战斗英雄，现任侦察队长，大名鼎鼎的门虎？不过，话又说回来，尽管你是个英雄，一名好汉，到了我们小小司令部，我又在值勤，请问你是来干啥的，也问错了吗？"

"你别贫嘴了，小张，"门虎下了马，把马系在大门前侧一棵柏树上，这样说道："我找司令员有事。"

"他不在这里。"

"在哪里？快说。"

"看你急的，有啥了不起的事？"

"你知道现在的情况吗？紧急呵，老弟。"门虎走拢来，亲热地拍拍小张的肩膀，低声机密地说道："咱们现在的处境是前有湘江，后有追兵，城里敌人也从左翼猛扑过来了。"

"怕啥？大不了，打一仗再走。咱们的刺刀正想开荤了。"

小张学着董千的样，一向不信邪，还加上自己的一点求战情绪。

"你好勇敢，"门虎嘲弄他的朋友张参谋，"打仗不像挂地图。大敌当前，空话顶啥用？"门虎绕到小张的后面，一直往屋里走去。

"不是告诉你了？司令员不在这里。他到河滩上去了。"

门虎立即跑到柏树边头去解马。

"你等一等，虎子，咱们一路去。"

"快。"

两个参谋连忙跑回大堂屋，七手八脚把地图取下，叠好，放进图囊里。小张叮咛他助手："你慢点走，把屋子打扫一下，桌椅归置好，字画都给他挂上。"

"这些破字画，挂它干啥？"对小张的吩咐，赵参谋准备打点折扣。

"你挂不挂？这是命令。三大纪律八项注意，你记不记得？"小张发脾气了。

"挂，挂，"小赵有点赌气地回应。但等小张一跑开，他就嘀嘀咕咕，没个完了，"老财的破字画，也要老子挂。芝麻大的官，一开口，就是命令，命令，回去命令你的马儿们去吧，你这臭马倌。"他一边拾掇字画，一边这样地自言自语，嗓音压得低，小张一点也没有听见。

张学千跑出大门，看见门虎早已骑在马背上。他一纵身，也跳上马，两手抱住门虎的粗腰。两个小伙子骑在一匹膘肥腿壮的烈马上，往河滩驰去。

"快，快上，动作快一点。你这大老爷，慢慢吞吞，斯斯文文，要在这里摆酒请客吗？"水面河边，月色迷茫。门虎老远听出了司令员催人上船的火爆的声音。两个人连忙跳下马。

"你回来了，"听到门虎叫声司令员，董千还没有扭头看他，就性急地问，"情况怎么样？"

"情况不好，司令员。"门虎竭力保持平静地回答。

司令部的人都知道，董千蛮喜欢门虎。这个虎背熊腰的汉子，年纪还只有二十五岁，战斗经验却很多，而且，干啥都有那么一股劲。对他来说，好像什么困难和危险都不在话下。他和他的队员们侦察敌情，既大胆，又细心，得来的情报相当准确。他的责任心很强。司令员交下的任务，他总是千方百计去完成，从不打回扣。"有困难吗？"每次交给了任务，董千照例这样问。"没有，没啥困难。"门虎总是满怀信心地回答。有一回，部队打了个胜仗，司令员高兴，存心要跟这憨厚的棒小伙子开点小玩笑，就说："门虎，将来，你，"讲到这里，司令员故意停顿一下，然后外表严肃地问道："讨堂客有困难没有？"生长在北方的门虎不懂湖南话，把"讨堂客"听成"打坦克"，照例显出军人的雄赳赳的气概，豪情满怀地回答："没啥困难，到时候，保证完成司令员交给的任务，管保叫敌人的破坦克有来无回。"几个南方人和懂湖南话的人都哈哈大笑。董千也笑了。他说："打坦克和讨堂客是两码事，你不能叫你的堂客，你的未来的爱人有来无回，不允许她回娘家。你要这样地粗鲁，姑娘们谁敢跟你？"

领会了大家笑他的缘由，门虎认真地忙说："不，不，司令员，抗战时期，没工夫提这件事。等待鬼子赶跑了，到时候有困难，当然要请司令员帮忙，司令员爱人肯自动协助侦察一下子，也行，门虎也欢迎。"这个年轻庄稼汉吃了几年侦察员的饭，把本行的术语，不知不觉应用到爱情事务上来了。

现在，董司令员坐在宝古佬搬来的一块石头上，含笑催门虎：

"快摆情况。"

"敌人派兵出城了。"

"出来多少？"

"三千左右，还有山炮、步兵炮，"门虎心思沉重地说，"正往咱们左翼扑过来。我们前有湘江，后有追兵，左翼又添了重大的压力。"

"害怕了吧，门虎？"司令员往上看了他一眼，这样激他。

"个人怕啥？啥危险咱没经受？"门虎回答说，"可我担心，部队过河，怕有麻烦了。"

"干革命，麻烦哪一天能少？我刚从后卫上来。尾追的敌人是'忠义军'，威胁不大。他们怕我们。至于过河，问题在船只。王政委亲自带一班人到新康找船去了。城里的这股敌人倒值得注意。走，到那边看看。"

董千向来是哪里危急，到哪里察看和指挥。行军作战，他从不做空想，也不满足于第二手材料。他们一群，连同来找门队长的几个骑兵侦察员在内，一共十来多匹马，从河岸朝左翼的前沿急奔而去。折向田野时，董千忽然带住马，叫门虎上来。两个人在田间泥路上并马前进。董千用他那经过思索的，有时不相连贯的句子，吩咐门虎：

"你去，到新康，带几个人去，要政委快回。有船无船，务必请他早一点回来。这里有事，要找他商量。"

门虎带住马，朝后点了三个侦察员的名。四匹马立刻集合在一起，朝新康方向，掉转了马头。

"都不要骑马。"董千吩咐，随即面向门虎挑选的三个侦察员，"你们也换上便衣，这样方便些。"

四个人都跳下马来，把马交给伙伴们。三个穿军装的人从马袋里掏出备用的衣物，在月亮底下，打扮起来。门虎本来穿的是绸长裤子，如今手里又添了一把布伞，像个客商，其他三个人一律短装，系着围裙，像当地农民。他们的衣服底下，宽宽的裤腰带里，都别着去了木盒，上好子弹的匣枪，每人还揣了两颗太行制造的小小圆头手榴弹。

　　"门虎，给我捎双鞋。"宝古佬含笑央求。

　　门虎还没有回应，另一个战士说道：

　　"给我带点烟叶子，要好的。"

　　"虎子，给我带点好吃的。"张学千也笑笑说道。

　　"看你馋的，想吃，就巴结人了。"门虎回答，"你等着吧，张家里小子，我会给你带好东西来的，兴许是铁蛋。"

　　"快走吧，"司令员催了，"快去快回。我在二大队。"

　　门虎一行人消逝在新康方向月色迷离的田野的远方。司令员带着一群人朝东到达一个老嫲底下。在一丘荞麦干田里，他们找到了二大队长。这里就是前沿指挥所，没有通讯设备，大家搬了一些石头做凳子。董千来到以后，作战参谋、侦察员和各大队的通讯员们，来来往往，挤挤夹夹。这里立即成了军中热闹的中枢之一。

　　"敌人离我们好远？"司令员拿起望远镜，瞭望朦胧的南面，问二大队长。

　　"就在前边村子里。"大队长指着远处一片墨黑的地方。

　　"家伙们为什么不开火，也不前进？"董千放下镜子，对敌人动态，提出了一个问题。

　　二大队长没有作声。关于这点，他还没有想清楚。

　　司令员沉思一阵，就断断续续地说出了他的看法：

　　"可能，很可能。鬼崽子们还没有摸清我们的企图。"

　　"嗯哪，可能，很可能。"张参谋随声附和。

　　"敌人很鬼，谁知道他们在搞什么名堂？"二大队长提出了不同的看法。

　　小张要反驳，才吐个"不"字，月光里，司令员用手一挥，制止了他。正在这时候，从远空传来了飞机马达声。董千手扶黑色望远镜，仰脸凝望夜空流动的红光。细察一阵以后，他把镜子从眼前移开，交给宝古佬，然后转向二大队长说：

"侦察机。又一次证明，敌人还没有摸清我们的企图。"

敌机马达声远了。一片蛙鸣里，从南边地面传来又一种响动，董千听出是铁锹挖掘泥土和沙石的声音，他判断说："挖掩体。看样子，鬼崽子们是采取守势。"他默一会，就命令二大队长："你去攻打东边公路和碉堡。"

"带多少人？"

"一个连。"

"佯攻，还是真拿下？"二大队长这时完全同意司令员的判断，接受命令后，这样问。

"看情况，能拿就拿。拿不下，也要狠狠揍他一阵子。多用集束手榴弹，让他们听听我们的土音乐。"

"目的是？"二大队长探索地寻究。

"你说呢？"司令员反问。

"吸引他们注意通往长沙的公路。"

司令员点一点头，挥手叫他不要再说了，二大队长立即行动。他从前沿阵地挑了一个连，向东面公路旁边的一座大碉堡猛扑过去。不久，机枪声大作。手榴弹的爆炸，激荡着夜空。敌人回击了，从碉堡枪眼，从各个村庄，从他们临时挖掘的掩体里，各种火器一齐发作了。步机枪声，步兵炮声，迫击炮声以及山炮的轰击，夹杂着敌人的嚎叫，汇成了一片。各种火舌，一阵阵爆炸的红焰，一道道弹道的流光，闪耀地交织在墨蓝的田野的上空。

"他们在用火力封锁公路。"司令员笑一笑说。

"捅开了马蜂窝了，好不热闹。"听着这煮粥一样的枪炮声和爆炸声，张学千说。

"你不是顶喜欢热闹吗？"小赵问他。

"嗯哪。打仗的时候，我爱热闹，睡觉的时候，我爱安静。"小张声明。

"废话，睡觉的时候，谁不爱安静？"赵参谋顶他。

"不，睡觉的时候，我也爱热闹，"不出所料，敌人把注意力集中到东边去了，董千很高兴，也来参加年轻人的闲谈了，"我爱做热闹的梦，爱做社会主义和共产主义的梦。小张你呢？也爱做梦吗？”

"爱做。"张学千回答，"可我做的尽是吃东西的梦，啥鱼呀，鸡呀，馅饼呀，咱家乡的大苞米楂子呀，常常溜到我的梦里来。"

"梦，就是理想。"司令员继续庄严地阐述他的观点，"一个人没有理想，不会做梦……"

"或者，尽做吃好东西的梦。"小赵趁机嘲笑常常斥骂他的张学千。

"你别打岔，听司令员讲。"小张连忙岔断小赵的插嘴。"一个人没有理想，活着有什么意思？"董千接着说。

张学千觉得司令员的这话十分有道理，立即改了口。他不但完全拥护首长的论断，还添上了自己的创造性的补充：

"嗯哪，一个人不会做梦，没有理想，活着等于白活着。一天到黑，只会吃、喝、拉、撒、睡，算啥玩意儿呀？"

往后，小张常常重复这句话，有时候，竟用这来骂人了："你这个没有理想的家伙，你知道共产主义么？"其实，理想是什么？共产主义是什么样子，他自己还知道不多。有一天，他问政委，得到的回答是："多看看《哥达纲领批判》。"战场上没有工夫看这个。可是，他相信，社会主义和共产主义一定是美妙动人的，要不，党员不会宣誓要为它奋斗终生，司令员也不会这样着迷了。

敌人的炮火越来越炽烈。现在，他们不光是对准公路，而是向东、西、北三个方向盲目狂轰了。

"报告司令员，"近边一声粗重的呼唤惊动了大伙。一位骑兵通讯员在马没停蹄时就滚下鞍子，冲到董千的这个露天临时指挥部。

"好消息，还是坏消息？"董千急问。

"好消息。前卫全部过河了。"通讯员立正回答。

"哪能这样快？"司令员惊讶而又很高兴。

"政委搞了八条大船来。"

"政委回来了没有？"

"回来了，又跟副政委和参谋长到右卫去了。"

"尾追的敌人呢？"

"停在原地，没有敢动。后卫也赶到河边，开始上船了。"

"门虎他们也回来了吗？"

"他们还在新康找船。"

通讯员才汇报完毕，敌机又在天空吼叫了，这家伙越飞越低，越来越近，突然从前沿俯冲而过。气浪把人冲倒了，附近的柳树桠枝迎风狂摆着。紧接着，一团耀眼的火焰降落在荞麦田里，把周围照映得通明。董千的沾满泥土的蓬乱的胡子，人们也看得一清二楚。听到敌机下蛋的不祥的刺耳的噪音，宝古佬猛一下子把董千推倒在高塥底下的荞麦田里，自己扑到他身上。一颗炸弹落在塥上水田里，离开他们只有两三丈，水花和泥浆喷向空间。一阵泥雨落在宝古佬的肩背上。飞机还在近处低空盘旋着。董千暴怒地把宝古佬掀开，爬上高塥，对战士们挥手叫道：

"散开，躺倒，不要惊慌，不要乱跑。轻重机枪向天空瞄准。"

这时候，宝古佬和李大个子都爬上塥来，拉司令员下塥。董千摆脱了他们，并且叫道：

"走开。"

"你得下去。"宝古佬说，嗓音也不小。

"我命令你们，走开。"

"我请你下塥，你得听我的。"

双方都非常固执，正在不可开交的时候，敌机声远了，司令员和警卫员之间的内部纠纷暂时解决了。他们都从老塥下到了荞麦干田里。

这时候，从河边又来一个通讯员，向董千报告，后卫和右卫都摆渡完毕，司令命、政治部、电台和后勤的人员都安全地渡到了河西。参谋长留人在东岸，组织了一个收容队，照顾掉队的同志们。

司令员接过宝古佬递来的毛巾，把脸上泥浆擦了一下，问通讯员道：

"门虎他们呢？"

"还没有回来。"通讯员回答。

"船呢？"

"都集中在我们渡口。"通讯员说，"参谋长留人管着。"

"你快去管船，大队长。船是命根子。"董千对那刚从碉堡跟前赶回的二大队长说，"带信过去，叫过了河的同志们就地休息，好好睡一阵。我这里也快收摊子了。"

二大队长骑上他的灰骡子，他的警卫员跟着，跑向渡口。

敌机又来了，在上空兜着小圈子，并不飞远。

"这家伙在向他们炮兵指示目标了，赶快转移。"

临时指挥所立即转移到一里外的一座小山的脚下。

"看样子，这个大队不能过河了。"赵参谋推测。

"胡说。非过去不可。"司令员果决地声称。接着，他又说道："趁敌人打得正欢，我命令，二大队全部撤出前沿，向河边急进，火速抢渡。攻打碉堡的连队再坚持一阵，相机西撤。告诉连长，相机，懂么？"

司令部的通讯员把命令传下去不久，在迷蒙的月色里，在照明弹的短促的雪白的闪光里，浑身泥土的一队队战士，提枪哈腰，跳上泥路，奔向河边。人们的跑步声，间或有人掉进田里的泼拉的水响，引起了路边村落的群狗的狂吠，但这一切声音和响动，都被敌人大炮的不断轰鸣淹没了。

"太长的战线把敌人也拖穷了。"在小山脚下一块大崖石的近旁，司令员说，"飞机只有孤零零的这么一架。"

"汽油也缺。"小张添了一句。

"炮倒不少。"小赵插嘴，"这一夜，他们花了多少炮弹呵。"

"愚蠢的浪费。这样多的炮火不过是壮壮他们的狗胆。要我，至少来一个威力搜索，摸摸对方底。"张参谋发表评论。

"要你是敌人的指挥官，我们就糟了。"小赵笑笑说。

"威力搜索？不怕夜老虎吃掉？"司令员说，"我看敌人比你聪明点。他们明白我们是不容易对付的夜老虎。他们也知道自己的弱点。这种弱点是任何侵略者都免不了的，那就是在异国作战，所有居民都是他们的敌人。在北方，他们又尝到了地雷的滋味。遍地都是铁西瓜的味儿，够他们想念的了。"

这时候，二大队已经全部撤到了河边。董千率领随行人员也从小山脚下转到了渡口。七条大船和四条划子，只消两趟就把这个大队全部渡送过去了。董千和随行者们从容地搭上了特为他们留下的一艘不大不小的帆船。牲口都赶进江里。它们在波浪里浮游，随船前进。宝古佬找了一条麻鬼凳，请董千到中舱坐下。其他的人有的靠在蓬边，有的坐在船舷。骑兵和饲养员们都坐在船尾，手里牵着随船前进的牲口的缰绳。这些骡马在水里不紧不慢地游动，把脑袋伸出水面，艰难地粗重地喷着鼻子，跟桨橹声互相应和。

"我们这一撤，门虎找不到我们了。"小张说道。

"他能找到我们的。"董千完全相信门虎的本事。

东边村野，敌人的炮火还是不断放。在河上，夜气凉如水。月亮偏西了。灿烂的启明星已经高高地升起。西岸的村鸡在叫了。

"张参谋，准备好地图。"董千吩咐。

小张在月光里打开图囊，清理地图，同时向司令员提出一个他不理解的问题。

"今天晚上，总算很顺利。"张学千先讲成绩，然后说道，"可这多危险，就在敌人的鼻尖底下。我们为什么要走这一条路呢？"

董千回答：

"在司令部的会上，有同志反对走这一条路，提议从下游过河。下游是个水网区，过了河，尽是小河汊，行军不方便。敌人赶到那里，却跟到这里一样便利。我和政委就决定走这一条路。这一带确实有危险，离长沙太近，但是我想，危险地带，在一定的时间以内，是不危险的。"

"又危险，又不危险，这里边有点哲学。"张参谋在延安九旅参训班里听过艾思奇的哲学课，有点辩证法常识。他就运用这知识来解释司令员的话。

不管哲学不哲学，艄公只顾使劲地摇橹。李大个子和两个战士过长江时，学会了驾船的操作，也帮着摇橹。船飞快地前进。层层水浪欢腾地冲击船头，发出节奏均匀的柔和悦耳的音响。河西河面，一片平静。看见董千打呵欠，小张忙说：

"往这边，往船舷靠靠。"

"不用，略坐一坐，就歇过来了。"司令员看看倒映了月亮和星星摇漾的光亮的水波，微笑说道：

"将来，等到太平了，我要再到这里来，看看这河水，这月亮和星光的倒影。从前有位郭秘书，爱写点诗，可惜他没来。小张，你懂诗吗？"

"诗？我不懂。"小张坦率地回答。

"他只懂得做梦吃东西。"小赵乘机又刺他一下。

"到了那时候，"司令员困极了，说到这里，又打个呵欠。

"什么时候？"小张询问。

"人民当权的时候，"董千用右手掩住打呵欠的嘴，接着说道："到了那时候，就不再困了，也没有鬼子，没有侵略者。小张，要是有人问起我们这时候的情形，你可千万不要说，困得只想打个盹。让人们想着，让青年人在幻想里，把我们看作是一群不困、不饿、不吃人间烟火食的铁打的汉子，那样有趣些。"

"嗯哪，不困，多好。"张学千顺口回应，也打呵欠了。他头靠船舷，随即睡着了。

从上游传来了汽艇的马达声。这是大家没有料到的情况。惯于陆上作战的人们，在水上突然碰到了敌人，气氛一时有一点紧张。司令员镇定如常。他连忙走出中舱，发布命令："准备战斗。"

船上的人们把大小枪支都压上子弹。艄公没有见过这世面，手有点哆嗦，橹扶不稳了。李大个子连忙跑过去，帮着他扳橹。他稳住了，也使劲地摇。船行更快了。正在这时候，上游传来手榴弹的一声巨响和一阵枪炮声，接着又是几响手榴弹。随后，大河上下，一片寂静，汽艇的马达也哑巴了。

董千的困劲给这意外的情况撵得无影无踪了。他问大家：

"是谁打的？"

"不知道。"船上二大队的人说，"我们没有人在那一边。"

"敢情是门虎他们找了船，回来的路上遭遇了敌艇？"小张根据已知的情况，这样猜想。

"待会，派人去跟他联系。"司令员说。

在晨雾里，船靠了岸。董千才跳上沙滩，就打发通讯员去联系门虎。接着，他要看地图。小张忙把这一带的作战地图摊在沙滩上，用石块压住四角。他拧开手电，用手掌遮掩灯头，不使光亮漏向四周去。董千凭着这移动的小光圈，看着地图，同参谋们一起，拟好了过河以后的行军路线，确定了明天的宿营地点。

"把这草案抄一份，"董千抬起头来说，"送各首长审改以后，迅速下达。"

通讯员们不断送来情报。董千知道，攻打碉堡的连队安全过河了，正在河西沙滩上睡觉。最后摆渡的是收容队，里面包括三个彩号和一名病员。全军没有一个掉队的。司令员接着问起：

"门虎他们呢？"

"没有看见。"通讯员回说。

"给了船钱吗？"董千又问。

"领头的那位老倌子不肯要钱。他说和我们交个朋友。"通讯员说道。

司令部的炊事员老伍提着一条鱼，笑眯眯地走过来，送给董千看。这是一条两尺来长的欢蹦乱跳的活鲤鱼，董千忙问：

"哪里搞的？"

"司务长从渔船上买的。"

渡江顺利。过了河，很快要进到山区，敌人奈何不得了。部队将一路滔滔，按照中央的部署，直趋粤境。想起这些，董千很愉快。他兴致淋漓地跟老伍说道：

"去，我帮你去烧鱼。"

"那好极了，老伍提着鱼，高高兴兴地在前头领路。

踏着山边斜月映出的树影，他们来到了靠山临江的一家大瓦房人家，叫开大门，借了灶屋。宝古佬点起马灯。大家动手了，有的生火，有的剖鱼，有的涮锅。老伍的助手把伙食担子挑进来了。各种佐料摆上灶面。董千把袖子卷起，军服扣子解开来，军帽推上了头顶，亲自往灶口添一块干柴，说道：

"烧鱼要武火。鱼这家伙，活着很滑，空手逮不住，死了还调皮。——老伍，姜丝准备好了吗？要遇见生手，它会腥里腥气，叫人进不得口，只有碰到老伍这样的行家，它才服服帖帖，显出它的引人的优点，好吃，又香。"

"司令员太夸奖我了。我这两下子，远赶不上您。"老伍正在另一口锅里炒配菜，这时嘴里这样说，心里挺高兴，"行家"两个字，说得他好像喝了一碗蛋汤一样。

"我不行。"司令员用锅铲子翻动锅里的鲤鱼，这样说，"我是个粗人，开火车，打仗，做菜，都对对付付，就是不精。"

"还不精呀？打仗您是够精的了。"老伍叹服地说，"比如今下晚，就在敌人的鼻子底下，五千人马全部摆渡。这不简单，没有胆量，没有摸透敌人的脾性，是干不出来的。"

"是呀，小张正看着董千烧鱼，想学点手艺。这时，他说，我一过河，就碰到一个老倌子，听说我们是打鬼子的，从河东过来。他大吃一惊，问道，'河这样宽，西山（湖南老百姓称日军为西山）在打炮，你们是飞过来的吗？'我告诉他，'不错，咱们是飞过来的，咱们是天兵天将，是飞将军的部下。'"

"司令员，您是这个。"老伍放下锅铲子，翘起右拇指。

"老伍，"董千把鱼翻了一个边，转脸严肃地对炊事员说道，"我要批评你了。"

"请首长批评，指示。"老伍连忙做检讨，"这几天饭菜实在糟，买不到东西，没有法子。"

"不是指这个。我要批评的是你也学会吹牛了，这要不得。"

"是的，要不得，我改。"老伍略低一低头。

"你比方说，"司令员接着说道，"这回过湘江，明摆着不是我一个人的能耐。船是政委搞来，其他首长，加上门虎那个队，都出了力，全军的战士们都自觉协同，顽强战斗……"

"我知道。"老伍点点头。

"那你怎么只说我一个人呢？"

"大家有功，那是不假。不过，"老伍笑着添加说，"要说司令员不精，全军怕都不会同意。"

"鱼烧好了。"司令员叫道，"宝古佬，去请首长们，都来尝一尝。湘江鲤鱼，多年没有碰头了。"

宝古佬走了。老伍叫助手把马灯移到堂屋，挂在一个木钩上，自己把鲤鱼装进一只椭圆青花大瓷盆，连同他配的几样菜肴，一起放在茶盘里，端进堂屋，整齐地摆在一张红漆八仙桌子上，铺好碗筷。

灶屋里，在灶火的照映下，董千打一盆热水，搁在案板上，洗了手和脸，粘在他的繁茂的络腮胡子上的几天的尘土，这回在脸盆里彻底清洗了一下。他用毛巾揩抹了手脸，穿好衣服，扶正军帽，轻松地迈进堂屋，坐在桌子边，等待其他的首长。正在这时候，一个便衣莽汉闯到了大门口。

"干吗的，你？"李大个子把他拦住。

"找司令员。"汉子说着，一手挡开大个子，就往门里走。他才进堂屋，董千没等他开口，就问：

"什么事呀？"

"门虎他……"

"快说！"董千着急地紧催。

"咱们船跟敌艇遭遇。"便衣侦察员继续说道，"那铁壳子傍了过来，瞧见咱船上没有穿军装的，就掉头东下。门虎说，'不能叫它下去。咱部队正在摆渡。'他叫艄公把船打横，拦住敌艇，随手摔了一个手榴弹，机器哑了，敌艇歪了。鬼子们用小钢炮，用重机枪还击。咱们又投两颗手榴弹。可队长倒了。他连中三弹。他……"便衣大汉用手捂住脸，泣不成声，断断续续说，"咱们的队长，他……英勇……牺牲了。"

后边的话，董千还没有听完，就暴跳起来，往桌面上猛一巴掌，盆盆碗碗，调羹杯子，震得狂翻乱跳。大鲤鱼蹦在桌面上，尾巴还搁在盆边，冷冷清清，躺在那里。司令员一阵狂风一样地冲出堂屋，怒声叫道：

"都给我走开。出发，立刻出发。"

他冲出瓦屋的大门，跳上为他备好的走长路的青骡子，一人一骑，飞奔前进。派去找首长，半路折回的宝古佬和李大个子以及其他的人员一起，远远跟在他后面，不敢靠近他。小张忙着打发人到各大队去传达"立刻出发"的命令，过后，他也跟在宝古佬一群人后面，不敢太靠近董千。

堂屋里，马灯下，老伍在收拾桌面。眼瞅着躺在桌上的被冷落的大鲤鱼，炊事员声调低沉地说道：

"鱼呵，你真不赶巧。"

天蒙蒙亮，各大队，各单位，按照司令部拟定的行军路线，分头出发。董千骑着青骡子，在前卫的同一条路上走着。张参谋、宝古佬和李大个子，以及其他的人员在他后面，总是和他保持两三丈的距离。各大队报告请示的人们都被小张挡驾了。他劝他们：

"算了吧，现在上去，你只有挨骂。找政委他们去吧。或者，有急事，先跟我说，等他平静一点了，我去转达。"

七月早晨的南风，略有些凉意。道路两边的山里，滴着露水的通红的山花，烁眼地点缀在青翠的松树、楠竹和柞木的中间。这一天，行军六十里，董千没有开口说过话。小张后来回忆这段路程说，"司令员看见了路西一拱黄土新坟，连忙把脸转到东边去。由于一种痛心的联想，在早晨的阳光里，司令员的眼角，挂着一颗颗泪珠。"但是这一点，没有第二个人证实。也许，正是小张自己的眼睛被泪水蒙住了吧？宝古佬不但没有看见这事情，还坚持说：

"我们的司令是一条硬汉。他从不掉眼泪，也从不叹气，脾气倒是有一个，那是不假。"

到了宿营的村庄，董千才开口。这位身经百战的将军已经能够节制对于最近逝去的亲密战友的哀思，重新挑起全军的重担，迎接战斗的明天了。他高声叫道：

"张参谋，叫他们赶快架起电台，向延安通报。"跳下骡子，他接着吩咐，"你给我们起个草，报告毛主席。稿子送政委和副政委看看。"

张学千奉命，坐在村外路边一块石头上，把图囊横搁在筐箩盖上。就在这个临时搭起的写字台子上，他拟好了一个短稿，给司令员、政委和副政委审改以后，立即跑步送到了电台。这封电报的内容是：

"主席：已渡湘江。正经湘中，往湘南粤北战斗前进。董、王、王。"

棕色公鸡

陈怀国

  老人的那只母鸡死了。早晨醒来的时候，他发现鸡正趴在床前的暖鞋上睡觉。他有些奇怪，不知鸡是什么时候钻出鸡笼的。鸡卧在他的鞋上睡觉也是第一次。这是一只老鸡，是春天的时候他从镇上买来的。他还买了些鸡蛋，想卵一窝小鸡，但没有成功。再到镇上去的时候，他向卖给他鸡的那位回族妇女请教，以为自己在卵鸡的过程中出了差错。那位妇女答应明年给他准备一只和雄鸡打过水的鸡婆。临了，那位妇女安慰他，让他在秋天的时候挖些苁蓉把鸡焖了吃。秋天，他没舍得把鸡杀掉，每天领着鸡在荒原上散步。

  鸡趴在暖鞋上睡得很香甜，一副安然在梦中的神态。老人不忍唤醒梦中的老鸡，就围着被子坐在床上卷一支莫合烟吸。老鸡的翅膀阔得很开，蓬松着把他的暖鞋罩得严严实实。冬天以来，鸡身上的毛开始脱落，老鸡显得干巴瘦小，脖颈细长。脱毛的地方裸露出粗糙的鸡皮疙瘩和一茬茬毛孔，看上去如秋天荒芜的田野。

  太阳已从荒原上升起，早晨的瘦风送来了疏勒河故道腐乱芦苇和死胡杨树苦涩的气息。几根远处的红柳逆着阳光在风中摇曳，几蓬灰不溜秋的芨芨草在风中颤颤地抖。还有些黑色的乌鸦域在房角，在剥落的墙皮中叨啄小虫。这是一幢很旧的仓库房，还装着些核试验用的效应物资。两年前老人退休后来到这里，顶替了早先在这里看守的那个老兵。

  老人站在屋前干咳了一声，宿在墙角的乌鸦便一跺一跺地向他聚拢而来。打他来到这里之后，每天早晨和黄昏，他总撒些米粒。他不像喂鸡那样把米粒撒在地上，而是一把把地撒向空中。乌鸦们飞起来，在他的肩上和头顶上盘旋，在空中一颗颗将米粒啄去。

老人回到屋里之后，睡在暖鞋上的鸡还没有醒来。他一边动手准备做早饭，嘴里一边咕噜噜地唤了两声。鸡没有理他，连动也没动。他这才感到有些不对，蹲下去摸了一把，鸡便"欹"的一声从鞋上倒下去。那只鞋还带着鸡的温暖，鸡却已经僵硬冰凉了。

鞋窝里留下了一坨白色的鸡屎。老人恍惚地看了一会儿，把鸡抱起来，安放到灶台旁鸡笼上面的鸡窝里。鸡窝是不久前他刚从疏勒河故道弄来的芦苇叶，现在还能闻到一种淡淡的生涩气息。打到这里来，鸡连一个蛋也没下过，但常蹲在窝里咯咯地叫唤。他很理解老鸡那种怀旧的情绪，每隔一段日子总把鸡窝换一次干净的芦叶。现在，老鸡端正地安坐在鸡窝里，比往日平静安详得多。从门窗挤来的阳光，渐渐廓住鸡身，使这只老死的母鸡显得肃穆而悲壮。有几片细碎的茸鸡毛在阳光里随着尘粒一起飘起来。老人站在窗前眺望了很久远方的荒原。到这里来的第一年夏天，他曾在窗棂上拴过一只蚂蚱，线绳的另一头还系了一个很小的铜铃。那是过去给他开小车的司机送给他的。蚂蚱在窗台上蹦跶的时候，铜铃便脆脆地响一阵。现在回想那铃声，遥远得仿佛是远古的声息，幽冥而神秘。像在科技领域里一样，他在那只蚂蚱身上也创造了奇迹，从夏天一直把那只蚂蚱养到第二年春天。直到买回这只母鸡的时候，他才把那只苍老得已经蹦跶不动的蚂蚱放回到荒原上。想起那只蚂蚱，使老人的思绪向回走了很远一段。这使他莫名其妙地难受起来，便赶紧关了窗户。

一整天，他没能从忧伤的情绪中挣脱出来。黄昏的时候，乌鸦们照例飞到这里来。他走出屋向乌鸦们挥挥手。乌鸦们不理解似的看着他，还一踱一踱地向他聚拢而来。

"今天不喂你们了，"他大声嚷着，做了一连串驱赶的姿势，"我的鸡死了！"乌鸦们聒噪着盘旋而去。他打开另一间仓房，在一大堆仪器里倒腾出一个漆成绿色的木箱，准备明天埋葬那只死鸡。

这天夜里，老人睡得不好，被一场长梦缠绕得很累。这场长梦把他生平所经历的一些坎坷事情串缀在一起。从梦中醒来的时候他发烧了，浑身感到酸胀得不行。在黑暗中他摸索了两片药填进嘴里。从风声中他听出已是下半夜了，他盼着早些天亮。但是风声有些不对。"怕是要变天了"，他想，很艰难地翻一个身，"该是下雪的时候了！"墙缝中的灿蜘唧唧地叫着。每当听到这种潮湿的声音，就像浑身的关节隐隐疼痛一样，天总会阴沉下来，不久便会下雨或是落雪。屋外的风在远远近近地扯着呼哨，像鬼在叫唤。他很沉地叹息了一声，依旧在想那只死去的鸡。

老人已经没有家了。在他三十五岁那年，一场事故使他浑身变得疤痕累累。整整两年他没回北京的家。但有一天，妻子突然不声不响地来到他的身边。那是一个盛夏的中午，他正在食堂外面的树荫下吃饭。妻子被人领到他面前时，跟跄着后退了好远，接着就昏倒在地上。那天晚上，妻子把脸埋在枕头里哽咽了一夜。有一会儿，他揽着妻子。半夜的时候，妻子颤颤惊惊地从身上移开他的胳膊。他醒着，却像死了一样没敢动弹。那一刻，他心里突然像有什么东西断裂了，泪水静静地流淌在疤痕累累的脸上。几年之后，妻子带着女儿一起离开了他。按照他的要求，妻子来到基地和他在军事法院办理了离婚手续。

"别给女儿说我脸上的疤……"他说。

妻子默默地点点头：像有什么东西塞住了喉咙，窒息了他的声音。他再也抑制不住，竟在妻子面前哽咽起来。他好想妻子说声"不"，但妻子点了头。

"现在女儿该有孩子了吧？"老人在黑暗中想，"那么，我就是外公了。"

早晨起床之后，老人还在继续发烧，浑身酸软得没一点力气。地上已落了不少雪，天空雾蒙蒙的。乌鸦们早已栖落在屋前，静悄悄地披一身雪花在等他。他撒了几把米粒之后，换了胶鞋，就扛上装有死鸡的木箱，提一把铁锹向疏勒河故道走去。过去他踩出来的那条小路，已被雪掩埋了，由于木箱压在肩上，身子便倾斜着。越过一蓬蓬被雪拢起来的芨芨草和骆驼刺时，他就一颠颠地跳着脚。在河道里他踌躇了很久，有几次已经动手挖坑了，但莫名其妙地有些感觉不对，总觉得是个不适合埋鸡的地方。最后，在一棵胡杨树旁他跟跄了一下，站稳之后，就选定了他差些倒下去的地方埋了鸡。坟拢起来的时候，有几只乌鸦跑过来，啄去了他丢在地上的那些烟头，又在坟堆的新土上逮捉还未冻死的虫吃。他顺手从坟上摸了几块坚硬的土坷垃，把乌鸦们远远地打跑了。

二年早春的一个晴朗的日子，当老人出现在小镇的时候，都说老人比过去又苍老了很多。镇上的居民都熟悉这老人，知道他是一个退出现役的老军人，知道他是附近的核基地里一位很有名望的科学家，还知道老人那张疤痕累累的脸是在一次事故中被火烧的。虽然这老人从没和镇上的任何人说过一句闲话，但人们异常尊敬他。卖给他莫合烟的维族人，常把自己裁好的烟纸一卷卷地塞给他。那是一种手工锤成的芦苇纸。

像往常那样，老人买了莫合烟丝和火柴以及食盐，最后找到了头年卖给他鸡婆的那户回族人家，主妇告诉他，鸡们还没到卵鸡的时候。老人悻悻地走了，回头看了一眼满院咯咯叫唤的鸡们。半个月之后，老人又一次来到镇上，胳膊上挂了一个锥满透气孔的纸箱。他是专来买鸡的。但这一次老人遇到了一点小小的麻烦。回族妇女看中了他身上的那套毛呢军装，老人犹豫了一会儿，便把没有领章的军装脱下来，换走了那只鸡和几十个鸡蛋。那妇女感到过意不去，提出再让老人随便逮一只公鸡回去吃。老人摇摇头谢绝了。

老人把鸡装进纸箱就很快离开了小镇。这是一只年轻的鸡婆，有着紫红的肉墩墩的鸡冠，翅膀拐子热得有些烫手，咯咯的叫唤声憔悴而沙哑。鸡正在闹窝，显得失意而忧伤。老人需要的正是这样的一只母鸡。他看到这只鸡的时候女主人正将一盆凉水朝鸡身上泼去，刺激闹窝的母鸡清醒过来。那些鸡蛋也是有经验的女主人帮他挑选的，尽是些和打过鸣的雄鸡们踢混过的鸡下的蛋。

天黑下来的时候，老人回到住处。他先把鸡拴在床腿上，稍稍休息了一会儿，就摸黑下到疏勒河故道的滩子上弄来一捆软绵绵的芦叶。月亮出来了一会儿，又躲进了云里。他在过去那只老死的鸡坟前站了好一会。这天夜里，当他把鸡蛋一个个地放在窝里后，那只咯咯着的母鸡就一屁股坐了上去。鸡看了老人一会儿，慢慢把眼闭上，安详地沉醉在幸福里。

已是春来的日子，罗布泊依旧寒冷。往日灰不溜秋的荒原有了些斑驳的绿色。细小的蚂蚱从荒原的皱皮中钻出来。活泛过来的红柳褪去了老皮，乌鸦们蓬松着翅膀在阳光里逍遥，显得轻松愉快，一跳一跳地在地上逮捉虫吃。老人从仓房里拖出一块破旧的帐篷，撕烂了又一点点地掏出里面的绒毛，揉好了围在鸡窝的四周。从那天晚上开始，老人一日三餐都和鸡婆一起吃，夜里还额外给鸡多加一餐。鸡坐在窝上，脖子一伸一伸地啄食，他就坐在床沿上勾了腰板甜蜜地吸莫合烟。他吸得很猛，每吸一口，两片有疤的腮就深深地陷进去。鸡看了，仿佛笑话他似的，朦胧着眼咯咯地轻叫两声。过去，老人不吸烟的，后来吸了。到这里来后突然馋起了这种劲道奇大的莫合烟。如果在某个早晨醒来的时候，不想吸烟了，老人便预感到身子要出毛病。

有时半夜起来给鸡加食，他觉得饿得慌，就也吃一点。吃时又觉得不该似的总有些愧疚。老人每日守候着鸡婆和那些尚未出世的小鸡。每天早晨醒来，他便要蹲在鸡窝旁，伸手到鸡屁股下的蛋窝里摸一摸。起初，鸡惊叫着，脖子一伸一伸地警告他，紧跟着就把他伸过去的手叨啄一顿。

"哦，你真是个恶鸡婆！"

老人舔舔被啄的手指。

他还蹲在地下时，鸡婆便恼怒地做出要叨啄他面孔的姿势。鸡站起来，鸡脚和翅膀划动着满窝的鸡蛋，他心惊肉跳地退到一边，再不敢多事了。鸡婆仿佛理解了他，极温柔地咯咯两声，把边沿处的蛋朝中拢一拢，又把窝底儿的蛋朝外扒一扒，然后阔了翅膀极小心地又罩下去。这时，老人哦哦着又舔一回刚刚被叨疼的手指，心里便有一种温柔的甜蜜的感觉。而那张疤痕累累的脸上则充满幸福的光辉。

有一天，鸡发烧了。彤红的鸡冠上起了一层白色的斑点，眼角上结了一层厚厚的眼屎，连叫声也咻咻啦啦地没一点鸡的声音了。他把鸡从热烘烘的窝里提下来，想让鸡清凉一会儿。鸡风摆杨柳似的在地上转了一圈，又摇摇晃晃地坐回窝里。老人忙倒一碗开水一口一口地吹凉，举到鸡嘴跟前，又捻碎一粒清火的药片，搅在水里给鸡喝了。鸡眼也被他用温水洗了洗。鸡再吃食时，他就在鸡食里滴几滴麻油，匀匀地拌好，让鸡吃了退火。鸡吃罢食，用嘴在老人有疤痕的手背上轻轻地叨了叨，老人莫名其妙地有些眼睛发酸。他点一支莫合烟，很辣的烟雾没吞到肚里去，却一口一口地吐在鸡翅膀里，薰死了一层密密麻麻的跳蚤。这天夜里，老人一直在梦中和鸡讲话，说的尽是些自己过去的往事。屋外有低沉的风声，有夜虫的叫声，偶尔还有一两声乌鸦的叫声传来。乌鸦的声音凄厉悲怆，盖过风声和小虫的鸣叫，在荒原的夜空中孤独地悠荡。

第一个出生的小鸡，是老人帮着去掉的蛋壳。那时正是半夜，一声很微弱的仿佛很遥远的声音把他惊醒了，老人听到了一种神秘的幽冥的声音在呼唤他，这时他那双大手非常轻巧，裹在小鸡身上的那层透明的薄水，他不敢动手去摸。愣了一会儿，他把小鸡举到眼前，伸出舌头轻轻慢慢地舔了。

第二只小鸡是天亮的时候降生的。这是一只白色的小鸡。那时，阳光已从窗户里透进来，老人疲惫的身子已经感到了暖烘烘的气息。他稍稍侧了侧身子，让阳光洒在小鸡身上。他再次去舔小鸡身上那层薄水的时候，他的苍老的舌头如触在一朵云絮上一般，心尖处有些抑制不住颤颤地发痒。

小鸡们延续了三夜两天，才陆续降生出来。一共十八只。有几个蛋最终没能卵出小鸡，他敲破了一只，小鸡还是稀稀歪歪的一团肉泥。剩下的他没有再敲，和一只鸡婆踩死的小鸡一起埋在了远处的河道里。他又找出一个木箱，把自己的一件旧棉袄撕破了，拽出棉絮垫在箱底，给小鸡们做了一个暖和的小窝。他开始每天坐在灶台前嚼饭，然后把饭顶在拇指上喂到小鸡的嘴前。但是，鸡婆除了喂饭之外不许他多动一下小鸡们。现在它仿佛不认识老人了，动不动就向老人的脸上叼啄。鸡婆一刻不离地把小鸡们拢在蓬起的翅膀下，变了一副老态龙钟的声调暗自和小鸡咯咯地唠叨。那声调和姿态都透出一股做母亲的傲色，让老人羡慕和嫉妒得不得了。渐渐地在鸡婆蓬起的翅膀缝隙里，老人能听出小鸡们逐渐硬朗起来的叽叽声了。

"鸡呀，你让我摸摸它们吧！"

老人和鸡婆商量。

有一天，老鸡用翅膀把小鸡们挪到门口。从那天开始，老人扒掉了鸡窝，在自己的床下砌了一个宽大的鸡笼，每隔几天，就把笼里的芦叶更换一次。渐渐地小鸡们能歪歪扭扭地走步了，还能叽叽地在地上觅食。在一个晴朗的正午，老人终于把鸡婆和小鸡一起带到了初夏暖和的阳光下。

小鸡们一踩一踩地走在老鸡的身边跟在老人的身后。老鸡哑着嗓子有些夸张地吃喝着。老人背剪着手神色肃穆，傲视荒原，脚踏祥云一般轻缓踱步。他的心中显得空灵阔大。那排仓房已远远地甩在了身后。老人呆呆地站了一会儿，弯下腰去，双手捧起一只小鸡。起初，小鸡有些惊慌地挣扎着，老鸡在地下咯咯了两声，小鸡竟温顺下来，安静地蜷在老人的手中。老人像捧着一团阳光，一种巨大的温暖流遍全身。这温暖让老人老泪纵横，身心战栗。老人将那张疤痕累累的脸朝掌上的小鸡贴上去，那颗眼睫上的老泪竟被小鸡轻轻地啄去了。老人的心尖痒麻酥酥地摇晃了一下，不能自制地哽咽起来。

阳光慵倦，荒原上是一派懒洋洋的景色。有一只不大的蚂蚱歇在老人的脚边。蚂蚱有一双透明的翅膀和褐色的身子，胡须短而笔直，旺盛地挺立着，不像老蚂蚱那样沉滞而卷曲。"是了，这才到夏天么！"老人想。"搁在别处，蚂蚱该是绿色吧?"老人又想。看着酣然沉睡的小蚂蚱那身褐色，使老人感到了一种秋天的温暖，这温暖在老人身上荡漾了一会儿，便有一种温暖的疲惫向老人袭来，诱使老人颓然入梦。

老人软绵绵的身体朝荒原上仰躺下去。初夏的懒洋洋的季风贴着地皮。老人枕在荒原上的头颅完全被自己银白的长发覆盖了。那些头发被贴着地皮的风吹拂起来，如一蓬秋天的芨芨草。身边的鸡和蚂蚱正在梦中，老人这时也到了一种半眠半醒的状态。

他就这样躺了很久，心里只感到一种说不出的平静和幸福。他想起了第一次来到罗布泊荒原的情景，想起了第一颗原子弹爆炸的情景。后来的许多次爆炸印象都不深了。因为从那次事故后，他害怕看见那种火光，总是在爆炸的一瞬间远远地躲开。但他的一生注定要和这火光紧紧地连在一起。除了火光他简直不记得他这一生还做过什么了。即使是那次事故，他也只对那团火光保持了永恒的记忆。他想起了女儿，想起了趴在地板上驮着女儿学狗叫，学骆驼叫的情景。女儿睁着一双大眼睛好奇地看着他。他是女儿的一件能变形的大玩具。现在女儿的面孔模糊了。打女儿八岁起，他再没有见过女儿，女儿有了一个陌生的新爸爸。有一年夏天，他到北京去参加一次新型试验的方案论证。在北京他费了许多周折打听到正在念大学的女儿。他到学校去了，远远地在校门口站着，一连站了好几个下午。他认定一个扎着两条刷子辫的姑娘就是自己的女儿。第二天，姑娘换了另一件衣服，他还是从很多人中一眼就认出来。他朝女儿迎过去，和女儿擦肩而过。他想学一声狗叫或是骆驼叫，以唤醒女儿对他的记忆。但他的喉咙像被一团棉絮塞住了，软绵绵地撕扯不开。他希望女儿能够认出他。但是，女儿，一阵风似的从他身边过去了。他记得女儿似瞥了他一眼，好像还朝一边躲闪了一步。他拐进路旁的厕所，捂着疤脸唔唔地好哭了一阵。

那之后，他再不敢去找女儿……

老人这样在大白天里沉浸在往事中的时候非常少见。鸡婆早已醒来，正领了小鸡在他身边踱步。那只小蚂蚱也不见了，不知是被鸡婆叨了还是跑了。这使老人感到一阵忧伤。他领着鸡返回住处的时候，朝远处的疏勒河故道眺望了一阵。他想，等小鸡的腿啥时候硬朗些了，就把他们领到那座鸡坟上去看看。

有一天，当小鸡们学会了咕喽喽地叫唤的时候，老人萌发了要训练他们的念头。

"咕喽喽，咕喽喽……"

他唤一声，小鸡们便咕噜着涌到他的身边。但仅此而已。小鸡们逐渐大些了，到了能在荒原上自由奔跑的程度。这时，连老鸡对它们也失去了号召力。鸡婆在遭到几次冷遇之后，显得大度而潇洒，常独自一个远远地踱开，或跳在房角的灰窝肚闭目养神。在鸡们不需要精心伺候的时候，老人曾有过失落的情绪。但不久也变得如鸡婆一般豁达起来。到后来，他只很机械地喂着它们，那种亲爱的程度渐渐淡漠。每天早晚，他端一个瓷钵，抓几把米向鸡群撒去，这样便有了一种安逸自在的感觉。更多的时候，他如鸡婆一般，随处走去，或在远处抽几支莫合烟，和那只闭目养神的老鸡心领神会地做些交流。鸡婆渐渐苍老起来，阔开翅膀的时候，总有些细碎的茸毛脱落下去，只剩下些干巴坚硬的长毛。而比连长毛梗上的羽丝也变得稀稀拉拉了，如一把只剩下骨架的破雨伞。鸡腿已失去了往日的光滑，翻卷出一层厚厚的白皮。"我的腿脚也不行啦！"老人对老鸡说，感到浑身的关节都在隐隐作疼。而秃头秃尾的小鸡长了大大丰满的羽毛，老鸡的翅膀早已罩不住它们了。有几只长得快些的鸡，尾巴上已起一两根漂亮的长毛，那长毛色彩斑斓，弯成一个漂亮的弧。如一勾月，如一缕霞，如根熟透的沉甸甸的谷穗。看着鸡婆越来越秃的尾和失去了光泽的毛以及毫无血色的干瘪的冠，老人替鸡婆感到难过。

老人想到了女儿……

每天，老人都要领着鸡在荒原上散步，散得无边无际。他依旧如往日背剪着手走在前面。老鸡殿后，远远地兜着，如一串杂色文字后面的一个逗点。小鸡们蹦蹦跳跳，如一片细碎的浪花翻卷在其中。

秋天的一日，老人起得很早，不用镜子摸索着用剃刀刮净了很厚的胡荏，然后换上一套崭新的毛呢军装，把鸡们带到了疏勒河故道的那座鸡坟前。罗布泊气候走得缓慢，鸡坟上那线细碎的小黄花开得正野。这是一种老人叫不出名的小花，无叶无枝，只一根火柴棍样的小秆举一朵黄色的花朵。花间星星点点地缀着些乌鸦白色的粪便，还有些刚出芽的芦根须子攀爬其间。秋风低述，满坟黄花摇曳，老人闻到了一种苦涩的气息。有几只小鸡上坟去叨啄小花，老人叱喝一声，抓一把碎土把鸡赶跑了。鸡婆扇开翅膀坐在坟边。老人也在坟边坐下，举起目光定在荒原的远处愣愣地待着。

下午的时候，风大起来，小鸡们显得惊恐不安。鸡婆拍了拍翅膀，几片茸毛飘落到鸡坟上的小花从中。老人咕吱了几声，开始领鸡返回。

有一天，老鸡和小鸡的叫声把他从梦中惊醒了。他跳下床跑出去的时候，小鸡们正张皇地四处躲闪着，鸡婆嘶着嗓子去赶一只已经低飞起来的乌鸦。有一只小鸡瘫软在地上，唧唧地哀鸣，小鸡的一只腿断了。断腿还被一根细筋连着。一汪液汁正从断腿中涌出来。老人把小鸡从地上捧起来的时候，小鸡在他的掌中缩成一团，湿漉漉的碎鸡毛沾满一手。

他把小鸡捧回屋里，捻碎一粒牛黄药片敷在断腿上，然后用一块布包了。他在小鸡跟前守了一夜一天。鸡婆也守在跟前。二天傍晚的时候，乌鸦们又成群地飞来，站在屋外向他要食。小鸡们听到乌鸦的叫声，躲到了屋角的旮旯里。他抓起屁股下坐着的小马扎，冲出门向乌鸦们扔过去。但第二天早晨，乌鸦们照旧又成群地飞来。这一次，老人没去理睬它们。只在心里恶狠狠地咒骂了一气。他正在忙着照顾小鸡。小鸡动弹一下就疼痛得闭一会眼睛。那双小眼睛看着他，露出死亡前的哀怜。鸡婆在屋里绕着圈子踱步，愤怒地将几只跳来跳去的小鸡叨啄了一顿。小鸡动弹的时候，那只断腿就拖动一下。老人拆开包在断腿上的布片，看了许久，想了许久，最后一刀把那只断腿剁了。

小鸡挣扎了一会儿便昏死过去。老人心里一片空白。稍稍清醒点的时候，他把昏死的小鸡放到地上，用衣袖抹去了脸盆底儿的几滴水珠儿，将小鸡扣着，然后取一根吃饭的筷子，在扣着的盆底轻敲起来。小鸡被唤醒了，又死过去。老人便再敲。到第三天下午，小鸡再一次醒来的时候，终于在老人伸过去的指尖上啄去了一颗饭粒。

老人从地上站起来，感到一阵头昏眼花。他揉了揉酸胀的腰眼，快活地扭动了一下身子。这时，他想起了乌鸦。

从后晌他一直在门口站到黄昏。他一手握一颗石头，等待乌鸦们到来。乌鸦们盘旋着慢慢落下来的时候，小鸡们正在他的脚边。乌鸦们看看老人又看看小鸡，如往日那样向他走近，老人在心里冷笑一声，把一颗石头狠狠地朝走在前面的乌鸦砸过去。但乌鸦跳一下脚轻松地躲开了。老人将另一颗石头又砸过去。脸盆、马扎和一只喂鸡的铁钵都被连着扔了过去。乌鸦远远地飞去，老人还站在那儿喘着粗气。

"杂种！流氓！"

老人追着远去的乌鸦骂。

但是，第二天早晨，第二天黄昏，以及以后的早晨和黄昏乌鸦们依旧飞来。老人不再打了。他钻进放着效应设备仪器的仓库，东挑西拣地搬出大堆东西，又捣鼓几天，终于做成了一架能同时打出许多颗石头的半自动化机器弹弓。弹弓能够调整的角度很大，甚至能仰角把石子射向天空。在退休两年后，老人第一次应用了他在物理学方面渊博的知识。做这架弹弓机时，他受到了自己过去研制出的另一件真正杰作的启示。那件杰作是以他的名字命名的，被称为"××弹式压力探测器"，能在原子弹爆炸的一瞬间把探测物送到空中的蘑菇云中去。那是他对原子弹事业的一大贡献，为此他曾得到一枚镀金的勋章。

弹弓机安放在门前的时候，老人禁不住激动得有些颤抖。机架上的皮袋里已装满了蚕豆大的石子，他就坐在机前耐心而焦急地等待。这是一个阳光灿烂的下午，鸡们围坐在他的身边晒着太阳，那只独腿的小鸡正卧在他的怀里。这使他想起了过去无数个焦急等待的日子。每次试验，都有着今天这样的好天气。每当那个爆炸的时候来临，他总是站在最前沿的指挥所里。那时，自己还多年轻哦，并不像现在这样！那时自己年轻得充满想象、充满智慧。一些极复杂的课题竟想不到地像给女儿做玩具那样轻松地解决了。第一次试验他站在一位将军的身旁，爆炸过后很久，人们还呆站在那里。没人敢肯定是不是一次真正意义上的核爆炸。测试结果要等好久才能出来，但将军等不及了。这时他最先喊了一声："成功了！"将军看他时，他正趴在地上，举一根刻有尺度的木棍儿，"蘑菇云升到了两千米，"他说，"肯定是核爆！"将军相信了他，抓过电话向北京做了报告。测试结果出来，证明他是对的。如今，那根刻有尺度的木棍儿，已差不多要朽了，还放在基地的展览馆里。

黄昏到来的时候，乌鸦落到前面的空地上，有些奇怪地看着老人和老人面前的机器。这时，老人一手揽着那只独腿小鸡，一手按在弹弓机的开关上，稍稍核对了一下距离后，老人按下了开关。皮袋里的石子呼啸着雨点般地射出去，落在乌鸦们中间。有一只乌鸦在地上翻了一个跟头，踉跄几步。受伤的乌鸦有好几只，但都勉强地飞跑了，地上落了一些乌鸦的黑毛。

第二天早晨，乌鸦们遭到了更猛烈的袭击。晚上，乌鸦们没落下来，只在屋前的空中盘旋。老人在石子中掺了些碎玻璃碴，使乌鸦们误认为是些白色的米粒，结果有一只乌鸦饮弹身亡，其余的嘎嘎叫着逃跑了。乌鸦们对老人采取了报复。再飞过这片空中时，就拉下些白色的粪便。但仅此而已。不久，乌鸦们连这片空中也不经过了。每天，老人只能从远处的天际看到些黑色的小点。

熬过冬天，小鸡们已不再是小鸡了。春天的一个黎明，一声磕磕绊绊的鸡啼划过荒原的晨雾，使老人猛然惊醒。他翻身下地，赤脚在屋里走了一圈又一圈儿。老人哆嗦着点一根头天晚上卷好的莫合烟，情绪像荒原的晨雾一样颤动着。那支烟被他的牙齿磨成了稀浆。"哦哦。"老人说着，使劲搓着双手。又一声啼叫响起来的时候，老人闭了一会眼睛。老人能听到血液在胸腔里奔流的声音，能感到自己这已老去的生命如这喔喔的鸡啼一样奔放起来。老人摇晃着身子哼了一声。哼的竟是很多年前看过的一部爱情电影的插曲。女儿第一次会叫爸爸的时候，他哼过一次。老人一手背着，一手举起来，向后梳拢了一下满头的白发。这时，老人仿佛才意识到自己的年龄，而抑制了想手舞足蹈做一番狂欢的欲望——像三十多年前的那次狂欢一样。那也是春天一个晴朗的日子，第一颗氢弹已放在百米铁塔上。在最后向弹体安插引爆装置时，他和一位将军一起爬上了铁塔。启动引爆装置的两把钥匙分别装在他和将军的口袋里。走下铁塔之后，他和将军不约而同地按了按口袋。将军那把门钥匙是象征性的，是一把镀金的钥匙模型。在控制室那颗绿色电钮前，他和将军各自掏出自己的钥匙。那一刻，将军的眼里闪着嫉妒的光芒。他理解将军，在掀动电钮之前，他把钥匙举起来。将军愣了一下也举起来。于是，两片金属在空中轻轻一吻，那声音脆弱却鲜亮得很，如刚刚破壳还浑身羊水的小鸡在呻吟。将军激动地握一下拳头，他掀动了电钮。这一次，他没有看见火光，只听到了那声惊天动地的巨响。这时，将军的手才敢去摸一下那颗绿色的电钮。而他已在那声巨响之中手舞足蹈地狂跳起来。他还记得，将军非常稳重，只把军帽脱下来抛向空中。

喔——喔喔——

再一串啼声响起来的时候，老人已忘乎所以了。"把声音再朝后推一推才好！"老人肃穆地拍拍自己的额头，简直是在用西洋的乐理来衡量这声鸡啼了。"不够宽阔，太狭窄了！"老人继续暗自唠叨。一整天，老人就沉醉在这啼声之中。而那只刚会打鸣的公鸡则一整天没有歇息。

终于有一日，老人看见那只独腿公鸡也在叫鸣。小的时候，独腿公鸡还是全身红色，现在则完全成了棕色。老人更喜欢这颜色。作为一只公鸡，老人觉得这颜色更地道一些。

老人仍领着鸡们到荒原上散步。现在鸡们不如往日那样老实了，要靠他不断咕喽喽地唤着，才能跟在他的身后。逢到鸡们打架的时候，他总是平静地相劝一回，用一根红柳轻轻地吓唬一顿。他想，今年可以好好地再卵几窝鸡了。

现在，老人走在鸡群中，有一种漂泊的流浪儿终于找到家园的感觉。他的所有生活也开始踏上了一种极有规律的节奏。清晨，当太阳从荒原上升起，他领着鸡已在晨曦中站立了很久。仿佛有一个温暖的声音在幽冥之中把他从睡梦里呼唤醒来，让他在苍茫的天地间独享这辉煌的时刻。雄鸡们对着升起的太阳喔喔地啼着，他便感到热血沸腾，仿佛回到了过去年轻的岁月里。早饭后，他却要稍稍地躺在床上朦胧一会儿。鸡们会很老实地卧在屋外等他。而乌鸦也不会再来。但是，只那么一会儿他便又起来了，搬一把木椅，在屋前坐一会儿。然后又领着鸡们去散步。在荒原上走着，一朵闲云、一只蚂蚱、一柱变幻着形态的龙卷风和一个过去自己踏出的模糊了的脚印，都让他触景生情。午后，他总要看一会书。罗布泊常年不绝的季风，这时会变得温柔细腻起来，他把木椅就放到能照射到阳光的背风处，一页页地翻书。傍晚的时候，他照例要看落日。太阳和地平线交融在一起，荒原的尽头仿佛藏着些连他这样的老人也揣摸不透的神秘事物。这神秘让他沉醉向往。在太阳沉入地端的时刻，荒原凸凹的地方显现出来，晚霞涂抹在上面，看上去简直如喧嚣的大海；长浪如列，一波一涛地涌来。当太阳完全沉没下去，暮色漫上荒原之后，他便有了一些通常老人们所有的那种感伤的情绪。

黑夜给老人带来另一种温暖。这时候他更像一位平常的老人。就一盏小油灯，他开始切菜、生火、焖饭。这一切他做得极讲究，从不俭省一个细节。一撮撮葱头或是土豆丝丝，只能盖住个锅底儿，但他总把铲子在锅沿上铲出些刺刺啦啦的很复杂很热闹的声音来。鸡在窝里乱哄哄地吵闹，他不断地吓唬几声。这样他便有一种操持家务的匆匆忙忙的且极复杂的感觉。这感觉使他满足而幸福。刷锅洗碗的活他也尽力做得复杂些，边做边唠叨个没完。一切都收拾停当了，看看表，已到了该休息的时候。这时，仿佛向谁证明自己的辛劳似的，他总要长长地叹息一声，对自己的满意和对这日子的满足，便都在这声叹息里了。

一天就这样匆匆忙忙地过去了，躺在床上，老人感到了一种真正的疲劳。这疲劳使老人入眠前的这段时光非常舒适。他细细地嚼着这饱满而温暖的日子，享受着这一生中最宁静的时光，便对下一个日子充满期待。

"明天可早些起噢！"

他总这样唠叨着交代自己。

"睡吧！"

最后他对鸡们说。鸡们很快在他的鼾声中安静下来。这时，屋外的风声开始变得粗野。在这片老死的苍海里，水走了，鱼走了，连海岸和岩礁也没有了，只有这遗留的海风没有走，夜夜幽灵似的在黑暗中呼唤游荡。老人像是听到了海族的阴魂呼唤家园的声音，感到荒原在颠簸动摇。

他渐渐沉入梦乡。在梦中他常常听到有呼唤他的声音，那声音清晰却遥远得很。听到呼唤的时候，他正平躺在一条小船上，在一片没有风浪，无边无际的大海中漂泊。蓝色的天空，蓝色的海水，连空气和阳光也淡蓝淡蓝，一切是那样宁静而和谐。海面上有白色的海鸟和红色的信天翁；还有蚂蚱、黄羊、骆驼、那只棕色公鸡和会飞的鱼以及蜘蛛之类他认识和不认识的东西。呼唤他的声音像是从海底传来的，遥远而亲切……

但是，嘹亮的鸡啼总是把他的梦捣得粉碎。他想，这声啼叫肯定是那只独腿的棕色公鸡的。

这年初夏的某一日，沿疏勒河故道开来了许多辆卡车。那时正是午后，老人像往常那样，坐在屋外的背风处翻书。鸡们首先发现了车队，咯咯着躲到老人的背后去。老人站起来的时候，汽车辗起来的尘土已飘落到跟前。

"老师！"有人喊。

老人举起被阳光耀花的眼睛。

"老师，我看你来了。"

"哦哦……"老人说，激动得浑身颤抖。

这是老人的助手，老人的学生，基地现任的司令员。学生也见老了。老人在心里想。黄牌上的那颗金星仿佛很沉重似的，把学生的腰压得有些弯曲了。

要试验了。学生带来一大堆难题向老师请教。车队装走了仓房里所有效应设备，留下的一台车在等司令员。这天夜里，司令员没走。起初坐在油灯下孩子似的听老师说话，后来，吹了油灯，和老人坐在被窝里，吸老人卷好的莫合烟。

"和我一起去吧，"天亮的时候，司令员缩在被窝里说，"我心里没底儿。"

老人咳嗽一声，灭了烟头，让学生再睡一会儿，自己摸索着刮净了胡子。

临上车的时候，老人想起什么似的，从屋里拿出一本厚厚的物资清单让司令员签字。清单上的物资这会儿已拉到了试验场。司令员接过账本，在一长列物资的后面又加了些字，最后才签上自己的名字。作为交接，老人也要签字。学生把账本和拧开的笔递过来时，一行墨迹未干的字骇然印入老人的眼帘：

效应鸡：十九只

老人晃荡了一下，账本和笔落到地上。

"这是最后一次空爆试验，"司令员想哭，"以后没机会了，好多数字……"

老人从地上捡起笔，哆嗦着改动了司令员刚写的数字。老人让学生带走了包括那只鸡婆在内的十八只好鸡，只留下了独腿的棕色公鸡。司令员走的时候，老人临时改变主意，没有离开这排已经空空荡荡的仓房。司令员没有再说什么。当他握着老人那张疤痕累累的手做最后告别时，眼睛潮湿了。抽回手，司令员向老人打了一个很标准的军礼。这时，老人咕噜了一声，领着那只独腿公鸡走向荒原深处……

起初，老人没有听到那声熟悉的巨响，只感到了脚下的土地正在断裂的声音。那声音沉闷而深刻，像从地心发出来的。老人摇晃了一下身子，感到一阵昏眩。独腿公鸡被震了一个趔趄，一群蚂蚱突然从地皮中惊飞起来。就在这时，天空昏暗了一会儿。一团巨大的翻卷着上升的云遮住了太阳。"两千米！"老人非常自信，用一根手指竖在眼前做坐标。云团破了，天空明亮起来，整个天空光芒四射。

老人同时看见了两颗太阳。

那阵强劲的风吹过来的时候，老人没动，鸡也没动。风中夹着翻卷的尘土。老人的满头白发和公鸡棕色的羽毛在风中抖动。老人咕噜了一声，鸡又朝跟前靠了靠。老人和他的鸡就这样长久地站立在那块山丘上，浴在两颗太阳的光芒之中。

结婚

裘山山

你总是问我，为什么会嫁给你父亲？你还问我，既然并不情愿，为什么没有拒绝？为什么在此之后的几十年岁月里，从没听我抱怨过？

对这些问题，我总是笑而不答。不是我有意不答，是我不知从何答起。要知道，很多问题的答案是藏在长长的岁月里的，你不走到那一天，答案不会显现出来。

如今我老了，彻底老了。内心比面容还要苍老，一双年迈的脚已经走过了许多的答案。这些答案有些在我的预料之中，有些让我意外。但无论怎样，它们一一让我明白，我这一生不是苍白的一生，它所经历的幸福那么多，多得就像它所承受的苦难。作为一个女人，能拥有如此多的幸福和苦难，是多么幸运的事。

我为什么会嫁给你父亲？

为什么不情愿，却没有拒绝？

这是我一生中看到的最后一个答案。我愿意就此作一次回答。

我说过，我的这一生，自己只安排过自己一次，唯一的一次，那就是参军。我不顾一切地从家里跑出来，离开了孤身一人的母亲，参加了解放军。在此之后，我是说在到了部队之后，我就再没安排过自己了。我把自己交了组织，彻底地交。组织上又把我交给了你父亲，也是彻底地交。

直到今天。

今天你父亲他突然离开了我，自己先走了。结婚时他说好要陪我一辈子的，可是现在他连招呼也不打一个，就先走了。是，你说他是脑溢血，你说脑溢血都是这样突然。可我还是不能接受，不管怎么说，他没有信守诺言。

他说陪我一辈子的，但他只陪了四十八年。

四十八年前，我们共同的日子开始的时候，我二十岁。

我的二十岁，是在昌都度过的。昌都是西藏的一个重镇，也是进入西藏的大门。那时候我和一批女兵，跟随十八军主力部队进军西藏，从成都走到甘孜，又从甘孜走到昌都。

这段经历你们知道，你们一定看过吴非阿姨写的那篇回忆文章：《进军西藏大军中的女兵们》。那里面说了这段经历。我要说的是在此之后。吴阿姨的文章写到昌都打住了。我一直没问她为什么不往下写。是不是她觉得我们到了昌都以后的经历，就有些……难以言说了？

我不这样认为。至少对我来说，那段经历是我人生最重要的部分。

一九五〇年底，我们历经千辛万苦终于走到了昌都。昌都是西藏的大门。到昌都后，中央政府和当时西藏地方政府终于在北京开始举行和谈了，我们就在昌都驻扎下来。一待就是大半年。

那时，我们女兵运输队已经完成了从甘孜到昌都的运输任务，运输队就解散了。女兵们有的分到医院，有的分到文工队，有的分到宣传科。我和队长苏玉英、队员吴非和赵月宁分到了一起，我们七个人分到了师文工队。

我在师文工队宣传组当收音员，每天夜里守着一部老式收音机，收录国内外重大新闻，然后整理刊登在我们师办的《战地报》上。我很喜欢这个工作，因为每当我收听到国内外新闻时，就感觉和内地离得很近了。除了夜里收录新闻，白天我也和其他同志一起做群众宣传工作，或者上山割马草。那时候年轻，夜里睡得再晚，白天也照样有劲儿工作。

生日那天我完全忘了这回事。人在艰苦的环境里，是很少想到自己的。

早上起来喝了些代食粉糊糊，我就和文工队的几个同志一起去刷标语了。

　　什么是代食粉？简单说，那就是代替粮食的东西，由玉米、黄豆、鸡蛋合成。那是后方人民为了支援我们进军西藏专门制作的。进藏之初，毛主席提出了"进军西藏，不吃地方"的口号，我们就背着自己的口粮出发了。等到了昌都，口粮已所剩无几，每人每天只有四两的定量。所以我们每天喝的代食粉糊糊清得能照见人影，我们叫它四眼糊糊。锅上两只跟，锅里两只眼。

　　我们几个，我，苏队长，吴非，还有年轻的小毛，都非常开心。刷标语是我们最喜欢的工作。为什么喜欢，这个等会儿再说。那天天气很好，天空湛蓝湛蓝的，如水洗过一般。我觉得自己的一颗心鲜活地裸露在阳光下。自从进入藏区后，大部分日子天空都是这样湛蓝无比，但那天我还是特别感觉到了这一点，我抬起头来望春天，忍不住唱了一句：解放区的天是晴朗的天，解放区的人民好喜欢……

　　刚唱两句，就有个过路的男兵喊了一嗓子：唱得好！再唱一个！这一喊，我反而不好意思唱了。我不唱，那几个男兵反而唱起来，他们冲着我们几个女兵唱道：革命军人个个要老婆，希望上级一人发一个……

　　这歌我们不是第一次听见了，但我还是觉得又气又恼。我决定用自己的歌声把他们压下去，我就大声唱：革命军人个个要牢记，三大纪律八项注意……我唱歌在我们师是出了名的，我有一副很亮的嗓子。我一起头，苏队长和吴非她们全都跟着我唱起来。那几个男兵见状，不好意思再唱了，笑了一阵跑掉。

　　我们根据上级的布置去张贴宣传标语，我们轻车熟路，干得很快。但不知是早上的代食粉糊糊太清，还是天气太冷，总之刚十点来钟我就饿了。

　　肚子叽叽咕咕在响，我不好意思吭声。结果小毛先说了。小毛是我们文工队年龄最小的男兵，只有十六岁。他大声说，我肚子好饿啊，谁有钱买个饼吃？他说这话时看着我们几个女同志。因为他知道只有我们女同志身上有钱，那是上级发给我们的卫生费，每月三个银圆。他曾为这个向苏队长提意见，他说为什么女同志有卫生费我们男同志没有，难道我们男同志就不需要讲卫生了吗？苏队长当时不知该怎么向他解释，就只好拿卫生费买饼请他吃。昌都城里没什么可买的，只有饼，一个银圆三个。平时我们宁可用些乱七八糟的替代物来解决每月的妇女问题，也要把钱省下来填肚子。

可是那天，我是说我生日那天，我们身上已经一文不名了，所以小毛说了以后我们都没吭声。小毛索性冲着我说，雪梅姐，买个饼吃吧。小毛管我们女兵都叫姐。我不好意思地摇头。苏队长安慰小毛说，别急，今天调糌糊我剩了一把面粉，咱们晚上熬糊糊喝。

我刚才说我们喜欢刷标语，这就是原因。我们刷标语时，能从后勤部门领到一小盆面粉，我们总是尽可能地把糌糊调得稀稀的，从中省下一些面粉来熬糊糊吃。小毛嘟囔说，我现在就饿了，咱们现在就回去熬吧。

要说在进藏的岁月里什么使我最难忘，那就是饥饿，几乎每天每天，我都处在饥饿状态。由于道路不通，后方补给非常困难，部队的粮食极度匮乏。在我的记忆里，我常常饿得眼冒金星口吐酸水，心里发慌的感觉随时跟着。我们每天的定量只是四两代食粉，再加上自己挖的野菜之类，根本无法使我们年轻的胃得到满足。

我这样说，是想让你对以后发生的事能够理解。

正在我们饥饿得有些难堪时，吴非忽然一惊一乍地叫了起来：快来看快来看！

我们不知发生了什么，赶紧跑过去看。在墙壁的一个角落下，我们看到一行用黑炭写的字：白雪梅我爱你。

我的脸霎时通红，不顾一切地拿手去擦。可哪里擦得掉。在我们那时看来，这样的字眼不是美好，而是丢人，是不光彩，是被人捉弄。

苏队长见我急成那样，就在上面刷了一层糌糊，然后泼上些土，这才盖住。大家都在那儿笑，说不知是哪个冒失鬼干的。吴非说，瞧瞧那臭字儿，我们雪梅怎么看得上？

这突如其来的事情一下搅乱了我的心思，肚子也不叫了。我想这是谁干的，多丢人哪！

当然，对这样的事，我们并不意外。那时候在进藏大军中，不要说战士，就是营以上领导，也百分之九十是光棍，所以我们这些少数女兵就成了大家注目的焦点。虽然唱"革命战士个个要老婆"这种歌是开玩笑，但传出的信息却是明白无误的。可是我们女兵大多是女学生，对婚姻大事仍抱着浪漫的想法，因此对这样的信息一律采取回避的态度。

其实到昌都后，上级就提出了"支援边疆，长期建藏"的口号。开始我并没有理解这个口号对我有什么实质意义，我只是想，好啊，长期就长期吧。反正在哪儿都是闹革命。最初进藏时，我以为（不光是我，恐怕所有的人都这么以为）等解放了西藏，我们就会回内地去。但现在上级提出不光要进军西藏，还要建设西藏，保卫西藏，就是说，我们得留下来，留在西藏。我们也很快接受了。对我们来说，凡是党的号召革命的需要我们都会痛快地接受，不用转什么弯。

但自从提出这个号召后，组织上就开始着手为一些老干部的成家做打算了。而当时能和他们成家的，仅有我们女兵。于是我们女兵中有不少人被找去谈话。除了像赵月宁这样年龄特别小的，几乎每个女同志都没有落下。我们终于明白，长期建藏之于我们，就意味着在西藏成家。这让我心里害怕。我不是怕在西藏安家，而是害怕和一个自己不喜欢的人安家。我对婚姻也抱着浪漫的想法。

进藏途中我认识了一个人，一个年轻的军医。他救过我的命，让我朦朦胧胧地产生了一种感情。我不知道那是一种什么样的感情，但我总觉得，在我和他之间，应该有点儿什么。

我打定主意，不和老干部结婚。

那天我们刷完标语回到驻地，通信员就跑来叫我，说组织科长要找我谈话。

吴非马上冲我做了个怪相。组织科长找女同志谈话意味着什么，我们都明白。我脑子里想着刚才墙上那句话，想着自己的愿望，做好了拒绝的准备。

我磨磨蹭蹭地去了。

组织科长并不知道我的心思，一上来就说，白雪梅同志，你二十岁了吧？我说还没有。他说已经满了吧？我记得你就是这个月满二十岁嘛。他这一说我才想起，今天恰是我的生日。看来组织上比我还记得清楚。组织科长和蔼地说，考虑过个人问题没有？我一下脸红了，不是不好意思，而是被触到了心事。

科长以为我是不好意思，连忙解释说，我说的这个个人问题不是马上结婚，而是先找上个对象，处一段时间再说。上级已经提出长期建藏了，咱们不但在思想上要接受，行动上也要有表现。你对这个问题是怎么考虑的？我有些心虚，我想他是不是知道了我的想法？但又一想，我只是想法而已。我们连手都没握过。

看我不吭声，科长以为我接受了，就进一步说，你们苏队长的爱人你知道吧？我说知道。不就是先遣团的王政委吗？科长点点头，又问，他的搭档欧团长你见过没有？我摇摇头。其实我是见过的，在甘孜，他和王政委一起来看苏队长。但我想表现得疏远一些。

组织科长说，欧团长见过你，对你的印象很好。我不吭声，我想就见过一面，他怎么会对我印象很好呢？肯定是科长瞎说的。

很久以后我才听你父亲说，他是说过这个话，不是组织科长瞎说。在甘孜时，他和王政委到我们女兵队来看苏队长她们母女，我正好在。是我把他们带到我们借住的那个藏民家楼上的。可我当时一点儿没注意到他，天天见的都是穿军装的男人，我才分不清谁是谁呢。不过我倒是一眼认出了苏队长的爱人王政委。因为他和他儿子，也就是苏队长的儿子虎子长得太像了。大概我当时很开心很活泼的样子，给你父亲留下了深刻印象。在那个清贫艰苦的环境里，每个年轻姑娘的笑容都会像阳光一样明亮。

你父亲说，我是唱着歌儿离开的。这句话让我相信他说的是真的，因为那时候我的确很爱唱歌。我的好嗓子伴上我的青春年华，使我在藏区的艰苦生活里也依然快乐着。

组织科长开始向我介绍你父亲。我听得心不在焉，只一个劲儿摇头。组织科长见我老摇头，不满地说，你还没见过人呢，怎么就摇头？我说科长，我才二十岁，太早了吧？科长说，二十岁还早？二十岁在农村早就是老姑娘了。我还是摇头。科长说，你可以先认识认识，互相有个了解再说。实话告诉你，欧团长可是个非常优秀的军官，不但会打仗，还喜欢看书，能文能武，在我们军是出了名的。

我还是摇头。

科长有些急了，说我这可不是代表个人和你谈话，我是代表一级组织。你相不相信组织？我连忙说相信。我怎么能不相信组织呢？我已经把一切都交给组织了。不相信我能交吗？科长说这就对了，组织上绝对不会随便给你介绍对象的。那都是经过慎重考虑的。

他突然加了一句：除非你心里已经有人了。

这下我的头摇得更厉害了。可能脸也红得更厉害了。我想到了那个年轻人。我知道那是绝对不会被允许的。当时跟随部队进军西藏的女同志太少，组织上已作出一个明确规定，在进藏公路修通之前，凡是未满三十岁的，团以下的，参加革命不到十年的一律不能在部队找对象。也就是说，要先解决年龄较大的、资历较长的老同志。而他，却是个刚刚参加革命的青年。我要是想和他怎么样，肯定违反纪律。

再说他现在究竟在何处，对我到底怎么想，我们之间最终会怎么样，我都一无所知。在一切都只是一种朦胧感觉的时候，我怎么能牵连他呢？

于是我说，科长你想到哪儿去了。我怎么会呢？

我心里却想，我一定要等他。至少到了拉萨再说。

回想起来，我们分手时的情景有些特别。

那天早上他突然来和我们几个女兵告别，说要调走了。当时从甘孜出发时，他被派到我们女兵队临时任职，医生兼副队长。他和我们同甘共苦地走了五十多天后，一起到达了昌都。之后我们女兵队解散，人员分到各个单位，他也就离开了。当时像他那样一个从正规医学院毕业的医生，是哪儿都想要的。据说他去了一个远离师部的野战团。

我那时候还是个没什么心事的女孩子，就是有了我也不会察觉。到昌都后能和苏队长一起分到文工队我已心满意足。但一听说他要走，心里忽然觉得空了，有一种异样的感觉滋生出来。我不希望他走。

但我没有表现出来，我已经不习惯表现个人感情了。真的，不需要克制我就能做到。

我站在一边，听苏队长对他说了一些祝愿的话，然后平静地伸出手来和他握别，他微微一笑，说，现在不握，等咱们到了拉萨，胜利会师的时候再握。

我有些意外。

要知道，在那一刻，我是多么想握住他的手啊。

既然我连他的手都没有握过，我怎么能够明白他的心思？我决定抛开他不想，自己独立思考这件事。说实话，我对这事的确有自己的看法。

我对科长说，科长，既然你是代表组织来和我谈话，我就想说说我的真实想法。当初我主动报名参加进藏部队时，一心一意想的是解放西藏，解放祖国大陆最高的一块土地，完成祖国的统一大业。所以当时虽然听到了一些难听的议论，我也没有在乎。

科长说，什么难听的议论？

我说，你不知道吗？有人议论说，我们这些女兵是专门为老干部招收的，是为了解决老干部的婚姻问题才进藏的。我觉得这是对我们女同志的诬蔑。我们虽然是女同志，可我们也有远大的理想，我们绝不是为了嫁人才到部队上来的。可是现在这样做，不正是应了这些难听的议论吗？这不是对我们的不尊重吗？

科长吃惊地看着我，他没想到我会这样说。他微微张着嘴，眼睛睁大了。

说实话，我自己也没想到，如此尖锐的问题会从我的嘴里说出来。

但科长到底是科长，他马上镇静下来。他说，我相信你是为了革命才到部队上来的。我也是为了革命到部队上来的，我想我们所有人都不是为了个人利益来参加革命、进军西藏的，对不对？一个人要学会全面地看问题。你是为了革命，老干部就不是吗？他们吃的苦更多，付出的牺牲更多。他们是为了什么没有成家？就是为了革命嘛。你希望得到尊重得到幸福，老干部不希望吗？他们也是人，也希望过上正常生活。他们出生入死地干革命，组织上难道不该替他们着想吗？不该帮他们解决困难吗？

科长一番话说得我哑口无言。是啊，我真没这么想过。我以为老干部就是老干部，我没说他们不是人，但我没把他们当人看，准确地说，没把他们当普通男人看。

但我心里还是存着别扭。我不说话。

组织科长缓和了口气说，再说，我们军的老干部都是非常出色的同志，他们勇敢、正直，吃苦耐劳，有能力，不然他们也不会走到领导岗位上。你们不应该对老干部抱有成见。听说你们女同志中流传着一句话，说老干部"可敬可佩不可爱"？

我扑哧一下笑了。

科长说，这是片面的，谁说老干部不可爱。你见了欧团长就明白了……其实他们也没多老嘛，最多也就三十多岁。欧团长刚三十岁。小白我想告诉你，你可以不同意组织上的介绍，但你也不要觉得嫁给老干部就是受了多大委屈。要我看，你还得加强学习。

我没话说了。

组织科长最后说，当然，这是人生大事，组织上不勉强你，最后的主意你自己拿。

我一听这话，心里踏实了。

没过多久，我见到了你父亲。

既然组织上已经做了介绍，他认为他来看我是理所应当的。他就来了。我不甘心不情愿的，脸上没有阳光，多云，还有雾。这让你父亲意外，他说我好像忽然之间老成了，没有了第一次见面时的快乐，也没有了歌声。那还用说。

他到师里来开会，说是王政委有东西带给我们队长苏玉英，就上我们文工队来了。我正要出门，他就走了进来。给我的第一印象是非常高，挡在门口屋里一下就黑了——当然我们那间屋子本来就黑，几个平米的小屋挤了四个人。他走进来，身后还跟着一个小战士，大概是他的通信员。小战士探头看了我一眼，就站到门外去了。苏队长笑眯眯地打了个招呼，也拉着吴非和赵月宁走了。

不管我心里怎么有情绪，我也知道起码的礼貌，在部队上他是首长我是兵。所以我还是恭敬地叫了他一声欧团长，之后就低着脸看地，不说话。我低头不看他，还有个原因是我不太好意思，毕竟我是头一次以这样的缘故见一个男人。

他倒是一点儿不慌乱，坐下来，像上级对下级那样问了我一些问题。现在回想起来，一定是我太不像个女孩子了，没法让他慌乱。这样说吧，当时若把我混在男兵里，除了个子瘦小之外，其他都差不多。我的头发短得和男兵一样，还成天扣着一顶帽子，我的身上总是穿着军棉衣并且扎着腰带。只要不开口，我和他那个小通信员没有两样。

我们就那么拘谨地坐着谈话。他问什么，我就回答什么。

可是当他说，看上去你的身体比较弱时，我就生气了，那时候我最不愿意人家说我身体弱，身体弱就相当于娇气。我赌气说，就是，我弱不禁风，三天两头生病。他却没听出来我是在赌气，很严肃地说，那你一定要注意锻炼。下一步我们还要进军拉萨，路途会非常艰苦，身体不好根本不可能走到。

我心里笑，觉得这个人太老实。他又说，你对我有意见吗？我说我又不了解你，会有什么意见？他说那你的脸上为什么尽是不满意的表情？我忍不住笑出来了。他没笑，依然很严肃地说，我希望我们之间能坦诚相处，有什么意见就提出来。我说没意见，真的没意见。心里却说，我还没答应和你相处呢，哪里谈得上坦诚？

坐了不到十分钟，他就走了，说以后有机会再来看我。我松了口气。临走时，他从挎包里拿出一小块牛肉干和一小块酥油，说你要多吃藏民的食品，这样才能适应高原生活。看见这两样东西，我心里一下高兴起来，这可是当时的宝贝。但我努力不去看，把他送出了门。在屋外的光亮处，我抬头看了他一眼，发现他长得非常端正，而且……的确不老。

小通信员因为冷，正站在那儿跺脚。见我们出来，赶紧跑去牵马。你父亲介绍说，这是小冯，团里的通信员。又对小冯说，这是白雪梅同志。小冯看看我，又看看你父亲，咧嘴笑起来。他的笑容让我觉得很亲切。你父亲拍拍他的肩，温和地说，走，咱们回去。

年轻时的我，不像现在这么话少。那个时候我爱说爱笑，什么都在心里憋不住。晚上吴非和苏队长问我感觉如何？我马上撇撇嘴说，组织科长说他文武双全，可是我既没看出他的文，也没看出他的武。苏队长说，才那么一会儿工夫，你能看出什么？

说这话时，我们同屋的四个人正分享着他拿来的酥油和牛肉干。吴非说，你可别没良心，吃着人家东西说人家不好。我说又不是我要的，是他自己拿来的。小小的赵月宁边吃边说，雪梅姐，以后你让他经常来看你嘛，这样我们就能经常吃上牛肉干了。我说亏你想得出来，用我的婚姻大事填你的肚子，我才不干呢。大家全都乐了。赵月宁不明白地看着我们。她刚刚才满十五岁。她是组织科长唯一没去找谈话的女同志。

苏队长笑过后说，雪梅，我倒觉得欧团长真是不错。人也长得比我们老王精神呢。我说苏队长你干吗？也成组织科长了。苏队长说好好，我不说。但她又说起来，她说别看欧团长是个军事干部，可是很喜欢读书。听我们老王说，只要一有空他就抱起书来看。你知道他的理想是什么吗？读万卷书，行万里路。

这话让我的心里动了一下。我喜欢爱读书的人。我没想到一个团长会有这样的理想。但我马上想到了心里的他，我相信他也一定很爱读书。我又想起了临别时他的眼神，充满了关切和温情。他到底调到哪儿去了，怎么一点消息都没有呢？

吴非拿手在我的眼前晃，她说哎哎哎，想什么呢？心不在焉的。我们正讨论你的婚姻大事呢。我不好意思地打岔说，苏队长，说说你吧，你怎么会嫁给王政委？也是组织上介绍的吗？你觉得你们幸福吗？苏队长说，是组织上介绍的。我觉得我们挺好。说这话时，她的脸上真的有一种十分满足的表情。吴非好奇地说，你当时怎么想通的？怎么愿意的？苏队长说，我没什么需要想通的，能嫁给他是我的福分。

真的？我和吴非一起惊讶地发问。

苏队长压低声音说，我一直没告诉过你们，我是为了逃婚才参军的。

我们又惊讶地张大了嘴。我想起了我和组织科长的谈话，我们都是为了革命才参加解放军的。可是我所敬佩的苏队长，竟是为了逃婚才参军的！

苏队长给赵月宁盖上被子，小小的赵月宁已经睡着了。

那天夜里我一直睡不着，苏队长的经历让我难以平静。平日里她就像个温和善良的大姐，说话轻言细语，就是批评人也是轻言细语的。没想到她还有如此刚烈的性子，为了抗婚竟然用柴刀剁掉了自己的手指。在此之前，我总觉得她生来就在部队上，就像我以为老干部生来就是老干部一样。我不知道一个柔弱的女人竟能够承受这样多的苦难，并且在承受之后依然美丽。我在惊讶之余，更多了一份敬重。虽然她一句也没说她和王政委在一起到底幸不幸福，但我已经相信，她是幸福的。

我一会儿想苏队长，一会儿想你父亲。我觉得他们身上有某种地方非常相像。我说不出是什么。

后来我睡着了。奇怪的是，我竟梦见了他，我说的不是苏队长，也不是我心里的那个他，而是你父亲。这让我非常不好意思，虽然梦很短，只是一个画面，但却非常清晰，我们一起爬山，爬到一半他忽然不见了，我怎么找也没找到他，因为着急我就醒了。

我想我怎么会梦见他呢？

真是奇怪。

那次见了面之后不久，你父亲给我写了一封信，让小冯送文件时捎给了我。同时捎来的还有一小块茶砖。小冯在交给我时说，我们一号说你晚上要工作，给你提神。

小冯叫他一号，我也就跟着叫。我说，叫你们一号下次不要带东西给我了，我们这儿都有。我说这话不完全是拒绝他；我不忍心享用他的东西。

小冯说，你自己跟他说嘛，你给他写封信，我给你带回去。

我笑笑，打开信草草读了一遍。信上说希望我加强学习，加强锻炼，和同志们搞好团结，要求进步，等等，通篇都是这些话，完全可以在全师传阅。我觉得索然无味。我对小冯说，我现在不想写，你先回去吧。

小冯看出我有些失望，就说，我们一号太忙了。下次我让他写长一点儿好不好？

现在想来，小冯似乎已经明白我和你父亲是怎么回事了，并且很想促进这回事。

我说，你很喜欢你们一号？

小冯点点头，说，一号也喜欢我，对我特别好。

我说是吗？不知怎的，我很想听他说说你父亲。但小冯只是反复说，我最佩服他了。我们团的人都佩服他。

小冯走后我又把信看了一遍，毕竟这是第一个给我写信的男人。但重看后仍觉得索然无味，我把它丢在了一边。丢开信我走出门外，望着远处的雪山。我想，他到底上哪儿去了呢？我多想给他写一封信。遗憾的是，我不知道他在哪儿，就是知道，也没有邮递员来传递。

以后你父亲又给我写来一封信，内容差不多。我还是没有回。

我心里明白，我是在拒绝与他沟通。人和人只要有一份愿望，总是能够沟通的。程度深浅是另一回事。重要的是你想不想。我当时就是不想。我固执地在心里拒绝他，固执地认为我和他之间没有什么可沟通的。我们不是一类人。我固执地把沟通的愿望留给了那个让我心动、让我思念的人。尽管我不知道他在哪儿，尽管我也不知道他是怎么想的。我自以为是地认为我们之间才是相通的。

我坚持着不向你父亲走近。

有一天组织科长来找我，直截了当地问，你为什么不给欧团长回信？我不吭声，心里有些不满。我想这种事情也要向组织反映吗？但组织科长接下来说的一句话让我心动了，他说，欧团长以为你病了，很担心，要我来看看你。

我正想解释一下，组织科长又说：今天师里有人要过去，你赶紧给欧团长写封信，就算是组织上交给你的任务吧。

我只好坐下来。

我把信纸垫在腿上，心里别扭着，折腾了半天，总算划拉出半页纸。当然，和他一样，写的全是些可以让大家传阅的话，努力学习，要求进步，锻炼身体，靠拢组织，就是这些。

事隔一个多月，你父亲又来了。仍是到师里开会。

这次他没再到我们小屋子里来，大概他觉得坐在那里面很憋闷。他让小冯来叫我，说出去走走。小冯去遛马，我们两个就往山上走。很久以后我才知道，每次你父亲来或者小冯来，都不是件容易的事。从他们团的驻地嘎玛到我们师部所在地，要走五天，中间还要翻越一座大雪山。可当时我对此一无所知。我以为他们想来就来了。

我们一前一后地上了山。他走得很快，我小跑着才能跟上他。我一边走一边在心里拿定主意，如果他要问我想好没有，我就说没想好。反正组织科长说了，不能勉强。

可是他没问。他什么也不问，好像我们之间已成定局，不需要再征求我的意见了。这让我气恼。更让我生气的是，他上来就批评我，他说我那封信字写得不好，还有错。我想我连张桌子都找不到，怎么可能写好字嘛。我挺生气，我把生气写在脸上，他就像没看见似的，也不哄哄我。我决定不理他，一句话也不说，看他怎么办。

　　他不知道是真的没察觉，还是故意不察觉，自顾自地往前走，看到部队在训练，就开始给我讲他打仗的事。我跟在身后不吭声，但我也不敢离开。

　　他上来就说。我的兵太好了。以前从来没有进行过高原作战，也从来没在高原上负重行军过，可是一旦拉上来，全都坚持下来了。真是了不起。

　　他说打昌都的时候，为了追击逃敌，全团官兵背着枪支弹药和背包不分昼夜地翻山越岭，每天除了吃饭前后能做短暂的休息外，全都在路上奔跑，十几天内从没脱过鞋袜，等战斗结束时，很多人的鞋袜都脱不下来了，脚肿得像发面馒头。

　　他说我们翻越一座五千多米的雪山时，突然遇上了暴风雪，天色一片昏暗，几步之外什么也看不见了，稍有不慎就会滑下无底深渊。但为了及时切断敌军退路，我们继续前进，终于在凌晨五点突然出现在了敌军营地前。敌军做梦也没想到解放军能通过那样险恶的地形。都在呼呼大睡，我们仅仅用了十分钟就解决了战斗。

　　他说为首的那个代本浑身哆哆嗦嗦地直喊饶命。我叫他坐下，给他讲了我军优待俘虏的政策。他还是惊魂不定，说你们离这里那么远，怎么来得那么快？我说我们是飞来的，我们是神兵天将。那个代本真的信了。后来我把骡马行李还给他，叫他回家去。他一步三回头，生怕我反悔。我就拿出烟抽上，他这才放心地走了。

　　他不停地说。

　　我发现只要一说到打仗他就特别会说，表达很流畅。也许那是他生命的自然流淌吧。我还发现他一说起他的兵时就像换了一个人，语气充满温情。我想这个人大概还是很重情的吧，只是不善于表达。

　　那天我们在山上走了很久，大部分时间是他在说打仗的事。应该说，我们在一起也是愉快的，但没有那种让人心跳的感觉。他像个兄长，像个大哥。

不过，分手的时候，却出现了一点意外。

到现在我也搞不清楚自己，为什么会那样说。也许人的感情在很多时候是游离在自己身体之外的，不受控制的。我怎么会告诉他那句话呢？

就在我们俩一起爬山时，我忽然有一种似曾相识的感觉，好像此情此景在哪里见过，也是这样的大山，也是这样的氛围，也是我们两个人。我仔细一想，哦，是那个梦。我做过的那个梦。我就脱口说，我梦见过和你一起爬山呢。他很意外，说真的吗？我说是，但爬到一半你就不在了，不知跑哪儿去了。他笑笑，没说什么。我说完之后，也转眼把它忘了。

分手的时候，他在嘱咐了我这个那个之后，突然笑道，下次做梦别再把我弄丢了。

他说得很随意，我却愣住了，愣在那里一直看他走远。

就是这样。就是这句话，让我终于不再把他看成团长，而是个男人。

其实在后来漫长的婚姻生活中，你父亲再也没说过这样温情的话了。而且后来我再提起这事时，他也完全忘了。那句话对他来说也是突如其来的，好像某个精灵钻进了他的体内。他毕竟是个不喜欢儿女情长的人，骨子里那一点点柔情，也被长期的戎马生涯磨得差不多了。所以他说完就忘。

但对我来说，却永远无法忘记。就像一块干裂的土地，它会把落在上面的点点滴滴的水分都深深地吸进去。

即使如此，我们的交往依然是淡淡的，或者说形式大于内容。我们一起工作的几个女兵，包括我们师机关的其他人，都知道我和你父亲已经有了那样一层关系。他们甚至拿它来开玩笑了。但我自己，却远不如人们想的那样。我的心里完全没有进入恋爱的感觉，一点也没有。有的只是一种无奈，一种不知所措。

我和他的心还离得很远。

再说从地理位置上讲，我们也相距很远。在我们驻地和他们团部中间，也就是说，在昌都和嘎玛之间，隔着一座大雪山。我只有一点感觉，就是在雪山的那一边，有个人与我有某种联系。

直到几个月后，那个雪夜的出现。

那个雪夜让我走向了你父亲，那个雪夜让我放弃了所有的犹豫和彷徨。

我终于要讲到那座雪山了。

我知道翻越它对我来说是一件很困难的事，但我必须翻越。如果说四十多年前我翻越它时经历了巨大的痛苦，现在翻越它所要承受的，仍是痛苦。

它的名字叫恰巴山。恰巴山不仅有着极高的海拔，还有着庞大的身躯，整座大山绵延一百二十公里，其间有七座山峰。小冯告诉我，他每次到师里来，骑马都要走五天。

这座大山将我们阻隔。

直到我翻越了那座大山，并在山上经历了那样一个雪夜之后，这种阻隔，我是说心的阻隔，才被夷为平地。

转眼到了三月。即使是在昌都这样的地方，春天的气息也日渐浓了起来。

有一天我学了藏语回来，见小冯正在房间里等我。他说一号有东西给我。我吃惊地发现，那东西不再是牛肉干茶砖之类，而是一束野花。这太出乎我的意料了，可以说击中了我。毕竟对一个女孩子来说，花比食物更可爱。尤其在那个时候，我们的生活非常清苦，没有一丝色彩。所以一看到花，我不禁怦然心动。

我甚至一下子觉得他有些可爱了。

小冯见我那么高兴，很兴奋，马上走出去找了个空罐头盒，装上水。我把野花小心地插进去，放在床头，没事儿的时候我就盯着它看。

其实那花一点儿也不漂亮。花朵非常小，颜色也不鲜艳。就像我，虽然是个女孩子，相貌不漂亮，身材也不娇娆。真的，看到那花时我就想到了这一点。我想原来花也有不漂亮的呀。这种相似让我有一种亲切感。

苏队长见了愤愤地说，怎么样，我说欧团长不错吧？我们老王就从来没干过这种事。吴非则又是羡慕又是惊讶地说，他在哪儿采的？我们那位说想给我采一束花，找了半天都没找到，一点儿花的影子都没有。我说，那当然，这是从雪山那边采过来的。吴非说，是吗，这花还翻过了大雪山？

吴非说这话时我脑子里闪过一念，是啊，这花在路上这么多天，居然还这么鲜活。但我没来得及往下细想，人就被吴非拉出去了，她说要和我聊天。那时候她正处于兴奋状态，组织科长给她介绍的对象是师政治部主任，我们师出了名的大才子。她心里早就对他有好感了，组织上一介绍她就欣然同意了。两个人一拍即合，非常恩爱，让我很羡慕。她常常给我讲他们在一起的事。我想人家那才叫浪漫呢。吴非告诉我，他们已经准备结婚了。吴非说你呢，你到底怎么想？我摇摇头，说，反正我不想结婚。

尽管如此，为了那束花，我还是主动给你父亲写了封信。我用刚刚学来的一点藏语写道：你带给我的"梅朵"（花）收到了，吐其其（谢谢）！祝你扎西德勒（吉祥如意）！

他没有回信。

野花一天天枯萎了，我心里的感情却依然鲜活。

后来我才知道，那束野花根本不是你父亲送的。他还真的没有这份儿浪漫。

我是在翻越恰巴山时才知道这一切的。

那个雪夜，恰巴山的雪夜，让我一下子明白了许多许多。

到了四月初，事情终于被向前推了一步。对我来说，似乎来得早了些，但对你父亲来说，也许已经等得太久。这个时候距我们的认识，或者说距组织的介绍，已过去三个月了。

四月初组织科长找我谈话，说打算把我调到团里去工作，就是你父亲那个团，组织科长说那边开展群众工作，需要一个女同志。问我是否愿意。

我当然明白组织上这样调动的意思。本来我用不着考虑，服从组织安排就是了。可是因为有你父亲的事，我对这个做法就产生了抵触情绪。我觉得他们有些勉强我。我对科长说，为什么不把苏队长调过去？她可以和王政委团聚。科长说这个你放心，王政委马上就要调到师里来了。我没话说了，但我还是说我想考虑一下。

组织科长居然没生气，他说那你就考虑考虑吧。

我怎么考虑，我没法考虑。我只能服从组织安排。可是我心里别扭。

应该说到了这个时候，阻止我向你父亲走近的已不是那个远去的军医了，而是一种情绪。我知道即使没有那个人存在，没有我心里对他那种说不清道不明的感情，我也不愿意自己这样被迫地和谁结婚。毕竟我是个女学生。

我推说自己的工作还没交接，打马草的任务还没完成，一天天地把调动的事情拖着。组织科长说，你交接完工作后马上告诉我，我好让团里来接你。

一星期后，小冯又来了。这回他送了文件后没有马上走，他说如果我办好调动了，他就和我一起走。我催他先走，我说我的工作还没安排好呢。可是他就是不走，他说他等我。也不知是你父亲有过交代，还是他自己鬼心眼多，总之他就在我们文工队住下来了。

那时候我们的粮食极度匮乏，每个人的口食都限得死死的，每人每天四两，多一两都没有。现在突然多了一个吃饭的小伙子，大家都感觉到压力很大。小毛忍不住问我，雪梅姐你什么时候到团里去呀？我感到抱歉。我不能为了个人的事，让大家为难。

我终于说，马上走，明天就走。

说出这话的一瞬间，一种从未有过的委屈和难过在我心间弥漫开来。

这种委屈和难过伴着我上了路，上了恰巴山。

走的头天夜里，苏队长，吴非，还有小小的赵月宁，聚在一起为我送行。我把省下来的牛肉干和酥油全部拿了出来。说全部，也只有很少一点点。我们用那一小块酥油烧了一点酥油茶，以茶代酒，一起碰了杯。

苏队长说，雪梅，我知道你心里不太痛快。但有一点我可以肯定，欧团长会对你很好的，他不是坏人。

我想，难道找个丈夫只要不是坏人就行了吗？但我没有说。我不想让苏队长为我操心。她够难的了，留在甘孜的孩子下落不明，丈夫又不在身边，还要为我们这些姐妹操心。

吴非说，你过去以后先工作一段时间，一边工作一边了解他，如果确实合不来，再跟组织上说，我相信组织上不会勉强你的。

这话说到我心上了。我正是这样想的。

小小的赵月宁说，我觉得欧团长特别好，把酥油和牛肉省下来给我们吃。我笑道，你就知道吃，现在谁要是拿一袋米来娶你，保证娶走。赵月宁孩子气地说，才不会有这种事呢。现在谁会有一袋米呀，有银圆都买不到。苏队长说，雪梅，没准儿你到了团里，比在我们这儿要吃得饱些。吴非笑说，我们那位如果能让我每天都吃得饱饱的，我马上就嫁他。

大家笑，我也笑，心里却酸酸的。

我不能不承认，苏队长的话对我是有效的。我自私地想，说不定他真的会让我吃得饱饱的，他是一号呀。我心里在那一刻竟然好受一些了。

我心里好受一些还因为我想到了那束花。我想说不定在雪山那边，真的有许多的花开放着，等着我去看它们。

回想起来，在那样饥饿、艰苦、严峻的日子里，我还在渴望浪漫，真的很奢侈，很不实际。可是这是事实。

尽管我把自己弄得像个假小子，可是在那套宽大的军装里，在皮带紧紧扎着的怀里，依然有一颗少女的心。

这颗心怀着委屈，怀着戒备，也怀着期待，踏上了路程。

我们一行三人，我，团里的通信员小冯，还有师部的通信员小周，一起上了路。小周是去送文件。本来那些文件是可以叫小冯带到团里的，但组织科长不放心我们两个人，特意叫小周和我们一起走。

这样我们三个人就一起骑着马上了路。马上驮着我们的口粮，还有睡觉用的雨布和被子。我身上背着挎包，里面除了一个本子，还有一双我用自己捻的羊毛给他织的袜子。自从到了藏区，组织上就要求我们每个人都学会捻毛线织袜子。

最初的路还比较轻松。我们骑着马慢慢地走。在甘孜时我学会了骑马，为了学骑马，我把两个大腿根都磨破了，现在总算是派上了用场。虽然骑得不算好，但行走没有问题。

我们不紧不慢地走了三天后，到达了中途站拉达。

这三天的路程平平淡淡。我是说比起后面所经历的，这三天几乎不值一提。我们日出上路，日落宿营。两个战士很单纯，总是心无禁忌地守护着我。我也尽可能像个大人似的照顾他们。我比他们大。虽然大不了多少。他们叫我白同志。

其实恰巴山在我们投宿拉达的那天晚上，就已经出现在我面前了。

拉达兵站的同志告诉我，翻越恰巴山可得有思想准备，它比一般的雪山都难走，它不仅海拔高，还特别庞大，绵延一百二十公里。不像其他雪山，上了山就可以下山。在山上还得行走很久。而且山上气候变化无常。据说连当地的藏族人都怕它几分。

我听了仍没往心里去。因为在进军西藏的途中，也就是从川西到甘孜，从甘孜到昌都的千里路途上，我们已经翻越了无数的雪山，我觉得自己能行。我从小就喜欢爬山，我在山里有回家的感觉。那一路上我不仅自己翻过了一座座雪山，还经常帮助别的体弱的同志。所以无论拉达兵站的同志怎么讲恰巴山的艰难，我都没当回事。我只是笑笑。我在心里想，能有什么大不了的呢？

直到后来，直到那个雪夜之后，我才知道，我真不该轻视那座山。

第二天一早，我们出发了，向恰巴山进发。

上路的时候天气很晴朗，这使我们的心情为之一振。只要一翻过山，我们就到目的地了。从直线距离说，剩下的只是小部分路程。

很快我们就上了山。山不是突然出现的，它缓缓地，将它的手臂伸到我们面前，让我们在不知不觉中攀缘而上。起初树木不少，而且树上还有猴子，活泼调皮的猴子见我们走近，一个个龇牙咧嘴地冲我们乱叫，还蹦来蹦去地打闹，好像排练了许久，终于来了看客。小冯和小周立即暴露出他们男孩子的天性，跳下马去逗猴子。小冯撵着一只猴子跑得没了影，我叫了半天才把他叫回来。小冯兴奋地说，他要是能抓到一只猴子就好了，可以养来做伴。小周说他才不呢，他要是抓到猴子就烧来吃。他好久没吃到肉了。我说猴王准会来找你算账的。

我们三个人说说笑笑，继续往山上行进。

那天是四月十九日。我记得很清楚，我们是十六日从昌都出发的。

如果在内地，四月已是花红柳绿的季节，已是南风徐徐的季节，已是踏春的季节。但在西藏，在恰巴山，四月却是一个危险的季节。气候欲暖未暖，雪山欲化未化。一切都处在动静之间，隐含着危机。

不过当时我对它还一无所知，由于无知而轻松。我一边走一边想，恰巴山并不像人们说的那么可怕嘛。和我们进藏途中遇到的那些雪山差不多嘛。

我毫无防备地朝山上走，我已经看见山口了。其实那山口只是众多山口中的一个，我却以为它是最高处。一路上没见到一个行人，也没再见到动物，很静。除了马蹄踩在雪地里的声音，就是雪团偶尔从树上跌落下来的噗噗声。路面的雪不算深，马走得比较轻快。我坐在马上开始走神，想自己的心事。我想我到团里后该怎么开展工作呢？就我一个女同志会不会有不方便？还有，该怎么和你父亲相处？如果他提出马上结婚我该怎么办？

我想我要告诉他，至少工作一个时期以后再说。

当然，后来我才知道我的这些考虑完全是多余的。

三天后当我到达团部时，摆在面前的现实是，如果我不马上结婚，我就没有安身之地，即便是住一个晚上的地方都找不到。根本不存在方便不方便，也根本不存在先结婚还是先工作。我完全没有选择的余地。

所以团里来迎接我的人连问也没问，就把我的背包直接提进了你父亲的房间。更糟糕的是我自己，几天来的疲惫、饥饿、劳顿，加上难过和伤心，已使我到了崩溃的边缘。所以我被人扶进房间后，一见到床就倒了上去，接下来什么都不知道了。

等你父亲从外面回来时，我已经在他的房间里睡了一整天了，像是大病了一场。但醒来后，当我得知我睡的是你父亲的房间，当我得知如果我不马上和你父亲结婚，我就连一张床都没有，我还是感到了伤心，但我一句话也没说。那时我已经明白，我没有权力再挑剔生活。

好不容易走近那个山口时，我看到前面闪出一个更高的山口。小冯说，那是这条路上最高的一个山峰，过了那个山峰就好办了。我一眼望去，看见那个山口的上空发黑，聚集着乌云，心里略略有些担心。但我没表现出来。我想，照现在这个速度，应该能在天黑之前走过去。山上的树木已经没有了，只有一些低矮的灌木丛。再往上走，灌木丛也没有了。我估计海拔已经到了五千多米。

我们在路边停下来，就着雪吃了一点代食粉，接着赶路。

没料到，就在快要接近那个山口时，气候忽然变了，变化之快让我来不及反应。我连一句"糟糕"都来不及说，就被漫天搅起的风雪堵住了嘴。四周雾气弥漫，几步之外就看不清路了。大雪如同神兵天降，一瞬间包围了我们。

我张不开嘴，也睁不开眼，只好伏在马背上。

更糟糕的是，马被这突如其来的风雪惊呆了，原地转着不肯往前走，怎么打也不走。我只好跳下来稳住它。小冯急了，他在风雪中大声叫道，白同志，我看咱们不能再往前了！先回去吧，退回到拉达兵站等一等，天气好了再走！小周也说，我上过两次恰巴山，从没遇见过这么糟的天气。恐怕会有危险！

我知道他们是担心我。如果没有我，他们肯定不会倒回去的。可是我也不愿意倒回去。且不说倒回去还要走大半天，关键是倒回去这样的字眼让我不能接受。我不想成为拖累。我的倔脾气上来了，我想和恰巴山较劲儿。

我也大声喊，不！不倒回去！我能行。说完我把马交给小周，自己顶着风走到前面去开路。我想我是大姐，尽管他们没这么叫我，可我是，我要做他们的主心骨。只要我往前走，他们就会跟上来。

雪已经很深很深了，一直埋到膝盖。我甚至不知道它是怎么一下就变得那么深的。好像它们不是从天上落下来的，是从地底下冒出来的，眨眼之间路面增高了好几尺。我的脚一踏进去就拔不出来了。被雪死死地焊在里面。我只好借助我的双手。我用手扒开雪，把脚拔出来，然后再插进下一个雪窝。

小冯见拦不住我，也赶上来和我一起开路。小周牵着马跟在后面。

就这样，我们一步步地往前走，准确地说，是往前爬。我们爬出一条路来，马就踏着我们的路往前走。马在这个时候显得很娇气。马的娇气让我感到骄傲，说明它已经承认它不如我了。我们一点点地爬着，也不知爬了多久。我们没有表。

我往前爬。山本来就应该是爬的。

我感觉自己的腰痛得像断了似的，而后背却被汗水湿透了。在那样一个寒冷无比的天气里，我们却大汗淋漓。不亲历此境，是很难想象的。我听见小冯在旁边不停地喊：白同志你没事吧？白同志你能行吗？你歇一会儿吧！我真想对他说你别喊了。可是我张不开嘴，我没有这份力气了。我只是朝他点头，用眼神告诉他我能行。我希望我的眼神能够穿透风雪。

狂风卷着雪片，在天空中乱舞，好像要吞噬掉我们。雪花落在我们的帽檐上，眉毛上乃至睫毛上，因为体温而变成了冰凌子。鼻子和面颊都冻得发麻。被汗水湿透的衣服很快结成了冰，像牛皮一样发硬，一挪动就咔嚓作响。雪越下越大，风越吹越猛，我听见自己的牙齿在嗬嗬嗬地响。天哪，我在心里想，原来恰巴山是这个德行，喜欢搞突然袭击，喜欢表现它的冷酷。

但即使如此，我也无法仇恨它。我知道雪山不是故意要跟我们作对的。实在是在这个世界上，没有人需要它的温情，它只好以冷酷来保持它的威严。

尽管小的时候我是个喜欢在山上玩耍的孩子，我在山里时就像在自己家里。可那座山毕竟只是山的一种，而且是最平常的一种。那种山给我的感觉是亲切、温和、轻松。但就山的本性而言，它的确不会让人只感到亲切的。它有着与生俱来的严峻，与生俱来的神秘，甚至与生俱来的冷漠。

我想每个人对山的认识都是不同的。每座山和每座山又是不同的。你认识了一座山，并不等于你认识了所有的山。在我看来，有的山是崛起的平原，平原有多辽阔它就有多辽阔。有的山是站起来的大海，大海有多深邃它就有多深邃。有的山是千年生成的冰雪，冰雪有多坚硬它就有多坚硬。

我想恰巴山，它是兼而有之。

我对山的真正认识，是从恰巴山开始的。

我还想说，一个人对一座山的认识，如同一个人对一个人的认识一样，不是靠时间的堆积来加深的，而是靠交手，靠遭遇。而这样的交手和遭遇，是不可选择的。

我们遭遇了恰巴山。我们并不想和它交手，但别无选择。

我们继续前行，试图想加快速度。但由于手脚并用，走得很慢很慢，大半天也没走出多远。眼看着天黑了，下山的路还没影儿。我这才领教了什么叫"绵亘"。恰巴山不仅绵亘一百二十公里，还起伏着汹涌的波浪。我已经判断不出我们攀在第几个浪头上了。我只知道我们还没有走出它的怀抱，我们还得在它怀里继续挣扎。

风雪终于停了，可是天也黑了。没有月亮，完全看不清前方的路。经验告诉我们，走这样的夜路是很危险的。迷路还在其次，最可怕的是滑入悬崖。我们商量了一下，决定在山上过夜，等天亮再走。

仍是就着雪吃了些代食粉。我们草草填了肚子后，拿出各自的雨布铺在雪地上，然后穿上所有的衣服，再把被子盖在腿上和脚上，三个人背靠背地坐下来。我感到浑身酸痛不已，腰好像要断了似的。我想怎么搞的，难道几个月不爬山，我真的不行了吗？

虽然很累，我却睡不着。

望着漆黑的夜空，我开始想他。我是说，我开始想你的父亲。我想你父亲要是知道我们现在的情景，一定会着急的。一想到有个人在为自己着急，我心里暖和了一些。

其实以前我也想过你父亲。但以前想是一种考虑问题似的想，现在想，坐在雪地上想，已带了一些思念的成分。

我曾说，有些汉语词汇是我特别喜欢的，比如等待、微笑、永恒、忧伤、诉说、太阳，还有想念。"想念"真的是一个很美的词。很多时候，想念比爱更圣洁，想念比相逢更动人，想念是一种心疼的感觉，想念是一道心里的风景。

我坐在恰巴山的雪地上，看着自己心里的风景。

我这么想念的时候，对自己一直抗拒的婚姻忽然有了一些向往。是不是恰巴山的雪夜让我感到了一种前所未有的孤独？

但是三天后，当我坐在你父亲的房间里，当我以新娘的身份送走了团里来看我的同志后，我却没了那种向往。我忽然泪流不止，每一滴眼泪都那么冰凉。

你父亲送了客人回来，见我那个伤心的样子，有些不知所措。他在我面前走了两个来回。皱着眉头说，别哭了。我知道这样结婚委屈了你，可现在只有这个条件嘛。我一听哭得更厉害了，我想他根本不懂我，根本不知道我是为什么哭。

我的伤心落泪终于让他心烦了，他有些严厉地说，你是个革命战士，怎么能这么脆弱？

这句话让我收住了眼泪。但我还是倔强地坐在那儿，不动。

你父亲去铺床，吃惊地发现我的被子只是一个空被单。他说你的棉絮呢？这么薄怎么能盖？我不吭声。他又问了一遍，我没好气地大声说，棉絮早被我扯出来用了。见他不明白我又加了句，我说我们女同志都这样。他愣了一会儿，终于明白过来是怎么回事了。他说你就是这么过的冬天？你就是这么过的雪山？他丢下被子走过来，定定地看了我一会儿，突然一把将我抱进怀里，抱得紧紧的，让我有些喘不过气来。

他说，硬硬地说，别伤心了，我保证以后对你好，保证不欺负你。

我心里的那堵墙突然倒了，一直僵硬的身体终于松软下来。

我突然想起了苏队长的那句话，他是个好人。

我们三个年轻人背靠背地坐在雪地上，坐在恰巴山的怀里。

忽然小冯叫我。他说白同志，我想跟你说件事。

我说你说吧。

可是他又不说了。我感觉到我的背后的一侧沉了起来，小周睡着了。小冯调整了一下姿势，让小周倒到他那边。我说我没事，挤着才暖和呢。你有什么就说吧，反正也睡不着。

小冯犹豫了一下说，我说了你可别告诉一号。

我说好，我不告诉。

小冯说是这样的，上次我到师里送信，一号叫我给你带一块牛肉干给你。我知道那块牛肉干是团里分给他的，他一直没舍得吃。第一次我去时他就切了一块给你。我第二次去他又切了一块给你。我说首长你自己也吃点儿吧，他说他身体壮，没事儿。还是让带给你。我当然没话说了。我知道一号对你特好，真的。

我讪讪地说，你们的粮食也很紧吧？

小冯说当然。我们每天的定量也是四两。现在有野菜挖了，稍微好一些。我每次出发到师里，就是领上我自己的五天口粮。可是那次翻恰巴山时，我也遇上大雪了，就在山上多停了一天。口粮没带够，到最后我饿得实在受不了了，一步也走不动了，浑身发软，我就……

我已经明白他要说什么了，我说，那你为什么不把那块牛肉干吃了呢？

他说，是，我就是……把那块牛肉干……给偷吃了。

我说别说偷吃，正该吃。牛肉干算什么，怎么也没你的性命重要。你要是不吃，万一过不了雪山怎么办？

小冯说，可是我一想到那是首长从嘴里省下来给你的，心里就特别后悔。我……我当时该再忍一忍。

我说别说了小冯，这事你一点儿没错。就是告诉了首长，他也不会说你的。

小冯说真的吗？我说真的。你们一号特别爱兵。他松了口气，恢复了往日的语气说，有些得意地说，不过你不知道，我还是完成了任务的。我采了一把野花给你……

这回我吃惊地叫出声来：怎么，野花是你采的？

小冯说是啊。我当时想，我每次到师里首长都要给你带东西，这次也不能空手啊。我脑子一转就想出这个主意了。我知道你们女孩子都喜欢花，我就漫山遍野地去找，好不容易采到那么一小把。说真的，你当时一看见花，眼睛都亮了，比看见牛肉干还高兴呢。

我的心里涌起一股暖流，真的，是一股暖流。它是那个雪夜里的奇迹。

我说，小冯，谢谢你。

在以后无数次的回忆中，唯有我们之间的这段对话，能让我感到些许的安慰。我想小冯他一定是坦然地去的，没有懊悔，没有歉疚，没有忐忑不安。

雪夜尚未过去。

我问小冯，你们一号脾气好吗？小冯说，怎么说呢，一般来说挺好，但有时候发起脾气来也吓人。我说是吗？说给我听听。我忽然想多一些地了解你父亲，小冯跟了他一年多，一定会了解的。

小冯说，刚到昌都的时候，部队带来的粮食吃完了，空投又一直不成功，补给中断，战士们常常饿着肚子在修路。一号急得不行，就想各种办法找能替代粮食的东西，挖野菜，捕鱼，打老鼠。后来不知是野菜中毒还是鱼中毒，总之他病倒了，又吐又拉，一整天吃不下东西。我看着着急，好不容易找到点面粉，让伙房给他摊了两张饼，烧了一碗野菜汤。

我把东西端进屋去，还来不及说什么，他一见那些东西突然就发起脾气来，他把饼扔到地下冲着我大吼，他说你给我吃白面饼，你给我的兵吃什么？我的兵都要饿死了，你想让我当光杆司令吗？

当时把我给吓的，简直吓坏了，我跟了他那么久，从没见他发过这么大的火。小冯一边说，一边仍心有余悸似的。我的心里有种说不出的滋味儿。后来呢？我问小冯。小冯说，后来，后来嘛，我还是想着法子让他把饼给吃了。小冯笑起来，很得意的样子。

小冯说，白同志，你不知道，我们一号是个一点儿不顾及自己身体的人，整天不睡觉不吃饭的，只知道工作。我说他他根本不听，你去了就好了，你就可以管管他了。

小冯的讲述让我感动。但听到这样的话我还是有些不好意思，我说我怎么管他？我又不是他的领导。小冯说等结了婚你们就是一家人了呀。我敢肯定他听你的。

我的脸一下红了。幸好是夜里。

也许正是小冯一次又一次地讲述，让我开始走近你父亲了。他在我心目中不再是那个不苟言笑硬硬板板的团长，而是一个有血有肉的男人。这种走近甚至让我渐渐淡忘了那个年轻人。他就像梦幻一般，飘忽到了我看不见的地方。

但他并没有飘走。就在我和你父亲结婚后的第二天，我见到了他。我没想到他就在你父亲的团里工作。我还没想到他见到我后很平静，他说祝贺你，白雪梅同志。

我和小冯说了半宿的话，也不知几点了。忽然，我发现一轮明晃晃的月亮从云层里钻出来了，把白雪皑皑的路照得清清楚楚的。天晴了！我叫了一声。小冯也高兴极了。我们决定抓紧时间赶路，以防天气再变化。

我们叫醒小周，匆忙收拾好东西准备上路。

突然，我听见小冯叫起来，声音有些变调，他叫道，白同志你受伤了！

我回头一看，在我坐过的雪地上，被月光照出丝丝缕缕的血痕。我吓了一跳，我想我怎么一点儿感觉也没有呢？再细细一看那血痕的颜色，我明白了，不是什么受伤，是我来月经了。怪不得我腰痛得那么厉害，肚子也痛得往下坠。一算日子，整整提前了一星期。

我沉住气对他们说，没事儿。我没受伤。你们先到前面去一下，我自己会处理好的。

两个小伙子不明不白的，但还是听话地到前面去了。

我一个人背靠着马，脱下棉衣，从棉衣的袖子里扯出棉花。在进藏路上，我们女同志每次来了月经，从来就没用过像样的卫生品，只能扯被子里的棉花用。被子扯空了就扯棉衣棉裤。我的棉衣的两只袖子和棉裤的两条腿，都已经空空荡荡了。

费了很大的劲儿，我才从胳膊上扯出很少一点棉花。那里面实在没有棉花可扯了。我又撕了一截裤腿，胡乱地做了个垫子。草草处理之后，就站起来找他们。我想我们得赶紧上路，趁着雪还没下往前赶。今天晚上无论如何也不能再在雪山上过夜了。

但我不知道，就在我去处理的时候，两个小伙子作出一个决定。

等我回到他们身边时，小冯告诉我说，他们决定放弃两匹马，只留下一匹强壮的让我骑。他们坚持认为我受了伤，说什么也不肯让我再走路了。

我和他们争执起来。

在那样的情况下，我怎么能骑马呢？就是我想骑，马也不肯啊。就是马肯，我也不肯啊。但两个小伙子固执地要我坐到马上。他们说马不走他们就拉着马走。如果我坚持不骑马的话，他们就背着我走。

我火了。我说小冯，现在三个人中我年龄最大，你们必须听我的。他说不行，你得听我们的。我们是多数。我说你是不是怕一号批评你？你不要怕，我会告诉他怎么回事的。他说不是，我不是怕首长批评我。我问那是为什么？他看着我，突然大声说：因为你是女的，我们要保护你！

我软下来，我甚至为自己刚才的大声武气感到不好意思。我是女的呀，我怎么忘了，我该斯斯文文的说话才对。我马上换了一种非常柔和的语气说，谢谢你们的一片好意。但我真的不能骑马。我……

我决定撒谎。

我说我的伤就在腿里面，没法骑马。

他们终于信了。

最后我们双方"妥协"达成一项协议：他们两个人在前面开路，我牵马跟在后面。这样我可以省很多力气。

就在这时，事情发生了。

至今想起来，我都不知道事情是怎么发生的，事先毫无征兆。头一天那么艰难的路，那样大的风雪，我们都安全地过来了，都没有出事。怎么偏偏在没有风雪的时候出事了呢？

我牵着那匹马跟在他们身后。虽然没有再下雪了，但路上的积雪依然很深，我们的跋涉依然很艰难。幸好有月亮，我记得我还抬头看了一下天，月亮跟着我们。我说明天可能会出大太阳。

突然，我看见月光下小冯的身子一晃，朝一边滑下去，小冯走在靠悬崖的一边。小周一见立即扑过去抓，但摔倒了。小冯继续下滑着，他大喊：快拉我一下！我踉跄着扑过去，一把抓住了他的胳膊。可是我怎么也抓不紧那只胳膊。我的手冻僵了，手指头就好像不是我的。更要命的是，我的身子也开始下滑。小周爬过来，从后面一把拽住我的腿。

我的人稳住了，但我的心却开始一点点绝望，因为我手里的衣服正一点点地掉出去，尽管我身体的每一寸都匍匐在雪地上，包括我的脸颊。我毫无道理地叫道，小冯你要坚持住呀！我明明知道应该坚持住的是我，可是我的手已经不是我的手了。我指挥不了它，命令不了它。

小冯忽然露出一点笑容，他说白同志你松手吧。不然你也会掉下去的。我说不，我不松手。但是我的手正做着和我相反的事，它在一点点地放弃小冯。我说不，小冯，你不能下去！小冯说，白同志，本来我想……你们结婚的时候，再采一把花……

这就是那个雪夜。

这就是我不愿触动的那段记忆。

这就是我刻骨铭心、没齿难忘的生命历程。

我不知道如果没有这个雪夜，我会怎样面对你父亲，怎样面对以后的生活？

我恨自己，恨自己没有拉住小冯，恨自己没有退回到拉达兵站，恨自己拖延了几天才上路。我把一切都归结到自己身上，我让自己的心受尽煎熬。我想我唯一能做的，就是替小冯照顾你的父亲。我相信那是小冯的愿望。

没有婚礼，没有喜悦，没有花。

我就这样结婚了。

在你父亲留下的影集中，有几张照片是非常珍贵的。甚至用珍贵这个词都不足以形容。它们是我生命的一部分。

我想说说其中一张。

这张照片只有半寸大，已经发黄了。照片上，我和你父亲并排站立着，他整整高出我一个头。我们都穿着军装，我们都面容严肃。在我们身后，是你父亲当时在嘎玛住的房子，也是我结婚后住的房子，那是一间向藏民借用的放马料的房子。

在我们前面，是一座只能看到一点轮廓的雪山，那就是恰巴山。

在我们右边，有一条小河，一到春天，你就能听见流水的声音。

在我们左侧，有一小片树林。也许它不能叫做树林，只有非常稀疏的几株红柳。在红柳中间，在你们看不到的地方，有一座坟冢。那是小冯的衣冠冢。小冯自己，永远住在了恰巴山上。

这就是我们的结婚照。

敬告作者

　　为了保护有关作者的合法权益，我社曾多方联系本套书所涉及作者的版权事宜。但遗憾的是，由于种种原因，仍未能与少数作者取得联系。现谨对尚未取得联系的作者深表歉意，并请有关作者或著作权人见书后，尽快致函作家出版社，以便及时奉寄样书和稿酬。

通讯单位：作家出版社

通讯地址：北京市朝阳区农展馆南里10号

邮政编码：100125

联系电话（传真）：010-65925260

图书在版编目（CIP）数据

军事文学：上下卷 / 陈晓明主编． -- 北京：作家出版社，2018.12

（改革开放40年文学丛书）

ISBN 978-7-5212-0315-8

Ⅰ．①军… Ⅱ．①陈… Ⅲ．①小说集 – 中国 – 当代 Ⅳ．①I247

中国版本图书馆CIP数据核字（2018）第296150号

军事文学（上下卷）

主　　编：	陈晓明
统　　筹：	兴　安　崔庆蕾
责任编辑：	丁文梅　杨兵兵
装帧设计：	意匠文化·丁奔亮
出版发行：	作家出版社有限公司
社　　址：	北京农展馆南里10号　　邮　　编：100125
电话传真：	86-10-65067186（发行中心及邮购部）
	86-10-65004079（总编室）

E-mail:zuojia@zuojia.net.cn

http://www.zuojiachubanshe.com

印　　刷：	三河市北燕印装有限公司
成品尺寸：	152×230
字　　数：	818千
印　　张：	53.75
版　　次：	2018年12月第1版
印　　次：	2018年12月第1次印刷

ISBN 978-7-5212-0315-8

定　　价：1200.00元（全20册）
